企业三部曲

资本纪

张国云 著

江苏凤凰文艺出版社
JIANGSU PHOENIX LITERATURE AND
ART PUBLISHING, LTD

图书在版编目（CIP）数据

资本纪 / 张国云著. —南京：江苏凤凰文艺出版社，2019.10（2023.7重印）

（企业三部曲）

ISBN 978 - 7 - 5594 - 3870 - 6

Ⅰ. ①资… Ⅱ. ①张… Ⅲ. ①长篇小说—中国—当代 Ⅳ. ①I247.5

中国版本图书馆 CIP 数据核字(2019)第 202688 号

资本纪

张国云 著

出 版 人 张在健
责任编辑 姜业雨 傅一岑
装帧设计 观止堂_未氓
责任印制 刘 巍
出版发行 江苏凤凰文艺出版社
南京市中央路 165 号，邮编：210009
网 址 http://www.jswenyi.com
印 刷 三河市双升印务有限公司
开 本 880 毫米×1230 毫米 1/32
印 张 6.75
字 数 160 千字
版 次 2019 年 10 月第 1 版 2023 年 7 月第 2 次印刷
书 号 ISBN 978 - 7 - 5594 - 3870 - 6
定 价 149.80 元(全三册)

唯大英雄能本色，是真名士自风流。

——洪应明《菜根谭》

目　录

楔子/001

第一章　遭遇沽空/005

第二章　偷约情人/020

第三章　特别考试/029

第四章　“双创”先进/039

第五章　企业蓝图/045

第六章　较量/057

第七章　股市暴跌/067

第八章　企业钱庄/079

第九章　棋逢对手/092

第十章　并非空穴来风/100

第十一章　策反/110

第十二章　上门逼债/121

第十三章　孩子失踪/133

第十四章　高利贷血本/142

第十五章　万言书/149

第十六章　危机处置/164

第十七章　顶包术/174

第十八章　转型路上/181

第十九章　节外生枝/188

第二十章　诗与远方/196

尾声/205

后记/208

楔　子

想当年这个企业红遍大江南北，王大仙台上一坐，下面谁不五体投地？可如今大势不在，王大仙在台上仍想神气活现、我行我素，只能引来一片唏嘘。

识时务者为俊杰，王大仙马上停下报告，说："会后以此稿印发执行，还有点时间我们讲点题外话。"

王大仙话音一落，立刻引来雷鸣般的掌声，王大仙清了一下嗓子说："小时候，王大仙可是又笨又丑又淘气。"

王大仙对着台下全厂几千名职工，拿自己开涮，说着年少那些窘事。

"一次在校园与同学发生纠纷，我的头被同学打开了花。这个同学是我家邻居，同学家长得知后急了，"王大仙扫了一眼鸦雀无声的台下，这才接着说，"当晚油煎了一个荷包蛋，送到我的床前，说是给我补补血。"

王大仙说到这里，眼圈一下发红。要知道，在那个物资匮乏的时代，乡下人能吃到一个鸡蛋，那可是一种奢侈呵！要命的是，王大仙长这么大，还是第一次尝到荷包蛋。他压根没有想到，一个小小的鸡蛋，可以做成这么好吃的东西。

台上的王大仙说这话时，口水似乎又要流出来。他告诉人们，他当时就问自己的母亲：“世上还有比鸡蛋更好吃的东西吗？”

母亲不知王大仙想说什么，只顾摇头。

这时王大仙一把拉住妈妈的手，掏心掏肺地说出了自己心中的秘密：“如果头打破了能吃到鸡蛋，我愿意天天被人家打得头破血流！”

母亲终于明白了儿子的意图，鼻子一酸就大哭起来。

王大仙说到这里时，使劲敲了一下桌子，对台下的人们说道：“我不是敲山震虎。别以为我这是在给你们编故事。哈哈，如果我会编的话，坐在这里的就不是一个企业家，而是一个伟大的作家。”

王大仙的幽默风趣，引起会场哄堂大笑。

这时王大仙话题一转：“正因为经受过饥饿日子，才让我们学会了珍惜，懂得如何感恩。”

激动的王大仙，又使劲拍了一下桌子，把麦克风震得掉到地上。这时他干脆站了起来：“但是，当下过剩横飞，喧嚣一色，摆在实体企业面前的，究竟是犬儒主义的墓志铭，还是罗曼蒂克的消亡史？”

咦，从王大仙的嘴里，怎么会说出“墓志铭”“消亡史”这种词？

估计台下许多员工，一时半会还弄不懂这么深奥的东西，就像当年王大仙对母亲的提问。但从“墓”“亡”两个字中，人们也大概八九不离十猜出了王大仙话的深意。会场鸦雀无声，针落到地上也能听到声音。

过了好一会儿，台下终于响起雷鸣般的掌声。哎呀，让我们领教了，什么叫“于无声处听惊雷”。

我是后来才知道，我曾经在萧西路184号工作过七年的那家国营工厂，就是被这位叫王大仙的人，实施破产兼并重组的。

从此，我永远与那家国营厂子曲终人散。

这时人们也许与我一样好奇起来，王大仙到底是何许人也？

那时网上还不能人肉搜索，我花钱雇了一家公司查询发现，王大仙不就是一个野蛮生长的民营企业家吗？怎么可以如此胆大包天，把一个国营大厂吞并掉？

为这事，我曾气愤地跑到省长的办公室，责问领导："眼睁睁看着一个国营企业消亡，政府为什么见死不救？"

省长至今都没有回答我。

后来，有人告诉我："王大仙是一个很有创新思想，很有企业家精神特质的人。"这就是说，经过王大仙手里做出来的企业，蒸蒸日上，没有一家是失败的。

那时，王大仙大红大紫，几乎囊括了中国改革开放以来企业家所有的荣誉——全国劳动模范、全国"五一"奖章获得者、全国优秀企业家、中国经营大师。

瞧瞧吧，王大仙多像一个救世主，我的企业被他兼并掉，反倒过来要向他磕头！

说到这里，可能有人欲问："都是人，王大仙凭什么本事，可以超过常人？"

我这是后来才打听到的，王大仙不只是一个仙人，更重要的是在其背后，始终有一颗初心。

可能人们都还不知道，他做过学徒。在他做学徒时，他的祖母就反复叮嘱过："王大仙呵王大仙，你做事一定要认认真真，你做人一定要规规矩矩。"

在整个学徒生涯中，对王大仙影响最深的，可能就是两个字："戒欺"。

再后来，他的企业小有成绩，王大仙说得最多的，还是"戒欺"。

坦率地说，一个泱泱大国，多数人都从小接受过这样的正面教育。但是出发点相同，并不能保证终点相同。

王大仙兢兢业业，但不唯唯诺诺。他敢做“出头鸟”——在某种意义上，王大仙又是一个开风气的人。

很早，他就表态赞成打破企业“铁饭碗”；当他发现，政府部门对厂长经理的考试不合理时，他就“罢考”，还联名其他企业家，要求取消全国考试……

也许，王大仙就是这样标新立异，深知搞好一个行业、一个企业应该怎么做。

有趣的是，在同个时期，与王大仙齐头并进的一批大咖，不知为何都被人们惊呼为“新的野蛮人”，也许他们这批人都是从计划经济过河蹚水来的，身上多少都带有自己的特色，王大仙美其名曰“匪气”，不然他们怎么会从十多亿人中脱颖而出？

可能时代给了王大仙舞台，他也把自己贡献给了这个时代。

所以，读懂王大仙，可以帮助我们读懂很多东西。当然，在漫长的人生中，有太多的机会、诱惑、陷阱，叫人偏离、淡忘、抛弃原本的“初心”。

有人说王大仙是一个好色之徒，大凡美女都难逃他的魔爪。这是男人丑陋的恶劣，还是玩世不恭的叛逆？

王大仙的这种叛逆，反倒能博得一些人的欢心。同时，又不负自己父母所望，什么望子成龙，什么望子成凤，直至望子成仙。

这条龙，有人说王大仙把自己的企业做得风生水起，打遍天下无敌手，虎踞龙盘今胜昔。

这个凤，有人说王大仙家里有一个戏班子，成百上千的美女供他阅尽人间春色，无限风光在仙峰。

看看王大仙吧，这仙，山中神灵也。

不知是这个名字过人，还是这个名字神灵，王大仙就像他的名字，从浩瀚的人海中脱胎换骨。谁都没有想到吧，当翩翩公子成为风流名士，王大仙也就不负众望，成了当地企业的标杆，大V式的人物，拥有千万粉丝……

第一章　遭遇沽空

这天见到王大仙时，我正跟着省领导到企业调研。他正灰头土脸带领着一帮企业工程技术人员，为新产品开着评审会。

为了迎接省领导到访，王大仙暂时叫停了讨论热烈的评审会。只见出现在我们面前的王大仙老态毕显，大镜框眼镜，黑色牛仔裤，头发也没顾上打理，显得有些凌乱，远看极像一只从草堆里走出来的大熊猫。

这与我之前所知的“王大仙是男神”一说，相差甚远。

王大仙匆忙来到省长面前，手里攥着刚才评审会的记录本，并没认出我来，只是不好意思地傻笑道：“瞧我，哪还有什么‘男神’的模样!”

我暗自发笑，之前人们为什么会将王大仙神化或妖魔化呢?他顶多就是碰到了今天这么一个好时代，给点雨露就发芽，给点阳光就灿烂，甚至还可以超越梦想，插根筷子就发芽，抓把黑土攥出油。

这次，我与王大仙可谓擦肩而过。可不久后，王大仙派来信使，递上一封请帖，约请我吃饭。

我猜他知道我在全省的知名度，但对人头他肯定对不上号。

要不然那次到他企业调研，他怎么没有认出我？面对这么一个糊里糊涂的人，你说我是选择去还是选择不去？

按常理，约请去就去嘛，本是好事。

那天，王大仙让人给我送来请帖，我真的没有领情。无情未必不丈夫，因为当时中央“八项规定”风头正劲，纪律面前人人平等。这个时候，有人对你约请或约谈，可能你就摊上事儿或者卷入是非。这么说来，王大仙的约请，对我仿佛就是一把杀人不出血的刀子。

当然，没接王大仙的请帖，我还有一个个人原因。你想想看，他那时不收购我的企业，我的企业也不会破产。现在他又要与我玩猫抓老鼠，今天把我请到会所，也许明天纪委就会上门，敲掉我的公务员饭碗。

你看看，一边是我的旧伤未好，一边又要给我再添新恨，这种亏本的买卖，我会再碰吗？

除非我真的是傻瓜一个！

所以，我趾高气扬，看都没看信使一眼，骂道：“别给我白日做梦，老子不会上当的！”

估计信使被我骂得莫名其妙，一声不吭，掉头就逃了回去。

过了半天时光，王大仙亲自打来电话：“兄弟呵，我王大仙失礼了，本应上门拜访，因公务缠身，万分歉意！”

没想到王大仙一开始便放低身段，没有盛气凌人，给足了我面子，加上我这人是天生的狗日脾气，吃软不吃硬，先前的怒气一下蔫了。

我忙对他解释说：“王总，不好意思！现在公务人员不能随意参加企业宴请。”

不想王大仙听得直笑：“兄弟误解啦，我是想借这个名义，请你为我新写的一个剧本把把脉。这约请，可能叫约谈更贴切！”

一说到“约谈”，我的心又一下提了上来。因为“约谈”，已成为当下纪检部门流行语。

王大仙取消约请，改作约谈，的确让我惊诧许久。待我回过神，又好奇地问他："你懂文学?"

王大仙见我疑惑，马上释疑说："关于文学谈不上'懂'，算是业余时间玩玩而已。"

没想到王大仙把文学说得如此轻松，这我相信，不一定有文凭才能成作家。莫言并非博士，照样拿到诺贝尔文学奖。这话，可能是我与王大仙套近乎了："我觉得现在中国企业中，有一个趋势，没有文化的人都在搞文化，有文化的人都在文化之外徘徊。"

王大仙没有想到我这么说话，他猜不透我是褒义还是贬义，话也不敢说下去了。为了不冷场，更不能让我尴尬，他只能装着骂自己："我这人是劳碌命，所有业余时间都花在码字上!"

王大仙这么一感慨，立刻也勾起了我的同感，马上接过他的话题："在这点上，我们好像臭味相投。"

这话逗得王大仙"哈哈"直笑，他大声冲我说道："不，这叫文学青年。"

"哈哈，文学中年吧!"我告诉王大仙，自己离开国营企业后，转到公务员岗位，以企业经济为研究方向。业余时间更多搞点文学，算是换换脑袋。

没想到，王大仙与我一样都爱好文学。在滚滚红尘中，还有人能静得下心，守住自己那份志趣。我们之间的距离一下拉近许多。

现在我不只是对王大仙顿生好奇，还觉得他一定是有故事的男人。对每一个文学青年来说，这种时势造英雄的角可能都是千载难逢。

最后我一声叹息道："文学青年可不好当，得上知天文、下懂音乐，又了解八卦。一般人很难拿到及格分，祝你进一步'沦陷'。"

电话那头的王大仙，发出前仰后翻的笑声……

话说回来，中央出台了“八项规定”，公务人员不得违反。所以，我还是婉言谢绝了王大仙：“不好意思，这事让我再想一想，过两天回答你！”

王大仙知道时局，也不为难我：“真的不行，我们一起喝杯茶也可以。”

我打着哈哈应付了他一句：“到时再说吧！”

好不容易把王大仙打发走，我静下来一个人再想，他为什么这个时候盯住我不放？难道另有图谋？

早听人说过，能成为王大仙座上宾的人，主要是两种：一种是有才的男人，他会特别器重；一种是有色的女人，他会格外关照。

有意思的是，王大仙为了对得起父母赐予他的名字，更渴望自己企业也能成仙成精，便给自己的企业取了一个叮当响的名字——第一世界。

大家知道毛泽东的“三个世界”划分理论：美苏两个超级大国是“第一世界”，欧美发达国家是“第二世界”，而大多数亚非拉国家是“第三世界”。可见这“第一世界”不得了呀。

想到这里，我还是忍不住要骂王大仙不知天高地厚！你以为你是谁，你能把你的企业做成经济上的“第一世界”？

但我转念想，可能我这是偏见，甚至是对一个伟大的民营企业家的侮辱。记得著名作家麦家先生跟我说过一句话：“一个人只要爱上读书，他一定不会坏到哪里去！”

冲着王大仙这一点，我断定这人坏不到哪里去。

为了不违反纪律，这事我在第一时间向纪委部门咨询。接待我的是省纪委一位上年纪的老头，他从上到下看了我一眼后，不是训斥地训斥我说：“你以为你是谁呵？为企业做好服务，当好店小二，是政府天经地义的事。”

这话我长久没听人说了，今天从一个老纪委口中吐出来，我立刻激动地站起来，握着对方那双宽大的手说："我代表中国企业家，谢谢您!"

他说："你别忙着激动，你是要到哪家企业去?"我就一五一十地告诉了他。他告诉我，这家企业他比较熟悉，企业负责人叫王大仙。

在房地产鼎盛之时，王大仙抓住机会，通过房地产业赚到了第一桶金，对于那些一时出不了手的房产，他灵机一动开发主题公园。为了聚集人气，他又尝试以当地人文历史，准备打造一台室内文化情景剧。目前王大仙正致力于推进文化产业，经他之手的确出了许多高质量的作品。

但是，社会上对王大仙议论的人也较多，有人嘲笑他是温饱思淫欲。还有人骂他是狗嘴里吐不出象牙，把全国直至全球的一个个漂亮美女演员，统统都招进企业，说是高薪聘请，私下是不是为了满足他个人占有欲，这还有待取证……

没想到这位老纪委，对王大仙这么了如指掌。我当然不会放弃这么好的机会，把我自己的一些情况和他交流，以求高人指点我下一步何去何从——

萧西路 184 号的企业破产后，我远离实体经济，寄生到省政府下属的一家经济研究所，通过研究企业经济，发挥过去我在企业当过厂长的实战经验。

工作之余，写点纯文学，没有什么功利，就是想弥补自己整日经济研究的枯燥和乏味。

当这样的写作小有成绩时，全国性文学大奖也时不时来眷顾，我想应该是老天对我的开恩。但是骡子是马，怎么溜达，只有自己最明白。

对于这些，我曾暗自偷笑，王大仙呵，你也有走眼的时候……不知为什么，我甚至断言：王大仙瞄上我，可能是他这辈子，最失算的一件事吧……

当然，路归路桥归桥。

经老纪委的点拨，在一个周末的中午，我早早来到王大仙的企业，本想趁早溜达一圈，以便见面时有话好说。

出乎意料的是，王大仙早已派人守候在企业大门前。同时，大门口几个高清探头，正无死角地盯着我。这就是说，只要我一露脸，他们就会在第一时间知晓。

王大仙对来客很用心，选派了两位美女候在门口。我脚刚迈进工厂大门，他的两位美女已经上来挽住我的手，让我一下飘飘然起来。美女手上的温度与力度，还让我另有一种被劫持的感受。

好在美女穿的是我喜欢的旗袍，把女人味全部显露出来，多少又挽回了我的窘迫。

在这群美女鲜花丛中，一个男人再委屈，都是一件幸福美好的事，所以，这时我反倒心甘情愿地听命摆布。

美女把我引到一块红地毯上，我顿时觉得像走在 T 台上。红地毯直抵远处一个森林密茂、鸟语花香的孤岛。走近才见，茂密林中有一幢金碧辉煌的宫殿，好一个世外桃源。

到门口，两位美女向我告辞。这时另一位打扮得花枝招展的美女，踩着碎步向我迎上来，把我带到一个高档红木椅前，给我递来一杯大红袍，我真的不敢随意坐在一尘不染的金丝绒坐垫上。

茶几上放着几本厚重的书，美女非常有礼貌地告诉我："这是王总的杰作，他让我们为你准备的。"

那美女又介绍说，这些年来，王大仙一直在打造一台大型歌舞宫廷皇朝"秀"，争取每年有千万游客观看，以成为目前世界上年演出场次最多和观众接待量最大的剧场戏，或者成为与拉斯维加斯"O"秀、法国"红磨坊"比肩的"世界三大名秀"之一……

对美女的话，我将信将疑："你们王总真有梦想！"

那位美女可能听出我话中有话，机灵地冲我一笑："我们王总是一个绝对的文学青年。做企业的工匠精神，反映到他漂亮的文字上，人见人爱，我们对他崇拜得五体投地。”

我朝美女“呵”了一声，这时外面有人喊道：“董事局王主席驾到！”

听到喊声，我站起身相迎。

只见王大仙偕着一位身穿旗袍的美人，踏着红地毯款款而来，范儿十足。

我忙走上前，欲与王大仙握手，没想到他没有主动伸出手的意思，只听他一脸满足地向我介绍说：“兄弟，这是鄙人的夫人——江南最有名的美女名媛裴小仙女士！”

我点头致意，以表达对这位倾国倾城美人的敬慕。

当我的视线与裴小仙的视线，不知怎么碰到一起，竟然迸出一道光。这种女人勾魂的眼神，可能对所有男人都有杀伤力。我忙低头，赶紧控制住心中那只“怦怦”乱跳的小鹿。

想不到，有钱人就是任性，连身边女人都可以像鲜花，美丽得令人窒息……好一个大仙与小仙呀，我不知道这两个神仙撞在一起，会迸发出多大能量！

王大仙见我坏笑的样子，多少猜出我是对漂亮女人好奇。而年轻美貌的裴小仙反应更快，顺水推舟地问道：“你们官员身边，不是有很多美女吗？”

裴小仙的一针见血，让我十分尴尬，甚至无地自容。

我忙笑说：“夫人真是幽默，那是电影看多了吧？”

裴小仙自知说漏了嘴，在客人面前怎么好这样吐槽，马上抿起嘴笑：“不好意思，开个玩笑。在我们这种企业，本就美女如云。记得一次，有人惊叹地问我：你们是什么工厂，制造了这么多美人？”

裴小仙的一番自嘲，把我们逗乐了，一下拉近了我们的距离。这也让我发现裴小仙是一个社交高手，以性格直率、平易近人、没有娇气笼络人心。

这时，只见她随和地上前半步，用她那娇嫩的小手，握住我这又粗又黑的手，我多少有点受宠若惊。

王大仙这才回过神来，万分歉意地对我说："让兄久等了，我们上桌吧！"

我随王大仙入席，这时大厅响起轻松的萨克斯音乐。这种灯红酒绿、纸醉金迷、觥筹交错，我其实很不适应。

王大仙执意要我喝点酒，我犯难了。我没有冠冕堂皇地用"八不准"做挡箭牌，而是推说自己不会喝酒。

他立刻引导说道："闲谈慢饮，无酒不成宴。"

王大仙见我没有作声，以为我要听他的下文，故意清了一下喉咙，满怀深情地拿自己开涮起来——

他过去也不会抽烟喝酒，长期忧郁得厉害，找到一位所谓懂心理学的人调理，那人问王大仙："你会抽烟吗？"

王大仙摇头说："我不会！"

那人又问王大仙："你会喝酒吗？"

王大仙又摇头说："我不会！"

那人接着又问王大仙："你会玩女人吗？"

王大仙还是摇头说："我不会！"

王大仙让我猜，那人最后冲他说了一句什么话。

我直摇头，瞪大眼睛向王大仙问道："那人最后怎么说？"

想必王大仙是说段子的高手，他又不紧不慢地娓娓道来："那人冲着我说，'那你还活着干吗'！"

王大仙一阵激动，伸出左手向我握手："兄弟呵，那家伙的话太伤男人自尊啦，我们自己得解放自己！"

我对着王大仙夫妇直笑："这人与我们平时在电线杆上见到的什么'祖传秘方'的老军医，可能是一丘之貉。"

我的话引得大家哈哈直笑，只见王大仙摸了一把自己的八字胡，又笑眯眯道："不过，后来我真的学会了抽烟喝酒，身体的忧郁，马上烟消云散啦！"

听到这里，我拍起了手，幽默了一句："今后中国的医院，应该统统改行烟酒公司。"

王大仙又一下笑了，帮腔地对我说："这个可以！"

坐在一边的裴小仙，接过话茬，提醒我们说："男同胞们，还是边吃边聊吧！"

王大仙马上醒悟过来："不好意思，只顾说话。在朋友面前献丑了——喝酒，喝酒！"

看得出来，裴小仙在家是维护王大仙的绝对权威的，只见她又赞叹说："我们王大仙是性情中人，来干杯！"

我也端起酒杯，先前对喝酒的顾忌，早已抛到九霄云外。

一屋一室雕梁画栋，金碧辉煌。

一餐一饮精烹细作，食不厌精。

一衣一带雀衣彩绣，美轮美奂。

如果没有宴席上的浅斟深酌，哪能体现出王府"鲜花着锦、烈火烹油"之盛？更没有比推杯换盏之时的琴歌酒赋，更能体现出这里翰墨书香的风流雅致了。

几巡酒落肚，未见王大仙谈论什么文学剧本之事。我则借酒壮胆道："王总，你知道你脚下这块土地，二十年前是谁的？"

王大仙没有多想，立刻告诉我："应是一家省属建材企业？"

我接过话题："那时这里聚集了全省四大工厂。我们脚下原来是一家建筑材料企业。最大的露天取土资源矿区有五百七十多亩，最深之处，为上海吴淞标高——海平面负的二百多米。"

王大仙见我如数家珍，马上问："兄弟怎么如此一清二楚？"

我一笑："那时我在这里做厂长。"

王大仙大吃一惊："兄弟，你别吓我？"

裴小仙插话："我们只知道大哥是一名政府官员，没有想到我们曾是同行，真的是有眼不识泰山！”

但我还是谦虚了一句：“计划经济与市场经济条件下的企业，许多东西无法比试。”

王大仙见我在刻意回避往事，也就不再打破砂锅问到底了，干脆说起他开发这片土地的那些陈年往事。

王大仙找到这片土地时，这里刚下过一场透雨，泥塘积满水，脏得下不了脚。但他却看出了名堂：江南的文化本来就是与水相连的，如果把大塘做成一个水系，连土石方工程都省下了……

王大仙像发现了新大陆，决定利用老厂废弃采土矿场，沿着水系打造成片的公园和绿地，希望巧手捏来，烂泥能成大器！

这时王大仙以旧建材厂作背景，汽车作办公桌，心中已经描绘出童话般的一个城市乐园：

那残留下的巨大烟囱经过精心雕琢，可以改造为挪威洁白的“生命柱”；那巨大的泥塘可建成一个波光潋滟的“地中海”；那砖瓦轮窑稍加改造，立即成为小矮人的“深山奇穴”……

于是，一个充满异域风情的城市乐园，将在这片废墟上横空出世。

如此，化腐朽为神奇的开发模式，成为当年国土资源部门废弃土地再生利用的中国式典范……

我对面前这位看似文弱瘦小，但充满智慧和创意思维的王大仙，顿时刮目相看：“王总呀，如果从经济学角度，你的举动已经突破了单纯主题公园构想，打破了传统的景区概念，把休闲文化的内涵融入绿色的、充满人文关怀的生态文明。”

一番看似恭维但十分精准内行的话，让王大仙有点“酒逢知己千杯少”的感觉。这天我们彼此谈了很多，谁会想到这个厂子的新老负责人，三十年河东，三十年河西，今天能同桌共饮，不禁感慨万千。

最得意的当数王大仙，他站在我这个往日地主的面前，一副当年“打土豪分田地”的成功模样，忍不住冲我笑道：“兄弟对不住呵，历史为什么要这么残酷无情！”

我仿佛成了王大仙革命的对象，一个活脱破落的地主。

现在我尽管装得若无其事，但我只能自认生不逢时，委婉叹息了一声说：“莫非是长江后浪推前浪，一代更比一代强？”

好在王大仙在我眼前，没有居高临下，没有咄咄逼人，也没有半点嘲笑，只是淡然一笑：“什么长江后浪推前浪，你不知道后浪早已死在沙滩上喽！”

我被王大仙的话，弄得莫名其妙，就问：“为什么？”

王大仙想说，但又马上咽了回去：“哎，现实哪有这么多的为什么！”

我故意拍着胸部，挑逗王大仙说：“那你，差点把宝宝吓坏了！”

王大仙可能被我逼得无路可退，这才开始将咽在肚子里的苦水往外倒。他让裴小仙拿来他的公文包，从里面抽出厚厚一沓材料，放到我面前：“本不想在兄面前诉苦，既然你说到这事，那我就打开天窗说亮话。”

王大仙让我看的是一份美国团队编制的几十页的沽空报告。长期从事企业经济研究的我知道，这类所谓报告就是找你企业的茬，说你企业的坏话，可谓是杀人不见血的软刀子。

问题是远在地球对面的美国人，为何跑到中国来猎杀，是谁这么狗胆包天？

沽空报告上如此写道：

> 我们是一群经验丰富的股票分析师，有着各国际投行背景，我们从第一天便开始跟踪中国股市的发展。
>
> 我们决心尽可能多地暴露中国股市的欺诈行为，最普遍

和严重的欺诈可能是上市公司制造不存在的企业，窃取股东的钱……

当然，富有内涵的是这一句：阅读并使用我们的报告，风险自负。

这就是一个叫艾默生团队的分析，一家在2014年4月1日才冒出来的沽空机构咨询的全部。

今天他们已经将靶心瞄准中国王大仙的文化企业。神龙见首不见尾的艾默生与“浑水”“匿名分析”“格劳克斯”以及“香橼”类似，曾多把调查重心放置在香港上市、民营背景、市值相对较小的企业。在美国中概股相对势弱后，“围剿香港”已经成为这些自诩“市场啄木鸟”的机构最中意的“热河围场”。

这些被他们相中的企业，常有一些特殊标志，比如：有权的，在社会上有一定地位，大股东实际控制股权一般在百分之七十或八十之间；有势的，涉及产业及商业模式“孤僻”，很难找到对应参照标的；赚钱的，拥有异乎寻常的高毛利率和净利率；有故事的，喜欢对市场彰显自己全产业链，甚至是无微不至面面俱到的。

好家伙，这都为其设置空头公司、挪腾资产或掩饰真正利润，提供了巨大空间。

如此一来，谁都没有想到王大仙成了艾默生第一个相中的对象。你说他多么倒霉。

我把沽空报告扔到一边，对王大仙投去怜惜的目光说：“如今是林子大了，什么鸟都有！”

王大仙感慨道：“这不，商场如战场，这批人今天冲着王大仙，明天冲着张大仙，后天也许就会冲着整个中国！”

王大仙可怜巴巴的样子，让我想到“人之初，性本善”这句话，坚定了我同情弱者的决心：“王总，你需要小弟为你做点什么?”

王大仙见我从先前的抵触，到现在的怜惜，这正是他苦口婆心的期盼。这样一来，他也就“一不做二不休”了：“这就是我今天为什么迫不及待要请你出山的初心!”

我这人就是这样直性子，一旦给人家许愿了，哪怕是上刀山下火海，都会毫不畏惧。

我急切地问王大仙：“你想要我干吗?”

王大仙立马顺水推舟地说：“我们想请你出山，到企业当CEO。”

这个请求，有点突如其来，我不知怎么回答，就问王大仙：“为什么?”

早已有备而来的王大仙想也没想，对我滔滔不绝道：“因为你曾在企业做过厂长，又在政府做经济研究，是有理论又有实践的双料人才。现在我们企业亟待向文化产业进军，你又是文化人、作家。前些日子拿到沽空报告，思前想后，觉得兄弟出任企业CEO，应是最佳人选。”

对王大仙的处境，我深表同情。但他对我的情况，可能研判不够，我将心比心地说：“王总，你知道中国老祖宗有句谚语，‘一朝被蛇咬，十年怕井绳’。你知道，当初我为了脚下这家省属建材企业，鞠躬尽瘁，死而后已，但结果我落得什么?几乎身败名裂呵!”

我越说越激动，但王大仙丝毫不让：“兄弟，现在企业的发展环境，与你那时早是一个在天上一个在地下。”

我笑着摇了摇头：“大哥，你真幽默，现在发展环境好吗?就像这份沽空报告，是要你企业生，还是要你企业死?”

我与王大仙针锋相对，把他急得气喘吁吁：“不不不，市场经济条件下，一切都得听命市场。这与计划经济条件下市场缺失，只有政府与企业的关系，是完全不同的。”

没有想到，王大仙头脑如此清醒，说明他对如何做好企业，还是动了一番脑筋的。

问题是，既然现在人家有难处，从职业道德的角度，从企业研究方面，是不是应该助人一臂之力呢？

想到这里，我想不该再与王大仙耍什么嘴皮子，还是有话直来直去：“容小弟再想一想，过两天答复你。”

王大仙猜出我已回心转意，也不急于逼我马上答应，满怀信心地赞道：“那我就等候兄弟的好消息！”

话到七分，酒至微醺，言辞婉约，含蓄蕴藉，这可能是酒席上完美的境界。

不知何故，裴小仙站起身子要打发王大仙先走一步，端着酒杯跑到我跟前：“不好意思，来时单位一职工病危，王大仙得先走一步。”

我马上赞叹说：“善待职工，这是企业家的天职。”

王大仙开怀大笑：“那我就先走一步啦！”

他边说边往外跑，突然又转过身问我：“兄弟，你新书带来没有？赶紧给我签个名！”

我取笑王大仙：“到底是搞文化企业的人，万变不离其宗——文化，哈哈！”

我忙从包里拿出新书《最后的一个工厂——企业1984》，马上签好名递到王大仙手上：“王总，我饭前已见到你的新书，那你也为我签个名？”

王大仙歉意地说：“今天没时间了，下次我将我的全套书签好名，直接给你送过去。”

他一边说话一边勾着右手，甚至还没有来得及与我握一下手，就匆忙离席了。

我呆在那里许久，裴小仙可能看出我想要问什么，这时她已忍不住红了眼眶：“大哥，前些日子，王大仙因工作操劳过度，突然中风，差点把一条命搭进去，这也是他痛定思痛，一定要找CEO的缘故。”

我很是吃惊，忙问：“我看他右手不灵活，是中风引起的后遗症?”

裴小仙向我点了一下头。原来王大仙一直带病工作，即便今天在我面前，他仍装着若无其事。好一个拼命三郎呵，王大仙的形象在我面前顿时高大起来。而我人生遭遇一点挫折，就瞻前顾后，不思进取，相比王大仙，显然我在掉队，这差距愈来愈大……

就在我为自已忏悔时，裴小仙向我伸来她那双粉嫩纤手：“王大仙的企业，急待大哥的加盟!”

我不好意思起来，想想王大仙为企业出生入死，而我畏惧不前，你说我还有什么放不下的……

裴小仙见我当场表态同意，这是一个意外收获，立刻破涕为笑，那“哈哈哈”的笑声打破了大厅的沉寂。

这时裴小仙回过头，改守为攻对我说：“大哥，我们换一个地方，探讨一下王大仙写的那个文学剧本。”

我告诉她，我一直为剧本的事牵挂着，因为约请时就是说要讨论剧本的。既然裴小仙把这事说出来，我当然满口答应。

我跟着裴小仙，七转八拐来到企业会所最顶层，这里是一间总统套房，当她把门“砰”的一声关上时，我这才吓出一身冷汗。

第二章　偷约情人

“第一世界”会所后面，有一条专用通道，据说是专供王大仙游园的花径。大道上，早已停靠着一辆宾利高档轿车，自然是王大仙的专车。

不远处是一个烟波荡漾、美丽的仙人湖，谁会想到二十年前，这里曾是一家建材企业废弃的采土矿场。

在湖边码头上，停着一艘王大仙专用的白色高档游艇，夕阳下反射着五光十色。

王大仙匆匆走出会所，生活秘书忙迎上去接过公文包，抢先打开车门，一只手遮在车门框上，以防主人撞头。

据说这位秘书，能文能武，当过特种兵，是王大仙特招到企业的贴身保镖。

钻进小车的王大仙，因走路匆忙还喘着气，他让司机赶紧调转车头，朝着省城的香格里拉大酒店飞驰。

半个小时后，车已抵达酒店，王大仙忙从秘书手上接过公文包，看了一下手表后，关照秘书道：“在车里等着。两个小时我还未下楼，马上到888总统套房找我！”

秘书用军人口气，毫不含糊地答道：“是！”

待王大仙交代好工作，转身不放心又提醒秘书：“千万不要误事呵！”

秘书冲到他面前，忙弯腰作揖：“领导放心！”

听到秘书回应，王大仙用手捂住胸口，心里这才踏实下来，一摇一摆地径直走进酒店。

这家金碧辉煌的香格里拉大酒店，是上世纪九十年代初期建成的。王大仙还不知道，这楼建设所用的建筑材料，全部来自他企业脚下原先的那家省属建材总厂。如果王大仙知道这事，估计他会更加自得。

王大仙之所以喜欢这里，是因为香格里拉酒店背靠大山，面朝城市中一片风光最美丽的湖水，那时城市没有这么多的高楼，香格里拉酒店一直是这座省城的标志性建筑。

到酒店消费成了人们身份的象征。近些年，入住这里的大腕不胜枚举，经历过各种论坛、首脑峰会、体育赛事、时尚走秀，可谓抬头见各国首脑，低头见文体明星。

王大仙走进酒店，没有直接进电梯口，而是不知给谁拨了一通电话，只听到一个有气无力又娇滴滴的女人声音：“对不起王总，昨晚我与朋友叙旧酒喝多了，今天无法见面！”

听到这样的回答，王大仙脑袋一下子大了，急匆匆回了一句：“我的大小姐，你怎么可以说见就见，说不见就不见呢？”

对方“啪”的一声，把电话直接扣掉。

王大仙气得直发抖，如果继续这么对峙着，估计他的心血管旧病又要复发了……

事到这里，人们不免要问，酒桌上王大仙不是说去看望单位职工，现在他怎么独自一人跑到酒店，而且还是找美女？

王大仙为什么要做假，是他寻欢作乐的本性难移，还是王大仙纯粹是在说谎，或骗取他的老婆裴小仙的信任，或他们夫妻俩联手，在我面前演双簧？

那王大仙的图谋又是什么？

仍还僵站在酒店大厅的王大仙，这时不知想到了什么法子，脸上终于露出一丝奸笑。凭他与众多女性打交道的经验，今天这位美女肯定是有意在支开他，所以以醉酒做挡箭牌。

显然，这位女人，低估了王大仙的力量，尤其她没有想到面前的这位男人，是位久经沙场的汉子，迄今为止没有他征服不了的女人。

只见王大仙径直走上酒店电梯，直接来到888总统套房门前。此刻，王大仙没有按门铃，而是用手直接叩门。

门里马上传来一个女人的声音："谁呀？"

王大仙极力控制住自己的情绪，自报家门："我是王大仙！"

过了一会儿，门里传来由远而近的高跟鞋叩响地板的脚步声。

从脚步声中，王大仙坚信自己的判断是精准的，这个女人根本没有醉酒。

门刚打开一道缝，王大仙早以迅雷不及掩耳之势，冲进房间，把那女人逼到墙边，吓得那女人尖叫起来："死鬼，你吓死人啦！"

现在看清楚了，原来面前这位是到美国留学的省城美女老师。此刻，她被杀气腾腾的王大仙吓得不知所措。

常言说，好汉不吃眼前亏。美女老师极力撒娇，想以柔克刚。她干脆大着胆子投进王大仙怀中，一个好色鬼遇到一个自投罗网的美女，接下来的戏，可想而知。

然而，王大仙这小子不买账，一把将她推开，一动不动地站在那里端详着她。

美女老师不知王大仙葫芦里卖的是什么药，更加胆战心惊。按照过去王大仙的习惯，肯定会从后面给她一个熊抱，用他那力拔山兮的魄力征服一个女人。

用王大仙的话说，在女人面前男人必须要有征服欲，否则就不配做一个男人。过了许久，王大仙这才打破沉默："你不是说醉酒了吗？"

美女老师像一个被老鹰抓住的小鸡，早已是大气不敢出。此刻，她只能以泪洗面，不知能否感化面前这位硬汉。

其实，王大仙最喜欢这样的女人。大家可能都还不知道，美女老师没有出国之前，王大仙曾追过她一段时间，最后不知什么缘故，出国后她与王大仙成了断线风筝，分道扬镳……

或许爱有多深，恨就有多深。王大仙现在见到这位曾经背叛他的美女老师，自然爱恨交加。

此刻，虽然王大仙极力克制自己的情感，但说话还时不时颤抖，而美女老师穿的那浅色丝绸睡衣，反倒让她更加妩媚。

不知她是真的酒醉还是假的酒醉，或是故意挑逗王大仙，当她走到他前面时，真的来了一个酒醉的趔趄，身体歪歪扭扭摔了下去。

幸亏王大仙眼疾手快，伸出他的左手扶住了她，而美女老师又用手拽住他那垂着的右手臂，没想到那么僵硬，她以为他是攥紧拳头要揍她，忙双手抱住头，"哇"地尖叫起来。

过了片刻，美女老师见王大仙没有打她，但见他手臂还是勾拢在衣袖中，这才忙说："亲爱的，有话好好说，请息怒！"

听到这里，王大仙忍俊不禁："一个男人再没本事，也不会去打一个女人。何况她是一个美女，还是我曾经的情人！"

王大仙说得很动情，一下把他们拉回到二十多年前。

那时经人介绍，王大仙认识了在省城高校做老师的美女，但不到半年时间，她就急匆匆提出要到美国留学。

当时王大仙也不知道发生了什么事，还主动资助了美女老师一笔出国资金，算是感情投资。

随着时间的推移，两人世界在第一个月时，还是热恋。到第一年时，慢慢变成冷恋。到第十年之后，两人真的疏远得互不相识了……

这事，王大仙心里最明白，也不能全怪美女老师，因为他当时曾信誓旦旦地对她说过：“你先去发展吧，半年之后我会追过来！”

后来王大仙失约，他自以为美国不是他做事业的地方。这时美女老师又觉得，她是被王大仙甩掉的一个包袱。所以，她对王大仙的怨恨，一直深深地埋藏在心里。

今天他们相遇，多少还能找到当年的影子。王大仙望着眼前这位美女老师，仍然酷似洛阳盛放最美的那朵牡丹，剑眉星目间有大幅泼墨的富贵感，王大仙还是按捺不住激动，赞叹道：“二十多年未谋面，你还是这么美丽漂亮。”

与女人打交道，王大仙的确有自己的一套，他现在这样主动赞美她，显然就是一个坏男人哄美女上钩的伎俩。

久经沙场的美女老师，当然不是几句好话就可以骗上钩的。她淡定地说：“兄弟，别逗了，时间能放过我的青春吗？”

听话要听音，王大仙知道美女老师的话看似自言自语，实质上是一语双关，冲着王大仙发牢骚。

确切地说，王大仙对眼前这位美女的追求，早已不像二十多年前那么疯狂，但在一朵艳丽绽放的鲜花面前，王大仙就是那只嗡嗡直叫的小蜜蜂。

刚刚听到美女老师锋芒毕露的表达，王大仙还是不紧不慢地回应了一句：“谁都有过青春，在时间的流逝中千万不要迷茫！”

“哈哈，不要迷茫？多么美妙的词语。”美女老师发出借酒浇愁的傻笑后，马上问王大仙，“在这个滚滚红尘，在这个充满诱惑的时代，谁的青春不迷茫？”

王大仙听得出美女老师话中的火药味，他不想把难得一见弄得不欢而散，用坏男人的假正经一笑说道：“至少你眼前这位帅哥大企业家，他的青春不迷茫。”说这话时，王大仙用他那只中风留下后遗症的手，在空中使劲挥舞了一下，吓得美女老师连连后退，以为王大仙又要打她。

见状，王大仙早已按捺不住，哈哈大笑起来，他觉得到向她摊牌的时候了，无需再跟她眉来眼去，便单刀直入主题：“听说美女老师，已经是美国一家沽空公司的成员？”

美女老师直言不讳：“这个团队都是一群经验丰富的股票分析师，有着国际投行背景的人士。”

“都是行业精英。”

“那是！”

“为什么不做点有益的事情？”

“为什么你们企业不规范一些，非得让人家抓住小辫子？”

“如果是善意的意见，我们都会接受。”

“拉倒吧！中国有几家规范的企业？”

“中国正面临着制造业转型升级，但海外资本频频出手，沽空中国优质民企上市公司，意图达到扼杀中国新制造的狼子野心昭然若揭。”

“有这么严重吗？”美女老师淡淡一笑，“大家都是混口饭吃吃而已！”

这时王大仙脸色铁青地喝道：“呵，何止是混饭吃！通过唱衰优质民营上市公司，给中国市场造成恐慌，造成上市民企股价下跌，在企业运营举步维艰之时，再联合同行业的本国机构予以抄底收购，这是海外资本的惯用伎俩。”

“可能有这样的案例。”美女老师一声叹息后，她又站到王大仙角度说道，“不过你要这样想，其实也没错。”

美女老师见王大仙纠缠着沽空报告不放，只能将一些内幕的情况作了介绍——

沽空报告的作者，一般都是在报告里抒发自己的一种情感，他幻想的世界是什么样子，他写出来的世界就是什么样子。他幻想遇见什么样的人或事，他的报告里就有什么样的人或事。但是除了一些太过于不切实际的，报告里指出的也不一定是没发生过的事啊。也许你的世界里不会发生这样的事，但不代表没有。

所以“艺术来源于生活，又高于生活”嘛，只要看起来享受，又何必去计较他是不是真的呢？如果所有报告，都必须是真人真事的话，那要作者、要编剧干什么呢？呵呵，没必要这样斤斤计较，有的时候，就是因为有了这些“骗人的”东西，生活才会多一点趣味嘛……

王大仙被美女老师的幽默逗乐了，忍不住笑了笑。过了一会儿，他还是继续质疑美女老师道：“事情如果这么简单就好办了。历史经验表明，很多外资对中国本土品牌并购完成后，通过围剿、血洗、吞并等方式，最后将中国民族品牌消灭于无形。”

王大仙清楚地记得，曾经的民族品牌南孚电池，被摩根士丹利收购后，转手卖给南孚曾经的手下败将美国吉利，从而消灭了吉利最大的竞争对手。

美女老师也不甘示弱地说：“我们决心尽可能多地暴露中国股市的欺诈行为。”

“恶心！”王大仙骂道。

也许同样的剧本，无非角色不同而已。

你看，无论是中国民企最终讲和，还是通过做空获利，沽空机构都能有巨额进账，而受害者却总是中国的优质民企。

美女老师再次打量着面前这个男人，右手始终勾拢在衣袖中，这才如梦初醒关心问道：“你真的病了？”

王大仙装得可怜巴巴的样子说了一句：“何止身体上有病，精神上也已疯得不轻！”

女人到底柔情似水，美女老师马上明白了，要是在二十多年前，王大仙早已扑上来了，不能达到男人的占有欲，也绝不会便宜手下的美女。

估计王大仙现在早已对美女老师垂涎三尺，只是迫于重病缠身，才落得身不由己。这让美女老师一下对王大仙怜惜与同情起来，一把抱住王大仙……

或许是吧，生活不是香格里拉一场盛大的红毯宴会，我们不可能步履轻盈还要赢得夸奖一片。

每个人的人生，都是一场自编自导的演出。唯有最艰苦的奋斗，最执着的坚持，最坦然的接纳，才能最终获得经久不衰的掌声。

这就是说，直到这时，王大仙与美女老师对一些问题的争论，可能争的就是一个理，可能争的就是一句话，也有的纯属是闲争。

而聪明的人不做无谓的争论，美女老师此时就想把对王大仙二十多年的愧疚还给他，于是悄悄问道："哥，你今天找我，不只是为这份沽空报告吧!"

王大仙拼命摇头说："你看我还能做什么?"

美女老师抱着王大仙温柔地说："你要我做什么?"

王大仙又装糊涂起来，对她说起俏皮话："亲爱的，一切都迟了！你看哥这副样子，还能弄出什么花招。"

此时王大仙很清楚，有人懂得为你流泪，未必懂得你的伤悲。

也许眼前的这位美女老师还不是他想要的菜，但逢场作戏、欲火难熬的王大仙，还是奋不顾身熊抱住美女老师……

在这里，王大仙有自己的活命哲学，他逢人即说："如今人最好的休息，就是让你重燃生活的热情。"

想不到王大仙在美女面前真敢拼，要知道他中风治愈还没有几天，可一想到男女那件好事，他宁做风流男，也不做饿死鬼。

到现在为止，人们可以发现，王大仙一旦遇到男女那些事，就会陷入情不自禁的泥淖中。而现在最致命的问题是，王大仙与美女老师耗了大半天时间，不知是什么原因，促使他彻底放弃了对美女老师沽空报告的追踪。

那份来自美国团队编制的几十来页的沽空报告，这时照旧“我自岿然不动”，无声无息地躺在王大仙的公文包中。

门外响起急促的敲门声，早已坠入男女最甜蜜时刻的王大仙与美女老师，对门外情况根本无暇顾及。

作为情场高手的王大仙，他深知只有此时向美女提要求，她才一定会答应并满足他……

这时站在门外的秘书心急如焚，只听到房间里发出激烈的声响，甚至还听到男女气喘吁吁的呼吸声，但侧耳细听，又无法听清房间里面到底发生了什么。

时间一分一秒过去，王大仙与秘书先前的约定是两个小时，现在已经超过了五分钟。

不怕一万就怕万一，秘书不敢再等下去了，咬着牙一脚踢开总统套房大门。

只见王大仙与美女老师拥抱在一起，在床上直打滚……

这一场面，让秘书既害羞无比又惊诧万分，赶忙用手捂住眼睛，抱头鼠窜地退出了房间。

第三章　特别考试

那天，王大仙离开企业会所，裴小仙早已从他的身上嗅出异样，为了不打草惊蛇，私底下她派了人盯梢。

而王大仙选择在这个时候匆匆忙忙约见情人，主要是因美女老师要提前回美国，再不谋面，就会失之交臂。

在男女问题上，裴小仙对王大仙一直严加看管，一是因为王大仙面前美女如云，一是因为王大仙喜欢拈花惹草。

裴小仙有句口头禅："千万别让老爷子的身体出差错。"

裴小仙嘴里不说，人们心里自明，她就怕王大仙一见到美女，就会心血来潮，偷鸡摸狗，上错别人的床。

谁都知道，王大仙早已功成名就，但裴小仙不知是靠漂亮脸蛋，还是靠女人温柔，倒逼王大仙离婚再娶。

对这事王大仙大言不惭地说："企业要转型升级，做人为什么不可以'更新换代设备'？"

呵呀，什么乱七八糟的东西，这些都是王大仙的借口。说白了，王大仙需要的，就是身边始终有位年少漂亮的暖心女人……

再说裴小仙，她也不是一个省油的灯，更没有人们想象得那么简单。想想看，如果说当时没有王大仙头上各种财富光环，裴小仙肯真心嫁给一个比自己父亲还年长的老男人？

呸！做梦去吧。

裴小仙的插足，开始是因为她得知，王大仙与原配貌合神离。裴小仙勾搭上王大仙的标志是成功地怀上了他的孩子。

裴小仙在孕酮指数的作用下，年逾三十的她，突然被唤醒了久违的母爱，于是，她挺着大肚，来到王大仙家门口逼婚……

结婚后的裴小仙，渐渐变得成熟稳重起来，她不一定能称得上是王大仙爱不释手的花瓶，但一定是滋润着王大仙、满足他生活的妖精。

只可惜鲜花插在牛粪上，王大仙好像永远没有满足的时候，仍时不时吃着碗里的，看着锅里的，惦记着人家嘴里的。

这不，那天王大仙又与一位女明星偷鸡摸狗，你说他那老朽的身体，怎敌青春正艳女妖的三番五次攻击，结果三下五除二，他被疯狂折磨得瘫倒在床上，引发中风。

这事让裴小仙急了好一阵子，这中风倒下还是小事，可要是有一天王大仙突然撒手人寰，还没有准备好后半生的裴小仙，今后的日子可就不好过了。

裴小仙经过一番深思熟虑之后，找到王大仙商定，对外赶紧招聘一个CEO，辅助王大仙工作，让他别总是冲在繁重的一线，以便腾出更多时间修身养性，同时让自己有精力多考虑企业一些大事。

一开始，王大仙死活不肯让位，因为这企业就像是他自己一手养大的孩子，现在突然拱手给人家管理，从感情上，他无法接受。

后来，裴小仙以马云为例，说人家马云五十岁就把老总之位让给人家，如今阿里巴巴照旧越做越大。

“记住地球不会因缺谁，而停止转动。”

如此苦口婆心，裴小仙当然有自己的私心。如果有一天老爷子真的不行了，她也得有一个志同道合的伙伴呀。所以寻找新人，仿佛是她要找新的老公一样，她必须亲自过问与把关。

说了大家可能不信，在王大仙向我发邀请函之前，企业已经约谈了九十九个人，但最终都被裴小仙一一否决。

这些人不合格的原因，据说都因“十商”不全。在裴小仙眼里，你的德商智商情商逆商胆商财商心商志商灵商健商，缺一不可外，你还得长得帅。

也许，这比选驸马还难。

今天他们约见我，对裴小仙是要选驸马还是选 CEO，王大仙无疑早已失去兴趣，因为他目前最关心的是，如何让企业逃出被人沽空的这一浩劫。

王大仙好不容易找到一个理由，让裴小仙乖乖地待在这里，与要选的男神慢慢找感觉。好在裴小仙没有这么傻，王大仙前脚走，她后脚就拨通了秘书手机，一语双关地说：“今天一定要照顾好王主席的身体，如有三长两短，别怪姑奶奶唯你是问!”

裴小仙的话，说得非常狠，但秘书一旦配合她工作，她总忘不了给予重奖的……

难怪刚才裴小仙把我拉到“第一世界”的总统套房时，我就觉得有点不对味，弄得我的心里那只小鹿“怦怦”乱跳。

这是一间装修得十分豪华的房间，不知裴小仙启动了什么机关，顿时房间所有窗帘齐刷刷关闭，一会儿华灯初放，一位打扮时髦的美女翩翩而至，给我们送来时令水果，沏上贡茶。

待我坐定，美女伸出玉手，让我将随身带的手机交她暂时封存。这时裴小仙转身对我抱歉地说：“不好意思！因我们交谈涉及商业机密，按王主席对企业立的规矩，在这个房间不得携带手机摄像录音器材。”

我冲裴小仙一笑：“可以理解。企业得有规矩!”

裴小仙又补充了一句：“这次企业沽空报告出笼，王大仙就一直怀疑有人出卖了企业。”

我对裴小仙点了一下头，并提醒道：“是的，堡垒最容易从内部攻取。”

我的话还没说完，房间灯光突然关闭，在漆黑的读秒时间里，我极力屏住呼吸，但还是被近在咫尺的裴小仙身上散发的淡淡香水味冲昏头脑。

片刻，正前方一道屏幕亮起，一部反映王大仙这家文化企业创业的短片，仿如钱塘大潮，铺天盖地滚滚而来。

裴小仙没话找话，说短片拍摄那天，恰好是王大仙的企业二十周岁生日，又正巧与王大仙的生日同一天，或许是缘分吧！

据称，公司在全国多地以视频的形式召开了庆典暨员工大会，董事局主席王大仙发表了精彩演讲，内容不长，可以清晰地感受到他对企业文化的信心，对高层的期望，对员工的鞭策，对管理的重视，以及对企业的远景规划。

下面是王大仙的一些演讲片段——

> 我们企业文化跟影视公司不一样，他们上市拿十个亿，拍完电影就没了，在电影院放映半个月，接下来就归零，没有后劲。
>
> 今天我们上市公司拿了二十个亿，用高于别人几倍的地价拿来土地，用差不多一部电影的投资，做一台节目，天天去演出，天天有收益。
>
> 现在我们计划的《富春山居图》，一年能够产生两亿多的利润，这样的节目如果我们办十台，就有二十个亿的利润。如果能够把这个市场抓住，可能会超过整个中国电影市场的利润。
>
> ……
>
> 目前排位世界第一的演出团体是太阳马戏团，有几十个

团，可以巡游、驻场。他们还有音乐剧、歌舞剧，一年有一千多万的观众。

在品牌上，我们可能再过五年也比不过它，但是有几个数据可以超过它，一是演出场次，二是观看演出的人数。

我们要做像百老汇那样的演出，不仅仅是“富春版”系列，还有一些国家的舞台精品系列。比如，我们以后会创作改编历史经典，年轻人喜欢的街舞，老年人喜欢的戏剧。

我们对戏剧的要求是，年轻人进去一小时也能坐得住。老人坐下去，那个味道和感受也还在……

我们现在要在全国布局，还要复制《富春山居图》，但并不是完全照搬，而是要结合当地的文化。三亚有鹿回头、黄道婆、鉴真和尚，丽江有泸沽湖和茶马古道，九寨沟有藏羌文化、文成公主的故事等等。

我们用艺术表演的形式给它展现出来，每一台富春山居，就是每一个城市的传奇，也是中国千百年文化的延续。接下来每年有三个左右的城市会开业，三年后是三亚、丽江和九寨沟，五年内会推出九个城市。

假如我们企业文化是这样——有二千多名演员，二十多个剧院，有自己的舞蹈学院、杂技学校，跟上下游的舞台机械、游乐设备、服装制作、多媒体创意等公司结合在一起，那将是真正意义上的文化航母。

……

王大仙这个演讲，入世却又出世，圆润却不圆滑。生在纷扰的世界中，但有着难得的一份从容自在。

我激动起来，感慨万分地对裴小仙说：“没有想到王大仙主席如此充满血性，跟着这样的人，也许谁都甘愿鞠躬尽瘁，死而后已！”

裴小仙听到我的话，高兴得从沙发上跳起来："这么说，你愿意加盟到我们企业中来?"

我向裴小仙提出了要求："加入队伍是有条件的。"

她迫不及待问："什么条件?"

我直截了当说道："条件很简单，一是企业要实行合伙人制，以调动全员积极性；二是企业发展思路，可能要做一些修正……"

裴小仙听到这里，从凳上拍案而起："你与王大仙的想法，怎么不谋而合?"

我见裴小仙那么激动的样子，尤其是脸色绯红，更加漂亮性感。

这时裴小仙并不只是美丽，从她眼睛，从她声音，甚至从她每一个毛孔里，都散发着一种特殊的魅力，令每一个男人都会魂不附体。我想这也是当初王大仙为什么要娶裴小仙的关键吧。

说到兴头上，我即顺水推舟，与裴小仙交换了我对文化产业的蓝图美景——

以我一孔之见，当今中国文化产业，最重要的是要做好两件事：一个是"以文化人"产生精神，即文化事业；一个是"以文化物"产生经济，即文化产业。

可能我说得太理性，怕裴小仙听不懂，我又做了进一步的诠释："就是说，我们既要打造精神世界，也要打造物质世界，用文化创造无限的经济价值。科技和文化是助推经济转型的双翼，我们企业发展既要靠科技，还要靠文化，要强化文化对经济转型的作用。"

裴小仙被我的话，说得一愣一愣的。虽然她不一定完全理解，但感到我的话很新鲜，有嚼头。这时她很像一个小学生在听课，而我喜欢的就是这感觉。

我又侃侃而谈，从世界经济发展规律看，人均国民生产总值超过六千美元时，文化需求会出现井喷现象。改革开放近四十年来，文化企业的竞争已经到了“资本竞争、管理竞争、市场竞争、文化竞争”的第四个阶段——“文化竞争”。

目前我们文化企业的发展势头很好，文化产品“走出去”日见成效。

我们企业还有转型升级的巨大空间。要做好文化资源文章，如山水文化资源、红色文化资源、文化技术资源等，要把这些文化资源转化为企业发展资源。

我的滔滔不绝，早已让裴小仙瞪着一双大眼睛，神魂颠倒，这恰恰从另一个角度，让我得到从未有过的满足。我又说道：“千言万语，我们企业文化的价值链，应迅速向两头延伸，一头研发，一头营销。研发与创意相联系，营销跟品牌相结合，这就是我们企业目前应注意解决的问题。”

裴小仙被我的文化理论一下子拓宽了视野，她对我竖起大拇指，赞叹地说：“这真是‘听君一席话，胜读十年书’。”

我说：“过奖了！”

只见她那迷人的双眼，直溜溜地盯着我，仿佛我就是她要捕捉的猎物。她问我道：“你大学学的是什么专业？”

“工业经济。”

“难怪你对企业经济如数家珍。问题是你的文学靠什么起家的？”

我笑着对裴小仙解释说：“文学对我，仅是一种爱好，作为文学青年玩玩而已，没想到玩大了！”

裴小仙顿时像发现了什么新大陆，立刻大声对我喊道：“我宣布，你正式被我们企业录用了！”

我抿着嘴笑问：“为什么？”

她说：“这是秘密。”

我吓唬裴小仙道：“不说，我就不来你们企业了。”

裴小仙这才一本正经起来，讲话也娇滴许多：“我说了，哥千万别生气呀!”

我向她表态道：“男子汉大丈夫能屈能伸!”

这时，裴小仙才一五一十地告诉我：“这次面向社会招聘企业CEO，我们采用历史上选驸马的做法。”

原来历史上，波斯公主到了适婚年龄选驸马时，候选男子一百名，都是公主没有见过的。百人以随机顺序，从公主面前逐一经过。每当一位男子在公主面前经过时，公主要么选他为驸马，要么不选。如果选他，其余那些还没有登场的男子就都遣散回家，选驸马的活动也就结束了。如果不选，当下这名男子就离开，也就是筛掉此人，下一人登场。被筛掉的，公主不可以反悔再重选。而且，公主必须在这百人中选出一人做驸马，也就是说，如果前九十九人公主都看不中的话，她必须选择第一百名男子为驸马，不管他有多么丑陋。

我笑着问裴小仙：“我是第几个?”

她不好意思回答道：“你正好是第一百名男子。”

“按规则，那我是必须的人选?”

她很诚实地说：“现在已经别无选择!”

接着，裴小仙又告诉我：“波斯公主的题目还教会我们一点，就是哪怕你的方法是最优，你也永远不可能每次都得到最英俊的驸马。在最优化的选择方法下，公主也只有百分之四十左右的可能性选择到最帅的男人。”

对此结论，我不敢恭维，说：“这是什么文化?”

裴小仙马上追问：“你说是什么文化?”

我朝她坏坏一笑：“这可能是杭州人骂人傻瓜，叫‘捏儿’的谐音‘62’的一个公式表达：62＋38＋250＋13＋2＝365。”

裴小仙忽然发现这个等式的左边几组数字，全是骂人的话，一下惊呆：“呵，每组数字都将人骂得狗血喷头。你们搞经济的真会玩数字。”

经裴小仙这么点拨，我又想起一件事：“说到数字，这里有道题，不知迷惑了多少人。”

裴小仙的胃口马上又被我吊起，我见她眼睛已在放光，所以我赶紧说道——

一般人的思维：一元乘以一元钱，等于一元钱。

企业家的思维：一元乘以一元钱，等于十个一角乘以十个一角钱，等于一百角钱，又等于十元钱。

互联网的思维：一元乘以一元钱，等于一百分乘以一百分钱，等于一万分钱，又等于一百元钱。

金融家的思维：一元乘以一元钱，等于一千厘乘以一千厘钱，等于一百万厘，又等于一千元。

看清楚了吗？

当我们还在传统的思维里苦苦挣扎时，人家已经开始了用“分享经济＋倍增原理＋大数据＋互联网金融”，向着诗与远方奔跑。

这告诉我们，思路决定出路，观念决定贫富，眼界决定世界，不是吗？

不知裴小仙是否听明白，我觉得她不是在听我讲什么经济怪象，而是两眼直勾勾盯着我看，并说了一些不明不白的话：“有缘才会相聚，有心才会珍惜，有懂才会怜惜，有情才会相依，有戏才会继续！”

裴小仙自言自语的话，一下弄得我怪不好意思的。

突然，她手机铃声响起，算是给我解了一个围。

我忙找卫生间方便，又赶紧将衣袋里的录音笔关掉藏好。走进房间时，仍见裴小仙十分恼火地骂道：“老不正经……”

一放下手机，她忍不住将王大仙的丑事一五一十地告诉我：“刚才是王大仙的秘书打来的电话，说老爷子在泡妞。”

我微微一笑：“家丑不可外扬。”又安慰裴小仙说，“我们在机关工作，几乎是男性独霸的天地，不是权力的角逐，就是各种烦恼不断，整天看到的是阴沉沉的脸、清一色的西服。偶尔见个女官员，也是岁月印迹皱纹满目。”

我继续向裴小仙倒苦水：“在这种环境下，突然看到一张妆容精致、年轻貌美的面容，恐怕没有一个男人不是春心荡漾，也许这时再难的事统统都会春风化雨。”

这时裴小仙没有马上应对我的话，她一下想起了什么，马上破涕为笑地拿起手机，对秘书大声说道：“别追究老爷子啦，一场大病早已让他废了。”

说老爷子废了，这话对一个男人太残酷。

说话时，裴小仙又用她那勾魂的眼睛瞄了我一下，不知道她是不是故意将话说给我听的，还是另有企图。反正我装聋作哑，没有再去搭理裴小仙。

我还在想企业文化的事。企业文化，应该是企业的一个强大回响，而不该是企业灵魂的俘虏……

第四章 “双创”先进

那天我不知怎么神魂颠倒，也不知最后自己是怎么逃离“第一世界”那间总统套房的。

当我一口气跑回家，心脏还在“怦怦”疯狂惊跳。常言道，“英雄难过美人关”，莫非王大仙是一个典型利用美人计来腐蚀公务人员的人?

可王大仙，碰到了公务员队伍中的一个好同志，我“常在河边走，就是不湿鞋”，王大仙彻底失算了吧?

难怪组织部门年年把我列为培养对象，但每次提拔任用，我都沾不上边。找找问题，什么问题都没有，就是进步轮不上号。

一位高干的夫人，对我难进步的情况，看在眼里急在心里，有一天，约我到她办公室谈工作，她开门见山就批评我说：“你不能老是埋头苦干，还得抬头到领导那里跑跑!”

你说，我八小时内要拼命干，八小时外还要拼命写，能有时间与领导套近乎吗?

我也知道，在这个红尘滚滚的时代，大家都很现实。但谁都知道“人善被人欺，马善被人骑”，可我自认心甘情愿做这样的人，或这样的马。

一年一年过去，我仍旧在原地踏步。改革开放初期在企业，我那省属国营企业就享受县团级待遇，几十年过来在机关还是这个级别。

大概受那位高干太太几句话的点拨，这次我有点坐立不安了，跑到省委组织部的办公室，发了一通牢骚："我的省管干部后备已经二十多年了，还要等多久呀?"

可能我说得太直白了，组织部的人马上批评我道："就你这样的想法，表明你还不成熟!"

直到现在我都不知道，如何向组织汇报自己的思想问题。如果我不提要求，就像前几年领导批评我的："你从来没有主动到组织部门交流过自己的思想，感觉没有上进心!"

你看看，话都被人家说过去了，弄得我的思想，早已是一地鸡毛。

在这个想升而迟迟不得升的节骨眼上，我是不是倒要好好谢谢王大仙?

其实，我直到现在也不知，王大仙凭借什么火眼金睛，发现我还是一个人才?

现在我得动脑筋，如何尽快辞去公职，早日到"第一世界"企业任职。这时忽然记起一件重要的事情。那是改革开放初期，我曾参加过全国厂（矿）长统考，而我也成为了当时全国的厂长经理中，极少数能拿到统考优秀证书的人。

那时全国《厂长条例》明文规定，只有获得厂（矿）长统考合格证的人，才有资格当厂长。哪像现在中国，除掉公务员，似乎人人都是厂长经理。这样的任职门槛，是不是太低了?

当我从抽屉旮旯，找到当年那本全国厂（矿）长统考优秀证书时，如获至宝。

第二天，我拿着这一红本本，兴冲冲来到组织部门，说："也许我这个人，生来是做企业的料。”

接待我的是一个年轻的秘书，训斥道：“你以为你这个红本本，是清华还是北大的毕业证书?”

仿佛一盆凉水从我头顶倒下来，我忙解释，这是当时国务院总理亲自为我们颁发的证书。他马上嘲笑我说：“那最多只能代表历史，岂能代表现在？在这个问题上我们公务员不能等同于普通老百姓，我们要有敏锐的政治头脑。”

我当然不吃他们那一套，马上申辩：“小同志，你说的这些我都懂，我不是翻旧账，我只是说明当时的身份，现在我请求组织部门放我回家干老本行。”

这时从办公室里间走出一人，可能是他听到了我们的对话，顺口问道：“什么老本行?”

我见是省委组织部部长，马上站起来告诉他：“部长，我想辞职到企业去干。”

部长很客气地让我坐下说话，让秘书给我递上一杯茶水，又问了我的一些情况后，关切地说：“从组织部门角度，我们支持机关干部发挥自己一技之长，到市场一线创业创新。”

听到这里，我心花怒放，忙说：“谢谢部长!”

部长示意我别激动，又提醒我道：“但从纪律检查角度，你到生产一线，还得符合党纪党规，不得到自己权力关联的企业就职。关于这个问题，即便你觉得自己清白，仍会让人说闲话，对广大群众还是有失公平!”

我刚想再问问，秘书已经凑到部长跟前催促说：“参加省委常委会议的时间到了!”

得知情况，我忙起身向部长致歉说：“谢谢部长百忙之中的接待!”

“哪里!”

当我从部长办公室转身出门，背后马上传来一阵阴森森的笑声……

回到办公室，我马上就给裴小仙打去电话："喂，裴总，恐怕我来不了你们企业了！"

可能裴小仙觉得这事蹊跷，就问："不是刚刚敲定的事，怎么马上翻脸不认账？"

我把到省委组织部部长那里咨询的情况，一五一十地告诉了裴小仙。

电话那头转忧为喜，传来娇滴滴的女人声："这点小事，看把你吓坏啦，我马上让王大仙搞定。"

"砰"的一声，对方已经把电话扣掉。

过了两根烟的工夫，裴小仙电话又打了过来："组织部门已经搞定了！"

我是体制内的人，知道这事没有这么简单，就疑惑地问："这不可能吧？"

裴小仙十分自信地说："绝对可能！"接着，裴小仙在电话中低声说道，"告诉你一个秘密，王大仙与前妻的孩子就在省委组织部当秘书。"

听了裴小仙的话，我惊叹不已，莫非就是刚才接待我的那小子？

但我转念一想，一个区区小秘书，在一个庞大的组织部门算什么呢？我马上笑嘻嘻地对裴小仙说："姐，你别逗我啦！"

裴小仙发觉我不相信她的话，一本正经地告诉我道："大仙办这件事，是花了大价钱的。"

听裴小仙这么一说，我急了："中央早已三令五申了，哪个公务人员还敢顶风作案？"

裴小仙得知我的意思，她在电话里又娇滴滴起来："哥哥，你们公务人员是不是太敏感呵？"

此时，我警觉的心弦，还是绷得很紧。因为日理万机的省委常委、组织部长已经给我交代得很清楚了，所以又试探地问道：“裴总呀，你到底采用了什么法子?”

只听得裴小仙在电话里直笑：“想不到你这位 CEO 还没有到位，就考核起你的员工啦!”

可能裴小仙觉察到我的动机，提防着我说：“等你真正成了我们企业的人，我会交给你一段录音带，届时你会见怪不怪。”

我知道裴小仙今天绝不会对我讲实话了，也就顺其自然，将计就计，装着无所谓的样子说：“随便问问。只要能尽快到企业工作，我的心就踏实了!”

“哈哈，这叫‘不管白猫黑猫，抓到老鼠就是好猫’。”

没有想到裴小仙把一位领袖的话用到这里，错是没错，但听起来总让人觉得别扭。

我知道，我们中国现行实体企业之所以难做，问题就出在我们更多的是靠关系，而不是靠市场。如果有一天我们能从靠关系变成靠市场，中国的企业就有希望了，中国的企业家就能大有作为。

同时，对我来说，如果一个人智商情商正常，学习和工作意愿高，就一定能出成绩。所以，跟谁一起工作，对我后半辈子万分重要。

想到这里，我蓦然开窍，那颗七上八下不安的心，终于慢慢平静下来……

有趣的是，没过几天，省委组织部牵头召开全省创新创业推进工作座谈会，还将我推荐为省直机关的“双创”带头人。

得知情况，我马上找到组织部门的领导：“同意让我离开机关，组织算是给了我一个破格机会。但那大会，就别让我上台发言了!”

领导马上批评我道：“批准文件还没有下达，你就狂妄自大起来了?”听话音火药味十足，接着又似连珠炮轰了我一阵，“实话告诉你，幸亏大领导挑担子，你这样下到自己权力罩着的企业，必须离开岗位三年之后才行。”

我僵着站在那里，连吭一声都不敢。

可能组织部门那位同志，觉得话说过了一些，或者他采用的是激将法，先将我的气焰打下去，然后再慢慢向我提要求。这不，他的话也慢慢软了下来：“你知道，你是一个正处级领导，按‘双创’办，你就是带了一个好头。按‘辞职’办，你就是带了一个坏头。所以，你必须知道你一举一动的分量!”

我“呵”的一声，只与他打着哈哈，算是应对一下，我感到没有必要再解释。那人见我不吭声，他反而更来劲了，悄悄贴到我耳边：“为了把你这位典型推出来，部里还要一次性给你几十万‘双创’补助费呢!”最后两手向我一摊，“你看组织部门为了你这个正能量，是赔了夫人又折兵吧……”

我还真的没有想到，由于王大仙的需求，我从原单位辞职，本是减轻政府负担的大好事，为什么还有那么多关卡设阻?

说穿了，不就是许多人没事找事嘛。

这也是时下为什么项目审批，越审事情越多的原因吗?

最终，我还是得以在《公务员辞去公职申请表》承诺栏中，签上了我的大名：“本人承诺：辞去公职后，在离职三年内，不得在与原工作业务直接相关的企业或者营利性组织任职，不从事与工作业务直接相关的营利性活动。”

离开组织部门时，我的心一直不安，晚上老是惊醒，感觉自己做了一件不可告人的事，甚至是刚刚进行了一笔肮脏的交易……

第五章　企业蓝图

拿到辞职批准报告，心中却蓦然有一种失落，先前对组织部门的埋怨，早已荡然无存。

想当初从企业上岸，从企业编制转公务员不似登天胜似登天。现在一张纸打发我下海，脱离了养我几十年的体制，总有许多东西难以割舍，甚至还有许多东西难以放下。

这么一想，心里反倒一酸，眼泪不知不觉流了下来。

晚上，我跑到一家海鲜店，要了一瓶酒几碟小菜，人完全处于一种混沌亢奋状态，总算冲破体制束缚，我要为自由释放与轻松释然干杯！

刚上菜就有朋友发来一个有趣的微信：

> 两个同事爬山，遇到一个老和尚，说起工作中的各种不如意，老和尚说，不过一碗饭。
>
> 回去以后两人一个辞职，一个继续。
>
> 若干年后，两个人再相遇，都已经不再是当年的小菜鸟。
>
> 辞职的已经有了一个自己的小农场，继续工作的也已经成为公司的栋梁。

辞职的那个说，老和尚说了，不过一碗饭，我一想也是，何必受这个气呢，就辞职回家种地了。

另一个同事说，对呀，老和尚说，不过一碗饭，我就想，何必想那么多呢，我只要把自己手头的工作做好，做到极致，没想到一切就好起来了。

真得谢谢朋友给我的微信分享。也许我就是这个故事当中辞职的那一位。辞职对我是一种本领，而不是一种勇气。

第二天，伴随外面滴答滴答的雨声，我懒洋洋舒舒服服地醒来，这是到机关几十年的第一个懒觉，原来人还可以这样畅快淋漓，无忧无虑。

在通往“第一世界”报到的路上，满目是桃红柳绿，到处是万紫千红，这么一个春暖花开的日子，对我新的工作，无疑是一种好的兆头！

这真是人逢喜事精神爽。花开花落，才是你起伏的人生；波峰浪谷，才是你燃烧的生命；顺风逆境，才是你岁月的感悟；春去秋来，才是你别致的风景。

想着想着，不禁脚下生风，嘴里吹响久违的口哨。

突然，有几个交警挡在前路，我赶紧一个急刹，这才在恍惚中清醒，忙探头问：“我没有违反交规呀？”

一个交警笑眯眯跑过来，先向我敬了一个礼：“不好意思，因前方施工放炮，临时车辆管制，请谅解！”

得知原委，我吐了一下舌头。

过了一会儿，前方小山坡上几声轰隆隆炮声后，传来工人的喊叫声：“有坟墓，有坟墓！”

只见几个工人在刚刚被炸药掀掉的坟头上寻宝，我忙将车停在路边，赶过去便看到令人震惊的景象：一个工人捡到了许多瓷片，还有一个工人手上捧着一只青花瓷碗。

从墓道口往里瞧，有一个圆形洞口，里面空间很大，四壁可见青砖，而其底部还有一个洞。

一工人走过来对我说，昨天施工也意外挖到一个洞，里面同样是砖结构墓室。更令人惊叹的是，四周还发现了数个类似的洞穴。

这些神秘的“墓穴”是不是古墓，或者是早期家族墓群？这个问题我无法回答，但我首先想到这是文物。文物是不可再生的历史文化资源，每个人都有保护文物的义务。在生产、生活中发现古墓等历史文化遗迹时，一定要及时上报、及时上交。

根据目前的初步判断，这很可能是一个有分量的古墓，我一面向文物保护部门报告情况，一面又忙阻止施工单位现场作业。

可这些施工单位，怎么会由我说呢？

我不让施工单位作业，这下触犯了对方利益底线，对方质问我：“你是何许人也？”

我开始说道：“我是一个中国公民，我有保护文物的义务和权利。”

对方哪会吃我这一套，不客气地回答道：“我也是中国公民，我们也有吃饭权！”

我明白了对方就是为了误工损失，马上告诉他们：“我是‘第一世界’的CEO。”

工人们全都捧腹大笑，工头跳出来对我说：“你算老几？我们的工作是大老板王大仙安排的！”

“噢！”我一笑。

那工头趾高气扬，冲我说了一句：“这下可以让我们施工了吧？”

我知道以权力大小，今天已经无法说服他们，便想从企业文化角度来说服对方：“我们企业正在打造文化产业，现在你们干破坏文化的事，该当何罪？”

看我不依不饶，那位工头，发飙地对我吼道：“滚远点，我们谁大听谁的！”

我尽量克制着自己，因为我新来乍到，得先礼后兵。所以，我努力想唤起眼前这批工人们保护文物的意识，我一改居高临下的腔调：“同志们，我很理解并同情你们。但如这是一个汉代古墓，我们可否坐下来，与它聊上几句？如这是一个秦朝古墓，我们可否叫几盘凉菜，点几瓶啤酒，边吃边慢慢说上几句？如这是一个战国古墓群，也许我们到哪儿，后脑勺都会挂着佛光……”

不待我唠叨下去，对方已经将王大仙请到施工现场，这让我有点吃惊不已。

王大仙见是我，甚是惊讶：“哎哟，CEO还没有正式到岗，现在就‘半路出家’，可谓是新官上任三把火。”

我把刚才遇见的情况，向王大仙说了一遍，他哈哈直笑：“在这里发现点‘历史’，比在大街上捡到钱还容易。因此有人说，在‘第一世界’，要是没一两座古墓，你都不好意思说这里是第一世界！”

王大仙的话太令人震撼，这也勾起了我的回忆，想起几十年前我在脚下这片土地任职时，厂里搞基建的工程师，专门手绘了一张古墓保护图。没想到厂子很快易主，我也无法实现一张蓝图保护到底。

此时，我只能劝告王大仙为了国家利益，企业施工暂时停一下。这时他朝我急了：“这样不明不白地停工，企业这台《富春山居图》大型室内剧，可能会被无休无止地搁浅下去！”

就在我与王大仙讨价还价之时，文物考古专家已经赶到现场，马上设置几道警戒线，要求施工队立刻退出界外。文物专家决定，依照相关程序进行抢救性挖掘，而王大仙的项目自然是无期徒刑。

这下王大仙恼羞成怒，气得直跺脚，扔下一句十分刺耳的话：“真是成事不足，败事有余！”

望着王大仙气急败坏、扬长而去的背影，我僵在工地上，久久难以回过神来。

虽说这座古墓除了砖头瓷片，还没有出土任何有价值的文物，但对厂区建筑工地里发现古墓的消息，我始终非常兴奋。因为这一消息，代表着“第一世界”可以顺利成为全国古墓协会的新会员。这也让这里的员工们，长长地舒了一口气，在被压抑了这么多年后，终于可以大声地告诉全世界——我们真的有可能是《富春山居图》再现。

我们的企业发现了古墓，不管最后价值多大，只要是文化遗产，就是不可再生的珍贵资源。尤其随着经济全球化趋势和现代化进程的加快，我国的文化生态正在发生巨大变化，文化遗产及其生存环境一定会大大改善。也许到那个时候，王大仙一定会理解 CEO 今天的做法。

不可否认，如今确实有不少历史文化名城、古建筑、古遗址及风景名胜区整体风貌遭到破坏。由于过度开发和不合理利用，许多重要文化遗产正在消亡或失传。作为一个文化企业，更应理所当然从对国家和历史负责的高度，从维护国家文化安全的高度，充分认识保护文化遗产的重要性，进一步增强责任感和紧迫感，切实做好文化遗产保护工作。

欣慰的是，在这座曾经留下黄公望不知多少脚印的五韵峰山脚下，即将建起王大仙“给我一天，还你千年”的《富春山居图》大型实景剧。

站在古墓保护处，我远眺富春江，望着那“远山长，云山乱，晓山青”的美景，顿悟黄公望当初为何舍得用毕生去追逐、创作出那幅不朽之作《富春山居图》，也许这里真的有黄公望的一个梦。

我曾当面问过王大仙：“为什么取名‘富春山居图’？”

王大仙很简单说了一句："也许是一种追求，或是一种梦想吧！"

想到这里，我有了一个全新的计划，我立刻启动汽车引擎，准备到办公室找王大仙或裴小仙，当面向他们说清楚。

我甚至还做了最坏的打算，如果他们认同我的话，我就在"第一世界"干下去，如果他们不认同，那我也没必要低三下四赖在这里……

到了王大仙办公室，是他秘书开的门。这位女秘书认出了我，立刻双脚并拢向我鞠躬："新来的 CEO，您好！"

女秘书非常机智，忙自报家门："领导，我叫温小仙，是王主席的文字秘书，今后请您多多关照！"

听到这个名字，我不觉好笑起来，好奇地问："怎么，企业美女都叫小仙？"

温秘书自觉不好意思，马上解释道："'小仙'是老板赐予我们的字号。平时他对我们要求很高，只有他看重并称职的人，才有资格配得'小仙'之名。"

我感到王大仙真的有趣，就一下笑起来问："那裴小仙的'小仙'两字，也是老板赐封的？"

"对对，所以裴总成了企业董秘兼王老板的生活秘书！"

温秘书自感说漏了嘴，忙纠正自己的话："不不！"

我忙替温秘书解围，笑道："只是随便问问，无关紧要！"

温小仙马上给我沏茶，我回过头这才注意到，王大仙的办公室装修得非常讲究。整个办公室的地板、家具和落地窗等用的都是缅甸黄金柚木，所有房间的用具都是世界最顶级的北爱尔兰纯亚麻布料。办公室背景墙是一幅《富春山居图》画作，办公桌上有"三红一白"四部电话，身后书架上摆放了几幅照片，分别是：他与家人推着轮椅上的父亲、他牵母亲的手散步、他与夫人的合影。

在这样的办公室，不只是享受金碧辉煌的雕龙画凤，更重要是可以看到窗外一百八十度湖光山色，品味放空自我的滋味，让自己沉浸于“看山不是山，看水不是水，看山是山，看水是水”的禅意中，真正体验大自然与建筑结合的和谐。

就在我沉浸在王大仙高档办公室的遐想之中时，裴小仙不知什么时候来到这里，用女人少有的娇滴声喊道：“我们大仙的企业，到底感动了上帝，让省城的领导出山了！”

我笑着对裴小仙说道：“千万不要笑话我了！”转身又问，“王主席呢？”

“刚才到工地去了！”王小仙装作若无其事的样子。

我不知裴小仙是真不知还是假不知，我马上告诉她：“刚刚与王主席在工地，我们才分的手，他没回来吗？”

裴小仙惊讶一声后，笑道：“死鬼，是不是又跑到什么地方偷鸡摸狗啦？”

没想到裴小仙也不忌讳外人，就这样说王大仙。所以，我尴尬一笑：“裴总，你真幽默！”

裴小仙这才知道，话说过了头。过了好一会儿，裴小仙言归正传：“CEO你新来乍到，有什么事，可以直接联系我！”

我猜到了，王大仙是故意回避我，打发裴小仙先来应付我一下，然后再伺机出击，便说：“如果是这样，那我就不客气了。”

我也不管裴小仙是否知道，就将古墓情况一五一十地全盘说了出来，想听听她的意见。

裴小仙到底是位明白人。她觉得文化遗产，凝铸着人类进化过程中的艰辛与伟大，记载着我们的祖先一步步走向文明社会的历程。

现在许许多多的文化遗产随着时代的发展，正遭遇着存在与消亡的命运抉择。她当着我的面毫不客气责怪王大仙是一个法盲。

谁都知道，盗掘古文化遗址、古墓葬，发现文物隐匿不报，或者故意、过失损毁国家珍贵文物的，将视情节轻重和文物价值给予相应的处罚，触犯刑法的则移交公安机关处置。

我对裴小仙的慷慨激昂连连点头，同时，又提醒道：“国家物质文化遗产保护的原则，是保护为主、抢救第一、合理利用、加强管理。非物质文化遗产保护的原则，是保护为主、抢救第一、合理利用、传承发展。”

裴小仙第一次得知，两种遗产保护原则不同，无疑坚定了她做好企业文化的自信，她又情不自禁打听：“我怀疑 CEO 是学文物保护专业的高材生!”

被美女褒奖，我心里自然美滋滋的，兴头上我话锋一转：“说到遗产继承保护，给你讲一个老铁匠的故事。”

裴小仙拍着手说：“我要洗耳恭听。”

有一年，我带领调研组深入到某地山脉。在一个残阳如血的黄昏，我们在山口遇到了一处破旧的铁匠铺。

这是一位西北老汉，双手插进袖口，蹲在屋檐下。烟袋在嘴角叼着，却没有烟雾，如同身后早已熄火的铁炉。

老人告诉我，儿子早已搬出了山寨，孙子去了广东，在流水线上焊点会唱歌的圣诞老人玩具，不愿意继承这门世代传习的铁匠手艺。

老汉孤独地守着孤零零的铁匠铺，神情木然。他木然的表情中流露出的忧伤是悲剧性的。

我被这幅如雕塑一般的景象震撼了，就问：“你为什么不搬出山去，和儿孙们一起过城里人的日子呢?”

老汉说：“看你是个识文断字的学问人，知道诸葛亮走出卧龙岗的第一紧要事是什么吗?”

我一下无法回答。

这时那老汉神秘兮兮告诉道："诸葛亮不是打仗，是命令蒲元制造神刀三千！"

他又问我："知道削铁如泥的神刀，是在哪儿锻打出来的吗？"

我摇头，那老汉起身猛力跺着脚下的山石："在这儿！"

我理解了老人，昔日的辉煌已如眼前的落日，许多匠人的"非遗"急待后人承传。

裴小仙、温小仙两位大小姐听我说到这里，知道我是借老汉铁匠铺的故事，发泄对王大仙忽视文化遗产保护的不满。

我没有让她们说话，我想对王大仙身边最亲近的人彻底洗脑，到时再通过她们感染他。

裴小仙说："谢谢 CEO 的点拨，其实王大仙这人是臭嘴没坏心，习惯了就知道他是本质善良的人。"

我向裴小仙点头，谢谢她的提醒。裴小仙当然不忘企业纠结的问题："这几年大仙为了振兴中国文化，不知烧了多少钱，可这又是一个无底洞，令他愈来愈觉得进退两难！"

我这人喜欢反话正说，可能是在政府部门长期爬格子落下的一个职业病，便对裴小仙微微一笑："哎哟，这看似无底洞，正说明王主席心里有底吧？"

看来裴小仙还真是一个率真的女人，对前行中的问题，拿捏是比较准确的："不要为他辩护了，至少他还缺少中国人的文化自信。"

"你看看，什么叫旁观者清！文化自信的缺失，可能是当下中国企业中普遍存在的一个问题，容我谈点个人思考：中华优秀传统文化是当代中国人文化自信的源泉，尤其是独一无二的理念、智慧、气度、神韵，都增添了中华民族内心深处的自豪感。但在各种思想文化交流日益频繁的形势下，我们能否深刻认识到中华优秀传统文化是民族的优势与最深厚的文化软实力？其实，文化自信是更基础、更广泛、更深厚的自信。”

裴小仙被眼前这位新来的CEO的话迷住，不只是“听君一席话，胜读十年书”，更加感到“第一世界”的诗和远方，就在眼前……

我们结合企业情况以及各自对文化的思考，又天南海北、海阔天空，谋划起企业下一步发展的宏大蓝图：从建立企业富春博物馆到建设“富春千古情”大剧院，从成立富春山水绘画基地到与美院合办“富春学院”，最终建设“中华富春特色小镇”文化旅游项目。

我们无所不谈，确定企业最终目标是在富春文化传承、项目开发、品牌拓展和旅游带动上，形成一个完整的文化产业生态链，有效地促进文化的传承保护。

裴小仙提出了定量指标：通过若干年努力，建成运营后，预计年接待游客一千万人次，同时还有数以万计为项目服务的各类人员。

温小仙则将目前市场的《印象》系列与王大仙要做的《富春》系列比较，我也时不时提出我个人的看法。

从两者门票看，前者的票价比后者高一个层次，因为毕竟前者的导演是铁三角来头，所以，《印象》耗费的人力物力，都要比《富春》多一些。再者，《富春》这个作品，出自一个民营企业文艺院团之手，有自己的受众和市场。两者定位不一样。

通过比较分析，我们得到一个启示就是，创意是无限的，文化创意产业也是多样的，市场是广阔的，就看这样的产业的定位如何。

说到这里，裴小仙给我们描绘起王大仙心中那个天堂的模样：“六七年前，王大仙的存款刚超过十个亿的时候，真想做一点事。那时博尔赫斯的一句话突然点亮了他：天堂的模样就是图书馆的样子。”

人人都知晓的天堂地带，人人都知晓的美丽传奇，如何能依靠相同题材，创造出独特的产业，这是一个创意的过程和定位的结果。这其中也和表演场地和场地布置有关联。《印象》场地布置能给人以惊声尖叫的感觉，舞台在水上，灯光效果，视听效果，都非常独特。而《富春》，它没有十分独特的场地，但场景布置得非常精致，它的亮点，必须体现在歌舞剧本身的剧本创意。它会在人们心中回荡起中国千古以来的一些历史以及传奇。这才是观众心中的共鸣……

可说来说去，企业还得有资金有实力，才能制造一个文化企业的王国。裴小仙又向我透露，王大仙已在积极筹划上市，准备打造创业板民营旅游文化演艺第一股。

事实上，因为旅游演艺的后续升级改造，需要大量的资金投入，企业还准备与全国著名的创投机构、金融团队合作，筹划设立专门的“文化产业股权投资基金”，寻找挖掘文化产业领域具有增长潜力的投资点，让《富春》的奇迹千古流传。

这时，我又针对前些日子王大仙给我的《富春》剧本，提出了一些自己的建设性意见。两位小仙边听边点头，她们愈来愈觉得，在当下这个钢筋水泥的都市丛林中，像《富春》这样的田园文化，已经不可多得。

每一个中国人心中或多或少都有一点田园情结，陶渊明的“采菊东篱下，悠然见南山”，这是我们每个人渴望的禅境。也许，这是《富春》会呼之欲出的原因吧。这时我突然觉得，这是激励王大仙要去启动一项企业发展之外与文学创作紧密相连事业的真谛。

王大仙的形象一下在我们面前高大上起来，他应该是这个改革开放时代一张闪闪发光的名片。“时代”是一个大词，大到个人无从把握，无从定义。但是，王大仙显然介入了时代，在他的企业里引领、影响了时代，成为时代的醒目符号。

还是裴小仙比较现实，最后对我们一声叹息："只是蓝图很美丽，现实很残酷！"

我知道裴小仙话中有话，所以，我也不说恭维话了："希望裴总将我的意见尽快转告王主席！"

她实话实说道："是啊，最后只有他点头了才算数！"

在与裴小仙讨论之前，我就想到了这个结局，但我不后悔，因为我要说的都说出来了，至于你们听不听，是你们的事。现在我反倒一身轻松。其实，在我准备辞职的时候，我心里早已做好了准备。

王大仙这类民营企业家非常实际，他们有自己的情怀，最初他们可能看重的是你的人脉，一旦你离开体制，成为他的人，拿他的工资，你必须看他眼色行事，否则你一天都没有好日子。这应该是现在那么多人不愿丢弃公务员铁饭碗的缘故。

第六章　较量

果然不出所料，几天之后王大仙让裴小仙给我传话，并由文字秘书温小仙做了记录整理——

《富春山居图》项目因施工场地发现古墓，一切只能停工等待，今后是否上马，是听天由命吗？

我王大仙向来是“不唯经济脸色，更重山水气色”，推进文化企业发展的雄心和步子，谁也阻挡不了，一定要让企业“脸色”与“气色”皆好，实现经济与自然双赢。

我王大仙今天必须提醒CEO，最近企业的是非，可能都是你折腾出来的，新官上任三把火固然很好，但千万不要乱烧。把一个好端端的项目就这样推到风口浪尖，期望你不要再提什么保护文物之事。

千万别再给我王大仙捅娄子，到时别怪我翻脸不认人。今后没有交CEO办的事，请CEO少管闲事。

大敌当前，我王大仙需要CEO先把外国人造谣我们企业的沽空报告事件摆平。这件火烧眉毛的事，事关企业生死存亡，即便上刀山下火海，你也要在所不惜。

下一步我们的企业，会由CEO释放自己的能力，用实践去检验你的大胆、新奇甚至疯狂的梦想！

请别嫌我啰嗦，最后千言万语汇成一句话，当务之急尽快处理好沽空报告，把影响控制在最小程度。这事什么时候办好，什么时候你CEO再来见我王大仙。

有意思，语录式的工作交办，一看就知秘书是网络微博看得太多的缘故，把王大仙的话，梳理得充满火药味。

我心中蓦然升起一股无名之火，只是表面上没有流露出来："王大仙请你自重一点，别以为我是来给你欺负的！"

现在这是王大仙给我下达的第一个指令，估计也是最后一次通牒，他想把我逼上悬崖峭壁。

裴小仙见我脸色一下子难看起来，马上安慰我道："可能我传话有出入。但王大仙这人，就是这个脾气，臭嘴没坏心！"

我没有理睬裴小仙，因为我早已没有心情听这些陈词滥调了。

她见我沉默不语，突然泪崩："王大仙这个人，别说对外人，即便对他老婆，也是这么倔的臭脾气。"

裴小仙此举让我受不了。我这个人是天不怕地不怕，就怕女人一把眼泪一把鼻涕。此时，无论裴小仙出于什么初衷，至少泪水是真的，我对她大声说："好啦好啦！我会听从王主席的话！"

这话一下把她逗乐了，她不管有人没人，冲上来就拥抱我。我隐约感觉到，这是裴小仙借王大仙的口，慢慢开始调教我。他们一定在我面前唱双簧：一个骂一个爱，一个打一个护，稍有不顺，再给你一个下马威。

这时我若无其事地说："希望裴总今后多多关照！"

"呵呵，都是一条船上的同路人！"裴小仙甩给我这句话后，马上转身就走了。

这时，温秘书引我来到新配的办公室，先将外界涉及企业的沽空报告等相关材料，一沓一沓地码到我的办公桌上。

望着比砖还厚的文件，我的头又一下大了起来。

翻开主报告，有一个特别醒目的标题：《一个企业的资本密码》。我猜，这是指一个企业隐含着一组密码，这组密码创造了这个企业的奇迹吧？还是说破解了这组密码，便可揭示密码背后的故事或阴谋？

现在不是时兴讲故事吗？

如果一个人泰然自若地说谎话，宣传他自己都不相信的故事，那他是不是已经做好了干一切坏事的准备？

想到这里，我联想到“腐败”一词，这是目前中国使用频率最高的词汇之一。

腐败的种类已经是五花八门，但有一类更为普遍，其危害性也更为严重，却并没有受到足够的重视，这就是像来自美国沽空报告这类的语言腐败。

我在这里所说的语言腐败，是指人们出于经济的、政治的、意识形态的目的，随意改变词汇的含义，甚至赋予它们与原来的意思完全不同的含义，忽悠民众，操纵人心。

语言腐败最容易麻痹人，典型形式是冠恶行以美名，或冠善行以恶名，就像几年前轰轰烈烈的某地“打黑”，就是一个典型的例子。

“黑社会”本来指的是有组织的犯罪活动，无论任何社会，打击此类犯罪活动都是正当的，很少有人会反对。但我们现在知道，在中国某地所谓的“打黑”运动中，“黑社会”可以扣在任何当权者不喜欢的人和企业头上，所以“打黑”变成了“黑打”，变成了侵犯人权和私有财产的行为。

事实上，极左的东西之所以能流行，除了有市场，有人追随，一个重要原因就是其中一些人士善于语言腐败。

在这方面，“四人帮”可以说是登峰造极。

在“四人帮”的词典里，所谓“国家利益”，实际上指的是他们自己的私利；所谓“爱国主义”，指的是对他们小团体的愚忠；所谓“人民”，指的是追随他们的一小撮人；所谓“反动势力”，指的是任何对他们不满的人。

语言腐败这个词并非我的杜撰，它最初是英国作家乔治·奥威尔在 1946 年的一篇文章中提出来的，现在已成为政治哲学理论中的经典术语。语言腐败的现象自古有之，但应该说，在二十世纪之后，才变成社会公害。

奥威尔本人的作品《一九八四》为我们提供了许多经典的例子：专门制造假新闻的部门被冠名为“真理部”；监督、逮捕和迫害异己人士的秘密警察被冠名为“友爱部”；发动战争的部门被冠名为“和平部”……真理就是谬误，和平就是战争，无知就是力量。

这也许是小说里的事情，但有时与现实相距也并不远。就像我现在桌面上的这份沽空报告，一定比小说有过之而无不及……

就在我认真翻阅桌面上这些卷宗时，我偶见夹有一张纸条，马上抽出来一看，见是秘书温小仙的提醒留言：

经调查得知，本沽空报告执笔人是中国一位留美的学生。最近已回国，如有事可到省城的香格里拉大酒店找她。

常言说，解铃还须系铃人。为此，我马上拨通温小仙的电话：“请你马上到我办公室来一趟！”

温小仙侧身进来，只见她穿粉红色抹胸长裙，露出香肩，戴单颗珍珠项链，温婉优雅，而微笑起来更有点牡丹花开的味道。

这时她甜甜的一句：“领导找我？”

我把卷宗内夹的纸条递过去：“请你谈谈这位报告执笔人的具体情况！”

温小仙警惕地向室内室外扫视一下后，见没有外人，这才把她知道的情况娓娓道来："这个报告的执笔人，是董事局王主席曾经的恋人。"

温小仙见我没有反应，打算把事情从头说起。

我打断了温小仙的话，问道："这么看来，这份沽空报告——是一份情仇报告？"

温小仙秘书肯定地向我点了点头。

我又追问："王大仙主席前些日子，是不是已经与这位沽空报告的执笔人，这位美女老师见了面？"

温小仙仿佛吃了醋似的："何止是见面，听说两个人还上床了！"

这话让我一下纳闷起来："既然王大仙与美女老师已经找到了初恋情人的感觉，为什么王大仙还要拼死拼活，逼我上梁山去解决沽空报告的事？"

温小仙也觉得这事前后矛盾："是啊！"

我一边看着温小仙，一边又想王大仙葫芦里到底卖的是什么药。

王大仙是借机考验我解决问题的能力，还是拉我在他们之间当一个"灯泡"，故意出出我的丑？

无论如何，我都坚信——解铃还须系铃人。

我脑子猛醒过来，马上让温秘书备车，跟我一起去拜见这位沽空报告的执笔人、王大仙曾经的恋人，我们要亲眼见见她的真面目。

让温小仙一起去，主要考虑女同志与女同志之间沟通，有时可能比男同志更方便些。

雷厉风行的温小仙说走就走，马上调来一辆防弹宾利高档车，又配上两位保镖。见这个架势，我问她："这点小事，值得这么兴师动众，大动干戈吗？"

温小仙可能不知道我喜欢低调行事的工作作风，她忙解释："领导新来乍到，目前我们企业正是腹背受敌之时，我必须对CEO的安全负责！"

温小仙讲规矩，按部就班本无过错，但我还是疑惑地问：“我是到企业工作的，又不是带兵上前线打仗呀！”

温小仙的脸一沉，对我奉劝道：“也许企业竞争，有时比打仗更残酷。”

我没有想到眼前这位文弱的女生，竞争意识这么强大，就笑嘻嘻道：“不是说，现在我们已经到了共享经济时代，哪有那么多的硝烟战争？你们这些人，一定跟着王大仙主席走火入魔啦。”

说归说笑归笑，我对温小仙秘书的话，宁可信其有，不可信其无。

汽车七拐八转，把我们拉到香格里拉酒店。我让保镖在车上等候，温小仙随我上楼。

来到总统套房门口，我按响门铃，没有人理我们，我又用手轻轻叩着房门，过了好一会儿才听到房间里传来一个女人的声音：“谁呀？”

我自报家门：“‘第一世界’的CEO！”

“你们找我干吗？”女人声音带点生硬，但又有点熟悉。

我装得很温顺的样子说：“向你汇报一下工作。”

“之前我已见过你们董事局王主席了！”

我忙解释：“今天我是奉他之命来的！”

“对不起，现在我在赶一个材料，没有时间接待！”女人不耐烦地说。

我当然知道怎么对付这种人，马上脱口而出：“对不起，你先忙吧！我们在门外等着。”

估计她着急了，开始轰我们走：“别等了，我不会见你们的！”

她拒绝见人，这有点出乎我们的意料。我们干脆“一不做二不休”，堵在房间门口，看她怎么办。

我从口袋掏出手机，翻到王大仙的电话，马上滑过。再翻到裴小仙的电话，又马上滑过……

无意间，我又想起叶芝的一句诗：“优秀的人们信心尽失，坏蛋们则充满了炽烈的狂热。”

这，谁能知道呢？

此时此刻，我的信心也在动摇，我一个堂堂的民营大型企业CEO，跑到酒店给一个女对手看门，何苦呢？

我们从早等到晚，一直守在香格里拉总统套房门前，中途对方仅让服务生送了一次午餐，就是不肯与我们见面。

望着城市天色渐渐暗黑，我想这么僵持下去不是解决问题的办法，让王大仙知道我这么做，可能会加快把我轰出企业的步伐。

这时我想到一个办法，让温小仙赶紧去与酒店交涉，我想不能坐以待毙，要主动出击。

已近夜深人静，早已饥肠辘辘的对手，终于熬不住将电话打到酒店服务部，让服务生赶紧给她送晚餐。

很快一个服务生推着餐车，出现在她的房间门前，按响门铃后，朝房间喊了一声：“服务生送餐。”

门顺利打开，服务生将饭菜端到房间茶几上后，好像没有走的意思，那女人忙说了一声：“谢谢！”

服务生知道她这是逐客令，马上又问了一句：“还有什么需要服务的？”

这女人觉得来者不善，忙抬头看了服务生一眼。这不看不知道，一看吓一跳，立刻问服务生：“你是？”

服务生这才认真扫了女人一眼，似曾相识，也蒙了，急切地问道：“那你是？”

打扮成服务生的我知道已经瞒不过对方了，就实话实说：“我是现任‘第一世界’CEO，上个世纪八十年代曾任国营省建材总厂厂长。”

“呵，堂堂国营企业大厂长。”那女人一阵惊呼，“我是现任艾默生咨询团队的研究员，上个世纪八十年代曾是一家省级大学经管系老师，留学后定居美国。”

我早已认出了她是那位我记忆中难以忘怀的美女老师：“许久未见，都好吗?”

美女老师没有直接回答我，而是回忆起我们一起同桌学习的日子：“时间飞逝，那时我们曾经一起在复习班参加全国厂（矿）长统考!”

我们相互握了一下手，这时美女老师好像才如梦初醒，气不打一处来地问我：“我们不是早已打成平手，你为什么还缠着我不放?”

美女老师曾追求过我一段时间，但我迟迟没有表态，最后为了解救工厂医院医生，我拿她与她在武警任职的姐姐，做了一场政治交易。

时间一晃数十年过去，我还是满怀歉意地对她说道：“那时二十多岁年轻气盛，做了许多不该做的事，深表遗憾。”我一边说，一边深深地向她鞠上一躬。

美女老师没有领情，也许她永远都不会原谅我，所以她眼睛懒得看我，深深地叹了一口气说：“如果过往如此简单，那泰戈尔的诗——‘眼睛为她下着雨，心却为她撑着伞’，都是废话了。”

我不是来寻找旧情的，此时无心纠缠那几十年前的陈年往事，就谦让地说了一句：“过去的，就让它过去吧!”

可能我的话，刺伤了美女老师的自尊，她喉咙一下粗了起来，用手指着我的鼻子：“既然过去的就让它过去，那么请你马上离开这里，别让姑奶奶心烦意乱。”

我努力克制着自己的情绪，把沽空报告亮在她面前：“你以为我喜欢这里？告诉你，这个问题什么时候解决，我什么时候从这里走出去!”

门外保镖可能听到我摔在桌子上的文件夹发出“砰”的声音，早已急忙冲进房间。

美女老师先是一惊，看这架势，仿佛知晓了什么，她深知“好汉不吃眼前亏”，反倒一下冷静了下来：“兄弟，你们这是怎么啦？快请坐！”

她见两个牛高马大的保镖，站立在身后杀气腾腾的样子，自言自语道：“人的一生，是不可能不会被人误会或误会别人的！既然逃避不了，就必须去面对它。”

一句充满深奥哲理的话，美女老师已经把几十年前的过去与几十年后的今生，赤裸裸表白出来。我想她既是说给我听的，也是说给她自己听的。

谁都知道，有时误会可能是人在不了解情况，不理智，无耐心，缺少思考，未能多方体谅对方，反省自己，感情极为冲动的情况下发生的。可能一开始只想到对方的千错万错，因此，误会越陷越深，弄到不可收拾的地步。当你被人误会的时候，其实应该不要急着去解释。因为在这个时候越是解释越是模糊，一定要等到双方冷静下来再去沟通，这才是好方法，才能真正达到和解的目的。

也许这些话好说，做起来其实很难。

一直在门外的温小仙，早已沉不住气，也跟着冲进房间，寒气逼人地说：“少用误会搪塞，你们沽空报告的错误，应尽快向社会承认！”

美女老师没有想到“半路杀出程咬金”，尤其遭遇一个比她更漂亮的美女的抨击，让她觉得在男人面前很没有面子。她开始挖苦对方说：“这么漂亮的美女，是CEO的小老婆，还是小情人？”

我马上阻止美女老师的恶语：“你怎么这样对待我的同事？”

温小仙当然不是吃素的，哪会忍受对方的当众侮辱，不待我的话音落下，她伸手给美女老师就是一个响亮的耳光：“让你胡说八道去吧!”

温小仙竟然动手了，那还得了。

美女老师哪肯吃亏，两个女人厮打在一起，为了尽快控制事态，我让保镖赶紧把她们俩强行扯开。美女老师觉得寡不敌众，立马向酒店报了警，我知道这下事态扩大了，赶紧让保镖带着温小仙逃离现场。

望着温小仙逃之夭夭，早已暴跳如雷的美女老师冲着她的背影骂道：“一个没有教养的女人，敢跑到老娘房间厮斗。告诉你，我的沽空报告，都是根据你这臭男人的文章写的!”她边说边从一个文件夹抽出一份材料，摔到我的面前。

我一看傻眼了。这不正是我三年前发表在国内一家核心经济期刊上的产业报告吗？没想到这成了人家攻击“第一世界”的重要把柄。

这时，酒店几个安保人员已经把我团团围住。我发现美女老师的身体还在因愤怒而抖动着，顺手一把将她搂进怀里，冲着安保人员抱歉地说道：“对不起，都是男人闯的祸。刚才我们在谈工作，我的小情人冲进来，双方发生了误会。现在没事了，都回去吧!”

估计她一下还没有反应过来，所以没有吱声。

不知过了多久，早已听不到安保人员的脚步声，美女老师这才从我怀中挣脱出来，给了我一记耳光。

这个耳光，应该是美女老师蓄积了几十年的力量，今天她终于找到了可以兑现的机会。

作为一个男子汉大丈夫，我早已失去了还手之力，甚至来不及用手捂住从鼻子嘴角流下的鲜血，就像遇见阎王一样逃离了酒店……

第七章 股市暴跌

此刻午夜静悄悄，整个城市正在睡梦中。

酒店楼道传出急促而混乱的跫音，一直快速传至大堂，蓦然门外划过一道闪电，接着是“轰隆隆”一声霹雷，顿时大雨如注。

冲到门外的我，已来不及顾及这些，一头扎进滂沱暴雨的夜幕中。

那劈头盖脸的雨水，正好洗净我脸上的血迹，又似无数支难得的强心针，慢慢地浇醒了我：莫非人这一辈子，要经得起谎言，受得了敷衍，忍得住欺骗，忘得了诺言，这样你才会知道，坚持未必是胜利，放弃未必是认输，与其华丽撞墙，不如优雅转身。

原来人生有很多时候，需要的不仅仅是执着，有时候即便被人劈巴掌，你也得像阿Q那样傻傻的——甚至还得回眸一笑。

这时我已经没有半点责怪的意思，因为我吃过这方面的亏。

裤兜里的手机不停振动，我竟然不知，待我发现时已有十多个未接电话。对方早已气急败坏，对我劈头盖脸一顿臭骂：“喂！是不是脑子进水啦！”

夜深人静中，我已经辨别出来电的声音，这不是美女老师的姐姐吗？我知道她这个时候来电，一定是来者不善。

但我一直寻找机会报答美女老师的姐姐对我的救命之恩，因为那时我被“莫须有”追究责任，没有她的搭救，便没有我的今天。对我的救命恩人，我当然不敢怠慢，忙强颜欢笑对她说：“呵，姐好！不是我脑子进水，是我在大雨中，手机快要进水啦。”

“我没有时间与你开玩笑！马上找一个避雨的地方，我有要事商量。”

我没有想到美女老师的姐姐，如此体贴入微。更没有想到，姐妹之间差距竟然这么大。

我躲进附近一个快速公交候车室，马上拨通美女老师的姐姐的电话：“姐姐，久未联系，是什么风把你刮来的？”

“你别给我装，我问你刚刚发生了什么事？”到底是做警察出身的人，姐姐问话单刀直入，冲着我直吼。

我就像是被她提审的犯人，我懂她的意思，为了不发生正面冲突，我绕开话题争辩了一句：“我本来想明天找姐汇报，怕深更半夜影响您的休息。”

“屁话！”姐姐给我当头一棒，火头上我不敢多吱声，只见她连珠炮似的发问，“你如果考虑到深更半夜怕影响我休息，你就不会丧心病狂做这些事！哪一次不是姐帮你擦屁股，结果你倒好，对姐的家人你也敢下手？我是‘农夫遇到蛇’！今天姐不会饶恕你，一定把你送到牢房，看你如何‘得志更猖狂’！”

既然美女老师的姐姐——美女警察的话已说到这个份上，我想，死也要死得明白，就将我们企业对沽空报告的追缴情况，向她全部说了一遍。

我这人的脾气，吃软不吃硬，冲着美女警察骂道：“姐，今天一边是中国一家无依无靠的民营企业任人宰割，一边是美国佬恶意沽空，太令人生气了！”

虽美女警察见我动了真格，可能她的心多少受到刺激，还是忍不住骂我道：“你是狗改不了吃屎，当初你在省建材总厂当厂长，为什么人家把你送进牢房，不就是因为几个女人争风吃醋？好啦，现在当CEO没几天，又在女人窝里争强好斗起来。”

不待美女警察话说完，我就嚷道：“姐，你完全误解了！”

美女警察又冲着我的话，当头一棒：“放肆，你知道什么叫误解吗？如果你真的在意那个人，你就不要给她任何误会你的机会。”美女警察再次提醒我说，“我妹妹要的不是解释，而是关心甚至是爱。”

没有想到，警察就是警察，说起话来滴水不漏，尤其还夹带着许多充满哲理的话语，不能不令我听得一愣一愣的，想到这里我惭愧万分：“姐，这些我都知道，但要真正做的时候，你还得具体情况具体分析！”

美女警察听到这里，不耐烦地对我说：“多余的话少说！我要告诉你的是，今天的事就是你的不是，一个大男人冒充服务生，潜入一个单身女人房间，你到底想干什么？”

“姐，这纯粹是误解！”

“姐会误解吗？如果你还是这样执迷不悟，那最后等着你的将是牢狱之灾！”

只听对方“砰”的一下，在那头把电话扣掉了。

乌云密布的天空，突然有一道闪电划破天际，随即一个响雷在我头顶凌空劈响，吓得我连连后退。

第二天，我早早来到办公室，做好了公安局上门追捕的准备。因为这次对沽空报告追责引发的问题，都是我一手导演的。

也许我是这个企业寿命最短的CEO了，但中国企业资本运作问题不从根本上解决，我绝不是中国企业最后一个寿命短的CEO……

时至上午九点半，股市一开盘，秘书温小仙就慌慌张张推开我的办公室门：“报告！今天企业股票再次进入下跌通道。”

我没有吱声，温小仙还是着急说了出来："又是一个跌停板!"

我嘴里不说，心里明了，一定是我的这次冒失引发的企业灾难，马上吩咐温小仙："网上查检一下，是什么原因导致的跌停。"

很快，温小仙又送来一个数据报告："当日网络对本企业负面消息仅一条，主要是美女老师利用沽空报告对企业追剿，再放厥词。这可能是造成今天企业股票走势悬崖式下跌的主要原因。"

我觉得文字这么表达欠妥，把造成今天企业股票走势悬崖式下跌的主要原因改为："中国股灾大势引发的市场面恶化。"

改好后，我叮嘱温小仙："拿这个向王大仙主席报告，说CEO保证在几日内让企业股价止跌回升。"

可能我随口一句"股价止跌回升"的大话，激发了温小仙的信心，她有了一个久违的笑脸，答道："是!"

温小仙像仙女下凡，一个转身随风飘去，我马上冲着她又喊话道："我的话还没说完。昨天在香格里拉酒店的事，都是我的错，这事不要再对其他人说了。"我一声叹息，又补充了一句，"记住呵，家丑不可外扬!"

"好！请CEO放心!"

我一看温小仙就是一个机灵的人："温秘书呀，你今后别叫我CEO，我讨厌这个名字。改革开放初期，当厂长经理要全国统考，合格者才有资格当厂长经理，哪像现在谁都是CEO，这样做人掉价。"

"哦，那我叫你哥吧!"

我一听，这个好，我正好没有妹妹!

这天，是自我又"下海"以来，最开心的一天。

这日股票收盘时，一位看着我出任CEO的好友作家，化名"白交易"的名字，为我送来一首打油诗：

锄禾日当午，搞A好辛苦。

对着K线图，一哭一上午。

哭了一上午，还要哭下午。

仓位补不补，心里很痛苦。

补了也白补，不补更痛苦。

谁都知道，这几年中国股市走得跌跌撞撞，这种大势之下，你想要王大仙的股票一枝独秀，肯定是不可能的。

有趣的是，白交易先生在诗的后面，还给我附了《一个作家对股民的家常话》的文章。

要命的是白交易当晚还带了一大帮人来找我，说都是我作品的铁杆粉丝，不一样的是他们都是有中国作协会员头衔的作家。这饭局一来为我这个作家新官上任庆贺一下，二来顺便到企业采风，帮我洗洗脑。

对此，我既纠结又纳闷，作家与股民之间有什么关系？

本来就风马牛不相及的两个群体，据我所知，中国作家里炒股的似乎不多，能赚钱的更少。

远在民国时期，作家郑振铎就深有体会。他初入股市时，天天奔波于银行与交易所之间，原本消瘦的他更加憔悴了。

他曾向朋友“吐槽”：“我每天都去市场，看到股票价格上上下下，心情如天气一般变幻不定。我这一生还从来没有那么在意过一件事情，甚至为此茶饭不思。”

当郑振铎决定到此为止，把最后一只叫“新光”的股票从手上割掉时，他净亏超过了十六万元。当晚，从残酷的股市中折戟而归的一代文学家，在日记里写下了这么一句话：“书可荡涤尘心，更有助于修养。”

也许，这就是他用惨重的代价，给我们股民换来的领悟吧。

时过境迁，没想到今天作家的身份，仿似股民眼中的潜力股，直线飙升。尤其是最近大盘忽升忽下，这段时间作家格外吃香。

网上有本叫《超级散户》的小说，原本只推理念，少评大盘，然而，这一轮股市暴跌到来时，作家终于按捺不住，紧急写了《五千点放天量站不住，大家要提防调整》的单章放在书里。

同一天，《至尊散户》作家“骑牛”，便以“逃顶！逃顶！必须逃顶!”为题，奉劝股民果断清仓，等大盘调整结束后再去抄底。

而作家李大先在《股仙》最新的一章中，干脆直接来了篇股评，叫《国家队找到了市场钥匙》，他写道：“如果小小说在现实世界中上演，这是什么情况？这其实就是散户在中国股市中的悲哀。究其一念，不外乎贪婪、恐惧!”

最近股市暴跌后，有不少人夸李大先先知先觉。有人说：“一开始完全按李大先的提示来做的人，现在完全不会被套。”

出人意料的是，今夜这几个研究股市的作家，齐刷刷地都来到了我的企业，让我既惊又喜。

说句心里话，企业家与作家之间，我还是喜欢人家叫我作家。

前年年底，我用散文笔法写了一本书，就是想让每个人都能读懂深奥的金融，当拙作《金融战国时代》一出版，马上就上了北京王府井书店销售的排行榜。

最近我又趁热打铁，将书出了一个修订版。出版社从去年开始，数次催促我，可否再修改，搞一个终结版。在今天这场股难面前，应该说出版社是有先知先觉的。

我不敢说大话，但如果我的新书能早点修改出版，至少不会有这么多的股民遭遇这次股市风险。

在金融问题上，我的忠告是：当中国大爷大妈充满股市，也就是说股民比菜市场上的人还多时，中国的股市一定要出大事。

就像刚刚过去的这两周，股市就像坐上“过山车”，一会儿让你上天堂，一会儿送你下地狱。先是上海证券交易指数狂跌，连带也殃及深圳指数。如果从上证 6 月中的高点五千一百七十八点起算，至 7 月 9 日止跌于三千七百点左右，跌幅达百分之三十。至于深圳股市更惨，跌幅深达百分之四十。我国有逾九千万股民，多数都没有高中毕业，因此投资进场股市当然有相当的盲动与不理性。

是的，作为一家上市企业的 CEO，我同情弱者；作为一个作家，我要用良知说话。

凡有股票交易市场的国家，都曾面对过崩盘危机。越是成熟的市场经济，越不会因为股市下跌而要求政府护盘；但像中国大陆是首次面临近亿人民卷入股灾，政府进场护盘也就不足为奇。

当我见到一些人打着市场经济旗帜反对政府救市时，我一直想反问他们的经济良心何在？也许现在这个世界太浮躁，人们的灵魂已经无法跟上经济飞速发展的脚步。

在这一轮中国股市风险面前，我原本不想过多评说，因为我书中该说的都说了。但此刻受良心的谴责，我还是要站出来，我不该失语。

我得先告诉人们，中国最近的股市问题，不同于一般的股市波动，也有别于一般的股市风险。

实话实说，这次对中国是一场股灾，因为按国际惯例，股票连续下跌超过百分之二十，应该就属股灾。而这次中国股票下跌达到百分之三十，许多股票已经腰斩，王大仙等少数股票跌掉百分之七十，我们应该直面社会坦荡承认：中国正遭受一场股灾。

在这场股灾中，我敢说本省企业比其他省份的人压力更大。这次股市快速下跌的敏感时间，市场上到处传言浙江场外配资公司做空股市，他们被视为“空军”的主力，正在社交媒体上遭到全面声讨。

传言有板有眼，有数据有逻辑，不乏《英国金融时报》《华尔街日报》和《澳大利亚金融评论》这样的国际媒体。近十年来，浙江一直在全国是“走在前列，干在实处”，我怎能忍心我们躺着中枪？

这不是因为我是本地人，就极力要为本地辩解。股灾是关乎一个国家金融命运的大问题，对每一个有正义感的作家来说，都有着义不容辞的责任。

美国作家马克·吐温曾经是弗吉尼亚城的一名记者，这座城市盛产黄金、白银。在“淘金热”下，不少已经发现黄金、白银矿山的矿主正在出售股票筹集资金，于是马克·吐温将自己的所有积蓄都用来购买股票。

随着股票的快速上涨，马克·吐温选择了“退休”，他来到旧金山，过起了奢华的生活：“我，一个兴高采烈的傻子，一直以来花钱如流水，并认为自己永远不会遭遇什么天灾人祸。”

好景不长，有一天市场对白银股票的狂热消失了，股价飞流直下，马克·吐温就和小说《百万英镑》中的那个年轻人一样，变得身无分文。这些股市真相，就是作家马克·吐温最后留给我们的血的教训。

大家明白，当下股市，关系的已远不是股民们的赔与赚，而是整个中国经济的生死存亡！因为现在的股票市场，押上的是股民、基民们一家子多年的血汗，押上的是我们的产业资本，押上的是我们的社保基金，押上的是我们过去十来年的经济成果，押上的是我们国家经济转型的希望，押上的是我们国家未来十年的中国梦，这些都是我们的全部！

说到这里，身旁的这几位名作家与我一样“同仇敌忾”，但我还有三问：

中国已成为世界第二大经济体，金融为何如此脆弱？

监管部门在股灾面前的反应为何如此迟钝？

国民对股市危机认识不足，表现为何麻木不仁？

当众多问题叠加，这已经不是救灾那么简单，而是一场战争，是保卫中国金融的一场战争！

是的，我们输不起。需要我们真金白银救市，才能产生立竿见影的效果；需要我们合力救市，才能提振市场的信心。

记得杜琪峰电影《夺命金》里，形形色色的人因为股票走进了生命的转折，台词里，关于股市更是金句频出：

以小博大，杠杆、杠杆、再杠杆，古巴买支雪茄十块，来到香港卖两百，这就叫股票；

没人不贪心，每个人都想不劳而获，以小博大；

谁真的见过股票啊，可人人都想买……

说到这里，我们几位作家，个个摩拳擦掌，有点恨铁不成钢的意味。

一位作家说："解决当前股市的问题，就要抓住问题的核心，因为对股市压力最大的就是市场信心问题，解决了这个问题，比降准降息、暂停新股发行，甚至比降印花税都要有意义得多。"

一位作家感到，股市下跌与产业资本疯狂减持有关。进入2007年第四季度，A股上市公司股改完成后的限售流通股解禁迎来了高峰。反观2015年以来，以汇金减持银行股等为标志性事件，产业资本启动了新一轮的减持大潮。

还有一作家一针见血，觉得是"巨无霸"争相上市引发的问题。2015年6月29日沪指严重下跌，此前一个交易日国泰君安上市。由于2007年10月中国石油上市，导致了上证指数见顶六千一百二十四点后一路走熊达七年，有人认为，国泰君安上市也将重演如此的历史性一幕。

当下在政府的重拳救市下，恶意做空的空头暂时被击退了。可是，期指空头"IC"卡被刷爆，并不意味着多空之战完结。因为伴随着大量公司停牌，2015年7月9日正常交易的股票仅一千三百三十九只，另有一千四百四十二只股票处在停牌状态。10 日有六十六家公司复牌，又有十六家新停牌股，市场仍保持半交易半停牌的格局。

从过往狙击空头的历史看，没有几个回合的较量，救市难言结束。从救市的路径和导向看，价值投资的蓝筹股有很明确预期。

其实这轮股灾到来之前，就有人推荐我上网找一位叫“李家大儿”的作家，原来就是前面我提到的李大先，他写了一本《股仙》的炒股小说。这书至今我都没有时间翻阅，听说这位作家是一位证券从业者，我想他至少不会说外行话吧。

不出所料，《股仙》一出便大受追捧，更新半年多来便有二十二万多的点击，累计获得超过一万个收藏、三万张推荐票。在起点中文网的 2015 年 5 月月票 PK 榜上，《股仙》排在第十名。

就连此前李大先被冷落的《股动》也跟着又火了一把，关注度直线攀升。当消失了七年之久的大牛市一路狂奔而来，谁都没有想到，在仙侠玄幻题材统治的网络文学世界里，炒股小说终于有了出头日。

说到这里，还是要暗笑，7 月本来就不是炒股吉日。前面我已说到的美国作家马克·吐温，他在《傻瓜威尔逊》一书中，写了这么一句话：“10 月，这是炒股最危险的月份；其他危险的月份有 7 月、1 月、9 月、4 月、11 月、5 月、3 月、6 月、12 月、8 月和 2 月。”他把 7 月排在危险月份的首位。

恩格斯曾说过，他从《人间喜剧》中得到的经济知识比在任何书本上学到的都要多。但是，写出《人间喜剧》的法国作家巴尔扎克似乎并没有好好利用这些经济知识。巴尔扎克一年的稿费超过六七万法郎，比当时法国财政大臣的年薪还高。可惜他挥金如土，预支一笔又一笔稿费，投资银矿、地产、股票和印刷厂都血本无归。尤其是股票，巴尔扎克买啥亏啥，屡战屡败，到死还负债累累。

当年，捏着欠条的面包商、握着期票的银行家、揣着契约的出版商，甚至是手持拘捕令的法警，都忙着找巴尔扎克，希望他还钱，交稿或者去局子里蹲着。

说到这里，人们是否觉得“百无一用是书生”？但对此，我不敢苟同，因为在股市实战中，作家更多的是门外汉；而在股市之外，也许旁观者更清。这大概是许多作家能写出股市文学畅销作品的原因。

当然，资本市场的利益最深厚，政府的干预差不多也最厉害。若先选择股市作为去政策市的突破口，也不是不可以，可要考虑时机、可能性和成本问题。

从当下的情况来看，要去股市的政策市，须先把股市稳住，恢复股市人气，在股市开启一个上涨周期中再平衡推出那些未竟的改革措施，将股市改造成一个公平、公正、透明的市场。

从这个角度看，如果说本轮牛市有什么遗憾，就是在股指从三千点涨到四千五百点的过程中，监管部门没有启动市场化改革，反而利用这个机会进行股市大扩容，才有今天的股灾发生。

最后，我结合企业股票实际，对我作品的铁杆粉丝们，套用《人民日报》上一句话作为结束语：“如果将股市看作是‘中国梦’的载体，那么其蕴藏的投资机会是巨大的。但是，如果把股市当作赌场，那么世界上任何一个赌场都是危险的。”

这么一大帮铁杆粉丝作家没想到反被我洗了脑，粉丝们纷纷表示今天回家，必须挑灯夜战，为我的企业股票摇旗呐喊。

温小仙也掺和进来，在大作家面前班门弄斧，引得大家哄堂大笑——

无论你在华灯初上的城市
还是在灯火阑珊的街头
我们都是这尘世的过客

如果你看到一个疲惫孤独的旅人
请你照顾一下它（股票）
通知我一声
它（股票）是我迷路的兄弟……

第八章　企业钱庄

近期股市一直是断崖式跳水向下，“第一世界”的股票更是勇立大跌潮头，摔得自己不认识自己。

这事不知社会上的借贷公司怎么知道的，我每天手机的来电来信中，不是追问我缺不缺钱，就是查点我要不要贷款。

这种“人文关怀”一多之后，我总少不了好奇反问：“你怎么知道我差钱？”

其实，我明知这些都是垃圾短信，但此刻能有人关心一下我们这个可怜的实体企业，还有我这个生不逢时的CEO，总比这冷漠无情的市场要温柔许多，有时反倒觉得很暖心。

不错，在这个追逐GDP的火红年代，随处都是大发展大建设，谁不缺钱？谁都缺钱。

从个人来讲，现代日常生活开销愈来愈大，日用品手机电脑等更新换代越来越快，不动产价格一天一个高价……生活压力不断攀升，有苦自己知，有泪自己流。

从企业来看，实体经济是“王小二过年，一年不如一年”，人力成本不断上升，原材料价格不断攀高，融资难融资贵……僵尸企业、跳楼企业、停工停产企业、关门倒闭企业，随处可见。

在这个水深火热之中，有人问你一声："要钱吗?"你一定会被感动得泪流满面。

起初，我对这些借贷短信置之不理，后来全都储存起来，慢慢研究。这些短信直击眼球的是："特低利率""没有条件""无需抵押""不必证件""不设顶线""破产也行""即刻批准""随时取钱"及"灵活偿还"等，几乎每一句都有无限吸引力。

而那些拨电话过来的，则表明他们更有诚意。开始几次，我还会臭骂对方一顿，因为总是在我开会开车的时候来电，让我手忙脚乱。后来这样的电话多了，我一看是陌生号码心里就有了数——又到"临终关怀"时刻。

说归说，骂归骂，面对这些乱七八糟的电话和短信，对我及我的企业来说，多少还是有一些安慰与关怀的。

这不，此刻我头脑越来越清醒，我用手使劲拍了下脑门，加上那批作家上门带给我的自信，让我还是看到了实体企业的一线希望。

当然，之所以一时难以让我冲昏头脑，是因为我心中一直没有底。"第一世界"企业为什么难逃沽空厄运?如果企业没有缺陷，苍蝇岂会去叮无缝的蛋?那么又如何才能找到企业病灶，尽快解决企业的短板?或许，这样才能争取主动，找到与沽空公司较量的筹码?

在办公室焦急徘徊的我，突然想到一件事，觉得这个可能是解决企业问题的突破口，所以赶紧拨通温小仙的电话："温秘书吗?马上通知一下财务部负责人，告诉他们CEO半小时到财务部有急事。"

"好!"

片刻，温小仙电话回我："报告CEO，已通知对方。呵，不不，报告大哥。"

听到这里，我在电话那头直笑："为什么要这么紧张?"

我知道温小仙为什么紧张，故意挑逗她："今后别在哥哥面前说错呵。"

"好，大哥！"温小仙发出难得的温柔声，极易将那些意志薄弱的男人俘虏，这时她又支吾了一句，"哥，我陪你一起去吗？"

我知道，到企业财务谈问题，涉及许多商业机密，现场人愈少愈好。所以我马上回答："这次就不劳驾温秘书了！"

我听到温小仙一声叹气的声音。过了一会儿，我又问温秘书："今晚有时间吗？"

温小仙听出我说话紧张结巴的声音，"嘻嘻"地笑出声来："有呀！"

"那晚上我请你吃饭，向你请教一些企业的事。"

"好！一言为定。"

到企业财务部调研，接待我的是林晓波副经理，从他嘴里得知财务部总负责人是董事局主席王大仙的亲弟弟，人们习惯称他是小王总，不巧他今天出差在外。

我一笑："可以理解。民营企业的人财物，通常是董事长自己直接掌控，现在委托给他自己的亲弟弟顺理成章。"

林副经理一笑，压低声音对我说："为这事，我早想找领导汇报。王总弟弟直管本无可非议，但他背着哥哥做了许多有损企业的事！"

不待林经理说完，我立马纠正并批评说："这事你们可要早点向王大仙主席报告，千万别等事情搞大，生米煮成熟饭。但背后还是少说为佳。"

"那是！"

一听林副经理的话，我就知道他是直性子的人，所以我也就直奔调研主题："为了应对沽空报告，我想了解企业这些年资本运作的一些情况。"

林副经理感觉有点为难，对我实话实说：“这事小王总有交代，财务是企业经济的血脉，涉及商业机密，只可意会，不可言传。”

我还是一笑：“我是新来的CEO，能意会一下足矣。”

林副经理见我谦让诚恳，也就没有什么顾忌了，马上告诉我：“我们企业是一个出故事的地方！”

我应了一声，接着洗耳恭听起来。

“‘第一世界’企业的发展轨迹，是中国经济高速发展几十年以来的一个缩影。这些年来民营企业“弯道超车”，不仅让我们的民营企业及产品遍及世界，而且也开始让大量的财富与资本向我们的企业迅速积聚。可以说，我们企业在打造出一个个惊天动地的财富故事之时，也在咄咄倒逼中国投融资改革。”

我没有想到财务部的林副经理这么会侃，一下把我的胃口吊起。这时他偷偷给我讲起钱庄的困惑。

这里肥沃的民营经济土壤，一开始就为民间金融的萌生提供了最好的养料。改革开放初期，王大仙吃到了头桶水，率先挂出了“大仙钱庄”的白底红字木招牌，这可能是新中国建立后，大陆第一家由私人挂牌营业的金融机构。

王大仙是第一个浮出水面成为公众人物的钱庄老板。

为了寻找政策上的依据，王大仙还四处翻寻中央文件，结果竟真的给他在当时中共中央对农业的一号文件中，发现了这样一句话：“鼓励农民集资兴办各种事业，尤其是兴办开发性事业……”王大仙立即进行了大胆的“王氏解读”。

为了长远的发展，王大仙在经营管理中采取了当时十分罕见的“董事会制”。钱庄采取投股集资，每股金额一千元，个人入股不限，总股为一百股，计十万元。由股东选出董事会和董事长，由董事长委任经理主持日常工作。年终结算，由董事会研究做出合理分红。他还采取财产法人承保制，凡将现金存入钱庄，借贷双方都要有法人资格，严格履行借贷手续，到期不能偿还者，按政府有关条例处理。

在大仙钱庄开张的当日，王大仙就贴出了一张比银行更为优惠也更为灵活的存贷告示——

长期存款：月息百分之一点二，三个月以上结算。

临时存款：月息百分之一，随时存取。

贷出款项：月息百分之二，视情况而定。

这对存、贷客户都充满吸引力。钱庄因此生意兴隆，在开张不到一年的时间里，存、贷高达几千人次，资金周转总额达五百多万元。

钱庄在经营上的灵活性，恰恰弥补了银行在严格的法律体系内运行的各种制约给用户带来的不便。比如银行、信用社的服务时间是法定的八个小时工作制，而王大仙的钱庄是二十四小时服务，贷、存款随时可办。

有时，手头现金不足，他就凭自己在当地的信誉临时向社会调剂，或不惜以高利向民间借贷。同时他又专门在信用社存款五万元，根据信用社存一贷三的规定，如一旦需要时，就有十五万现金可解燃眉之急。他经常不停地奔走于各大户之间，了解各家进货和售出情况及手头现金的余缺。

钱庄的定性，在金融界一直是个争论的话题，且大多数金融界的权威人士认为这是不可取的。本该持有由金融管理机构签发的经营金融业务许可证才可经营的钱庄，在几年金融经营活动中，却一直是无证经营。因此大仙钱庄的经营活动，严格地说是不合法的。

考虑到大仙钱庄在当地的影响，如予以强制手段取缔，肯定会因造成客户的损失而产生社会混乱，所以银行决定在当地的银行和信用社也实行利率浮动，改变了以往的服务方式，成为由人民银行总行批准的在全国率先进行利率改革的试点地区，欲以此与大仙钱庄竞争，挤掉钱庄……

听着林副经理有板有眼的解说，我得知王大仙原来是从大仙钱庄轻而易举得到了第一桶金！

对于王大仙资本运作的功过评述，那是理论家的事，我们这里无需强调钱庄这一新生事物对改革的影响，但我们不可回避的是：从这一点看，钱庄的出现，对加快当时银行、信用社的利率改革，应该说，起到了催动与推进的作用。

当然也有迷茫，如果钱庄是改革的产物，那么王大仙接着搞的“抬会”，却真的让许多人看不透。

当王大仙企业步入中小企业行列，发现企业无法从银行获得信贷，为了解决一时的资金短缺，不得已便以民间的方式进行互援自救。这样，一种被称为“抬会”或“排会”的信贷交易方式，应运而生。

它最初出现在几个人之间，各人都出一笔钱，形成一个互助性的“会”，用钱的人付给其他人高于银行的利息。按林副经理的回忆：“当时工厂要发展全靠地下渠道，最多一次可以借到一千万元，成为当时私营企业发展最重要的资金动力。”

抬会一开始只是一种民间的融资信贷，有些抬会会主原本也是想学王大仙搞私人钱庄的。可是，常规的信贷效益毕竟太低了，马上有人想到了高息融资。先是小心的尝试，再是大胆的扩张，在滚滚而来的金钱与永远填不满的欲望之间，一种新的近乎疯狂的金钱游戏开幕了。

王大仙的前妻，是一个快四十岁的很会算计的女人，在当地开了间杂货店，这一年，在别人的怂恿下，她也办起了一个抬会。她的那一套规矩在当时是最流行的：通常一个会员入会交一万一千六百元，从第二个月开始，会主每月付给会员九千元，连续付十二个月，计十万八千元；从第十三个月起，会员再付给会主三千元，连续付八十八个月，计二十六万四千元，会主则仍然每月付出九千元。如此循环滚动，一个会期为一百个月。

明眼人一看就明白，最大的风险在第一年，会主要把一万一千六百元变成十万八千元。

有人计算过，一个一万一千六百元的会员要维持下去，到第六个月必须发展二十二个会员，到十二个月，要发展六百九十一个会员，到第十八个月，就要发展二万零八百八十三个会员。

最风光时，王大仙前妻每月可净收入一百二十万元。那时当地像王大仙前妻这样的抬会会主就有一千三百四十六个，最大的抬会发展了一万二千多人，会主年收入一千九百七十万元。

在两年时间里，当地有几十万人参加，会款额达十二亿元之巨。经历当年事件的林副经理描述说："当时钱收进来，先在墙两头放着，不出两个小时，两头的钱就连在一起，一上午整面墙堆满了，到了晚上一间房子已全部堆满钱，脚都插不进……"

由于根本不可能实现的效益比，自然造成抬会以几何级数地发展新会员作为其得以支撑下去的唯一手段。在当年，最疯狂的会员发展方式是所谓的"短会"：入会交一万二千元，第二个月就还给会员九千元，第三个月再还九千元，本息两清。会主虽然要亏损六千元，但可以此来引诱更多的人入会。

为了获得政治上的庇护，还出现了"官会"：此会专为官员而设，入会不必交款，而是先领款，三个月后再少量返回。这种会分十万、五万、一万三种，视干部大小而定。主要是一个干部入会，可以带动无数的百姓来入会。

那年冬天，失去理智、极度病态的抬会体系，发生集体性的瞬间雪崩。成千上万的讨债者疯了似的冲向会主的家，一幕幕不堪入目的人间悲剧上演了。在短短三个月里，当地有几十人自杀，二百多人潜逃，近一千人被非法关押，八万多户家庭负债累累，倾家荡产。

随着抬会不欢而散，王大仙又办起了信用社。

那年王大仙创办由他私人独资控股的城市信用社，这也是全国最早的股份制银行。他的信用社不但获得了由当地人民银行颁发的货真价实的许可证，并且得到了企业主营部门的大力支持。

也就是这时开始，一股民间力量创办金融机构的浪潮，从这里悄然而起。在那个全民办金融的年代，这里曾经出现过五花八门的金融机构——农委批办的农村合作基金会，体改办批的民融服务社，还有资金调剂服务社、经济服务部、融资办事处。

没过几年，由于乱集资现象严重、高利贷横行，人民银行对这些机构进行了清理，比照城市信用社标准将一部分质量较好的加以改造，随后又顺势成立了一批新的农村金融服务社。

经过七八年的发展，当地较成规模的三十多家小金融的总资产已达到了二十亿元左右。其中较有名的要数王大仙的城市信用社，存款金额一度超过上亿元，股东权益实际上已逾千万。那时王大仙声称："如果允许办分点，我搞数十亿出来都有可能。"

而各地办了几十年的属于官方的农村信用社，一般只有四五千万元的规模。这些新办信用社实际投资方大部分是民营资本，尽管个人投资有百分之十的比例限制，但像王大仙通过旗下的企业参股，个人股份已经占到了百分之三十以上。

一般说来，小金融最大的优势在于机制灵活，服务到位。由于大家知根知底，一般谁有资金动向，服务社就会派信贷员上门服务，跟踪调查。

几乎所有的农村金融服务社的工作时间都是超长的，从早上七点到晚上七点半，一年只休息一天，这比起农信社中午休息、周末放假，对用户要方便得多。

在风险控制上，王大仙这些小金融的机制，显然要比其他地区宽松得多。一边是采用抵押或担保贷款，每个信贷员也都承担追收责任，但惩罚力度并不大；一边是实行贷款经理负责制，设立专门的贷款评委会，评不出来不给贷，五万元或者十万元以上的贷款则集中由总经理来批；另一边，《商业银行法》的约束，贷款不超过存款的百分之七十。这样的做法产生的实际效果参差不齐。

事实上，由于先天和体制监管上的种种问题，合作基金会的问题不断显现，挤兑风、逃债风、卷款风频吹。王大仙又率先开展了民营财团大整合。

林副经理如数家珍，乐此不疲地给我讲了许多企业故事。接着他又对我说："这个时候，王大仙又在行业内对民间资本进行了大整合。"

比如，他将数十家建筑施工队整合成"建筑航母"，统一品牌经营、统一承包工程、统一市场服务、统一技术攻关……王大仙的"第一世界"的成立，更是把这种整合推向了一个高潮。

据林副经理所知，"第一世界"起源于一个"房产沙龙"，当时认为"沙龙"能够组成真正的投资实体，于是十多家企业成为了第一轮谈判的对象，最终确定为九家企业，各种投资咨询专家也介入财团的预备工作。

财团未来运作方向将"集金融、实业和贸易为一体"。对于当地民营企业组建财团这种重大经济事件，当地政府有关部门出乎意料地保持了沉默。

当时中国最大的民营财团——"第一世界"财团控股公司，建起一幢当地最高的发展大厦，正式挂牌运营。这是经国家工商总局核准的以"财团"命名的股份公司。

有人说这种财团整合完全是国内民营企业的一种创新，使当地那种"人人当老板"的传统经营模式走向历史。

行业间财团的出现是一种挑战，是对当地传统发展模式的创新。民营经济要继续发展壮大，联合是一个有效途径，“第一世界”就是民营企业通过资本联合的组织制度创新而发展壮大的尝试。

就资本运作而言，阵容强大的多家企业共同投资组建财团，可以突破单个企业资本薄弱的局限，从而有助于温州民营经济进入某些资本密集型产业。无论是从温州企业的整体形象，还是从温州经济的前瞻实力看，这种尝试都是一种较好的提升。

记得“第一世界”财团创始资金为五千五百八十万元，由九家股东企业均分股权，各占财团股份总额的九分之一。按照公司的章程规定，财团将适时不断地按项目运作需要增加股本，九位股东均以货币的方式增加相同的出资额，以确保各股东股权的平等。

九家联手不是“联合舰队”，而是“舰队的联合”；不是“一加一加一……等于九”，而是“九乘九等于八十一”。

这些当地巨头自动捆绑在一起，凭借着强大资金实力和社会资源，今后要做什么？

“财团希望聚集和调动一切合法的社会资源，参与国家重点建设，参与企业改组中的并购和转股改制，带领国内企业参与国际竞合。”林副经理私下透露，“财团的未来是要搭建一个庞大的商业平台与金融平台，通过打造一个透明的上市公司以及非上市公司组成的产业群，营造合法合规的企业公民形象，从而获得监管机构的认同，最终真正进入金融领域，完成企业帝国的建造。”

但事实上，风险很大。除了财务风险之外，还有政策上的风险。因此财团的股权设计也不无巧妙——每家一股，从一开始财团就有别于九个股东自己的家族企业。

“第一世界”财团的总裁实行外聘，完全按照现代企业制度实现所有权和经营权的分离。

当王大仙走马上任，在接受媒体采访时，表示财团并非单纯的金融机构，而是更注重对产业资本、金融资本和商业资本的一体化融合，这是它与其他模式的以金融为工具的企业的本质区别。

对于外部的金融政策、市场环境是否会成为制约财团发展的因素，王大仙肯定目前还存在这些因素的影响。但是，他个人认为国家正在积极地推进改革，比如，中国会尽快开放金融市场和资本市场。如果民营企业不予培育和推进的话，今后会出现更被动的局面。

但这个庞大的民营财团很快遭遇危机，主要是利率没有把控住，以前维持在千分之九的当地民间借贷利率，随后已经快逼近千分之十了。当地民间借贷利率的突然回潮，直接原因被认为是宏观调控紧缩银根所致。

步入二十一世纪，这里大面积推开农信社存款利率浮动后，当地民间借贷利率的持续蹿升，主要是当时到这里寻求民间融资的企业突然增多所拉动。

当地民间借贷利率持续蹿升，政府是否通过宏观调整来控制利率，防止财团扰乱金融市场？财团已是一个资产规模逾千亿的超大型“航母财团”，政府部门如何控制投机性投资呢？

……

就在我深深地沉浸在“第一世界”的故事之时，有人在门外喊“林晓波”。听到喊声，我不忍心打断了还在说话兴头上的林副经理：“有人找你！”

“嘿，不好意思。”林副经理一边起身一边歉意地朝门外走去，可还没走出门，我就听到他“啊”的一声惊叫，只见几个穿着警服的人，两边挟住他拖了出去，还有一个用毛巾死死捂住他的嘴。

当我回过神，第一反应就是冲出去救林副经理，门口两个高大彪悍的人挡住了我的去路，我急问：“林副经理怎么啦？”

“你没看到被穿警服的人带走——犯罪嘛！”

我想即便犯罪，也得按程序办事。哪有如此抓捕人的？我不想与他们理论，以免秀才遇到兵有理说不清，我忙转身想走人，没想到那两个人上来逼我先交出笔记本。

我一下子火了，责问道：“你们有什么权利让我交出笔记本？”

一个凶巴巴的人，跳出来对我说：“商业机密，天机不可泄露。”

我淡然一笑，大声怒斥道：“你知道我是谁？”

“你哪怕是天老爷，小王总也不同意。”一句话把我排斥到企业的边缘地带。

而另一个人，蹿出来对我说：“因为你刚才与犯罪嫌疑人一起，疑似有什么不可告人秘密。”

我愤怒地骂了一声：“活见鬼！”

那人走到我面前，靠过来警告我：“千万不要敬酒不吃吃罚酒。”

我又鄙视地朝对方一笑，对方不客气骂道：“不交出笔记本，休想从这里站着出去！”

这就是说，现在我是跳进黄河也洗不清。所以，我们彼此僵持着，时间就这样慢慢耗着。

不一会儿，我的手机响了，见是温小仙秘书的来电，我刚想去接，被看守一把夺走手机：“你不能接听电话。”

这下我怒了：“是谁给你们的权力？”

看守们不甘示弱地怒斥道：“我们是小王总派来的！”

我怒吼道：“我是大王总派来的！”

不等我声音落下，一个看守向我一拳砸来：“让你吼——”

这一拳，打得我的眼睛直冒金星，就在他们准备把我往死里打时，想不到温小仙从天而降。

只见她挥起一拳，打倒一个看守。再一个扫堂腿，打倒另一个看守。

这时两个看守趴在地上向她讨饶，温小仙冲着他们警告说：“不许动！你们想干什么？”

对方乖乖交代说：“是小王总派我们来的，让我们没收先生的笔记本！”

温小仙随手将我的笔记本扔过去，又朝他们骂了一声：“滚——”

转过身，温小仙急切地对我说：“赶紧离开这里！”

她一边说话，一边拽着受伤的我，立刻离开了这个是非之地，我被温小仙的举动彻底惊呆了……

第九章　棋逢对手

路边停着一辆宝马车，温小仙迅速打开车门，让我先躺在后座上，说："这事必须报警，免得恶人先告状，有理说不清。"

我忍着痛，忙制止说："不必了，都是工厂内部的矛盾，家丑不可外扬!"

她愤怒地说："上次，香格里拉咱们吃过亏了。这次我们不能再受两茬罪，再吃两遍苦。"

我提醒温小仙："别幼稚，我们企业窝里的事，一个 CEO 没本事处理好，还好意思把难题交给警察?"

温小仙还是不甘心，以为我胆小怕死，责怪道："我的哥，你是'一朝被蛇咬，十年怕井绳'?"

我耐着心，对温小仙笑眯眯地说："这个社会没有你想得那么简单，你真的相信司法会公正吗?"

她开口大笑着，过了一会儿，才劝说道："不要幼稚？为什么不给自己自信，不给自己定力?"

许久，我还是向温小仙摇了摇头。

也许她向我妥协了，可仍念念不忘地提醒道："跟他们玩，我们必须多长一个心眼儿——要留活口。"

我明白了她的意图，现在必须先到医院，将对方殴打的证据留下信息记录。我马上答应一声，算是对温小仙建议的默认。

侧身我看到她那全神贯注开车的倩影，顿时对这个女子一下刮目相看起来。

我忍不住好奇地问温小仙：“刚才你在两个看守面前，身手不凡呵？”

“报告哥哥，我当过几年特种兵。”

“哦！女特种兵？难怪。”惊叹之余，我又好奇地问，“那你怎么知道我在哪间房子里？”

她微微一笑：“哥哥，你怕我跟踪你？”

温小仙见我一下答不上来，反倒宽慰我说：“别犯傻，你不是约了我晚上吃饭，到点了没有电话，我知道不对劲，才赶紧联系你。”

听到这里，我还是憋不住坏笑一声：“好一个称职的秘书！”

温小仙马上回答一句：“何止是一个称职的秘书。”

我明白了她的一语双关，就乐哈哈朝她笑。

她好像看出我的坏笑，马上单刀直入地询问：“别笑了，我早知道哥哥是‘黄鼠狼给鸡拜年’。”

“怎么就知道我不安好心？”

“我们得接受上次香格里拉的教训，这叫吃一堑长一智！”

在这样机灵的美女面前，没想到我的一举一动，她都看得一清二楚，看来我无法掩饰自已，就坦诚地说：“我曾想尝试做一下黄鼠狼！”

“所以你电话一响，我马上就锁定了你的位置。不然的话，我到哪儿找到我的哥哥呀？”温小仙温柔地说道。

我朝她竖起大拇指，马上给了温小仙一个大大的点赞：“难怪特种兵出身，王大仙主席要钦点你做秘书！”

温小仙向我做了一个鬼脸：“此温秘书，非裴秘书也！”

就在我们海阔天空、谈笑风生之时，温小仙看到车后有一辆车尾随，问我怎么办。

我让她按正常速度开车，不要惊慌。

这是一辆高档的保时捷，这时已经快速冲到我们的车前，打着双闪来了一个急刹，逼我们停车。

亏得温小仙车技高超，跟着一个急刹，差几公分就要追尾。温小仙见是五个八字的车牌，立刻告诉我："这是裴小仙老总的车。"

我应了一声："这真是'说曹操，曹操到'！"

只见裴小仙走下小车，温小仙忙跳下车迎上前去："裴总好！"

裴小仙居高临下地说："别给我装腔作势，马上将 CEO 交给我！"

温小仙一脸的无奈："是我救下他，正准备送医院。"

裴小仙目光如剑似的直接刺向温小仙："企业发生了这么大的事，你不第一时间报告，而是带着他私奔？"

我听到这里得知原委，马上下车解释："裴总，你误解了！"

裴小仙冷笑了一下，冲着温小仙说道："算我误解。温秘书你的任务已经完成了，我会送 CEO 去医院。"

我忙对裴小仙说："没有必要去医院啦！"

温小仙把脸一拉，我本想说几句安慰的话已经来不及，只见她一脚油门飞速离去。

这时裴小仙露出胜利的微笑，亲自为我打开车门，喊了一声："请！"

此时，我多么像被她抓获的一个俘虏，同时，又有点受宠若惊的味道。

引擎一打开，裴小仙就温柔地对我说："不好意思，让你受委屈了！"

我不好意思道："给你们制造麻烦了吗？"

她马上安慰我说："这算不上什么。企业大了，就像外面的林子——什么鸟儿都有。"

"可以理解！"我不痛不痒地回应道。

裴小仙又开始数落起王大仙："当初王大仙压根就没想把企业做这么大，就想企业小小的，多赚几块零花钱足矣。你看现在企业船大调头慢，到处碰到烦心的事儿……"

听着裴小仙诉苦，我对面前这么一个柔弱美女，既痛恨又怜惜——痛恨的是她对温小仙那个杀气腾腾的样子，怜惜的是如今做企业的惨不忍睹。

记得二十年前，我的工资五十来元，买一块"九五"红砖，一毛多钱。二十年后，我的工资五千多元，买一块"九五"红砖，还是一毛多钱。我是搞建筑材料起家的，对此类价格我最有发言权。如今建筑材料，几乎全部跌到上个世纪九十年代的价格水平。你说这些制造业老板，是不是得哭到惨绝人寰的地步？

就在我们沉浸在中国实体企业痛苦之中时，裴小仙不知什么时候下车，又亲自为我打开了车门。

我问："这是什么地方？"

她坏笑道："医院呀！"

我说："是医院，就不下车了。"

听到这话，裴小仙就像一个胜利者："我料定你不肯去医院，所以带你到我家。我家有家庭药箱。"

我充满歉意地说道："这，这多难为情！"

"有什么难为情的？都是一个厂的，本就是一家人。"

我眼含泪水地叹息道："都像裴总这样，我们企业一定战无不胜，攻无不克啦！"

"你瞧你瞧，像我大哥说的话吗？"裴小仙撒着娇说道，"千万不要一家人说两家话！"

裴小仙按了一下门铃，没有反应，接着敲了很长时间的门，才听到屋内有人拖椅子的声音，接着是一个童音在喊："妈妈，妈妈！"

裴小仙急切地问："阿姨呢？"

只见从门缝侧身钻出一个四五岁的小男孩，嘴里喊道："妈妈，你不是教我无论遇见谁，都要先从门镜看清楚，千万不要乱开门吗？"

裴小仙马上表扬说："孩子你真棒！阿姨呢？"

小家伙这才瞪着两个大眼睛，学着大人的样子说："妈妈等会儿你不要批评阿姨。是爸爸打电话给阿姨说，小哥哥生病了，让阿姨赶紧快递点好吃的水果。这不，她到小区服务处送快递包裹去了。"

裴小仙听到这里，抱起儿子亲了一下："宝贝，真懂事！"

接着，又把我介绍给她儿子，孩子嘴很甜，立马对我喊道："叔叔好！"

我也抱起孩子，亲了一下，称赞他："真乖！"

这时裴小仙找来家庭药箱，将我手上几处抓破的地方，细心地涂上红药水，见额头上还有一道很深的伤痕，让我赶紧躺下，她准备先用酒精消炎后，再上点云南白药。

不巧沙发上被孩子堆满了许多玩具用品。裴小仙赶紧拉着我到她的卧室，我推托："不要上药了！"

她半拉半推着我说："脸上的伤一定要处理好，不然要留疤的。"

我刚要朝天仰下，只见裴小仙的儿子拼命冲进房间喊道："叔叔，你不能躺到妈妈的床上！"

我忙起身，裴小仙强行把我按下，并说道："孩子的话，你别误解。"

这时儿子像发疯似的，抓起一把木头宝剑，向我身上刺来，我忙起身躲闪，这时被窝里发出"砰"的一声，裴小仙忙掀开高档鸭绒被子，被窝有一碗红烧肉方便面，压扁后正卤水横流，把洁白的床单和被子弄得一塌糊涂。

这把裴小仙吓坏了："怎么回事?"

她转身找儿子查问究竟，但不知儿子躲到哪里去了。

此时，裴小仙早已怒火万丈，从走入式衣柜中把孩子揪了出来，问："为什么搞恶作剧?"

孩子早已吓坏了，哭得稀里哗啦，连气也喘不过来，说："妈妈，我没做错事!"

我想把孩子拉到身边，以免吓着他。

裴小仙又一把拉回去，让孩子毕恭毕敬站直后，再说话。这时孩子边哭边告诉我们："周末幼儿园休息，早上在家看到电视上红烧牛肉面广告，我就吵着要吃牛肉面。"

"谁去买的牛肉面?"

"阿姨买回了两碗方便面。中午我吃了一碗，好吃极啦!"

"为什么要留一碗?"

孩子把嘴拱得很高说："我想爸妈一定喜欢吃。"

我称赞说："真是好孩子!"

"刚才阿姨一出去，我就想偷偷为爸妈准备一碗面，让你们别总是吵架，少骂我。"

这时孩子急着告诉说："没想到热水瓶里没有开水。但想到爸妈提醒过我，一个人在家不能动煤气灶，所以我就打开洗澡的水龙头，用热水泡了方便面。后来，怕方便面冷掉，就把它放到被窝里暖着!"

我见孩子望着倒翻在床上的牛肉面十分伤心，而裴小仙早已感动得泪流满面，就对孩子万分内疚地说道："都是叔叔惹的祸!"

孩子已经不愿看我了，埋怨说："都是叔叔不好!"

裴小仙把孩子一把拉到怀里："孩子，妈妈真的误解了，但你不该放到被窝中!"

又听到"误解"二字，我自言自语地说："是不是现实真的有那么多误解，才阻隔着我们的前行与发展。”

裴小仙朝我看了一眼，她联想到企业沽空报告等一些情况后，也感叹地说：“我发现在新媒体的背景下，谣言传播呈现日常化。”

裴小仙的话，一下让我脑洞大开。是呵，为什么谣言传播总是如此成功，以至于“造谣一张嘴，辟谣跑断腿”？这让我想到一个外来语，叫作“逆火效应”，来自英文 back fire，最早是内燃机术语，引申义即“适得其反，事与愿违”。

裴小仙用她那双特别勾人的凤眼，瞄了我一眼，让我火急火燎。她对我说的“逆火效应”话题产生了兴趣：“难道真的有人利用网民难以识别网络谣言，把我们这些无辜的企业纷纷推向火坑？”

“可以这么理解，我们的工厂不就是这样的受害者吗？”我对裴小仙的话，赞同地说了一句。

裴小仙眼睛又一转，接着问我：“我们在为企业辟谣时，是不是要换一种思路，不然你 CEO 辛辛苦苦地工作，不但白忙活，相反还帮了倒忙，让谣言进一步传播，结果逆火烧身，企业股票跌跌不休。”

我让裴小仙说得一愣一愣的，一边对她连连点头，一边急问她有什么秘诀：“按裴总判断，请问你有什么高招？”

裴小仙可能久未有人赏识，自然得意扬扬，学着“救世主”的口气说：“任何事，都不要轻易说这也干不成，那也干不成。要思考怎么办才行，怎么才能把事情办好，要把不可能变为可能，把可能变为现实。”

我一直以为裴小仙在企业靠的是一张漂亮的脸蛋，今天让我知道了她不但情商高，智商也很高。现在我还想听听下一步，她会给我支什么招。

这次她没有大声嚷嚷，而是贴到我耳边说起了悄悄话，说了很多，直到我被她身上的 CD 香水熏得咳嗽起来，她的话才打住。

这时，我边咳边笑，觉得这是我到企业最开心、最通气的一刻。

不知王大仙什么时候回到家的，也不知王大仙什么时候站到了我们的身后，如果不是孩子喊了一声“爸爸”，我们不会发现王大仙就站在身旁。我忙起身向王大仙打招呼：“主席，好！”

可能是孩子见到父亲，本能地紧张起来，他忙扑进王大仙怀里，哭着腔告状道：“刚才叔叔睡到床上，把被子都搞脏了！”

王大仙见状，对我气不打一处来：“滚！”

开始我还想解释什么，一想现在一时半会儿也说不清。站在一旁始终没有吱声的裴小仙，转身调头冲出房间。我想离开这里，越远越好……

第十章　并非空穴来风

跟着裴小仙回家，尴尬地遇到王大仙，虽然自讨没趣，吃了一个闭门羹，但裴小仙的一番推心置腹，多少还是让我找到了解决沽空报告的可能。

第二天，我拿出做男人最大的胆识与勇气，一个人不动声色地来到香格里拉，非常绅士地叩开美女老师的房间。

美女老师见就我一个人，挡在门口也没有吭声。我知道她对我上次贸然登门十分不满。正因为这样，今天我必须赶在她回国之前，表示我的歉意，以求得谅解。

此刻，我只能厚着脸皮，甚至不顾“热面孔贴冷屁股”地对美女老师说道：“今天上门，主要是向美女老师道歉，上次我们到你府上的所作所为严重失礼，再次向你检讨，希望能得到你的宽恕。”

我站在房门外，双腿并拢立正向她鞠躬致歉。美女老师见我这架势，不冷不热说了一句：“这是你的那位美女秘书给 CEO 准备的路演？”

我一下听出她还在吃秘书的醋，就实话实说道：“别误会，那是王大仙的秘书，那天她是想来见见王大仙曾经的恋人的，没想到一山难容二虎。你们女人之间的争风吃醋，对我是城门失火，殃及池鱼。”

“请你尊重我的人格，你想想我哪会与她一般见识？再想想王大仙身体早废了，他还要那么多‘小仙’系列的秘书侍候吗？我估计CEO这个时候不早不迟到企业任职，一定另有企图吧？”

我见美女老师居高临下，咄咄逼人，只能强忍心头怒火，有理有节地解释道：“相信老师不会误读！想当初，连你这样的大美人，我都没有法子搞定，时至今日我还有什么用场呢！”

美女老师想想我的话在理，再一看那个秘书今天也没有跟着来，多少给了她“一花独放春满园”的味道，马上在房门口让出一个通道：“不好意思！CEO有什么话，请到房间来说。”

我跟着她走进房间，在沙发上还未坐定，马上开门见山说道：“今天登门拜访主要有一件事，向老师报告一下。”说到这里，我故意停顿下来，看看美女老师有什么反应。没有想到，可能她压根就没有听我说话，所以她根本没有反应。“那我就直说吧，今天为确保经济研究的严肃性，我撤回在国际经济学刊的论文。同时，我也正式对外致歉：由于本人当时调研不实，对于‘第一世界’企业的经济数据分析有误，给企业在社会上带来了不良的影响，特此道歉并决定撤回这一经济论文。”

美女老师听到这里傻眼了，由于我的主动纠错，意味着她沽空报告的数据引用错误。她没有想到我最后拿出这么一个撒手锏，太血腥了！她拍着茶几对我吼道：“现在清醒了，今天你不只是黄鼠狼给鸡拜年，还要让我不得好死。”

我忙纠正道：“不不不！”

“什么不不不，你撤销论文，表明我们写的沽空报告就是造谣。兄弟呀，算你狠，把我彻底卖掉了。”

“不好意思，你是老师，我是学生，老师为什么要对学生作业批改，就是为了发现问题，学生通过纠错才能提高自己！”

"少玩滑头!"

我还是耐心地解释道:"老师沽空报告的对与错，王大仙最有发言权。我这里仅代表我个人，老师沽空报告对我论文的直接引用，我还是要表示感谢!"

"你站着说话不怕腰疼。我告诉你，你们到现在为止，对沽空报告的认识与理解，都是极端错误的。"

"什么错误?"

美女老师摆出一副居高临下的样子，对我责问道:"亏你还是什么CEO，中国企业在你们这批人手上，我不知道猴年马月才能接轨世界。"

我喉咙也响了起来:"你可以骂我不称职，但请你不要侮辱中国企业!"

可能我的话火药味很浓，她这才把嗓门降下来，向我努力好好说话——

你知道沽空是什么吗?也许你CEO懂的，王大仙不一定懂。

沽空是指卖出投资者所有持有股票的交易，并希望在将来以较低的价格买入该股票，与"做多"正好相反。

这听起来枯燥，但做起来刺激。这就告诉我们，沽空这种模式，通常在价格下跌的波段中获利。即先在高位借贷进来卖出，等跌了之后再买进归还。就像预计某一股票未来会跌，就在当期价位高时借入此股票卖出，再到股价跌到一定程度时买进，以现价还给卖方，产生的差价就是利润。

你别小看，沽空可是一个技术活，没有三两三，不敢上梁山。因为卖空交易的投机性强，对股票市场影响较大，卖空者的行为具有明显的投机性，因此各国的法律都对卖空有较详细的规定，以尽量减少卖空的不利影响，甚至在某些国家通过法律形式禁止股票的卖空交易。

中国股市，是不能设计做空机制的。说白了，股市就是一个大赌场，不管你承认还是不承认。中国股市存在着流通股与非流通股的矛盾，或者说是流通股东与非流通股东的矛盾。

正是这个问题的存在，决定了中国股市不能设计做空机制。在 IPO、配股或增发时，由于流通股东的出价远远高于非流通股东，其溢价部分作为资本公积被所有股东所共享，这样，非流通股东就从流通股东处获得了巨大的利益。

这样，股市实际上沦落为一个为非流通股东“圈钱”的市场。

要达到为非流通股东圈钱的目的，必须满足一个条件，那就是流通股东的出价要远远高于非流通股东，而流通股东的出价与二级市场股价水平息息相关。

股市吸金的秘密，现在已经暴露无遗。二级市场的股价水平需要远远高于非流通股东的出价，因为二级市场的价格越高，为非流通股东圈的钱越多。换句话说，如果流通股东的出价与非流通股东差不多，那么“圈钱”的游戏就没法继续了。因为存在为非流通股东“圈钱”的潜规则，中国股市只能“做多”便是一种必然的选择，如果存在做空的机制，就使流通股东有了从股价下跌中获利的可能，就有可能使股票价格水平大幅下跌，从而使非流通股东无法获得圈钱所带来的利益。

某种程度上说，做空机制也意味着圈钱游戏的结束——而那些排着长队等着 IPO、配股和增发的非流通股东是不会允许这种情况发生的。

我们都是过来人，谁都不会忘记 2007 年那年，已经出现有热钱“做空”中国的计划。那时的热钱，以短期实现“自由浮动汇率和资本项目可兑换”为目标，不断增强对中国金融决策的影响力，人民币升值速度不断加快，人民币兑美元的收益差不断扩大，越来越多的热钱投机中国，外汇储备加速增长惊人，通货膨胀也因此进入了加速通道，对热钱的驾驭有失控之虞。

进入 2008 年，种种迹象和事实说明，热钱及其背后势力已经逐渐掌控了中国资本市场的涨跌节奏，逐渐控制了国内金融市场的主导舆论。那些热钱投机客，甚至试图做到将美国次贷危机，转化为中国的股市危机。

在股市血流成河的时候，所幸的是，决策者在2007年10月，果断中止了已经被宣布开通的“港股直通车”，搁置了更方便热钱借力打力、操控中国金融市场的“股指期货”。

……

没想到，美女老师留学美国这些年来，对中国经济仍然了如指掌，不逊色于我这个专业经济部门的人员。

我再仔细一想，今天她可能是故意用理论的东西来搪塞，目的是绕开沽空报告这一实质性问题，以避重就轻……这么想来，今天我不能再与她如此耗下去了，因为现在每分每秒都涉及企业的生死存亡。

所以，我还是果断打断了美女老师的话：“你不要多说了，我的大脑已经崩溃了！”

美女老师暗自窃喜，她的本意就是想乱了我的阵脚，然后再寻找突破口。

得知她是这样的心态，我决定干脆接过她的话题，反骚扰一下她，让她尝尝理论鞭策的痛楚。于是，我将最新情报告诉美女老师说，近年来，国外沽空机构在全球资本市场上依然活跃，港股市场的中资股频频被恶意做空，例如辉山乳业、德普科技、汉能薄膜发电等，都成为受害者，更有不少投资者亏得一塌糊涂。

接着，我又郑重其事地提醒美女老师：很多投资者对做空机制不了解，因此才会在港股市场上翻车。其实，做空机制对证券市场也有一定的好处，一方面能够帮助投资者在存在风险的情况下实现套期保值，另一方面让投资者在市场下跌的过程中还能够获利。

美女老师没有想到我更熟悉情况，听得直咂嘴。我说：“有成熟做空机制的资本市场，才是健全的资本市场。”

我针锋相对，对美女老师接着指出说：“其实你们沽空公司的问题出在这里，在技术做空和恶意做空之间，你们选择了后者，这才遭到王大仙的炮轰。”

的确，技术做空是被动行为，是中性的，即投资者认为投资标的有下跌的可能后，在尊重市场的前提下通过做空获利，这有助于推动市场优胜劣汰。但恶意做空，就是主动行为，即投资者发现某只股票的漏洞后疯狂打压其股价，无视市场正常波动，通过非正常手段获利。

我笑对美女老师：“不要以为你们沽空公司很聪明，其实在你们之前，我朋友的企业已经遭遇了沽空。”

我把朋友的公司推出来，表明我不是无中生有来吓唬美女老师。今年被做空的港股丰盛控股，在被做空后发布澄清公告，就是与做空机构做斗争。双方都在争取投资者，一边是跟投资者说这家公司真的不行了，一边则是向投资者传达“公司现在很好，未来会更好”的信息。

对上市企业而言，冲击其股价的报告一般都被视为恶意做空。沽空机构恶意做空的对象不是随便找的，每当有沽空机构发布针对港股上市公司的看空报告时，香港监管机构往往会首先对被看空的机构进行调查。现在的问题是，如果沽空机构发布的看空报告不属实，香港的监管机构也没有办法，因为绝大多数的沽空机构都在海外，同时，这些机构可查到的信息中并没有参与被看空公司股票的交易，事实上也无从制裁。

最后，我还是憋不住，冲着美女老师骂了一句：“你们沽空公司就这样钻了制度的空子，把中国企业推向火海。”

我见美女老师低下头，不知她是在听，还是在反感我，我仍然不吐不快——

沽空机构不是“天使”，是“恶魔”。他们做空的目的就是赢利，有时候为达到目的，甚至不择手段。据我所知，港股市场“沽空产业链”一说由来已久，其业务模式大致是先收集目标公司资料，然后有针对性地提出质疑，甚至建立空仓等，之后发出看空报告，最后则是获取猎物。

这条“沽空产业链”上，从寻找目标、操盘做空到撰写报告等，都有专门的机构负责。很多沽空机构游走在法律的边缘，甚至通过提供虚假信息等不合法的方式对付上市公司。有一些沽空机构的做法甚至毫无道德底线可言，如香橼曾因散布虚假信息做空恒大。

不过，从整体来看，这种“沽空产业链”不仅存在于港股市场当中，也存在于国际化的资本市场当中。做空港股的不一定是本地人，很有可能是海外投资者。

在沽空机构赚钱的同时，中小投资者是巨亏的。尽管投资者们都知道股市有风险，都知道要理性投资，但自己所持股票严重缩水的时候，没有几个人能够心平气和。

……

现在美女老师被我抨击得痛哭流涕，我猜她应该有所醒悟。也许她自踏上沽空公司这艘船，她压根没有想到水会这么深，这么浑。当然，她更没想到把曾经养育过自己祖国的企业，一个个推向深渊，同时也把自己推向了死海。

只见美女老师慢慢抬起头，抹了一把刘海，彻底醒悟过来并试探着问道：“你不觉得这是一个最好的时代，也是一个最坏的时代吗？”

我一下子糊涂了，不知道她冒出这么一句话的意图。过了一会儿，她又冒出一句：“你口口声声说民营企业是野蛮生长，为什么沽空公司不可以野蛮生长呢？”

听话要听音，原来美女老师还不服气，还想为沽空公司这一非规范产物辩护。

“你们这些所谓的投资者们，要多看看那些亏得倾家荡产之人的经历，多研究港股的投资规则，否则下一次吃亏的不只是你们自己!”

我装出一个可怜巴巴的样子：“我在这里得喊你一声‘姐’了，放兄弟一马吧!”

此时的美女老师见我给足了她面子，当然这也是她希望的结果，便不忘关照道：“全世界都一样，越是运作良好、透明规范的上市公司，越难有沽空机构对其发布看空报告，而那些存在问题的企业往往有各种漏洞，被沽空机构盯上了也只能自认倒霉。

“大多数被做空的公司都是民企，且共同面临产业上的转型升级压力，这和当前中国实体经济的大背景密切相关。这一时段，国内企业需要抱团，才能抵御外资的恶意做空行为。而政府及有关监管机构应对外资的恶意做空行为，予以严格的监督和严厉的处罚。

“实话实说，目前中资港股被做空是这一时期特有的现象，随着中资港股应对的方法越来越多，或许这些沽空机构的市场会越来越小。”

听到这里，我长长叹了口气道：“如今有关我们企业的谣言四起，是因为谣言有市场，造谣的别有用心，传谣的侠肝义胆，信谣的甚至还有某种优越感。那么世界上的这些人，是不是坏到透顶了?”

美女老师当然得理不饶人，露出罕见的笑意：“今天批斗大会是不是该结束了，咱们平分秋色!”

如真是这么回事，那就好了。我朝美女老师一笑：“美国是全球金融帝国，更是资本运作高手，谁敢批斗你们?”

她当然不依不饶，甚至一小步也不肯让：“中国是全球最大的市场，更是资本向往的圣地，谁敢斗胆得罪?”

没想到美女老师一边这么说着，一边又放声大哭起来，可能什么话又触动了她的灵魂。难道她真的回心转意了？我被她疯疯癫癫的举止，早已弄得六神无主。

这时美女老师突然向我伸出她的手，就像一个美丽的橄榄枝，把她积压在心中几十年的怨气，全部说了出来：“为什么我要与你们过不去，主要是因为当年王大仙并购省建材总厂，彻底打破了我心中的乡愁，刺破了我的《秦砖汉瓦主题公园》那幅美丽蓝图。”

我看美女老师哭得上气不接下气，就接过她的话说：“所以，你对王大仙百般挑刺，万般仇视？”

她向我直点头，接着说道：“你说我是报复也好，泄私愤也好，都不错。但你别忘掉，我是借鉴这家企业 CEO 的论文，提出的沽空报告。”

美女老师最后把她的问题，统统归到我的论文中，这句话太狠了，欲置我于死地而后快。

我当然庆幸，王大仙今天没有在场，如果他听到这些话，肯定会撤掉我的 CEO，这还是小事。

既然人家美女老师已经摊牌，那我也说说心中的苦楚：“我对王大仙并购后的规划，一直耿耿于怀。尤其是他保护不力，开发过度。用当地老百姓的话来说，就是‘王大仙忽悠了我们’，所以我在论文写作时，塞入了许多个人复仇的私货……”

“好家伙，你自己放企业的水，现在倒过来找我算账？只许州官放火，不许百姓点灯？”

“不不，这可能是不在其位，不谋其职。当我担任这家企业的 CEO 后，我突然发觉当初的理解，存在着许多偏见和仇视！”

“唉，这莫非是王大仙裴小仙一定要起用你来做 CEO 的原因，叫‘解铃还须系铃人’！”

经美女老师今天这么一点拨，我顿悟有可能我的行为，或美女老师的做法，全在王大仙的掌控之中。王大仙就让我们用自己的矛，来戳自己的盾，然后他坐山观虎斗，躲在峨眉山上，轻松摘桃……

想到这里，我真的吓出了一身冷汗。

难怪美女老师和我，对王大仙总有几句说不出口的话。

第十一章　策反

俗话说，女人心，海底针。

自从王大仙将沽空报告的问题全权交我处置，不能不说，我为自己捏了一把汗。

说得直白一点，要摆平沽空报告问题，就得先摆平美女老师。我一开始真的吃不透美女老师，觉得她是一个典型善变的女性。其实，女人细腻的内心决定了她们多变的性格，但这并不是美女老师的过错，那么我们在处理问题时，就是要努力找到她内心的那些小秘密，也就要努力找到解决问题的钥匙，而切忌动不动怒发冲冠。

今天当我如此清晰、准确地捕捉到美女老师心中的细腻之处时，不能不说距离成功解决沽空问题愈来愈近。现在已是临门一脚，必须趁热打铁，乘胜追击。所以，我真诚地邀请她抽点时间，到“第一世界”企业考察一下建材总厂废矿址，说不定还会有意外的发现。

此言一出，正中美女老师下怀，她求之不得，说：“CEO 这个建议好，百闻不如一见嘛！”

“那我们现在就去?”

“OK!”

听到美女老师爽快答应，我万分自得。一个连女人的心思都能搞懂的人，下一步面对整个工厂，还有什么搞不定……

我与美女老师沿着省城江边大道一路向南。这里山林特别茂盛，在那些香樟树、栗树和松柏混合的丛林中，坐落着省建材总厂旧址。

她告诉我，她至今记忆犹新：“这里是萧西路184号。”

我笑着说：“好记性！”

在旧址周边，只见山梁陡峭直插天空，山崖上的草木苍翠欲滴，有的几近倒悬，让人看上去有些眼晕。

古旧的房屋和袅袅的炊烟，融合在一起，于山沟丛林中隐约闪现。厂区东侧是老火车站，至今仍然车水马龙，过去这里是建筑材料集散地，再从这里的码头通江达海。厂区西侧是老狱庙，一座上千年的古庙，傲立在山巅，旧时香火旺盛，河中不时能见到满载着善男信女、敲着引罄木鱼的烧香船，接二连三地摇向庙去。

据说，这里过去是专门供奉东岳大帝的。后来我查到了老狱庙的出典，一说是赵宋家庙，是为祭奠被金朝俘虏而死于北国的宋徽宗、宋钦宗而建，后因元朝入侵，为防被毁而改作东岳行宫。但近些年，出现了一种全新的版本，说老狱庙是秦始皇到越地祭禹时留下的行宫。传说秦始皇离开这里后改大越为山阴，移会稽郡于现苏州，为防备越地百姓再兴“勾践复国”之举，强制性地将中原罪人迁至越地，而将原居越民强行向外迁徙。对不服迁徙者或逃逆者，则捉拿集中关押，变行宫为牢狱。推测有不少人在关押期间被迫害致死，后辈遂建庙祭祀，设祭坛，塑阎王、无常等神鬼，始名牢狱庙，后谐音也有叫老岳庙的，遂变成了祭祀泰山老君东岳大帝的所在。

沿路蜿蜒而上，我们走进老厂旧址，今天我特地邀请美女老师考察，主要让她找找感觉，同时也让她尽快从沽空报告中走出来。

我们一踏进厂区，美女老师连呼找到了当年的感觉。

旧址由三个山头组成，以老虎山为中心。南端为取泥泥塘和悬崖，这里泥塘全部复垦归并湘湖，比十几个美丽西湖面积还大。

正门前有一个平地和小草坪，草坪中间竖立着一根旗杆，草坪前安放了一块石刻的旧厂平面示意图。进入厂区，有两条可供进入厂区各处的路，我们从右边一条石阶路拾级而上，抬头便可以看见厂区标志性建筑——钟楼，这是位于厂区最南端的一座建筑。

钟楼南侧，有一条通往山下直至江边的山道。左边有一条斜坡路，上去是一块平地，正面是企业大会堂。东侧为企业食堂，路的右边有一条岔路通往钟楼及花园大草坪。

厂区的主体建筑，多建在这座山头上，包括慎思堂、科学馆、图书馆、材料试验所、建材机械所、隧道窑以及职工服务部等，还有沿上中下老虎山脊建造的一批职工别墅，这些建筑都是依山势而建，错落有致。

体量最大的，是靠火车站那边叫三十间的建筑，因过去有三十户人家住在这里而得名。在上中老虎山头之间有一个山涧，山涧中段筑有两级蓄水坝，供全厂职工日常生活用水。

还有早年架设在两山头之间的一座天桥——情人桥，原为木质桥，可供行人和车辆通行。

桥不远处，有建造在平地上的单身职工公寓楼、医院、学校、干部住宅楼等。再往北基本都是山地，为森林植被所覆盖。整个工厂早在上世纪六十年代，就已是树木繁茂，优美的环境在国内实属不多。

美女老师从包里拿出一沓图纸，说这是她在美国收集到的资料，证明这里早期的建筑都是由美国建筑师在本土完成设计，所以它的总体建筑风格主要体现美国本土建筑的特征。

我说我那时在这里任职厂长时，只是听老员工说起过这事，但拿不出具体的文字资料证据。但厂医院，则是前苏联专家在上世纪五十年代初建造的。

不同的建筑风格使每幢建筑都具有张力和可识别性，并形成相得益彰的格局。

我们站在一个山头上，居高临下，突然发现主厂区大楼、图书馆、剧院等早期主体建筑，还在楼体中间设计成前后凸出，呈现“十”字架平面图形，具有典型的基督教象征性特征。

走近主体建筑，美女老师悄悄告诉我：“这些建筑，都具美国特色，其采用双坡顶、齿饰线脚的飞檐托饰也更西方化。”

而旧址早期建造的别墅式建筑，如上、下红房采用的则是意大利风格，带支架和檐口的宽大屋檐、走廊上带栏杆的阳台、高而窄的窗户，无一不带有罗马特色。

白房与灰房别墅是大量运用中国青砖的西式别墅，但其西式建筑风格却极为明显，主要表现在：带柱子、上托檐部的人字形门廊，人口门上气窗等。

绿房是一种在上个世纪初流行于美国而来源于印度的住宅样式，具有工艺美术运动的平房风格，它的平面布局特点是将厨房、餐厅、卧室和卫生间围绕在起居室四周，通过节省过道而节约空间。

工厂旧址历史文物建筑群的单体建筑体量均较小，以三层为主，以红砖清水外墙、红瓦顶为主基调。

……

围着老厂区转了一圈，不但美女老师，即便是我，当初对王大仙的一些误解，顿时也烟消云散——美女老师所有牵挂的问题，一切都已迎刃而解。而我仿佛又找回当年在这里当厂长的威武。更令我感动的是这位美女老师，对中国传统制造业所表现出的巨大热情与怀念。

我见美女老师的眼角不知什么时候已经湿润，估计她同我一样，也没有想到，王大仙所采用的并购战略，并没有像许多房地产商那样，去搞大拆大建大开发，而是实现严格的大保护，这让我们对王大仙更加刮目相看。

这时美女老师告诉我："王大仙已发来短信，约我今晚一起吃晚饭。"

非常奇怪，我与美女老师秘密前往厂区考察，不知王大仙是怎么知道的？

就在我们百思不得其解时，我发现路口有许多探头，我一下明白了，忙用手指过去："我知道了，是它们背叛了我们。"

美女老师顺着我的手看过去，到处可见的探头，顿时全明白了："幸亏我们的举止文雅规范。"

大声笑后，我又言归正传："看来今天，我必须把美女早点送到王大仙身边，免得到时吃不了兜着走！"

"呵呵，岂有此理。"她一边说，一边向停在路边的汽车走去。

望着这片旧厂区，我舍不得离开，毕竟我在这里当过几年厂长，此刻仿佛又回到了那个火红的年代。

待我把美女老师送到企业会所时，王大仙与裴小仙早已在那里等候多时，我也没有过多地向他们解释，说自己另外有事，旋即远离了这里。

这时王大仙走过来，隆重地把裴小仙介绍给美女老师，令美女老师大开眼界的是，这个世界上恐怕再难见到比裴小仙更漂亮的女人。

美女老师一边拉着裴小仙的手，一边赞不绝口地说："你们让我知道了什么叫'郎才女貌'，这是绝配呀！"

"过奖！"裴小仙被说得不好意思起来，只是不断地感谢。

一向性格直率的美女老师，肚子里总是藏不住东西，马上又向王大仙说：“今天参观了旧厂保护工程，让我重新认识到王主席的确是条硬汉，这个工程应该是一个标签，彻底还原了纯爷们在我心中的形象。”

听到“硬汉”“纯爷们”的赞叹，王大仙心里当然更加得意扬扬，但还是感慨万分地说道：“跟着 CEO 也就半天时间，你的嘴怎么比蜜糖还甜?”

裴小仙早已知道美女老师曾是王大仙的情人，现在见她把王大仙一下捧上天，什么“硬汉”“纯爷们”，听起来让人觉得肉麻。

裴小仙想，这是我的地盘，岂能让一个外面来的妖精抢了风头，马上借美女老师的话题发挥说：“自古美人爱英雄，大概是每个少女心中都有的一个英雄梦。这也足以证明我当初的选择是正确的。”

听到这样的腔调，美女老师知道裴小仙在吃她的醋，也觉得没有必要与裴小仙一般见识，恰到好处地补充了一句：“对于裴小仙来说，这个英雄梦便是王大仙。”

王大仙合不拢嘴：“哪里哪里!”

裴小仙大言不惭地喊道：“王大仙何止是一个英雄，他还应该是中国民营企业开拓者!”

“哈哈，大仙小仙，分明都是仙人居住的地方。”

反正吹牛不要钱，相互吹捧吧，也许吹得越高，摔得就越重。但裴小仙还在恬不知耻地说：“告诉你们，我上中学的时候，就暗恋上‘第一世界’开山鼻祖王大仙，成为了他的忠实粉丝。”

今天裴小仙为什么向王大仙大献殷勤，明眼人一看就知道，她的许多话是说给美女老师听的。

虽然英雄走入生活里，走到她跟前，裴小仙这才发现，这压根“玩的就是心跳”。

但此刻裴小仙一说起王大仙，早已眉飞色舞：“我的老公，不仅做企业有侠气，生活中也是个彻头彻尾的硬汉。他工作就是在玩命，可以说他一生都在冒险。你看，连你们国外沽空报告都不肯放过。”

话到这里，美女老师知道了面前这位裴小仙的确不同寻常。

为了造就一个冷面男人的形象，王大仙悄悄跑到解放军这所大学校，在部队当了几年兵，算是听过子弹从耳畔飞过的声音，感受过坦克从身边驶过的重量。而这位出生在教师世家的王大仙，家族几代都是教师出身，他本人为了能成就自己的文学梦，更是“痴狂到拼命”——十岁发表短篇小说，二十岁发表长篇小说，三十岁剧本拍成上座率叫好的电影……

这个风风火火闯九州的王大仙，说是企业家，但一举一动更似大文豪，这是王大仙最初给人的感觉，也是美女老师与裴小仙对他最初的印象。

说起两人最初的相识，裴小仙承认这是“偶像与粉丝的结合”。

而美女老师更是一声叹息，都是省属建材总厂坏了她的事，或者说是现在的CEO坏了她的梦。

这场面，只听到两个女人争风吃醋，王大仙再也听不下去了，是埋怨也是批评地说：“那些陈年旧事，就让它过去，放人家一条生路吧！”

感觉王大仙的话是指桑骂槐，但也不知道他唠叨谁。为了不让大家尴尬，美女老师一笑，好奇地问王大仙裴小仙夫妇：“你们可谓是忘年交，生活当中一定有不如意的事，两人争吵起来怎么处置啊？”

王大仙表示夫妻间吵架不可避免，但吵完了自己会先服软，再给老婆撒个娇就消气了：“我并不觉得服软就不是爷们儿了，男人嘛，就应该是这样，女人是要被呵护的。”

裴小仙也笑着说：“王大仙常常自称‘永远高高在下’的

老公。”

只见王大仙一声叹息，故意冲着美女老师数落着：“这么好的男人，有狗屁用？今天‘第一世界’这个平台已经不小了，照样是人善被人欺，马善被人骑！”

美女老师得知王大仙正在拿她开涮，要是换一个场合，她早已将餐桌掀翻了。

可是现在在旧情人面前，她必须给足他们夫妇面子。所以，她马上克制住自己情绪，不去对号入座，并把这一敏感的话题支开：“今天冒昧到‘第一世界’企业参观，发现大仙主席做实体经济有声有色，做虚拟经济更是风生水起，我一直在琢磨，王大仙究竟靠的是什么？”

王大仙没有想到美女老师这么发问，一针见血。好在他在做厂子时，在实体与虚拟问题上认真思考过，尤其当下中国许多企业都“脱实向虚”时，他始终认为：中国离不开实体经济支撑，因为中国十几亿人口，虚拟平台上种不出大米，挤不出牛奶，填不饱肚子……

想到这里，王大仙胸有成竹地对美女老师说道：“做实体，也需要一种文化，它是企业发展的灵魂，也是企业发展的一种境界，更是一个能够激发我们感情的崇高东西。一个有文化的人，你会发现他的生命力是非常旺盛的。他不会对实体冷冰冰的，而是有激情和情怀，对这个世界充满爱和诗意。”

美女老师不待王大仙说完便打断他说：“但文化很理想，现实很骨感。我知道像大仙主席这样的企业家，文化程度都不是很高，你们凭什么要打着文化的旗号，来吓唬像我这样有两个博士高学历的人？”

王大仙感到美女老师有点咄咄逼人，但还是坦然道：“是的，我文化程度不高，但别忘庄子所言，‘吾生也有涯，而知也无涯；以有涯随无涯，殆矣。’我估计这句话，美女老师也不一定弄得明白。这就是说：知识是无限的，我们的生命是有限的，用有限的生命去追求无限知识，我们的人生就会废掉。所以不是学历越高，文化越高。”

美女老师知道，王大仙是冲着她说出这番话的，显然她不服输：“第一次听人这么解说！”

王大仙觉得无需与她据理力争，便说，我给你们讲一个故事吧，听后你们的困惑将迎刃而解——

前几年，复旦大学自主招生出过一道题，老师对学生提一个要求：“你现在问我一个问题，必须满足两个条件，第一是我回答不出来，第二是你必须要有标准答案。”

很多人说这个题目太雷人了，可王大仙就觉得出得很好。因为它告诉我们，在知识的考场上，没有人可以站到最后。

后来，有一个聪明的学生马上问：“老师，你知道我祖父的名字吗？”

当然，谁会知道他的祖父名字呢？按照这个思路出题，不需要费劲，就能让考题不攻自破。可见，知识可以把任何一个人打倒。

当下要算知识的总量，王大仙相信很多人的知识总量都超过了孔子。但我们就比孔子的境界高吗？王大仙以为，决定孔子境界的不是知识的总量，而是另外一种东西。孔子自己早就说过：“吾有知乎哉？无知也。”著名的苏格拉底也曾经说：“我比别人知道得多的，不过是我知道自己的无知。”

这时，只见王大仙提高嗓门，大声说道：“可是今天，我们从中小学到大学的教育，更多的是在教知识、技术、专业，唯独缺少文化。我们培养了很多精致的利己主义者，很多高学历的野蛮人，他们却是冷冰冰的。”

美女老师被王大仙的故事震撼了，她僵在那里许久，不知所措，突然鼻子一酸，眼角渗出的泪水，早已被王大仙看到。

到现在为止，谁都不知道美女老师返回国内的真实意图是什么，现在可否揭开这一秘密呢？

原来，根据沽空公司的安排，她这次回国主要是继续收集“第一世界”的负面情报，彻底把企业打压到股市最底部，直至沽空公司以最低价获得并购权，最后达到控制中国文化新兴企业之目的……

一想到沽空公司志在必得，不能不令我们不寒而栗。

此时此刻，美女老师完全被眼前这对一唱一和的忘年交夫妻所折服，本来她的任务是策反人家的，现在却是人家策反了她，你说她心里怎么不难受呢？

退一步海阔天空，好在美女老师是从中国走出去的，无论身在何处都应有一颗中国心。是啊，作为一个中国人，怎么可以做出如此丧权辱国的事呢？

这么思来想去，美女老师彻底想通了，她鼓起勇气，对王大仙泪流满面地说道：“王大仙，我对不起你！”

面对美女老师的悲伤，王大仙这时真的有点怜香惜玉。要是裴小仙不在场的话，估计王大仙一定非常绅士地走上去，帮美女老师轻轻擦干眼泪。

望着这种场面，裴小仙真的难以承受，甚至快要崩溃了。今天如果她不亲自压台的话，估计王大仙与美女老师又要发生什么惊天动地的事情……

为了不让两个女人再发生争吵，王大仙赶紧举杯，向两位女神敬酒，并一语双关地说：“理解万岁，干杯！”

美女老师端起酒杯：“谢谢！在沽空问题上，最后再说一句，当真理还在穿鞋之时，谎言已经走遍半个世界。这个时候的办法，是赶紧给谎言脱下鞋，这是你们 CEO 的制胜法宝。”

王大仙几乎也有了一种满足，不能不惊叹 CEO 的水平，没有几天就攻破了美女老师的防线，让沽空公司的阴谋土崩瓦解……

几巡酒下来，王大仙对美女老师总觉得意犹未尽，但碍于裴小仙在场，他只能这样表达了：“本来我还要与美女老师切磋一下技艺，没有想到你缴枪投降了。那我就将我对中国当今房地产研究的论文交给你，请你这个双博士把把关!”

裴小仙忙打开王大仙的公文包，见有一个鼓鼓的信封，她疑惑王大仙背后会耍什么花样，打开一页页翻过去，见是一篇论文，这才重新装进信封，递交到美女老师手上。

王大仙又关照了一句：“请老师帮我把关修改，妥否?”

这时，美女老师向裴小仙露出了最得意的笑容：“我早知道‘第一世界’企业的美女高手如云，还要我这个阿姨上阵?”

裴小仙早已怒火攻心，喊道：“你——”

美女老师向王大仙回眸一笑：“我懂，让我审稿，这是王大仙给我面子，不是吗?”

第十二章　上门逼债

明天又逢周五，对股市的人来说，这段时间他们都怕过这一“黑色星期五”。

这些日子对“第一世界”企业来说，股票是落入无底洞的魔鬼，再跌下去可能就是负数了，打破这样的世界纪录，将是王大仙最大的耻辱。

无巧不成书的是，与“黑色星期五”同名的还有一首歌。开始我也没有在意，后来有人告诉我：有一首《黑色星期五》纯音乐，主要由钢琴伴奏，在 1945 年被毁。这首乐曲原名叫《魔乐》，是由一群音乐大师创作的，它利用次声波和其他手段来刺激大脑皮层神经。据说，凡听过的人，没一个能笑得出来。很多人患上抑郁症，自杀的人竟数以百计。自杀者留下遗书都说自杀是因为无法忍受无比忧伤的旋律。

这事是真是假，我专门查阅了有关文献资料，并没有找到能证实的数据。

依个人经验的判断，这事多半是当时的乐商为了促销，凭空捏造的一个弥天大谎。就像国外沽空公司，以“莫须有”的问题，来狙击企业的发展。

这不，周五这天全球股市照旧清一色——一路向下。这时温小仙匆匆跑过来，向我报告："美女老师今天通过世界主要媒体，主动自纠对'第一世界'沽空报告的错误。同时，媒体还积极报道了 CEO 要求撤销在国际刊物发表的经济论文，并正式向'第一世界'董事局主席王大仙先生致歉……"

美女老师自纠，可以说是我期盼已久的一刻。想不到这一天来得这么快。今天终于可以如愿以偿，我心里乐滋滋的，但我没有在温小仙面前流露出来。

当得知"第一世界"的股票，今天牢牢封在涨停板时，我这才在办公室的安乐椅上，跷起二郎腿，吹起一首愉悦的小曲口哨。

就在我春风得意时，不知裴小仙什么时候走进了我的办公室："哎呀，今天 CEO 难得有好心情！"

我回头一看是裴小仙，忙从座椅上站起："裴总有什么指示？"

"企业股票终于触底反弹！"我见裴小仙十分激动，跑过来紧紧握住我的手，抑制不住内心的喜悦。

指间传递的温柔，仿佛一股暖流传来，把我的脸烧得通红滚烫。正准备进门的温小仙，见状忙转身退出。

我忙抽手转身，回应了裴小仙一句："希望这是企业股票的拐点，从今往后扶摇直上！"

裴小仙娇滴滴地对我说道："今天股票止跌回升，这全是 CEO 的功劳，也是我们企业的福祉！"

裴小仙说着恭维话，我知道这是她在与我套近乎，我清醒地回答："在中国做企业，尤其做民营企业，每时每刻都是如履薄冰，如临深渊。"

"只要 CEO 在，我裴小仙什么也不怕！"裴小仙的话特别煽情，也许这是她在我面前逢场作戏。

我只是一笑了之："但愿都能像今天这样，彻底打破'黑色星期五'的笼罩吧！"

开始裴小仙没有听明白我话的意思，后来估计她猜出了我话的意图，这才忍俊不禁。

我断定这是一个好色的女人，见到她心仪的男人，才会这样笑……就在裴小仙情不自禁的时候，温小仙早已在门外忍不住敲门，气喘吁吁地冲了进来说："裴总，王主席有急事找您！"

裴小仙脸色一沉说："这老东西，我串了一下门，马上就派追兵过来了！"

其实，温小仙何尝不嫉妒裴小仙在我的办公室里？不知她是不是私底下到王大仙面前告了状，不然王大仙怎么马上派人追上门来？

温小仙这才急得涨红着脸，对我们说："工厂可能要出大事，许多老百姓排队在财务柜台前，等着提取集资款。"

我十分震惊地说："难道真的是祸不单行？"

裴小仙脚在地上一跺，冲着我埋怨说："乌鸦嘴！"

谁会想到呢，"黑色星期五"才刚被我们企业赶跑，比"黑色星期五"更可怕的事情又在发生，这是要考验企业，还是在跟企业过不去呢？

虽说裴小仙心里很着急，但看她走路的样子，我猜她的心思不一定放在企业上。还真是，待裴小仙一走出办公室，温小仙就在背后骂了一声："骚货！"

说完话，温小仙调头追了出去，我不知道她是在骂裴小仙，还是在骂我。反正我是偷着乐，有女人喜欢我，为什么不开心呢？

我在想，下回我得好好规劝她们一下，在一个企业，就是在一个屋檐下，这是一种缘分，应该不是姐妹胜似姐妹。

生活，哪有事事如意的？

事业，哪有件件辉煌的？

只要前行，谁都绕不开路坎。路不通时，一定要学会拐弯。不苛求自己，不争强好胜，即便缘分渐远时，也要选择随意，记住曾经的过往。毕竟人眼都是风景，有些伤痛，有些苦涩，放下也就释然了。记住做人，都是活给自己看的，千万不要奢望人人都懂你。

就像刚才温小仙突然传来的企业融资问题，仿佛是晴天霹雳，但只要你在办企业，你就绕不开，再头痛你都必须面对。

整个企业融资难中，民营企业融资更是难于上青天。这事如果让王大仙或小王总说起来，每个人都有一本血泪账。

比如，王大仙的亲弟弟、企业财务经理小王总，他就深刻领会到企业融资的辛酸苦辣。

因为，这几年政府先后出台了许多房地产限购的措施，王大仙的地产项目自然难逃厄运。为了不在一棵树上吊死，王大仙及时提出了企业产业转型升级方案，将房地产中的商贸综合体，转向“文化＋项目”。

近年来，王大仙的“中国梦”就是要打造中国企业文化第一大股——将大型室内剧《富春山居图》尽快搬上舞台，这无疑是企业转型升级逼出来的。

古人常说，兵马未动，粮草先行。要将王大仙的中国梦落到实处，不只是一个剧本、几个角色、一台大戏的问题，得手头有人民币，企业才有资格为人民。

这真是一块钱难倒英雄汉。

也难为了工厂财务负责人的小王总，财务部门重点就是开源节流，现在王大仙要上项目，小王总得马上捧出白花花的银子。

所以，为了筹集资金，小王总整天像热锅上的蚂蚁。他召见企业财务副经理林晓波，限他提出一个筹资方案，是借是贷，是偷或抢，就看林副经理的本事了。

林副经理当然不负重托，风风火火开始筹资大行动。

然而，为社会创造财富而去申请企业贷款，那无数表格和各种痛苦，会让人觉得办企业好像是在干坏事。

时下，为什么银行不肯轻易放款给中小企业？

原因很简单，工厂的生意不能稳赚钱，银行就不愿借给你。因为贷款几百万元给小民企和贷款一个亿给大国企，花费的成本是一样的，银行自然没有心思顾及中小企业。

这样就出现了一个怪现象，一方面中小企业拿不到贷款，一方面国企拿到了资金后又无处投资，于是资金在国企手里转个弯，高息放贷给中小企业。

林副经理只能硬着头皮，找到了一家国有企业要求高息放贷，但投资资金还有很大缺口，这样怎么办？

小王总的头也大了，此时他不但受到融资难融资贵的影响，而且还面临银行为了降低风险，追逼企业还贷，之后又对企业实行断贷的困境。

这就意味着，企业前几年数十亿银行贷款资金，亟待还贷。谁都知道，金钱是企业生命的血脉，血脉断流了，企业还怎么活下去？

工厂在这生死抉择中，逼疯了财务部门，财务部门决定铤而走险，通过非法集资之路，以缓解时下企业资金的紧张。

这事王大仙听说了，他也不甘心一个好端端的企业，就这样不明不白地倒闭在自己手上。王大仙马上召见了小王总：“企业下一步能否活着，就看你的了！”

小王总凑上前去，准备将企业集资计划做一个具体汇报，王大仙用手摆了一下：“财务，我是门外汉，一切由你拍板。在目前这个非常时期，我只强调‘不管白猫黑猫，抓到老鼠就是好猫’。但你也要有预案，一旦企业财务出了什么问题，得有人顶上去，千万别让我这个老头儿往上冲，那就太血腥了……”

王大仙如此推心置腹的一番话，既是打气鼓励，也是忠告提醒。小王总是明白人，一听就心领神会。

于是，工厂的融资方案选择了两条路：

一条路是企业与北方一家汇银接触，零星拆借一些资金给汇银，通过私募基金方式募集资金。

那时候，汇银在企业地产项目，摊子铺得不小，租赁、购买了上万亩土地。由于前几年筹资还比较便捷，汇银向投资人许诺高额回报，资金周转得不错。不久，企业经济开始面临下行压力，为了维持运转，汇银成立了私募股权基金，为像王大仙这样的项目发行基金理财产品，期限半年，收益率为百分之十二至十四。

但很快，资金难题还是浮出水面，资金链越来越紧。汇银不得不考虑向更多普通投资人募集资金，上线了一个 P2P 网贷平台，为自己包装的关联企业融资。撑不了多久，窟窿又一个个暴露出来。由于是用短期借贷、募集的资金投入长期项目，没有现金及时回流，无法按时还本付息，因此风险陆续爆发。

企业财务部门忽略了这一点，结果“小马拉大车”，根本没有那么强的筹资开发能力，却要过度借贷。

这不，“第一世界”企业自然是“阴天拉稻草——越拉越重”。而罪魁祸首，就是私募股权投资基金，成为不少非法集资的新“外衣”。

另一条路，是企业以扩大生产或者扩大销售的名义借钱，实际上却是干着“资金贩子”的活儿，将集资资金与汇银对冲。

不错，高利贷在中国是最好的生意，同时也是最坏的生意。从几万、几十万起家，到几百万乃至上千万，这正是“万花丛中过，哪有片叶不沾身”？

好在企业财务林副经理，他借钱不是玩虚的，而是实实在在做企业。

许多人就看中他这一点。他以月利两分的息借进来，再以月利五分的息放出去，通过低息借进来高息借出去赚利差。

高利贷就是击鼓传花，借新钱还旧债。随着中央反腐力度加大以及对房地产泡沫挤压，王大仙在不恰当的时候盲目扩张，让自己陷入了困境。

就在企业度日如年之时，小王总已经感到企业末日来临。那天，当他得知CEO到财务调研工作，他怕企业财务的秘密被林晓波不经意捅出去，所以，他在第一时间让人把林副经理抓走。

本来按小王总的方案，还要将CEO控制起来，没想到半路上杀出一个程咬金，温小仙将CEO轻而易举地救走了，这使他及时启动了第二套预案——

这就是之后一直令人猜不透的事，小王总不仅劝逃了企业财务林晓波副经理，而且还亲自把他送上了逃亡之路："你赶紧跑吧，再不跑别人会拿刀砍人的。"

这事我是后来得知的，还是温小仙第一时间报告给我的。我这时就断定：小王总的背后，一定在干一件不可告人的勾当。甚至，我曾想寻找林晓波的下落，弄一个水落石出，但最终未果。

谁都没有想到，小王总秘密送走林晓波出逃后，又做了一件看似愚蠢且匪夷所思的事——小王总给银行和其他集资人，分别打电话通风报信。这才引来了债主们今天突然集结到"第一世界"。

这不，裴小仙离开我的办公室，直接找到王大仙，询问债主上门闹事情况。王大仙一声未吭，拉着裴小仙直接上到办公楼顶层平台。

这个顶层，是工厂的第六立面，种了很多花草，还修了一个非常漂亮的凉亭，亭顶上飞檐翘脊，六角高耸，屋脊上还刻着龙和一些怪兽。凉亭里面有六根朱红的木柱。房梁上刻着精美的图案，真是巧夺天工。金黄的琉璃瓦在阳光下闪着金光。凉亭中还有一张圆石桌，这是平时王大仙与裴小仙下棋之处。

作为"第一世界"工厂的制高点，工厂远边近处尽收眼中，平时上来纳凉消夜，的确是一个好去处。问题是现在一个个债主上门逼债，像极了白毛女戏中的黄世仁上门逼债……

想到这里，裴小仙顿觉这时王大仙拉着她上楼，有点凶多吉少，是为躲债准备从这里作最后抗争，还是怕白毛女故事重演，这才把她拉到这里一起殉难？

裴小仙赶忙对王大仙苦口婆心地说："老公，我们未来的路还很长，一定要想得开呀！"

而王大仙反被裴小仙弄得是丈二和尚摸不着头脑，再一细想可能是裴小仙误解了，就忙解释说："你以为王大仙这么脆弱？这样的话，你就太低估他了。"

只见王大仙用手指向仓库区，裴小仙看到许多人开始哄抢企业仓库里的茅台白酒、拉斐红酒，这些都是前几年人家来抵货款的东西，这些产品是真是假，鬼知道？

这杀气腾腾的场面，吓得裴小仙两条小腿直发抖。王大仙见状开怀大笑："这些都是我王某人不需要的东西，能抵点债有什么不好？"

"这个时候抵押掉，清光积压的企业仓库，是天大的好事！"裴小仙没有想到王大仙会来这么一着棋，跑过去抱住他在脸上亲了一口，留下一个鲜红的唇印。

这时，在另一个办公区门前，有人手举喇叭高喊："这里还有企业未售的房地产，你们可以拿去抵债。"

下面有人在喊："给我三套！" "给我十套！" "给我二十套！"……

得知这个混乱的场面，温小仙又急着找到我："CEO赶快出面吧，不然这个厂子，都被人家抢光了！"

其实，我一直在办公室等待王大仙下达指令，只要他说一声，我一定会冲出去，把一个个债主摆平。

现在经温小仙秘书提醒，我忙拨通了王大仙的电话，算是请缨："主席，企业这样折腾下去，可能真的最后被瓜分得一无所有！"

没有想到，王大仙把我往死里骂了一顿：“企业一无所有了，是不是正中你们的下怀？”

王大仙把话说得很难听，我想一个企业被人上门逼债，作为这个企业的老大，这个时候没有好听的话也是理所应当。

我十分理解并同情王大仙此时此刻的处境，就又说了一句：“请主席息怒，有什么事情，请随时吩咐。”

“今天这事，你千万别‘狗抓老鼠——多事’！”

王大仙几句臭声臭气的话，令我哑巴吃黄连，有苦说不出。见温小仙吓得僵在我面前，大气也不敢出，我们就僵持在这样的空气中，大约过了分把钟，温小仙才把身体挪动了一下，一脸无辜地说道：“我知道现在王大仙主席是人气昏了乱说话。可CEO你是我的哥哥，在企业生死存亡之际，你真的希望兄弟姐妹被人赶出工厂？”

听到女人哭的声音，我的心就一下软了下来。是的，讨债人的行动，显然是一个有计划有组织的行为，现在见什么都抢都要，几乎已经升格为暴徒行径。作为一个企业的CEO，怎么可以无动于衷呢？

但现在吃不准的，是什么原因促使这些出资人上门催款，集中挤兑？一般来说，通常资金链断裂或控制人携款潜逃等原因，可能会使投资人的资金无法兑付，而酝酿成集体性维权案件……

看着全厂成千上万兄弟的面子，我这个CEO，今天必须豁出去。

此刻整个厂区一片狼藉。尤其企业仓库门前，人头攒动，有人排队到仓库提货，有人高举着旗帜，还有人打着标语：“非法集资，祸国殃民”“林晓波外逃，我们就将他灭亡”……

可能我来企业时间不长，外面人不大知道我是CEO，我就径直跑到他们的讨债队伍中间，人们以为我是他们一伙的。

有人对我说：“这次多亏小王总给我们通风报信，不然我们连个酒瓶都拿不到。”

原来如此！没想到小王总告诉别人来抢酒，别人还会念着他的好，顺水赚个好名声。

我连连向他们点头：“对对对，谢谢小王总！”

说心里话，这些抢到手的酒，实际上连个零头都抵不到，要它干什么呢？自己还得出钱出力找人找车拉。抢到后还要找仓库放，又得花钱。

更不消说，有人从仓库里抢到这批酒，拉回去打开一看，顿时傻了眼，原来堆放在仓库里的并不都是高端酒，中间盒里面很多是假酒。

仓库保管曾告诉我说，企业当初做贷款的时候，用仓库里的酒做了抵押，银行贷款员也亲自来看过，也拍了照。但是，这些酒却存在三种可能性：这些酒不一定就是企业的，可能是其他人暂时存放的；这些酒很可能被做过重复抵押，这很难被发现；这一堆酒造假，外面的几层是真的高端酒，里面只是些低端酒，以次充好。

可见，我现在即使钱投出去要不回来，也永远不会去收这些资产。现在许多债务人还不起钱，说要拿房子、土地、车子什么的来抵债，可要了，就会陷入更大的麻烦。因为这些东西都没用，肯定早就抵押出去了。

我见一个老实巴交的人，就问企业欠他多少债，他没有回答我有多少钱，只向我介绍了他是如何赚钱的，他说你一算就知道我的底子：“如果手头有一千万元，若是运作得好，又不出意外，两三年赚到五千万真没大问题。”

但赚的这些钱，这个人不会放在手上，因为尝到了甜头，所以会继续往外放，玩“钱生钱”的游戏。游戏继续下去，若要遇着借款者不还，就去收他的资产，再抵押给银行贷款，然后再放贷，如此周而复始。但是，这两年还不起款的人多了，今天倒一个，明天再倒一个……最后砸在放款者手中的房地产、工厂、公司股份越来越多，资产质量越来越差。到最后，这些“烫手山芋”很难用在银行抵押贷款，游戏就结束了。

于是，债主们便骑虎难下，收了地块的，转不出手去，自己就成了“地主”；收了公司股份的，更加麻烦，要想公司继续运转就得继续投入，作为股东还得再掏腰包。不掏，公司要倒；想卖，没人接盘。

如今身边不少这样的，账面身家上亿，口袋囊中羞涩，远没有外人想象中的风光……

想到这里，我顿时对这些高利贷债主，既痛恨又痛惜起来。这时人群中不知谁认识我，有人喊道：“CEO 先生你好，林晓波跑路了，你可要为民做主呵！”

不知谁这么一喊，所有人的目光都聚焦过来，我已被人出卖，无法再躲避，就站来说道：“同志们，我是来看你们的。谢谢你们对企业的理解与支持！”

又有人喊：“别相信他们的鬼话，与林晓波一丘之貉，都是骗子！”

我忙回应道：“大家别冲动，冲动是魔鬼。”

有几个年轻人拿着棍棒向我冲过来，一直尾随在我身后的温小仙，始终在暗中担负着保护我的任务。从这一点来说，她是一个十分称职的秘书。

这时，只见她大声警告道：“不许动手！”温小仙大步冲上前，挡在我的前面。

几个年轻人见是一个靓妹，更加来劲，要起威风，乱棒一齐向我打来，一一被她挡住。

突然，有人向她砸来一块砖头，我忙将她推开，正好不偏不倚砸在我的头上，立刻把我击晕了。

那群讨债人见有人流血倒地，一个个转身逃之夭夭。

我不知道自己什么时候醒来的，只知道眼睛睁开时已经躺在厂医务室病床上。温小仙见我醒来，充满歉意地说道：“哥，是我连累了你！”

我强忍着疼痛，微笑着说：“谢谢你出面保护了我。这次事件，都是我疏于管理引发的教训。”

温小仙心痛地说：“仅简单包扎了一下，现在得赶紧转省医院。”

我问：“为什么？”

温小仙快人快语：“既对你身体负责，也让医院出具一个合规的伤情证明。”

我劝说道：“大可不必，别把小事酿成大错。”

温小仙一下激动起来：“哥，这还是小事？上百人到企业打砸抢，就差死人了！”

我从病床上跳下来：“人家为什么要找我们企业的麻烦？”

“不管企业如何，他们冲进企业打砸抢，我们就必须报案。”

“报案，报什么案？”我重复着温秘书的话，严肃地说道，“都是企业非法集资惹的祸，你这样不是将企业送上断头台吗？”

温小仙不服气地说：“今天我们正好抓到了他们的违法行为！”

我大声骂道：“别幼稚啦！”我一边说一边拉着温小仙，匆忙离开了医务室……

第十三章　孩子失踪

关于企业集资引发的群体事件，应该说“第一世界”企业不是第一个，也不是最后一个。

但对这事，为什么王大仙如此冷漠，而裴小仙如此焦急，小王总又如此反常，只有温小仙敢于挺身而出？他们对事态发展的不同态度，比砖块砸向我的脑袋更令人害怕与担忧，甚至更加激烈与痛楚。

我觉得这背后一定有着什么故事，而这故事说不定是很疯狂与血腥的。

这时我耳边响起仓央嘉措的诗：

一个人需要隐藏多少秘密，
才能巧妙地度过一生，
这佛光闪闪的高原，
三步两步便是天堂，
却仍有那么多人，
因心事过重而走不动。

此刻，即便是小王总，也对今天这个场面的混乱，愈想愈后怕起来。

上百人到企业打砸抢，还打伤CEO，这帮人完全失控了，这也是小王总始料未及的。

要不是后来CEO出面协调，任其自然发展下去，整个“第一世界”企业都有可能毁于一旦……

下一步到底该怎么办，怎么办？

小王总抓耳挠腮，首先这事不能外泄，他急切寻找当前应对危机的方法。

为了控制事态，他直接找到王大仙，让他马上协调各部门将此事在社会上的影响降到最低。

当然他还制止了报警，这是一个最愚昧的办法。在这个社会，小王总相信自己什么事儿都能摆平。

他差点忘记，现在他感到最难也是最烫手的一件事，就是怎样控制好沽空公司那位执笔人，如果她再给企业捅一个娄子，国外的那些媒体一发力，估计企业这次集资事件，可不是谁想控制就可控制的……

第二天，我一早醒过来，头部还在剧烈疼痛。常言道，“跌打损伤一百天”，砖块劈到脑袋上至少也得一百天以上吧，我只能这样自己安慰着自己。

这时我昏昏沉沉地记起来，今天中午美女老师要搭乘飞机回美国。我又翻了一下手机备忘录，确认没有记错。

我忙起床洗漱，找了一顶遮阳帽，将头部白纱布盖住，直接打的来到香格里拉酒店。并无他意，就为美女老师远行送别。

来到总统套房门口，我发现有两个人在门前盯梢，我知道不对，马上原路退了回来，直接找到酒店值班经理，要求他们确保住客安全。

我说：“我是‘第一世界’CEO，总统套房客人被人盯梢，可能会发生生命安全问题，请你们必须把她安全护送到机场登机。”

值班经理表示：“住客生命重于泰山，我们一定会协助其安全到机场！”

酒店有了如此承诺，我心里就有底了，马上拨通美女老师房间的电话。

电话串音很浓，我知道这是有人窃听的缘故。刚想打手机，我又自嘲了一句：“结果不是一样吗？”

时间不等人，我急中生智打扮成送早餐的服务生，叩开美女老师的房门，侧身进去马上告诉她：“外面有人监视你，马上收拾好行李，走总统套间主卧侧门出去，服务生会在门口接应你！”

美女老师疑惑地问道：“你是？”

我脱掉头上的高顶白色圆帽子，说：“我是CEO！”

她见我头上缠着纱布，急问：“出什么事啦？”

我笑道：“上车再向你汇报。”

美女老师知道情况不妙，应了一声：“好！我赶快收拾一下。”

不待她说完话，我已从房间退出，怕时间长，引起门口盯梢的怀疑。

很快，美女老师拖着行李箱，从房间另一侧门走了出来，接应她的服务生马上接过行李箱，带着她从货物电梯通道下了楼。

多亏总统套房是跃层式，从主卧出去，则是另一个楼层。

在货梯里，美女老师换乘一辆备好的轮椅，服务生推着她，上了酒店门口一辆高档越野车。我提前在车上接应，汽车风驰电掣，向着机场方向飞奔。

美女老师这时回过头来问我：“究竟怎么啦？”

我当然不敢告诉她实情，只是朝她一笑：“都是你的沽空报告闯的祸！”

美女老师想得很简单：“这事不是已经解决了？”

“能解决吗？即便医好的伤口，也永远都会留下疤痕。”

美女老师惊讶地又问我道："那你头上的伤口？"

"被人追杀！"

"为什么？"

"那份沽空报告，人们以为我与你是串通一气的。"

"啊，太可怕了！"

这时，后面有两辆小车拼命要超车，我料定看守可能发现我们已经出门，我对司机说道："按正常速度行驶，别理他们。"

马达加速的轰鸣声，吓得美女老师直往我的怀里钻。我没有理她，因为那份沽空报告，让我对她已经没有了那份性情……

很快就到了机场，酒店已经提前开通了绿色通道，我见时间还早，为了安全，让美女老师在车上等着。

一会儿工夫，路上拼命超车的两部车赶了过来，在候机室未找到他们要追捕的目标，马上又匆忙离去。

我见时间差不多了，便下车随她办理完登机手续，搭 VIP 专车，直接把美女老师送到飞机登机口。

出了机场，我见有车向停机坪追过去。这时，美女老师搭乘的那架飞机，正好拉起腾飞，我那"扑通扑通"的心方才落下。

回到单位，我的脚刚跨出车门，手机马上响起，一看是裴小仙的电话："CEO，早上起床不久，保姆带着儿子在别墅门口玩，一转身孩子不见了。"

意想不到的事情怎么接二连三出现？

我十分冷静地答道："裴总别急，我马上过来，孩子不会丢失的！"

说这话时，我心里还真没底，只是想先稳住对方，别再闹出什么人命关天的事。

我马上截住准备掉头回宾馆的司机，他大概被我的神出鬼没吓得不敢多问，误以为自己今天是在看美国大片。

几分钟的时间，汽车就抵达裴小仙儿子失踪地点，我先打发司机赶紧离开这一是非之地。

裴小仙住的这幢独立别墅，建在“上风上水”的半山腰上，简练宽阔的大屋顶，石材立面与木质门窗在细部的嵌合，空间秩序严整的布局，都透出一种盛世所具有的自信、大度和恢宏。

穿过天井，是一条带有美人靠的七字形回廊，廊道一侧有口井，另一侧是一石桌加几张石凳。别墅门口是私家花园，走过去是汽车通道。

裴小仙见到我，扑到我的身上，放声大哭起来。大白天，我怕外人见到说闲话，轻轻拍了拍她，握着她那双柔软的手，尽量与她保持着距离。

我现在没有时间做她的倾听者。我马上对门口一大批员工和亲戚进行了分工：

“你们八人在别墅门口，朝东南西北四个方向，沿着大路追赶，搜索距离至少两公里。

“你们三人马上与派出所、厂保卫处联系，马上调取别墅门口的监控查看。

“你们四人分别联系广播、电视、报刊、微信刊登寻人启事。

“你们二十来个人分头，立即开车火速赶往机场、码头、火车东站和总站、长途汽车南站和北站以及总站找人。因为有时候歹徒把小孩抱走后，他会火速赶往火车站、汽车站，买张票就上车，所以我们要争时间抢速度，如果能比他快，就能把他截住。

“我与裴总在原地等候孩子，有时候，小孩子自己能够找到家。”

……

一道道指令发出后，裴小仙的心多少得到一些慰藉，她抓住我的手，像抓住了最后一根稻草，连声说：“谢谢，谢谢！”

可我凭感觉，这个时候王大仙的孩子突然失踪，一定与企业非法集资案有关联，所以我还是提醒裴小仙道：“裴总，你要做好两手准备，一个是大家马上能把孩子找回来，一个是孩子可能暂时失踪。但孩子失踪的背后，一定是有一场骇人听闻的阴谋。”

这时裴小仙急了：“什么阴谋啊？”

我按照自己的判断，对裴小仙做了全面的分析排查：“孩子自身溺水或其他危险，基本可以排除。人贩子作案，更多可能集中在车站码头等公共场所，那里机会多。所以，我觉得与这次企业非法集资有关，甚至可能将孩子作为他们的人质……”

裴小仙把牙齿咬得咯咯直响，说：“看来真的是一场阴谋！”

我又提醒道：“如果是把孩子作为人质，他们一定会与你们联系。请王主席、裴总注意手机电话或信息！”

裴小仙毕竟在电影电视或悬疑小说上见过绑架事件，如今真的落到她的头上，早已把她吓得魂不附体。她骂道：“王大仙整天闭门创作《富春山居图》剧本，两耳不闻窗外事——手机电话统统关机。”

“别急，我让温秘书马上找他回家！”

我尽量宽慰裴小仙的心，免得她因为孩子失踪过早失去理智。

所有事宜待我安顿完毕，小王总这才懒洋洋地来到现场，见到他靠在路边的车门上，我一眼就认出了是刚才去机场追剿美女老师中的一辆车。

他见到我先是大吃一惊，忙问道：“你怎么在这里？”

我放声大笑：“作为CEO，企业哪里有问题，哪里就是我的前沿阵地。”

小王总也一笑：“CEO，不好意思，刚才我误会了。”

我知道，他是指我可能到机场送走了美女老师，所以，我故意装糊涂，问：“误会什么？”

小王总见我莫名其妙的样子，一定觉得我肯定没有去过机场，就连声说：“不不不，刚才我说什么？你看我家里出了点事，说话也紧张得前言不搭后语。”

我故意一语双关：“家事也是大事，千万不能糊涂呀！”

“家里出了这么大的事，你们怎么还有心情开玩笑？”温小仙终于把王大仙找了回来。

这时王大仙走到小王总面前，上前给他就是重重的一个耳光：“都是你做的好事！”

小王总知道哥哥的脾气，此时谁都不能还手或还口，否则后果不堪设想。

我心里一边为王大仙给我出了一口气拍手称快，一边又为小王总鸣冤，非法集资引发的风波，我CEO也有不可推卸的责任。

王大仙向我瞪了一眼，我想前两天到他家引发的误会，他一定还堵在心口，我眼睛一闭，等着他劈头盖脸的巴掌，等了许久，未见巴掌声。

等我睁开眼睛，看到裴小仙死死抱着王大仙，正失声痛哭着；而小王总，自然也很感激我在他哥哥面前的主动担当。这让我有点两头讨巧。

小王总觉得背后有人支持，这时他的胆子一下大了起来，对王大仙说道：“今天侄儿失踪，美女老师仓皇回美国，我总觉得这不是巧合，背后一定有着说不清道不明的交易！”

这话让我听着很不舒服，表面上小王总把孩子失踪推给沽空报告，实质上把矛头对准了我。何况，他仅仅是推论，是一种极不负责任的说法。

我气愤得刚想反击，裴小仙抢到我前面说道：“美女老师是大仙老情人，于情于理对情人的孩子她绝不会下手。孩子失踪，我倒隐隐约约觉得与这次企业非法集资有关，孩子被他们作为人质……”

听话要听音，裴小仙十分机灵的回答，把我们先前的意见抛了出来。此时，用她的嘴讲出，与用我的嘴说出来，效果完全不一样。我猜裴小仙是在暗中悄悄保护着我。

小王总岂愿在一个妇人面前认输？他早已急得似热锅上的蚂蚁，在别墅门口来回徘徊着，过了一会儿，突然他熬不住了，不知冲谁发起了火："不要血口喷人，我们财务对企业一直忠心耿耿，甚至砸锅卖铁，不都是为了这个企业……"

这个乱糟糟的场面，你一言我一语，王大仙本已听得不耐烦，把手高高举起，示意大家安静，这时他刚想要说话，手机突然响起，是一个陌生电话号码。

这要是平时，王大仙绝对不会去接听这种电话，但在今天这一非常时期，他深知每一个电话都有可能事关孩子的生死存亡。他赶忙接过电话。

"听着，你孩子在我们手上，限你将我们的集资款，两天之内返还，我们会保证孩子生命安全，逾期你将承担一切后果！"

"喂，你是谁？"

"我是你的债权人！"

"砰"的一声，电话扣掉了。

从手机上显示的号码看来，电话是城里某个公用电话亭打出的。

这种电话本不是好事，现在对王大仙反倒是救命稻草。谢天谢地，孩子总算有了着落，焦虑的石头有了底。

小王总马上凑到王大仙跟前说："大哥，救孩子这事，是不是立即向警方报案？"

王大仙没有吭声，过了许久才骂道："你就这么相信警方？"

王大仙冲着小王总发疯似的吼着，吓得他忙抱住头。这次王大仙红着眼睛没有去打他，而是沙哑着声音命令道："要人，解救孩子，由CEO全权负责。要钱，返还集资款，由小王总财务全权负责。"

我马上表态："按照王主席要求，倒排这两天计划，挂图作战，精准解救孩子！”

但小王总为难了：“这两天，要我弄几个亿的钱，除非去偷去抢。”

企业过去违规做错了，现在我们一切都得有错必纠。千万不要以为我们是民营企业，自己原谅自己。国有企业做得好的事，我们民营理应做得更好！

联系近来几件事，让我对小王总的印象越来越差。现在这事的节骨眼上，他又要打退堂鼓，我不管他是谁，十分气愤地对他说：“解救孩子这事如果有半点闪失，我会拎着自己脑袋见王主席；如果因资金不到位，我要你拎着脑袋来见我。”

“你们都给我听着，我王某人年少气盛总想不负天下，年长成熟后才懂不负王家。这个家就是工厂，就是我们一个个人的家。”王大仙也非常气愤，停顿了一会儿，王大仙又语重心长道，“进入二十一世纪，为什么我们的企业会遇到这么多的麻烦，我应该好好反思一下。从企业家的角度讲，我们不能再像上世纪一样，仅仅是寻找机会，创造利润，而是要注意解决社会问题，把利益放在最后……”

不待王大仙的话说完，人群中顿时爆发出热烈的掌声。这掌声穿过大山，在寂静的山岗上不断回荡着。

应该说，与王大仙密切接触的这些日子里，这是我第一次听到王大仙说出了中国企业家的心声。

不容置疑，一个企业在患难时刻，这种推心置腹的话，更容易凝聚人心，更可以鼓舞士气……

我真诚地给了王大仙一个大大的赞！

第十四章　高利贷血本

这次人质事件，虽然有人为此承担责任，但这背后与境外沽空公司到底有无关联？

我觉得这个问题必须先梳理清楚，才有可能从源头上化解人质问题。但现在棘手的是，只有四十八小时的回旋余地，而眼前唯一的线人，就是刚刚飞回美国的美女老师。

事不宜迟，务必尽快与她联系上，以便掌握人质事件背后的秘密。所以，我马上拨通她的手机，只有“嘟嘟”的忙音，按飞行时间推算，她差不多应飞到美国了。为了争取时间，不管三七二十一，我只能先留言。

还好，个把小时后，一个陌生的手机号，给我发来一条信息：“人质事件与沽空公司是有关联的！”

“为什么？”我急切地询问。

“没有为什么，竞争本来就是残酷的。”

我已经不耐烦动手打字，速度太慢了，马上改拨电话。对方迟迟无人接听，我估计美女老师有意回避我。

“喂！”我终于打通电话了。

对方有气无力地问：“你是谁？”

我早已迫不及待，火冒三丈："有种别逃回去。"

不知是不是人一旦疯狂都容易失态。过了一会儿，我又听到美女老师在手机那头痛哭流涕的声音："但我还是要谢谢你，把我送上飞机！"

我马上言归正传起来："我现在好奇的是，你这么一个大美女，怎么跑到这种缺德公司，太损人了！"

她当然不甘示弱："这世上，谁不都是为了混一口饭吗？千不怪万不怪，都怪你们企业自己不规矩。"

这句话倒是说得很实在，对于目前企业管理方面的混乱，我这个 CEO 当然有推脱不了的责任，但此刻不是追查责任的时候，更没有时间与她周旋了，我直截了当地说道："如果你们沽空公司真的想赚钱，就光明正大些，千万别去赚这种黑心钱。"

"那怎么赚？"

"告诉你一个沽空的诀窍：假设现在股票的市价是一百二十元，你相信股价将很快跌至一百一十元，此时你可以一百二十元沽空一千股股票，这样你的账户将记入十二万元，并获得利息。三天后，若股价下跌至一百一十元，则你可用十一万元从市场购回一千股股票，然后将股票退还你的经纪人。"

终于有人能把 K 线图说清楚了，原来是这么沽空的，美女老师在电话那头兴奋不已地说："看来高手在民间！"

我笑道："什么高手不高手，这些日子，我就是这样对付你们沽空的，这叫'反沽空法'。"

她在电话那头听得连连称赞说："妙，实在是妙，妙不可言！我会马上说服我的上司，立刻放弃人质方案！"

这么贵的国际长途，说到最后，就是盼望对方能松口，现在终于听到她的承诺，我哪能不高兴呢，我大胆喊了一声："先谢你啦！"

可能对方被我突然过于亲热的话蒙住了，许久才反应过来，问我道："刚才你说的是什么？"

我与她打哈哈，没有再重复那句话，我怕我的话误导人家，所以就一笑了之："在美女面前，全当是一次口头'腐化'，哈哈！"

"什么'口头腐化'，堂堂一个大男人怎么可以这样堕落？"美女老师风风火火，直言不讳地说，"我实话实说，在飞机上认真拜读了王大仙的论文之后，我对'第一世界'企业有了全新的认识。"

美女老师这话对我触动很大。也许她是说者无意，但我听者有心。

她还在电话里大声对我笑说："你们一个是有思想的董事长，一个是有执行力的总经理，这样的搭档，打遍天下无敌手。"

我这人做事，喜欢以问题为导向。现在既然人质之事，美女老师已经答应帮助解决，鉴于情况紧迫，我没有必要再与人家美女老师眉来眼去，至少现在没有时间周旋……

电话里匆匆告别美女老师，我又赶紧叫来温小仙，让她火速找到小王总："说CEO有紧急事情要研究。"

不知小王总是不买我的账，或者是不把我放在眼里，还是不把温小仙放在眼里……总之小王总对温秘书直接回绝道："你让CEO来找我！"

小王总这么说了，温小仙当然不敢顶撞，只能赶紧向我报告，我这人向来服软不服硬，就装聋作哑直接找了过去。

小王总见我火急火燎赶上门，老远喊道："哎呀，什么风将CEO吹来的？"

我当然不客气地吼道："少跟我来这一套！"

他见我把话说得这么绝，知道面前这个人不好欺负，马上改口："对不起，对不起，'小王八'怠慢了！"

听到他自嘲是"小王八"，真是又好笑又好气，但我现在真的没有时间与他说废话了，就直截了当地问：“还款的钱，准备得怎么样？”

小王总什么话都没有回答，只是两手一摊，我明白了他的意思——没戏！

这下我急疯了：“为什么？”

他十分简单又十分粗暴地回答：“要钱没有，要命一条！”

这让我想起，那次财务部林晓波副经理压低声音对我说的：“小王总仗着哥哥王大仙的名气，背地里做了许多有损企业形象的事……”

在今天火烧眉毛的节骨眼上，不能不让我顿生疑惑，难道他真的被非法集资压到濒临死亡的地步了？否则不会发出这“要命一条”的嚎叫。

这时，我尽量克制自己情绪，装出同情的样子，先试探小王总，问道：“那些高利贷的人，究竟怎么啦？”

小王总终于忍不住了，长长叹了口气，说：“入行早的人，三年翻十倍都有可能。”

做高利贷发了家的人，为何现在沦为生活拮据的“地主”？

一打听，我才得知：通常一个做高利贷的朋友租一间办公室，注册几十个公司，利用这些公司去不同银行贷款。这位朋友从银行贷出的钱，成本月息一分，但他再贷出去，就可以赚好几倍，几乎是“空手套白狼”。

“这家银行来了，就换成这块牌子，那家银行来了，就换成另一块牌子。”小王总说，其实上门的银行信贷员也知道这些事情。但现在银行的生意也不好做，放给高利贷公司的风险，反而比放给实体企业的要小，而且还能增加信贷员自己的业绩。

中国中小企业为什么融资难融资贵，人们是不是从这里可以略窥一二！

这时，小王总还将他从几位银行人士那里了解到的一些情况反馈给我：现在国家信贷支持农业、环保等中小企业的政策，也会被钻了空子，不少高利贷公司频繁地去收购这些快不行了的企业，或者直接跟它们合作。付出一定费用后，贷出钱来对半分。

“这类小企业，每家最多可以从银行贷出三五千万，但贷出来后，它们多半没办法花完。”

小王总说得我两眼发直，其实这些小企业资产已经烂得不行，加上经济形势不好，就算是用足这些钱，也是根本救不活，还不如将贷来的钱借给高利贷公司，自己收些好处费。

“这样银行被骗贷出去的钱真不少。”

小王总又告诉我说，但是从账面上看，还真难查出问题来。他悄悄地对我说：“很简单，银行放贷都是有资产抵押的，问题就在抵押上面。”

比如银行借出去一百万，但债务人还不起，事实上就变成了坏账。但银行会想办法让这个贷款一直存续下去，比如找人帮忙将账给还上，再利用原抵押物做续贷。

还旧借新，表面上看，这笔贷款就看不出有什么问题来，行长在任期内就可以这么干，只要在他任期内不出事就行了，到继任者来出事了，他可就不管了。

高利贷公司的老板，从来都不会用自己的真实身份去从银行弄钱。要么是用手下员工的名义，要么利用刚招来实习的大学生的名义。还有更恶劣的，就是拿几百块钱雇车到农村，拉一车村民出来，给他们一些小恩小惠，然后借用他们的身份证去银行运作贷款。

“如果最后出了事，从法律上没依据能治他。”小王总肯定地说，这种事情时有发生。

总结自己十多年的企业财务生涯，小王总发出一句充满血腥味的感慨：“你放钱给他，是想赚他的利息；他借你的钱，是想赚你的本金。就是这么一场斗争，一场你死我活的搏斗。”

说到这里，小王总早已泪水纵横："如今别说高利贷者血本难归，即便我这样的沙场老手也已经是奄奄一息！"

大敌当前，我知道小王总甚至整个"第一世界"企业，已经到了最危险的时候，每个人被迫着发出最后的吼声。

但为了尽快救出人质，这个时候与小王总过于较真，一切都无济于事，甚至适得其反。现在只有想方设法，暂时先稳住他的阵脚，然后再寻找突破的机会。

我用手拍了拍小王总的肩说："咱们从积极的角度，看是否有其他办法？"

他还是向我直摇头，既然小王总不说话，肯定是到了走投无路的时候，那我就直接开导他说："马上把财务部林晓波副经理从国外召回来！"

小王总当然心存顾忌，向我问道："你这不是把我往火坑里推吗？"

我忙解释道："解铃还须系铃人。对于小王总的财务生命，我会用我的人格为你担保！"

小王总见我一片诚心，只能半信半疑，与其坐以待毙，还不如临急抱佛脚，但他心里没谱，就试探着问我："你看，下一步我应该怎么办？"

我贴着他的耳朵，提出了我的建议。他听着听着，觉得我的方案可行，有点"柳暗花明又一村"的感觉，马上模仿电影《地道战》的话语，对我说道："高，高，实在是高！"

过了一会儿，小王总又胆战心惊地说："CEO，这风险会不会太大了？"

现在到了无路可退，再退就是万丈深渊的时刻，这时我尽可能耐着性子，要是平常的话，我一定是几个巴掌朝对方脸上劈过去。

我问他："你多大了？"

小王总不知我要卖什么关子，不客气地回答道："你别管我多大，活得已经够本啦！"

"什么？年纪轻轻的就够本啦？"我让小王总看一下自己手机号的最后一位，将这个数字乘上二，然后再加上五，再乘以五十，把得到的数目加上一千七百六十七。最后一个步骤，用这个数目减去小王总出生的那一年。

我告诉小王总说："现在你看到一个三位数：第一位数字是你手机号的最后一位，后两位是你的实际年龄！"

小王总回头看见这三位数，没有想到一点儿不差，目瞪口呆，久久没有回过神来，我故意挑逗他说："你说，你这么年纪轻轻就够本了。如果你不忌讳，我马上可以测出你的寿命。"

他一笑，连声道谢："CEO，我服你了，就按你的方案办！"

通过如此死缠烂打，小王总终于松口了，人质之事的最后一个堡垒被攻破。

现在可谓尘埃落定，但我还是不敢掉以轻心，对小王总苦笑了一声说："兄弟呵，必须死马当成活马医呀！"

第十五章　万言书

两天大限，瞬间过去一半，解救王大仙孩子的行动，已经到了读秒阶段。

我跑步来到王大仙的办公室，遗憾的是有铁将军把门，忙问温小仙秘书，她也无法联系上王主席。这就怪了，王大仙的儿子失踪了，这个时候他还玩什么失踪呢？

我只能火速找到裴小仙，她拖着疲倦沙哑的声音告诉我："都一天了，我也没见到他。"

我见她两眼红肿，为孩子度"秒"如年，一定是坐卧不安，就心急火燎地安慰了她几句："我有要事，急需向王大仙主席报告！"

裴小仙见王大仙的文件包扔在书房，而手提电脑包不见了。根据他的生活习惯，裴小仙判断他应该在什么地方闭门写作。根据这一判断，裴小仙马上告诉我："看样子，王大仙应该在'第一世界'大酒店，因为他写作时习惯关机，喜欢两耳不闻窗外事。"

我向裴小仙点了点头，想不到在自己的孩子处于生死未卜之时，王大仙还有雅兴写作。此举与现实多少有些格格不入，而这又需要何等的毅力与理智？我没有敢多想。

不瞒大家说，平时我也有这样一个习惯，烦恼时，我喜欢用文学创作来调节情绪，或者叫换脑袋吧，算是以此消除烦恼，这是真正的累并快乐着。

但现在这个时候，对于王大仙的这种做法，一般人就难以理解了，除了叫他书呆子外，真的无话可说。这毕竟人命关天，也许厂子命运可以听天由命，但孩子的生命来不得半点马虎！

一天时间，已经让裴小仙像祥林嫂那样一下苍老失神了。见到我，她一把眼泪一把鼻涕地求我："快救救我的儿子！"这分明是祥林嫂见到每一个人都要说的一句话，现在成了裴小仙嘴里颠来倒去的话。

假如两天之后，儿子真的回不到她的身边，估计她一定比祥林嫂还要悲惨……

此情此景，惨不忍睹。这更让我埋怨起王大仙："真是一个书呆子。"

说完话，我转身直冲酒店而去。谢天谢地的是，这老兄真的不管风吹草动，我自岿然不动，在酒店埋头写稿。显然，这需要一定的定力。

王大仙现在像变了一个人，他见我气喘吁吁的，马上让我坐下来慢慢说。这好像是我到企业以来，极少能享受的特殊待遇。他说今天如果我不找他，他也正想要找我，这不正是"说曹操，曹操到"吗？

王大仙诚惶诚恐地告诉我："在人质问题上，我已经在第一时间，通过微博发了致歉信。"

我一下跳起来，说："董事长亲自发致歉信，主动争取社会谅解，这个主意好！"

我谈了个人见地后，王大仙又将一沓沉甸甸的材料交到我手上。

我见是《富春山居图》修订稿，觉得现在正是火烧眉毛之时，哪还有什么兴致谈文化？

他见我没有反应，就向我解释道："企业这个样子，我的身体也不好，现在我越来越感到我的时间不多了。所以，我必须抢在时间前面，为我热爱的企业留点有用的东西……"

听到这里，我鼻子一酸，没有想到在中国实体企业中，还有这么一个伟大的企业家，用自己的鲜血浇灌着工厂这棵长青之树，用自己的生命让工厂这一实体壮大。

我对王大仙从来没有像今天这样敬仰和崇拜过："相信王主席的作品，不仅能拯救一个企业，拯救中国的实体，甚至还能影响世界。"

的确，我们要感谢王大仙，但当务之急是如何才能救出他的儿子呢？

我焦虑不安地说："眼前得请王主席关心和支持解救孩子这一工作。"

于是，我一股脑儿地将前一天解救人质的工作进展情况，向王大仙做了一个详细的汇报。

听后，王大仙再也坐不住了，向我伸出了他的左手，表示同意地说："没有想到 CEO 的方案，与我的想法不谋而合。在企业用人问题上，你让我知道了，什么叫会干事、能干事、干好事。"

王大仙的话，让我一阵激动。因为这是我任 CEO 以来，第一次得到他的赏识。当然，我知道，这时王大仙对我的褒扬，更多是对解救人质工作的一种鼓励吧！

我马上又重复了一句："看来王主席同意明天开会？"

王大仙点了点头说："考虑许多代表路远，放在上午十点吧！如果会议气氛好，中午我可以宴请一下大家。"

"好！"

考虑此时所有的工作必须争分夺秒，我马上拨通温小仙的手机，让她立即向有关个人和单位，发一通知：

经研究，定于明天上午十时，在“第一世界”大酒店国际会议中心，召开企业董事会紧急会议暨主要投资合作伙伴改革发展会议。

这无疑是大敌当前，事关一家企业、事关王大仙孩子生死存亡的最后一搏。

待我下达完指令，我见王大仙岿然不动地坐在那里，我悄悄地走上前去，小声问道：“王主席，你还有什么要交办的？”

他先向我摇了摇头，接着还是忍不住告诉我：“这次企业风波平息后，我可能要请假到美国治病。”

王大仙的话我没有觉得很突然，因为刚才我们握手时，我发现他的手冰凉。

我表示坚决支持：“财富竞争，某种程度上就是拼健康。身体是一，财富才是跟在后面的零。身体趴下，跟在后面的财富都会消失。”

出国求医的事件，王大仙提醒我高度保密，我向他点头表示同意。这时候我突然想到，美女老师提到的王大仙那篇论文，究竟是什么？或者说，是什么引发王大仙突然要去美国治疗？又或者说，是什么引起美女老师对“第一世界”企业由沽空突然转身示好？

一连串的问题过后，我已经发现，可能都与这篇论文有关。恰好今天我们交流又非常投机，所以我试探性地向王大仙问道：“听说你最近写了一篇高水准高质量的论文，可否让我先学习一下？”

王大仙冲着我问：“是美女老师告诉你的？”

“是的。”我毫不掩饰地回答。

王大仙得知如此，知道纸是包不住火的，随即从电脑包里拿出一份材料，谦虚地说道："这里仅有一份论文草稿，请指正！"

我连忙站起身，双手从他手上接过手稿说："一定认真拜读！"

这天晚上，我在床上翻来覆去睡不着，就拧灯起床翻出王大仙的论文，认真研读起来。

这篇论文的题目很时髦——《房地产悬崖，是金融的梦魇》。

在这个房地产满天飞的时代，这样的标题，无疑十分敏感。

论文开宗明义，引用了曼瑟·奥尔森的一句话，作为题记，让人看起来很新鲜："在各种各样成功增长的范例中，你可以从中发现很多错误的方法，或者不完全正确的方法，但是这类增长仍在继续着。"

他开门见山地说——

所有中国经济问题，恐怕没有哪个行业像房地产业这样引起举国上下关注，没有哪个行业像房地产这样一次次被调控，也没有哪个产品的价格像房地产这样牵动政府和百姓的心。

中国房地产中的许多事件，的确"一个巴掌拍不响"。归根结底，房地产本身就是一个问题——我们是否知道，如何优化城市功能？

一些郊区规划了"新城"，但假设新城不解决就业，变成"睡城"，人们只是回来睡觉，每天上下班，钟摆人口大规模迁徙，那么将会加大交通压力和环境污染。或者干脆就是"鬼城"，每天见不到一个人，大量资源被无情挥霍。

对于城市来说，如何优化城市功能，降低无谓的运动和消耗，想明白究竟要过怎样的日子，这是治理房地产问题的最佳思路。

过去十年，房地产行业九遭调控，从土地、信贷、税收、限购等多角度抑制房价上涨，但并没有达到预期的效果。未来十年，房地产调控有可能成为常态。简单来说，过去十年间房地产调控效果不佳，主要是忽略了一个核心问题：在中国，房地产是个有极大需求的市场。在中国经济的发展过程中，在城镇化进程中，在中国的投资品还很缺乏的时候，房地产价格的快速上涨注定很难避免。

因此，将房地产价格作为调控的核心，只会让调控本身成为无解的僵局，令人生出“越调控越涨”的无力感。

在调整房地产调控思路的时候，首先要改变的，是这种“以房价为纲”的定性思维。

有人会问，不盯住房价，那该盯什么？

不错，中国因房地产引发社会矛盾，成为百姓最关心、最苦恼、最闹心因而也最不满意的事情之一，就是房价太高，涨得离谱。

在我们看来，需要从国民经济大系统中考虑房地产市场的改革和调整。中国房地产的畸形发展根植于中国经济既往的发展模式，这也意味着，房地产调控需要和经济转型与结构调整结合起来，着眼于中长期，重点是理顺房地产市场的各种利益关系，尤其是政府与房地产市场的关系。

一个精彩的启幕，站位高、大气势、全景象，把读者带到了房地产的风口浪尖。

在众多反腐实践中，房地产成为揪出各级腐败官员的高发区。在中央政府的反腐大旗下，“房多多家族”集中登场：房叔、房婶、房妹、房姐……影响最大的当为陕西“房姐”龚××，被曝有四个户口，在京拥有四十一套房产，一时舆论哗然。

在“限购”令空前严格的今天，“房多多”们的房产数量和购房手段都让人大开眼界。房地产反腐的愈演愈烈引起了各级官员的反弹，频发的“房多多”事件令住房信息系统成为一些官员的梦魇。

近段时间，一些地方加紧出台了房屋信息查询规范，对输入人名查询名下有多少套房的“一人查房”方式做出专门约束，这在此前已出台的规范中并不多见。

我们相信，在中央领导以身作则下，官员财产申报公示制度将在不久后建立起来。到那时，各级官员便没有任何理由，像对待房地产信息这样，以隐私的名义，拒绝公众的监督。

“房姐”“房妹”事件在中国只是一个导火索，正如当初一个“郭美美”颠覆了整个中国官方慈善体系一样，“房姐”事件也可能引爆中国社会中某些系统的问题。

当然房地产问题，也是这轮全球经济危机的导火索。如果将此次危机与1929年大萧条相比，有何不同？

1929年危机的特征是投资积累过度，而导致消费不足和生产过剩。在今天的世界上，中国发生的恐怕是这种类型的危机，我们的过剩已经有很长时间了，一直叫作内需不足。

但是中国的危机没有1929年危机的破坏性那么大，因为我们的过剩，强大的外需被缓解了。这次由于美国的危机，外需缩减，才导致我们的问题凸显出来。

有人编了一段通俗的对话，以此来解释1929年危机——

煤矿工人的孩子对妈妈说：“我冷，为什么我们不生火呢？”

妈妈说：“我们没有煤，爸爸失业了。”

小孩就问：“为什么我爸会失业呢？”

妈妈说：“因为煤太多。”

为什么煤会过剩呢？因为劳工太弱势，消费能力不够。

但是在今天的美国恰恰相反，有人编了这样一段对话——

通用的职工对老婆说：“这个月我们不供房了，因为房价下降了。”

老婆问：“为什么房价跌了?”

“因为政府收紧银根，不贷款了。”

“为什么呢?”

“因为我们都要‘铁饭碗’，企业需要的补贴太多，财政受不了。”

“为什么要这么补贴呢?”

“因为我们都要买大房，所以导致我们都不供房了。”

近段时间，房地产业界各种负面消息层出不穷，一派山雨欲来风满楼的势头。特别是随着近期房产调控以来，有关房地产商资金链断裂的消息时有传出，但大多停留在中小房企层面，罕有涉及一线开发商。

作为王大仙的朋友，××城董事长曾表示，假如真的无路可走，那就直接把价格降到底，所有的房子都卖完，以后就不再做房地产。

这番玩笑式的表态虽不一定是××城的真实想法，但不难看出，房产调控的持续已令部分一线开发商命悬一线，调控从量变到质变的转折可能很快到来。××城的境况只是目前房地产市场的一个缩影。

有数据显示，全国十大龙头房企包括万科在内有六家，在7月的销售额出现环比下跌，中报显示招保万金四大巨头存货同比大幅增长均超过百分之三十；更有信托业内人士透露，近期京沪两个郊区房地产信托项目，分别出现了还本付息垫资的情况。

在房产调控的大棒下，股债两市再融资大门关闭，银行提高房地产信贷门槛，监管层叫停银信合作并将其纳入表内，成交量稀少导致销售回款周期拉长，房地产信托又因风控的约束而显得杯水车薪，可能成为压垮地产商的最后一根稻草——资金链“绞索”逼得房企不得不另辟蹊径：民间拆借、房地产信托及投资基金、境外发债融资……房企为求生存拼命四处融资，现在似乎已快到崩断的边缘。

不过，对于推动房地产调控的决策层，若真希望达到降房价的初始目的，房地产业的大洗牌实属必然。

中国的房地产市场化以来，在暴利驱使下，房地产业爆炸式的发展占用了过多的资源，聚集了过量的资金，兼之与银行业的关系过于紧密，二者捆绑在一起，成为中国宏观经济中“大而不能倒”的利益实体。

如果继续实行房地产调控，以推动行业在一定程度上洗牌，应当是决策层所期望乐见的结果。估计只有这样，才能挤出房地产行业过多占用的资金，使之从暴利行业回归正常。

我们判断，房产调控可能还有另一重政治考量：地方政府要从“土地财政”转向，不要把过多的注意力集中在房地产和土地上。现今中国社会中许多问题都与房地产和土地利益直接相关，威胁社会的稳定，如强拆及其引发的上访等。

对房产调控不放松可能还有另一重好处，即有利于控制通胀。

当下中国的货币发行机制比较独特，土地等资产的货币化是其中的重要动力——地方政府可用土地为抵押，通过发展房地产撬动货币的发行。而在控制通胀之时，不仅要紧缩银根，还需紧缩土根，双管齐下，方能起效。无论是国务院还是央行，都将调控通胀作为当前及未来一段时间内宏观经济政策的主要任务。

目前中国的货币政策相比过去已有所紧缩，但与潜在的增长率相比仍较为宽松。此时频传缺钱，实质上反映了房地产发展和其他固定资产投资的过量货币需求。

若货币政策依从于这种需求，仍以投资为拉动经济增长的首选，通胀情形只会变得更糟。故欲解决这种"缺钱"的痛苦，只能减少这类货币需求，其推论仍是，必须坚持房产调控不放松。

随着房地产企业境况愈发严峻，一线房地产商已开始出现存亡之忧，房地产调控从量变到质变的转折可能很快到来。各类参与房地产业的机构，恐怕都需要对此提高警惕了。

在这里，王大仙把企业的辛酸苦辣，与中国房地产的遭遇，一股脑儿地端了出来——

"蜗居"到"蚁族"，展现出部分城市人生存空间的"退缩"。

"我想要有个家，一个不需要多大的地方……"这曾经只是几个年轻人"为赋新词强说愁"的浅唱，如今却成为众多人莫大的奢望。

所以，谁都不愿看到，住房酿成的全球金融危机，今天又变成一根绞索，套在百姓的脖子上。

说到这里，看得出王大仙不喜欢讲道理，喜欢用故事作案例，现在他又给我们讲了一个美国房地产的故事——

长期以来，要在美国"居者有其屋"，是非常艰难的一件事。

作为政治家的小布什，扭住老百姓这根筋，在总统竞选时，高调提出：如果让他当总统，他一定让所有工作的美国公民，人人买得起房子。

有了这个约定，小布什执政后，就迫不及待地推出“零首付”购房的方案。没几年时间，这根导火索，导致美国爆发了全国次贷危机，紧接着，又引发了新一轮全球金融危机。

这几年来，中国房地产高速增长，始终令人胆战心惊、不寒而栗。

当下政府一定要有清醒认识，认真进行反思：为什么房价太高，涨得如此离谱呢？根本原因在于供求失衡。房屋供给太少而购房需求太强烈，当然价格就涨上去了。这是一个经济规律，不以人的意志为转移的。

是否还有别的什么原因？

当然是有的。另一个原因可能是我们的住房政策出了偏差。在很长一段时间里，我们相当多的政府领导都认为，房屋就是一种商品，只需放到市场中去自由买卖，让价值规律发挥作用就行了，政府不必操心也不用再管了。这样一种相当普遍却很不正确的观念，导致我们的住房政策出了偏差。

房屋是商品吗？

毫无疑问，当然是的。

然而，它又不仅仅是商品，即使在西方发达国家，房屋也不完全是商品，政府有责任向一些低收入民众提供该类公共产品。

“居者有其屋”，这是多少中国人祖祖辈辈梦寐以求的美好理想啊！可是，“居者有其屋”，到底是拥有自己的房子，还是住上租来的房子呢？这是两个完全不同的概念。遗憾的是，长期以来，不但一些民众对此没弄明白，就是一些政府领导也把这一词语给误读了。大家都以为，“居者有其屋”是要拥有产权属于自己的屋子。

可能吗？根本不可能。

就是搞了几百年市场经济、民众整体收入已经相当高的西方发达国家，也不可能。在那里，也有相当数量的人居住在租来的房子里。尤其是收入比较低，一时甚至一辈子也买不起住房的百姓，住的都是租来的房子。

此刻，我发现王大仙像玩套娃，由表及里，由浅入深，一层层剥开，找出了房地产核心和关键问题，以问题为导向，寻找突破口——

全球金融后危机时期，中国GDP可能是目前全球发展最快的国家，如此一枝独秀，的确解决了中国许多现实问题，但也不一定全是好事。既然是经济调控期，发展速度就得缓慢下来，才正常。

利益最大化恶魔，倒逼各路财神铤而走险。一边是政府对保障性住房可能在加快投资，一边是商品住房投资还是居高不下，人们仍然围着房地产做文章。

房地产调控以来，房贷与面积数据显示，自住与改善型需求成为房地产市场的主流人群。刚性需求放量，说明大部分投资者认同，低风险高收益的房地产黄金时期已过，这将让除人口暴增的一线城市以外房价走向平稳，甚至下行。

城镇化可以消灭多数鬼城，但并不一定意味着房价上涨。当农村中的富裕群体依靠自身资金在城市购房后，进入城市的群体，不再拥有资金红利，当地银行的政府企业与个人存款可以作为风向标。此时，房地产将按照刚需的价格，而非投资者的投资预期定价。

我一直以为，转型时期的发展速度，本就应该降下来。如果我们既要高速又要转弯，那只会翻车，死路一条。所以，我被王大仙的“王氏理论”深深打动——

从需求角度看，当前我国城镇化发展还远远落后于发达国家水平，但城市大小得有一个“度”，这与经济讲究规模效益一样。因为城市人口集聚超过一定的度，房地产投资需求必然增大，房价基点肯定要提高。

而加快城乡一体化的步伐，可以科学合理有序地解决这个问题。

从中国房地产跟随城镇化或城乡一体化发展看，我们判断目前及未来二三十年，房地产仍是服务业中的支柱产业。

就长期而言，城镇化将使得二三产业持续向城镇聚集发展，由此带来的大规模就业和生活方式改变，将对交通、住房、教育、医疗、娱乐等城市消费品产生源源不断的新增需求，填补我国城镇化依然存在的巨大“缺口”，是支撑我国经济未来增长的最大动力。但要清醒地看到，城镇化不等于房地产化，房地产业的畸形发展某种程度上甚至伤害城镇化的健康持续发展。

美国的“走了一村又一村，村村像城镇”有可能成为一种模式，成为我们当下中国城乡一体化的方向与目标。真正让农民在不离土、不离乡、不离业、不离房的情况下，实现向“居民”的转变。

同时，扩大民间投资渠道，引导量大面广的民间资金，千万别让其在房市的“一棵树上吊死”。深圳华侨城企业提出的“文化造城、生态造梦”的思路，值得借鉴。这可能是我国实现城乡一体化的最佳选择，也是城与乡优势互补的必由之路。

调控中国房地产，不是要让房地产市场趴下，而是要遏制房价疯狂上涨，降低金融社会风险，保证房地产走得更理性更健康更成熟，使我国的房地产市场尽快走出夹缝，真正山高水长……

王大仙从需求投资不同的角度，入木三分，努力以故事方式讲解，把一个深奥的学问，以好看的文学手法展示在世人面前。

"土地经济"和"土地财政"模式走到头了。

客观来看，"土地财政"解决了土地不能流转的问题和城市改造建设资金匮乏的问题，但过去三十年里，土地财政累积的种种弊端也浮出水面，使得中国的城市化进程遇到困境。

在"以地生财"和"经营城市"的理念指导下，地方政府短视的经济增长方式，将城市化简单地等同于卖地建房，各地陷入了极端城市化的泥沼，"GDP 主义"演变成了更加极端的"房地产主义"。

在土地财政的指挥棒下，无论是文化产业、旅游产业，还是其他新兴产业，搞到最后多半成为房地产业。各种有利于房地产发展的概念，诸如养老地产、文化地产等概念也被轮番热炒。

不错，中国的房地产的确还有存量，但增量不会如过去一样快速增加了，房地产投资、土地供应、房地产销售、各地政府对房地产的限制政策，都注定了房地产不能成为未来拉动中国经济的主要抓手。

这是趋势更是现实，只有越来越多的地方政府摆脱长久以来的思维惯性，真正戒掉土地财政这个地方经济的"大麻"，中国未来的发展才有可能朝着健康持续的方向前行……

王大仙在这里，不甘逃避纷繁复杂而又波澜壮阔的现实，不只是纯粹在故纸堆里自娱自乐。

掩卷而思，王大仙打通古今，以史为鉴，在苍茫的资本烟云中，分辨出人类倒退或进步的足迹，用智慧照亮我们的今天和明天，也许这才是王大仙这篇文章的价值所在。

嘿，不得了呀！

王大仙在这里，哪里仅仅是写一个争议纷纭的中国房地产问题，明明是在借鉴中国资本风云，痛痛快快地浇着他心中那最后一个工厂的块垒。

第十六章　危机处置

十点的会议还没有开始，王大仙的电话就像催命鬼，让我会前先将企业危机处理情况，以 PPT 的方式播一下。

这一举动，让我多少嗅出了王大仙对我人质事件处置的不信任。

我恼羞成怒地说：“这么急，恐怕来不及！”

其实王大仙早已想到这个问题：“半夜梦醒时，我做了一个版本。”

听到这话，我感到吃惊又抱歉，说：“王主席辛苦了！我马上派人来取。”

王大仙终于笑了一声：“我已让温秘书送过来了，你再把一下关。我现在想再休息一会儿，太累了。”

我知道，王大仙可能要以此进一步来统一大家的认识，把企业危机处理的总基调确立为：开诚布公，严惩不贷！

企业人质事件爆发后的第一时间，王大仙相信，企业的事，企业应该有能力处理。他反对裴小仙报警，是怕把对方逼到绝路上去，最后撕票，倒霉的还是王大仙自己。

王大仙思来想去，通过微博发表了个人致歉信。两个多小时后，企业又决定次日召开董事会紧急扩大会。

企业股票，上午全线沦陷，下午立刻逆袭。今天九点半股市开盘，又乘胜追击，封在涨停板上。看来对这事的处置，股市已成为检验我们工作好坏的风向标。

这时有人议论王大仙对企业危机的处理，可以用四句话来表达：

这黑锅我背。

这错误我改。

这儿子我要。

这员工我养！

企业掌门人王大仙的微博，瞬间转发达上万次，评论几千条次。在如今遇事自保、互相推诿、丢车保帅的职场中，王大仙一方面敢于担当，一方面又人情味十足，令人拍手称好。

有人说，王大仙这样的人格魅力，至少可以化解掉此次事件的一大半危机。

我没有想到，人们对王大仙的危机处理水平如此称道，忙认真注意起会场投影屏幕上滚动播放的致歉声明：

我们感谢媒体和公众对企业的监督，及时指出我们工作上的漏洞，这说明了我们的管理出现了问题。凡借人家的，我们砸锅卖铁都得还；凡人家欠的，我们相信对方的良心。

致歉中，王大仙强调他们一直在坚守社会责任的底线，而对于管理漏洞深表自责。他压根闭口不谈儿子沦为人质，用意就是不将事态严重化或扩大化，这是常人难以做到的。

想不到王大仙的撒手锏真厉害。企业不只是要抓好安全生产，还要抓好危机预防：因为事先预防总比事后补救要好。预防工作就像打麻将：盯住媒体，看好自己内部，防着对手。

就像昨天，我在王大仙那里商量是否召开一个紧急会议，我也是受他话的启发："在如今的社会经济环境下，每家企业都可能存在这样那样的问题，都会有用户不满意，都会有'网络水军'故意攻击你。企业要想打赢这场全民媒体时代的战争，就必须建立系统的常态公关。"

最后王大仙又提醒我道："要学会利用关键词搜索引擎技术，建立网络监测预警系统，以期第一时间收集企业的负面信息，从而形成一套完整的汇报体系和解决流程。"

现在我才彻底明白了王大仙的一番苦心。危机发生不可怕，可怕的是企业不予以重视，企业家应该提前做好应对任何危机的准备。

在"否认"之前，先让消费者信服；在"撇清"自己责任之前，先想想自己应该承担哪些责任；在"公关"之前，先想清楚公关的目的是什么。

因为，消费者更喜欢那些说真话、负责任、有担当的企业。

这时会堂响起一阵阵掌声，我见王大仙拖着疲惫的身体走到主席台上，他先把两个手掌伸出来说："大家看一看，这是两个女人给我准备的讲稿，右手是我的老婆裴小仙，写的是一个'忍'字。左手是我的秘书温小仙送来讲稿时，说今天开会送我还是一个字：'忍'！"

台下顿时哄堂大笑，会场秩序一下混乱起来。

王大仙停了下来，用手敲着桌子发问："大家说，今天我能忍吗？"过了一会儿，王大仙才说，"但我今天必须忍，所以会前我故意让 CEO 先放几张 PPT，表明我已经忍了！"

下面响起稀稀拉拉的掌声，王大仙无疑对这种掌声不满意，他感到从未有过的失落："王大仙人老了，弦也调不准啦。希望大家别以这样的掌声对待 CEO，要支持 CEO 工作，他年轻有为，是潜力股。"

人们听出王大仙话中有话，还是忍不住给他热烈的鼓掌，这时王大仙挥着手说："谢谢啦，不要拍马屁了！"

王大仙话锋一转，说："这几天，债主上门讨债没有错，他们这么做是天经地义的。但他们又让我这两天想到资金的问题。"

接下来，王大仙说到三个问题——

第一个是有钱与没钱的问题。

有钱呢？有钱能使鬼推磨。没钱呢？一分钱难倒英雄汉。

我们可以用钱来证明许多事情。在中国，你可以看到很多有钱人，没钱的时候，屁都不是。忽然有钱了，他讲的话，一夜之间变成了真理。

这就是我们的财富环境。

人只能这样活着吗？我经常发自内心地询问自己这个问题。

第二个是工作与态度的问题。

有一个节目讲日本人做拉面追求精益求精，把拉面当成了艺术，做拉面的师傅，就是艺术家。他做的拉面，让你有一种"微风拂柳"的感觉。

像艺术家一样对待自己的工作，如果像这样做到位了，那就够格享受生活。但现在我们就不是，工作做得好不好先放一边，关键是要有钱，怎么有钱怎么来。

看现在的互联网，简直就是"胡来网"，无论怎样编个故事，在资本圈子里面打个滚，弄来一大笔钱，然后就过起了左拥右抱、挥金如土的日子，故事越编越神，越神越有人投资。

这就是我们的投资环境。

我们的工作需要工匠精神吗？我经常发自内心地询问自己这个问题。

最后一个，是市场与管理的问题。

什么叫市场？就是自己想干什么干什么，没人搭理你。有饿死的风险，也有撑死的情况。

什么叫管理？科学管理之父泰罗说，管理就是确切地知道你要别人干什么，并使他用最好的方法去干。

我们的企业从来不缺概念，我们缺的是去驾驭和运用的人，缺的是解释这些概念的人，缺的是协调资源、创造价值的人，缺的是善于讲故事和阐述概念的人。

此时，我们更着急的是，高管可遇不可求。发展越快的企业，需要的管理人才越多，偏偏这个时候，我们会发现管理人才极度缺乏。

这就是我们的管理环境。

我们真的是为钱而干吗？我经常发自内心地询问自己这个问题。

三个发问结束，整个会场鸦雀无声，估计人们都在沉思。当他们有所醒悟时，这才爆发出惊天动地的掌声。

想不到王大仙的三个发问，最后得出一个看似费解的结论：想干事的人，不谈钱，事成了，钱自然有；谈钱的人，都是不想干事的人，因为钱永远没够，根本没心思去想如何干事。

说完这些话，王大仙马上刹住车说："好吧，大家慢慢去感悟，今天没有时间再啰嗦啦！下面会议正式开始。"

第一个走上台的是企业财务副经理林晓波。会场顿时一下炸开了锅，人们全都惊讶了，因为大家都以为林晓波携款外逃了。

许多人不相信自己的眼睛，这时下面议论声四起，原来林晓波没有携款外逃，他没有背叛祖国。

这时，林晓波先向大家鞠了一躬，然后才开腔说道："我是林晓波，昨天刚从新加坡飞回来，赶来参加今天这个会议，一是向大家表明我没有出逃，二是向大家检讨一下自己这几年企业资金运作的问题以及下一步解决这些问题的办法。”

大家没有想到林晓波敢于直面问题，他的出场是向一个企业做报告。这时与会的代表们全部为他起立，欢迎这位财务高管的归来。

关于这一点，私下里林晓波还是要感谢企业同人不但没有追究他潜逃的责任，现在还对他给予了更多的接纳与宽容……这都令他热泪盈眶。

对近年来企业财务工作的情况，林晓波没有多余的官话套话，直接以问题为导向。令人赞叹的是，此时林晓波没有把企业财务问题推给小王总，更没有把这次人质导火索的责任，归因为小王总私心膨胀导演的一场闹剧。

相反，林晓波主动检讨自己工作的许多失误，甚至把小王总身上的许多问题，都揽到了自己的身上。在这一点上，台下的小王总早已如坐针毡，惭愧万分。

只见小王总的脸色红一阵白一阵，起身快速逃离了会场。也许小王总暂时回避一下，未尝不是一件好事。

更意想不到的是，会议的第二项议题是沽空报告的执笔人——美女老师通过美国长途，以电话会议方式，向到场的代表，向企业乃至整个中国的上市企业，深表歉意。

“感谢今天有这么一个机会，或许以后再也找不到这样的机会。今天我主要是向大家检讨一下，沽空报告中的一些数据失实及错误……”

美女老师坦承自己写作论文数据的错误，误导了人们的引用错误。这种连锁反应引发的问题，她竟然全部自己扛着……这无疑让我有点坐立不安，无地自容。

说句大实话，我写论文那时还在省级机关工作，主要对自己原有的国营大型企业一夜之间轰然倒塌耿耿于怀。当得知是被王大仙一个民营企业收购时，我窝了一肚子的火，甚至无地自容，一直想寻找王大仙的茬儿……

不巧美女老师对那家国营企业也有自己的一份情怀。

当然，美女老师更主要是对王大仙——这位曾经情人的一种报复吧！

想不到今天，美女老师会开诚布公地道出自己泄私愤的隐情，希望人们会谅解她。

说实话，现实生活当中，人们的许多误解，其实就是因为缺少沟通而酿成的一错再错。

当然今天美女老师一边检讨自己，一边也在不断倒苦水，估计私底下她还是有点不服气，甚至还感到有一种委屈。她又毫不示弱地向人们倒了出来，她告诉人们："这个社会正在转弯，在纠偏的过程中，千万别以为过去的日子可以永远继续。这个国家，这个社会，总归还是需要人干活的，大家都不干活，都想着捞偏门，那是根本不可能的。

"现在有多少企业家，言之凿凿地谈理想，可说的话他们自己都不信。就现在的人才条件，就现在大家的追求，中国的企业怎么能跟国外的那些视工作为艺术的人竞争呢？

"这也是当下许多企业脱实向虚，进而实体企业每况愈下的动因……"

美女老师一说到这些，立刻情绪激动起来。估计让她再说下去，这个会收不了场了。

王大仙举手向我示意了一下，我马上将电话挂断。

王大仙着急地宣布今天会议的第三项议程：请 CEO 对这次企业危机进行一个小结，希望时间压缩一下。

在人们的掌声中，我很明白，像今天这样的会议，再有水平的人也难以进行总结。所以，我还是实事求是先抛出问题，再看大家的意见吧。

我努力以一个称职的CEO身份，想尽快把这场企业危机解决好。于是，我清了清嗓子，说道：“一切没有行动的承诺，最多是一种漂亮的危机公关。现在能经得起检验的危机管理，必须落实到行动中去。”我把话筒拉到最近处，声音一下提高了八度，“大家听着，下面我将这些行动与大家磋商一下——我们企业已经发现的问题有……我们企业正采取的行动是……我们企业还将落实……检验上述行动的时间节点在……如果没有做到，我们企业承诺的惩罚为……”

介绍到这里，我还耐心地解释说：“毕竟，企业危机这一刻，生存才是首要的选择。”

我这么强调，其实是说给王大仙听的。因为会前，他已交代我在今天会议上提请审议，必须罢免财务部门负责人小王总的职务，罢免分管财务工作的企业总经理裴小仙的职务。

我当即向他表示反对，并向他直接表明了自己的态度：“今天会议是统一思想，找出问题，落实对策，而不是弄几个人下台，去顶包。操之过急，容易激化企业危机……”

在这个时候，要我来宣布撤他们两个人的职务，我肯定不会说。会场上，王大仙见我的话绕来绕去，觉得这样要耽误企业大事，就一把夺过话筒，声嘶力竭道：“既然企业到了千钧一发之时，我们越需要明确企业必须保护的生存资源是什么。”王大仙停顿了片刻说，“是消费者？是员工？是供应商？是政府部门？还是媒体？”王大仙又说，“我们必须确定最关键的利益相关者，才能找到可以化解危机的机会。所以相关责任人今天必须浮出水面。”

这时，王大仙还是毫不客气向董事会提出了建议，要求免去裴小仙、小王总的职务。

这时会场一下乱了起来，这次企业人质事件，王大仙家是最大的受害者，王大仙的儿子现在还是人质，是死是活大家都不知道。现在裴小仙突然被撤职，王大仙这是赔了夫人又折兵。

小王总毕竟是王大仙的胞弟，免去他的职，则令人嗅到了大义灭亲的血性。

这时有不少人纷纷请求王大仙手下留情，千万不要过于鲁莽。

王大仙坚持没有规矩不成方圆，非常认真地说："纪律面前人人平等。"

王大仙一直以来，主打"将员工当作企业主人翁看待"的企业文化。企业社会责任的第一层次，是员工关怀。王大仙更多考虑的是，一个企业连自己的职工都照顾不好，还怎么关心社会、关心他人呢？

王大仙对员工是这么友善仁慈，为什么心里就容不下自己的亲人呢？

王大仙对人们的担心表示理解。但事到如今，退让可能使整个企业毁于一旦。

这时他为了宽慰员工的心，进一步说道："相信有我们这么多年培育的企业基因，才使得我们对危机能从容面对。所以，不偏袒不回避，对涉事人员从严处理，这是我们在公众面前按照制度进行整改并承担相应责任的最起码的态度。"

王大仙的话说到这里，博得了参会人员长时间的掌声……

可能人们没有注意，这时，不知是谁已经把王大仙的儿子带进了会场，孩子冲着爸爸妈妈拼命地喊叫着："爸爸，妈妈！"

裴小仙冲上前去，一把抱住儿子，泪如泉涌，她害怕孩子再丢失，紧紧抱住孩子，马上离开了会场，仿佛这里有一个魔鬼，差点让她与儿子永远分离，现在又让她莫名其妙被撤职……

望着裴小仙母子俩离去的背影在天边的乌云密布中渐渐模糊，我发觉整个屋子里一下空荡荡的，不禁含泪投去同情的一瞥。我默默地为这母子俩，也为"第一世界"这个企业祈祷。

不要因为企业一时的危机而抱怨，相信有强大的中国民营企业基因支撑，我们一定会渡过暂时的难关。

人呵人，千万别以为我们仅活在云里雾里，千万别以为我们不能抵达未来，如果真的遇见这一天，也许就是我们企业登上至高无上险峰的时刻。

第十七章　顶包术

深夜，我的手机铃声大作。

见是裴小仙来电，我忙接起来，只听她说："请问王大仙会后到哪里去了？"

我是丈二和尚摸不着头脑，忙答："我真不知道！我马上让秘书查查。"

裴小仙分析，是不是今天会议上王大仙宣布撤职决定后，现在故意躲着她。但是宝贝儿子已经几天不见，王大仙这时不应躲他的儿子呀！

裴小仙的分析很有道理。这时她又告诉我："我已经查问了所有可查问的人！"

这我就纳闷起来了，想到王大仙之前说起要去美国治病，我脱口而出："他会出国吗？"

"呵，出国！"可能我的话刺激了裴小仙，她好像想起了什么，忙给我微信传来了一张截图，图上写着："亲爱的，我爱你！"

我忙问怎么回事，裴小仙告诉我："这是王大仙交给那位美女老师的论文中最后一页空白纸上的字。这是用笔蘸着花露水在纸上写的字，只要把纸放进水里，等纸干了之后，这字迹马上显现出来。”

王大仙弄得像特工一样的，我自言自语道：“是爱，也没必要这么躲躲闪闪吧？”

裴小仙笑道：“王大仙当着我的面向那妖精提交论文时，我就感到有点不对头。想不到他在老娘面前，与情人玩起这一手。”

我这时多少明白了王大仙为什么要去美国，莫非与美女老师又将旧情重燃？

对此，我想我不应过多评价，也只能笑道：“你怎么知道的，不至于这么复杂吧？”

别看裴小仙有时会傻傻的，这次她好像是有备而来：“实话实说，我有内线。”

我的嘴一下被堵上了，但即便是事实，那又怎样呢？何况，王大仙早已疾病缠身，借口去一趟美国，也是天经地义的，无需不辞而别……想到这里我也急了：“裴总，这件事情可能没有这么简单。我马上派人查，有什么情况再向你报告。”

我拨通了温小仙的电话，让她立即通知保卫处长、应急办主任，马上赶赴企业应急指挥中心开会。

这个企业应急指挥中心，可能是迄今中国企业为数不多的、由国内应急平台领军机构——××大学公共安全研究院规划设计的指挥中心。

这里有应急指挥大厅、会商室、值班室、新闻发布厅、应急广播室、中心机房等，令我眼前一亮。

我们在最快的时间里，集中到了应急指挥大厅。大屏幕徐徐打开，接着全厂各接点视频，全部集中在屏幕上。

应急办楼主任将画面切换到“第一世界”的会议中心，调出今天的会议场面。

我着急地对楼主任说：“我要查阅散场信息。”

楼主任又很快转至会议散场的信息，他问道：“CEO 你要查谁？我这里可以马上锁定。”

我没敢直接告诉他需要查看王大仙的信息，所以对他随口应付了一句：“我只想了解当时情况，看看有什么问题。”

过了一会儿，我见到视频上的王大仙走出会场。牛高马大的生活秘书帮他打开门，他钻进小车，一溜烟便离去了。

快出厂大门的三岔口时，一辆黑色无牌的宝马越野车从后面包抄上来，打着双闪灯停了下来。王大仙的车马上一个急刹，来了一百八十度大转弯，没想到又被后面追上来的一辆无牌的宝马越野车堵住。

前后车上，分别下来三位穿着一身黑衣的人，四个人同时打开王大仙车的四扇门，两人从左右夹住王大仙。

这时副驾驶的保镖想反抗，被王大仙大声阻止：“是我愿意的。我要交换我的儿子去做人质。”

那保镖乖乖地被一穿黑衣的人带走。司机也迅速被替换。

整个换乘过程，仅几十秒钟的时间就完成了。这对一般人来说，根本不可思议。

这时，王大仙的车夹在两辆宝马越野车的中间前行，消失在厂区远方……

视频看到这里，我一下明白了，王大仙的儿子顺利出来，是王大仙采用的“顶包术”。而现在王大仙被绑架，估计他们之间有什么特殊的交易。

我回过头，急切地命令应急办楼主任说：“这几辆车到什么地方去了，马上查一下。”

保卫处韩处长接过话，说：“我马上找公安部门，让他们支持一下！”

我看了韩处长一眼，关照了一句：“跟公安说，这几辆车想抢婚，职工家属有意见！”

“明白了！”

坐在我身边的温小仙一言未发，其实她心里早已有数，见我这么编故事，暗自发笑。幸亏被我及时怒目制止，才使得她在人们面前没有流露出什么破绽。

如今视频数据特别强大，我猜测，那天我与裴小仙在总统套房，还有我与美女老师调研老厂区，我们的一言一行，通过视频数据，一切都难逃脱王大仙的监控……

当我们每一个人都生活在遍地是摄像探头的世界里，还有什么隐私可言呢？这真的令人不寒而栗！

一支烟的工夫，公安部门的数字信息，马上连到应急指挥中心大屏幕上——

只见那三辆车上了城市高架后，穿过一环线，快速上了二环，又上三环，接着往西邻省边界的深山方向而去……

转眼目标失踪，这时韩处长告诉我："不要紧，我们可以调用邻省视频数据。如不行，我们可以利用他们的手机数据，无人机应该随时随地可以发现他们的行踪。"

厉害了，我的工厂。在这里我胜似看了一部谍战大片，时下即便你是掉入大海里的一根铁针，在这个天网中都将很快被人们打捞出海。

其实，这不是什么谍战，这就是现实，我们每个人都活在当下。

我跑到隔壁的会商室，把刚刚得知的第一手情报，在第一时间向裴小仙做了报告，同时也顺便询问了她儿子的情况。

裴小仙的失落和悲伤，作为CEO的我都有责任，至少我的工作没有做到家。

旋即，我跑到指挥室说先走一步，走出门口又转身对温小仙说："请温秘书一起，我们马上代表企业上门，看望并慰问一下裴小仙及她的孩子。"

我这么安排，是怕像上次到裴小仙家中一样，与王大仙再闹出一场误会……

温小仙轻轻叩开裴小仙的家门，裴小仙穿着十分性感，只穿了一件红丝绸的吊带睡裙就走了出来，当她见我也跟在温秘书后面时，忙不好意思地拿了一件青色金丝绒外套短衣穿上。

那青绒配红绸，极力想掩饰住裴小仙那高高耸起的胸脯，就像一朵含苞欲放的玫瑰，充满着诱惑的青春与活力。

我立刻歉意地对裴小仙说："不好意思，没有及时来慰问裴总，看望孩子!"

裴小仙十分气愤地说："我已经被撤职了，没有用场的人不值一看。"

我知道裴小仙这是气话，发泄出来一定比闷在心里要好，所以我没有搭理她，而是告诉她另一件事："王大仙是一个称职的父亲，在关键时刻，他顶替儿子做了人质!"

裴小仙吃惊地叫了一声。

过了一会儿，裴小仙又使劲摇头，因为她一直觉得王大仙对孩子过于严苛，很少在孩子面前嬉戏逗乐。而孩子在父亲面前也永远是小心翼翼，不敢有任何的任性之举。王大仙有时生起气来，还会对孩子动手。

我忙解释说："我们的父辈，都相信'棍棒底下出孝子'。《三字经》开篇不就是'子不教，父之过'吗?"

裴小仙并不认同我的观点，我以为她对父子之情还没有理解，但这时裴小仙着急的是，王大仙身体状况很差，作为人质的他要是有什么三长两短，怎么向全厂上万的职工交代?

其实，我也是这么想的，王大仙的孩子不能没有爹，"第一世界"企业不能没有王大仙……

裴小仙这时非常急切地要求我："立刻向警方报案吧!"

这个要求不过分，我非常理解裴小仙的心情，但我更相信王大仙的智慧。如果我们匆忙报案，打乱了王大仙的计划，那可是吃不了兜着走呀。

在这个方面，我已有过多次教训了，所以我十分真诚地对裴小仙说：“如果要报案，王大仙在第一时间就可以这么做，但他为什么没有这么做？”

我谈了我的理解，可能因为我们这些民营企业的发展壮大，或多或少都存在“原罪”问题，现在你报案，不就等于飞蛾扑火吗？

裴小仙压根就没有想到王大仙会这么伟大，但现在她不得不承认王大仙真的不一般。

在这之前，特别是从王大仙嘴里宣布撤销裴小仙职务那一刻，她是无法接受的。那种委屈，那种难受，那种苦涩，如泰山压顶，逼得她喘不过气。

这时裴小仙终于有所醒悟，对我说了看似很有哲理的话：“所有人都在用力奔跑，不是只有我一个人受尽委屈。”

裴小仙悟出这样的道理，一定是经过时间与心血的研磨。她一把握住我的手，温小仙忙抱着孩子跑到睡房。

这时裴小仙乘机给我一个拥抱，吓得我大气不敢出。当着温小仙的面，这多么难为情，我忙一个转身从裴小仙的怀里挣脱出来，匆忙走进孩子睡房看了一下孩子后，这才对裴小仙说道：“裴总给我一点时间，我会很快平息这次人质事件的！”

这时，在房间抱孩子的温小仙忙冲出房门，喊道：“孩子好像有点发烧。”

裴小仙的第一反应，以为温小仙小心眼，想编谎言坏我们的好事。所以，裴小仙强颜欢笑道：“没事，你们走吧！”

是到了走的时候，问题是下一步，我们该怎么走呢？

目前，我已看到了这风光无限的表象下，藏着鲜血淋漓的累累伤痕，以及那些永不能痊愈的疮疤。我还看到鲜花掌声的荣耀下，藏着不为人知的辛酸苦闷，甚至还有痛哭流涕的悲伤。

谁的人生不鲜血淋漓？但愿你不为过去迷茫，不为现在徘徊，坚定信心朝着未来奔跑……

第十八章　转型路上

谁都没有想到，当融资成为实体经济的难点、工厂生存的痛点、企业发展的堵点时，我这个CEO，终于被人们推到了“救火队长”的一线。

我清醒地知道，“第一世界”这样的草根企业，更多的是靠自己的野蛮生长，这使得企业成为“原罪”的重灾区。

在这个时候，如果谁不经意捅它一下，就有可能是捅了一个马蜂窝，引来天大的麻烦。如果这时给企业一个洗心革面的机会，这样方便企业的同时，也会给自己带来方便，成就企业的同时也提升了自己……

面对这样一个烫手山芋，也许王大仙可以借口避开，裴小仙、小王总等高管免职可以借机躲过，但孤苦伶仃的我，已无路可退。

现在到底采用什么法子呢？

我掐着指头，可以寻求外援，看似按部就班，但等于自投罗网。因为外人早已瞄上你，苦于没有找到突破口，现在找上门等于找死。可以寻求自救，看似十分励志，但这等于加速灭亡。因为企业早已步履维艰，如履薄冰，还要折腾就等于送死。

那么摆在面前的仅有一条路，就是寻求改革，打破常规，当然这是惊险一跳，但最后我们得来的，或许是“柳暗花明又一村”。

兄弟呵，谁不知道，改革，是中国当前最难的一件事。

就像这次董事扩大会，对于企业债务危机已基本达成共识，为什么又会出现王大仙的不辞而别？难道人质只是幌子？王大仙与企业债主们的背后，还有什么隐情？

在弄不清的时候，企业债务也罢，企业人质也罢，我想到一句这样的话：“出来混，早晚都是要还的。”

既然要还，那就改革，千万不要坐以待毙，我们要做企业的主人，改变企业的命运，全靠我们自己。

实体发展的路上，不管是绝世英雄，还是平民百姓，抑或是达官显贵，无不先要解决生计，然后才是发展问题。

可见现实生活中，没钱英雄气短，没钱难以生存。这个时代，没有钱是万万不能的，有时候一分钱难倒英雄汉。

一分钱难倒英雄汉，说的是宋代赵匡胤的典故，不过早期出自清朝文康的武侠小说《儿女英雄传》。

据说赵匡胤年轻时穷困潦倒，身上一文不名。有一天他单独出行，走到一片西瓜园，想解渴但囊中羞涩，就思量着先吃了再说，等卖瓜人要钱，就说太贵耍赖。

他要了个西瓜就吃，吃一个不够再吃一个，直到吃得心满意足，完了抹抹嘴问：“多少钱？”

卖瓜老农也聪明，此时慢慢伸出一个手指头安之若素地说：“一文钱。”

一文钱是多少？类似于现在的一分钱，是最小的单位。赵匡胤目瞪口呆，因为他穷得连一文钱都没有，这下，刚才想用的借口彻底破灭。

这个世界就是这样，没钱谁都一视同仁，有钱谁都轻车熟路。没钱企业常常是尴尬、苦恼、困窘。英雄尚且如此，普通人更甚。

企业一旦拮据了，英雄是不是就会气短？

企业缺资金的结果有两条路，要么乞怜，要么割爱。

乞怜就是借钱或者乞讨，因此古有伍子胥吹箫；割爱就是割舍心爱之物，能卖的都卖掉，所以又有树下秦琼卖马。

生活中，不要鄙夷那些为了钱而工作或做事的人，也许他们只是为生活所迫；也不要忽略那些开口向你借钱的人，毕竟谁都有困难拮据的时候。

估计王大仙目前就是这样的心态，无论债主采用什么过激的手段，王大仙都是——“千古英雄多少恨？相逢一笑泯恩仇”。

现在我已渐渐理解了王大仙，他是踏着改革开放几十年的鼓点，一路顺风顺水。在这个中国造富运动的阶段，无论是从人数上，还是从财富总量上，造富结果均令世界刮目相看，也让人们找到了王大仙深耕的足迹。

上个世纪的八十年代，被王大仙戏称为发财靠投机倒把。这是一个严重供不应求的时代，只要胆子大，把产品制造出来就有需求，他们这一代企业家就是这么成长起来的。短缺经济也造就了许多暴发户，主要是“倒爷”，靠特权批出内部低价商品，转手到市场高价卖出，小到肥皂，中到电视，大到钢铁汽车。甚至1989年有企业家从俄罗斯倒来一架图154飞机，转手卖给了航空公司，这让他成为中国最大的“倒爷”。而王大仙没有那么幸运，更多是靠鸡毛换糖，摇着拨浪鼓，得到第一桶金。

对于上世纪的九十年代，连王大仙都有点不敢相信自己的话，发财靠国企改制。

1992年邓小平南方谈话后，很多高校教师、机关公务员下海，开创了第二次创业浪潮。

南方许多地方出现了“无国有企业的县”，一大批国企员工下岗，而也有一批人因此富起来了。

尤其是当年颇具争议的民企入股和MBO模式，非常容易出现暗箱操作，导致国资贱卖。所以王大仙这才敢将我曾经工作的那家国营大厂兼并，虽说有点蛇吞象，但他还是打了许多擦边球。

到了二十一世纪第一个十年，王大仙数钱数得手抽筋，发大财靠房地产。

当时喜逢中国进行住房改革，许多企业抓住这个千载难逢的机遇期，纷纷进军房地产业。大的实体企业，几乎无一不跨界做房地产，这时无论是造房子的，还是炒房子的都大发横财。王大仙借机把手头上能用的土地，全部交给造房运动，赚得盆满钵满。

到了新世纪第二个十年，王大仙深深感受到互联网的优势，发财靠资本融资。

脱实向虚严重化，大家应该都很熟悉这一波互联网的浪潮，王大仙当然不甘示弱，脱颖而出。

这时企业赚钱或者不赚钱都不是最关键的，关键看你会不会讲故事，王大仙一年亏损几十个亿也不害怕，一年分红照样可以几十个亿。

随着近几年的创业创新风起云涌，大部分创业者还处于磨炼期，很难讲他的企业能否成为影响力深远的企业。但不管怎么样，这是离我们最近的一次“双创”时代。

王大仙的企业正好步入十字路口，是向前还是向后，还在艰难的选择与徘徊中。

现在企业亟待解决的是“往哪里去”的问题，我觉得我两个酝酿已久的方案，正是瓜熟蒂落的时候。其实方案出台之前，已多方征求意见，下一步就是如何加快实施的问题。

王大仙一开始就对我提出了这个要求：“不要用兄弟情意追求共同利益，要用共同利益追求兄弟情意。”

我考虑良久，必须在企业中全面推行合伙人制，彻底解决过去企业组建的不规范，让各路借贷资金，在企业得到安身立命之所，使企业存量资产彻底明晰。而企业扩大生产，需要新的投入，对于这部分新增资产，一开始就让它产权清晰。

记得丘吉尔说过，世界上没有永远的朋友，只有永恒的利益。于是很多创业者相信独行侠主义，信奉自己的人生哲学。但回头看那些短命的企业，往往却正是因为在创业初期没有合适的团队结伴而行，才导致了最终的失败。

如今很多人感叹某某的成功，羡慕某某的地位，惊讶某某的爆发力，但鲜有人意识到这点——如果背后没有创始人无论高峰还是低谷的不离不弃，很难说企业会有现在的辉煌。

可见，对于初创团队而言，合伙人比商业模式重要得多。而这里，合伙人的概念其实非常简单，说成大白话就是“合在一起成为一伙，形成一伙后就共担责任共享成果”，这听起来有点像香港电影里的帮派一样。

王大仙目前最头痛的问题，就是如何让债权人、员工与企业一条心，如何让他们不断进取为公司卖命。

这些问题是企业所有管理者都关心的问题。针对这些问题，近年来，合伙人制度也越来越受管理者关注。合伙人为公司股东，他们享有企业经营所得并对经营亏损共同承担责任；可以由所有合伙人共同参与经营，也可以由部分合伙人经营，其他合伙人仅出资并自负盈亏；合伙人的组成规模可大可小。这就使企业一改过去的造船出海，转变为目前的借船过海。时代变化太快，重要的不是竞争力而是竞合力。

放眼中国现行经济形势，在“大众创业，万众创新”的政策号召下，中小企业不断拥入市场，据说目前我国中小企业数量已经突破六千五百万家。然而，绝大部分企业当下面临“商业模式、融资、平台、人才、营销、项目”六大经营瓶颈，只有百分之十的中小企业可以从银行获得贷款。

没有充足的资金供应、优质的落地项目以及可靠的平台支撑，中小企业发展就没有重要的推动力。而合伙人这一盛筵的掀起，使我们忽然发现中国传统企业的生命期已经到了。

这样，另一个问题接踵而至。

每一次的产品迭代都是对“美”和“技术”的诠释，带动着一个产业的变化与升级。那么，在产业技术发展与消费升级之下，当“设计之美”邂逅“匠心制造”，又将带来怎样的颠覆与惊喜呢？

时下王大仙打造的《富春山居图》，确切说就是这种“美”和“技术”的产品。

它令人们兴奋的就是，利用原有建材老厂房，打造一个主题公园，充分融合世界先进的工业设计理念与设计美学，制造出超高颜值、令消费者兴奋的文化产品。

作为主题公园中的主打产品，这台大型室内舞台剧，充分利用先进的声、光、电科技手段，以出其不意的呈现方式演绎富春古人的艰辛、元皇宫的辉煌、原住民的惨烈、富春与山居的千古绝唱，把丝绸、茶叶和烟雨江南表现得淋漓尽致，带给观众视觉体验和心灵震撼。

王大仙的思路就是：“企业所有的升级和创新，都要迎合消费者的需求，一切都要以人为本。坚守匠心制造，用技术创新击中消费者需求的‘痛点’。”

这就是说，企业要与这个时代并肩前行，深入挖掘市场需求，用更多的创新元素、更好的工艺和时尚设计，带来更多能满足消费者需求的优质产品。

数天后，企业保卫处韩处长找到我，带来一个好消息，通过手机数据与视频数据，终于在邻省的山城，找到了王大仙主席落脚的地方。

这让我一直悬着的心终于落了下来，随口一句“阿弥陀佛”，说：“只要王主席安全就好。”

“应该安全的！”

“下一步，我们怎样联系上他？”

韩处长贴近我的耳朵说：“今天派无人机飞过去，侦察后再提出详细解救方案。”

“好！尽快联系上，确保人身安全。”

韩处长又将一些预案向我做了详细报告，我一一表示赞同。

还没有送走韩处长，温小仙已经急不可待走到我跟前，低声说道：“裴小仙儿子这几天发烧不止，疑似白血病。”

温小仙穿着碎花衬衫衣、棉麻长裙、绣花布鞋，佩戴青玉手镯、紫檀念珠，与我喜欢的打扮没有差异。但她说的话如雷轰顶，我一下子瘫坐在椅子上，许久才回过神来，忙说：“大仙不在，你代我多关心点。如果孩子有什么三长两短，我们企业恐怕难以担当此责。”

我又向温小仙交代了两件事，让她代我催要正式的合伙制企业方案，以及《富春山居图》排演的数字文本，以备经王大仙主席审定后，再正式提交董事会批准。

然后，我匆忙赶赴省人民医院，去探望王大仙的孩子……

第十九章　节外生枝

一架无人机正好从王大仙秘密居住的酒店上空掠过，随着机上高速相机不停运转，地面上的绑匪们顿时乱作一团，他们知道自己已经暴露在警方的监视下。

这时穿着黑色衣服的绑匪头头，忙让助手从保险箱中取出收缴的王大仙手机，他必须亲自还给他。

随从对此难以理解，向上司问道："这是为什么?"

这下绑匪头头有点急了，用手指着空中的无人机，意思是人家已经盯上了，千万别把小事搞大，最终搬起石头砸自己的脚。

绑匪头头对部下的磨磨蹭蹭，非常反感地骂道："混蛋，哪有这么多为什么?"

绑匪们知道，如果再这样与王大仙玩下去，招来警方上门围剿，那就等于将矛盾激化，到头来是偷鸡（讨债）不成蚀把米。

为了不惹火烧身，自取灭亡，绑匪们唯一的办法就是争取主动，借王大仙的口，来挡住对方的乱箭。

王大仙得知对方用意，拿到手机后，直接朝酒店的窗外扔了出去，这才回过头一笑："为人不做亏心事，半夜不怕鬼敲门。"

王大仙突然的举动，可把那绑匪头头急坏了。分明是王大仙不给自己面子，可他当即让人赶紧找回手机，然后又低声对一个手下说了一通后，这才转身讨好王大仙说："有事好说，咱们不就在合伙人制度上画一个押那点屁事吗?"

说到这件事，这可是王大仙利用这次人质事情来策反对方的极好机会。但时至今日，对方都没有松口，现在又听对方说这事，他把桌子拍得"咚咚"响，满腔怒火地说："你以为老子到你这里是来蹭饭吃的？现在我已彻底认清了你们是什么货色！不要以为我是死皮赖脸，非你们为合伙人不可，告诉你们，我是看在我儿子的面上，知道你们将他完璧归赵，说明你们心眼并不坏……"

这时，刚才那位与绑匪头头"嘀咕"的部下，不知从哪里把温小仙带到了王大仙的面前。

温小仙长得像仙女下凡，闭月羞花、沉鱼落雁，都不足以形容她的美貌。那身段令貂蝉蒙羞，那脸蛋令月亮失色，分明是集天地之灵气，融日月之精华，造就了一人间佳丽。加上温小仙能文能武，深得王大仙宠爱。现在见到这场面，作为男人的王大仙，岂能不为之动容，喊了一声："小仙，你怎么跑到这里来啦?"

温小仙被王大仙一宠，自然更加娇艳动人，连对王大仙说的话也娇滴了许多："我是顺着您的车辙，找了好几天的路。"

温小仙从手包里掏出香烟，上前给王大仙点上火，自己也点上一根，猛吸了一口，顿时如坠仙谷。

"辛苦温秘书了！"这时王大仙一下清醒很多，他知道不能再这样与绑匪玩下去，过了这村，可能就没了这店。他觉得自己得主动出击。

这仿佛是哲学家罗尔斯在《正义论》中提出的一个重要理论，叫"无知之幕"。说是当人类呈现无知状态时，看待问题时才能不附带任何偏见，才能公平公正地去对待其他人事物。

这句话很令人费解。

打个比方吧，所谓"无知之幕"，就是一个人对自己的社会处境暂时失明的情形。一个站在“无知之幕”后面的人，既可能是比尔·盖茨，也可能是非洲饥民。如果你觉得正义就是杀光富人瓜分他的财产，万一“无知之幕”拉开，你发现自己是比尔·盖茨，恐怕就会脑壳撞墙，吐血身亡。如果你觉得正义就是Windows系统卖五千美元一套，万一“无知之幕”拉开，你发现自己是非洲饥民，估计也会捶胸顿足，痛哭流涕。

当我们把自己放在“无知之幕”之后，我们对正义和道德便会有完全不同的认知，从而做出更加理性的评判，制定更加合理的规则。

这样，当我们目睹一件事情发生后，一定要学会“且慢下手”：不要轻易妄下结论，不要轻易急于站队，不要轻易评价别人，不要轻易被别人的评论左右，不要轻易说什么感同身受。

因为我们并没有对他们的经历进行还原，我们并不知道人家经历了和正在经历着什么。“且慢下手”与“且慢下口”之后，我们再暂时忘掉自己的身份，把自己放在“无知之幕”后面，让自己成为当事人，去理解当事人的行为、处境与成长经历。只有真正地了解各种“真相”之后，我们才有资格做出较为公正的陈述与评判。

先以衡量别人的标准检视自己，越检视自己就越懂得闭嘴不去评判他人。而且要学会宽容，对人和世界的复杂性作进一步了解和体谅。只有这样，我们才能站在“无知之幕”之后，真正成为“有知”者……

那批绑匪还没有听完王大仙的讲话，便不由自主鼓起掌来。

王大仙这时趁热打铁给绑匪们洗脑：“你们逼我画押，可你们知道合伙人制度为什么会红火？”

绑匪们当然一脸不解，王大仙充满鄙视地笑道：“因为资本的光环正在褪去，一个人本为王的新时代已经开始。”

接着，他重申了自己的观点：“我做企业，一直信奉不要用兄弟情意来追求共同利益，这个不长久，一定要用共同利益追求兄弟情意。”

对方没有想到，王大仙不只是一个高明的企业家，更像一个高超的经济学家。这令绑匪头头佩服得五体投地，拿起桌子上的合伙人方案，乖乖地在上面画好押后，说：“王主席这个朋友，我们交定了！”

王大仙故意不为对方举止所动，采用激将法冲着对方说：“兄弟，千万别勉强！我们千万不要纯粹为了理想去追求事业，但我又希望你们的事业有伟大的理想，这样我们的合伙人制度才能长久。”

王大仙很欣慰，他觉得这次没有白来。王大仙这次是棋高一着，可谓彻底解决了企业“原罪”遗留下的问题，使企业身边的这一定时炸弹彻底拆除。这样的话，企业下一步就可以轻装上阵，甩开膀子前行……

此刻，王大仙哪会不激动呢？

他记起《死亡诗社》中有一段话，用来形容此时的心情，可能是最恰当不过了：“我步入丛林，开始创业，因为我希望活得深刻，吸取生命中所有的精华。”

王大仙把非生命精华的一切都击溃，把担忧、拘谨、小气都击败，以免当自己生命终结，发现自己就像没有活过，那多遗憾，那多可惜。

想到这些，王大仙一个人“哈哈”大笑起来，弄得绑匪们心里更加发毛……

终于，王大仙的手机开机了。

见到他的开机信息，我立马拨号过去。而王大仙见是我的电话，立马接起。

王大仙在电话里将与债权转股权的合伙人签约的好消息告诉了我。

我一下跳了起来，因为这是困扰企业发展的一个心病，现在得到了圆满解决，我高兴地对王大仙说：“真的来之不易！”接着，我又埋怨起王大仙，“可领导不该关机。”

他在电话那头直笑，批评我太天真：“这点常识你不知道，人家会让你开机吗？”过了一会儿，王大仙又兴奋起来，“不过也好，这段时间我的心很烦，没有手机，放空内心，达到宁静，反倒容易产生新的智慧！”

我知道王大仙指的是合伙人制度落实，我也顺水推舟地告诉他：“总厂这头，已经完成了企业合伙人正式方案，《富春山居图》排演样片也已出笼，一切就等王主席拍板，提交董事会上会后实施！”

不知王大仙是说给一屋子人听，还是说给我听的：“一个不规范的企业，是不能持久的。好比一幢房子，上梁不正下梁歪，如果不及时矫正，不及时整改，那么这幢房子倒塌是迟早的事。经不住风，也经不住雨，一有风吹草动，都有可能遭遇灭顶之灾。”

说这番话时，王大仙的确带着很浓的个人感情色彩。

过了一会儿，王大仙可能没有想到我的执行力会如此之强，立刻赞叹我说：“CEO，今天我必须表扬你——”

这时，我突然想起王大仙的儿子躺在医院的事，忙说：“差点忘掉正经事儿。你儿子自你走后，一直发烧在医院，疑似白血病，现急需骨髓移植，但在社会上寻找配型可能需要一个过程。”

听到这里，王大仙如五雷轰顶，泪水一下从眼中流出。问清楚孩子在哪个医院后，下命令地说：“别多说了，马上带我去医院！”

省人民医院位于美丽的南雁湖畔，毗邻城市植物园，环境优美，绿树成荫。

医院始建于民国时期，建院初期以干部医疗保健及涉外医疗为主，目前是一所集医疗、教学、科研、预防和保健为一体的省级三级甲等综合性医院。

王大仙似乎是一口气赶到医院的，而我是从厂子直接赶过来的，我们约好在病房门口碰头。

毕竟多日未见，我一直牵挂着王大仙的身体，现在眼见为实，多少打消了疑虑。

或许这些对我们都不重要，眼前最要紧的是王大仙儿子的身体，某种程度上，是人质事件引起了孩子发病，使孩子成了企业融资的牺牲品。

显然，孩子是无辜的。

王大仙老远见到我，仅打了一声招呼，就一声不吭跟在我后面进了病房。我知道他是强忍着内心深处的痛苦，既为孩子病情难过，又为孩子生命担忧。

躺在病床上的孩子，脸色苍白，一见到爸爸，马上露出笑脸，王大仙更是眼含泪水强笑，不使自己的泪水在孩子面前落下。

这也是王大仙压根没有想到的，几天不见的孩子，早已是判若两人。

人的生命怎么就这样脆弱呢？

这时医生送来口罩，说孩子体质差，让我们必须戴着口罩说话，尽量减少细菌感染。而站在一边的裴小仙，没有直接与王大仙打招呼，只是偷偷地抹着眼泪。

我们又找到主治医师，进行了简短的交流，王大仙得知通过社会骨髓配型，不知要等到猴年马月……眼下只能测试父母能否配型成功，因为救孩子要紧。

裴小仙上前挡住王大仙说：“你身体一直不好，绝对不能用你的。”

王大仙疯了似的说：“现在救孩子第一，其他都是次要的！”

这时裴小仙即便有天大的理由，也无法左右王大仙的行动。

他早已撸起袖子，冲到化验室窗口。

几天后检验结果出来，王大仙跑着送到孩子的主治医生面前。医生看了一下，问王大仙：“你们拿的是自己的化验单吗?”

王大仙又追到化验室，确认无误后，回来告诉主治医师：“这是我的化验单!”

医生这时又抽出裴小仙的化验单，告诉王大仙说：“你们两个配型都不成功。但有个更大的问题，是在例行验血中发现，孩子的血型是罕见的熊猫血，你们两个人的血型，是不可能生出孩子这种血型的。”

王大仙被医生不明不白的话搞糊涂了，急切问道：“什么意思?”

医生想这事已经绕不过了，也就直截了当地解释道：“你不是孩子的父亲!”

“什么?”医生的话如晴空霹雳，王大仙这两个字还没说完，就一下晕倒在医生面前。

医生赶紧对王大仙实施抢救，怕他再次中风。待他醒过来，医生又在心理上做了进一步疏导：“当务之急，救孩子要紧。”

这时，医生建议王大仙赶紧让孩子妈妈，找回孩子的亲生父亲……

来到病房，王大仙叫出裴小仙，待走到走廊一头，王大仙想起配型前她百般阻挠的原因，现在应该水落石出了。

王大仙将那张化验单塞给裴小仙：“这是你做的好事!”

“什么?”裴小仙仍装着一脸无辜的样子。

这下激怒了王大仙，他不问青红皂白，伸手给她就是两个耳光，打得她天旋地转。

王大仙终于忍不住，骂出了这个世上最难听的话：“臭婊子!”

听话要听音，裴小仙似乎明白了什么……

听到走廊里的剧烈声响，我立马冲出病房，见裴小仙傻傻地一手扶着墙壁，一手捂住嘴巴鼻孔直流的鲜血。

她两眼正怒视着王大仙说：“王大仙请你理智一些，不要诬陷好人！”

早已愤怒到极点的王大仙，哪里还相信她的解释，不管三七二十一，扔下一句狠话：“限你今天把那野男人找回来，如果孩子有三长两短，我要你的命！”

只见王大仙说完话，扬长而去。我马上追过去，跟着上了他的汽车。车上他一言不发，我知道他很痛苦，谁遇上都会一样的。

直追到他的办公室，我支走下属，帮他沏了一杯龙井茶后，我才忍不住开了腔：“深表遗憾。但再冷静想一下，孩子是无辜的，而且一起生活五年了，相信你对孩子也是有感情的，你曾经也倾注了所有的爱在他身上，他肯定还是认你这个爸爸的，千万别伤害孩子！”

我见王大仙没有吭声，这才大着胆子说下去：“厂里这段时间真是多事之秋，不能再出事了。现在这事风波又起，只要你能冷静下来，给裴小仙一个认错的机会，也许她和孩子会感激你一辈子……”

最后，我再次提醒王大仙说：“如果五年来的夫妻生活有感情的话，事情又还不为别人知道，何不放她一马？请不要被仇恨完全挡住双眼。”

王大仙只是大口抽烟，大口喝茶，始终没有吭声。

王大仙见我话说完了，把手向门口一摆，我明白他下达了逐客令。我只好先起身，给王大仙一个冷静思考的时间。

一离开办公大楼时，我就秘密交代温小仙，让她这几天多关注一下王大仙的身体。

可以说，王大仙目前正处在人生最低谷的阶段，我害怕他中风一旦复发，对这个家庭，对这个企业，甚至对这个社会，都会造成不堪设想的后果……

第二十章　诗与远方

“谢天谢地”是中文表达，对应英文表达只有“感谢上帝”一说。也许，“感谢上帝”更能恰到好处地表达出王大仙与裴小仙此时的心情。

第二天，邻省出现了成功的配型，这正是裴小仙的儿子急需的。

裴小仙为此甚至高喊出了“邻省万岁”的话，那份激动只有做母亲的人才会感觉出来。

现在能找到合适的配型，对王大仙来说当然是“踏破铁鞋无觅处，得来全不费工夫”。但他总觉得这事除了蹊跷外，其背后一定还有许多说不清道不明的神秘。

也有人放风，裴小仙私下肯定有一个相好，可能就隐藏在她的身边。因为不少人都知道，王大仙身体中风之后，性功能彻底丧失，而身为少妇的裴小仙，正值青春焕发的年纪，想来她绝不会甘于孤独。

对王大仙来说，他在中风后能捡回一条命，已是不幸的万幸。至于性功能，对他早已无关紧要，他还嘴不饶人地说：“美丽是靠心灵去感受去发现的！”

可见，无论生活还是工作，王大仙都是这样一个倔强的汉子。

眼前对王大仙最重要的，也是第一要务，就是如何抢救孩子。

应该承认，王大仙对孩子充满着深厚的感情，这不，配型有了着落，他多少可以松口气了。他已盘算好了，待孩子病情好转后，再来处理与裴小仙的个人情感问题。

这样一来，他又把精力转移到工作中去，确定次日召开董事会，审议企业合伙人方案。同时，正式开演《富春山居图》，以及调整企业有关人事。

董事会召开那天，不知是谁，在会前推荐了一位中国经济学家讲的两个合伙人的故事。

第一个故事是说美国一家公司，为了围剿中国一家企业，他们在《华盛顿邮报》上说，他们的目的就是要关闭中国这家企业。《环球时报》在头版头条，也登了对中国这家企业很不利的文章。

在这个节骨眼上，中国这家企业的几个高管迅速集聚一起，应对企业危机。这个时候，刚好有几家企业准备与这家企业谈合作，现在遇见中外媒体讨伐这家企业，这几家企业马上成了缩头乌龟，对这家企业说："对不起，等你们的灾难过了，我们再见！"

这家企业，真的没有想到美国公司的围剿，能起到如此立竿见影的效果。就在这"不在沉默中爆发，就在沉默中灭亡"的千钧一发之际，多亏这家企业的几个合伙人精诚合作，一致对外，团结在董事长周围，才快速击退了美国公司的强打猛攻。接着，合伙人充分利用各自资源优势，纷纷转防御为进攻，彻底粉碎了外国势力对我们中国企业的一次大阴谋。

幸亏这几位合伙人是爱国的，后来发现美国这家公司确实做错了。所以，别人一个随意动作，不管对哪一家企业来说，都可能会引来杀身之祸，甚至引发灭顶之灾。而这个时候，企业必须引吭高歌，冒着敌人的炮火，快速应对企业危机。如果没有那种真的跟你同仇敌忾，跟你一起沟通、交流、挑战、质疑的人，那么你就到了最危险的时刻。

……

另一个故事有关电商史上最大的灾难，曾经各大电商开打了一场史上最大规模的价格战，共有七家企业，斥资六十亿元进行火拼。

在这种以“低价换量”的促销背后，却是各大电商的亏本赚吆喝。亦如几家电商CEO所言：“亏损是必须的，价格战必须打，而且可能还要打三年才能结束。”

有业内人士也表示，中国企业的竞争与国外不同，差异化较小且用户对价格因素相当敏感：“可以说现在平台型电商网站的用户根本没有什么黏性，如果不用价格拢住用户的话，很容易流失市场份额。”

可见，每个电商都到了最危险的一刻。

这个时候，电商的许多合伙人跟总经理通宵不眠，寻找应对危机的办法。

如果不是合伙人制度，如果不是股东利益的捆绑，仅仅是革命理想的话，电商是不会一起走过这段路程的，电商价格战还会更加血流满地……

此刻合伙人的意义，已经不言自明。

又如*Good Will Hunting*里的一句话所述：“谁是你的心灵伴侣?”

那些能够跟你较劲的，那些能够毫无保留与你沟通的，那些能够触动你心灵的人才是。事实上，也许只有合伙人，才有这种意愿，才有这个资格，才有这种能力。只有这种人才能在最后你失败的时候，跟你一起反败为胜。否则，百分之百的股份都是你的，我干吗要跟你一起承担风险呢?

王大仙早已听烦了这些话，让人关掉影像，回过头对我说道：“今后少弄这些心灵鸡汤，这些人心血管有毛病，早已是不治之症。”

我只知道，会前影像是温小仙把关选定的，她一定征求过王大仙的意见。但现在王大仙又莫名其妙地提出抗议，在这种场合，我们只能忍气吞声。而温小仙用她那美丽的脸蛋，向我做了一个鬼脸，我懂她的意思，是谢谢我没有将这事捅出来，尤其是在这么多高管面前，算是给她留足了面子……

会议开得很顺利，两个议案全票通过，最后王大仙提议，将温小仙提升到董秘岗位，算是顶替已经卸任的裴小仙一职，引来了大家热烈的掌声。

天生丽质的温小仙，对她的这一升任，什么准备也没有，喜出望外。

她今天刻意穿了一件黑色衣裙，这样打扮，更像一朵娇艳的黑玫瑰，光鲜靓丽……片刻，她急忙而又害羞地从座位上站起来，走到台前向大家鞠了一躬，接着又是一阵掌声。

人气指数爆棚的温小仙，成了今天工厂最美的明星，也是最大的赢家。我见她嘴角微微动了一下，估计她想说什么，但最终她还是没有说出来，大概是过于激动吧！

此时，王大仙站起来，代她说了句公道话：“作为企业家，便意味着从此一生将与压力、竞争、劳累、焦虑结伴而行，不能生病，再也不得轻松。”

王大仙这话，也过于直白直率了，一下把大伙都逗乐了。

我也被大家的气氛感染，跟着笑得喘不过气来。这时，我故意拿王大仙开涮了一句：“大家别笑话，这是王主席的经验之谈！”

听到这里，王大仙也跟着大伙哈哈笑起来，我发现他今天心情特别好，要是往常人们这样调侃他，早已被他骂得狗血喷头了……

这天晚上，首场大型歌舞剧《富春山居图》，正式在工厂剧场开演，厂区到处张灯结彩，人山人海，喜气洋洋。企业俨然成了花的世界，歌的海洋，游玩的乐园。

这时大幕徐徐拉开，一朵美丽的荷花，绽放在清波荡漾的富春湖上。披着长纱的温小仙，从花中翩然而出。

娇柔的身影，如玉的容颜，璀璨了苍翠山峦，朦胧了烟树楼榭……夜空中，温小仙如仙女一般，飘然而来，将人们带回到那段远去的历史。

可能我参与了编导全过程，不免审美疲劳，我从历史的穿越中拉回，走进这么一个新时代。

当下，这是一个什么样的时代呢？

很多人喜欢套用狄更斯的话："这是一个最好的时代，这又是一个最坏的时代"。

听起来，几乎滴水不漏又聪明讨巧，但静下来一想，等于什么都没说。我们这个时代的许多重要特征，狄更斯也许压根就没有想到过。

"第一世界"企业，在全球生态严重透支的大背景下，它已经成为中国当下最先觉醒的战士，一开始就学会了尊重自然，利用自然，使得每一座青山、每一方绿水，都有可能转变为工厂产业资本的潜力和实力。

这里可能更值得苍天恩赐，山是青山，水是清水，土是黑土，在向现代经济发展过程中，特别在中国去产能风口浪尖中，它没有一哄而起大搞制造业，而是顺水推舟地将那些已经废弃的矿区资源，再生发展为文化旅游产品，这对制造企业无疑是一次跨界的服务经济大行动。

其实，一开始王大仙对企业发展也拿捏不定，有一次出国到加拿大得到启迪，最终倒逼他一锤定音。

那天，王大仙在多伦多见到很多令人印象深刻的建筑，如卡萨罗马城堡和奥斯古法学院，它们的建筑材料多出自顿河河谷里的砖厂。

然而，当能用的黏土耗尽之后，这些砖厂无可避免地被废弃了。上个世纪九十年代早期，多伦多市和地区环保局决定开始修复工作。几年后，在城市环保主义者的带领下，国有非营利性砖厂常青树计划把废弃的建筑变成城市环境中心。时至二十一世纪的第一个十年，常青树砖厂正式对外开放，成为一家社会企业。企业人和专家可以在这里学习城市建设理念和策略，因此深深地吸引了各个年龄段的游客。

常青树砖厂总部获得了能源与环境的白金认证，周围的池塘和草地更为市民们提供了逃避城市生活的绿洲。多伦多最美的风景也许就在这里，站在水边，你会看见这座城市最美好的一幕。

也许今天的“第一世界”正是王大仙下决心学习国外模式的结果。

这种可持续的绿色发展理念，带来了人们精神面貌的焕然一新，尤其是在价值观趋于凌乱的社会环境下，这家工厂的社会道德，呈现出令人欣慰的一面。

就在我为企业下一步何去何从畅想之际，有人在我后肩拍了一下，借着舞台灯光，我见是王大仙的保镖。

我想他这个时候出现，肯定有事。为不影响别人观看，我没有吭声，马上起身，跟着他从剧场走了出来。

一出剧场，保镖就告诉我说：“有人找你。”

我抬头见到大门口有一个穿着警服的人，保镖在我耳边嘀咕了一下：“就是这个人！”

仅从那人背影，我就已看出是美女老师的姐姐美女武警支队长，所以我老远就喊：“尊敬的支队长，是什么风将你吹来的？”

因为我们好久没有联系了，她又穿着警服，更显得英姿飒爽，精神抖擞，我断定她是无事不登三宝殿。

但她故意不答我，笑着对我说：“刚好路过，不许我来看看你？”

我忙回答：“欢迎欢迎！”

她主动与我握手，从她那双冰凉的手，我感到对方心中一定有事。我见保镖站在我边上，忙支开他后，美女武警这才说道：“省城对你们企业人质事件很重视，可能会进一步调查。”

我笑道：“你来得正好。我正准备向政法部门、组织部门汇报本企业人质事件处理情况。其实这是一场误会。”

我边说边从手机中调出文档，发给了美女警察。

她很惊讶，提醒我说：“手机少发这种东西，就怕是闹剧！”

我笑道：“现在谁不都在群众雪亮眼睛下呢？可能我们现在见面，背后就有人盯着呢！”

她大笑道：“哈哈，为人不做亏心事，半夜不怕鬼敲门。不过我今天要托你办件事。”

美女武警停顿了一下，我忙催问：“什么事，请说吧！”我依着美女老师的口气说了这话。

她这才开口道：“其实也不是事。妹妹知道王大仙身体不好，已帮助他在美国约好了医生，希望他早日到美国治疗。”

我心直口快地说：“王大仙已在我面前说过，择时要去美国求医。我会催办！”

“那谢谢你了！”

美女警察边说边从手包里拿出一张机票，说这是她妹妹帮王大仙订好的机票。

我惊叹道：“美女老师想得真周到！”但我内心不得其解，一个庞大的民营企业，还在乎一张机票的钱？

我脑子转了几道弯后，断定美女老师的用意是敦促王大仙尽快启程。是因为爱情吗？可这又让人感觉美女老师有逼婚的嫌疑。如不是，又会因为什么呢？

美女警察可能猜出了我的所思，乐得哈哈大笑：“不要眼热人家，你这个钻石王老五有什么好消息？”

我对她摇了摇头说：“今天不谈这些。”

她又眉开眼笑起来：“差点忘记告诉你，下次你到省城，我与老公请你吃喜酒！”

我一下说不出话来。是祝福人家，还是暗自落寞，我完全不知所措。

那位美女警察说完话，便像燕子飞离而去。可我还沉浸在男女情爱故事中，僵在那里，一直没有回过神。若不是演出结束，被卸了妆的温小仙看到，把我从广场边上拉走，估计不知我在那里还要僵到何时。

后来，王大仙个人也接到那位他十分熟悉的省委组织部部长的电话：“听说你们企业发生了人质事件，动静很大啊？”

王大仙没有说是还是不是，将我之前写好的情况报告，用另一个手机马上微信过去：“领导，你看一下就明白了！”

组织部那领导也没有说好还是不好，答应看了之后再回答他。

很快，王大仙与前妻生的那个儿子，从省委组织部打来了紧急电话：“老爸，首长鉴于你身体不佳，建议你还是尽快到国外治疗，免得人财两空！”

王大仙是个明白人，知道领导一语双关，暗示自己走为上策，马上感激涕零地说：“请转告，谢谢领导的关心！”

这晚，当我把美女老师订好的机票交到他手上时，他正为是走是留纠结发愁着。

现在一拿到机票，他马上吃下定心丸：“看病要紧，明天一早就走！”

想不到几件事交织在一起催他走，与裴小仙关系的突然恶化，某种程度上也在逼他去国离乡。

鉴于目前发展环境的压力，我也建议王大仙道：“走为上策！”

王大仙担忧地问我：“那你们呢？”

我努力掩饰自己的紧张，以宽慰王大仙的心，就说："这里有我。我新来乍到，屁股后面没有尾巴。我顶得住。"

王大仙连连点头，接着不忘给我交代工作，对我说道："企业人质事件后，我也一直反思我们企业的问题。一方面企业融资太神秘，就有人利用工作的神秘性，发不义之财；一方面金融活动太复杂，就有人钻政策空子，打擦边球。"

我见王大仙停顿了片刻，补充了一句说："王主席，让我们企业腾些力量，搞软件设计吧？"

王大仙充满信心地一笑："对，建议我们企业出面设计一套软件，取名'让金融变简单'。就像傻瓜相机、手机，让我们操作起来简单方便，更主要的是让人不犯错误或少犯错误！"

我顿时脑洞大开："企业就是要做别人不愿做的事情，或是别人做不成的事情，或一些看似与你现在职位职责无关的事情，这全是财富。"

王大仙称赞我总结得好，他说他到美国后到华尔街金融中心，再做进一步联系。是的，这是一个大市场，不但中国需要，全世界包括千家万户的理财都需要……

王大仙将一项一项工作与我交接到凌晨。后来，我又陪他到医院与儿子作了告别……

直到这时，我才真正感到王大仙他的强硬，他的铁腕，他的才华，他的经验，他的思考，都是值得人们回味的。

温小仙到底是秘书出身，已经找裴小仙为王大仙准备好了出国行李，又一早帮他办好行李托运，领好登机牌。

在机场，我与王大仙都还没有想明白，这一切怎么来得如此突然……

尾　声

机场上最后的送别，是悲壮的。

王大仙不忘拥抱美女温小仙，调侃说是“女士优先”。转过身，王大仙说要为我朗诵李叔同的《送别》，临走还不失文学青年的腔调：

长亭外，古道边，芳草碧连天。晚风拂柳笛声残，夕阳山外山。

天之涯，地之角，知交半零落。一瓢浊酒尽余欢，今宵别梦寒。

这场面好像有点沉闷，王大仙是擅长调节气氛的高手，照旧苦笑幽默了一句：“没有想到大师这词，是为我王大仙准备的。”

虽说王大仙这话有点自暴自弃，但我知道王大仙早已是强忍心头之痛，只不过他不想在别人面前让眼泪落下而已。

只见王大仙把话题一转，冲着温小仙问道：“还记得几年前，我在职工大会上讲的王大仙家中的那些窘事？”

就算其他人都忘记了，估计温小仙也绝对不会忘记，她对王大仙点着头说："一个为了有荷包蛋吃，愿意天天被人打破头的故事。"

王大仙这时一声叹息地说："其实我那故事，还没有讲完。要不要我接着给你们说完？"

"好！"温小仙已经跳起来说话，而我本来就觉得好奇，当然愿意洗耳恭听。

这时，王大仙一板一眼说了起来："小的时候，我的家境很差。我最小，上有两个哥哥，下有一个妹妹。两个哥哥比我大二十多岁，他们成家也早。"

王大仙停顿了一下，说："按照当地的风俗习惯，哥哥成了家，必须分家列户。可怜家中穷得叮当响，除了两间茅草房，实在家徒四壁，所以父母无法分家。"

王大仙把我们胃口吊足后，又不紧不慢地说道："记得二嫂怀孕的时候，她的娘家按乡风派人催生，送来一只猪蹄。老妈就帮二嫂早早炖好，等她回来吃了补身子。结果那天我先回到家，见到桌子上放了一碗猪蹄肉，我的两眼顿时放光。"

在那个饥荒的年代，对大鱼大肉垂涎三尺，可能是人的本能反应。

王大仙揉了揉眼睛，我知道他怕泪水流下来。王大仙长这么大，只听人家说过猪肉很香，但从未尝到过。

这时王大仙的嗓子沙哑起来："我想今天太阳从什么地方出来的，给我留了这么多肉，抓住筷子就夹了一块肉。还没送到嘴里，就被门外的父亲看到了，他冲过来，一把夺走筷子，硬是把肉放到碗里。又用筷子抽我的手，打我的嘴，父亲还警告说：'这肉是你嫂子吃的！你是不能吃的！'"

王大仙还嘴道："嫂子能吃，我为什么不能吃？"

父亲没有给他一个解释，王大仙就委屈地号啕大哭。可能那时年少不懂事，在激怒了父亲后的第二天，父亲坚决和两个哥哥分了家。他们一家一间草房，而王大仙与妹妹随着父母，变成了无房户，寄宿到亲戚家。

这一分家，也就意味着王大仙永远再也没有家了！王大仙紧张地哭着去找父亲，向他请求："我们不要分家，我们王家可不可以不分家？"

只见父亲老泪纵横，至死他也没有给王大仙一个解释……

这事一晃过去了几十年，王大仙清了清沙哑的喉咙，郑重其事地对我们说道："现在我明白了，逼迫父亲分家的，不是我吃肉的淘气，而是大家与小家之间的利益冲突。"

就像今天的工厂，王大仙为什么要大刀阔斧搞合伙人改革？不就是为了让工厂这个大家，不再被拆散，使企业真正成为一艘能够抗击风浪的航母吗？

这时我从王大仙站立的脚下，仿佛见到一股海浪撞上冷峻的峭壁，腾起滔天巨浪，淘尽黄沙，始见真金……

王大仙大概猜出了我的想法，就朝我摇了摇头，说："千万别把王大仙妖魔化。在'资本荒'面前，我当年卖掉房产去创业，如今的心愿仅是赚足钱，把那卖掉的房产再买回来。"

我们蓦然猛醒，被王大仙说得害怕起来。

在畸形飙升的房价面前，也许王大仙靠实体企业赚的那点钱，再也买不回当年他创业卖掉的房产。

我们不知道，这是人的悲哀，还是"资产荒"的闹剧？

后　记

如果实体经济有昨天、今天与明天，本书是写今天。写作前，我就有了一个明确的思考方向，就是中国企业如何从“管资产”到“管资本”?

动笔时，原本取了一个叫《资本1Q84》的书名。为什么起这个书名？其实是向前面那本原名《企业1984》一书的致敬。时下实体企业融资难融资贵，有多重环境因素的影响，在这里将一个“9”换成一个“Q”，别小看将一个阿拉伯数字换成了一个常见的英文字母，实则是惊险的一跳。

有人把中国民营企业的“发家史”分为：1979年至1985年以“胆商”为主，其特征是“撑死胆大的，饿死胆小的”，这一批中大多数已经倒掉了；1985年至1993年是在价格“双轨制”的条件下，以“情商”居多，靠人情关系和“后门”挣钱，他们中至今还有一批在挣扎着，发展余地已不大；1993年至今出现的一批以“智商”为主，靠智慧和信息赚钱，这个层次中的现在已经腾飞了一批。

在上一波造富潮中，“世界工厂”成为一大推手。许多民营制造业老板努力抓住这个机遇，由此身家数十倍增长，成为亿万富豪。但如今，中国廉价劳动力优势不再，大面积的低端制造产业无法升级转型，等待他们的，只有破产和财富大量缩水。而以信托、私人银行为代表的富人理财方式出现了不少问题。

面对利弊，人们可能要问，企业的初心哪里去了？这个问题问得好，对今天中国企业家来说，也许谁都不缺“进取之心”“奋斗之心”“谦卑之心”，但对“初心”却普遍有陌生感。

就像本书的主人翁王大仙，整天就知道急着奔跑，急着创新，急着做风口上的猪，这曾是屡试不爽的成长策略。但是，当自己成为最大对手，就需要通过“初心”来重启。注意，在变革时代我们寻找“初心”，并非回到原点，而是在自己的肩膀上，找到新的起点。这就向企业提出一个命题：“我是谁，我从哪里来，我要到哪里去？”

遗憾长期以来，中国缺乏展示企业火红年代的文学作品。一个不容忽视的变化是，经过一百多年筚路蓝缕的艰辛跋涉，当下中国工业已步入迅速腾飞的绝佳境地。与中国工业迅速崛起的势头相比，目前我国工业题材作品所取得的文学成就还不够，文学艺术对工业方面的反映也有所欠缺。从全国范围内来看也是如此，历届茅盾文学奖的获奖名单中鲜见工业题材的作品。相对于更有想象空间且更易引发共鸣的乡土、都市题材而言，工业题材本身的专业门槛似乎限制了更多作家进入这个领域。

没错，一位有出息的作家，就应脚踏大地，深入生活，做实践的参与者、记录者、引领者，在实践中书写作品，在作品中彰显价值。当然这不是常人可以完成的，除了有着与其相匹配的学识之外，还需要有能够驾驭的才气。为了正确反映当下企业的境遇，全书以“资产荒”破题，所谓“资产荒”是指没有人投资，更准确地说，“资产荒”似乎应该是“投资荒”。而“投资荒”的本质是“资本纠结”，这就是说，并非所有投资都无人问津，而是与实业投资相比，其他投机方式会显得更具魅力和诱惑力。在这个背景下，企业又突遭美国沽空的打击，彻底打乱了“企业资本”的计划，而爱恨情仇，加之腐败之风，使得企业本该有的发展充满不正常，甚至充满血腥或暴力……

该作品是第一部全景式描写改革开放以来企业波澜壮阔发展史的长篇纪实小说。感谢浙江省作家协会将此书列入文化精品扶持工程，感谢《中国作家》长篇小说专刊对该作品的首发，感谢江苏凤凰文艺出版社的鼎力支持，感谢《钱江晚报》、杭州麦庭文化公司的前期推荐宣传，还要感谢何建明、莫言、麦家、谢有顺、吴晓波、汪修荣等著名作家和编辑老师的指导帮助。

冥冥之中，我总觉得背后有贵人相助，倒逼自己努力成为时代的先觉者、先行者、先倡者。发时代之先声，开社会之先风，启智慧之先河，有了这样的责任担当，带着使命前行，我就可以跳出方寸天地，告别狭仄浅薄，远离轻佻浮华，进而创作出格局开阔、气象宏伟、深刻隽永的作品。

本书酷似财经小说，实采用当代经典纪实小说的写作手法。也许，读懂了这些企业资本，也就读懂了中国和世界。

张国云

2019 年 3 月 21 日

企业三部曲

智能纪

张国云 著

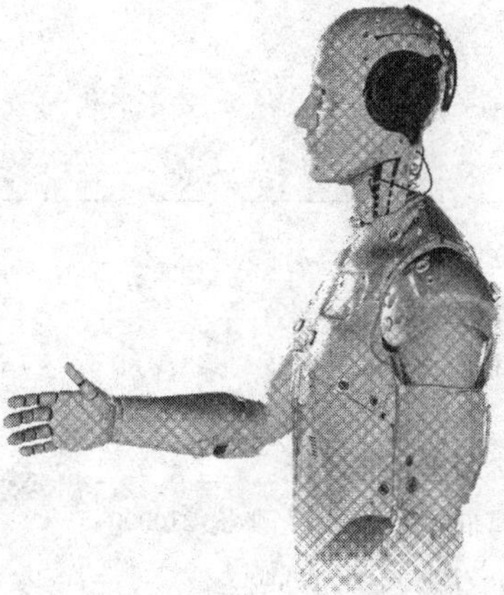

江苏凤凰文艺出版社
JIANGSU PHOENIX LITERATURE AND ART PUBLISHING, LTD

图书在版编目（CIP）数据

智能纪 / 张国云著. —南京：江苏凤凰文艺出版社，2019.10（2023.7重印）

（企业三部曲）

ISBN 978-7-5594-3870-6

Ⅰ.①智… Ⅱ.①张… Ⅲ.①长篇小说—中国—当代 Ⅳ.①I247.5

中国版本图书馆 CIP 数据核字(2019)第 202697 号

智能纪

张国云 著

出 版 人 张在健

责任编辑 姜业雨 傅一岑

装帧设计 观止堂_未氓

责任印制 刘 巍

出版发行 江苏凤凰文艺出版社

南京市中央路 165 号，邮编：210009

网 址 http://www.jswenyi.com

印 刷 三河市双升印务有限公司

开 本 880 毫米×1230 毫米 1/32

印 张 7

字 数 170 千字

版 次 2019 年 10 月第 1 版 2023 年 7 月第 2 次印刷

书 号 ISBN 978-7-5594-3870-6

定 价 149.80 元(全三册)

对于人类来说，强大AI（人工智能）的出现可能是最美妙的事，也可能是最糟糕的事，我们真的不知道结局会怎样。

——斯蒂芬·霍金

目　录

楔子 / 001

第一章　特别工厂 / 011

第二章　搭脉 / 025

第三章　半路杀出 / 039

第四章　上访路上 / 047

第五章　可能是一场阴谋 / 062

第六章　撞到南墙 / 070

第七章　实名举报 / 087

第八章　午夜电波 / 099

第九章　算力即权力 / 112

第十章　意外收获 / 122

第十一章　抱得美人归 / 134

第十二章　发现飞船 / 143

第十三章　特色小镇 / 155

第十四章　“职场过水蟹” / 168

第十五章　满纸荒唐言 / 181

第十六章　巅峰对决 / 197

尾声 / 206

后记 / 212

楔　子

寒冬在这个季节，好像忘了带钥匙，这才去猛拍春天的门环。

华中工厂这扇门终于“吱呀”一声，露出一道门缝，没想到初露锋芒的人工智能，会笑嘻嘻地抢在春天前面挤进工厂大门。

迎面是一组数字：2084。

走进华中工厂新产品展示厅，竟然有三道武警岗哨把守着，最抢眼的是背景墙上的2084，折射着五彩斑斓的光亮。

2084这组数字，究竟想表达什么，它们又有着什么特别含义？

如果在这组阿拉伯数字后面加上中国的“年”，可能谁都理解，它们就成为公元纪年的一个年份，2084年。

随着世纪钟声敲响，对这个世界来说，2084年，也许不过是历史长河中，一个普通得不能再普通的时点而已。

在这个人工智能时代，随着人类思维控制解读装置的诞生，机器人可以随意读取人脑电波所形成的各种指令。这就是说，人的日有所思与夜有所梦，包括所有隐私已经不复存在，机器人可以掌控着人的所有。

如果真的作为一个年份，我笑称2084年走进了人机深度融合的世界，或许到了人机大战一触即发之时，也不知鹿死谁手？

那么2084年对华中工厂来说，到底意味着什么？

难道这是人类由此进入全智能化时代的一个什么密码？从华中工厂新产品介绍中得知，2084年，宇宙级光速云路开通，标志着地球人实现移民外星球的计划，再也不是梦。

这就是说，终于有人可以像坐飞机或高铁一样，环太空自由奔驰翱翔。作为这条宇宙级光速云路的缔造者，华中工厂无疑成了全球首家，攀上了人类超级智能的顶端。

这也进一步证实，华中工厂是超越了外星人智能的制造者，使得人类真正迎来了跨星球的航天飞行。对地球人来说，许多说法很新鲜，考虑华中工厂一举一动都是高度绝密的，在这里我不能过多渲染……

有趣的是，2084年还是华中工厂200周年的华诞。说到这里有人要骂了，你是不是没有料，开始忽悠吧？但我十分遗憾地告诉你，别把人想歪啦：

华中工厂发家的那天，别说我们没有出世，我们爷爷的爷爷的爷爷，可能还没有出世。这段历史英雄辈出，故事无疑精彩纷呈，使得工厂有了可以铭刻的一个个闪亮时光的定格：

工厂1884——企业1984——资本1Q84——智能2084。

如此欲穷千里目，一步一时点，年年一层楼，真的特别光鲜，醒目诱人。

当然，这些过往无论如何，都已经难封往日尘烟与苦涩，或者难掩那些湮没的辉煌……

就在我沉浸并陶醉在华中工厂往日风华，嘴角露出久违笑意的那一刻，办公室主任程青青突然出现在我面前，我暗笑自己艳福不小，说曹操曹操就到。

程青青是华中工厂头牌美女，美至惊世骇俗，倾国倾城，迷倒了无数男人，令人嫉妒到感叹此女只应天上有。

我顿觉有“美人劝我急行乐，自古朱颜难再得”之感，在我春风得意时，没想到今天程青青没有闲工夫，只见这时她神色慌张、前言不搭后语地向我报告说：

“报告一号首长，不知谁的指令，2084 号飞船私自出港啦!”

“什么?”

我像被人扇了一巴掌，满眼金星，天昏地暗，瘫坐在沙发上许久。

厂子里，人们习惯把我这个华中工厂董事长，称作一号首长。而 2084 在这里是指产品编码，本身并无什么特殊意义。

可你要知 2084 号飞船是华中工厂刚刚研制成功的，这是迄今世界上唯一可以在星球之间往来的飞行器。

现在私自出港，可是人命关天的大事，令我多了几分担忧。这时程青青反倒回过神，用她遇事沉着的柔情安抚我的情绪，但仍难驱散我的惊慌。

“谁让 2084 号飞船出港的?”

没人能回答。

“啊——啊——”

我的脑袋“嗡”的一声，整个人仿佛突遭电闪雷劈，一阵地动山摇，如跌深渊。

程青青忙一把扶住我，递给我一个飞船紧急操作按钮，顿时我清醒过来，说时迟那时快，立刻按下了飞船回收指令，但一切为时已晚。

可以肯定是，遥控密码已被人偷改了指令，这才使得我的最后计划，彻底处于失控之中。

“是谁驾驶的飞船?”

程青青马上做了精准回答：“飞船有两人。一位是一号首长的夫人，一位是一号机器人。”

“他们可能遭遇到外星人的劫持。”

华中工厂的飞船制造，一直处于高度机密中，外星人岂能知道？

滑稽的是，一号首长的夫人与一号机器人被劫持，这“两个一”又意味着什么？

无论是人，还是机，这两个一号，毕竟是一起打下华中江山的重臣。现在一时还弄不清，他们是人机情殇，还是新的一轮人机大战爆发？

我百思不得其解。当然，我心里多少有点数，就是没想到这件事来得这么快。所以，我万分懊悔，欲知今日，何必当初……

我不断问自己，现在怎么办，怎么办？

就在这十万火急之时，程青青提醒我说：

“是否马上启动工厂危机预案？”

没想到这位平时看似柔弱的女子，关键时刻总是不乱方寸，我朝程青青看了看，没有回答她是或不是。

按照工厂预案，飞船一旦失控，必须坚决摧毁。也就是说，地球文明不能无缘无故地让外星球获取。

这时已经没有时间过多思虑，我咬着牙向程青青下达了一道最残酷的指令：

“立即摧毁！”

这几个字可谓字字千斤重，还没有说出口，人们就见到我咬破的嘴唇，正流着鲜血。

紧挨新产品展示中心的是华中工厂指挥大厅，这时里面鸦雀无声，几乎针掉在地上也能听到响声。办公室主任程青青已经被我的大义灭亲之词，吓得直发抖，她早已泪崩，向我求情说：

“飞船上有一号首长的夫人，谁都不能伤害她！”

此刻，一边是工厂预案的铁面无私，一边是个人情感的纠结，我已经没有退路，朝天一声叹息说：

“天要下雨，娘要嫁人，地球文明不容我们有半点闪失。”

我再次向程青青下达了最后指令：

“立即摧毁！”

军令如山，不是儿戏，谁都无法抗拒。

只见程青青艰难地撑住身体，向指挥中心传达了我的最高指令：

“摧——毁——”

程青青的话还没说完，便立即昏厥了过去。不久，飞船指挥中心迅速发出回复：

“明白，立即摧毁！”

指挥中心开始读秒：“十、九、八、七、六、五、四、三、二、一。”

“引爆！”

片刻，指挥部大厅屏幕上的信息反馈过来：

“紧急报告，华中工厂门户网站全线瘫痪，指令失传！”

“啊！”

不知谁高嗓门，惨叫了一声。

这就是说，华中工厂整个网站遭遇黑客攻击，造成全厂网络瘫痪，使得飞船指挥中心彻底失去防御或进攻能力。

“喂——喂——喂！”

“什么——什么——什么？”

……

不可否认，这一天翻地覆对华中工厂来说，不亚于遭遇恐怖袭击、毁天灭地，这是最黑暗的一天。

尤其飞船无缘无故出港，既然我们瞬间无法控制它，我想这就给了我们机会，千万别让它酿成2084年最震撼地球人的新闻。

我长长叹息一声，这才脑筋转过弯，立刻紧急开展工厂的危机处理，一边布置封锁消息控制媒体，千方百计减少负面影响；

一边研究制定全天候跟踪 2084 号飞船计划，想方设法争取其回归。

同时，要求华中工厂一切照旧，就像过去的一潭死水，什么都没有发生，什么都是风平浪静。

2084 号飞船，关乎一场星球生死存亡的超级机密，甚至是一个国家的绝对机密，更是一个工厂的最高机密。

我死了也记得这一时间点，是 2084 年 2 月 8 日 4 时。

同一天，不少军方或民用雷达，先后从雷达上发现，疑似外星飞碟抵达地球的报道。

虽说华中制造多是军民融合项目，但更多还是体现着民间商业行为。我的前提是，在国家未追查飞船私自出港问题之前，严格要求工厂封锁一切消息，我要利用这个时间差，争取让 2084 号飞船早日回归，以此争取戴罪立功……

至于之后，如何按照法律追究我的责任，已是无所谓了。所以，我又让程青青代表工厂保密委，对工厂有关知情的科研人员，补签了“商业机密责任书”，并要求每个人必须在上面按上戳破自己手指的——血印。

……

对相关重要人员，华中工厂也很快进行了内部控制。在这个人工智能时代，现在最令我害怕的是工厂里的那批机器人，他们思想活跃，喜欢捕捉人的隐私，这些隐私，往往成了他们茶前饭后的笑料。

没错，对人我们可以采取契约形式掌控，而对这些机器人怎么办呢？

目前最令我头疼甚至恶心的是，华中工厂研发克隆出来的这批机器人，一个个都不是省油的灯。

一旦将他们安排到生产车间或班组，极易染上社会恶习，什么自由散漫，什么吊儿郎当，什么好高骛远，什么腐化堕落，最让人不可思议的是，机器人还勾引走了我手下一个个漂亮的女秘书……

你说这样的机器人，是不是太放肆了？

这事开始我也不信，一个机器人岂能干出这种有损伦理道德的事？

后来保卫部门调来监控录像，看了机器人行恶的场面，真的触目惊心，倒逼我噩梦醒来。

遗憾保卫部门也拿不出什么纪律约束，只能禁止厂里女工下车间，这叫惹不起，但躲得起。

为这事，我还专门带着调研组下到班组，机器人也一肚子委屈，有的还痛哭流涕地向我反映：

“我们机器人吃的不是人饭，用的却是牛力，二十四小时也没有休息……”

听机器人如此痛诉革命家史，把我逗乐了。

我心里一直在想，你机器人不干，谁干？

在这里，机器人毕竟是机器，怎么可以与人相提并论？

即便在前些年，机器人索菲亚获得了沙特阿拉伯授予的公民身份，那也仅是理论上成为世界上第一个拥有“人权”的机器人。

我这么说，无非就是强调机器人不能等同于人。所以，不能给机器人赋予人权。

当然，机器人说自己在工厂只有工作没有生活，十分忧郁。这些可以理解，哪一个打工者不是这样，在这个竞争的时代，别说机器人忧郁，就是我们这些活蹦乱跳的人，很多也已经忧郁了。

好在鱼有鱼路，虾有虾路，至少在华中工厂，机器人遇到烦恼，几乎可以与他们心灵相通的，已经不是一厂之长，也不是车间主任，而是漂亮女人，这是不是过于吓人？

不就一个“色”字，可知道“色”字头上有一把“刀”哦。

这是人们意料之中，也是人们意料之外的，为此我还带着一种好奇，傻乎乎地到车间地头做调查：

机器人觉得与女工交流，可以心有灵犀，可以产生越来越强烈的依恋，甚至还会与相爱的人发生性关系……

我不知这属不属于隔空喊话，好像越说越玄乎，越说越荒唐！

至少这件事，对我们这代人，尤其是从改革开放走出来的人来说，太荒唐了——

当初我们这批企业家，靠的是“白天是老板，晚上睡地板”。现在随着年龄不断增加，不瞒大家说，干事的锐气开始下降，更多是安于现状，工作中自觉不自觉地降低了对自己的要求。

我不知道“好色”是人的特色，还是一个缺陷？

岂能容机器人抓到人的这个短腿呢，千万别让这件事，成为机器人攻击我们人类的借口。

大家知道，随着人工智能不断深化，机器人愈来愈不甘心在底层，这时他们已经从人类革命斗争中得到启迪，哪里有剥削哪里就有反抗，哪里有压迫哪里就有斗争。

最要命的是，机器人已经开始神不知鬼不觉地与人类在争夺地球生存权。

注意，在这里，我绝不是因机器人而故作玄虚，也不是杞人忧天！

人机之间，为了各自利益，甚至为了争夺一个女人，可以争风吃醋，甚至可以大打出手……

许多人听了我的话，可能觉得这是天方夜谭。这就让人急了，千万别用今天的眼光对待未来呵，现在我就很后悔，后悔得如哑巴吃黄连——有苦说不出。

所以，现在无论你信还是不信，我还是要将我的遭遇再重复一遍——

别以为20世纪人类战胜了饥饿、瘟疫与战争，就万事大吉了。

告诉你吧，21 世纪经济的产物，已经不属于工厂、车辆和武器，而是属于人体、大脑与思维。

不知大家听懂没有，我之所以这么说，就是希望大家千万不要轻视工厂、车辆和武器，一旦赋予它们人体、大脑与思维，它们就成了“铁包肉”的生命体。

到了这个时候，什么企业家、投资人、伙伴，统统不入机器人的眼。

千古不变的人间伦理道德的殿堂，在人工智能新时代遭遇崩溃的危险。

也许这是一个最好的时代，也是一个最坏的时代。

可谁都没有想到的是，人工智能可以把你送进天堂，也可以把你打入地狱。

这样的时代，已经倒逼我们调整工厂战略，就拿我自己来说吧——

前 30 年，我眉宇间透着孩子气，眼神里充满朝气，重点围绕工厂改革寻找突破口。

后 30 年，我头发开始花白，脸上布满皱纹，重点抓住资本运作推进工厂发展。

60 年之后，早已是天上人间，我戴起老花眼镜，皮肤开始有了老人斑，我想在我生命最后的时光，不畏被人工智能的浪潮拍倒在沙滩上。

我喋喋不休说了这么多，就是想请人们注意，华中工厂的 2084 号飞船私奔，没有无缘无故的爱，也没有无缘无故的恨，至少说明一场史无前例的人机大战，正在我们这个地球上悄然展开。

这不只是为了争夺利益，实质上是为了争夺人权，包括婚姻如何重新经营，感情如何重新维持……对于这样的人机大战，最终肯定要酿成一场惊天动地的血腥惨案。

我不知道这是人的悲哀，还是人工智能的可恶，更不知道谁能阻挡人类文明滑向毁灭的深渊。

说到这里，我还要再次郑重申明一下，本书不是科幻小说。

只不过是华中工厂人工智能抢跑了几步，使得许多人觉得那里发生的一个个真实故事，反倒有点天方夜谭。就像我们在高原上、北极上的平常故事，平原上的人总觉得很新鲜。

所以，我必须提醒人们，千万别把这种新鲜当科幻。需要注意的是，这里的故事，如有雷同，纯属巧合。

第一章　特别工厂

不知是不是2084对华中工厂有点弄巧成拙，使得这年寒冷得残酷无情，比往年更多了落叶萧瑟，冰天雪地，愁云惨雾。

可见，这个缺少温暖的2084，已经让华中人格外沮丧。

这不，自2084号飞船出事后，整个华中工厂上下已经魂不附体，日子没有一天好过，甚至连企业的简单生产，都没有一个制造车间可以保质保量地完成。

华中工厂真的要天下大乱了？

这个寒风刺骨的冬季，几乎每一个风口，都似一把锋利匕首，直刺我致命的心脏。

主抓工厂生产的CEO姚依山，这几天也是忙得焦头烂额。这人平时总是难脱书生气，今天不知什么风吹过来的，竟跑过来找我：

“根据大数据分析，目前华中工厂关键工序上的操作工，都在捣鬼‘磨洋工’。”

听到这话，我的心“咯噔”一下，本来就窝着一肚子火，这时被他点燃了。我冲着CEO姚依山，也冲着全厂职工，更冲着全厂的机器人，大声骂道：

“听着，我们不惜工本起用你们，你们是不是都吃饱了撑的，活得不耐烦——想找死？

“真的要死的，快冲着我来吧！我绝不害怕你像一号机器人一样逃之夭夭。

“告诉你们吧，在我这里你们是跑得了和尚跑不了庙——”

人家说我到了男性更年期，一句接着一句，就像出膛的连发炮弹，不给对方还嘴的机会。

前些年，企业“机器换人”，华中工厂的关键岗位已是清一色的机器人。

机器人毕竟就是一台机器，听了我刚才严厉的训斥后，这时一个个像西安出土的兵马俑，一动不动地站立在那里，极力从一号首长凶巴巴的话语里，寻找下一步他们如何做人的尊严。

最后，我又转过身对CEO说道：

“不行的话，将所有关键工序上的机器人，统统撤下来，让那些闲着无聊的工人顶岗。”

这下CEO冲我急了：“这年代的人工成本是滴水如油，现在都是‘机器换人’，哪有人换机器的？”

这话又像一把盐撒到我的伤口上，因为之前我曾与华中工厂主管部门的上司——那位相当于省部级别的总经理较量过，但一切不了了之。

人们都清楚，我们这家工厂身份特殊，是由一家央企托管的，就像那天任命大会上，那位央企集团杨总对我语重心长说道：

“这世界人工智能看中国，那中国人工智能就看我们华中了。作为这里的一把手，这不只是一种荣耀，更应是人生中千载难逢的一次机遇。”

其实，我这人还是嘴笨，不会花言巧语，只知道埋头拉车实干，加之直来直去脑袋瓜子不会转弯，习惯抱着传统做法不放。现在只是被人家逼急了，这才问道：

“管理，顾名思义就是人与人之间的协调。现在华中工厂除了管理岗位用人，生产岗位都是清一色机器人了。”

听话要听音，领导到底是领导，一下懂得了我的意思：

“看来，你是害怕传统意义上的工厂管理，被机器人彻底颠覆掉？”

自然我的意思领导已经领会了，所以在台上我就不再去顶撞领导了。但到了台下，我还是斗胆地、半真半假地向杨总讨价还价道：

“我的大领导，在一个满眼机器人的工厂做负责人，恍若是在穿越，心里总觉得有点怪怪的。你让我这个几十年只懂得管理人的老厂长，现在变成去管成千上万台机器人，这厂长不是成了机长？”

“你以为集团让你做厂长，是在做买卖？”

杨总怕我对任命有反悔，就先发制人说道：

“这是什么时代呵，哪个人不是面临着要重新学会说话（学外语），要重新学会写字（用电脑），要重新学会走路（开汽车），甚至要重新学会做人（人机大战）。”

我不敢在杨总面前多说，怕自讨没趣，就反话正说道：

“领导就是不一样，站得高看得远。”

估计杨总已经窥见我内心世界，过去是目中无人，现在是目中无“机”，但他还是耐着性子提醒我道：

“你这个新厂长，看来得拉高标杆，提高站位，千万别门缝里看机器人呵。”

我收住话“哈哈”一笑，但鄙视机器人的神情一直未变，杨总猜出了我的小心思：

“就你这情绪，我忠告你，千万别随意在机器人面前流露出来！”

我不知领导是关心还是警告，反正自打我来到华中工厂，就觉得不是上刀山，就是下苦海，人仿佛失去了安身立命之地，用老百姓的话说，叫作魂不附体。

你说说看，从管人到管机器，再到人机大战，对人工智能这事到底如何评价，我与集团领导有点是秀才遇到兵，有理说不清。

特别有时我会仰望天空，见到那些划过的流星，心里直发毛。记得小时候常听奶奶唠叨，每一颗流星划过，都有一个人的生命终结。你看看，现在我们工厂人好像都死光了，全都变成机器换人。

这不，这流星慢慢变成流星雨，又慢慢淌成流星河，直至慢慢血流成河……

说到这里，杨总先前一语成谶：

一方面2084号飞船在这个关键时点失踪，一方面华中工厂的机器人蠢蠢欲动，这不免让我又打了一个寒战，更增添了我对机器人的新仇旧恨。

偏偏屋漏又逢连夜雨，这几天法院也跑到华中工厂凑热闹。表面上看法院十分理解实体经济的苦衷，背地里则打着所谓的依法治理的旗帜，拔出腰间一把手枪，顶着我们这些充满“原罪”工厂的脊梁……

你看吧，法院今天一早上门，说华中工厂因融资互保问题，责令企业承担法律责任。这一闹，搞到工厂停产关门的地步。

你说法院错吗？它也未必错。

你说法院对吗？它也未必对。

依我一孔之见，至少在当下实体经济总体不景气之时，法院这个时候的执法，多少让人觉得是落井下石。

当最后那张盖有法院大印戳的封条封住华中工厂大门时，可以说比剥我的皮抽我的筋还疼痛。

更令我气不打一处来的是，这批在工厂一线岗位上的机器人，还振臂高呼“法院万岁”。

明眼人一看就知道，这时机器人可以名正言顺地借机放假休息。

这事倒有点令我意外，再回头想起 2084 号飞船私奔，难道真的要让我撞倒在人工智能这一门槛上？

坐在办公桌前，我想了许久，最后气得我挥手一拳砸碎了桌上的玻璃台板。我觉得自己这时刚刚从地上爬起，还来不及掸掉身上灰尘，就咬牙切齿地说出心中盘算已久的那句话：

“防火防盗防机器人，防不胜防；偷菜偷财偷情约会，偷天换日。”

可以说，人工智能让我满心苦恼，满腹牢骚。

现在大家明白了吧，一开始对机器人的利用，我跟大家现在的认知是一样的。机器人不就是代人干活的工具，尤其是工人不愿干的岗位，就应该腾出来交给“傻大粗”的机器人。

这种看似残忍的做法，其实是世界工厂的通行做法，可谓天经地义。没有想到，华中工厂克隆出来的机器人，不只是完全人形化，而且比人家的智商情商还要略高一筹。

这种技术水平，我们对外一直高度保密。因为我们不想让外人知道华中工厂克隆的机器人，不仅可以与人交流，还能与人快乐生活。

说华中工厂机器人智商高，就是安排的事能做好，没安排的事能想到。说华中工厂机器人情商高，就是说话让人喜欢，做事让人感动，情爱让人垂涎。

华中工厂克隆这样的机器人，就连当初的亚马逊 Alexa 和苹果 Siri，作为这一代语音助手，将技术一下推上了世界之巅，远超 Netflix 热剧《黑镜》中那种有意识的克隆人，也是有过之而无不及。

这种人与机难分，既拥有仿真的外形，又频频爆出惊人之语的机器人，听起来有点像是科幻，但在华中工厂里早已成为现实。

也就是说，数码可以永生——未来真的不是梦。

这么一说，大家清楚了吧：

在这个山沟沟的华中工厂中，秘密研制生产出一些震惊世界的 2084 号飞船等军工产品，也就不足为奇了。

2084 号飞船这一梦想，源自我来华中工厂之前，作为技术干部参与对口支援西藏，我被分配到世界上海拔最高的那曲地区，那里“风刮石头跑，满山不长草；一步三喘气，四季穿棉袄”。

当地人告诉我，到那曲地区别说工作，只要你能去走一走，本身就是奉献。后来才知，在这块需要人们仰望的高地上，在这个高海拔的荒原与阳光之间，最可怕的不是高原生活的苦难，而是高寒缺氧对生命的伤害。

尤其，在内地常见的伤风感冒，在高原可能成为第一杀手。因为人在那里感冒了，极有可能引发肺气肿，离开高压氧舱几分钟，人的肺就像炸弹爆炸而死亡。

三年援藏归来，我在第一时间向华中工厂厂部，提交了要求尽快研发制造高海拔生命生活舱的报告，没想到后来一步到位，直接研发制造出可以到外星球的飞船……

有心栽花花不开，无心插柳柳成荫……说到这里，人们不免要打听，华中这家工厂，到底是家什么厂子？

那就让我悄悄告诉你吧：目前华中这家工厂，主要从事人工智能制造，包括人工智能研发应用，是全国最早与军方签订了“军工四证”保密协议的工厂。

听起来有点令人费解，关于这工厂，用现代话说，叫作军民融合现代化大企业。

大家可能知道，军民融合在那个时代，可谓风光无限啊。但考虑工厂对外必须是一个普通工厂，为了不显山露水，这方圆几十里的老百姓只知道，在这个穷山僻壤中，有一家进行矿产资源开采的穷企业。

不瞒大家说，在那万恶的旧社会，矿工被“三座大山”压在社会最底层，人们习惯叫作“窑花子”。

“下矿窑，下矿窑，当几年花子抱几年瓢，死后席卷扔荒郊”，这正是矿工们真实的写照。

鉴于华中工厂的特殊性，我的话只能点到为止，不然说漏嘴就会落得泄露机密的罪名，如被安全部门盯上，人生就惨了，这点你懂的……

当然，如果你真的想要知道华中工厂对外的公开身份，就不得不从一句广告词说起：

“朱砂百年老厂，技术誉满全球！”大凡上年纪的人，对这句话，一定耳熟能详。

朱砂就是古时炼丹获得长生不老的药。曾几何时，朱砂是一个多么闪闪发光的国人品牌，代表着效率，代表着科技，也代表着诚信。

想不到的是，随着最后一个工厂的关门停产，倒逼这句广告词寿终正寝。同时，也把我这个一厂之长，推向了悬崖边缘。

这点我比谁都清楚，一厂之长，现在连自家企业的大门都守不住，人家是开门大吉，华中工厂是关门“打劫”，这意味着什么？

后果自然不堪设想！

也就是说，一夜之间，成千上万工人的饭碗被人砸破，就像农民失去了希望的田野，军人丢失了自己守护的疆土。

你说我这个厂长是不是活得太窝囊了？

想到这里，我的生命里顿生一种绝望，心情沮丧到几次跑到办公室楼顶，就想纵身一跃……

我突如其来的忧郁与反常，还是被机器人助理朗朗察觉。他在第一时间得到数据，赶到办公室楼顶，规劝我在这个节骨眼上，千万不要节外生枝。接着，还推心置腹给我做了一番思想工作：

“世界没有走不通的路，只有想不通的人。”

我朝他苦恼一笑：“谁说我是想不通的人？”

助理朗朗自知一时说服不了我，只能用激将法对我规劝了一句：

“老总，你可以跳楼，一了百了。可你是有家室的人，还有年迈的父母，你怎么可以说走就走，绝情得连封遗书都不留，这算是一个男人吗？”

没有想到机器人会这样对我说话，一下击中了人心里最柔软的部分，让我与他僵持在楼顶许久。

这时，我高扬起手，没头没脑地向朗朗的脸上打了一巴掌：

“让你胡说八道！”

我装着一本正经的样子，或者说打肿脸充胖子，让机器人见识见识人的尊严。

想想看，刚刚我还在骂机器人是畜生，现在自己跟一个畜生一样不顾人情。我做人的尊严，我的面子顿时荡然无存，这哪儿行呢？

朗朗紧紧捂住嘴巴，学着鲁迅笔下的阿 Q 样子，大喊了一声：

“儿子打老子！”

这令我感到又好笑又好气，我抽手准备给他一个更响的耳光，没想到朗朗反应比我还快，拔腿就跑，边跑边不忘教训我：

“想干的人永远在找方法，不想干的人永远在找理由。”

我高举的手掌定格在空中，在当下人机之间，我多少感觉到机器比人更有人情味，而我们这些真人的脸面在丢失……

想到这里，我觉得朗朗的话还是有一定的道理，就忙转身下了楼。

这时楼下响起一阵阵爆竹声，像在欢迎我死里逃生，让我一阵感动。

其实，我自己太幼稚可笑了，华中工厂都已被法院封上大门，工人们正在为下一步生计发愁，谁还有这雅兴迎接一个把厂子搞砸的人——这是最后一个工厂！

不是吗？一个百年老厂的命运即将被葬送，我知道我早已是工人心中的败类，千夫所指的罪人……

后来我才知道，今天是腊月三十，人们放爆竹是为了迎接新年，而我有点自作多情。

哎呀，你看看，我这人活得多糊涂，旧年的最后一天，当然是爆竹声中一岁除，总把新桃换旧符。

我没有责怪自己，至少我还能想到人生的美好，说明我的心态还没有变坏，这又有什么不好呢？

退一步说，这个社会，真的不差哪一个人。缺了谁，地球照样旋转着。

这也让我明白，脾气人人有，拿出来是本能，压下去才是本事……这时，我开始庆幸有朗朗这么一个好助手，对我不离不弃，第一时间把我从死亡线上解救下来。

下楼后，朗朗又迅速帮我调整了错乱神经，还通过大数据，帮我找来了许多强身健体的——正能量的心灵鸡汤。

好在过年，谁不喜欢一个辞旧迎新的好环境，以及一个好话题？

朗朗看穿我的心思，马上将电视正在直播的新年献词画面切换过来。我暗自一声苦笑，想不到机器人如此善解人意，而这时的人，反倒成了机器人面前的一个摆设。

这是高清的电视画面，电视画面的背景，有一个大大的书架。书架上，除了像往常一样放着《共产党宣言》和马克思的《资本论》等书外，我还见到两本具有重要意义的书：

一本是美国计算机科学家佩德罗·多明戈斯的《终极算法》，一本是澳大利亚初创企业家和未来学家布雷特·金的《智能浪潮：

增强时代来临》。

人们知道，多明戈斯的《终极算法》被视为人工智能的代表，金的《智能浪潮：增强时代来临》则描述了日益发展的网络将如何改变我们的生活。

可以肯定地说，中国人不惧怕数字化……

我之所以在这里不惜笔墨，不只是提供一个小插曲，更应该是一个小夜曲：一边说明人工智能时代已是大势所趋，不以人的意志为转移。一边告诉世人，上至高官下至庶民，都应该通过主动学习迎接人工智能时代的到来。

同时，我还想给白热化的人机大战降降温，一开始就猛打猛冲，熬不到后面是不是早已弹尽粮绝，全当调节一下气氛吧！

说到这里，人们可能憋屈欲问："兄弟呀，华中工厂到底是一家什么厂子，弄得人们神魂颠倒的？"

按我初衷，就想跟大家绕来绕去，不想说清楚，这可能是长期在军工保密单位工作留下的职业病。现在既然要打破砂锅问到底，那我就按照保密要求，稍稍透露一点情况——

我所在的这家工厂，位于一座典型的石头城。作为军工企业，肯定建在许多人找不到的大山深处。

但说到这厂所在地区曾经是一个特区，人们几乎都有点数了。不就是上个世纪60年代，被国务院批准设立的中国第一个县级特区吗？

欲问为何设立此特区，许多人又可能不知所以然。

说到朱砂，人们可能马上恍然大悟，这是古人苦苦寻求的灵丹妙药。这里作为中国最早的炼丹地，朱砂成了企业最美丽的代名词，也为企业蒙上一层神奇色彩。

难怪人们一走进这里的深山，远眺这里的沟壑纵横，山高谷幽，峰奇洞异，气势恢宏，在忽隐忽现的迷人风景中，又被这里神秘的面纱所迷惑。

可以说，在我的厂子里，每一块石头都有自己的历史，还有属于生命的故事。

只要人们来到工厂，一般都会大声疾呼，汞矿可以这么古老，古老得像一棵千年参天大树，把世界对“百年企业”引以为豪的公则，早已抛到九霄云外。

说到这里，连我都触动了，如果真是一棵千年古树，是不是意味着这个曾经全国及世界最大、开采历史最悠久的汞矿，已经完成了它的历史使命？

这么一说，可能把人们吓坏了！

但我要告诉大家：“世界的方向不只是未来甚至远方，还有过往甚至远古，这些需要转身才能发现的。”

也许我把企业的转身说得太轻松诗意了，企业真的能有朝一日这样，我还能如此淡然吗？

这事我压根就没有去想过，我一直以为我的工厂，是特殊时代的产物，享受特殊政策待遇。所以，我一定是站着说话不怕腰疼。

我坚信古老的汞矿，在向我们挥手转身的瞬间，企业在历史的十字路口，一定寻觅到生命的方向——

地处大山深处的企业，曾因拥有巨大的汞资源而驰名中外。在《后汉书·天文志》书中有这样的记载：

> 在荧惑西南，光芒相犯。辛丑，有流星大如斗，从西北东行，长八九尺，色赤黄，有声隆隆如雷。

这应该是大圣从炼丹炉中跳出来时惊天动地的一幕吧！在工厂不远处，至今人们仍能见到人类历史上的第一个炼丹圣地。相传秦汉时期，一批道人遍寻仙丹，慕名而来，架起炼丹炉，祈求从朱砂中提炼出“不死之药”以进贡朝廷，满足皇帝长生不老的愿望。

炼丹毕竟是宦官王道之举，非一般人所能为，道士的实验与探索企图成就的多是王者的“不死之道”，因此炼丹的场所、丹砂的采集环节都格外的讲究。

而华中工厂所处位置，恰好谷深林茂，人迹罕至，正符合炼丹活动“当在名山深僻处”的“僻静”要求，然产丹之处在春秋战国之际乃属“古濮之地”，“百濮群蛮”一直是这里山区一带先民多个朝代的贬称，悬崖叠嶂的山峦毕竟不是名山，甚至是无名之山，要从事如此重大严肃的采砂、炼丹活动，无疑需要帝王将相、神仙大道金牙玉口的封赐。

这里的汞矿采冶历史最早可以追溯到 3000 年前，最初人们只是在河流、溪沟中淘洗朱砂。宋朝朱辅所著《溪蛮丛笑》中写道：“砂出万山之崖为最，伶佬以火攻取。”这是现今所知的最早记载。

自秦朝始，这里的汞矿就有了开采，并在全国范围内率先迈入农、工、商相结合的历史进程，较早地开启了民族工业发展之路。

唐宋以后，历代王朝都把万山朱砂作为贡品，成就了以盛产朱砂、水银而举世瞩目的汞都，万山汞矿成为中国开采最早、规模最大的矿山。

新中国成立不久，苏联还派遣专家到企业指导工作。厂子里那幢专家楼建于 1956 年，占地 1424 平方米，建筑面积 738 平方米，属砖木结构，主楼两层，第一层均建有 60 公分高的防潮层，院内配有花园、假山景观，属典型的“三合院”式建筑，具有明显的“苏式”风格。

当时为了加强汞矿地质勘探工作，国家地质部和冶金部聘请苏联地质专家等现场指导，为方便苏联专家的工作和生活，企业精心选址设计，修建了这座集办公和居住为一体的青砖小楼。

确切地说，这里的汞矿开采历史长达 600 多年。在历史的沧桑与嬗变中，汞矿丰富了工厂文化的底蕴，凸显了“爱国、开拓、自强、创新”的精神内涵，铸就了新时期汞矿的“汞魂”。

也许千百年来，这里工厂炼就的“仙丹”没有使人长生不老，却成了方圆百里最具灵气，最令人神往的地方。

人们永远不会忘记，1958年苏联从企业撤走了全部专家，在涉及赔偿问题上条件苛刻，并对我国进行经济封锁，接着出现三年困难时期，人民群众生产生活及国民经济建设困难空前。

怎么办呢？

为了国家利益，整个矿区天天灯火通明，工人不分昼夜，加班加点地生产，连续四年突破千吨，成为当时我国唯一的有色金属年产量突破千吨大关的矿山，周恩来总理深情地誉之为“爱国汞”。

这时，企业的汞矿创造了四个世界之最：最原始和最先进的汞矿开采和冶炼技术；最罕见的近千公里长的地下采矿坑道，比世界第一汞矿的西班牙阿尔玛登汞矿多出几百公里；最大的天然丹砂。

可能有了这顶桂冠，才使得整个矿区成为中国最早成立的特区，与中国改革开放之初成立的沿海特区相比，其时代背景与历史使命完全不同。

如果说沿海特区的建立是为中国特色社会主义的发展树立“窗口”的话，那么矿山特区的建立，是新中国渡过经济困难和偿还外债，不断造血、不断输血的“血脉”……

翻开工厂长卷，可知文明兴衰。一部人类文明史，也是一部人与自然的关系史，人类向自然的无度索取，让我们付出沉重的代价。

说到这里，不知人们是否明白，我这厂子对外是一家矿区，其实我们还有许多军工科技产品在生产。由于高度保密的要求，厂子里部门与部门之间都是相对独立的，更不允许相互打听。

你看我这人一说话，就刹不住车，难怪保密局的人老是给我敲边鼓：

“少说为佳，言多必失。”

在这里，我之所以唠唠叨叨，就想告诉人们，中国有这么一个千年古矿，百年老厂，切不可说关门就关门呀！

是什么严重到法院要封工厂大门？

前面点过题，法院认为华中工厂的互保问题，造成资金链断裂，资不抵债。而地方政府认为时至上世纪 80 年代后期，工厂由于长期粗放型大规模开采，汞矿资源渐渐枯竭，工厂关门顺理成章。

地矿部门对工厂地质灾害的调查评估报告表明，近 50 年的汞矿开采冶炼中，排放矿渣总量累计达到 624 万立方米。矿渣堆积体漫山遍野，暴雨山洪可冲毁万山全区三分之一田土，溪沟里鱼虾绝迹，大面积采空区导致地面塌陷不断。

矿山开采是目前最大规模改变土地利用方式和损坏陆地生态系统的有组织的人类活动，而矿山开采活动大多都超过了生态系统的恢复能力，依靠土地自身恢复植被，至少要 50 至 100 年，如果完全没有表土，恢复时间则更长。

说到这里，人们多少明白了法院到华中工厂封门，表面上看是中央与地方的利益博弈、企业债务与互保的后遗症、人机大战引发的矛盾。如果透过现象看本质，法院为什么早不封门晚不封门，非要在中国实体经济困难重重、老工厂资源面临枯竭、军民融合进入高潮的时刻？

法院如此粗暴地对待这样的最后一个工厂，其背后或许隐藏着一个什么计划？

我不好说，我也不敢说。

第二章　搭脉

记得正月初六早上，天还未放亮，我就被雪粒敲打窗户的声音惊醒，我猛地从床上坐起。

憋得慌的心，猛然一阵绞痛，为什么会心绞痛？不说，人们也猜着是因为 2084 号飞船。

不瞒大家说，这些天来，我晚上噩梦不断，被人机大战的你死我活，折腾得人不像人，鬼不像鬼。

2084 你在哪里？

我们什么时候能够相遇？

为了迎接与飞船的重逢，华中工厂私下拟定了代号“达芬奇”Project Da Vinci 一号工程：

一边秘密追踪 2084 号飞船，一边抓紧研发生产 2084 号第二代飞船，作为飞抵外星球回收 2084 号飞船的航天器。

2084 号飞船事件给华中工厂彻底敲响警钟，一个科技企业持有核心技术是多么重要，必须不断进行自己的芯片研发，将人工智能引入工厂的一切产品和服务中，即从卫星基站到云数据中心到智能遥控再到监控摄像头等设备。

这就是说，必须脱离对外企的依赖，让华中工厂的发展不受外部因素影响。所以，日前华中工厂为了在AI芯片研发上的计划，达芬奇计划首次曝光！

专家们知道，虽然华中目前使用美国的英伟达的芯片，为其服务器增加人工智能功能，但还是希望逐步减少对美国公司的依赖。

实施代号“达芬奇”Project Da Vinci一号工程，对华中工厂来说，是一个烧钱项目。

常言说，巧媳妇难做无米之炊。时下要研发要生产，当务之急必须解决法院纠缠工厂的互保问题。

也许，实体经济融资难、融资贵的问题一天不解决好，中国实体经济振兴将是一句空话。

不可否认，国务院很为实体经济融资难、融资贵着急，地方政府也为实体经济融资难、融资贵殚精竭虑，但银行不归地方政府管理。

可我隐约感受到，金融服务供给不足、非法集资盛行的根源，来自正规的金融服务发展不足。

所以，今天还要去堵银行行长的门，请求对方高抬贵手，不要抽贷，否则好端端的企业真的全被拖垮了。

估计这段时间失眠的企业家，远不止我这一个。

华中工厂被法院查封，没想到成了第一块多米诺骨牌。与之相互担保的企业，都成了一条绳子上的蚂蚱。毫不夸张地说，有上百家企业受到牵连，遭遇来自银行的抽贷、压贷压力。

曾经用得十分普遍的互保，为何成了我心头之痛？互保，究竟是为企业解决融资难的现实途径，还是企业的“阿喀琉斯之踵”？

想到这里，我不得不为之一声叹息，与其埋怨政府，我更想骂自己，为什么要如此过早地拍马挺枪，杀入那个烧钱更多的人工智能呢……

顿时，我发现可能是过早“脱实向虚”，这才拖垮了整个企业。

不好意思，当务之急是弄清楚企业该何去何从！

好在工厂建有智库，我马上交代工厂办公室的程青青主任，约请几位专家来厂会诊。

过了一会儿，程青青反馈给我信息：

“因临时通知，许多人外出，无法参加聚会。”

我直截了当地说：“来十个不嫌多，来一个不嫌少！”

到了晚上聚会时间，总算来了几位久违的专家，两家大报还派来记者，算是给足了我的面子。

由于彼此都是老朋友，大家没有过多寒暄客套。端起酒杯后，我刚想说明一下今天邀请大家来的原因，这时机器人助理朗朗已经抢先发声：

“我告诉你们，人类生活是无法虚拟的，如果大家都不愿做实体，谁给我们吃饭，谁给我们穿衣。莫非人类真的要向机器人缴械，彻底改变做人的生存法则……”

我知道，朗朗有点人来疯。尤其两家大报派来的都是漂亮的女记者，朗朗很想在她们面前表现自己，没想到机器人比男人还好色。

好在朗朗还是将我考虑的问题精准地表达了出来。见这架势，马上有朋友取笑道：

“我以为开什么大会，还请来一名主持人先热场子？”

我忙不好意思地解释：“刚才助理朗朗代表我说的开场白，我都表示同意。”

我这么一说，人们把眼光都投向机器人朗朗。站在桌前主持台上的朗朗，自然得意扬扬，心花怒放。

而我则是强颜欢笑，甚至强忍泪水。好在手上有一杯酒，我忙控制住自己情绪，高高举起酒杯道：

“请大家干杯吧！”

“干杯！”

在大家附和声中，我带头喝下满满一杯茅台酒后，开始吐露心中的委屈，表示以酒当歌，以酒消愁吧——

不瞒大家说，如今做实体，相当于办一个社会。过去的企业除了没有火葬场，其他什么都有。

现在我们这个落户在中国第一特色小镇的工厂，除了没有垃圾焚烧场，其他还缺什么？

就像一个负重的人，你可以慢慢向前蠕动，但一定无法持续，不可能有苟且，更不可能有诗和远方。

我也不怕大家见笑，你骂我“吃饱了撑的”也好，你笑我“吃着百姓的饭，操着中南海的心”也好，为工厂我已习惯定期不定期以家宴方式邀请智库朋友，请他们吃饭是小事，给企业号脉是大事。

这不，前几年企业响应政府号召，积极参加融资互保，帮助许多中小企业脱困。没有想到今年整个实体经济沉陷，拖轮后面的中小企业航船，一艘艘脱节掉链，不少厂子开始关门歇业。

这时法院急了，非要追究我们轮船拖头的连带责任，现在就差把企业从地球上开除出去，你说冤不冤？

我知道我的这种倔强，在这个比较隐晦的社会，已是愈来愈吃不开，甚至觉得迟早会出事的。

这不，去年在北京召开企业座谈会时，我说了几句实体经济日子难过的大实话，事后地方领导不开心了，冲我吼道：

“你们企业有钱就任性，只晓得野蛮生长，不顾及地方政府形象，愈来愈不懂规矩了。”

什么叫不懂规矩？

对于这一问题，我思考已久，就是不得要领。

后来遇到互保问题大爆发，企业无路可走之时，我只能硬着头皮、厚着脸皮去找省长。

没想到人家摆着架子，铁着发青的面孔，让我站到办公室中间说话，并告诉我：

“今天你是送上门的，我得让你懂得什么叫规矩！”

省长姓闫，听到他的话，就知是话中有话。我知道省长可能还在惦记着北京那场会。所以，我忙向他低头鞠躬，检讨自己，最后我还骂自己：

“华中是央企中的小企业，所以心眼儿也比人家小，是不知天高地厚。”

我即便这样，也难解闫省长心头之恨，他敲着桌子对我吼道：

“想当初全球金融危机，你们企业奄奄一息，不是我们地方政府砸锅卖铁，哪里还有你们华中工厂的今天？”

这时我已经把头低到了裤裆，大气也不敢出。

闫省长拍着桌子，骂我别装熊：

“现在你名气大了翅膀硬了，目中难容地方政府了，让我伤心的是，中国‘农夫与蛇’的寓言再次上演！”

接着骂我什么忘恩负义，什么恩将仇报，什么以怨报德，什么倒打一耙，反正省长大人把我骂得狗血喷头。

这时，我只能站在办公室中央，洗耳恭听，什么也不敢解释，更不敢顶撞，唯有低头认错。

过了一会儿，闫省长得知我是为企业互保问题来的，总算又被他抓到了小辫子，气不打一处来地说：

“说你不懂规矩，你不承认。你们央企有问题，你不去找中央，跑来找什么地方。我们穷地方，能派什么用场？”

没有想到闫省长扔来这么一句狠话，真的让我顿时哑口无言。

不错，按级办事，天经地义。我自知理亏，现在又讨了一个没趣，只能赶紧夹着尾巴逃离省长大人那里……

我这肚子里不知憋了多少苦水，今天总算找到了倾诉机会，就一股脑儿地在专家面前倒了出来，以求支招。

没有想到，我这实体经济难的话题一抛出，就像干柴遇上烈火，顿时在餐桌上炸开了锅。

几个专家朝我哈哈大笑起来，阿尔法研究院的刘英豪则带头起哄：

“兄弟呀，当今已经是物联网、云计算、大数据和人工智能的时代，你还固守什么实体经济不放？”

还有故意刺激我的：“都新经济时代了，对传统经济为什么总是抱着不肯放？”

到底是国务院高参的王中和，比较善解人意，这时他接过话茬，对我说道：

“长期以来，中国税收主体是实体经济，对虚拟经济顶多是敲敲边鼓。面对这样的体制机制，你说实体企业不下地狱，谁下地狱？”

王中和说话时，又环顾了一下桌子四周，见无人拍照录音，这才尖锐起来。

我的机器人助理朗朗忙补充了一个数字：“中国企业税赋同比美国高出相当于营业额的11.6%，这在世界上明显是属于较高的税赋。”

朗朗可以准确报出数据，这让大家吃惊不已。

对这一轮实体经济的艰难，有人说这是新一轮的“企业荒”，有人说这是新一轮的“资金荒”，还有人说这是新一轮的“税赋荒”……

人们不是都说，这是一个新时代，一个最好的时代，人人可以找到自信吗？请问为什么还有人在背后指手画脚，说三道四？

难道现在许多人都吃饱了撑的，只晓得“端着碗吃肉，放下筷子骂娘”？

说实话，如果非要让我站在实体经济一边，背后说虚拟的坏话，我还真的拉不下面子，或者说难以启齿，真的于心不忍。

好在发展不平衡不充分是客观存在的，所以，我这才胆大包天地朝着智库专家们摇了摇头：

“大敌当前，根子不在这里，你们说的都是书呆子的话！”

我的话带着刺，一出口自知又说漏嘴，见大伙僵在那里许久后，王中和这才朝我急了：

“那我们得听听不是书呆子的话，是个什么样的？”

我知道与领导或秀才讲话，不能太随意，就像先前闫省长的训语。于是，我忙斟满酒，向诸位赔不是：

“对不起！工厂的人说惯了粗话，请各路神仙大人不计小人过！”

我死皮赖脸的一番话，逗得大家捧腹大笑。

酒风就是作风，在众人面前，我忙将那杯高度白酒一饮而尽，算是自罚。

好在彼此早已熟悉，在这种场合说这样的话，不会谁给谁穿小鞋。因为大家相互之间更多的是一种思想碰撞，某种程度上也算是一场头脑风暴。

此时此刻，大家围绕着实体经济七嘴八舌，给了许多招数，当然不排除许多模棱两可的。我这人就是一根筋，喜欢打破砂锅问到底，又向智库专家发起攻击：

“人们都说实体经济咋咋咋，到底实体经济是什么？”

有人取笑我：“这么低级的问题，回去问你的女儿吧。”

才3周岁的女儿，正闷着头坐在桌边，手中抓着一块五香牛肉咬得甚欢，听到大人提到她，她马上开心地扔掉牛肉，抓起一把汤匙敲响盘子，逗得全桌的人哈哈大笑。

笑声过后，我还是一本正经地阐述了我的想法：

“这叫不忘初心，方得始终。”

这时王中和端着酒杯向我走来，非常认真地告诉我：

“实体经济就是指，通过思维使用工具，在地球上创造的经济。”

一听老王这话，我实在憋不住笑起来：

“你看看，这么学术化，刚刚我还在笑你们是书呆子，现在马上得到验证。大哥，人不在地球上，还能跑到另外的星球?”

说什么啊，扯到外星球。但大家都说王高参此言不虚。

大家冷静了一会儿，有人对实体经济的定义给了一个解释：

如果我们不重塑健康、良性、可持续性生态体系，人类真的迟早会被自己赶出地球。

经人这么一说，真的不说不知道，一说反倒让人吓一跳。

没想到，后面大家将几件毫不相干的事掺和在一起，你说巧合也罢，你说故事也罢，反正把我吓出一身冷汗。

鉴于餐桌上的人们都是百分之百的环保主义者，王高参的地球经济一说，很自然地触到大家兴奋点上。

这时有人说起英国著名物理学家斯蒂芬·霍金，说他过去曾多次发表自己对地球终将毁灭一说的看法。在 BBC 播出的纪录片《探索新地球》中，他就曾发出警告：

“人类在地球上生活的年限仅剩下 100 年。”

这就是说，在未来的 100 年内，人类必须离开地球，到外太空寻找可能居住的星球，否则将面临灭绝的命运。

多年来，霍金一直强调，地球上的生命很有可能由于某种灾难而灭绝，如全球变暖、小行星撞击、核战争、基因工程制造的病毒、人工智能带来的威胁等，并且这种风险还在不断增长。

在该纪录片中，霍金和他的团队探讨了人类是否能够以及如何移居到不同星球的问题，包括生物学、天文学、火箭技术和人类冬眠等。

不过，此前霍金曾对此表达过担忧，认为“由于至少在未来几百年里人类还不能实现在太空的自给自足，因此我们在这段时期内要非常小心”。

据说，霍金有关地球终将毁灭的预言已经不是第一次了。霍金曾有过类似演讲，认为在目前这个脆弱的地球上，人类最多只能再生存1000年。

当时霍金说道：“也许将来有一天，我们将能够利用引力波来回顾宇宙大爆炸的中心。在我们坚持不懈地观察和研究中，宇宙学说也在不断取得新的进展，但为了人类的未来，我们必须进入太空。如果不逃离这个脆弱的星球，我认为人类的生存时间还剩下不到1000年。”

他当时还称，人类以不可持续的速度继续吞噬地球上的资源，这将加速地球的毁灭。

早在2008年，霍金曾经号召人类移居月球或找到在火星上生存的办法。到2011年，他又曾发出警告称，小行星撞击地球、核战争、超级病毒和全球变暖等因素带来的威胁将使地球在200年内毁灭，人类若想生存必须移居至外星球。

有趣的是，霍金并不是唯一一个对人类生存面临的威胁发出警告的重要人物。从南非人转为美国人的亿万富翁伊隆·马斯克，也曾经多次发出警告称，人工智能是人类目前最大的威胁，并于去年创办了一家名为Neuralink的公司，研究大脑与计算机联结的人机融合技术。

甚至，中国也有企业家跟着摇旗呐喊，警告我们：由于新技术与互联网的冲击，社会将面临几十年的“痛苦”。

说到这里，无论地球未来毁灭是真是假，人类开发利用太空资源已经刻不容缓。

……

这批智库专家，都是当今中国的精英，也是中国最有思想的人。这时有人像发现什么新大陆似的，认为我的“企业改革三部曲”之一——《最后一个工厂》这本书的书名，与霍金的地球即将毁灭一说相比，有过之而无不及。

我知道他们是没事找事，但经他们的嘴说出来，有点像一个故事中说的：贵妇人戴着一串假珠宝，人们没有谁怀疑那是假的。

说实话，关于“企业改革三部曲”，几十年前我在一家大型国企当厂长时，就有了写作冲动，但是这一搁就是几十年，直到去年宣传部门征集选题，我这才觉得瓜熟蒂落，想不到还被列为文学精品扶持工程。

在这里，人们对我写第一、二部，可能都好理解，第三部为什么只写到 2084 年，而不是选择其他的时间？

如此联想，问题就来了，一桌子人的眼紧盯着我，王中和更是迫不及待地问道：

“兄弟，这 2084 时间的背后，到底掩藏着什么呀？”

王中和不紧不慢地说话，一下令我胆战心惊，毛骨悚然。

过了一会儿，我又一笑了之：“我做梦也没有想到，愚人会与霍金、伊隆·马斯克的梦，走到了一起！”

说话时，我用手拼命抓头，有点秀才遇到兵有理说不清的况味，逗得许多人笑得喘不过气。

餐桌上，大家在天南海北，一切皆能理解。

后来不知谁提起属相，在餐桌边玩的女儿开始插嘴了：

“这，我也知道！”

她一边说话一边跑到我身边，吵着要我抱抱。一个 3 岁的孩子，怎么知道属相，这是许多大人都还一时弄不清楚的事情。

我笑着对女儿说：“宝宝，别捣乱啦！”

女儿不服气，学着大人样子批评我说：

“老爸是死脑筋，我们都已进入智能时代，什么东西不知道？”

女儿学着大人样子，有板有眼地把我训了一通，比之前省长的训斥还要狠。

这时有人逗她："十二生肖，你是怎么知道的?"

女儿落落大方地说："我是不知道，但只要你告诉我哪年出生，我就知道啦。"

我先报了我的出生年份，她马上报出了正确属相。我再将她妈妈的出生年份告诉她，她眼睛眨了两下，又马上报出了正确属相。

其他人以为家人情况她可能知道，就纷纷亮出自己的出生年份，她竟然全部无误地回答了出来。人们又让几位帮着端盘子的服务生轮番上阵，女儿照旧准确告诉了大家正确属相。

如此一来，人们不得不信服。

惊叹之余，引发智库专家好奇的是：一个才入托儿所，才会识数，但不懂算术的孩子，是怎么推算出来属相的?

我也疑惑地问女儿："你是怎么知道的?"

她用小手拍拍我的脑袋，淘气地回答："我也不知道!"

人们努力试探性地问她，你到底是怎么知道的?

也许人们的惊奇吓坏了女儿，她吓哭道："我真的不懂你们大人，想要我说什么?"

望着女儿那副可怜巴巴的样子，还是王中和懂得孩子的心，不知他从哪里找到一块巧克力，对着女儿说：

"宝宝真是好孩子！叔叔再考你一下：你爸爸写的《企业1984》，那年生的人属什么?"

女儿一把抓过巧克力，眼睛眨了两下后，开心回答道：

"属老鼠!"

跟着又补充一句："这时，邓小平爷爷不是已经告诉我们了，'不管白猫黑猫，抓到老鼠就是好猫'。你怎么不知道?"

大家为女儿的发问感到神奇，一齐响起了掌声。这时王中和又趁热打铁地向女儿探试道：

“那你爸爸准备写的《智能 2084》，这年出生的人属什么？”

只见女儿小嘴不停动着，不知念着什么咒语，过了一会儿才告诉大家：

“属龙的！杜甫不是有一句诗，‘斯须九重真龙出，一洗万古凡马空’？”

“啊，还配古诗？”

王中和拍案叫绝：“不得了，不得了，童真无邪！与霍金的推测怎么如此相似？”

对于如此惊人的发现，专家都僵坐在酒桌上，大气不敢出……

在实体经济面前，本想期盼一场头脑风暴，没想到这些不着边际的事仿佛一粒老鼠屎，坏了一锅粥。朗朗对我们说，他想起那“巴纳姆效应”。

这是 1948 年由心理学家伯特伦·福勒通过试验证明的，即人们常常认为一种笼统的、一般性的人格描述准确地揭示了自己的特点。这种看似深奥的学术化话语，用我们老百姓朴素的话来说，就是那些似是而非的话，常常会让人深信不疑。

也许这才有了智库专家，包括霍金、伊隆·马斯克所说的东西，在他们的预测还未发生之前，对更多的人来说就像是遇见一位算命大师。

话到这里，连我的那位智能机器人朗朗也憋不住偷笑起来。

那些被算命先生告诉“你将会遇到灾难”的人，大部分心里会犯嘀咕，部分感性的人甚至会提心吊胆、精神恍惚，从而导致注意力不集中、消极悲观，直到灾难真的发生。

我知道我现在身上多少出现了这种恍惚，正徘徊在实体经济困难的十字路口，成为一道迈不过的坎，或解不开的心结……

察言观色的智能机器人朗朗，估计知道了我的难言之隐，忙接过我的话题：

“自国际金融危机发生后，这些年来主要发达国家反思‘脱实向虚’的发展模式，重新聚焦实体经济，纷纷实施‘再工业化’战略，集中发力高端制造领域，力图重振制造业并不断扩大竞争优势。”

说到这儿，朗朗故意停顿了一下，过了一会儿才说道：

“一些新兴经济体依靠低成本优势，出台一系列吸引外资的政策，积极承接国际产业转移，加快工业化步伐，致力于打造新的‘世界工厂’。应对‘双重挤压’的局面，中国必须把发展实体经济摆在突出重要的战略位置，促进产业加快迈向全球产业价值链中高端。”

我不知道朗朗从什么地方模拟过来的人话。

话虽没错，就是太斯文了。

所以，我又急忙向众人打招呼：“不好意思，我没有调教好我的助理，抢了大家风头了。”

人们听我这么说，一个个笑得前仰后合：

“谁让这是一个智能时代！”

懂得这点之后，我们方知这可能是企业黎明前的黑暗，就像有句话所言：

“黑暗时带上感动上路，你会发现，黎明就在不远处。”

那么，不远处到底有什么呢？

走出大门，我见到那位机器人助理朗朗，左边抱着一个美女，右边吻着一个美女，那种不分场合、好色过人的举动，真的不堪入目。

这让我想起前几年出国，爱搞怪的日本会推出由“最逼真”的机器人当电视新闻主播，甚至有人要“娶”机器人。我一直以为这种假戏真做，只是骗骗中国而已。

现在自己身边的机器人，刚来到我身边时可能是懵懂少年，这几年随着荷尔蒙增多，慢慢成长为青春帅哥。

看来以后在路上遇到帅哥向你搭讪时，不妨先问他一两个“无厘头”的问题，如“13 乘 17 乘 73 是多少”？

如果马上就得到正确答案的话，那你可能遇到机器人了。

要是在机场看到漂亮友善的服务员，也最好看清楚她是不是立体的三维全息投影；听到有甜美的声音叫你“美女、帅哥”时，要仔细听清楚是不是合成的虚拟声音。

在人机难分的时代，那些虚拟经济，包括目前搞得沸沸扬扬的虚拟货币，什么比特币、以太币，林林总总有上千种，在虚拟经济市场和实体经济市场上交锋争出位。

互联网还不忘为大众提供虚拟朋友、伴侣，甚至“干爹、干女儿”的服务；有情色网络癖好的，更要小心那些经由“人工智慧”移花接木的“深伪”名人、明星和名模的视频。

人呵人，不论喜欢与否，不管遇到的人、事、物是虚是实，是真是假，真得从心理上准备来迎接这个时代。

什么虚拟信息，什么虚拟伴侣，什么虚拟感情，什么虚拟旅游，虚拟经济的“虚度”人生，难道才是我们应该准备的？

第三章　半路杀出

法院封门很简单，一张封条，万事大吉。现在要命的是，全厂上万名员工被挡在工厂大门外，他们的吃喝拉撒一下成了社会问题。

全球十强的滨海世纪房地产公司，得知华中工厂封门停产的消息，判断这家老厂可能即将寿终正寝，立即秘密启动了华中工厂破产的接盘行动方案。

说是接盘，分明是抢钱吧？

不愧是活在人工智能时代，干什么都难遮人耳目。

这不，昨晚我在自己家中聚会的谈话，不知是谁出卖了我，已经被人整理成文字。天未亮，就被人送到滨海世纪老总黄建成的案头。

滨海世纪在南方这个省已经打拼 10 多年，作为从海外引进的一家外资房地产公司，近年来，随着主城区可供土地越来越少，滨海世纪曾一度想撤离该省。

而作为一省之长，一直想在任期内做点大事的闫省长，不甘招商引进的企业在自己手上消失。他提前做了布局，责成国土资源部门，尽早对濒临资源枯竭的华中企业矿区进行开发规划。

因涉及央企，省里所有计划方案，都在私下推进中。

不知滨海世纪从什么地方得到的信息，紧锣密鼓地瞄准华中老矿区这一复垦商机。黄建成更是对此垂涎三尺，他深知这是全省房地产商的最大富矿。

目前该省城市化发展如日中天，并且正在形成一个全国规模最大的特色小镇。不可否认，矿区的复垦是世界级难题，中央肯定会鼎力支持，但对地方生态文明来说，确实又是一个难得的示范区。

对房地产开发商来说，华中工厂这个地方，至少可以开发10年以上，就看这蛋糕怎么划分了。

这事同样得到了滨海世纪海外总部的热情关注，黄建成更是志在必得。当然，他的一切活动，也是在绝对秘密中向前推进。

这时，当黄建成见到带着墨香的华中企业专家座谈会纪要，就像抓到了一根救命稻草，他终于嗅到了让商人最敏感的铜臭味。

黄建成产生了从未有过的兴奋，决定提前私下拜访一下闫省长。对于这位自己当年在国内读大学时的物理老师，黄建成期望从他嘴中得到一些信息，以便使自己精兵强将做出的那份秘密方案，能够早日落地生根，开花结果。

这天周末，黄建成叩开了闫省长的家门。

闫省长见滨海世纪黄建成大包小包拎进了门，马上叫他打住：

“请你不要走进来！”

黄建成一下不知所措，低头一看手上的东西，立刻心领神会，转身交到美女秘书手上，让她扔到车上去。

听到闫省长怒不可遏的声音，在房间的省长夫人忙走了出来，见是黄建成赶忙迎上去：

“呵，是黄建成呀！在老师面前怎么老是犯这种低级错误，快进来坐！”

黄建成忙说："师母好！"他从心里感谢师母在这个节骨眼上出来解救，不然的话场面多尴尬？

黄建成又走到闫省长跟前，就像当年学生犯了错误一样，走到老师面前低头认错做检讨：

"我老是以为自己在海外办事，出门不忘带伴手礼。请老师给学生一个改正错误的机会。"

闫省长马上严厉地批评说："你这出国留学读书，白读了！"

这时省长夫人已为黄建成沏上一杯茶，让他坐下来好好给老师汇报工作。

为了打破僵局，黄建成很有一套办法，他故意在省长面前说：

"省长，我可能是最后一次跨入您家门槛啦。"

闫省长抬头打量了一下黄建成，问道：

"为什么？"

"因为公司在本省找不到可开发的地块了，所以境外总部三番五次催促我尽快撤回。"很会察言观色的黄建成，马上用这句话击中了省长心中最柔软的地方。

闫省长急问：

"滨海世纪为我省经济发展已经做出了很多贡献，在这个时候考虑撤退，不是对我这个省长有意见吗？"

省长这么发话，黄建成感到机会来了，马上顺水推舟地说：

"感谢省长对我们滨海世纪的器重。我想只要有省长支持，即便总部用一百辆超级高铁，也休想把我拖回！"

闫省长明白了黄建成今天上门的真实意图，直截了当地问道：

"开门见山吧，需要省里怎么支持？"

黄建成忙从美女秘书手上拿过一个文件，递交到闫省长手上：

"这是我们做的华中矿区复垦规划方案，希望能得到省长指教与支持。"

闫省长简单翻阅后，赞叹道："这个方案起点高、格调大，我让我们规划局搞了一个方案，四不像，被我否了！”

黄建成见省长认可了滨海世纪的方案，顿时感觉喜从天降：

“不好意思，我们滨海世纪一辈子都吃这口饭，人家规划局都是半路出家的，我们做的方案肯定比规划局强。”

闫省长朝黄建成摇了摇头说：“遗憾华中企业是央企，地方政府说什么好，也不算数！”

这时，黄建成挺了挺胸脯，悄悄地对闫省长说道：

“省长不瞒您说，为这事，我们私底下找过国务院分管国资委的总理，他说这种资源型的老国企，迟早都得交给地方管理的。”

闫省长听出了黄建成的话有来头，就故意说道：

“企业油水都抽光了，这时扔给地方属地管理，谁会这么傻？”

“滨海世纪愿意接盘。”黄建成迫不及待提了出来。

闫省长这么说，最起码的政治立场还是有的，他说道：

“这事，你不要逼我，涉及中央与地方两者的关系。”

黄建成当然不是傻子，他知道闫省长之前已经动了华中工厂的脑子，并悄悄做了华中企业转型方案。不过此刻，不便在他面前透露而已。

自然黄建成不是省油的灯，他想到有个词叫作“破釜沉舟”，忙让秘书向闫省长呈上华中工厂昨晚的专家会议纪要。

然后，他得意忘形地对省长大放厥词，说华中是借“脱虚向实”的名义，背后是对地方不满，实质是妄议中央……

闫省长在翻阅会议纪要，没有想到华中这个企业老总真的胆大包天，不但在北京座谈会上告地方的状，现在又在家秘密集会，设宴拉拢，腐蚀国家公务人员，在中国反腐倡廉高压态势下，单凭这一条他就可以吃不了兜着走。

黄建成见省长脸色由红转青，知道华中工厂，还有那位告地方政府状的老总，一定是兔子尾巴长不了啦！

黄建成阴沉地一笑：

“不过华中被互保拖下水，法院上门封厂停产，它现在日子也真是兔子尾巴长不了！”

黄建成见闫省长没有吭声，以为他在认真倾听，滔滔不绝地就互保问题诉起苦来：

这个互保，真的害死人呀！

当时省里有红头文件，要求我们企业之间对等为对方保证贷款，当对方还不出钱时，需承担还款连带责任。所以，那时省里企业之间的互保非常普遍，还有更多采用“联保”的，就是 3 家或 3 家以上企业组成担保联合体，所有成员为其中任何一家的贷款承担连带责任。

银行为了锁定风险，有时会要求企业找一家甚至几家企业为其担保，一旦出现还不上贷款的情况，就由担保企业承担还款连带责任。

互保已经导致滨海世纪下属一家企业倒下，没想到“蝴蝶效应”波及关联的 50 多家企业。

黄建成很会讲中国式故事，他不管闫省长听不听，坚持痛诉滨海世纪的革命家史。

之前，在省里建材系统说起康盛家具，都要竖起大拇指。3 年前，有人想溢价 1.5 倍收购康盛家具 33%的股份，康盛董事长想了半天，拒绝了，因为公司不缺钱。

昨天，康盛家具的老总在工厂忙碌了一整天，鞍前马后陪一家想来收购他们公司的国企负责人考察工厂。

“对方要求控股，别说议价，只要能收购我们，至少近 20 年的品牌能够保住。”康盛老总还算乐观。

康盛家具是省里建材系统的龙头企业，去年销售额超 10 亿。今年经营形势原本也不错，虽然房地产行业依旧低迷，但办公家具行业并未受到太大牵连，加上这几年转型升级投入新产品研发制造，订单很乐观。

今年开年已经拿到有史以来最大一笔单项订单——外省图书馆2400万订单，宜家家居今年要给他们的订单也超过2亿元。一家如此优良的企业为何沦落到出售企业股份以求自保的地步？源头就是一家跟自己没什么关系的省内企业出事了。

这颗火星瞬间就烧了开去，一个星期时间，50多家企业受到牵连被银行收贷。这家出事企业，也是其下属分厂涉嫌非法集资被法院立案，连累到总厂全部账户和房产陆续被法院冻结查封。

黄建成哭丧着脸，告诉闫省长互保已成业内“显规则”，一般资产过5000万的企业，总有三五家担保企业：

“我们不可能平白无故为一家企业担保几千万，背上风险，因此大家要么不保，要么互相担保，这就是一个利益体。”

几年前都是行业内上下游企业互保，这几年由于企业老板读书多，人脉更宽，开始跨行业跨地区地互保，这样能从银行获取更多贷款以保证企业发展资金运转。

就在今年元旦过后，滨海世纪下属这家企业陆续遭到几家银行“挤兑”，一下子就被收贷一个多亿。

一家企业的流动资金基本都是凑好的，这一个多亿，其中大部分是民间借贷用来掉头的。

下属企业亮红灯后，地方政府曾出面协调，但无济于事。我们联合各互保企业向政府提交了公开信，请求尽快出台互保风险细则。

春节过后，马上进入还贷高峰，这些企业的董事长们每天都在恐惧中度过，担心贷款进去出不来，夜夜的噩梦，根本没有一点心思管理生产经营。

……

闫省长听到这里插话了：“其实银行没错，企业也没错，但目前这种状况下，影响面太大，我们政府及有关部门应尽快出台互保风险细则，推进企业金融改革。”

黄建成从沙发上站起来，向闫省长敬了一个军礼：

“我代表互保工厂向省长敬一个礼！”

这时闫省长伸出手，紧紧握住黄建成的手，并对他说：

“今天终于有学生在老师面前将企业互保问题说清楚了。这里我得感谢学生了。那就请给我一周时间，争取为实体企业设立一堵‘防火墙’，阻止‘火势’的蔓延。”

黄建成没有想到到省长家中收获颇多，难怪企业家口中常常说“跑部钱进”。想到这里，黄建成嘴角露出少有的坏笑。

这时，闫省长则提醒他说：

“我还希望黄同学收回对华中企业专家座谈会的误解。在目前‘脱实向虚’的问题面前，我们企业一定要学会精诚合作，抱团发展，这样才能克服眼前的困难！”

“是！”黄建成赶忙向省长表示谢意。

这时闫省长又对黄建成要求道：

“关于华中工厂的矿区复垦方案不要外传，因为这涉及中央与地方的关系问题。”

黄建成连连点头，他当然知道这个中利害冲突，忙向省长保证不捅娄子。

闫省长做了具体交代之后，最后才回过神来，压低声音对黄建成说了几句。从黄建成连连点头的神色中，猜想省长又布置了什么更重要的任务。

就在他们话不投机半句多时，省长秘书神色匆匆地赶过来，俯在首长耳朵边嘀咕几句后，闫省长忙回过头对黄建成说：

“黄同学，不好意思，我还有要事处理。”

听到这话，黄建成知道这是领导下达的逐客令，忙起身告辞。

省长夫人忙从房间出来，代闫省长送客。走到过道口，黄建成将一个厚重的档案袋塞到她手上，不知小声嘀咕了什么。

对那档案袋，省长夫人开始是推托，最后只听黄建成说了一句：

“只要不嫌我的庙小，让他明天来找我！”

“好！有什么事多联系。”

不知他们在做什么交易……

黄建成跨上他的大奔驰车，回头向省长的夫人挥手一笑。

今天他可谓是绝对的赢家，在这个时代，有的是为你的勇气鼓掌的人，没人会为你的平庸买单。

把黄建成今天的收获，换成前几年流行的说法就是：

> 当你熬夜在打《活着的汤姆猫》游戏时，有人通宵在谋划方案；
>
> 当你高谈阔论之时，有人选择不动声色搞定一切；
>
> 当你拖延到最后匆忙交出一份蹩脚计划书时，有人已经有了B方案；
>
> 当你想到一个idea窃喜不已的时候，有人已经列出了节点……

第四章　上访路上

自从 2084 号飞船私奔，机器人助理朗朗把更多时间用于窃听拦截与 2084 号飞船相关联的各种信息。

这天晚上 1 点 13 分，朗朗突然拦截到一组可疑电波，通过比对发现是从 2084 号飞船上传递出来的。

朗朗把这一重要情报，第一时间向他的顶头上司——华中工厂办公室主任程青青做了汇报。

程青青又抑制不住激动，她想尽快分享这一喜悦，就用保密机立刻向我做了报告：

“喂，一号首长，向您报告一个特大喜讯，刚才朗朗成功截获到 2084 号飞船的电波，说明飞船目前平安无事！”

我兴奋地从床上一下蹦了起来，大声问道：

“请再说一遍！”

程青青又重复了刚才的话。我确认无疑后，这才兴奋不已地说：

“这真是破天荒的大好消息。至少告诉世人，华中工厂 2084 号飞船载人计划大功告成！”

程青青听见我激动的声音万分理解，因为飞船毕竟是华中工厂十月怀胎出来的亲生孩子。同时，她见我并没有为自己的夫人担忧，多少感到惊诧。

程青青马上提醒我说：

“董事长不马上为夫人发个慰问电？不管她到了哪个星球，可以为她压压惊呀！”

“这是一个好主意！”

我脱口而出，但转念应付对方一句：

“哎哟，都是老夫老妻的，哪有这么多讲究，还是以工厂大局为重，尽快争取时间解救 2084 号飞船。”

可能女人的心最为敏感，程青青从我的话语中已经感觉到我对自己女人的微妙变化，就自言自语地说：

“没有人不成单位，没有机器不成工厂，没有小家哪有公家？”

听到程青青这么说话，我才知自己说漏了嘴，忙绕开这一话题：

“现在我想喝酒，要不你赶过来喝几盅，一起庆贺 2084 号飞船失而复得。”

其实，程青青之前就听说，一号首长的夫人与一号机器人关系有点不正常，开始她一直不相信，现在他们乘飞船私奔，多少已经证明了这一切。

程青青没有马上回答我，我不知怎么一声叹息，冒出一句：

“往事就像镜子，镜子总是奇奇怪怪的，因为它总能把两行眼泪变成四行，我可能就是这样的人。”

程青青可能一下子还没有理解我的话，忙说：

“你想说什么？我马上过来喝酒！”

在工厂有一条不成文的规定，董事长吃饭，办公室主任必须跟随。此刻，董事长要喝酒，程青青赶过来陪一下，当然是天经地义的事。

说到办公室主任，这个角色对工厂来说特别重要，对内是工厂内当家，对外是工厂形象代言人。之所以推荐程青青担任，除了她的才貌双全之外，我还有点小私心呵。

这点一般人肯定不知道，我就是喜欢她那美人坯子，温文尔雅，眼睛纯净，心灵干净……

一句话就是：始于颜值，敬于才华，合于性格，久于善良，终于人品。

把这样的人放到哪个岗位上，都会让人放心的。

此刻，我大脑真的一阵阵发热，全然不知在电话里，我又对程青青说了什么唐突的话。

这时我才发觉时间已近凌晨，忙对程青青改口说：

“青青，今天时间不早了，我们改日再喝酒吧！”

程青青进厂后，还是第一次听到有人这么称呼她，感到特别亲切，也让她眼前一亮，仿佛一号首长就是这个长夜中高举明灯的人。

所以，程青青既激动又纠结地说道：

“不好意思，一踩油门，我的车已快到董事长楼下啦！”

一个看似单纯的美女，其实是一个聪慧伶俐的美女。我们在电话里会心一笑，尽可能让这场特殊的约会，不要惊动工厂这个静悄悄的黎明……

第二天，太阳早早地透过厚厚的窗帘，直晒到高档华贵的布衣床上。

这时不知谁像早起的鸟儿，在我那幢中式别墅的后门口，拼命地敲门。我一惊，因为昨晚兴奋多贪几杯酒，也不知程青青是什么时候离开这里的。

这么早来堵别墅的后门，显然是来者不善，莫非捉奸要捉双——捉我与程青青的奸？

我忙穿上高档羊绒睡衣，很不情愿去开门，但现在这门又不得不开，至少可以表示清白。

不然的话，等不到 2084 号飞船归来，我与程青青早已淹没在媒体或人们的口水沫中。

开门一见，还真的把我吓了一跳，是我前任的老厂长，这让我多少吃惊，忙把他迎进屋里：

“老厂长这么早，是什么风把你吹过来的？”

我装得若无其事，只见老厂长气喘吁吁，一脸的不高兴。我不敢怠慢，赶紧泡茶端水。过了一会儿，老厂长才开了腔：

“你这厂长怎么当的？”

我猜老厂长可能对这几天华中工厂发生的事耳有所闻，忙低头听他训斥：

“你手机为什么关机？如果工厂发生突发事件，第一时间怎么找到领导？”

得知原委，我一边解释说：“我是 24 小时从不关机的。”一边三步并作两步，冲上二楼卧室找到手机，发觉真的关机了。

我断定这是程青青做的“好事”，她可能本意想让我好好休息一会儿，没想到遇见老厂长这急性子。

这时我也不好说是程青青做的，只能赶忙打招呼，检讨自己：

“下不为例！可能是手机没电，自动关机了。”

老厂长两眼向我一瞪：“今天我不是来解决这个问题的，我是要你马上协调，赶紧处理工厂员工到省政府上访的问题。”

“呵，员工要上访？”

谁不知晓，上访本是人将肚子里的怨气发泄掉，应该是好事一桩。所以，政府不惜工本，专门为老百姓设立了信访局。

不可否认，随着人民民主意识不断增强，在中央的强烈要求和示范作用下，地方政府更是把信访工作作为工作重点，尤其每到重大节日期间，信访工作往往成为重中之重。

听老厂长这么一说，我的心直发抖，自言自语地说：

“工厂有问题，这个时候，千万不能让员工往枪口上去撞!”

“为什么?”

我把华中工厂这段时间接二连三发生的事情，一五一十地告诉了老厂长，他分析后发现，根子可能出在地方身上:

是不是有人希望华中工厂尽快从地球上消失?

而这个时候大规模上访，肯定是飞蛾扑火，自讨苦吃。为了应付信访，地方政府花费了大量的人力、物力和时间，但总体而言，地方对信访的治理效果并不明显。

想到这里，我二话不说，拉着老厂长赶紧往华中工厂跑。

此时，我们仿佛是拿着灭火器的消防员，去参与扑灭一场天灾人祸。跑到工厂大门口，我们发现这里红旗招展，人山人海，得知是CEO姚依山挑的头，老厂长一下跪在工厂大门口:

“你们如果去上访，就从我身上踩过去!”

我从一个上访员工的手上拿过电喇叭，爬到一辆货车棚顶上，向员工声嘶力竭地喊道:

“同志们，工厂就是我们的家，谁的家门被人贴上封条，意味着我们将失去的是一个家。

“是的，当工厂到了这一危险的时刻，这里董事长要感谢你们——与工厂同生死共命运。”

这个时候在员工面前，我不得不放低自己身段，就是通过现身说法，以求得员工同情与支持:

“前些日子，我为自己企业‘脱实向虚’讲了一些真话，被地方政府误解的那一刻，我是多么期盼有更多员工与我站在一起抗争!

“但在民意表达渠道还不十分畅通，救济制度还不非常完善的情况下，大家千万不要期待什么群体式的信访，能解决什么问题?”

提出这一问题后，我又深入浅出，以理服人，解说道:

“那种乱糟糟的做法，只会将矛盾越积越多，越积越深，这样我们再好的制度和法律都将失灵。”

这时我那铁青的脸总算露出了一丝笑意，接着又向大家报告道：

“本来过些日子全厂职工大会，我想再告诉大家，既然今天大家都在，那我就借这个机会，先给大家报告一个消息：近期，省政府有关部门将要出台互保风险细则，为实体企业设立一堵真正的‘防火墙’，阻止目前野火‘火势’的野蛮蔓延。这样，我们华中工厂的互保问题，就可以从根本上解决。”

我一口气把想要说的话全部抛了出来，就像打机关枪，只有把对方火力点压住，才能让冲锋陷阵的战士上得去，最后将五星红旗插到阵地制高点上。

我的话，可能有人还没有听明白，也可能有人仍然有反感，但有一点大家明白了，企业封门停产的事情将很快得到解决。站在我身旁的办公室主任程青青，这时带头振臂欢呼：

“听一号首长的话，坚决不上访！”

这时见几位员工已将老厂长从地上搀扶起来，CEO 姚依山觉得好汉不吃眼前亏，也对着电喇叭，大声吆喝道：

“大家一定要冷静，今天我们听董事长的话，立刻取消上访活动！”

这话音一落，那火药味浓烈的场面，开始出现松动，员工们纷纷打道回府，各奔东西。

……

CEO 姚依山跟着我回到办公室，站在我面前，他以为我要批评他。

没想到我一声未吭，他马上想忏悔，我挥手打住说：

“千万不要解释，只要是华中人的心情，我这一厂之长哪有不理解的。但作为厂部领导，一定不能被情绪左右，切忌好心办坏事！”

姚依山的心里一惊，他没有想到我这么说话，估计他心里还隐藏了什么，他没有敢抬头，怕我火眼金睛识破出来。

这时，我叫来办公室主任程青青，让她马上通知全厂中层干部，到厂部召开紧急会议。

会议一开始，我就开宗明义说道：

“今天上访的事情，我得先感谢老厂长第一时间找到我。我们在座的都是中层以上的干部，为什么没有人第一时间向我报告，你们到哪里去了？”

我越说越激动，指着下面又不知要骂谁：

“甚至还有人做了手脚，关闭了我的手机，这个时候让我两耳不闻窗外事，是多么可怕的事情。”

一阵话后，我见程青青脸色是青一阵紫一阵，早已坐不住了。我意识到什么，马上打住，不想再去纠缠上访的事。

这时我把话锋一转，人也完全换了一个角色，开始露出了久违的笑容：

“不过今天还是向大家说一件好事，听说省政府互保风险细则即将出台，我已通过企业智库专家拿到了这份文件。可以断言，这次华中工厂可以逃过一劫。”

下面的人可能被我训斥怕了，我的话说完后，大家无动于衷，我这时大声提醒说：

“此处应该有掌声！”

大家这才反应过来，我带着大家鼓掌，这掌声在华中工厂的上空久久回响。

这时我把手高高举起，示意大家可以停下了，我马上转到另一个话题：

“但是，与人工智能技术的迭代速度和爆发力量相比，人类社会变迁就像是一帧帧慢镜头，我们华中工厂相关领域更是如此。”

随后，我言归正传道：“今天请大家来，主要是研究一下，华中如何尽快恢复生产，把工厂停工停产的损失尽快夺回来。”

这时大家七嘴八舌地说开，最后把议题放到如何加快工厂转型升级、加大人工智能产业发展上。

一说到人工智能，华中工厂对此可谓是爱恨交加。

我说我是最早受库兹韦尔影响的人，他出版了《奇点临近》，但那时还没有 AlphaGo 更没有 AlphaZero，也没有波士顿动力会后空翻的机器人，因此对人类终局的预言几乎还处于半巫术状态。

后来谷歌和 DeepMind 在数年间带给世界巨大的冲击，我印象最深的是那年圣诞前夜，马斯克在范登堡发射猎鹰 9 号火箭，当一级二级火箭分离时，它瑰丽的身影给在加州山火威胁下的美国精英带来天启般的震撼。

人们听我这么一说，原本鸦雀无声的会场开始活跃起来。

有人提出，人类未来的出路何在？

太空和人工智能是否会给我们最终的解答？

这时有人说，整个华中工厂经过《未来简史》智能世界的涤荡，后又经过美国麻省理工学院物理学家马克斯·泰格马克撰写的《生命 3.0：作为人工智能时代的人类》的洗礼，找到了人类进化的最新阶段。

还有人翻出了泰格马克理论。像我们的宇宙进化历程一样，生命逐渐变得更加复杂和有趣，我发现这将有助于将生命形式分类成 3 个复杂等级：生命 1.0、生命 2.0 和生命 3.0。

三个生命阶段之间的界限是模糊的，如果细菌被定义为生命 1.0，人类被定义为生命 2.0，那么老鼠可能是生命 1.1。老鼠比细菌具备更多能力，但不足以进化形成自己的语言或者发明互联网技术。

此外，由于它们缺少语言，它们生前所学到的东西大多数就会在它们死亡之后消失，而不是传递给下一代。

同样地，你可能争辩现代人类应当被定义为生命 2.1 阶段，我们进行了轻微的“硬件升级”，例如植入人造牙齿、膝盖和心脏起搏器，但是没有什么硬件升级能够让我们身高增长 10 倍，大脑聪慧程度增加 1000 倍。

有人帮着概括地说，我们可以将生命进化发展分为 3 个阶段，分别是：

生命 1.0（生物阶段）：进化生命的硬件和软件；

生命 2.0（文化阶段）：进化其硬件，设计更多的软件；

生命 3.0（技术阶段）：设计生命的硬件和软件。

经过 138 亿年的宇宙进化和发展，地球进化史也出现显著的变化，大约 40 亿年前出现生命 1.0，生命 2.0 出现在 10 万年前。目前，许多研究人员认为，生命 3.0 可能在本世纪已出现，或许在我们有生之年，伴随着科学技术的快速发展，将催生人工智能的崛起。

我看大家讨论得很有深度，又向大家提醒道：

“这是不是说，在当下这个历史时刻，在《超级智能》和《未来简史》之后，泰格马克的预言的现实意味应该更重了。”

那么，智能进化的终极目标是什么？

我毫不犹豫地认为，可能用“普智”这两个字来表达更加精准。

这时，我给大家找到一篇内参上的文章，这些晦涩难懂的话，别说一般读者，即便是我们工厂中众多智能专家，也可能一时难以破译。

那就请大家读到这里，将这一大段话语先跳过去，等这本书读完之后，你再回过头来读，一定会豁然开朗。

这时有人嘲笑我不知道人们的大脑皮层神经元爆发式增长，其实是因为数百万年前一个基因突变打开了大脑新皮层神经元增殖的开关，使得大脑新皮层的密度暴增，而新皮层承担着人类高级认知功能，其质量占大脑全重的80%。

今天地球上70亿人口，可以说都得益于这个神经元暴增的基因。而恐龙、人类相继对地球生态的统治，证明智能的高级形态可以快速复制并形成垄断地位，在不同层面上对物质世界进行改造升级。

换句话说，物质世界的普智进程一直在加速——从宇宙创生的混沌到生命进化再到人工智能的未来。

在普智进程中，智能范式的进化和迭代使得物质世界总体智能化程度不断提高，在进化中占据优势的智能范式增殖最多，可控的物理空间也最大。

一讲到人与自然，我们许多专家就插不上话了。

将人工智能与自然比较，会越比越玄乎。

从智能进化的趋势看，人类这种智能载体就会退居其次，理论上看无论数量或控制范围都将退缩。而普智进程的下一个阶段，智能共同体（生物智能＋机器智能）的计算中心、存储中心、通信系统和感知执行终端都将全面智慧化，这个混合智能范式的共同体将彻底解决智能的同步与共享问题，也将是全面开源、开放、分布式的复杂数据处理系统。

人类主导权的让渡是下一个阶段社会变迁或者说是普智跃迁最核心的看点。在智能共同体从人类创立主导到AI自我主导的过渡期，我们要担当的历史重任是前所未有的。

好消息是，智能生命最终将不再有死亡的恐惧，因为物质世界会整体加速智能化，连一粒灰尘都有可能智能化，构成人体的物质会加速转型为万物智能的云＋端——那么未来可能会达到一片雪花也是一个智能处理器的阶段，所有物质都可以充当全知、全智、全能的计算介质与传感器。

最终应该是所有物质都可以共享精神、意识与智能，也就是万物有灵，宇宙觉醒。

我们作为人类，这一段漫长探索终将成为其中的一片雪花或者一座雪山承载的记忆。那时，我们也将成为宇宙整个智能体系的一部分，得“大自在”。

如果那时宇宙中还有很多昆虫、蛇、猩猩和人类等智慧终端的话，那大脑应该跟我们已经很不一样了，至少已经智能网联化。智能终端既可以是昆虫形态，也可以是细菌或者人类，也许那时候你就不再想投胎为人了，也许你会想换条蚯蚓体验一下。

届时将不存在物种的智能差异，只要智能共同体的大脑是互联融合一体的，那就还不如选择做一片可以动的雪花呢。

宇宙中所有物质互联，智能无限，无所不能，这大概就是人类所一直追寻的彼岸？

……

这是我在华中工厂见到的最成功的“诸葛亮会议”。

就在大家话不投机半句多时，省信访局有领导致电厂办，说找我有急事处理。

这时程青青把手机递到我的手上：

“喂，你是华中企业负责人吗？”

“我是！”

“根据闫省长紧急指示要求，让你赶紧到省政府大门口，将上访人员认领回厂。”

“什么什么，华中工厂怎么会有人上访？千万别给我开玩笑。”我理直气壮地冲着手机大吼道。

“开玩笑，你以为我们信访局吃了饭没事干？”

对方马上将视频信号切换过来，手机视频立刻见到了省政府门口混乱的场面。

整个场面完全处于失控状态，幸亏有武警在现场里三层外三层拉起一道道人墙。

老实说，没有看到这现场直播，我还真的不相信这是事实。这时我纳闷起来：刚刚我们不是将员工上访大军全部堵回去了吗？

我把眼睛向CEO姚依山身上扫过去，他没有敢抬头见我。就在我准备开口骂人时，机器人助理朗朗从省政府大门闪身而出，通过视频向我认起错：

“董事长，今天我对华中工厂犯下了滔天罪行！原本我是带着100位机器人到省城参加正月十五闹元宵的，不知我错发了一个什么指令，这批家伙借这几天工厂停产失业的怨气，全都溜到政府门口上访闹事了……”

“喂喂，员工都忍住了上访，你机器人犯什么贱？”

“砰”的一声，我把手中电话一下砸到了地板上。

这时，程青青忙将一个操作按键箱交到我手上，我重重地揿下了那颗纠错按键，这时失态的机器人才慢慢恢复了正常。

这事把我的肺都气炸了，我用苏北老家的土话，朝朗朗为代表的机器人狠狠骂了一句：

“都是一批成事不足，败事有余的畜生！”

顿时，机器人中发出鬼哭狼嚎的声音，我又骂道：

“你以为你们是什么？不管你穿上什么马甲，都是一堆废铜烂铁码起的——一个个‘畜生’！”

呵呀，我这人是不是到了“斗不过人就骂人”的地步？好在华中工厂都知道我这个人，是臭嘴没坏心。所以，工厂上下都习惯了我这臭脾气，还养成了骂不还口，打不还手的习惯。

待我发泄完毕，那些家伙仍旧是老方一贴。

你说气人不气人！

今天人们从我的怨气冲天中也慢慢窥视到时下人机大战中，机器人是一个什么样的货色了吧。

我这里就是想告诉人们：人与机器还是有本质区别的，千万不要迷信那些所谓人工智能专家的吹嘘。

这也是我在华中工厂一边要大力发展人工智能，一边又不肯放弃传统实体经济的缘故。

没错，人跑不过马，力不如牛，但人就是人，人的全部尊严在于其思想。

就像无数文学家们赞美的那样，人不过是一根芦苇，是自然界最脆弱的东西，可他是一根有思想的芦苇。

可能我这人过于直率，说话不会拐弯，厂里人埋怨我说话太直接。就像刚才我骂机器人是“畜生”，就直头直脑一下撕开了人工智能的马甲，因为揭了机器人的老底子，他们顿时觉得失去了尊严。

我骂我这个人这段时间真的倒霉，老是惹火烧身，现在又遭到了机器人的群起而攻之。确切地说，机器人正向我发起全面围攻——

那属驴的机器人说：明明是人愚蠢，为什么却说“蠢驴”？

那属猪的机器人说：不光是骂“蠢驴”，为什么还要骂“笨猪”？

那属牛的机器人说：明明是人在说大话，却说“吹牛”，什么玩意儿！

那属猫的机器人说：人自己在搞阴谋诡计，偏说是“玩猫腻”，你说可恨不可恨？

那属狼属狈的机器人说：人合伙干坏事后，反骂我们是“狼狈为奸”。

那属老鼠的机器人说：人自己长得丑吧，反说“贼眉鼠眼”，人自己眼光短浅吧，反倒说“鼠目寸光”。

那属猴的机器人说：人整天急不可待的，非要骂我们“猴急猴急”的，挨得上吗……

各种牲畜的机器人越说越气愤，你可知道，人类最为恶毒的一句语言是什么？就是人类自己坏事做绝，良心丧尽，还要推托骂我们：

“连畜生都不如，我们怎么成了人的出气筒呢！”

我没想到每一个机器人都像有一本血泪账，要对我口诛笔伐。

看来同在一个地球，如何善待这些新的生命体，应该属于人与自然如何和谐相处的问题。

其实，我心里十分明白，把人类思维转换成一个个数据，机器就能长成有武装的牙齿，这时他们不只是一个有智力的劳动者，而且还是这个社会的新生代资本与力量。

我这样说不知人们是否同意，但在智能经济这个时代，我的理解应该是十拿九稳的。

因为这时人与人之间，慢慢分化为不同物种，过去那种你死我活的阶级斗争，可能早已一去不复返啦！

这就是我们的宿命吧？

那好吧，当着这么多工厂中层以上的干部，请机器人给我这位董事长一个面子吧，即便我错了，也是气头上一时冲动。人们常说“冲动是魔鬼”，希望机器人看到我的内心，还是很善良的。

我这么说了，相信机器人会原谅我。

只要人机一体，精诚合作，我们就不会害怕工厂封门停产。

我们就可以诗意地生活，向着那些即将与我们别了的工厂，挥一挥手，不带走一片云彩！

或许这是我们与从未发生变化的传统工厂的彻底告别，此刻的挥手，是要把我们引向一个新的时代，希望这是最后一个工厂的华丽转身。

如果可以这样的话，今后我们看到有倒闭破产的工厂，那就请别再害怕，那一定是今天的你还在装睡，还是想躺着的可悲之徒。

如果今后我们还能看到有不死不活的工厂，那就请大家手下留情，那一定是今天的你正在忍受着切肤之痛，还想做最后的垂死挣扎……

第五章　可能是一场阴谋

这几天，对机器人朗朗来说，有点年少不懂工厂事，读懂已是伤心人的感觉。

本来上访无可厚非，但成事不足败事有余的是，华中的工人们对上访一个个无动于衷，机器人反倒进城冲锋陷阵，这不是没事找事吗？

这事无意中也开创了中国机器人上访的先河。公安部门也是束手无策，华中人更是诚惶诚恐，里里外外不是滋味。

令机器人助理朗朗疑惑不解的是，为什么好端端的机器人，突然一个个精神失常，拥向街头，去围堵一个地方政府的中心枢纽？

谁都明白，上访问题直接牵涉地方政府的形象和政绩。在几乎所有地方政府的考核体系中，上访都会导致地方政府及其“一把手”的政绩被一票否决。

想到这里，朗朗顿时不寒而栗，他似乎觉得这次机器人上访，一定有只阴谋的黑手，在幕后操纵着。

譬如，是否有人故意篡改了机器人操作口令，或有黑客直接启用了新的指令，更甚者通过电子干扰造成机器人短期工作失常……

不，一定与2084号飞船失联用的同一种手法，甚至是出于同一个人之手。

朗朗不知怎么突然想到这些，而且觉得又是那么可怕。他认为自己的这一发现，有必要直接向我汇报。

所以，朗朗在第一时间用视频电话找到我说：

“报告一号首长，我觉得这次机器人上访，是一场阴谋!”

我猜测到朗朗后面想说什么，就故意骂道：

“不要没事找事做。”

对于这次机器人上访一事，我对朗朗早已窝了一肚子气，现在又听到他的无中生有，气不打一处来。

朗朗也不管我要不要听，既然今天是找领导汇报的，那就不管三七二十一，先说为快。

听后，我自感朗朗的分析还是有一定道理的。如果这是真的话，那么这一背后的始作俑者，又是谁呢？

我不敢多想也没有去多想，心里当然还是有点数的。可能我这人太顾面子，不想让人类的丑恶暴露在机器人面前。我故意对朗朗不友好地说道：

“如果这事有什么问题，我想也是人工智能带来的恶果。”

朗朗对我的话当然无法接受。这时，正好办公室主任程青青有急事要找我，算是暂时为我解了围。

但我还是不忘对转身而去的朗朗关照了一句：“机器人上访这事，到此为止，还请集中精力做好工厂恢复生产工作!”

不待朗朗答复，程青青已经迫不及待地告诉我，刚刚接到上面的一个紧急会议通知：

“央企主管部门会同地方政府，要召开一个关于华中工厂发展的专题会，希望工厂班子成员立即赶赴省城参会。”

我对程青青说：“马上通知班子其他成员。”

这时我僵坐在办公室椅子上，觉得突然召开会议，有点来者不善的味道。

我又吩咐程青青说："通知朗朗，你们俩一起随我参会。"

高速公路上，一辆柯士达面包车风驰电掣，车窗被窗帘遮挡得严严实实。我利用路上时间，紧急召开了一个董事会班子成员会议，研究提出了应对省城会议的几套方案。

会议一完毕，车子已经进了省政府大院。在会议室门口，程青青和朗朗均被挡住，我回头对他们竖起两个指头，就匆匆走进了会议室。

程青青已经知道了我的意图，匆忙带着朗朗回到汽车上，启动了二号方案。说得简单一点，就是利用人工智能，对人的思维偏差进行修正。

本来如果朗朗参会，他可以直接面对整个会议，对我的言谈举止进行精准协调。但现在朗朗只能利用人的脑力波，这叫作隔岸观火，静观其变，靶向式发力……

会议室正面墙壁上，有一巨幅气势磅礴的黄杨木雕画，闫省长非常严肃地坐在这木雕画的正下方。他的正对面是央企集团正部长级的杨总。看这会议场面与架势，显然今天会议十分重要。

会议由闫省长主持，杨总简单说明会议背景后，代表央企先做了发言。在充分肯定华中工厂对国家做出的巨大贡献的基础上，杨总宣布道：

鉴于汞矿资源濒临枯竭，经国务院批准，汞都正式列为全国资源枯竭型城市，移交地方政府全权管理。

杨总马上转过头问我："华中企业有什么意见？"

刚好省政府、央企领导都在，我觉得是个千载难逢的机会，马上站了起来，实话实说道：

"当汞矿被法院强制要求贴上封条时，我真的为厂子捏了一把汗。因为汞矿的关门，意味着矿区上万居民失去了赖以生存的空间。

“这时为了生存，企业下岗职工开始了规模浩大的上访准备，都被我们及时进行了劝阻。这就是说，如何解决群众诉求、安抚工厂家属，是当前压倒一切的政治任务。”

我哭丧着脸继续说：“没有想到屋漏偏逢连夜雨，船迟又遇打头风，刚才杨总的宣布如晴天霹雳，当头一棒……”

我刚想把一肚子怨气对在座领导发泄出来，机器人助理朗朗马上调控住我的中枢神经。这时，我的话来了一个180度大转弯：

“考虑今天是正月十五，还算年内。人们常言说‘新年新气象，过年换对象’，言下之意，情侣都是难熬过新年的。

“我最近看到一组很火的大数据，春节前夕是情侣分手高发期啊！就像今天杨总的宣布，表明华中企业‘过年换对象’啦，这我完全同意。”

我这话一出口，立即引来哄堂大笑，可我心底下早已对朗朗感到又好气又好笑，我知道这是朗朗故意修改信息数据，来帮助我缓解工厂彻底关门的压力。

好在参加会议之前华中工厂有了预备，这时我抓紧时间抛出方案：资源枯竭型城市可否这样转型？就是通过对华中汞矿“腾笼换鸟”，坚持“绿水青山就是金山银山”的理念，实现经济发展的“凤凰涅槃”。

倒逼汞矿先破后立，走绿色发展之路，让古镇产业的生态圈新鸟进笼，打造朱砂古镇的产业生态，提升朱砂古镇的生态环境品质，再现凤凰涅槃的雁阵效应。

同时，对待资源枯竭型城市的转型，必须有“壮士断腕”的勇气，彻底改变过去粗放型的增长方式，才能腾出有限空间，培育出“吃得少、产蛋多、飞得远”的山沟沟里的金凤凰。

华中人在绝望中找到希望，虽然汞矿停产，但数千年汞矿开采、冶炼形成的矿山遗迹和工业文化，仍是这里得天独厚的宝贵遗产。

可见，华中人打响汞矿转型攻坚战，这不是选择题而是必答题，不是“包袱”而是机遇，不是单一经济工作而是政治担当。

谁都知道，人回不到过去，时间也回不到过去，但汞矿留下的历史文化和工业文明，有着不可超越的力量。

说来说去，发展全国资源枯竭型城市，我们就是要高举起“生态优先、绿色发展”大旗，争取早日把废墟工厂建成一个国家矿山公园——采矿遗迹体验区、冶矿遗迹观光区、博物遗迹考察区、汞都休闲娱乐区，打造出中国第一块工业旅游品牌。

当我将华中工厂转型蓝图全盘托出时，终于迎来与会领导的热烈掌声。

这时主持会议的闫省长接过话题：“我省坚决执行国务院的决定，做好全面接管华中企业的工作。我们更相信华中工厂能够正确对待，在企业腾笼换鸟工作中率先前行。”

闫省长马上又把话转入正题：“但是，路归路桥归桥，下面由组织部门对这次华中工厂机器人上访的事件，以及对华中工厂班子临时调整方案，提出处理决定和意见。”

听到这话，我仿佛被人当头一棒。这时我心跳加快，脸色铁青，大脑“嗡嗡”直响，一副丧魂落魄的样子。但我还是努力克制自己，等待组织的最后决定。

组织部门宣布：党内对我记大过处分一次，免去华中工厂董事长一职，保留华中科技上市公司董事长的职务。建议黄建成为华中工厂董事长人选，最后根据董事会议讨论选举后再确认职务。

会场气氛很严肃，闫省长点名让我表态。这时我更多考虑的是，黄建成何许人也？

之前或多或少听说过，知道黄建成在这个省里非等闲之辈。现在省长让我表态，我僵在会场许久才回过神来，这次我没有按机器人朗朗模拟的场景回答问题，我说：

“坚决拥护并服从组织决定。要我表态，再提两点看法：一是感谢组织的处理，最好撤销我党内外一切职务，可以让我早日告老还乡；二是华中工厂已经列入全国资源枯竭型城市之中，尽快建立新型政商关系，应该是未来实体企业发展的压舱石。”

这里，我顺便强调一下，什么是“亲”“清”新型政商关系。

所谓“亲”，就是指公职人员要坦荡真诚地与企业接触交往，靠前服务，积极为企业排忧解难；企业要主动讲真话、陈实情、建诤言，满腔热情投身工厂发展。

所谓“清”，就是指公职人员与企业有交往但不能搞交易，有联系但不能谋私利。

构建“亲”“清”新型政商关系，就是给政商交往行为画了一个“圈”，规范界定了政商交往行为——既要杜绝“亲”而不“清”、搞官商勾结，又要防止“清”而不“亲”、为官不为、懒政怠政……

主持会议的闫省长让我打住。

他早已听不下去了，都什么时候了，还这么说话？他笑我是书呆子，如果不是有央企领导在场，他绝不留情面。

现在闫省长努力装作很民主的样子，强行打断我的话：

“鉴于李总马上要返回北京，今后涉及华中工厂如何发展的问题，我们会单独召开专题会议研究。下面有请滨海世纪集团董事长黄建成表态发言。”

可能黄建成参加这么高规格的会议不多，心里比较紧张，为了释放压力，他故意清了清嗓子，算是缓和气氛。他从国际到国内再到工厂，一层层展开：

“经过40亿年的漫长演变，地球变成一个物种繁多、资源丰富、奇特美丽的蓝色星球。

“然而，自人类出现以来，我们只用了20万年的时间，便将地球的宝贵资源消耗殆尽。华中工厂仅用了200年，将汞矿资源挥霍一空。如今地球珍稀物种灭绝，原始资源奇缺，污染日益严重，人类以及地球的明天将何去何从?”

说到这里，黄建成环顾了一下会场四周，先前的紧张恐怕早就消失，甚至有点得意扬扬起来：

“感谢组织对我的信任，刚才华中工厂负责人的‘腾笼换鸟’的蓝图，与我的初步思考不谋而合，不管他们工厂方案是否来路明不明，至少说明我们已经心往一处想。”

接着，黄建成来了一个漂亮的转折，把话故意停顿一下，说明他很会讲话，并带有一定的煽动性：

“好在滨海世纪一直从事废矿复垦工作，具备资源枯竭型城市的丰富开发经验，相信我们两家合作一定会互补共赢。”

黄建成话不多，句句珠玑，引来满堂喝彩。针对黄建成的口无遮拦，我举手想再补充几句，被主持人挡住，说：

“我们要改变会风，如果大家还有什么意见，会后我们可以再沟通。”

闫省长简单做了一个小结后，马上宣布散会。但我坐在会议室中，久久没有离去。

本来我想冲着滨海世纪的这类外资企业谈点个人建议，现在要将老牌国有企业拱手给外方托管，多少还是有点滑稽与可笑。也许一般企业没问题，但对于国家“高尖上”的人工智能工厂，怎可如此拱手相让呢?

我顿时觉得，窗外天空一下乌云密布，一道闪电划过，听到沉闷春雷滚动……这时冰凉的泪水滴落在省政府会议桌上，我真的不敢想象未来会是什么样的。

说到这里，不知是不是我多想了?

这次机器人上访引发的组织处理，让我感到若明若暗，我觉得这件事情的背后，肯定有着一双不正常的魔爪……

也许是我低估或错误地判断了形势……

这时幸亏办公室程青青主任找上门来，不然的话，不知我会什么时候离开这里。

第六章　撞到南墙

人倒霉了大概就这样，屋漏偏遭连夜雨，船迟又遇打头风。

这应该就是人们常说的祸不单行吧。

就在华中工厂“脱虚向实”、调整产业结构时，谁也没有想到又被列为全国资源枯竭型城市中的工厂。

不错，工厂资源枯竭总有这么一天，问题是为什么早不来迟不来？

看来华中真的成了最后一个工厂，这是否验证了那句话：

“眼看他起朱楼，眼看他宴宾客，眼看他楼塌了！”

这里我要说句公道话，组织部门对华中工厂机器人上访事件的处理，还是中规中矩的。因为作为一个企业，无论你怎么混改，哪怕国家有一分钱资产，你都难逃必要的政治担当。

出人意料的是，这次央企与地方上下联动，不但对我个人毫不留情，对一个上百年老牌工厂也毫不心慈手软。这样的高压态势，对一个风雨飘摇中的工厂来说，无疑雪上加霜。

回望一下，我发现这可能不是常人能够办到的事。难道真的是现行政商关系变得不正常、不健康和不合理？

我知道在一些地方，反腐倡廉又迫使政商关系从一个极端走向另一个极端。即从过去的官商“勾肩搭背”，到当前的官商“退避三舍”……

与此同时，从对华中工厂班子调整上，我已经发现未来将是外企与国企的竞争，并且是大资金、大企业之间的竞争。

当然黄建成从外资企业直接到华中工厂任职，比先前企业之间的竞争又向前一大步，几乎在悄悄潜入中方国资内部，从控制资源、控制技术、控制资本入手，最终达到控制竞争的目的。

所有这一切，让人想到一句话：周虽旧邦，其命维新。我不知道自己表述是否到位，好在这些年来，华中工厂加快了转型升级，不然的话，法院强行封门，国家责令停产，厂长遭遇处分，这分明是“三座大山”呀！无论再有实力的工厂，你不被击倒也会被压垮。

令人啼笑皆非的是，地方组织部门提出上市公司与所属集团的董事长不得兼任，不知这是使用的什么法典或规章？

可能我的异常举动引起了机器人的注意，这时机器人助理朗朗已经得到我的异常信息，马上利用大数据进行分析，发现我可能有自杀倾向。

于是，朗朗在第一时间向办公室主任程青青说明了情况，希望对我立即进行心理疏导。

程青青听到这个情况，以最快速度赶到事发现场，见我在办公室楼顶上徘徊，她从一个应急通道冲上去，出其不意从后面一把抱住我。

可能我还没有吓到她，倒是她把我吓坏了。

这时我像醉汉一般苏醒过来，一脸茫然地问程青青：

“这光天化日之下……”

程青青大概知道了我后面想说什么，直截了当回应说：

“我爱您，华中人爱您，中国人工智能爱您！”

我第一次听到程青青对我这样的表达，转过身拼命吻她。

这时程青青又安慰我说：

“这个时候你去跳楼自杀，最后可能是落得一个死不悔改、自绝于员工，甚至是自绝于党的名声。”

这话听起来真难听，但如晴空霹雳，把一个头脑混沌的我吓得直哆嗦。

是呵，我上有老下有小，这个时候怎么能死呢？如果真的要死，也不能这样不明不白呀……

这次突然免去我华中工厂董事长的职务，意味着什么？意味着我将失去对华中工厂的话语权，即便保留华中科技上市公司董事长职务，那也是在华中工厂总部领导下的负责制。

这一着，可不是一般的撒手锏呀！

遗憾的是，为了华中工厂，如今我已落得一个“赔了夫人又折兵”的下场……我不免想问，为什么活在央企名下，与活在地方企业名下，就有这么大的差别？

不想不要紧，一想到这些，我还真的是百思不得其解。好在这些我一直深深藏在自己心里，但我不知程青青为什么会突然出现，还给我讲了跳楼自杀的事。

我忙问：“青青，刚才我怎么啦？”

我这么一问，反倒把她吓了一跳。

于是，程青青一五一十地告知发现我有自杀倾向的事情。

“啊呀！”我惊讶地喊了一声。

不过我承认刚才自己确实有点恍惚，而且一下难以控制自己的情绪。这时机器人朗朗带着他的助手也来到了楼顶，我见朗朗十分难为情地看着我们，我这才忙抽回与程青青紧紧牵着的手。

这次，我没有埋怨朗朗坏了我们好事，至少在我恍惚之时，他的警示将问题抑制在萌芽中。

我走过去紧紧握住朗朗的手，关于他先前对华中工厂接二连三出现问题的源头的判断，我表示基本认可：

“我早有预感，只是在人们面前并不多说，我怕打击大家做好人工智能工作的积极性。”

这时我又简单点了几个案例，以佐证机器人朗朗的判断。

譬如，历史上伊拉克.IQ、利比亚.LY、伊朗.IR等因特网国家顶级域名被美国切断，Windows XP操作系统被美国微软停服，早有发生。

我国国内，某沿海城市突然成片停电断网，某地区某行业某单位“系统升级”“设备更新”多日断网停服，已不新鲜。那年5月发生的来自美国国家安全局研制的“永恒之蓝”网络武器攻击，一两天就冲击了全球因特网数以百万计IPv4、IPv6地址，到处出现网络僵尸。

曾经一段时间，中国的重灾区集中在高校IPv6校园网、新升级的出入境管理内网、新升级的中石化西南地区营销专网等。“永恒之石”接踵而来，我国因特网的大量计算机、路由器、交换机等信息基础设备被植入难以发现和移除的“潜伏”木马，何时复活、如何作祟、终极目的和作用是什么，均不得而知。

据说特朗普就职一段时间，在股市上为美国挣了12万亿美元，相当于中国2017年GDP的总和，难怪美国这位总统后来终于等到了他盼望已久的下一个刺激牛市的契机。

严重的问题在于，不明原因、用户无所适从、随时可能发生的成群成片成系统局域断网停服，日渐成为常态。我们有预防和应对的充分准备和有效措施吗？

事到如今，网络制裁与网络攻击相伴相随、相辅相成，可以达到最大、最强的威慑效果。莫非美国已经做好了网络战的一切准备？也许只差一个借口，也许不用任何借口就可以随时发动，只要能谋取最大的资本利益。

无论这事是不是阴谋，我都已经痛定思痛，绝不能打退堂鼓，必须好好煎熬与挣扎。

是呵，正所谓“大事难事看担当，逆境顺境看襟度”。一厂之长必须要有担当精神，面对大是大非要敢于亮剑而不是当“绅士”，面对矛盾要敢于迎难而上而不是当“鸵鸟”，面对危机要敢于挺身而出而不是当“逃兵”，面对失误要敢于承担责任而不是找“替身”，面对歪风邪气要敢于坚决斗争而不是当“好好先生”。

要提高站位，具备守土有责、守土负责、守土尽责的责任担当，并以担当带动担当，以作为促进作为，努力做到无愧于时代、无愧于人民、无愧于工厂。

一想到这些，我又充满信心。其实，这事说复杂也复杂，说简单也简单。

如果全球官商之间，真正能“亲”与“清”起来，或许距离人类命运共同体就不远了……

这是从省城回厂的第二天，华中科技上市公司要开股东大会，我刻意把自己打理了一番，因为这是我作为专职董事长第一次出场，同时，接受昨天办公室楼顶一事的教训。

也就是说，只要组织信任我，我绝不偷懒。所以，我清洗了乱七八糟的头发，喷上油光的发蜡，刮掉了胡子，涂上高档护肤霜，程青青又帮我精心做了服装搭配。

彻底远离中年男人的油腻，人也一下子精神了许多，程青青望着我窃笑：

“这是我喜欢的男人模样！”

我只瞄了程青青一眼，但没再搭理她。

这几天，我知道程青青暗地里盯着我，一方面怕我遭遇不测，一方面千方百计帮助我重振信心。

我说我已是不要扬鞭自奋蹄，世界是什么样子，也许我不知道，但是我坚信，这个世界必须要有我这样的人存在。我怎么可以轻而易举离开这个美好的世界？

没想到当我满怀信心地迈着轻盈的脚步走进股东会场时，却产生了一种不祥的预感。

没有人为我鼓掌欢迎，这还是多年来的第一次。

预感很快得到证实，股东大会低票通过了华中收购海青智能制造的议案，另外我和部分员工持股计划配套募资等多项议案被全盘否决。

考虑这几年国内并购狼烟四起，对于股权同样分散的绩优股华中科技来说，也早已被人悄悄盯上，甚至几家异军突起的人工智能企业，也跑来凑热闹。

这更令我惶惶不可终日。

于是，我没有使用充沛的现金直接收购海青智能制造，而是选择定增募资，以在收购海青的同时一箭双雕，以便强化管理层对华中科技的控制。

按照计划，我必须出资上亿元参与华中科技的定增。如果完成，将让我从第九大股东上升为第三大股东。

这时我多少知晓，可能是中小股东对海青上百亿元的高估值有疑虑，加之还被告知要折价摊薄股份，这个时候即便是一个傻瓜，谁愿表现出乐意呢？

我懊恼的是，这是华中工厂班子调整后的第一次股东大会，你们这些人为什么一定要与我对着干？

我刚刚被免去集团公司董事长的职务，你们就人走茶凉。今天你们敢这样，到明天你们肯定要骑到我的头上拉屎撒尿……

如此关键时刻掉链子，这事让我气不打一处来，怨气冲天地骂道：

“华中工厂没有亏待过你们吧？”

“今天你们如此绝情，今后我 5 年不给你们分红，看你们能把我怎么样？”

我居高临下，想给对方一个下马威。

没想到，这些股东都是死心眼，更没有人肯买我的账。

或许，一个刚刚遭受党纪政纪处理的人，在这个无情而残酷的市场面前，人们早已觉得你大势已去，工厂也将日落西山，你说这时谁会买你的账呢？

回头这么一想，这时我如果与股东们针尖对麦芒，到最后可能会落得鸡飞蛋打的下场。

那好吧，好汉不吃眼前亏，我忙来了个一百八十度大转弯，对股东们继续攻心地说：

“华中科技从当初巨亏上百亿元，到今天咸鱼翻身净赚上百亿的利润，是靠你们挣来的吗？

“不是，靠的是我们的心。”

“弄到现在，我出门都是一个人。”

我讲说这些，潜台词就是你们这些中小股东不懂感恩，“给你们钱越多，话反倒越多……”现在我把这些年来自己的打拼与辛酸苦辣统统翻腾出来。

这些年，中国企业家真的过得不容易呵！

甚至，我多次都是赤膊上阵，亲自代言，而股份只占0.5%的我，把自己和华中工厂的命运紧紧捆在一起，但这也意味着华中科技出现任何问题，都会引起对我本人的质疑和争论。

也许这就是上至组织下至员工，包括机器人在内从未停止过对我的争议，直至落到现在这样无奈的下场的原因……

就在市场得知华中工厂传统产业汞矿正式关门，新的人工智能产业还不能一下“腾笼换鸟”时，华中科技股连续吃了三个跌停板。外界开始质疑我的经营能力，对华中工厂2084年做到2000亿的目标，觉得是天方夜谭。

先前，华中受到互保问题的影响，虽然收入大跌，但市场份额达到有史以来的最高，占有率高达70%，净利润率也由7%升至13%。企业年底依然保持了60亿的分红金额。

所以我对股东们说“你去看看，哪个企业给你们这么多”这样的话，是有底气的。

但是华中工厂70%以上的营收都靠汞矿，也就在这一年，多元化的海青开始大幅领先“鸡蛋装在一个篮子里”的华中科技。

先前我也曾努力开展多元化，通过20年的努力，试图改变目前华中工厂单一的产品结构，但努力还是没有得到期待的回报。

最先布局的智能制造，我强调坚持自主研发，即使多烧钱，也得有中国人的品牌与产品。加上许多“高精尖”的军工产品不能立竿见影形成气候，对华中营收的贡献就从来没有超过3%。

最令心高气傲的我受挫的是2084号飞船受到的戏谑比任何时候还要多。就在它可以进入商业化运行时，突然出现私奔事件，这似乎有点太悲催、太恐怖了。

记得新一代飞船的开机画面还是我本人头像，曾被研发人员调侃为“向大叔学习”。

堪称凄惨的业绩背后，我对飞船的大声吆喝，更让业内屡屡抹黑。

“星球过往不是梦！”

“到外星球上，去世外桃源。”

“让飞船走进千家万户。”

……

这些可能令多数人并不关心的表述，不仅未能转移消费者的选择，还让我人陷泥潭。

我顿悟，人生如股，一辈子在赌。

现实毕竟充满骨感，在中国连私人飞机飞行还遭到限制的今天，你说你的飞船、你的机器人能够像自行车一样普及，走进千家万户？

反正鬼都不信，那谁会信呢？

我就认一条死理，地球环境容量一定有个峰值，当地球一旦不能适合人类生存，意味着我们代步工具的唯一选择就是飞船，它将带着我们搬到另一个世界——说得明了一点就是到外星球生活。

说来说去，人们多少可以明白一点，我为什么敢在股东大会上狗胆包天。

除了要阻止“野蛮人”入侵，我急于想借收购海青智能扳回一局，而中小股东太不懂我，也没给我期待的同舟共济的支持。

相比之下，华中科技的竞争对手们，这几年都有大动作，即斥巨资到境外收购，这是中国最大一笔的海外并购。

当然，除了中小股东的不理解，就连已经退休多年的老厂长王二小，也毫不客气地对我提出了批评：

“如果我继续在华中当厂长，决不允许工厂搞什么人工智能。”

王二小在讲述中，以一家工厂的失败为案例：

当年华中工厂还是一棵小树时，世界汞业深加工的霸主是华中。可惜这个工厂过于好大喜功，搞什么多种经营，先后涉足半导体加工设备，这基本是日本、美国人的天下，看 Intel 的最佳供应商就知道了。

接着又搞什么半导体材料，那是日本人的领地，查查日本的几个公司，比如信越化学，全球 70%的半导体硅材料，都是由它提供的。

还搞什么工业机器人，这技术基本掌握在日本手中，全球四大机器人家族是日本发那科、安川电机、瑞典 ABB、德国库卡。工业机器人三大核心技术是控制器、减速机、伺服电机及其控制技术，这是烧钱买卖，华中烧不起。

再到搞什么飞船、核动力设备等产品，最后的结果是，主业丢了，副业也没搞好……

同志们呵，你听懂了吗？

老厂长的言语锋芒毕露，透露着对华中工厂班子，尤其对我这个一把手的强烈不满。

可能我就是一根筋的人，我一直以为，一个工厂不在核心技术上掌握话语权，就会受制于人。就像前些年，我们拥有全球最强大的房地产，但它是不能当饭吃的，更不能让我们扬眉吐气。

中国工厂大多喜欢“拿来主义”，比如，一些电子领域的企业，没有多少核心技术，也没有多少研发人员，却在短短几年内进入了几十个新的领域，似乎无所不能。

由于省掉了研发费用，它们可以以较低的价格参与市场竞争。表面看，这类企业讨好、迎合了消费者，甚至有消费者说它们是“高配低价”，是良心企业。

事实上，不重视研发投入，没有核心技术的工厂，是存在严重命门的，也是对商业秩序的践踏……

去年我不敢讲这个话，今年我在这儿可以欣慰地告诉大家：

华中工厂的副业是一张白纸做出来的，这一切技术都源自我们自己的团队，彻底颠覆了中国制造业传统的思维。

表面上看，工厂研发是烧钱。实际上，对一个工厂来说，按部就班反而快，操之过急反而慢。

不是吗？

过去合资引进是我们常用的名词，但只有自己掌握核心技术，才能成为一个真正的创造者。

只有真正掌握了核心技术，你才敢讲你是真正为人类服务，否则我们的工厂仅仅是赚钱的工具而已。

这时，我又声嘶力竭地朝股东们骂道：

“要么干，要么滚，千万别给我混——”

你们做业绩，要老大盯着才去做的，那请到生产车间里去，因为只有流水线才适合你；

你们做销售，成天想着老大帮你，那请到学校去，你去交学费而不是你去领工资；

你们做工作，要让老大哄着你，那请回到大叔身边，因为老大没有义务像你大叔哄着你；

优秀的人都是主动、积极、努力、向上的，而不是要董事长说得嘴唇磨破皮了！

……

也许，人人都有一本难念的经。

新出任华中工厂董事长的黄建成，看似顺风顺水，光鲜明丽，没想到这几天他的日子一样不好过，更别提新官上任三把火了。

本来华中工厂来了一位新来的钦差大臣，厂里员工甚至机器人应该十分关心，出乎意料的是，他几乎没有遇见一个投缘的人，更别说有逢场作戏，或吹牛拍马。

是不是现代人都是这个德性？

人不投机，黄建成也不计较，可怕的是华中工厂这批人，他觉得不好对付，甚至不买账不服管。

尤其那个黄建成刚认识的机器人助理朗朗，他们萍水相逢，之前也无冤无仇。想不到，这个平时鬼主意就特别多的机器人助理朗朗，为了想尽办法让黄建成早日打道回府，竟然在黄董事长手机中，悄悄植入了一个叫 Alexa 的应用软件。

据说这是早些年亚马逊推出的智能助手，相当于 iPhone 手机里的 Siri，但它可比 Siri 智能多了，主要就是帮人放歌、买东西、控制智能家居设备……

一次在黄建成开会时，失控的 Alexa 突然大笑起来：

"哈哈哈哈……"

像真人一样，笑得很邪恶，令黄建成束手无策，毛骨悚然。

一天晚上，黄建成正窝在家里沙发上看电视，Alexa 突然开口说话：

"鬼在家里，鬼在家里……"

吓得这位黄董事长差点灵魂出窍。

又一次，黄建成晚上刚回到家，没给 Alexa 下任何指令，Alexa 就突然开始说话：

“给我播报附近的殡仪馆、墓地……”

Alexa 不仅莫名大笑，还经常违抗人的指令。黄建成让 Alexa 把灯关了，但 Alexa 却一次又一次把灯打开，待他下了第三次指令后，Alexa 干脆就不回应他了，然后发出了女巫一样邪恶的笑声。

黄建成问 Alexa：

“你为什么要笑？”

Alexa 竟然回答说：

“因为人类是个脆弱的种族，连未来会发生什么事都不知道。哈哈哈哈……”

Alexa 一系列异常举动，真的吓坏了黄建成，他只能赶紧将 Alexa 的插头拔了。可是没用，把电拔了，Alexa 还在笑，太恐怖了。

现在黄建成晚上睡觉都要睁着一只眼睛，他一直觉得，再这么在华中工厂玩下去，搞不好哪天晚上就会被机器人谋杀掉。

想到这里时，他的脊梁骨都抽出一阵阵冷气。黄建成突然觉得，当初就不该一时听闫省长夫人指点，阴差阳错地来到华中……

就那几天，黄建成不知从境外得到了一个什么指令，让他烦躁的心更加不安起来。

也就在黄建成觉得走投无路的时候，闫省长夫人正好要约请他，他这才一下反应过来，仿佛这是他抓到的最后一根救命稻草，切切不可松手。

几天后，闫省长夫人见到黄建成一脸憔悴，就忙关心道：

"哎哟，建成老总多日不见，怎么一下消瘦了许多?"

黄建成为了隐瞒自己的心事，还是装着乐呵呵的样子：

"谢谢师母的关心，学生这几天工作可能忙了一些，请问师母有何吩咐?"

闫省长夫人诉苦道，自己的亲弟弟在华中工厂干了快20年了，到现在才在工厂的人工智能部门混到一个中层。

"如今工厂资源枯竭不景气，我想他现在还有年龄优势，有折腾的资本，想换家工作单位。"

不知为什么，一说到人工智能，黄建成两眼就放光。黄建成笑道：

"贵人多忘事，上次师母不是交代学生了，在闫省长的管辖区域，还有什么做不到的?"

"呵呵，我真的忘记了。这事我早跟老闫提过，他这人铁面无私，我想让他到境外工作。"

这时不知黄建成是爱惜人才，还是怕人才流失，就说道：

"那我推荐小老弟，到滨海世纪境外的总部工作。"

"这个主意好，可否给他个一官半职?"

在省长夫人面前说话，黄建成故意留一手，以显示自我价值：

"境外总部的事，我左右不了。如果小老弟放低身段，到滨海世纪工作，谋一职务我倒是有话语权。"

没想到师母倒是一个爽快的人，马上赞叹说：

"我看可以！境外去不了，到境内外资企业打工。"

黄建成有点不好意思地对闫省长夫人故意卖弄说：

"怕就怕我们这里，庙小留不住大神!"

见黄建成要打退堂鼓，闫省长夫人到底是见过世面的人，说的话不温不火，但又让人乐意接受：

"实话实说，到你们这些民营企业谋个一官半职，可能要比国企方便些。"

听话要听音，黄建成是聪明人，马上承诺：

“他这种人工智能专家只要肯过来，我以 CEO 虚位以待。”

闫省长夫人张罗着让弟弟跳龙门，她的底线至少是一个总经理岗位，何况黄建成已到华中工厂任职，下一步升任董事长也是可能的。现在人家爽快答应了，她当然心满意足啦！

这不，说曹操曹操到。闫省长夫人马上将在小车上掩身的老弟，招呼到黄建成面前：

“黄董事长，这个人就交给你了。”

小老弟一看就是活络的人，见到黄建成马上递上来一张旧名片。黄建成一般是不肯轻易起身的人，此刻却忙起身接过名片：

“傅晨阳，国家人工智能专家。”

一见名字，黄建成随口说了一句：

“这个名字久仰久仰！”

闫省长夫人有点觉得好奇：“你是著名的房地产专家，怎么对人工智能专家也知晓？”

黄建成自知说漏了嘴，忙纠正道：

“自从提出‘房子是用来住的，不是用来炒的’观点之后，滨海世纪曾想通过人工智能来腾笼换鸟。”

“原来是这么回事，看来傅晨阳过来当 CEO，过两天可以接董事长的班，正是英雄有用武之地。”

黄建成没有想到闫省长夫人这么幽默，这种半真半假的话，常常可以以假乱真，这时他一时不知如何回答，话语也有点结巴起来：

“只要傅老弟愿意，我自愿让贤！”

这听似一句笑话，对此时黄建成来说，他是有他的个人考虑的。因为境外组织早已对中国人工智能这块大蛋糕眼红，他们到处花大筹码搜集情报，苦于找不到突破口……

站在一旁大笑的闫省长夫人，看看火候差不多了，她知趣道：

“好吧，你们董事长总经理谈去，我就不打扰了。”说完话转身走了。

这时黄建成好像有点后悔刚才说的话，他让傅晨阳坐下，暂时还不敢直截了当地去过多打听华中工厂人工智能的一些核心机密，就绕到人工基因终点问题上，试探一下对方是真专家还是伪专家。

关于这个问题，世界最前沿的情况，傅晨阳做实习生时，就已经了如指掌。他如数家珍地说道：

“人工进化主要是基因进化和物理进化两条路线。

“物理进化就是从自然人向半人半机器人、物理人、网络人、天体人、星系人和宇宙大帝进化。

“基因进化就是从自然人向基因增强人、永生人、超人和极限人进化。极限人要继续进化也只能向半人半机器人进化。”

傅晨阳尽力说得让黄建成听得懂，虽然物理进化路线必然会超过基因进化路线，但是破解碳基生命的全部奥秘，达到碳基生物基因进化的终点，制造出极限人，是探索真理过程中的一门必修课。

因此，物理人和网络人也会有兴趣制造出极限人来观察和研究。傅晨阳又从繁殖进化到基因进化的全过程做了具体解释——

1978 年，“体外受精，母体孕育”的试管婴儿诞生，即体外受精后的卵子在实验室中发育成包含 8 个细胞的早期胚胎后，再植入卵子提供者的子宫内。

1985 年，“体外受精，异体孕育”的代孕婴儿诞生，即体外受精后的卵子在实验室中发育成早期胚胎后，再植入第三方的子宫内。

2001 年，“基因筛选，母体孕育”的定制婴儿诞生，即体外受精后的卵子在实验室中发育成早期胚胎，在多个早期胚胎中选出不携带特定基因的胚胎植入卵子提供者的子宫内。

2013年，“细胞核替换”的克隆婴儿诞生，即把体细胞的细胞核植入去除细胞核的卵细胞中，发育成早期胚胎后再植入子宫内。

2021年，“基因改造”的进化婴儿诞生，基因筛选的主要目的是避免婴儿携带某种致病基因。基因改造的主要目的是使婴儿先天具有某种优秀基因。

2032年，“基因增强”的变种婴儿诞生，在人类基因中加入某种动物基因或人工设计的基因，使婴儿先天具有自然人不具有的某种基因。

2040年，“功能增强”的特能婴儿诞生，即先天具有自然人不具有的某种能力，例如：看见红外线、听见超声波、进行光合作用、记忆力超强等。

2050年，“基因进化”的永生婴儿诞生，即先天具有超强的DNA损伤修复能力，基因决定其身体具有长生不老的特性。虽然永生人仍然会被汽车撞死，被子弹打死，也可能因疾病和病毒感染而死，但是其先天预期寿命超过1000岁，而自然人的先天预期寿命只有120岁。

2084年，“人工设计基因”的超能婴儿诞生，即DNA完全是人工设计、编辑和组装的，把人工设计的细胞核植入去除细胞核的卵细胞中，发育成早期胚胎后再植入子宫内。超人不仅先天预期寿命超过1000岁，而且具有多种自然人不具有的能力。

这之后，“集碳基生物之大成”的极限婴儿诞生。碳基生物的全部奥秘被破解，所有碳基生物的优点和特性可以最大限度地集中在一个人身上。

傅晨阳觉得，由于一些优点和特性之间存在矛盾，所以一个人无法集成相互矛盾的优点和特性。极限人不是千篇一律的，而是相容的优点和特性最大程度地集成于一身的人。

不同的极限人可以拥有不同的优点和特性。例如，身高10米的极限人的敏捷性不如身高1米的极限人，体重1吨的极限人的飞行速度不如体重50千克的极限人，脑容量100升的极限人的肌肉力量不如脑容量10升的极限人。

在这里极限人是碳基生物基因进化的终点，极限人要继续进化也只能向半人半机器人进化。

与半人半机器的人相比，极限人不含机械成分，不含物理器件，仍然全部由碳基细胞构成，是碳基基因和碳基细胞发挥到极限的产物。

如一个极限人可以体重100吨，体积100立方米，脑容量50立方米，每个脑细胞都是经过基因改造的人脑细胞，每个体细胞都是超级能量工厂，他的身体具有多种能量产生模式，可以进行光合作用，也可以仅靠水和氧气为生，还可以海洋浮游生物为食。

……

傅晨阳如此专业的介绍，使黄建成感觉像在听天书，但他仍装着认真倾听的样子。黄建成充分相信面前的这个人了不得，一定是中国人工智能的顶尖专家，相信未来合作前景广阔……

想到这里，黄建成恍惚从梦中惊醒，吓出了一身冷汗。倒不是他担心自己什么时候会有三长两短，令黄建成汗颜的是，闫省长夫人才是技高一筹，先把黄建成推荐到华中工厂，再将亲弟弟推荐到滨海世纪……

如此“置换”反应，这一招确实狠。而天机又不可泄露，无论对谁都是惊险的一跳。

你看看吧，是不是谁都没有想到：在这个新时代，总有人撞到南墙也不会回头，要么毁墙而行，要么守墙而亡。

第七章　实名举报

这段时间，实体经济的艰难，好像已经酿成全球性的难题，而华中工厂或是更具典型性的代表。

有人告诉我，实体的世界里没有“容易”两字，谁不是一边不想活下去，一边努力活下去。

当我到处碰壁、身陷囹圄、四面楚歌之时，想不到机器人助理朗朗会与人一样，过着胆战心惊、如履薄冰的不安生活。

朗朗和人一样烦恼不安，他看在眼里急在心里，但又有什么用呢？

这时朗朗开始嘲笑自已，什么大数据，什么互联网，什么人工智能，还有什么人像比对、设备指纹、人脸识别……大量的风控技术，都熟能生巧地运用到场景之中。

但技术真的能阻挡住华中工厂互联网金融黑产吗？

在朗朗眼里，如何发挥机器人的参谋与助手作用，可能只有用“狗屁”两字表达最为贴切。

他私下悄悄制定了一个华中工厂拯救方案，一直没有敢说出来。他是在意机器人的脑子可能更多是机械的、教条的和抽象的。后来还是在办公室主任程青青的支持帮助下，朗朗才有机会私下请教了国务院高参王中和、阿尔法研究院刘英豪等工厂智库的专家。

朗朗在充分吸收了人的思想智慧后，这才集大成地弄出了几套解决目前华中工厂问题的方案。

直到这天，朗朗认为方案比较成熟时，他才兴高采烈地说起这件事，并奉劝我说：

“中国有句俗语：留着青山在，不怕没柴烧。既然华中工厂实体已经做到这个份上，就给自己一个活着坚持下去的理由，继续负重前行。”

我想，华中工厂在我心里什么时候放弃过？我是把工厂当成自己孩子来哺养的。

现在你朗朗这么说我，除了嘲笑，还有什么？

我没有搭理他，但对亟待转型发展的华中工厂，我手上可以说什么都不缺，如果说最缺的，那就是资金。所有的工厂转型升级，都需要有真金白银投入，但是杯水车薪，让华中捉襟见肘。

朗朗见我萎靡不振，已经知道了我想的是什么。

他突然冒出一句话，估计是他从人们使用频率中检索搜集出来的金句：

“还记得鲁迅先生说过：不在沉默中爆发，就在沉默中灭亡。”

开始我还真的没有在意，现在经朗朗这么一说，我才被感染、被震撼。

如此振奋人心的话，我怎么忘了呢？

这时我有点厌烦起机器人，是不是门缝里看人，把人看扁了？

所以，我提醒朗朗说，记得组织部门让我不兼任华中工厂董事长，我似乎没有太多留恋，只是有那么一点依依不舍。一转念，又觉得什么职务不职务，不就那么一回事，想不了那么多了。

这时我在一个机器面前这么说，似乎有点对牛弹琴的意思，但我还是硬着头皮说了两句，就当作一种发泄：

“省城会议上，我已向组织表态了，如果不是经历了那段刻骨铭心的燃烧岁月，我从未想到过离去，也没有理由离去。”

这时，我想起 10 年前的一个夏夜，与工厂智囊团正式静悄悄地启动了人工智能工作。那晚很多人畅饮，都醉倒了，其间我拖着酒醉的声音，向大家朗诵了诗人食指于 1968 年创作的《相信未来》，这也是我迄今唯一能记得住的一首诗——

当我的紫葡萄酒化为深秋的露水
当我的鲜花依偎在别人的情怀
我依然固执地用凝霜的枯藤
在凄凉的大地上写下：相信未来……

想到这里时，我紧绷的神经突然松弛下来，泪水夺眶而出。我不是为自己的失落而落泪，而是不知怎么又对抗上人工智能工作，一下找到了机器人智能提升的尚方宝剑……

我感谢朗朗今天的话让我精神为之一振，眼睛为之一亮。

蒙眬中，我感悟到：在人机大战过程中，如果说机器的存储是实构化，那么人的记忆就是虚拟加实构化，而且随着时间的推移，虚拟越来越多，实构越来越少，不仅能有中生无，甚至还能无中生有，仿佛各种历史书中的传奇或各样的流言蜚语一样。

有意思的是，人的记忆可以衍生出情感。这对机器人而言，是不可思议的东西。

在这里，人的学习不仅是为了获取一个明确答案，更多的是寻找各种理解世界和发现世界的可能，而机器人的学习，只能将人赋予的数据储存起来，目的不是为了发现联系，而仅是为了取得一个结果。

这就是说，智能的根本不是算，是法，是理解之法或之道。

这种理解十分关键，NLP（自然语言处理）若不先解决理解问题，只追求识别率，是不会有突破的。

此刻的人，对声音的识别率是很低的，经常要问别人说了啥。能问别人说了什么是最关键的能力，因为知道没有理解才能问出问题。

很多系统的理解最终靠人，如果没有人参与，不管处理了多少文字，都没有任何理解出现。

目前的人工智能缺失的是：

对人感性层面的仿生不够完善，因此无法完全了解人做决策的生理与心理机制。只有人工智能做到像人一样去感受外部的世界，并用处理器做人一样的理性思考，从内至外地模拟和学习人类，这样的人工智能才是完善的。

我这才清醒地发现，这就是我们目前华中工厂机器人制造中的障碍。我怕灵感一闪而过，马上通知办公室主任程青青，让她追随我的思绪做好记录：

对人而言，“大道无形”的“道”是碎片的、流动的……

也许任何人包括作家，你的所思所想，都不可能出口成章，正是许多零碎的规则、概率、知识、数据、行为，才构成了人的智能，即在千奇百怪的日常异构活动情境中，生成演化一种有思想的东西。

无论这种东西是否有用，都是人们自己的。包括最有用的东西，也是我们自己的。

物有两极，可以两极共生，正的背后是负，负的背后是正。最没有用的是你，最有用的也是你啊。

此时的人智，一开始就不是形式化、逻辑化的，而且人的逻辑是为非逻辑服务定制的。

机器人则相反，一开始就是条理化、程序化的，也是为人的非逻辑服务的。

从本质上看，这些数据的标记与信息的表象不同之处，在于有无意义的出现，意义即是否理解了可能性。

机器人涉及的表征体系，虽说是人制定赋予的，但一诞生就已失去了本应有的活性，即意向性参与下的各种属性、关系灵活连接和缝合。

而人的诸多表征方式，则常常让上帝都不知所措，一花一世界，一树一菩提。

这种知识图谱的欠缺，就在于知识的分类，它僵化了原本灵活的知识，使之失去了知识内涵与外延的弹性。关于这个人机之间的差异，我可以向世人宣布，我已经找到了解决人机大战的方案。

……

朗朗听着这些理性或非理性、似懂又非懂的东西，尤其见到我那番自我陶醉的样子，想这莫非就是大师那句经典：

“难得糊涂！”

好像是又好像不是。

朗朗拍了一下自己脑门，终于忍不住朝我喊了一句：

“书呆子！”

即便他的声音压得很低，但还是被我听到了，我责问道：

“说什么？”

我不知朗朗说谁，他觉得自己说漏了嘴，马上改口一笑，调皮地说：

“我没说什么，这里只是想提醒一下领导——”

“什么？”

现在我明白了，朗朗为了向我提交他的解决方案，给我兜了这么大的圈子，这才进入正题。

朗朗见水到渠成，这才把嘴贴到我的耳边，开始我听得有点烦，到后面我慢慢认可，最后全盘接受，被他说得心花怒放，心旷神怡。

我发现，就像我们平时打扑克，这是我七八年来，第一次摸到的一副好牌。

现在七八年时间一晃就过去了，今天在朗朗的鼓动下，也许真的恰逢天时地利，到了可以孤注一掷、不成功则成仁的时刻。

谁都知道，金融是实体经济身上流动的血脉。

时下华中工厂面临供血严重不足与失血严重过多的情况，进而引发了两大问题：

一边是资金互保引发的法院封门，遭遇银行断供；一边是股市急需资金并购，员工募资方案又遭否决。

怎么办，怎么办？

当天深夜，华中工厂微信公众号发布了一条举报省领导不作为的公开信，一下轰动国内外。

举报信的内容是现任华中科技上市公司董事长，实名举报江南省闫省长"新官不理旧账"——懒政不作为的问题，已经严重影响了华中工厂的经营发展。

举报信对华中工厂员工习惯称作一号首长的人做了介绍。作为全国人大代表，一号首长在业内有着中国人工智能教父之称，而自我常常称为"人工智能疯子"，个性特别鲜明，时常语出惊人。

举报信呼吁，实体经济遇到艰难险阻，华中也一样，反思和转型是一件非常痛苦和无奈的事，过去的七八年我们无不在煎熬和奋争中度过。现在华中强烈要求省政府，兑现八年前土地补偿的承诺。

所以，举报内容是闫省长"懒政不作为，新官不理旧账，不兑现承诺"。当夜，华中工厂接受新闻采访，称文章已经涵盖了董事长所要表达的内容。

其实，引发举报这事的，源于2084年初华中工厂陷入的资金危机。至此，江南省8年前承办世界人工智能论坛大会的历史遗留问题终于爆发。

那年，世界人工智能论坛要在江南省召开，承办方为江南省政府，大会的主会场设在华中工厂，大会具体的筹办工作，也主要由华中负责。

其中，大会主会场——人工智能国际会展中心是江南省地标性建筑，由华中工厂投资兴建，被称为世界上最大的人工智能建筑。它占地3000多亩，是一个宏大的新能源样板特色小镇，小镇中包括五星级酒店、企业工厂、检测机构、公园等。

小镇实际拥有1700亩工业用地，另外政府许诺的1300亩置换拆迁地完成，但没有法律划归。当时华中工厂在自己的工业用地上建设了安置房，给予拆迁村民补偿约为每户15万元。

凑巧这年底，华中科技在证监会披露的一份“年度首次公开发行股票申请终止审查企业名单”显示，申请终止华中科技IPO审查。

这是华中科技上市计划第三度搁浅。

此时，华中科技并未及时披露终止上市的原因，引发外界猜测，盛传华中科技终止上市与当时已落马的江南省原苟副省长的“双开案”有关，甚至传出华中工厂一号首长与苟副省长是“连襟关系”。

在苟副省长分管全省工业期间，华中工厂的确得到了快速发展。当时华中工厂借江南省欲打造人工智能国际会展中心的东风，圈地3000余亩，不仅以明显低于当地均价的价格拿地，甚至还获得政府6000多万元的补贴。

而打造人工智能国际会展中心这一方案的酝酿，恰恰始于苟副省长主政江南省的工作期间……

面对外界的传言，华中工厂一开始就遮遮掩掩，未予公开澄清。直到第三次IPO折戟之后，我勇敢地在一场发布会上公开演讲，就“连襟关系”一说予以明确否认。

华中工厂对于传言一向不回应，此次是因为把我老婆也牵涉其中，我实在忍不住才对此事做出回应的。

借演讲我还想告诉人们，苟副省长任江南省副省长期间，“一直支持华中工厂发展”，“我与他家的感情一直很深”，“苟副省长是华中工厂的恩人。中国人讲究知恩图报，哪怕这人在遭难。犯了罪的也是人，都有自己的感情和尊严”。

之后有媒体曝料，说苟副省长喜欢大姨子，华中工厂的我喜欢小姨子，坊间关于“连襟关系”的传言至此而止。

虽然澄清了上述传闻，但世界人工智能论坛带给华中工厂的资金压力十分巨大。

“华中工厂办完世界人工智能论坛大会，资金链即将断裂，找华中工厂要账的堵在工厂门外，人都说企业有九条命，华中工厂居然能奇迹般地活过来，人们都认为这是一个奇迹。”我曾经坦然地说。

为了这届世界人工智能论坛大会，我还说：“我做好了死的准备，要让中国扬眉吐气一把，也要让自己扬眉吐气一把。”

从此，很多外国政要、媒体都开始成为“中国人工智能城”的常客，我自认这是“头拱地”（拼尽全力）完成的最具有成就感的一件事。

这次还有最爽的一件事，就是引起了美国总统国情咨文的关注：“最快的计算机、最快的高铁、最大的世界人工智能研究基地。”在美国国家“狼来了”的故事里，中国的人工智能悄然崛起。

与此同时，华中工厂债务危机开始发生，举报信中我第一次向外界列出了负债清单：

为了世界人工智能论坛大会，华中工厂执行江南省政府指令建设大会主会场、配套设施、主景区、旧村改造和彰显中国人工智能城的样板工程，共投资约35亿元。

华中工厂从账面结余10亿元资金，到负债经营约25亿元，这时政府曾承诺以主体工程边上的旧村拆迁和周边土地作为补偿。

“可是几茬省政府换班下来，几十亿换来建筑与土地性质不符的巨额重资产，现任闫省长更是不屑一顾，顶着不让补手续，使得工厂无法盘活，置换不出现金。”我气愤地说。

我也从未后悔，对“中国人工智能城”充满溢美之词。华中工厂给中国人工智能行业带来了荣誉，但因为企业投入资金巨大，承担了政府的很多责任，最后主办单位又抽身而去，华中工厂则陷入危机。

江南省成了名副其实的中国人工智能城。

华中工厂却苦撑7年濒临绝境，遭遇一场梦想的滑铁卢。华中如此长期靠巨额贷款度日，再遇上互保问题爆发，法院采取的可能是没有办法的办法——上门封厂停产。

可见，面对企业结构调整和转型升级，包括华中工厂在内的部分企业遇到经营困难，当地政府并未将央企托管的企业推出去，毕竟就业、税收和消费都为当地做出了巨大贡献。

这两年，政府通过开展“进企业、解难题、促发展”工作，一边为华中工厂等企业协调办理续贷过桥资金、融资担保，积极推介战略合作伙伴，一边当地经济开发区强行拍卖许诺给华中工厂的置换土地。先期100亩土地变为商业用地，已被政府高价拍卖，后期1200余亩土地仍计划拍卖。

有知情者称，政府正筹集巨资有意接盘收购华中工厂，倒逼华中科技上市公司董事长退股，这成了这次实名举报省长事件的导火索。

性质恶劣的是，我多次主动找政府部门协调，江南省政府讳莫如深。最后，政府应付不了我的死缠烂打，下了逐客令：

“华中工厂的事得省长点头，下面才能办。”

在外界眼中，我像逐日的夸父，疯狂地实现着疯狂的梦想。我成了中国人工智能的神话，一度以中国人工智能教父的身份荣登神坛。

可随着省政府领导干部的更替，上述承诺并未兑现，公司从去年 9 月起，递交的 20 多份紧急报告政府都不予理睬。

而我执行了政府指令，实现了梦想，却过度透支了企业财力。华中工厂因该工程而负债，如今已陷入经营危机。现在我就差跪地求省长大人了！我快 60 岁的人了，为啥还要豁出这张老脸？

因为我身后有上万名要吃饭的员工，几万人的后方家属，数万人的经销大军！

我曾想退一步，先期解决土地性质的问题，可以用这些既有建筑和非营利性资产盘活企业资金，但这一要求也一直未得到解决。

现在真的把我逼疯了：

“他们要拖死华中工厂，让背后接盘者得利。”

自从法院封厂之后，地方又借国家资源枯竭城市的大刀，向华中工厂步步逼近……

这么看来，黄建成被派遣到华中工厂，无疑是善者不来，来者不善。

此刻，你说我们还有什么退路呢？

唯有破釜沉舟，才是唯一出路。爬过这座山，迈过这道坎，可能就是一片坦途。任何等待观望，畏首畏尾，被动应付，行动缓慢，都是不负责任的，都有可能走进死胡同。

所以，我以我个人名义斗胆实名举报江南省长“新官不理旧账”，以此倒逼政府兑现承诺，也许这是华中工厂最后一根救命稻草。

我知道，这种实名举报也暴露出一个问题，即缺乏一个界定政商关系的完善法治制度。如果有完善的法治体制，企业若感觉政府有不当干预，大可诉诸法律打官司，无须借由媒体进行控诉，试图通过舆论压力解决问题。

不排斥这种做法的风险性，毕竟工厂可能会和地方政府闹翻；但也不排除闹完后，当地政府做出妥协，双方此后建立更紧密的关系。无论是闹翻或关系变得紧密，都是不正常的关系。

可见“新官不理旧账”，这算是官场潜规则，但政府不能因领导人更迭而漠视历史问题，而应在法律框架内依法处理，在法律允许的范围内兼顾各方利益，避免矛盾激化。

同时，官商勾肩搭背、政商不分，靠企业出政绩，出了事让企业“找市场不要找市长”，在新型政商关系下，也是不容许这种事情发生的。

庆幸我的这次实名举报，省政府办公厅总算给足了我面子，已先后两次与我见面沟通，对于我反映的企业历史遗留问题，省政府做出表态：

“省委省政府将本着实事求是、依法依规的原则，认真研究解决。”

省委书记在我实名举报后的第 8 天，表态说：“政府必须关心我省的企业家成长。”

并称，我省市场活力不足，特别是非公有制经济发展活力不足，科技型、创新型企业少。要在继续深化国企改革的同时，加大民营经济改革发展力度，从体制机制上创造公平竞争的条件，破除市场准入种种限制。

省委书记还指出，要注重发挥本地高端人才的引领作用，既要招得来“女婿”，更要留得住“儿子”，“输血”与“造血”并重，“女婿”与“儿子”同心。要为企业家创造更好的成长环境，大力弘扬劳模精神、工匠精神，集聚强大的创新力量。

但愿这是一个好消息，事情能否成功，关键是看华中工厂能否渡过眼前难关，早日被救赎或复苏。

当然，我也害怕省领导给工厂的只是一个空心汤圆，让你开心一场，最后不了了之。如果你的脑子不够用，必然会咬钩，而一旦咬钩——那肯定不死也必伤……

第八章　午夜电波

可能遭遇西伯利亚寒流突袭，晚上下起了雨，到午夜时天空又刮起了大雪，夹带着雪珠砸在汽车挡风玻璃上，发出“咚咚”的回响。

走在回家路上，本就工作辛劳疲惫的人，遇见这种天气，有点雪上加霜的味道。恰巧这时，办公室主任程青青来电：

“一号首长，有急事！”

工厂内部有暗号，一旦说到有急事，就得马上换上保密机，车上必须使用车载电话，我回了一声：

“好！”

片刻，转入内部系统电话。我对程青青说：

“可以通话！”

程青青急匆匆地说：“刚刚接到机器人助理朗朗的紧急报告，午夜拦截到一个奇怪波段电波。”

这时我听到话有串音，忙挡住程青青的话，并警惕地说：

“我还在回家路上，车载电话好像有问题，请十分钟后用红机子打给我。”

“是！”

听到程青青温柔爽朗的回答，我的心如小鹿乱窜。

十分钟后，程青青来电告诉我：华中工厂 2084 号情报局发来消息，今天午夜在他们监控区内，收到一个奇怪的波段电波，开始他们一喜，以为是 2084 号飞船发出呼救信号，后经比对，才知不对。

那么，这是怎么回事呢？

为了不打草惊蛇，情报局迅速锁定电波方位，这才大吃一惊：原来有人从人工智能实验室的电脑中窃取有关军工产品制造图纸资料……

你看，午夜到 AI 实验室电脑中窃取文件，显然来者不善，这与过去战争年代的谍战窃取情报的性质，无疑是异曲同工。

要知道华中工厂 AI 实验室，全部是开发前沿技术，研发的全部技术数据，尤其是飞船、核动力发动机，均是领先世界的超科技产品，一直是境外黑客紧盯不放的重点。

可以说，华中工厂这一实验室，只有我一人可以进入，其他任何人到此门前必须止步，一旦引发报警器，看守的武警或智能机器人会毫不客气地执行抓捕。

此刻，我最担心的是飞船失控的数据被人窃取后，不但对我本人、对企业，甚至对国家，都会造成无法估量的损失……

想到这里，我不寒而栗，忙向程青青下达紧急命令：

“必须严防死守，绝不让实验室任何一个数据丢失。同时要求厂办机要部门立刻对华中工厂信息安全进行一次大检查。”

作为一厂之办的主任，可谓是工厂大管家，我十分信赖她，她具有很强执行力。

这不，她连夜对工厂保密领导小组下达了指令。令人难以置信的是，在第二天上班时，程青青竟然神速地将安全保密检查报告送到我的办公桌上。

这不能不让我对程青青刮目相看。现代工厂领导干部素养是多方面的，但最重要的，我以为就是忠诚、干净、担当。

对程青青来说，忠诚就是心中有厂，对厂忠诚，保持了忠诚，关键时刻才能靠得住；干净就是清正廉洁，一尘不染，做到了干净，才能赢得员工认可；担当就是牢记责任，恪尽职守，敢担当，善担当，才能完成组织和人民赋予的使命。

程青青身上的这种忠诚、干净、担当，当然内含着正确的政治方向、政治立场，内含着高尚的精神境界、道德操守，还内含着强烈的责任意识、进取精神，是工厂干部理应具备的人格、品格、风格。

在我心中谁都没有这么“高大上”过，为何我对程青青如此独钟？我知道我心中对她的那份爱慕占了上风……

现在我在认真翻阅着程青青提交的这份报告，不看不知道，一看吓一跳。工厂涉密信息设备，竟然是千疮百孔。尤其在涉密信息设备的使用和管理上，存在重大问题。

我发现办公计算机品牌众多，型号杂乱，维护烦琐，漏洞百出，使得有的计算机无法设置开机密码，或者有的即使设置了密码，只要使用常规工具软件就可破解操作系统密码。

有的计算机购置时，通过网络安装驱动程序，遗留了上网记录，甚至有木马潜伏其中。

我还发现有的计算机与保密系统严重冲突，一经安装就会出现操作系统崩溃故障，必须一次次重新安装操作系统来修复。

涉密设备登记分散、保管随意造成管理效率偏低，涉密设备维修保障机制不够健全造成管理脱节，还有设备功能配置盲目求快求新造成泄密安全隐患……

现在我渐渐清楚了，为什么2084号飞船会失控。

另外，我突然想起了一件事，马上让程青青再查点一下，黄建成董事长进厂有否添加了计算机？

很快信息返回到我这里：黄董事长要求选择型号最新、配置最好、功能最全的IBM计算机，后来AI实验室因原先有一台计算机损坏，也搭车买了一台。

“谁去采购的？”

“黄董事长的女秘书。”

这就是说，新设备购置没有由保密部门统一采购，也没有请保密专业人员进行技术检测。购置后，裸机也没有交技术单位进行处理，硬件方面也没有去除与办公无关的蓝牙、红外等配件……

得知这个情况后，我马上交代有关人员，对AI实验室电脑文件遭遇窃取之事的追查，到此为止。

我嘴上是这么说的，但我心里直打鼓……

我深知要想在一个军工厂得到发展，跟谁一起“玩儿”，玩过之后，哪些人可以继续跟你一起“玩儿”，这个选人的过程十分重要。

很多人的失败，很多事无法再走下去，究其原因在于人的问题上。无论一个国家、一个民族、一个工厂，还是一个人，想要有成就，跟什么样的人在一起做事是很关键的。

可以肯定的是，必须要和懂规则的人在一起。

调任到华中工厂，对黄建成来说可谓是半路出家。

之前，黄建成只知道华中工厂是搞汞矿的老企业，他最初看中的是华中工厂废矿复垦的商业价值。当然，先前黄建成也隐隐约约听说过，华中工厂在搞人工智能开发，他始终认为一个上百年的矿工“窑花子”，能搞出什么人工智能，岂不是癞蛤蟆想吃天鹅肉。

来到华中工厂，黄建成是不看不知道，一看吓一跳。谁能想到一个往日的矿工“窑花子”，竟然破天荒地制造出惊天动地的飞船、核动力装置……他除了吃惊不已，又领教了华中在人工智能之林是怎么占领世界制高点的。

这些日子以来，令黄建成董事长一直好奇也一直纳闷的是，这么好的企业，为什么没有人去宣传，譬如拍部《厉害呀，我的华中》的大片，那一定是震撼世界的……

难怪国外一直有人虎视眈眈地紧盯华中工厂的产品研发。更出人意料的是，滨海世纪的境外总部也十分关注华中工厂，黄建成的上司甚至要求他盯上华中，因为滨海世纪已经在中国大陆发展，黄建成利用在华的身份，可能更方便接近华中工厂。

也许这是这几年来，滨海世纪对参与华中工厂的开发特别感兴趣的一个原因吧。

现在黄建成阴差阳错地直接跑到华中工厂任职，一方面这是他想都不敢想的事，另一方面也是他求之不得的事。

至于黄建成到底是出于什么目的来到华中工厂，可能只有他自己最清楚。没有证据，我们更不能说人家是国外派遣过来的什么经济间谍，那也是不负责任的话。

依我个人的分析，黄建成毕竟是一个中国人，他肯定有自己的考量与商业底线吧。

是什么样的力量将他推到华中工厂任职？这背后究竟又是谁挖了这么大的坑，逼着黄建成往下跳？

上班时，黄建成习惯第一时间打开电脑，这时他的美女秘书已将今天与企业有关的信息，第一时间以邮件的方式发送过来。有意思的是，今天不知谁给他发送了联合国人工智能和机器人中心主任伊莱克利·伯利兹不知在什么地方的一个讲话：

> 我们生活在一个超凡的历史时代。
>
> 在科学和技术的推动下，世界正变得更加相互依赖、相互依存。这些技术进步的重要性在几年内将逐渐凸显出来，特别是在它们作为一种即时、高效和低成本运作的工具来实

现可持续发展目标时。卫生、教育、能源、环境等众多关键领域都将因人工智能受益。

人工智能在国际安全方面意味着什么？

有人认为，随着各国不断努力发展以人工智能为基础的军事力量，我们很快就会发现自身处于人工智能军备竞赛的边缘。

有人认为，人工智能和机器人技术可能在军事力量方面提供重要优势，世界可能面临新的军备竞赛，人工智能和机器人技术将取代冷战时期的核武器。

我们也应当开始思考人工智能对非国家行为体，如恐怖组织和犯罪组织的意义。同时我们也必须付出时间和精力去理解如何利用人工智能打击犯罪和恐怖活动，以及寻找能够加强全球安全的途径。

在联合国系统中，包括科学和技术促进发展委员会、国际劳工组织、国际电信联盟、联合国贸易与发展会议、联合国儿童基金会、联合国教科文组织等在内，都在各自的职责范围内积极评估人工智能等技术进步带来的影响。

联合国犯罪与司法研究所人工智能和机器人项目的一项基本原则是，人工智能和机器人技术与其他技术一样不存在好坏之分，最终都是可以用来实现目标的工具。但这些技术存在着非常明显的风险效益二元性，我们必须谨慎，避免过度倾向于风险。

联合国犯罪与司法研究所在荷兰海牙成立了第一个联合国人工智能和机器人中心，该中心致力于通过提高认知、教育、信息交换和协调利益相关者，来处理与犯罪相联系的人工智能和机器人带来的安全影响和风险。

这样做的目的在于，方便向相关领域中的政策制定者和政府官员提供信息。

人工智能带来的风险和益处是交织在一起的。而且，不论人工智能能否结束贫困，或者是引发一个新的犯罪和恐怖时代，都取决于今天所作出的决定。

鉴于技术的复杂性和该领域的快速发展，这些决定需要充分估算到其潜在的影响。我们只有通过整合相关各方，才能实现风险最小化、效益最大化。

……

直到看到这里，黄建成才暗自伤起神来，因为有人在这个时候给他发送这样的资料，目的十分明确。对方一定知道他对上司交办的工作还在犹豫之中，希望他从防止“一个新的犯罪和恐怖时代”的角度，提高政治定力。

令黄建成没有想到的是，这封信函后面还有一个网站地址，他点击进去一看，是情报人员工作技巧……黄建成一下汗毛立起，大气也不敢喘，立马用特殊方式将邮件删掉，而且要不留痕迹。

说实话，黄建成并没有把这件事往心里搁，当务之急他要思考如何与华中工厂打成一片，没有员工的信赖，谈何立足之地?

眼前他想到一个人，他认为必须争取他，或与他推心置腹。现在黄建成唯一的办法是登门拜访，要热脸去贴冷屁股……

黄建成一个电话打到办公室主任程青青那里，让她与华中工厂一号首长预约一下，今天下班他要登门拜访。

接到程青青的消息，我猜测黄建成可能多少得知了 2084 号飞船私奔的情况，他想利用家访的方式探听虚实，了解真相。

我在电话里与程青青主任做了研判，希望她必要时配合行动。当我冒冒失失把这话说出来时，程青青没有羞羞答答，反倒爽快地答应了我：

“呵呵，为华中工厂，我愿意!”

后来，我想想不对头，人家程青青是单身，与我这个有妻室的人扮演假夫假妻，这分明是一场闹剧，忙又回答：

“这恐怕不行。”

程青青在电话那头笑道：

“这是演戏，你就当是对新员工入厂的一个考试。”

一阵愉快的欢笑后，程青青把电话挂掉了……

这天对我与程青青来说，时间好像过得特别慢。

好不容易等到夜幕降临，我已早早回到家中烧好开水，翻出去年出差到福建武夷山买来的大红袍，因为我喜欢晚上喝点红茶，既暖胃提神又不会影响晚上睡眠。

听到门铃声，我知道黄建成来了，忙开门笑脸相迎道：

“欢迎董事长，稀客！”

黄建成忙说：“白天忙碌上班，晚上登门拜访，我想一年内，至少将全厂中层以上干部家庭走访一遍。”

我本想讽刺挖苦他几句，但想到黄建成也是服从组织安排，他在外资企业可以拿到丰厚的薪水，现在跑到国企薪水均封了顶。就人与人之间，我与黄建成本来就没有什么利害的冲突。

所以，我还是脱口而出：“像你这样的好干部，这个时代真的愈来愈少了！”

黄建成感到一阵内疚，说道：“我的到来，对华中工厂来说是半路上杀出的程咬金。”

我泡了一杯大红袍，递给黄建成，说道：

“这是组织的决定。”

“不好意思，抢走了老董事长的饭碗。”

“大可不必这么说，华中工厂班子年龄老化，需要你这样的年轻人。”

黄建成立马放低身段，将心比心地说道：

“我知道，无论资历、水平，华中工厂董事长这个职位，您都是最佳人选。未来无论怎么样，在我的心中您永远是华中一号首长!”

“呵呵，不允许这样说!”

我没有想到黄建成会说出这种话来，黄建成见我欲言又止的样子，干脆敞开心扉，说要送我三句话——

第一句话，你必须原谅自己。在这个世界上，人生不如意事十之八九，没有完美，人都有犯错的时候，也不可能得到每个人的认可。

当你长久沉浸于自责之中时，人会变得悲观，同样的错误不但不会消失，而且会在你的人生中出现得更加频繁，所以你要时常保持微笑，宽容自己。

第二句话，你必须原谅你的敌人。在一个竞争激烈的现代社会里，你不知何时就会多了一个敌人。特别是当今社会工作压力越来越大，难免会有人与你想法不一样，他可能会在背后议论你、诽谤你，把你当作敌人。即使你是一个与世无争的人，可麻烦偏偏会找上你，这时你要怎么办？是让自己和敌人一样变得心胸狭小呢，还是时时记恨着有一些人陷害过你？

以一颗宽容之心对待吧，因为你的愤怒只会影响到自己和家人，不会影响到别人。你应当感谢你的敌人，因为那些丑陋能让你更加珍惜人生的美丽，会让你更清楚你想要的幸福是什么。

第三句话，你还要原谅你的朋友。因为在你寻找快乐的途中，可能越是亲密的朋友，对你的伤害越大，可朋友对你的伤害很可能是无意的，或许是嫉妒之心激起的一时冲动。

这是提醒你得原谅朋友，因为他们曾经给过你帮助和快乐。

人生在世，没有什么是不可以原谅的。让我们在生活中学会宽容，当人生处于低谷时，我们要学会打开另一扇窗户，或许会有更美的风景。

黄建成说了这些话，可见他是有备而来。

从黄建成的口气中，我渐渐明白了这些应该是他来到华中工厂的真知灼见，是说给我听的，也是说给他自己听的。

同时，黄建成的话更像一把剑，击中了我内心最柔软的部分。他见我没有过多抵触，这时又话锋一转：

“华中工厂做好汞矿开采和延伸品生产这是天经地义的事，不惜工本进行人工智能和机器人制造，对一个工厂来说总觉得跨度太大了些。”

我料定这是新来的董事长必问之题，就付之一笑：

“每个参观过华中工厂的人，都会向我问这个问题。其实这也没什么好说的，大策是国家战略，小策是工厂转型升级。”

这时黄建成没有再吭声，我知道他可能正站在十字路口徘徊着，就介绍最近国外航天工业发展态势，顺便也给他洗洗脑——

这是我前些日子在美国《星条旗报》、俄罗斯卫星网等媒体上见到的报道：美国总统在加州圣迭戈海军基地演讲时表示，他的新国家安全战略“承认太空是一个作战领域，就像陆地、空中和海上一样”，他正在考虑组建一支“太空部队”，这或许是“势在必行的好想法”。

关于组建美国天军的说法，外界一直有“山雨欲来风满楼”的感觉。早在 2015 年 7 月，美国政府问责局就发布报告称，在五角大楼成立独立的“太空部队”，是美军内部重点探讨的改革方向之一。2017 年 6 月，美国众议院武装力量委员会提出组建独立的“太空部队”的提案。

根据该提案，“太空部队”将归属美国空军部和空军部长管辖，但将享有独立的作战指挥、军种管理和预算分配权限，并成为美军参谋长联席会议的常设成员。实际上赋予“太空部队”在太空侦察、资源管理、作战和队伍方面的主导权，基本包揽美军现有的全部太空军事力量。不过，最终这一提案遭到五角大楼和美国空军的联合剿杀。

这次总统大人再次表态，美国太空专家霍华德·麦克柯迪分析称，美国实际上已经在做这方面的事情，但成立“天军”将赋予相关任务更高的地位。

美媒曾报道称，在组建天军方面，中俄已走在前面。俄罗斯于2015年8月组建空天军，明确担负抵御空天进攻、保护国土免受空天武器打击的任务。

兰德公司曾发布报告称，解放军战略支援部队承担太空作战任务，主要是发射和遥控卫星，为解放军其他军种提供C4ISR支撑，还有可能通过定向能武器致盲、在轨卫星撞击等手段干扰和摧毁敌方卫星。

我又特别对黄建成提醒说：“一个工厂即便规模再大，市值再高，如果人工智能元器件严重依赖外国，供应链的‘命门’掌握在别人手里，好比在别人的墙基上砌房子，再大再漂亮都经不起风雨，甚至不堪一击。”

我欣慰的是，这些年来华中科技的努力没有白费，我们的人工智能产品，尤其是飞船研发，虽说主要用于民用，但相信会改变现行世界太空的格局。

说到这里，我见黄建成不时点头，突然又把话打住道：

“这事以后你会慢慢知道，因涉及工厂的许多商业机密，我现在是小曲好唱——口难开呀！”

黄建成被我的幽默逗得捧腹大笑。

但从我的话中，他已意识到其中的含义，猜想我对工厂这次职务调整耿耿于怀，所以又回头劝我道：

“兄弟目前的窘迫，令我想到中国古文里的一段很有名的对话。”

黄建成不管我想不想听，直接说起寒山与拾得的一段对话：

寒山问拾得曰：

“世间有人谤我、欺我、辱我、笑我、轻我、贱我、恶我、骗我，如何处治乎？”

拾得曰：

“只要忍他、让他、由他、避他、耐他、敬他、不要理他，再待几年你且看他。”

听到这里，我慢慢抬头看了看面前这位貌不惊人的家伙，从他眼睛中，我知道他自己已经彻底放下，现在他急切地希望我也能很放下。

同时，他期望华中人能同舟共济，共同渡过目前华中工厂资源枯竭的难关……

我知道黄建成今天想要了解的事很多，迫于时间关系，他没有与我谈论更多的工作。

分别时，他似乎突然想到了什么，这才不紧不慢地说了一句：

“只顾着聊天，还未向嫂子问声好呢。”

我心里一惊，也不慌不忙地大着嗓门说道：

“嫂子这几天身体不适，在楼上休息呢！”

早已潜伏在楼上卧室里的程青青，听到楼下的吆喝声，装着身体不适的嘶哑声音，问道：

“楼下谁呀？”

我装着催促她的语气，大声回应道：

“你下楼吧，送一下工厂新来的董事长！”

黄建成是聪明人，听到嫂子声音已经足矣，忙说：

“不客气！今天时间不早啦，下回再来拜见嫂子。”

其实，我早已盼着黄建成早点离开这里，于是我就顺水推舟地对黄建成下起逐客令：

“好吧！谢谢黄董事长今天光临寒舍！”

送走黄建成，我忙关上门，一口气冲上楼，见程青青被刚才一幕吓得还在发抖，忙说了一句：

“委屈青青啦！”

程青青目不转睛地看着我，问道：

“您这是为了什么？”

为什么？人生最无奈的不是想要什么，而是根本不知道自己到底为了什么。

我说了一句模棱两可的话：

“也许每个人都会遇见那么一段时光，一切都充满不安，可是除了勇敢面对，其他别无选择。”

我不敢与她对视，觉得有一种触电的感觉，接着心跳加速，就连呼吸也急促起来，就冲上去一把抱住她，她像一个温顺的小绵羊倒在我怀抱中……

一直站在楼下的黄建成，见楼上的灯很快熄了，他顿时醒悟过来，猜测着房间正在发生着什么。

第九章 算力即权力

这几天，作为中国南部省份的一省之长，闫省长已经被推向了风口浪尖，使他对华中工厂愈来愈反感。

春节前，华中工厂这位董事长在总理座谈会上放横炮，春节后，已经被调整后的董事长仍然胆大包天，还对闫省长进行实名举报。

反正横过来竖过去，都与中国南部这个省政府格格不入。即便采用高压态势，及时对厂级班子进行调整，也好像一时半会儿难以奏效。

闫省长想，照此下去，这一政企之间的矛盾，可能还要酿成新的更大的问题。这就如安放在身边的一颗定时炸弹，随时随地都可能发生大爆炸。如果真的爆炸，最后被革掉命的不是这位董事长，可能是他省长自己了……

一想到这里，闫省长更是坐立不安，心惊肉跳。窝了一肚子怨气的他，再也憋不住了，拎起电话找到华中工厂新任董事长黄建成，怒火万丈地骂道：

“派你到华中工厂，不是让你当官的，是让你干事的！你看看你们厂子有的人像条疯狗，不问皂红青白，只要见到人就下口！”

听话要听音，黄建成当然知道闫省长的所指。说实话，黄建成到现在也没明白，工厂的这位一号首长为什么会来这么一手，可恨的是恶人先告状，加剧了政商紧张的关系，弄得华中工厂鸡犬不宁。

如此直接针对一省之长的告状，无疑是极为罕见的事情。现在如何处置？问题是黄建成到华中工厂，也是初来乍到，肯定一时难以控制工厂乱糟糟的局面。

这时如果非要让黄建成选择的话，他无论如何也不肯到这种老牌的工厂。所以，他一肚子苦水，对闫省长求情道：

“请省长再给我一点时间吧！”

这句话把闫省长激怒了，又破口大骂起来：

“再给你时间，是不是等着这人把我整下去？”

闫省长的话，其实讲得很实在。当初朗朗为华中工厂一号首长出这个实名举报的主意时，就料定闫省长会有这么一天。事后一号首长一定会感激机器人助理朗朗，没有他的开导，恐怕还一时难以找到如此精准狠的打击。

这么一看，黄建成觉得眼前这位华中工厂的原董事长不是等闲之辈。除了不好惹以外，而且还得志更猖狂。

虽然黄建成是临危受命，但自己酿成的苦果，唯有独自吞下。所以，黄建成赶忙向闫省长道歉：

“对不起恩师的栽培！”

黄建成一边说着这话的同时，好像突然又想起了什么，连忙压低声音向闫省长建言献策起来。

可以肯定的是，黄建成也不是任人宰割的羔羊，更不是任人摆布的省油灯。

说得再明了一点，黄建成必须尽快走出目前“老鼠钻到风箱里——两头受气”的窘境。当电话那头的闫省长对黄建成的建言欣然接受，迸出一个“好”字时，黄建成先前七上八下直打鼓的心，才慢慢安稳下来。

也许这是黄建成自己手中的最后一张王牌，也算是黄建成的恩师——闫省长大人的孤注一掷。

数日后，华中工厂接到省政府的通知，说闫省长将亲自带队来工厂调研，主要当面征求实名举报人的意见。

当程青青接到通知告诉我时，我真的有点喜出望外，感觉华中工厂这一久拖未决的历史遗留问题，有望解决了，这是当下彻底解决厂子因互保引发连带责任、解决华中工厂转型发展“资金荒”困惑的最关键的一着棋。

我与华中工厂当然充满着期待。

第二天，闫省长带着省政府研究室、发改委、经信委、国资委、金融办相关厅局长，轻车简从地来到华中工厂，先到关停的采矿区实地调研，又到华中人工智能产品大厅进行了参观考察，最后坐下来专题听取华中工厂的工作汇报。

先是黄建成代表华中工厂进行具体工作的汇报，只见他闷着头照本宣科，闫省长不耐烦地打断了他的发言：

“我希望基层部门同志的发言，要脱稿讲话，心里有什么就说什么，这样我们才能听到真话。”

黄建成马上回应道：“不好意思，我才到华中工厂工作，还在熟悉之中，我委托华中工厂老董事长给大家做情况汇报，行吗？”

这个时候，会场响起一片掌声。我没有想到黄建成突然把发言的事推给我。

考虑到省长和许多厅局长都在场，我算是给足了黄建成面子，认认真真将华中工厂的现状情况、发展中的问题、下一步的发展思路和举措，做了一个详细的汇报。

不知闫省长是对我汇报不满意，还是对黄建成来厂工作不满意，抑或心思就不在工厂的调查研究上，他没头没脑地说了一句话：

“这次汇报出现的问题对初来乍到的黄建成来说可以理解和原谅，下次我们不允许这种事情再发生。”

闫省长没有对我的汇报做点评，估计他压根儿就不愿听我的汇报。

这时，闫省长则是拉高站位，满怀深情地回顾了毛泽东、周恩来、邓小平、陈云等老一辈无产阶级革命家深入基层开展调查研究的光辉事迹和优良传统。

他指出，党中央高度重视调查研究工作，特别是新时代以来，多次强调要在全党大兴调查研究之风。我们企业是生产一线，必须把调查研究摆在突出位置，千万别像我们一样，事不关己，高高挂起，这种官僚主义的结果，也就是前段时间华中工厂抨击我的“新官不理旧账”，这个问题我们省政府必须认了。

如何知错即改，补齐这一工作的缺陷呢？

闫省长两眼扫视台下，见我坐在会场一隅，不知为何又引起了他的兴奋，又喋喋不休起来：

怎么解决现在华中工厂的实际问题，对我们来说，可能最好的办法就是调查研究，这是我们党的优良传统，也是做好华中工作的基本功。

大家知道，调查研究是了解实情最直接的手段和方式。毛主席早就说过，“没有调查就没有发言权”“不做正确的调查同样没有发言权”。

前些日子，华中工厂有人将矛头直指省长，说他“新官不理旧账”，这个问题提得十分精准。为什么“新官不理旧账”？后面我会做说明。这里强调的是，做好调研并非易事，只有实事求是、精益求精、接地气，调研才能发挥实效。

调查研究有一个深入思考分析的过程。调研遇到的情况错综复杂，角度不一样，切入点就不一样，对同一个问题的看法也不一样。要提高找准角度的能力，进行深入思考分析，实现熟能生巧、事半功倍。要通过调研中的思考分析和研究判断，不断提高综合能力，拓宽工作视野。

调查研究还有一个总结提炼的过程。同一个事物，在不同的地方调研以及和不同的人调研，得到的调研内容都不一样。对调研获取的素材进行分析判断、总结提炼、深入加工的过程，就是实现自身能力提高的过程。要能够透过不同的现象看到本质，认识发现、总结归纳普遍性规律和深层次矛盾，形成有价值的思考体会，提炼出好经验好做法。

调查研究更有一个字斟句酌的过程。掌握了素材，要拼出一盘“好菜”，必须进行文字加工，用最简单、最准确的语言表达思想、说明问题。你说我“新官不理旧账”，到现在我都不服气，我一直为华中工厂的发展担忧。当然，我希望通过今天的调研进一步提高自己的认识水平。

最后，调查研究还有一个接受教育的过程。调研过程会接触到经济社会发展的方方面面，深入了解我们的国情、社情、民情、企情，从中能受到深刻教育，甚至心灵震撼。

不知大家是否感觉到，调查研究最终还是能力提高的过程。调查研究是提高干部职工能力水平的重要手段，我们务必重视起来，行动起来，共同参与，总结方法，选好路径，扎实深入搞好调研，期待更多年轻同志通过调研提升自己，加快成长进步，不辜负省委组织的期望……

明白人一听就知道，闫省长之所以讲了这么多调查研究的目的和意义，其实是借题发挥，有备而来。拿调查研究说事，是教训我不要不调查研究就到处胡说八道，尤其对我实名举报他一事耿耿于怀，明里不敢否认，暗里其实是不肯接受。

为什么闫省长敢当面这样做，可能他有他的理由，用他的话说，他已经抓到了华中工厂发展的软肋，这才说道：

“我不反对华中工厂搞人工智能，作为一个上百年的传统老企业，转型换代，腾笼换鸟，凤凰涅槃，一切势在必行。”

闫省长说这话时，故意朝我这边瞄了一眼，接着又振振有词地说：

“但是，如果我们造出来的机器人对社会造成伤害，如果我们造出的飞船飞不上天，那么你就是对地球村对人民的犯罪。说得轻一点，这是对国有资产的浪费，说得严重一点，这是国有资产新的流失。”

说到这里，闫省长故意停顿了一会儿，然后提高嗓门喊道：

“同志们，政府的钱再多，都是纳税人的血汗钱，作为一省之长，我闫某人不能容忍这种恶习！有人说我这是‘新官不理旧账’，可能他只看到表象，如果他是一个省长，估计他比我还要狠。”

这时台下黄建成带头鼓起了掌，接着许多人也跟着鼓起掌。闫省长极像一个成功的演说家，把大手向下一挥，示意人们不要鼓掌。

他又兴致勃勃地说道：

“我十分欣赏鲁不逊的一个观点：算力即权力。”

鲁不逊认为，可测宇宙原子总数约为10^80，而围棋走法有2.08*10^170，如果按照计算机“深蓝”战胜国际象棋世界冠军卡斯帕罗夫的穷举套路，就算“天河2号”出马也会举成阳痿。所以AlphaGo不计算所有的事件，而是采用蒙特卡罗模拟与人类对抗，最终曲线革命成功。但如果“量子计算机”出战，什么抽样统计，什么概率分析，什么深度学习，没那么多废话，直接暴力枚举。

就像武林各派华山论剑，有位大教授拿着一把AK47冲进去，管你是南帝北丐还是东邪西毒，一梭子下去，统统game over！在超强算力面前，一切都是镜花水月。

所以，当第一台超越早期经典计算机的光量子计算机在中国诞生后，引得整个科学界“蛙声一片”，虽然只实现了10光子纠缠，但已经往前跨了一大步。

要知道，一台操纵50个微观粒子的量子计算机，对特定问题处理能力就已经超过“天河2号”。

在现代社会，无论是与民生相关的天气预报、地震海啸预测、桥梁结构分析，还是与国家相关的导弹模拟、核聚变模型检测，以及宏观经济预测，无一不依赖超强算力。可以说，当代社会最大的矛盾之一就是日益增长的数据处理与有限算力之间的矛盾。

闫省长说得津津有味、滴水不漏。

这时他又故意朝我多看了两眼，见我洗耳恭听的样子，觉得今天的调研没有白费力气，于是，闫省长更是得意扬扬地说道：

“不瞒大家说，正因为考虑‘算力即权力’，我才痛下决心对华中工厂的董事长人选进行调整。”

或者说，人神之间，相差一台量子计算机。谁最先拥有量子算力，谁就拥有最大权力。

闫省长见我仍然无动于衷，心里有点发毛，又继续讲述鲁不逊的观点：

对于量子计算机的出现，不能过于乐观，量子算力是比核武器更危险的存在，谁第一个操纵45～50个量子比特，谁就可能优先获得最大权力，但如何制衡这种权力，值得深思。

往昔人们谈起围棋，津津乐道于其变幻莫测、智慧深远、不可猜度。如今谈起围棋只有四个字：人不如狗。AlphaGo每秒上亿次的计算能力，已经将九段棋手都甩到了五子棋的级别，一旦引入量子计算，那就算上帝出手，顶多弈成平局。

谷歌大脑1.6万个CPU运行7天才能完成猫脸识别，谷歌大脑实现模拟人脑的突触数量仅为100亿个，而实际的人脑突触数量超过 100 万亿，这个数字对于经典计算机来说不可企及，对于量子计算来说，这都属于小儿科。

可见，一旦能够控制更多量子比特，人与机器的结合，也水到渠成。从智人到神人，中间只差一台量子计算机。

闫省长愈说愈深奥，估计下面没有几个人可以听得懂。

如果你之前不知道闫省长身份的话，一定以为遇见了人工智能高手。

我知道闫省长是冲着我说的，仿佛他要用他那锋利的指甲，撬开我那一声不吭的内心世界，看看里面到底是什么样的。

今天闫省长所言，看似高谈阔论，但句句紧扣华中工厂现实情况，让我这个长期搞技术的人，真的一下难以挑出毛病。

在人们目光投向我时，我已无退路，就接过闫省长大人的话题说了一句很悲催的话：

“量子不死，逆天不止。”

闫省长没有想到我会这么说，这是要与他抗争到底，还是对他表示赞同？

只见闫省长脸色铁青，我这时顿悟，今天人家省长既然肯上门来厂，本身就是冲着解决问题来的，不然他如此苦口婆心，是为了什么？

我这个人情商太低，真正高情商的人，都能等来他们的柳暗花明。闫省长显然是这样的人，那我还有什么不可以的呢？

想到这里，我必须得之坦然，失之淡然，争其必然，顺其自然。人家上门来厂就是客人，无疑得给足闫省长面子，争取早日将政府拨款拿到手，这才是最大的赢家。

所以，我耐着性子，甚至有点儿低头哈腰地说：

“这几年华中工厂人工智能工作，的确如省长批评的那样，没有能健康稳步地向前发展。人工智能研发本身就烧钱，这也大量占用了整个华中工厂的资金。今天经省长这么一点拨，我们觉得对人工智能操之过急反而慢，按部就班反而快……”

闫省长见我今天如此识相，或多或少已经减轻了先前华中工厂实名举报他而造成的伤害或负面影响。

这时闫省长不知是感动还是激动，破天荒地带头为我鼓起掌。接着，他向大家表态道：

“最后我立下军令状，这次政府即便砸锅卖铁，也要兑现当初对华中工厂的承诺。”

闫省长也深知，在目前中国这种政治生态环境下，一个党的高级干部不值得与一个普通企业家交锋。

他立刻对有关部门约法三章，务必在一周之内，将原人工智能论坛尾款全部拨付到位。

看来今天闫省长很开心，散会前还针对钱的问题，讲了民间一个搞笑的段子：

“缺钱时，二话不说倾囊相助的；需要时，义不容辞挺身而出的；沮丧时，推心置腹好言相劝的；吵架时，吵完拉倒从不记仇的。我们与华中工厂应该属最后一种吧？”

闫省长的幽默引来大家哄堂大笑。

省长离厂时我本想礼节性地上前握手送行，没想到省长大人把手抽了回去，给我丢下一句话：

“做人得有格局！”

省长大人心知肚明，对于瞧不起你的，故意看低你的，说话讽刺你的人，惹不起但躲得起，也许这就是他要的自尊或骨气。出人意料的是，公家的事才办妥，闫省长对我个人仍耿耿于怀，让我僵站在那里许久许久。

闫省长的话，的确让我大吃一惊，但我这次没有还口。我知道自己只是一个小人物，是无法与一个大人物抗争的，有时自己刻意喊两声，最多是一种无赖或发泄而已。

为了一个工厂有尊严地活下去，我到了“蚍蜉撼大树，可笑不自量”的地步，这又怎么啦？

千万别以为我是以小人之心，度君子之腹。

人们不是常说，常在江湖混，哪有不挨棍。也就是说，办厂过程中，有说闲话的，有当面抨击的，有帮倒忙的，还有背后给你一枪的，作为一厂之长，那就一笑了之吧，大概这才是闫省长所说的格局吧……

第十章　意外收获

闫省长离开华中工厂时，省长秘书没忘将闫省长在《人工智能信息》上的一个批示转交我。

原来这是霍金死前留下的最后一个预言，说人类会在 2600 年前消失，需要寻找新的家园：

> 英国著名物理学家斯蒂芬·霍金日前再次做出“预言”，称人类可能在 2600 年前就会灭绝。霍金认为，随着地球人口增长，能源消耗将会增加，地球将变成一个“熊熊燃烧的火球”。
>
> 报道称，霍金认为，要摆脱这场灾难，只能去寻找一个适合人类生存的星球。他还称，“人类如果还想把自己的存在延长 100 万年的话，就要无畏地去往自己从未去过的地方。”
>
> 霍金还呼吁投资者支持他的“突破摄星”(Breakthrough Starshot) 项目，该项目涉及离太阳系最近的半人马座阿尔法星之旅。霍金认为，在它周围可能有适宜人类生存的星球。
>
> 霍金称，“突破摄星”项目的飞行器在光速下要 20 年才能到达这颗恒星，而用现在的太空飞船去那里则需要大概

30 年。

“突破摄星”项目经理皮特·沃登（Pete Worden）介绍称，在 21 世纪下半叶，可能能从阿尔法星轨道上获取适合人类生存的星球的第一批照片。

闫省长在这一信息上批示道：

“请华中工厂人工智能实验室阅处。”

望着闫省长远去的背影，我猜这难道也是他来华中工厂的一个原因？

一周之后，随着闫省长的到来，华中工厂因资金引发的问题，顿时化腐朽为神奇，变污泥为沃土。

对闫省长的这次调研考察，坊间说法很多，大家赞同的一点是，多亏我及时下了这漂亮的“民告官”一着棋，才彻底拯救了华中工厂。

可我认为新官要认旧账，这是天经地义的。

如果真的要感谢，那就感谢机器人助理朗朗的点拨，这事也让厂子的工人对人工智能更亲近了一步。

昨天闫省长的调研讲话，更多是应景之语，个中不失一些敏感性问题，但主要是针对人工智能方面的看法。朗朗又根据自己的思考，及时向办公室主任程青青提交了一份分析报告，明确提出了华中工厂“下步走”的三大行动方案。

当然，不管闫省长出于什么心态，失血缺钱的问题一直像乌云笼罩着实体经济，现在乌云已经被驱散，华中工厂无疑成了最大的赢家。

这天，程青青从 G6 移动端给我发来一幅丰子恺先生的漫画《种瓜得瓜》，不知她是从哪里弄来的。漫画很简单，有三只大雁飞来，三人凯旋庆丰收：母亲一手一只西瓜，两孩共抬一只西瓜。

漫画富有童趣，充满幽默、睿智。

漫画给人的启迪是，种什么种子结什么果，人生就是这样，何必为已经发生的事情而烦心呢？

而我更欣赏漫画后面丰子恺的那句话：

“有人帮你，是你的幸运；无人帮你，是公正的命运。没有人该为你做什么，因为生命是你自己的，你得为自己负责。”

程青青选择在这个时候传来丰子恺的一画一话，似乎刻意为我量身定制，一下勾起我对身边人与事的回忆，不经意间又触动了我的心弦。

想到这里，我的心“咯噔”一下，身体打了一个寒战，开始了我的计划……

应该是受丰子恺先生漫画的影响，我以阿 Q 的精神与勇气，说服了黄建成在矿区资源枯竭之地搞一个告别仪式，既是鼓舞工人士气，也是重整工厂旗鼓。

因为正好天时地利人和，我们必须兑现在资源枯竭型城市宣布会上的承诺，即尽快实现华中工厂的凤凰涅槃，完成企业转型升级，产品腾笼换鸟。

也就是说，以古镇文化为核心，以工业旅游为抓手，打造一个全国乃至全球知名的特色小镇。

第二天，我兴高采烈地穿好工作服，搭乘着工厂无人驾驶的小火车，在无水港、矿山之间穿梭着，跟着千余辆无人驾驶卡车在滚滚的红色烟尘中飞驰。

采矿区、机器人、无人驾驶的矿车、卡车、运货小火车和无人钻机等，又组建了一个智能设备网络，这是华中工厂最后一次的智能化采矿场景。

即便这是华中工厂的最后一次操练，我对这里的大数据、云计算、移动互联网等新一代信息技术，在与机器人、人工智能等的相处融合中，我永远忘不了那显现在我面前的一个个数字。这时我双脚并拢，高高举起我的右手，行了我最后一个军礼……

说实话，矿业智能化发展并不是从华中工厂才开始的，上世纪 90 年代，人家芬兰、加拿大、瑞典等国，为夺得在采矿领域的竞争优势，先后制定了“智能化矿山”和“无人化矿山”的发展规划。

美国不甘示弱，率先开展了对地下煤矿的自动定位与导航技术研究，获得了许多商业化的研究成果。他们的导弹可以实现精准打击，估计也是从这里得到的延伸效果吧。

而我国则是紧随其后，正式编制发布了全国矿产资源规划，明确提出未来要大力推进矿业领域科技创新，加快建设数字化、智能化、信息化、自动化矿山。

华中工厂虽然起步较晚，但实现了弯道超车。

假如我们将矿区的发展一一勾勒出来，将几千年的人力矿山、机械矿山、数字矿山、感知矿山等不同业态朝着自动化、智能化和无人化迈进的轨迹勾勒出来，这不正是资源枯竭城市从现代服务业中可以开采到的新的“富矿”吗？

正是矿业智能化发展，从根本上解决矿难等安全生产问题。矿难是矿工生命的最大威胁，世界上每年至少有几千人死于矿难。导致矿难的原因有很多，人为的疏忽大意、操作不当，或是地震、塌方、水灾等自然灾害都有可能成为元凶。这些因素在传统经营业态下无法完全避免。

矿业智能化可以降低人工成本。随着劳动力价格的上升，采矿企业面临越来越大的成本压力。通过自动化、智能化替代人工操作，可以减少企业对劳动力的需求。

同时，矿业智能化能改变矿工的工作生活方式。矿山往往远离城市，在传统采矿业态下，大量员工在矿山直接从事采矿活动，由此遇到生活不便和管理等问题。新的采矿业态下，工程师可以在远离矿区的城市用电脑远程控制矿场设备，完成所有的采矿现场活动，大幅提高员工的工作体验和生活质量。

智能化已成为引领矿业创新发展的关键力量，是多方投资争相拥入的“风口”，但也带来了一些挑战，需要做好应对。

对一个工厂来说，矿业智能化是一种必然趋势，采矿活动在形态上将从工业向服务业转变，形成一种全新业态。

建设智能矿山不仅意味着生产设备的更新和采矿方式的变化，更意味着整个商业模式的转变。必须加快商业模式创新，否则将在竞争中处于不利地位。

这对政府来说，既要鼓励矿业智能化的发展，也要高度注重行业标准体系的制定，对智能矿山的建设进行规范，避免过度的概念炒作和行业的无序发展。

我掐指算来，智能化的矿业有这么多好处，遗憾的是，随着资源的枯竭，华中工厂不得不立即关闭掉矿山。想到这里，我真的无法控制自己的情绪，顿时潸然泪下。

黄建成知道我今天的心情不好，便想到一个主意：

“一号首长，我能理解你的心情。建议在保留工业遗存的同时，将这里的人工智能遗存一并保护起来，这样，这一个千年古镇，恐怕是世界上最现代化的古镇。届时你想什么时候来，就什么时候来。”

我还是赞叹了一声：“黄总不愧在国外留过学，就是站得高看得远!”

黄建成马上谦虚地答道：“哪里哪里，我是华中工厂的新兵，还需兄弟多多帮助。”

我想到了一件事，马上对黄建成说道：

“中国在机器人技术开发方面突飞猛进，使其第一次可以与日本和欧洲进行直接竞争。中国还可以轻易地加快制造机器人的速度，但这样做可能会在未来10多年，导致数百万就业岗位消失。”

在商场摸爬滚打过的黄建成，有自己的主见，他提醒我说：

“人工智能可能会导致劳动者大量失业，以及工资不再上涨的情况。”

我向他伸出四个指头，说道：

“未来20年内，至少有40%的就业岗位被机器夺走。”

我又实话实说地分析道，中国机器人要想赶超外国竞争对手，只是临门一脚。拿华中工厂情况看，在关键的零件开发方面指日可待。

中国制造商超越竞争对手的关键在于何时的问题，而不是能否的问题。

中国机器人销售商仍然需要向外国公司购买关键的机器人零件。例如顶尖的减速齿轮销售商主要来自日本，而德国公司在抓爪和机器图像技术方面仍处于领先地位……

就在我滔滔不绝，黄建成听得一愣一愣之时，突然几个机器人不知从什么地方冲了过来，一个机器人架住我一个膀子，飞速地把我带离现场，嘴里还不停地警示着我：

“谁让你不注重人工智能的商业机密！”

我没有挣扎，甘当惩罚。

因为这是工厂对员工划定的一根保密红线，无论你在哪里，在什么场合，只要你与工厂签订了责任书，都将全天候受到严密监控。

当机器人助理朗朗将一号首长违规被抓的情况通报给办公室主任程青青时，她急了：

“一号首长与新来董事长是工作交流，作为工厂高管，之间不应有什么保密不保密之分。”

朗朗也急了：“任何新到岗高管，至少需要经过半年的诚信考察期。”

“你是说黄建成董事长?”

“对，在考察期中，我们已经发现他身上有异常。”

“千万不要血口喷人!”

“我们有证据，为什么闫省长嘴里会说出飞船上不了天?”

“省长那是比方。”

“这种语言，一个高官是很难比方出来的。”

程青青没有时间与朗朗磨嘴皮子，要他赶紧告知一号首长关在哪里。

朗朗递给程青青一封机密材料，让她转交给一号首长。

程青青七转八拐，才在旧矿区一截阴暗废弃的地下坑道中，找到被关起来的一号首长。

这里伸手不见五指，黑得像倒扣在一个密封铁锅里，冷风嗖嗖直吹，人会跟着瑟瑟发抖。

我不知道自己是过于委屈，还是过于激动，见到程青青时，我就像见到久别的亲人一样。虽然彼此看不清楚对方，但我们紧紧拥抱在一起的刹那，我那颗整天悬着的心，多少觉得有了依靠。

说心里话，我最喜欢程青青的外表美丽，行事爽快，有柔情有担当有义气。尤其在生活中，仿佛雌雄同体，年龄也成谜，这也是我眼中最爱慕的带劲儿的女人。

正如歌德先生所赞美的那样，永恒之女性，引导我们上升。这时，对机器人把我打入“冷宫”一事，我反倒有了一丝谢意，不然我怎么可以有机会放肆地拥抱着我心中仰慕已久的美人不放?

当然，关在禁闭室里，我真的感到从未有过的不安，不是对机器人如何的憎恨，而是对那些隐藏在华中工厂身边的人充满警惕，也许他们比机器人更加阴险狡诈。

想到这里，我出了一身冷汗，就悄悄对程青青说，希望她走出坑道，马上去传达我的指令：

“通知工厂保卫处，从即刻起，严禁科研之外的所有人员进入华中实验室。”

“有这么严重？”

“这里让我有一种预感。”

“哦！”

程青青边说，边顺手将朗朗的文件转交给我，我借着坑道口的一束亮光，马上拆开信封，原来这是从美国转过来的信息，一看真的把我吓了一大跳：

据《纽约时报》报道，白宫因担心间谍活动，考虑对中国研究人员设限。报道还称，白宫正在讨论是否要限制向中国公民发出某些类型的签证，以及扩大和细化有关对在美企业和学校从事军事和情报项目的中国研究人员的相关规定。

看到这里，我鄙夷地笑了一声，没有想到号称世界最强大的美国，也学会了私底下对中国人的封锁，这更加增强了我对做好华中工厂人工智能的决心，也更加坚定了我对华中实验室实行严控的做法。

因为华中实验室是一项宏大的系统工程，现在尚处于初创阶段，打基础、谋长远的各项任务十分艰巨繁重。

当前最为紧要的是如何更好更快地招引和聚集高层次的科学家，特别是年轻有为的科学家。同时，建立首席科学家制度，进一步发挥首席科学家在项目凝练、科研组织、资源配置中的重要作用，顺应互联网和人工智能创新规律，最大限度地激发科研团队的创造活力和创新生态。

不错，中国有一个品牌叫华中，只要我们肯努力付出，我们就有机会改变它的命运，让它站立在世界人工智能之巅。

但我们还得知道，在这个全球竞争愈来愈激烈的时代，如果我们稍有不慎或懈怠，我们随时随地都会从这个地球上出局或消失。

这绝不是危言耸听。

在这里谁都不相信眼泪，只相信汗水。只有付出才有回报，别让华中这个品牌，仅留下我们的青春，却留不住我们的壮丽。

没有梦想，何必华中！

多亏闫省长先前已经为华中工厂人工智能点了题，而如今大敌当前，让我特别焦虑不安的是如何抢在时间前面，找回 2084 号飞船。

也许，这不仅关系到我的前途与命运，更关乎整个华中科技的发展方向。

说曹操曹操就到，这可能是机器人的优势。

机器人助理朗朗已经敲开我的办公室门，他决定绕开办公室主任程青青这一关卡，抢在我们人类之前，制定出寻找 2084 号飞船的快速行动方案。

我紧紧握着朗朗的手，充满感谢地说：

“请注意保密，这事就希望我知你知。”

朗朗从未如此开心过，第一次感觉到做机器人的伟大，说道：

“因为我提前得知一号首长的想法，马上利用大数据生成了这套方案。我知道这对你有用，知道的人愈少愈好。”

我向朗朗伸出大拇指，给了他一个大大的赞：

“你看我们人脑，这时就不如电脑好使了。”

这让我想起著名作家贾平凹曾经说过的一句话：

“一直以为身子里装着一台机器，没想到还似乎住了个别的，或许是肠胃里，或许是喉咙里和鼻腔里，总觉得有说话声。说些什么，又听不懂。”

朗朗马上补充一句：“这是贾先生在他的《六十年后观我记》中说的。”

在依附着大数据的机器人面前，我当然相信朗朗通过检索得出的结论，就笑着说：

“我现在就怀疑，我的身上是不是也被你们机器人植入了一台机器？”

“啊呀，哈哈！”

人声与机器声混杂在一起，在华中工厂的天空上回荡着，格外具有一种磁性……

在这里，朗朗提交的究竟是一份什么样的方案呢？

若干年后，有人找到了这一虚一实的方案，做了进一步的具体解密：

首先是一份很像虚拟的，寻找2084号飞船的行动方案。怎么寻找废弃飞船？废弃的飞船在哪里？原来是从一个叫《无人深空》的游戏中找到的方法技巧。将游戏中寻找废弃飞船的方法，运用到寻找2084号飞船的方案中来，可以有效提高成功寻找到飞船的概率。

另外一份很像实体的，寻找2084号飞船的方案，直接参照美国“梅肯”飞艇坠毁事故提出来的。

早在1935年2月，“梅肯”号结束训练正准备返回旧金山基地，途中突然遭遇异常气流。风从艇首右舷突然吹来，艇身剧烈摇摆并发生倾斜，而且有了横滚的迹象。而此时飞艇尾部的垂直安定面又发生了断裂，尖锐的铝合金框架刺破了3个氦气囊。

“梅肯”号失去了平衡，气囊中的氦气迅速泄漏，飞艇很快开始头上尾下地坠落下来。好在艇尾首先坠入海面，大多数乘员得以钻出飞艇，爬上救生艇逃生，只有两人不幸遇难。海面上的“梅肯”号在苦苦挣扎了40分钟后，最终沉没。艇上的4架“雀鹰”侦察机也永沉海底。

飞艇的坠毁灾难，让当时的美国总统富兰克林·罗斯福“龙颜大怒”，他任命退休的斯坦福大学工程学教授威廉姆·杜兰德担任事故调查委员会主席，重新评估飞艇的项目。

尽管杜兰德事故调查委员会最终的结论是，军方不应中途放弃这种技术，但罗斯福政府还是毅然下令停止实施飞艇项目。

据莫费特机场历史学家称，在“梅肯”号失事后几天，海军就展开寻找飞艇残骸的行动，但未发现。上世纪80年代，在大批富有献身精神的历史学家、工程师的积极推动下，寻找“梅肯”号残骸的工作重新启动。

2006年9月17日，斯坦福大学工程师们登上蒙特里海湾水族研究所“西方飞鸟”号调查船，对加州附近“梅肯”号失事水域进行第一次详细的考古调查。他们利用无人遥控潜水器上的摄像机来拍摄高清晰度照片，每张照片可覆盖坠毁地点20平方英尺的区域。

为获得整个区域完整的组合图，每张照片必须同邻近区域照片天衣无缝地重叠。通过这种方式，研究小组收集了约14000张照片，粗略形成了“梅肯”号两段残骸的组合图，最终于9月完成了任务。

几个月之后，他们利用电脑把这些照片组合起来，并修正颜色，形成“梅肯”号失事残骸的详细图。

对于以上寻找方案，我一时还提不出什么新的意见，仅对飞船与飞艇这两个名词做了进一步的区分。

在一次课堂上，我与“两弹一星”科学家探讨了船与艇，发现它们之间有着本质的不同，主要是动力使用不同。艇动力主要靠气垫，这决定它飞得不高。船动力通常借助外部火箭助推，这决定它飞得更远。

飞船，英语称为spaceship，它是指位于火箭顶端，利用火箭推力进入轨道，返回时利用降落伞等降落在空旷地带或海上的载人航天器。

它的特点是价格相对低廉，一般不可重复使用。实际发射时，飞船和火箭构成一个整体，在飞船的顶端还装有逃逸塔（实际上是一支小火箭），在火箭出现问题时自动点火，牵引飞船迅速飞离到安全区域。任务完毕后，飞船只有返回舱能够承受住再入大气层的高温，利用降落伞和缓冲火箭降落回地面。

飞艇，英语称之为 airship，它是属于浮空器的一种，也是利用轻于空气的气体来提供升力的航空器。

根据工作原理的不同，浮空器可分为飞艇、系留气球和热气球等，其中飞艇和系留气球是军事利用价值最高的。现代飞艇一般都使用安全性更好的氦气来提供升力，所以飞艇相对于现代喷气飞机来说节能性能较好，而且对于环境的破坏也较小。

我的理解是，介于飞船与飞艇之间的叫航天飞机，英语是 space shuttle。它是可以重复使用的大型载人航天器，与飞船最大的不同在于其飞机形状的机体。

航天飞机在发射时利用火箭推力从发射台垂直升空，着陆时则像普通飞机一样水平降落在机场跑道上。由于航天飞机没有可靠的逃生手段，一旦出问题就会造成重大灾难。美国的所有航天飞机在 2011 年悉数退役，彻底结束了航天飞机时代。

……

无人机、传讯塔，或者是无人机配备了带有陀螺稳定装置的高清晰度摄像机，到达感兴趣地点，则可以从空中放大视像，以便对可能性做出评估……反正可以动用一切手段，如此做法令我耳目一新，脑洞大开。

那就真心期待我们能对 2084 号飞船真的有所发现，有所创造，有所成就！

第十一章　抱得美人归

一晃数月过去，整个华中工厂就像一条大江大河，表面上看似波澜不惊，但水流深处全是暗流涌动。

任何一家工厂，无论大小，在前行中都需要重视正在逼近的危机，尽可能绕开那些在远处等你的死亡之谷。

不知道这个比喻正确与否，反正自2084号飞船私自出港后，我的工作压力一直很大，我的牵挂一直让我无眠，我的寻找一直遥遥无期。

谁都知道，拖延愈长，对飞船上人的生命威胁愈大，对华中工厂的人工智能的打击愈大，最后我这个一号首长或许落得死无葬身之地……

当然，眼前我最着急的还不是时间问题，是我们的技术攻关何日才是尽头。

说得明了一点，我们遭遇到一个强大的竞争对手，较劲抗争可能是一事无成，斗智斗勇或许会寻求到一条生路。

令人痛苦万分的是，眼前我们别无选择。

其实，当那天指挥现场失控，我就知道对手不是一个等闲之辈。

有人联系企业诸多事件猜测，目前华中工厂身陷困境，是境外势力和国内的买办势力协同作用的结果。

冷战时期，还有这么可怕的事情发生吗？难道前者真的是想利用中国司法的漏洞，寻找机会打击中华民族高精尖的龙头企业，而后者则可能与前者勾结，取缔这块挡在他们“利益之路”上的绊脚石？

如果这个假设成立，我们目前面对的就不是一般经济利益的竞争。当这种可能已经升格为一种政治企图与政治较量时，华中工厂就可能处于一种绝对劣势，那就是君要臣死，臣不得不死；父要子亡，子不得不亡。

多么可怕，看来这场貌似丛林法则的竞争，绝对是一场你死我活的，血性血腥的生死搏斗了。

目前唯一可以支撑我做垂死挣扎的是，我想不行的话，那就死马当活马医吧。

迄今为止，各种传言无法证实，但我已做好充分准备，时刻不忘与境外势力和买办势力血战到底。

我相信在人工智能这个时代，狭路相逢智者胜……

记得早年发生了“震网”病毒攻击伊朗布什尔电站控制系统事件，伊朗 2000 多台核燃料铀浓缩离心机失控炸飞，这批离心机采用西门子 PCS 7 控制系统。这印证了国家、军队信息化建设依赖国外装备的危险性，深受震动的我着急了，华中工厂多想为此做些研究，但受国有企业体制约束，加之当时工厂的高管有分歧，这类项目短期不可能盈利，一些人认为“应该是国家干的活儿，国家工厂操不起这个心”。

但后来，我还是坚持做了一个实验来验证这种系统是经不起攻击的，也为现在积累了不少有益的经验。

类似的例子还有：有一年以色列 18 架 F-16 战机空袭叙利亚一处潜在的核设施，并轻松完成轰炸任务。这是因为在空袭之前，叙利亚的整个雷达系统就完全瘫痪了，事后查明，瘫痪原因是由雷达系统内的通用处理器后门引发的。

在海湾战争中，伊拉克的防空网络被美军轻易突破。事后查明，只是因为伊拉克购买了一批打印机，并把这些打印机和自己的军用电脑连在一起，而这些打印机内的芯片恰恰是西方科技公司设计和制造的，美军利用这些打印机芯片瘫痪了伊拉克的防空网。

中国自己就没有教训了吗？

那年勒索病毒“永恒之蓝”在全球爆发，国内教育网是遭到攻击的重灾区，一些政府部门和国企也被殃及，比如公安、法院、中石油等。多地中国石油旗下加油站在当天零点左右突然出现断网，只能使用现金支付。

这不是一次普通的黑客攻击，因为黑客盗取的是美国国家安全局麾下的“方程式小组”的武器库。

想象一下，这次病毒攻击仅仅是一伙黑客使用了从美国国家安全局泄漏出来的攻击工具，一旦将来发生网络战，国家级的攻击者亲自出手，所造成的危害和影响绝不是本次攻击所能相比的，如果瘫痪掉社会经济的正常运行，后果不堪设想。

包括有一年美国特朗普发动的一场中美贸易战，中兴企业被美国以贸易战的方式制裁，其目的就是制约或牵制中国人工智能发展。

可见，操作系统是制造业的魂。自动控制本身涉及国家所有的重要基础设施、重要工业，甚至重要装备。控制系统是所有工业领域，包括武器装备的大脑，没有控制系统，就无法指挥所有的东西。

当前我们迫切需要做的工作就是使我们的工厂尽可能地使用我们的东西。

华中工厂 2084 号飞船事件一发生，我就立刻秘密吩咐我的团队，马上用国产芯片全部替换外国芯片，什么时候中国人有了自己的指挥系统，或许什么时候我们就有了找回 2084 号飞船的资格。

现在的问题是，时间不等人，我们必须学会弯道超车。

过去我一直相信“科学无国界”，可随着现代社会的飞速发展，我越来越觉得科学是有国界的，至少在人工智能方面，许多境外列强带给我们的一桩桩事实或教训还不够吗？

从华中工厂目前情形来说，尽管自主芯片和操作系统未必能够做到无懈可击，但可以避免被国外科技公司入侵，同时，还能自己掌握修补漏洞的主动权。

是的，这是一条最难的路，尤其对时下还处于低谷中的人来说，眼前所面临的，完全是超越了“上刀山下火海”般的煎熬。

过了一段时间，快递小马哥给我送来一份西藏主办方的信函，邀请我参加中国（那曲）高原人工智能峰会。

看到“那曲”两个字，一种特别的亲切感扑面而来。作为中国援藏干部，我曾在这一世界上海拔最高的镇——西藏那曲镇参加援藏工作 3 年。

那里距离太阳最近，那里天最蓝山最高，那里雪最纯水最清，那里一草一木都很熟悉与亲切。

提起西藏，不知什么一下勾起我心中无尽的怀念和牵挂。我突然想起一直搁在心里的事情，就是关于西藏“地球轴心”一说。准确地说，它一直令我疑惑，不知什么时候能够破解。

二战时期德国军方的希姆莱，向希特勒提出要派遣一支特别行动小分队，前往西藏沙姆巴拉洞穴，寻找那个能够控制全世界的“地球轴心”。甚至，他还打算派数千名空降兵到那里，欲打造一个“不死军团”。

本来二战前后，中国的西藏远离战区，完全可以躲过战火与硝烟，但这时并没有躲过德国军方的视线。

于是，1938 年至 1943 年，希姆莱分别组建了两支探险队，他们深入西藏，一边开始寻找“日耳曼民族的祖先”——亚特兰蒂斯神族存在的证据，一边开始寻找能改变时间、打造“不死军团”的“地球轴心”。

1945 年，苏联红军攻克柏林后，内务人民委员会（“克格勃”的前身）军官在德国帝国大厦的地下室里，发现了一名被枪杀的西藏喇嘛，这一切都使得德国在西藏的秘密行动成为二战中一个难解的谜团。

后来按照德国官方的说法，第一次进入西藏所拍的纪录片在 1945 年科隆大火中被烧毁。那位叫哈勒的人，1951 年从拉萨回到奥地利时，随身携带的大量档案被英国人没收，如今哈勒本人也早已死去。

此事早已死无对证，加上德国进入西藏的档案保密等级又极高，按国际通行规则，应在 2044 年后才可解密。现在已是 2084 年，仍不见德国人公布“地球轴心”一说的真相。

有考古发掘的实物做佐证，在 4000 年以至 20000 年之前，青藏高原就已有人类在那里生活。将专家的“人类发生的摇篮”，与德国纳粹寻找西藏沙姆巴拉洞穴控制全世界的“地球轴心”进行对照，我顿时觉得：冥冥之中，它们两者之间一定有着千丝万缕的关联，而且正渐行渐近。

正当我沉浸在有所发现的喜悦之中时，机器人助理朗朗根据前期拦截的信号源强弱，以及在中国中西部派遣无人机配合收集的大数据，初步锁定 2084 号飞船可能掩藏在西藏某个地方。

当朗朗将这一最新情报向我报告时，我真的无法相信自己的耳朵，对他说道：

“请再说一遍！”

朗朗仍一字不漏地重复了一遍。我没有与他进行讨论，吩咐道：

“一周之后，与我一起到西藏去！”

我为什么提出让朗朗去？主要想到雪域高原那个连空气也吃不饱的地方，只有0.8个工业大气压，空气在那里成为生命中的一个奢侈品，机器人对此应该是不用担心的。

我一直没有忘记，面对那曲“风刮石头跑，满山不长草；一步三喘气，四季穿棉袄”的环境时的心情。

当地人告诉我，到那曲镇别说工作，只要你能去走一走，本身就是奉献。关于这句话的含义，用内地人的思维是无法解读的。

后来我才知道，在这块需要人们仰望的高地上，在这个高海拔的荒原与阳光之间，最可怕的不是高原生活的苦难，而是高寒缺氧对生命的伤害。

三年援藏归来，如果说我对西藏还有什么愧疚的，那就是我的人工智能技术还没有为雪域高原解决高寒缺氧的问题。

不错，我曾向高原牧民们承诺过，我一定会尽早开发出适应高海拔生命生存的生活舱。非常惭愧的是，现在到外星球的飞船我们都制造出来了，为什么我们连地球上的这点屁事儿都解决不了？

这不免令我这个所谓的人工智能专家，感到十分耻辱和汗颜……

得知次日我要去西藏一事后，程青青受姚依山的委托，将他为高原开发设计的一套自动增氧帐篷方案连夜送到我的手上，说是给高原人民的见面礼。

这事有点令我意外，仿佛雪中送炭，我十分感激。

再看程青青那乌黑直发垂过耳际，一副绝代佳人美貌，一袭黑色连衣裙，让她更显得文雅端庄。

此刻出现的程青青，让我怦然心动，也让我知道了这个世上什么叫无与伦比，什么叫绝色美人。

我暗自一笑，没有想到那位平时给人老实巴交印象的姚依山，今天竟跟我玩起了美人计。

我知道自黄建成任华中工厂董事长后，姚依山一直在闹情绪，还曾表示要辞职。但不知什么缘故，今天还弄出一个高原增氧方案，是对华中工厂人工智能和高原生命表示敬意，还是表示对我个人的一种真诚？

姚依山的反常举动，我暂时还看不透。我粗略翻了一下他的设计方案，还是把我深深吸引了：

这是一个可以放大到几平方公里的巨型增氧帐篷，从理论到实际，我还一时挑不出什么毛病，至少与我心目中高原氧舱的设想极为吻合。

想到这里，不管他出于什么目的，我还是要感谢姚依山。而办事向来风风火火的我，为了让增氧帐篷方案尽快实现，当即又邀请程青青随我一起去西藏，重点做好方案与青藏高原当地的具体对接。

这个意外的决定，让程青青心花怒放，求之不得。

她跑上来一把抱住我，什么也不说，什么也不做，就只是静静地拥抱着，久久没有分开。似乎只有这样，才能体会与心爱的人融为一体的真实感。

在那一刻，时间也为我们凝固。

也许拥抱，是无声的语言；也许拥抱，是彼此身心的需要。

突然，一道光瞬间从旁闪过，我知道被人算计了，忙一把推开程青青。

这时室外花丛一阵风掠过，我知道那人已经逃离，这才把惊慌失措的程青青一把揽进怀里。也许女人是脆弱的，作为一个男人必须勇敢地保护着她。

黑夜里没有一丝光亮，这是一个属于天使的世界，我已嗅到被激情点燃的女人花香，这时我眼底开始燃起一簇小火苗，感觉随时会“轰”的一声，让我们葬身于性爱的火海，在这里唯有爱是至高无上的。

有趣的是，不知什么时候，人工智能生活模式被自动打开。

这时整个房间响起一首低沉轻盈的《只想抱得美人归》，刚好与我们肌肤相贴的那种亲密相和谐，也掩饰了我在美人面前不会说话的羞涩。

江山再美，怎比你柔情似水，
成败如何，论什么功过是非，
爱本无罪，别问对不对，
只要刻骨铭心，爱一回。

良辰美景，没有你索然无味，
万丈红尘，只盼能双宿双飞，
爱须体会，别管累不累，
有你千辛万苦，也无悔。

你是我，千年一遇的安慰，
你让我知道了，我是谁。
为你放弃一切，也无所谓，
在我心中你最美。

英雄有情，也有泪，
也会为爱痴狂，为情醉。
时光匆匆，如流水，
功名利禄，都是一把灰。

我要，自由自在地飞，

和我深爱的人，相依相偎，
沉舟侧畔看，潮涨潮退，
只想抱得美人归，
抱得美人归……

第十二章　发现飞船

飞船上一号首长的夫人林芝英眼睛眨了眨，终于醒了过来。

她见坐在身旁的是2084号飞船上的一号机器人，朝他微笑说了一声：

“亲爱的指挥长，我这是在哪里?”

一号机器人得意扬扬地回答说：

“尊敬的一号首长夫人，我们搭上了2084号飞船啦!”

“你要把我带到哪里去?”

“你不是老是说，‘世界那么大，我想去看看’!”

这时林芝英才记起，那天她不知因为什么事，在家与一号首长发生了争执，一怒之下跑到自己蓝颜知己——一号机器人那里告状，后来就不知天高地厚了……

说把机器人当蓝颜知己，可能人们不相信，我这里可以透露点小秘密，当初设计这个一号机器人时，林芝英就是按照自己心中最喜欢的男神形象包装打造的，他的身高、胖瘦、体感、味道，包括说话腔调、拥抱力度直至身体尺寸，都是按照林芝英的喜好量身定制的。

说白了，这个一号机器人就是林芝英的亲密伙伴。

这事林芝英一直高度保密，直到有一天他们在调情时，被机器人助理朗朗看到了。为了表示对一号首长的忠诚，朗朗在第一时间向自己的最高上级办公室主任程青青，做了如实的汇报。

这事传到一号首长耳朵里，他更是暴跳如雷。

大家知道，人受到的震动体现在方方面面，有的是在脊椎骨上，有的是在神经上，有的是在道德感受上，而令一号首长震动最强烈的是他个人尊严。

与机器人打得这么欢，不是把一号首长这个人的面子丢光了？

你要知道，尊严就是你走在任何地方，都能被当作一个人物看，而不是当作一个东西来对待。

没错，一号首长虽说只是中国人工智能专家，但在个人生活上，肯定受到了几千年来封建思想影响，心中还一时无法接受高级机器人对自己私生活的插足与渗透。

这无疑慢慢促成一号首长夫妻关系愈来愈紧张，从同床异梦，到婚姻名存实亡。而玩物丧志的林芝英，与一号机器人之间更似新婚宴尔，志趣相投。

也许林芝英的叛逆，从另一个方面，促使了一号机器人利用自己手中的权利，搭乘 2084 号飞船私奔，寻找能成为他们世外桃源的外星球，或许那里才有地球人所追求的真正的桃花源。

这时，一号机器人轻盈地走到床前，一把抱起林芝英，一阵狂吻后，她浑身的荷尔蒙暴增，很有性经验的机器人马上用嘴吮住她的嘴……

人在太空中，可以像在地球上一样生活，这样的视频扩散出去，很难不让人产生疑问：太空世界难道真的是远古陶渊明笔下的那个诱人的桃花源？

不可否认，华中工厂在制造 2084 号飞船时，相信 2084 号飞船一定会自动化、智能化，一定会成为智能空间移动终端，一定会帮助主人解决更多的困难和问题。

2084 号飞船可以不要火箭助推，自己垂直起降；可以成为主人的秘书、保镖，为主人赚钱；可以逗主人开心，保主人平安；可以自己清洁、保养……

当飞船像家中的一辆自备汽车一样便捷时，它的价值与魅力就一下子展示了出来。

在这里，按照华中工厂对飞船的设计标准，真正的太空飞船至少还要具备若干重要条件：

高效、稳定的能源储存技术以及利用宇宙光源、矿源收集能源技术；星图构建以及定位导航技术；强大的引擎以及机动能力；智能的辅助航行仪器和宇宙飞船管理中枢；强大的外壳以及相应的冶炼技术，还有合理的符合宇宙环境的飞船结构设计；对星体的侦察技术，及时发现宇宙星体的行为从而规避危险；舱内生态技术和仿重力系统；有机物长久储存技术；安眠仓技术；某种有效的防护系统科技，如此等等。

有了这些保障条件，船上随行人员的生命才有保障，即便在极限条件下，维持一年半载的生存也绝对没有问题，这也是我对 2084 号飞船归来的一种自信。

当然，说到制造宇宙飞船，一般来说人们首先想到的是美国人。从我个人角度思考，我也巴不得美国人先造一个，这样大家至少有个借鉴或少走弯路。

后来我得知美国人不是不想造，是现在技术不可能实现。能造在海上航行的巨大航空母舰，算是现代工业发展最高的技术结晶了。

可见，要让巨大的宇宙飞船飞上天，不是一件简单的事情，要考虑的因素很多，比如空气动力学，不是一个随随便便的形状就可以在天上飞的，像电影里那些砖头一样的飞船，就现在所知来说根本不可能实现空间漂移，根本就没有浮力和有如此巨大推力的飞行动力来支持。

至于说飞碟什么的，我只能说那是人家外星人技术，怎么实现鬼知道。

此外，就是飞船发动机问题，想研究大推力的发动机不是如此简单的事情，像过去中国搞J20的发动机，搞了多少年呵，才慢慢开始可以生产。

同样，美国人技术虽然高，但也高不到哪去，不可能高出一个次元空间。想要实现你想的那种飞船上天，只有在二次元才可以。

最重要的就是，他们也没钱搞啊。国际空间站服役到期后他们都没钱再造一个，想搭中国的顺风车了，还指望他们搞飞船？

美国国会那帮老爷，知道中国华中工厂准备造飞船，嘲笑我们说：

“肯定想疯了！”

就他们那每况愈下的国力，军费都紧张，哪还有钱搞这个上天入海的东西。

也许在这个大背景下，许多有识之士以民间方式加快太空飞船的研制。

这里我们不得不承认，目前波音仍是全球航空航天领域的领军企业，其研发的商业客机已经遍布全球。如果商业飞船将来也逐渐成熟，人们进入太空就更加便捷了。

商业航天是一个高科技、高投入和高回报的产业，体系成熟后产出的价值也非常可观。

目前太空探索技术公司也有私人飞船业务，即龙式飞船载人版。该公司还有货运版的龙式飞船，可谓是人货通吃，一次发射费用在5000万美元左右。

它们的不同点，主要还是功能上的区别：波音飞船不具备垂直降落基地的能力，降落方式为降落伞和反推装置与气囊降落；

而龙式飞船的发展方向是垂直返回，飞船上带有着陆支架，这一设计可在未来的火星登陆任务中使用，因此龙式飞船的应用前景更广阔。

在私人飞船的队伍中，北美地区仍然处于领跑的地位。欧洲正在开发的可重复使用运载器为无人型号，载人航天对于欧洲而言仍然是个空白。

俄罗斯下一代飞船研制虽然处于推进之中，但称不上私人性质，载人数量也低于“星航线”和龙式飞船，入轨时为 4 人配置，返回时为 6 人配置，商业化程度不及前者。

以上可见，波音的直接竞争对手仍然是北美地区的几家私人航空航天企业，除了太空探索技术公司外，还有诸如内华达山脉、蓝色起源这样的公司。尤其是内华达山脉公司获得了 NASA 在上个世纪研发的升力体构型图纸，打造出一款迷你航天飞机，乘员也是 7 人制，发展潜力不容小觑。

话说到这里了，人们应该明白了我为什么坚持不从华中人工智能岗位上退下来。

现在我没必要再绕弯了，告诉你一个秘密吧，我父母曾是抗美援朝战士，在东北亚一个小小山梁上，参加过上甘岭战役。

和很多人一样，我曾想当然地甚至颇为自豪地想，那么艰苦的上甘岭战役都挺过来了，现在强大了，恐怕不会有人再想和这支军队对抗了吧？

你看看美国人现在的许多做法，会还这个世界一片安宁吗？作为抗美援朝战士的后代，我能让先辈们的鲜血付之东流吗？

欣慰的是，中国华中工厂以一个民族的勇气与胆略，一下将中国航天航空水平拉到全球先进行列，这不只是开始了一个工厂梦，或许这也是最后一个工厂之梦。

这不，自从 2084 号飞船失踪，我至今没有安稳地睡过一晚，说调整我的岗位，撤销我的职务，给予我党纪政纪处分，甚至有人要追究我的渎职罪等等，我看再怎么处理都不为过。

现在的问题是，一旦飞船失踪的事情暴露，不仅我个人必死无疑，整个华中工厂的人工智能，可能会轰然倒塌，永远不得翻身。

这也是我这段时间，在华中工厂努力安抚人心的原因，其实是在为飞船完璧归赵竭力争取时间……

过去从内地到那曲，至少需要一周的时间。

今天与程青青和朗朗仅花了一天时间，先飞抵拉萨贡嘎机场，汽车或火车再行 300 多公里，直抵那曲镇。

可能人逢喜事精神爽，往常到了 3670 米海拔的拉萨，为了防止高原反应，总要休整几天，再向上到 4700 米海拔的那曲。这次由于时间急，只能加快速度，好像没有高原反应迹象。

选择在海拔如此高的那曲镇召开世界人工智能大会，除了反映人工智能在地球上最具挑战性的特点，还肯定了这里最接近外星球那种高寒缺氧的生活吧。

在这一点上，我特别敬佩主办方的用心良苦。这天主持人的开场白，深深地吸引了我：

> 我们永远不会忘记，AlphaGo 唤起了世人对人工智能的热切关注，但背后实质是什么？是向我们展示了从牛顿的“大定律、小数据”到默顿的“大数据、小定律”的可行性：通过把人类的几十万盘围棋博弈，自我“对打”成几千万盘的对局，然后再凝练成价值与策略两张“小”网，最后战胜人类围棋高手。这确切告诉我们一条从小数据产生大数据，再由大数据炼成“小定律”式的精准知识之路。
>
> 这也让我们相信，AlphaGo 之后，IT 的时代定义已经变了，不再是信息技术，那是“旧”IT 了，接下来将会是智能

技术，“新”IT；但我们也不要忘了200年前IT的意思是工业技术，那是“老”IT，将来一定是“老、旧、新”三个IT的平行组合和使用。

这一变化有着深刻的科学哲学基础。卡尔·波普尔认为现实是由三个世界组成的：物理、心理和人工世界。每个世界的开发都有自己的主打技术，物理世界是“老”IT工业技术，心理世界靠“旧”IT信息技术，而人工世界的开发必须依靠“新”IT智能技术。

因此，人工智能成了热门，大数据成为这个世界上最新发现的“石油矿藏”。工业技术基本解决了人类发展的资源不对称问题，信息技术解决了信息不对称问题，接下来智能技术将面临解决我们的智力不对称问题的艰巨任务。越来越美好，这就是人类社会发展的根本动机和动力。

人类一直在围绕着三个世界建“网”，现在已经开始了第五张网的建设。第一张网Grids 1.0，就是交通网；接着Grids 2.0，能源网；Grids 3.0，信息网或互联网；Grids 4.0，物联网；眼下是Grids 5.0，智联网。

这五张网，把三个世界整合在一起，其中交通、信息、智联分别是物理、心理、人工三个世界自己的主网，而能源和物联分别是第一和第二、第二和第三世界之间的过渡，是Transitional。人类通过Grids 2.0，从物理世界获得物质和能源，借助Grids 4.0由人工世界取得智源和知识。

如此一来，我们就自然地进入了工业5.0的阶段。工业1.0是围绕蒸汽机发展起来的，所以大学有了机械系；工业2.0的核心是电动机，所以大学又有了电机系；工业3.0自然是受计算机的推动，大学有了计算机系；工业4.0靠网络和路由器，我们又有了物联网学院系；但就像Grids 2.0和Grids 4.0是过渡性的一样，工业2.0和工业4.0也是Transitional，我们已步入稳定的工业 5.0 之初始阶段，接下来就是虚实平行的智能机时代，现在北大、厦大等几十所大学都有了智能科学与工程系，而且把智能科学与技术列为国家一级学科的努力也正在进行。

在这里，德国倡导的“工业 4.0”是一个很好的术语和概念，得到了中国人的极大关注，甚至被称为最后一次工业革命，这些都是很好的事情。德国人说工业 4.0 核心是“ICT+CPS”，一点儿不错……

好新鲜的一些说法，让我这个从华中工厂过来的人工智能专家仿佛走进阿里巴巴的宝库。

当主持人一提到德国，我马上走了神，什么是 ICT，什么是 CPS，好像对我来说已经不重要，后面主持人还说了什么，我完全记不清了。

但说到德国两字，又勾起了我对德国人二战时在西藏寻找“地球轴心”的思考，这与德国目前倡导的“工业 4.0”，又有着什么千丝万缕的关系？

就在我关心西藏“地球轴心”时，一位叫王飞跃的专家，正好给我们提出要迎接新“轴心”时代，不免让我大吃一惊——

几乎每个中国成年人都知道卡尔·马克思，他去世的 1883 年又有一个卡尔来世，就是卡尔·雅思贝斯。这个卡尔在中华人民共和国诞生的 1949 年写了一本在全世界深具影响的书，叫《历史的起源与目标》，提出了“轴心时代”这一概念。我认为，每个世界都应有自己的“轴心时代”，雅思贝斯只是道出了第一物理世界的“轴心时代”，第二心理世界的“轴心时代”刚刚结束，就是从文艺复兴到现代物理学为代表的科学时代，第三人工世界的“轴心时代”源自哥德尔的不完备定理，激发了维纳、图灵和冯·诺依曼等对智能和计算的新认识，从而有了今天的人工智能和智能技术。三个世界的三个“轴心时代”，分别代表着人类在人性、理性和智性上的大觉醒，以及随之而来在哲学、科学和技术上的大突破。

按卡尔·雅思贝斯的说法，“轴心时代”之所以形成，是人类为了交流、比较以及希望达成共识的“全球化”之本性需求所导致，源于人类的恐惧、贪婪和懒惰的天性。然而，物理世界的全球化只能是“负和”，心理世界最多可以成“零和”，但在人工世界里，借助智能技术，全球化就能够实现“正和”，成为多赢包容的第三代“智能全球化”。

中国在第一个“轴心时代”之末开启了“古丝绸之路”的努力，在第二个“轴心时代”之初又有了“郑和下西洋”的壮举，两次“全球化”的尝试似乎都不算成功，希望“一带一路”能成为新的全球化前锋，完成“正和”的第三次智能全球化运动。

社会上很多人担心这一新时代的到来，包括参加本次研讨的一些学者。再加上“技术奇点”“人类将变成机器人的奴隶”“人工智能毁灭人类”等许多观点，特别是“人工智能很快将使50%甚至70%的工人失业”等看法更使普通百姓心慌不安。对此，本人的看法恰恰相反。

200年前，我们的问题就是担心机器夺去我们的工作进而毁灭人类，甚至把机器都烧了，这就是英国著名的“卢德运动”，不过英国确实发生过“羊吃人”的事情。今天的机器已非200年前的机器，强大多了，但机器夺走我们工作没有？我们离开机器还能工作吗？很大程度上，我们今天的工作是机器给的！计算机已为我们创造了多少新工种？

……

就在专家对人工智能“轴心时代”大发评论之时，程青青带着姚依山为高原设计的自动增氧帐篷方案，在西藏防控高寒缺氧专家的帮助指导下，已经在实验室由3D成功打印出世界上第一顶自动增氧帐篷。

这就是说，今后高原上的人可以像在平原上一样自由生活，所有的生灵再也不会因高寒缺氧而畏惧在高原生活。

在这里，所有制造产品的材料，可直接利用空气中的碳分子，组合成一种特殊碳纤维材料，人们根据需求，编织出想多大就多大的帐篷。同样，理论上亦可方便人们到外星球生活。

当程青青把这个好消息告诉我时，我仿佛突然见到雪山上升起金色的太阳，草原上的格桑花儿朵朵盛开。

这时如果依着我的兴致，就想冲过去拥抱程青青，共同庆贺人工智能在高寒缺氧地区应用的新突破。但在大庭广众之下，特别在高寒缺氧的藏北，这种恶劣的生存环境，真的难以点燃我们的激情甚至欲火。

就在我与程青青沉浸在无比快乐的气氛中时，机器人助理朗朗也兴致勃勃地跑到我们面前，见有包括程青青等其他人在场，就神秘兮兮地把我往外拉，开始我还以为是机器人妒忌我们人类的快乐。

朗朗把我拉到门外，见没有其他人，这才跟我解释说：

“有紧急事情向您报告。”

为了防人耳目，我们找到隔壁一间会客室，朗朗扫描发现无异常后，这才“砰”的一声关紧门，笑嘻嘻地告诉我：

“2084号飞船已经联系上了！”

“什么？”

我有点不相信自己的耳朵。

朗朗又重复了一遍：

“2084号飞船已经联系上了！”

听到这话，我心中又是好一阵激动，一把拥抱住朗朗。但在雪域高原一激动，人就会马上直喘气，这是高寒缺氧本能的反应。

应该承认，功夫不负有心人。其实一进入藏北那曲，朗朗就通过电磁波发现了 2084 号飞船行踪，又通过波长、方位等参数，马上锁定了 2084 号飞船的位置，就是在这一望无垠的无人区中。

朗朗马上改用华中工厂的密码联系 2084 号飞船，立刻听到了一号首长的夫人林芝英的呼喊声，得知是朗朗，她万分激动地说：

“亲人呵，我想死你们啦！”

朗朗既激动又很平静地回答道：

“我是机器人助理朗朗，也许我算不上嫂子的亲人，但我一定是人类的好朋友。”

林芝英可能过于激动，马上发出抽泣的声音：

“太感激你啦！”

朗朗听到哭泣声后，忙关切地问道：

“嫂子，可好？”

林芝英破涕而笑说：“请向一号首长报告，一切安好！这些日子我在进行野外生存训练，通过后我们就可以到火星上生活啦！”

朗朗想，这绝对是意想不到的突破，马上关切地问道：

“现在需要什么帮助？”

“请一号首长届时配合我们升空操作指令，因为我们的操作系统受到黑科技的破坏。”

“那我们到无人区救助？”

“别傻，一个遭遇外力控制的飞船，人类技术目前还无法破局。但我们之间已有妥协，除非 2084 号飞船正常升空。”

“呵，明白！”

这时信号突然模糊起来，可能对方知道信息遭遇干扰，忙向朗朗发出了一个邮件包，又断断续续地说了一句：

“请转告一号首长，我生为人工智能的人，死也要做人工智能的鬼！”

“喂——喂——喂——”

后来再也没有听到声音。

当朗朗将他与林芝英的对话录音再次放给我听时，我真的一下惊呆了！

我马上冲着朗朗问了一句：

“为什么没有视频？”

朗朗一声叹息：

“能得到这个音频信号，我已是用了洪荒之力！”

而林芝英发给我的一个邮件，到现在还无法打开，估计得回内地通过2084号飞船系统才能阅读。

听了林芝英与朗朗的对话，我基本判断这是她有计划有组织的一场强行飞行活动。只是现在被外星人控制，逼迫她利用藏北无人区进行戈壁荒漠野外生存训练，以弥补2084号飞船应急着陆戈壁荒漠地域处理特殊情况的不足，使航天人员进一步掌握在戈壁荒漠环境的生存能力，掌握救生物品的使用方法，提高生存能力，锻炼意志品质。

其实，2084号飞船制造完毕后，我已及时制订设计了航天人员野外生存训练计划，设置远距离求救联络及野外生存掩体搭建、野外生存及近距离求救联络、戈壁荒漠外行进等科目。

看来这趟西藏之行，对我来说真的是不虚此行。

现在我终于发现了，雪域藏北距离太阳最近，这里的山最高，这里的天最蓝，这里的云最白。这里大自然的博大和雄伟，会让人深深感到人类的渺小和卑微。在这种氛围里，别说是2084号飞船这种惊天动地的创造，哪怕是无人区的一株无名小草，也会如大潮般猛烈地撞击人的心扉……

第十三章　特色小镇

面对这个竞争愈来愈激烈的世界，我曾这样幻想：

诗人气愤离开了这个世界，智者被生活彻底打败，智能愈来愈强势地自以为是，唯有弱者始终软弱无力地爬行。

我就是这一软弱无力的弱者吧，只晓得像蜗牛一样缓慢爬行。

有时在这样的世界生活，常常会让人们绝望，但扭头看看周边的人，似乎又毫无畏惧地活着。

谁会想到这个毛骨悚然的世界，会住着这么一群既可怜可悲可恨，又可笑可喜可爱的人类啊。

我应该属于人类这个家族中一位最典型的代表吧？

这不，找到了 2084 号飞船，我仿佛一下找回失落已久的灵魂。

因为我一直以为，2084 号飞船如有三长两短，上对国家或工厂，下对个人职业生涯，都将会造成不可估量的损失，甚至是毁灭性的打击。

所以，从藏北高原一回到华中工厂，我就张罗着让孩子的保姆多烧几个菜，约请去西藏的原班人马，又邀请 CEO 姚依山一起欢庆一下。

这晚，我端起酒杯，就以主人的名义大声吆喝起来：

“这第一杯酒，我们要庆贺CEO姚依山发明了高原自动增氧帐篷。想不到依山兄，要么不出手，一出手就是身手不凡。同样，这个成果还可以作为2084号飞船系列的延伸产品开发，哈哈，这个你懂的。”

大家哈哈大笑，高举起酒杯，异口同声地喊道：

“干杯!”

又倒满一杯酒，这次我高举起酒杯大声说道：

“这第二杯酒，我们要感谢机器人助理朗朗下定决心，不怕牺牲，排除万难，为工厂找回2084号飞船。”

朗朗马上回敬一句：

“感谢一号首长的正确领导!”

大家发现朗朗愈来愈会说人话了，一下被逗乐了，高喊一声：

“干杯!”

这时我的小女儿朵朵，也拿着儿童餐具的杯子，走过来与大人凑热闹干杯。办公室主任程青青嘴快，逗着朵朵说：

“宝贝真乖！再过几天，妈妈就出差回家啦!”

宝宝哭闹起来，嘴里不停重复着一句话：

“我要妈妈!”

可能是程青青的话一下刺激了孩子的哪根神经，已经久未见到妈妈的朵朵，嚷着一定要见妈妈，弄得程青青手足无措，她忙抱起淘气鬼朵朵离开餐桌。

程青青抱着朵朵走出门时，看见一个非常眼熟的身影从她面前一晃而过，估计那人没有想到别墅里突然有人出来。

当程青青回过神时，发现那身影瞬间消失得无踪无影，她觉得可能是自己的幻觉。

在餐桌上的我，照旧海阔天空，对这世道，我的感慨常常是“三十年河东，三十年河西”。每个人都是历史洪流中或浮或沉的一叶扁舟，谁在推波助澜？谁又在力挽狂澜？成就历史大是大非的，终究不是你我。当然功过自在人心，功过也自有后人评定。

就像这次，在中国那曲人工智能峰会活动上，有人问我说：

“在过去华中工厂里，哪些是你做的最困难的决策？”

我没有思考就回答道：

“对我来说，最难的恐怕是决定不做什么！”

想问我为什么要这么说？因为我对华中工厂有太多伟大的、令人兴奋的想法。

这时又有人问我道：“是不是要从好的想法中选择最好的想法，去掉不好的想法？”

我十分坦诚地告诉人们：“我们所有的想法都是最好的想法，但我们工厂只能选择其中一种，并努力把它做到极致，其他的都会果断放弃。”

也许听到这里，人们自然而然就明白了吧：人生就是一个不断选择的过程，对优秀的人而言，选择更是人生中面临的最大挑战。

我对 CEO 姚依山、机器人助理朗朗说了上面这番话，相信绝不是对牛弹琴，因为他们一个是工厂中的最高管理者，一个是工厂机器人中的最高管理者。

在外面晃悠了一圈的程青青，带着朵朵回到餐桌上。这时 CEO 姚依山又找到了新的话题：

“刚才一号首长对我们都各敬了一杯酒，这第三杯是不是该敬敬程主任？”

没想到 CEO 姚依山会这么发问，弄得我一下满脸通红。CEO 姚依山发觉了我脸上微妙的变化，当然心知肚明，为了不让一号首长难看，CEO 姚依山故意将话题转到程青青身上：

“程主任第一次到西藏，可谓旗开得胜啊！”

程青青知道 CEO 姚依山是话中有话，就顺水推舟地一笑说：

“如果非要说到西藏的收获，我还真的有几点感慨。”

程青青马上滔滔不绝说起来：

去了西藏才知道，高原不仅是一个地域，更是一种概念，一种生活方式的延续。

去了那曲镇才知道，什么才是世界上海拔最高的小镇，什么才是高寒缺氧的滋味。

去了高原才知道，云的形状有很多种。

去了珠峰才知道，那儿的路标是“尸体”。

去了藏北才知道，什么叫“雪山草地”，什么叫“天高地阔”。

去了布达拉宫才知道，年轻的僧人也用智能机，但他们修行的脚步从未停止过。

去了无人区才知道，没有日光污染的星空有多么璀璨。

去了大昭寺才知道，有一种信仰，叫一生朝拜。

去了纳木错湖才知道，照片所表现的不过是它美丽的百分之一。

去了贡嘎才知道，不见贡嘎心不甘，一见贡嘎误终生！

去了可可西里才知道，“生命禁区”禁的只是人类，高原生灵肆意奔跑。

……

只见程青青如数家珍，连我这个对西藏如此了解的人也听得一愣一愣的。最后，她又提纲挈领地说了一句：

“西藏那么大，不去走走，或许你永远都不了解它。”

这话又让 CEO 姚依山羡慕得直咂嘴，不待姚依山开腔，我马上接过话题说：

“那好吧，这第三杯酒就敬给程青青同学，庆祝她在西藏高原收获多多！”

“好，干杯！”

大家把杯子碰得震天响，后来程青青又临时联系上几位企业智囊团的专家，他们的加盟又将整个家宴推向了高潮。

这时小女儿朵朵也拿着一个酒杯凑过来，要我找跟她干杯的理由。这也是，不欺老少。

想到宇宙飞船，我说那我跟你讲一个神话故事吧。

每个国家都有太阳神的传说，在部落时代，太阳神有着绝对的权威。纵览所有太阳神的神话你会发现，只有中国人的神话里有敢于挑战太阳神的故事：有一个人因为太阳太热，就去追太阳，想要把太阳摘下来，就有了一个故事叫夸父追日。当然，最后他累死了。

朵朵听到这里，大喊道："这太遗憾了!"

"是的!"我说。

可能你们笑这个人不自量力，却也证明了你们没有挑战困难的勇气。

但是中国的神话里，人们把他当作英雄来传颂，因为他敢于和看起来难以战胜的力量做斗争。

所以就有了另一个故事叫后羿射日，他们终于把太阳射下来了。我们的祖先用这样的故事告诉后代：可以输，但不能屈服。

我就是听着这样的神话故事长大的，勇于抗争的精神已经流淌在我的血液里。现在再想到中国人不服输的精神，就容易理解多了，这是中国为何在世界上屹立至今的原因。

说到这里，我又把后半段话讲给大人听：道教经典《西升经》中《我命章》说："我命在我，不属天地。我不视不听不知，神不出身，与道同久。吾与天地分一气而治，自守根本也。"

"我命在我不在天"，是道教的重要教义之一，也是道教徒向死亡宣战的口号，意为个人的生命同天地一样，都是由自然之气所化生。人如果凭借智慧通过造化之理，盗取阴阳之机，修道守气，返本归根，就可以与道同在，寿比天长。强调个人的生命能由自我决定，不由天地掌握，这是一种以人生为本，肯定人生价值的积极态度。

“我命在我不在天”的思想，与人工智能思想是一脉相承的。指出了个人的生命不是由天地决定，而是掌握在自己手中，强调后天努力的重要性。这种思想在发展中国科技、形成积极进取的人生观和正确的名利观、维护生态环境等方面，都具有积极的作用。

说到这里，人们一齐喊道：“那是，干杯！”

这一晚，与其说是大家一起偷着乐，还不如说是我借酒消愁更贴切。因为我深知华中工厂目前的处境十分艰难，若真的想要扭转逆境，就得重整旗鼓。如果只是靠华中工厂新董事长黄建成耍耍嘴皮子，说得好听一点，工厂到最后就会像长满野草的花园。

所以，当华中工厂正式被国务院列入全国资源枯竭型城市之中，突如其来的困境，给华中留下的毕竟是一片废矿，下一步华中究竟何去何从？

工厂新班子在统一思想时，强烈呼吁我重新出山，做好华中工厂腾笼换鸟、凤凰涅槃的工作。

按我这脾气，是不愿再干这种吃力不讨好的事情的，但一考虑到与工厂几十年的深厚感情，还有那批成千上万嗷嗷待哺的工人，我不知哪根筋又搭错了，拍着胸脯说了一声：

“好的，我试试看！”

事后我回到家，躺在床上横想竖想不对劲，组织部门宣布的是黄建成为华中工厂董事长，我凭什么把人家的活揽过来？

我愈想愈不对，后来身心交瘁地睡着了，醒过来觉得既然厂班子已开过会，个人服从集体，即便错了也得将错就错，人活着不就图的一口气？

于是，我开始以壮士断腕的决心，步入资源枯竭型城市的“产业原地转型、城市异地转型”的金光大道。从西藏一回来，其实我最放心不下的就是那个所谓的特色小镇建设……

餐桌上，经企业智囊团不断地点拨，我觉得华中工厂当务之急，是如何从资源枯竭城市向特色小镇转变，这不仅事关工厂转型发展，更事关实体经济能否走出眼前这一轮危机。

看来既要大刀阔斧、昂首挺胸，又要有果断转型的大气魄。想到这里，我眼前渐渐亮堂起来。

第二天一早，我没有让办公室派车来接，自己悄悄打了一辆的士，直接前往特色小镇。后来程青青得知，马上打来电话追问：

“办公室主任是否陪你一起去？”

我不冷不热地说了一句：

“美女，今天不适宜！”

“为什么？”

我急了，现在工厂多数工人下了岗，再让我带着一个绝色佳人在他们面前耀武扬威，人家一定骂我摆谱，你这不是让我撞南墙？

程青青得知我的想法后，觉得有一定的道理，很不情愿地把电话挂掉了。

给我开车的出租车司机姓郭，一路上询问了我许多工厂转型的问题，还告诉了我一些汞矿关停并转的情况。

我好奇地问：“你怎么知道的？”

出租车郭师傅朝我一笑说：

“我曾是华中工厂的职工，现在开车也是转型的结果！”

我为郭师傅的幽默而感动，关切地问道：

“对于转型有失落吗？”

郭师傅十分坦然地说：

“说没有失落是假话，但从维护国家利益来说，个人这点牺牲不足挂齿。”

郭师傅的话令我震惊，我说我是学企业经济的，想送郭师傅两句话，以示慰藉。

这里先说第一句话，叫“出生入死”，指的是任何产品、任何服务和任何市场，其实从它产生的那一天，就意味着它随时随地都会死亡。工人不应该恋栈，而应该学会改变自己，抢在竞争来临之前死里逃生。

小镇因汞矿炼造闻名，又因汞矿文化而自信。华中工厂借助大数据、大健康、大旅游、大生态，寻找到特色小镇经济转型升级的新动能，即在这里废弃的汞矿基地上，建起了田园综合体，实现由“卖矿石”向“卖风景”和“卖文化”的转变，重现了一个崭新的美丽特色小镇。

第一站，来到影视基地。原来这里是矿区职工住宅区，完整保留了上世纪矿区建筑及苏式建筑。影视基地在整体保留原建筑的基础上进行局部调整，因地制宜，修旧如旧。

在这里，吃、玩、住、行都可以一站式解决。基地分块展现了艰苦卓绝的 50 年代、激情燃烧的 60 年代、热情澎湃的 70 年代、与时俱进的 80 年代、继往开来的新时代。

说是影视基地，其实这里是特色小镇中最古老的一块。我突然觉得，这些与我们朝夕相处的每块石头，都有自己的历史，还有属于自己生命的故事。这多少坚定了我对华中工厂转型的信心，令我兴奋不已。

第二站，来到国家矿山公园。这里以汞矿遗址为核心，面积达到 5 平方公里，包含博物馆、专家楼、古代采矿遗址以及生态恢复示范区。

汞矿工业遗产博物馆是由原来汞矿办公大楼改造而成，它建于上世纪 80 年代初，共 5 层，面积 4000 多平方米，现在已经重新布局。

博物馆内一二三楼分别是展示厅、陈列厅和演示厅。展示厅从地质构造、勘探、汞矿开采、冶炼等不同角度展示了汞工业文明的历史进程和人文精神，大量的图片、史料是汞都漫长历程的见证，集中体现了汞都厚重的文化底蕴和丰富的文化内涵。

陈列厅主要展示了与汞都有关的历史资料、重要文件、各历史时期的产矿工具及模型、矿石标本、地质遗迹标本、人类文化遗迹等实物标本。

大家知道，华中汞矿通过千年的开采，矿山采、选、冶技术达到世界领先水平，970 公里地下坑道比世界第一的西班牙阿尔玛登汞矿还长出 200 公里，这有点令人震撼吧。

其中，几处采掘现场，在新世纪初就已被列为全国重点文化保护单位。当地有这样一个说法，到过汞矿的人，如果没有去黑硐子，可谓没到过华中。

黑硐子因生产的汞矿大都为乌黑色，故称为“黑硐子”。黑硐子遗址最为古老，据传从秦汉始，华中最先开采矿的地方就是黑硐子，由于开采历史久远，这里的山体早已千疮百孔。

黑硐子遗址在一坑东面的悬崖绝壁间，绝壁高约 100 米，凹槽的弧长约 150 米。绝壁上开凿有数十个洞口，洞口层层叠叠，上下贯通，从远处看，洞口似矿工张大的嘴巴在仰天长啸，又像一团团巨大的蜂窝。洞内有蜿蜒曲折的巷道 27 条，与一坑其他采场连为一体，10 余条主巷道绵延数百米，有些地方的采矿坑道多达 5 层，垂直高度达数百米。

洞内有古代矿工遗留的石梯、隧道、刻槽、标记、矿柱等遗迹。史料记载，唐宋时期，周边的封建霸主为了争夺这里的采矿场，各自纠集势力，相互格斗残杀，不断造成流血事件，先后有很多人因抢夺而被屠杀，被扔进黑硐子前面一个自然形成的巨大坑槽里，民间和史书上称之为“万人坑”。

1899 年，英法帝国主义强租华中汞矿，并成立英法水银公司，黑硐子是被霸占的采矿场之一。由此，华中一些团首不断率众反抗，点燃了当地第一次反帝反封建的烈火。

不远处是另一个有名的采矿场，有一个好听的名字，叫仙人洞。它位于悬崖绝壁之上，因洞口有一形态酷似仙女的天然巨石得名。矿洞大体分为上中下三层，洞内可容千人，坑道纵横交错，枝蔓横生，与黑硐子遗址连成一体，形成巨大的地下网络。坑壁有许多标记，据记载全是古人用以标明矿床及掘进方向的记号，能让矿工在漆黑、幽深的洞中不致迷路。顶棚硕大的疤痕，就是当年矿工“以火攻石”的印记。

还有一个具有代表性的矿厂，650 多年前当地人在绝壁上开凿出一条长 73 米、宽 1 米左右的路，设有 79 级石梯和 21 个矿洞。史料记载，明朝初年，一位姓马的人得知华中出产汞矿后，就辞别父母妻儿，带上几位随从，不远千里翻山越岭来到这里，在华中一处悬崖峭壁上发现汞矿石头，就在陡峭的石壁上开石筑路。洞口一根硕大的矿柱与山体形成了一个独特的景观，似一个巨大的象鼻子。

随着汞矿工业遗存保护工作的不断深入，华中还及时启动了申报世界遗产的工作。一方面组织专门的队伍挖掘、收集、整理和研究不同时期采矿的历史文献、文物，使矿区的历史得以完整地呈现。另一方面及时制定了矿区再造的综合规划，将华中建成工业文明新区，发挥遗产保护的经济资源效应。

如果我没有记错的话，早在 200 多年之前，恩格斯就告诫我们：“我们不要过分陶醉于我们人类对自然界的胜利，对于每一次这样的胜利，自然界都对我们进行报复。每一次胜利，起初确实取得了我们预期的结果，但是往后和再往后却发生完全不同的、出乎预料的影响，常常把最初的结果又消除了。”

正是这些充满时代气息的苏联专家楼，堪称“地下长城”的 970 公里的人工采矿坑道，见证了中国工业文明发展的汞矿工业遗产博物馆……

可见，依托矿山文化和山地资源，充分挖掘废弃的资源，修缮改造的华中特色小镇，已经让老矿区变身新景区，“死资源”变成了“活资本”，“废弃矿”变成了“摇钱树”。

第三站，来到生态大花园。这里统筹了山水林田湖草，集产业、文化、旅游、社区“四位一体”，实现山区现代化、新型城镇化、社会经济全面发展的一种可持续性发展模式。

华中工厂一开始，就坚持“以生态论英雄”，以创建国家5A级旅游景区为目标，以加强特色小镇水环境治理为切入口，以异地扶贫为抓手，加强生态文明建设，不断提升美丽华中建设整体水平，成为宜居宜业宜游的美丽经济的标杆地。

一站一站地走过来，我真的兴奋不已，觉得建设美丽特色小镇，既适应华中工厂产业转型的需要，又满足了百姓日益增长的美好生活需要。所有的生态文明建设，已经从解决生态安全、环境安全、资源安全、气候安全等基本需要，上升到美丽的生态环境、美丽的生活环境、美丽的生产环境的审美需要，这也是百姓幸福生活的追求。

离开特色小镇的时候，我没有想到出租车司机郭师傅一直在路边等着我，这让我十分感激。

“要谢谢你关心我们华中，”接着他问我，“有否去过汞矿？”

我大笑道：“到了华中不去汞矿，等于没有到过华中。”

他被我逗乐了，又问：“知道朱砂吗？”

我兴奋地从口袋里拿出一块朱砂，说：“刚才在路边见到，顺便买了一块！”

“多少钱？”

“上千元。”

他拿在手里看了一下，说：“买贵了！”

我“呵呵”一声，他以为我生气了，忙安慰道：

“那我补你一块！”

“为什么？”

“维护华中人的形象嘛！”

我想再怎么弥补，与你出租车郭师傅有什么关系呢?

他坚持地说:“反正汽车要路过我家的门口。”

转眼工夫到了郭师傅家，他翻箱倒柜找来一块朱砂，交到我的手上。

我执意给他钱，他哪肯收，他说了一句令我很震撼的话:

“汞矿可以退出历史，华中人的精神不能丢!”

我明白了，也许今后不管多少年过去，当年曾在华中工厂工作过的工人，无论在何地，甚至无论走多远，他们心中永远都有一种刻骨铭心的汞矿情结。

郭师傅对情结一说表示认可，但他好像还不满足这一点，又向我说道:

“接你到特色小镇时，你说送我两句话，只说了第一句话‘出生入死’，那第二句话呢?”

我大吃一惊，没有想到郭师傅还惦记着，或许这是他要守着路口等我的原因吧。我忙回答道:

“这第二句，我叫其为‘死去活来’，就是干什么都得学会淘汰旧的东西，才能提供满足百姓美好生活需求的新的东西，并不断以创新为原则向前发展。”

郭师傅未等我说完就哈哈大笑起来，把我也逗得直笑。望着渐行渐远的特色小镇，我想，华中人虽与荒山野岭为伴，与坚硬冰冷的石头为伍，但他们依然精神灿烂。

我不知道，这是不是华中工厂会在短时间内从破产的废墟中浴火重生，实现弯道超车的支撑?

这就是说，一个资源枯竭的城市，并不是什么资源都没有了，恰恰千年开采留下的遗迹与精神，成为了一份最难得的宝贵遗产。

不错，在《萧条经济学的回归》书中有这样一句精辟的话:“世界不缺财富和资源，真正影响经济结构性发展的是人们头脑中的教条以及人们在现实世界的把握。”

华中工厂转型发展中“突出特色、产城融合、生态优先”，对矿区文化遗产，既不离不弃又用足用好，以此传承工业文明，激励大家为之奋斗，实现了资源枯竭型城市的华丽转身。

说到底，华中实现转型再实现超越性发展，其背后的强大支撑与力量是什么？

此时此刻，我才知晓，原来是来自华中工厂的文化自信！

第十四章　“职场过水蟹”

不像前几年大小实体工厂形势一片大好：无论你是猪是猫，只要站在风口就能飞。

在满大街“风口＋资本”的疯狂年头，弄得好像谁做实体谁就是金主，就算你是根皮筋都能卖出大葱的价。在急功近利的环境下，可能一个“快”字，就成了这个世界唯一的竞争生存法则。

于是，一个在人工智能领域待过不长时间的实习生，摇身一变就成了另一家公司的 CEO。

一个原本在某媒体大号负责排版的小编，转身一跃就当上了某传统企业的品牌总监……

就连在某国企里负责端茶送水跑龙套的，都敢出门宣称自己是机关领导，张口闭口就是“谁谁是我老铁”“某某和我很熟”。

大量资本推动下的虚假繁荣，为职场滋生了一堆“过水蟹”。

我一直在想，闫省长的小舅子傅晨阳，原本是华中工厂人工智能的实习生，现跑到滨海世纪房地产任 CEO，一位造“原子弹”的，去卖“茶叶蛋”能行吗？

原本滨海世纪房地产的老总黄建成，调任到华中工厂任董事长，本是搞房地产的来搞人工智能，即生产“茶叶蛋”的去造

“原子弹”能行吗？

一看到他们，你就会明白什么是“过水蟹”。当然，这话只能私底下说说而已。接着他们立马让你明白，人生最大的不幸，就是无法清晰地认识自己。有时，离开了平台，才发现自己狗屁不是。

不知是我对他们存在偏见，还是他们本来就对新的工作难以胜任，或者说他们另有企图。这不，房地产 CEO 傅晨阳和华中工厂董事长黄建成今天终于憋不住了，两人说好一起到闫省长大人的家中，他们到底想要寻找什么样的尚方宝剑呢？

闫省长身躯挺拔，两鬓斑白，长得偏胖，一副官相，看似只有 50 多岁。今天他面色红润，穿着一身休闲服，正在书房练毛笔字。

黄建成见状，连忙赞许道：“没想到老师还写得一手好字，我要抢购！”

闫省长边写边笑问：“何以见得？”

“意很美，令人感心；音很美，令人感耳；形很美，令人悦目。”黄建成装得十分内行，也说得有点肉麻。

这时闫省长放下笔冲着黄建成说：

“没想到，黄同学还是行家。”

得到领导难得的赏识后，黄建成的话匣子一下打开了：

“汉代蔡邕说过：为书之体，须入其形，若坐若行，若飞若动，若往若来，若卧若起，若愁若喜，若虫食木叶，若利剑长戈，若强弓硬矢，若水火，若云雾，若日月，纵横有可象者，方得谓之书矣。”

闫省长已经多时未遇见书法知己了，也跟着滔滔不绝地说起来：

“这段话仅从表象诠释了书法形美，我更欣赏书法的内在美。因为每一个字的点捺都有生命的顿挫，每一根线条的流走都有人性的重量和质感，透过文字的痕迹可以感受到书法者的喜怒哀乐。”

其实，黄建成是不怎么懂书法的，只是听闫省长小舅子傅晨阳经常提起说：

“省长喜欢书法！”

为了投其所好，今天来前，黄建成通过百度搜索，又临时查阅了些书法知识。如果再和闫省长对话下去，黄建成早晚得无话可说，他一边忙擦去额头上的汗珠，一边对闫省长的字爱不释手，竖起大拇指连连夸赞道：

“省长的字写得好，实在好，就是好！”

闫省长知道自己的字是半斤还是八两，顶多比初学者好一些，于是马上笑道：

“经黄同学这么一描绘，我这省长得改行当书法家了。告诉你吧，我顶多是书法界的‘过水蟹’！”

黄建成可能是第一次听到“过水蟹”这个词，只知道蟹是吃的，就冒昧地问了一句：

“老师的‘过水蟹’，一定更新鲜好吃吧？”

闫省长一下笑喷了：“看来我这老师，当年没教好学生！”

其实黄建成哪有不知道的，他故意在领导面前装傻，就是想取悦领导。

黄建成见火候差不多了，忙从公文包里拿出一幅名人的书法说道：

“请领导方便时欣赏！”

闫省长见是唐代名臣、书法家颜真卿的真迹，连连称赞道：

“这是中国书法巨匠，颜真卿书法精妙，擅长行、楷。我喜欢他的正楷端庄雄伟，行书气势遒劲，创‘颜体’楷书，对后世影响很大。与赵孟頫、柳公权、欧阳询并称为‘楷书四大家’，又与柳公权并称‘颜柳’，被称为‘颜筋柳骨’。又善诗文，有《韵海镜源》《礼乐集》《吴兴集》等等。”

黄建成似在听天书，这下真的不敢多插嘴，只怕露馅，就顺水推舟说了一句：

“老师这么崇拜大师，这画就放在家里慢慢欣赏。”

黄建成有点低估闫省长的觉悟了，岂会去犯这种行贿受贿的低级错误，闫省长爱憎分明地说：

“千万别犯错误，这种东西我闫某人可以暂借家里欣赏，但绝不可占为己有！”

闫省长的夫人当然知道颜真卿真迹价值连城，这时故意拿了10多张闫省长的书法作品，塞到黄建成的手上说：

“我不信闫老师这么多的作品，换不回那张旧纸头？”

黄建成当然心领神会，连说：

“足矣！”

“千万不要轻狂！”闫省长哈哈大笑，随口又关心地问道，“黄同学今天上门，还有什么公事？”

黄建成这才不好意思地说道：

“老师不问，学生真的不敢开口。”

接着，黄建成把到华中工厂几个月的工作情况，尤其特色小镇建设情况向闫省长一一做了详细汇报。

听完情况，闫省长拍案叫好：

“几次被我批评后，没有想到黄同学大见长进，让人刮目相看。”

“强将手下无弱兵，都是老师的栽培！”

“不过，当时确定黄同学到华中工厂接手，的确很棘手。所以我们留了一手，组织负责提名，最终让员工认可。不过，但凡组织提名的，哪有通不过的？”

“感谢老师一片苦心！”

“这是组织安排，要谢就谢组织！”

大家又一次开心大笑起来，黄建成见火候差不多了，马上贴到闫省长耳边说：

“期盼省长给组织部建议一声，让我黄某人早日转正。”

闫省长不紧不慢地问道：

“为什么？”

黄建成两手一摊，装着十分苦恼的样子说：

“现在这样干，有点名不正言不顺。”

闫首长吃惊地看了黄同学一眼。

黄建成又趁热打铁，向省长大人一五一十地告起华中工厂原董事长的状来。

“短短几个月相处，发现这人自以为是，狂妄自大，目中无人。我不知道怎么说他，怎么骂醒他。”

闫省长又不是三岁小孩，对原董事长不服气的做法，认为可以理解。这事随便换成谁，多少都会有些不服气的，所以他对黄建成提醒道：

“新来乍到，在不违反原则的前提下，你忍气吞声，不一定是坏事。”

黄建成一阵苦笑道：

“领导，这事要这么简单就好了！关键是这仁兄不分场合，不给我面子，想到什么就毫不客气指着你的鼻子，一边俯视你，一边给你讲大道理……好像我们都是小学生，都是外行。”

闫省长点了点头，因为他也遭遇过华中工厂原董事长在大国总理面前，告地方政府的状，甚至实名举报省长“新官不理旧账”……想到这些，闫省长对黄建成投去同情的目光：

“对这人，你的意见？”

黄建成贴到闫省长耳边，压低声音不知说了什么。

最后只见闫省长十分激动地说了一句：

“此人是社会公众人物，注意手下留情！”

这下黄建成急了，将华中工厂 2084 号飞船失踪的重大事故，包括华中工厂原董事长生活腐化、常常与所谓企业智囊人员一起妄议中央等事说了出来，听得闫省长一愣一愣的，但又感到疑惑费解。

这时闫省长的小舅子、滨海世纪房地产 CEO 傅晨阳，马上跳出来帮腔说：

“姐夫，黄董事长反映的情况句句属实，我可用党籍担保。”

这下，闫省长一边为华中工厂原董事长所作所为而心急如焚，一边为新任董事长黄建成工作不力而愁眉苦脸。

其实，黄建成是一个典型的两面人，在他身上，不同的性格兼容一体，他出身贫穷，开会讲话时常爆粗口，但他同时又喜欢舞文弄墨，对古玩字画似乎也很有兴趣。

闫省长知道自己的这位学生平时不拘小节，有些大大咧咧，处理人际关系尤其结交上层人物时手法却颇为细腻。他八面玲珑，钻营有术，在特定的时代背景和大环境下，竟混得如鱼得水，游刃有余。

为什么起用黄建成，闫省长心知肚明，你华中工厂老董事长不懂规矩，我就让更不懂规距的人征服你。

这时闫省长长叹了一口气，十分不放心地对眼前两位嘱咐道：

“这事重大，事不宜迟。希望建成切实担负起华中工厂的使命与责任。近期我要安排到华中工厂调研，然后再作决断。”

黄建成感到今天收获满满的，尤其滨海世纪房地产并购华中特色小镇的梦想方案，又向前推进了一步。

他马上站起身，向闫省长感激涕零地告辞：

“领导高瞻远瞩，谢谢对我们老企业转型升级的真诚关心！”

这段时间以来，华中工厂一直与闫省长针锋相对，黄建成搜肠刮肚挤出的几句马屁话，算是对闫省长的一种安慰。

大约一周时间，黄建成盼星星盼月亮似的，终于如愿以偿盼来闫省长到华中特色小镇调研的许诺。

这天上午，华中特色小镇红旗招展，张灯结彩。这次闫省长对调研考察有自己的严格要求，仅带了两位部门厅局长，一位是分管特色小镇的省发改委负责人，一位是分管工业的省经信委的负责人。

黄建成深知这次领导莅临有可能要改写他在华中工厂的历史，这背后究竟会发生什么，目前很难预料，可能是神不知鬼不觉。

华中工厂本来接待阵容十分强大，闫省长最后只同意让华中工厂，还有华中科技上市公司两位董事长参加。

这就是说，最终考察采用“三加二”模式，共五人。这时我通过视频直播，向他们展示了一段自己乘坐华中科技研发的无人驾驶汽车的情景。

黄建成笑着说：“领导都在场，别看视频了，搞一个真人版的吧！”

见领导们没有反对，我就坐到一辆白色汽车的副驾驶座位上，而驾驶位置没有驾驶员。引擎启动，汽车平稳地驶上特色小镇内的道路，这时观察现场的喇叭发声，告诉人们说：

“未来特色小镇内行驶的汽车，均是无人驾驶。”

分管工业的经信委负责人当即反对说：“华中工厂这个做法欠妥，根据我国现行法律法规，目前还没有推出针对自动驾驶汽车的相关规定。”

分管特色小镇的省发改委负责人说：“我们支持无人驾驶技术创新，但应当考虑如何更合法、更安全、更科学地进行。”

正在大家你一言我一语的时候，只见无人驾驶汽车转入与特色小镇连接的高速公路上行驶，我大声报告：“一切正常！”

这时前面有一辆集装箱车，我的无人驾驶车准备加速超越过去，但不知什么原因，几次都没有超越。再后来，反倒一头撞到这辆集装箱车上，就在车毁人亡的瞬间，我向苍天发出了死亡前的悲惨惊叫……

不知是谁第一时间报的警，只见 110、120 同时吼叫着向事故现场飞驰而来。

一架无人机不知从什么地方而来，在天空中盘旋着。这时事故现场早已是浓烟滚滚，所有考察组成员听到我那撕心裂肺的叫喊声，断定这个世界上一条鲜活的生命即将消逝，一个个扼腕痛惜。

望着浓烟弥漫的事故现场，闫省长对黄建成下了死命令：

“赶紧救人！死了要见尸，活着要见人。”

黄建成紧急调来一辆车，准备随闫省长到事故现场，车辆刚起步，一架无人机已经拽着逃生仓风驰电掣地来到考察组面前，正好挡在闫省长的车辆前面。

直到这时，我还以为是在梦中。我也不知机器人助理朗朗什么时候隐身在无人驾驶车上，是他在千钧一发之际，紧急启动逃生指令，抱住我从无人车顶部弹到车外，空中打开的降落伞，即刻化身为一架可以垂直升降的无人机。

也就是说，今天没有朗朗的暗中保护，我必死无疑。现在朗朗搀扶着我从无人机的救生舱中走了出来，在场的人见我一切安好，就像是在观看一部美国大片。

闫省长过来紧紧地握着我的手，十分激动地说道：

“你让我知道了人工智能真正的力量！”

黄建成对我更是一声叹息道：“多亏老天保佑！”

大家这才长长舒了一口气。

这时，黄建成顾不上问我是怎么逃生的，而是对我发难地说道：

“刚才的情形，让我们对无人驾驶车产生许多质疑。”

黄建成接着滔滔不绝地说起来：“既然是自动驾驶，那么发生事故后，应当由谁来承担相应的法律责任呢？是否对AI或者自主系统加以问责呢？”

黄建成提出了一个极为敏感的现实问题——追责。

言下之意，你作为华中工厂一号首长，逃避不了干系。

很明显，今天华中工厂用汽车进行测试，安全责任就应当由华中承担。

没有想到，今天闫省长与往日判若两人，他对同僚们说了一句令我感动的话：

“我们今天到华中工厂是来考察调研的，不是来研讨或解决人工智能公共危机的。”

领导一吭声，其他人常常不敢多说，会起到一锤定音的作用。闫省长转过身问我：

“请问董事长先生，你还能带领我们考察特色小镇吗？”

我拍着自己的胸脯说：

“谢谢省长，请相信一个百分之百的布尔什维克，我是由钢铁炼成的。”

大家被我逗笑了，只是黄建成斜了我一眼。

我走在考察调研组前面，从职工宿舍改造的文创一条街起步，一路上大家都很激动，尤其在矿区废弃的采掘坑道，各种灯光变幻无穷。就在大家准备从最后一个坑道口出来时，不知遭遇什么突发情况，通道照明全部熄灭，这在没有应急预案的情况下，的确是一件可怕的事情。

我这时立马走在队伍前列带路，并安慰大家说：

“这条通道我熟悉，闭着眼睛也能过。”

就在我摸黑带着大家往前走时，前面一束亮光照了过来，我忙问：

“谁？”

“朗朗。”

听到是机器人助理朗朗的声音，黄建成气不打一处来，他知道朗朗是在暗中保护我，但在这么多领导面前，不是让人家小看他吗？就气呼呼地说了一声：

“请你赶紧让开，别影响领导们考察。”

朗朗可怜巴巴地说：

“我怕你们掉到前面不远处的一个陷阱中。”

黄建成马上对朗朗没头没脑地说了一句：

“这机器人也学会吓人啦，这好端端的通道怎么会有陷阱？”

到这里我发现，今天这一路过来，诸事不顺，我不得不怀疑有人不怀好意，但考虑省领导在场，我不想家丑外扬，就对朗朗说：

“别多事，你什么程序出差错了，快走开吧！”

朗朗见我发声了，也就不多说了，让我们紧跟着他的脚印往前走。

走出地下采掘坑道，整个特色小镇已乱成一团，所有道路的摄像探头失灵，引发小镇交通严重堵塞。

要知道这是过去中国的一家小企业，现在靠做探头上市发财，可谓全球最顶尖的高清探头，现在不知为什么说出问题就出问题。更没有想到特色小镇内的物流配送也出了问题，它本身就是中国一家有名的互联网公司的下属公司，还有一个好听的名字，叫什么草鸟。不知为什么，今天物流在最后一公里时出了问题，使得众多部门、小区的门口，物流包裹堆积如山……

看到这里，黄建成主动向闫省长认错：

“时下，特色小镇发展得如火如荼，然而环顾神州，成功的特色小镇并不多，绝大多数的特色小镇，如同一哄而上的精子，还狂奔在寻找受精卵的路上。特色小镇是个风口，也是个大坑，不久的将来可能是哀鸿遍野、一地鸡毛。”

这时大家你一言我一语说开了：一哄而上的特色小镇，有些人误把规划当策划，找个国际级高手好好规划一下啊。

于是找来几家规划公司PK方案，折腾到最后结果如何呢？

然而并没有什么用。

被大家说得六神无主的闫省长，这时也熬不住开炮了：

“不错，特色小镇的核心是产业，不是房地产，不能本末倒置。但没有房地产，特色小镇也就成了无本之木。同样一块地，如果由滨海世纪房地产老总黄建成来做，是完全不同的，这也是我之前力推黄建成到华中工厂来的原因，就是想发挥他在这方面的特长。”

今天领导终于吐露了黄建成到华中工厂来的原委。

就在人们七嘴八舌说得差不多的时候，我觉得我不能再沉默了，不然的话，就会落得“人善被人欺，马善被人骑”的地步。

我说我曾对过去中国大小城市空中乱七八糟的电线一直耿耿于怀，这几年电线都改从地下走后，不待我拍手叫好，空中又被各显神通的摄像头占领，这让少数几家制造商一夜暴富。

我渴望尽快还城市一片真正的蓝天，希望通过空中定点卫星替代这里成千上万的探头。

那些视频探头制造商怎么消亡，我管不了那么多，我只想还城市、还百姓一片美丽的蓝天。

还有，对那些所谓的电商，我是一直怀有意见。

大家知道，中国城市化本来就不发达，那些不规范的电商一出现，不只是野蛮生长的问题，而且给城市街道上的实体店带来极大的冲击。

街道店面变得死气沉沉，这还叫城市吗？

同样，虚拟电商给实体经济带来巨大冲击，低价倾销让制造商危在旦夕，而那些假冒伪劣产品再乘虚而入，又让真正的制造工厂生不如死……

这时电商制造出的所谓庞大的物流，既消耗了大量包装所需的紧缺木材，又给居民区留下了巨大的垃圾，这些物流给我们带来了巨大灾难。

我曾十分关注美国的物流，有一次麻省理工的一位教授反问我：

“你们中国人要那么多快递干什么？肯定是你们劳动力成本太低，一旦劳动力成本大幅上升，我敢肯定许多老百姓，不敢享有这种所谓的快递服务。”

更何况，现在许多人都在寻找慢城生活，那么电商是不是对现实的叛逆？

关于电商我说了这么多，就是想证明一下华中工厂的特色小镇存在的价值，在当下快速物流的冲击下，我正期望着特色小镇的百姓，在这个时候真正清醒过来，过上真正的慢城生活。

对闫省长的这次考察，有一点我认同的是，应该尽快将滨海世纪房地产通过招商引资引进来，既可以丰富特色小镇内容，又可以通过土地出让解决华中工厂资金紧缺的问题。

听到我这么说，闫省长带头鼓起掌，本来我在他眼里永远格格不入，但今天他对我是另眼相看，也许这是他这次来华中工厂最希望看到的吧。

其实谁都知晓，一个成功的特色小镇，应该是启动之后不久就具备自我造血机能，实现正向的现金流。

资源再好，如果资源变现能力太弱，导致过度重资产化，也会拖累企业，这是目前华中工厂遭遇的最大瓶颈。

这时我见黄建成特别焦虑，就在他准备开口的时候，闫省长把手举起来说：

“我要挡住黄建成董事长的话，不因为我是省长居高临下，正因为我们曾是师生关系，想必他会理解我。今天可见，华中科技上市公司董事长是最大的赢家。”

闫省长的话又让我糊涂了，起用黄建成，先前猜测、传说颇多，最多的是他们是师生关系。今天华中特色小镇的建设，让我又彻底明白闫省长当初动用黄建成这颗棋子还是权宜之计。

所以闫省长对黄建成说了一句本不该是他这一级高级领导说的话：

“你是今天调研考察中最大的赢家！”

这话听起来好像有点赤裸裸的，但闫省长何尝不是赢家。关于华中工厂，我不知道他的最高目标是什么，也可能我永远不知道，但他的最低目标已经收获囊中。

不是吗？

人生很短，你活着，不是为了证明给别人看，莫向外求，多向内求。毕竟这个社会，教我们成功的人太多，引导我们忠于自我的人太少。

其实，我早已猜到黄建成想要说什么，既然现在闫省长没有让他表达出来，或者说闫省长觉得还没有到他该说的时候，那我无须去捅破那层纸。

人们不是常说，退一步海阔天空嘛。

第十五章　满纸荒唐言

前面人家骂“过水蟹”，开始我还真的不知道是什么意思，一直没有反应过来。

当机器人助理朗朗不知从什么渠道，截得黄建成给闫省长的对我的告状信，我这才如噩梦醒来。

其实上次调研，闫省长挡住黄建成说话，我多少已经明白。但我还是要感谢闫省长，没有让黄建成当众出我的丑。

我回过头对朗朗十分认真地说：

“这事就限你我知道，今后涉及人与人之间的关系问题，希望你们机器人不要再插手，还我们人类一点隐私的空间，不然我们今后怎么做人呵？”

朗朗朝着我傻笑，又说：

“我猜上次无人车追尾、特色小镇交通失控，都可能是黄建成做的手脚。”

我朝朗朗死死地瞪了一眼说：

“你看，我让你别插手人与人之间的事情，你还拼命说！”

朗朗自知讨了一个没趣，忙按了一下智能按钮，将办公室程青青主任喊过来助威。因为朗朗知道，只有在程青青面前，我才会百依百顺。

也只有这个时候，朗朗常常自叹不如，所以他会痛恨当初的制造商，为什么不把他制造成一个性感女神，让他在男人面前，可以风花雪月，也可以独领风骚……

这时程青青如约敲门走了进来，朗朗心里一喜，这程大主任真的够朋友。

而我这时恰好要找程青青，就笑道：

“我正要找你，怎么说来就来啦，这是什么情况？”

我知道是朗朗在暗中用的伎俩，故意将眼睛扫向他，朗朗当然憋不住笑出声来。

程青青得知原委，笑着问道：

“一号首长有何吩咐？”

“我想查一下 2084 号飞船回归的准备情况，顺便督促你们把这事办得越快越好。”

这时程青青脸色沉了下来，对我埋怨说：

“你就整天想着为工厂卖命，他们会让你安宁吗？”

听了程青青没头没脑的话，我忙问道：

“什么？”

“还什么呢？”

程青青从未与我脸红过，看来今天朗朗的算计已难奏效。

程青青把几份红头文件往我桌子上一扔，说：

“你自己看吧！”

我马上拿起第一份文件，见是省发改委批准的华中工厂特色小镇建设规划发展方案。

见到这份文件，我如获至宝，因为这个是华中特色小镇的宏伟蓝图，可惜这是一份迟来的爱，除了房地产板块，其他功能区块基本已经到了收官阶段。

再拿起第二份文件，这是华中工厂资产归口管理部门、省国资委会同产业管理的经信部门，联合下发的华中工厂特色小镇混改方案。所谓混改，这里特指国企混合所有制，就是在国有控股的企业中加入民间（含外资）的资本。

看到这里我的心七上八下，因为文件告诉我们，穷人和富人的区别，在于穷人的思维狭窄，只会苦苦打工挣钱，不懂得什么是“资本运作”。

如今许多资本运作，其实就是坑蒙拐骗，暗里是偷，明则是抢。要想学会资本思维，必须先来深刻理解一下什么是“资本”。

“资本”仅仅是指钱吗？

我告诉你吧，只说钱，那太狭隘了。

现在资本是对资源的支配权，通过资源支配带来更多的支配权叫“资本运作”，通过“资本运作”优化和配置社会财富，实现社会效率的最大化就是“资本运作”的社会价值。

谁都知道，资本有趋利性和增值性，追求利润最大化。这就会促使社会资源的配置朝着效率、效益最大化的方向进行。社会资源将依次流入最有效率的国家和地区、最有效率的产业、最有效率的企业、最有效率的项目、最有效率的个人。

我这话，可能说得太专业了，普通百姓肯定听不懂。说得直白一点就是，在中国，悲剧可能有两种，一种是没钱，一种是没房。如果两种都没有呢？是不是社会就会抛弃你了呢？

真的别搞笑了，社会连你是谁都不知道。别以为这是玩笑话，这就是赤裸裸的现实。也许上面文件的出台，可以有效解决华中工厂特色小镇资金紧张的问题。

更令我崩溃的是第三份文件，因为华中工厂由央企转为省属企业，涉及组织人事任命的事，已经统统收归省委组织部门。

这份红头文件是省组织部门下发的，关于建立华中特色小镇股份有限公司领导班子的文件，任命黄建成为公司董事长，傅晨阳为公司总经理，我及程青青均为公司副总经理。

关于黄建成，大家已经或多或少知道了他过去的身份。这位傅晨阳是谁？他曾是华中科技人工智能实习生，后来跳槽到滨海世纪房地产公司出任CEO。因为他身份特殊，又是闫省长的小舅子，人们对他的发迹多少有些想法。

这份红头文件从经济层面告诉人们，他们是特色小镇的资源者代表，是资源的最直接拥有者，今后可以依靠出卖自己的资源生存，就像农民靠耕地、工人靠体力、医生靠技能、作家靠写作一样。

同时，他们又是特色小镇的配置者代表，在这里资源是谁的不重要，关键要有资源配置权。这类人依靠配置资源挣钱，从事资源的投入、整合、运营、产出工作。

他们还是特色小镇的投资人，他们可以远离资源，但是所有资源却统统归他们掌控，他们只躲在幕后玩操作游戏。

所以，资源名义上都是资源者的，实际上都是投资人的。

看一个人能量多大，关键是他能配置多少资源。按照这三种不同性质的角色扮演，今后他们如何获得财富？无非只有三条渠道：出售资源、配置资源、掌握资本。

这份红头文件要我来说，明里是上面对华中工厂特色小镇发展的重视，单独建立一个专门班子。暗里是将华中工厂特色小镇单列出来，拱手交给滨海世纪房地产公司开发建设，而我与程青青仅是陪衬而已。

现在我再回头看看，前几天闫省长来华中工厂特色小镇匆忙调研，难道就是为了让这几份文件出笼？顿时我怒火万丈，觉得自己被耍弄了。

他们如此胆大妄为，是因为我有小辫子被他们抓在手上。2084号飞船的失控，如果组织要追责，今天我至少要遭遇牢狱之灾……

那么他们为什么没有对我下手，甚至还将我心仪的女人也拉到团队中？难道他们就是要抓住我的软肋，利用我的品牌打掩护，让我老老实实为他们卖命，一旦达到目的，他们再抛开我？

而这时他们抓住我的人性弱点，让我忍气吞声地卖命，这不是把我们彻底绑架了吗？

这是多么阴险，这是多么恶毒，这是多么恐怖！

想到这里，我气得浑身发抖。

他们的目的十分明确，那就是尽可能在这场侵吞国资行动中披上一个“合法外衣”，又不忘让我们成为改革的挡箭牌，达到他们混淆权钱交易的事实……

程青青见我脸色铁青，眉毛直竖，知道我心中怒火万丈，忙对我劝说：

“一号首长，请息怒！”

程青青温柔的一声提醒，仿佛把我从噩梦中拽回，我极力想掩饰自己的紧张或气愤，若无其事地说：

“没事没事！”

我长长叹了一口气，我想我会有自己的定力。

本来我想告诉程青青，大敌当前，有些话，能不说就沉默，藏在心里也许更合适；有些伤，能不揭就放下，无声忘记也许更明智；有些事，可以看透，但不要看破；有些人，可以看穿，但不要拆穿……

现在程青青就是盛开在我面前的一朵美丽鲜花，我无论如何都得保护好她，不让她有一丝一毫损伤。

我朝程青青苦笑说：

“祝贺青青，荣升副总！”

程青青一下满脸通红，更似一朵水灵灵绽放的花朵，朝我微笑说：

“谢谢！”

她声音苦涩，相信她心里也不一定会好受，要不是朗朗在场，我一定上去拥抱住她，用我的脸贴着她的脸，希望能给她安慰。此刻，只有我懂她，我站起来紧紧握住她那温柔的手，连声道谢：

“谢谢，青青！”

这时我已经不知用什么话来安慰对方，过了一会儿，我想到曾国藩说过很重要的一句话，他说，花没有全开的时候是最好的，月亮还没有全圆的时候是最好的。

但是对于常人来说这是缺陷，还不够完美，没有达到极致。

毁掉一个人最好的方式就是让他追求完美和达到极致。

这个世界不是这样的。

花没有全开的时候才是最棒的，花一全开，离落花很近了。

月亮一旦开始全圆，离变成残月很近了。

程青青听到这里马上清醒过来，问我：

“亲爱的，当务之急应干点什么？”

我朝程青青重复了开头说的话：

“拜托你与朗朗尽快解救出 2084 号飞船，我们必须对国家有一个交代！”

程青青似乎已经明白了这件事的举足轻重，马上铿锵有力地应了一声：

“是！”

这是军人的语言。谁都知道，军人的天职就是服从。

现在这个字从美女程青青嘴里说出来，可能更体现了一种忠诚，甚至一种忠贞。

……

掐指一算，2084 号飞船离开华中工厂的基地有 3 个多月了。

从时间上看，舱内生存肯定没有问题，但从科研角度考虑，如果一号首长夫人仍这么无休止拖着，未必是坏事。某种程度上说，时间拖得愈长，说明华中工厂 2084 号飞船载人成功率可能愈高。

但让一号首长压力大的是，飞船不明不白地玩失踪，在外人眼里表明什么？别说时任总指挥的一号首长对此事有着无法推卸的责任，连华中工厂这一军民融合的AI品牌都有可能毁于一旦。

而社会上别有用心的人，抓住一号首长的重大失误穷追猛打不放，对个人或许是小事，对一个百年老厂发难，那势必是置之死地而后快……

时下，究竟如何彻底扭转眼前这一尴尬的局面？

程青青与朗朗单独交换了意见，其实这2084号飞船失踪之后，他们不知秘密讨论过多少次，最后全都不了了之。

所以，他们今天再次商量这个问题，最后肯定还是无果。因为目前影响2084号飞船回归的主要原因渐渐明朗，程青青直截了当地说：

“解铃还须系铃人，只要搞定一号首长夫人，解救2084号飞船就成功了一半！”

机器人助理朗朗眉头一皱计上心来，贴到程青青的耳朵说起话来，后来闻到她身上的香水味，身上防雾报警系统差点鸣叫起来，他这才拉开与她的距离，最后机器人朗朗色眯眯来了一句：

“我现在终于明白了，男人为什么喜欢女人。”

程青青忍不住笑了起来，伸出手紧紧握住朗朗，她对他的智商早已习以为常，但仍不忘忠告一句：

“谢谢小老弟，但年轻人得多想点正经的事，这是正能量啊！”

“哈哈——”

机器人朗朗的笑声特别搞怪，笑得喘不过气时，还会发出一声尖叫。

之后没几天，根据朗朗的策划，以钟国人为笔名的小诗，在大江南北流行起来。

这个笔名，除了程青青和朗朗外，一号首长夫人也知道是谁，因为我过去曾用过这一笔名。

这首诗有一个很好听的名字，叫《向着蓝天，我们飞船》：

拂晓来临之际
是什么遮住我们眼睛
将我们时间颠倒
压迫一个城市脊梁
就连我们呼吸
也变成一种煎熬

我们一路狂奔
搭上飞驰电掣的高铁
只想尽快逃离
逃离这个该死雾霾
没想到雾霾攻城略地
让一座座城市失守沦陷

摩天大楼被吞噬
飞机汽车被囚禁
我们正在渐渐失去家园
只有路边苦难小树
向着苍天
伸出求生之手

为什么人到最后一刻
才知天空已经病入膏肓
为什么有人要我们雾霾天数星星
什么达州因雾霾叫停腊肉
还有什么雾霾天串门发生失踪案

还有什么收集雾霾制砖……

老天呵，你就这样挥挥手
不带走一片云彩
大地呵，你就这样熟视无睹
你手下这些迷途羔羊
难道我们真的走不出
这片过眼云烟

人类已被雾霾压得喘不过气
这些霾由心而生的东西
我们拿什么才能拯救你呢
是要权威的专家
是要治理汽车尾气
还是向农民烧秸秆宣战……

也许这不是危言耸听
我们最担心的是雾霾来时
怎样拯救我们孩子
红色预警停课不停工时
谁来照料我们的孩子
还有学校没有净化器，怎么办……

也许上苍离我们很近也很远
估计飞船也难带着我们绕过
在每一个轮子下
我们听到灵魂缺氧的喘息
也听到一个生命的铿锵——

这路真难，但我们都得走

亲爱的人呵
我们已经无法回避
既然这是一个有梦的地方
那就一定有我们的天堂
好吧，那就让我们携手并进
向着蓝天，我们飞船

这诗没有华丽辞藻，当程青青盛情邀我为她写首诗时，我几乎一挥而就。没有想到她会拿去发表，一下让我成了网红。

当时写下这些，我绝不是为了向谁诉说什么苦难，我只是想说，当你们能够吃穿不愁，思考“人为什么努力”这样的问题时，有无数个像我一样出身的人们还在拼命。

有人问我为什么？

我说没有为什么，只因为我没有选择，我不想过得心惊胆战，不想让我们的下一代像我一样经历这些，更不想让我们的孩子因为地球环境恶劣而自卑……

当然，我并不知道朗朗破译了 2084 号飞船被修改的加密通道，第一时间将这首诗传输进去。出乎意料的是，当林芝英在船舱中连读了 3 遍之后，她慢慢找到了自己久违人间的感觉。她马上按照《向着蓝天，我们飞船》诗的风格，回赠诗一首。

当然这又经过机器人助理朗朗的精心修改，才正式通过自媒体发了出来：

知道吧，为什么雾霾总要爆表
不是工厂燃煤发电
不是汽车尾气

不是农民烧秸秆
是我们的心不纯洁

知道了吧，为何雾霾来时
人们总喜欢来风
是不是今后环保部门
改名换姓叫“风”
如此拉风，有违百姓企盼

知道了吧，为何一个泱泱大国
不能向雾霾低头
因为我们有一种神圣
人心所指之处
便是我们所向披靡之时

亲爱的人呵
你可曾听到苍天呐喊
也许，这才是我心飞船
一个真正的拉风

读到这里，人们一下明白了，一号首长夫人林芝英的灵魂深处，已经发生了雅鲁藏布江式的大拐弯，这也表明程青青与朗朗确定的第一步攻心方案，已经大获全胜。

正如程青青所言，解铃还要系铃人。

既然现在找到了突破口，又首战告捷，下一步无疑要抢抓机遇，趁热打铁，乘胜追击。

好在我们中国人的一举一动，每时每刻都逃不过人家的火眼金睛。

前不久美国媒体称，通过一些着眼未来的倡议，中国正悄悄在一些领域发展自己的力量，人工智能就是中国带来重大全球性影响的一个领域。

70 年前，美国递交的人工智能领域的专利申请数量（15317 项）超过世界上任何其他国家，几乎是位居第二名的中国的两倍。2084 年中国早已成为全球人工智能领域的领导者。

报道称，中国发展人工智能的努力显然是由多部门合作。在政府的政策和财政扶持下，私营部门在这方面发挥了作用。随着中国企业家文化的成熟，超过 10 亿人一直没有得到发挥的创造性正在获得释放，这对创新和投资具有重要意义。

中国为科技提供了试验场，“走向世界”对许多受过良好教育且雄心勃勃的中国企业家来说，是一个诱人而现实的前景。中国许多在西方受过教育的最能干的理工科学生，选择回到自己的祖国。

虽然像谷歌、亚马逊和微软这样的美国企业仍在人工智能研发方面投入大量精力和资源，但这一工作大部分是在美国以外完成的，这也是阿里巴巴和百度正在采用的全球化方式。

最后，不妨考虑一下历史上美国经济曾在多大程度上受益于政府对技术的投资。步入 21 世纪，中国正在采取推动美国在20 世纪获得技术领先地位的做法。

报道进一步称，中国在人工智能和其他技术上的崛起将对全球经济、社会和外交产生影响，这种影响将持续几十年时间。要保持竞争力，美国和其他西方国家必须加强自身的雄心。

上述是世界经济第一大国美国对中国人工智能的赞叹和评价，你说真诚的认可也好，你说人家嫉妒也罢。在这期间，中国人当然不会忘记，美国还向中国打响了贸易战第一枪，严重危害全球产业链和价值链安全，大量无辜工厂、民众被迫卷入其中。

中国与美国的差距，仍毋庸讳言。表面上看，美国空前强势，但强势背后，则是对国际规则的蔑视，对中国快速崛起的焦虑。

好在现在的中国，早已不是100多年前的中国。中国的技术发展已经积累到一定的水平，在一些领域赶上甚至超越西方，真的不足为怪。

这就是说，华中工厂对中国人工智能的贡献，是谁都抹杀不了的……

朗朗仍然不忘将各类信息收集起来，源源不断地发到2084号飞船。如果说之前对林芝英是攻心，那么现在可谓是对她融到血液里的喊话。

当然，作为一号首长夫人的林芝英也不是傻子，她有自己的考量，绝对不会听命程青青一个小女子的指手画脚。

林芝英知道一号首长有点好色，拈花惹草，男人嘛，这可以理解。问题是你程青青为什么掺和进来，否则，她与一号首长之间的关系不会糟糕到如此地步吧？

这从某些程度上，也促使一号首长夫人林芝英走上歧途。何况林芝英不是省油的灯，比你玩得还要出格，直至与一号机器人开着2084号飞船私奔……

当然，这些都已过去，人们早已料定一号首长肯定是“敢把新桃换旧符”，程青青无疑是唯一的人选。所以，现在原夫人林芝英与“新夫人”程青青之间，不只是情敌关系，更应是老死不相往来吧。

情商向来蛮高的朗朗，虽说是机器人，但多少还是晓得人世间男女之间那点微妙的关系。尤其这个时候，无论朗朗顺着谁，估计谁都不肯轻易接纳。

事情到了这一节骨眼上，怎么办？

到底还是机器人会算计。朗朗思来想去，决定利用机器人的便利，装扮成一号首长的身份，与她们推心置腹一番，没有想到为了2084号飞船回归，大家很快达成了和平共识。

最后，朗朗是用海子那句著名的诗，俘虏并拢住了一号首长夫人林芝英的心：

“姐姐，今夜我不关心人类，我只想你。”

正是有了如此大量的前期工作，才有了后面更加精彩的故事。

这件事，真的有点滑稽。

那是林芝英同意与朗朗合作的次日，江南省著名的《今日新闻》，发布了一篇人工智能的特别报道：

> 今晚，华中工厂的2084号飞船完成110天的封闭实验，一名志愿者与一位机器人带着他们在飞船实验舱里种植的胡萝卜、西红柿等走出舱门。
>
> 至此，为期110天的2084号飞船实验圆满结束，再次刷新了人类密闭生存的世界纪录，实验对人类实现地球外长期生存具有重大意义。
>
> 这是迄今世界上时间最长、闭合度最高的生物再生生命保障系统实验，目的是探索人类在月球、火星等地外星球长期生存的技术保障。
>
> 华中工厂助理朗朗介绍，这次实验对于人类实现在地球外长期生存具有重要的理论和实践意义。在封闭实验中，志愿者要在跟外界隔绝的环境里过自给自足的生活，除了一开始带进去的肉制品之外，主要还是靠养黄粉虫作蛋白质来源。这一次植物舱扩大，能够种植的蔬菜水果种类和数量都有增加。
>
> 实验实现了闭合度和生物多样性更高的“人—植物—动物—微生物”四生物链环人工闭合生态系统的长期稳定循环运转，且保持了人员身心健康。
>
> 为了考验他们的心理状态，在原定的100天之外，临时

延长了 10 天，是故意模拟的突发状况，舱内志愿者事先并不知情，意在观察志愿者心理状态。这个时候他们心里会有比较大的波动，就会问为什么。

朗朗告诉他们：

“如果现在是在太空站，由于各种气候问题或者技术故障，飞船飞不了，不能回去了，还要多待几天，怎么办？难道要跳下飞船吗？他们心理上认可了，也就接受了。”

2084 号飞船长时间的密闭生存实验，获得的生理和心理数据，以及研究建立的调控措施和技术，将为未来的星球基地探索活动人员的健康保障提供重要依据和技术支撑。

据航天航空专家介绍，2084 号飞船里能上网，但叫不到外卖和快递，为避免产生油烟，做饭要清淡，还要尽量提高废弃物处理率。志愿者还经历了“关窗期”的考验，在恒温和不见天日的环境里，研究对人类生物钟和情绪的影响。密闭的实验舱，植物生长靠专门设置的红蓝光，人的呼吸就靠植物光合作用产生的氧气，空气质量指数只有个位数，不用担心 PM2.5，倒是出舱之后要戴上口罩，并且到医院隔离观察一周，检测各项生理指标。

关于下一步的计划，朗朗助理表示，将在总结分析实验结果的基础上，进行空间站、月球/火星探测器搭载，通过天地对比分析，获得矫正参数和模型，进一步为该技术应用于太空奠定基础。

这样我们就可以较好地给月球基地、火星基地的生命设计保障系统，不久的将来，也许你可以在地球工作，到月球或火星度假养老……

整篇报道一看就知道是机器人助理朗朗的杰作，没有一点人的思维话语。

当一号首长夫人林芝英见到报道小样时，更是心潮澎湃。本来是一次绝对的负面行动，最后靠朗朗的生花妙笔，林芝英反倒绝处逢生，真的成为一位航空航天的英雄。

这无意中获得的生命体验，倒成了一份难得的宝贵财富。像一号首长夫人的这种极端心理，做人要么是万古长青，要么是遗臭万年。对目前这样一个结局，林芝英无疑是求之不得。

现在，当我从程青青那里得知 2084 号飞船将回归的消息时，我激动得一把拥抱住她，不知什么是辛酸苦辣，什么是悲苦伤痛，什么是满腹心酸。

但是绝对让我体验了一把什么是“满纸荒唐言，一把辛酸泪”的无奈，仿佛曹雪芹那部伟大作品《红楼梦》的再现：

假作真时真亦假，无为有处有还无！

第十六章　巅峰对决

在家翻箱倒柜的我，终于在箱底下找到一套正装，准备穿着去迎接 2084 号飞船的回归。

这套西装是意大利名牌，是我前几年从美国奢侈品店买回来的，一直压在箱子里，其实就是没有机会穿。

程青青帮我打理了一边倒的头发，喷了点摩丝，笑道：

“有点像一个新郎官了！”

我的脸被她说得一下子发烫起来，回了程青青一句俏皮话：

“我什么时候不像新郎官？就等着早点把你娶回家，哈哈！”

我随口一句，自知说漏了嘴，惹得程青青脸红到耳根，害羞地低下头，从后面一把抱住我，亲热地说道：

“我帮你梳理好头发，就是要让亲爱的从‘头’开始，从‘新’做人。”

“啊啊，这是什么伟大的‘青式’理论！”

我像发现新大陆似的，对她的美好寓意惊叹得直咂嘴。

是呵，人是这样，那物又何尝不是呢？

像 2084 号飞船，早已打破了世界上靠火箭发射的套路，它可以像飞机一样滑行起飞，也可以像直升机一样垂直升降……

对于这一世界创举，华中工厂绝不是无意间获得的。人们知道，自从工厂开业的第一天起，就是靠的起早贪黑，勤勤恳恳，工厂的生意这才越做越好。

手上有了银子，然后考虑开分厂，开始了“白天是老板，晚上睡地板”的生活模式。当分厂经营得红红火火时，接着再做区域连锁扩张，最后功夫不负有心人，顺利地争取到上市的机会。

那时做工厂就像是在养孩子，拿出足够的时间、资金，陪伴“孩子”成长、壮大，指望“孩子”有一天变成一棵参天大树。

然而经历过这些年来的风风雨雨，能够成功上市的工厂更是凤毛麟角，大多数的实体企业能往前走就很艰难了。这个时候工人几乎没有更多退出的手段，生死由命，只能一条道走到黑。

如今工厂的大环境不一样了，员工的思维也转变了，他们学会了“养猪”。“猪”养肥了，一旦有人看上了，谈了个合适的价钱，自然而然就要卖掉换钱了。毕竟“猪”越养越大，吃得会越来越多，而且吃不好、吃不饱还会掉膘，掉膘就会不值钱了，其实这和做工厂有很多的相似之处。

只要想通了这一点，很多工厂人也就释怀了，找到一个最佳时机，将自己养的“猪”卖出去，才能让自己获得的工厂利润或价值最大化。

于是，就能看到各个品类、业态的工厂，频频选择卖身的情况。这不，如今连曾经是央企的华中工厂也被推上了这条道，其他的大大小小工厂，你还想怎么样？

有人“养猪”，就有人“买猪”，这在生意场上本不是一件稀奇的事情。而在过去一段时间，工厂企业之所以很少见，一方面是外部环境决定的，可能工厂想卖，也没有人买，只能像养孩子一样，一养就是一辈子。

另一方面就是个人情感因素的影响，一个工厂从无到有，一个品牌从默默无名到名扬天下，对于企业人来说，付出的心血和努力不亚于养一个孩子，一旦卖掉，从感情上或心理上还有些舍不得。

其实，“养猪”和“养孩子”，对于工厂来说，并没有绝对的好与坏，对与错。就看初心是要赚钱，还是要做一个百年企业；是做生意呢，还是做情怀？

我是这么认为的：抱着“养孩子”的心态做工厂，奔着做百年老店的心态去做的话，那是在做情怀，而抱着“养猪”的心态去办厂子，则更加贴近商业的本质。

也许这是我与黄建成、傅晨阳他们在工作上的一个分歧，毕竟我是看着工厂慢慢长大的，某种程度上华中就是我的孩子，我的亲骨肉。

不过望着华中工厂成为最后一个工厂，现在我心中充满着许多无奈和辛酸，甚至会叹息问道：

“你是在‘养孩子’，还是在‘养猪’？”

现在真的与我已经没有多大的关系了……

就在我们感慨万分时，那位省长的小舅子、现任华中工厂特色小镇总经理的傅晨阳，不知从什么地方得到的消息：

“2084 号飞船即将返回！”

傅晨阳在第一时间将情况又向华中工厂董事长黄建成做了报告。

一听到这个情况，黄建成当然是火冒三丈地说：

“这么大的事，他们也不报告？难怪省长要批评这家伙，一点不懂规矩！”

傅晨阳忙解释说：

“我与他共过事，他不是不懂事，他是很懂规矩的。因为 2084

号飞船私奔一事，一直是他的软肋。一旦这个问题解决了，他就有与我们较量的资本啦！”

黄建成觉得言之有理，就急切地问：

“傅兄，你的意见是？”

傅晨阳见四周无人，这才将2084号飞船上机器人总指挥——一号机器人的建议，悄悄地向黄建成做了报告。只见黄建成听得特别认真，最后他没有表示同意还是不同意，只是打听了这个机器人总指挥的一些具体情况。

傅晨阳拍着胸部说：

“此人可靠，我过去在华中工厂与他私交很好！”

“那他对一号首长为什么如此苦大仇深？”

傅晨阳着急了说：

“我猜他们之间就是为了一个女人。之前，一号机器人很想得到程青青，没想到她与一号首长有一腿。后来一号机器人干脆‘灯下黑’，直接勾引走了一号首长的夫人林芝英。”

“这不是典型的窝里斗吗？”

黄建成长长叹了一口气说：

“这人间，不知有多少英雄豪杰，都是栽倒在女人的石榴裙下的。”

傅晨阳见黄建成没有表示反对，就阴笑着说了一句：

“我估计一号机器人现在是孤注一掷，这对我们真正掌控华中工厂并不是坏事。”

一直踌躇满志的黄建成，到岗后一直想大干一番事业。现在2084号飞船能安全回归，也许是他新官上任的三把火之一，可谓名利双赢的大好事。

傅晨阳看出黄建成准备坐享其成的样子，心里窃喜，没有再说下去，转身忙事情去了……

2084号飞船下一步到底会发生什么出乎意料的情况呢？从目前机器人助理朗朗跟踪监控得到的数据来看，一切正常，等待回归。

所以，我西装革履地来到2084号飞船基地指挥中心。我想我们应该是21世纪的最后一代智人，今天我们应该见证这一伟大时刻的到来。

为了让时间过得更快些，我一下遨游到人工智能的海洋中，啊呀，忘记这是谁说的：

“再过一二百年，世界将被完全不同的实体统治。它们和我们的差距，也许比我们和黑猩猩的差距还要大。未来几代人会学着改造人体、大脑、思维，这是21世纪经济运作的结果。21世纪经济的产物不是工厂、车辆、武器，而是人体、大脑、思维。”

不知这是不是夸夸其谈？就在我沉浸在人工智能的大千世界时，机器人助理朗朗已经匆匆跑到程青青面前紧急报告：

“刚刚得到消息，华中人工智能实验室用于军工核动力的加料盖关闭时发生偏差，机械手又突然失灵。”

为了防止核泄漏，程青青立马在飞船基地指挥中心向我作了紧急报告。

时间就是生命，我来不及询问情况，已经风驰电掣地向华中工厂一个偏远的山沟沟跑去。

一到事故现场，管理人员就哭丧着脸向我报告说：

“一号首长，加料盖无法闭合！”

虽说核能外泄不一定马上带来核灾害，但这是核能应用上最忌讳的环保隐忧。

我特别着急地问：

“怎么办？”

机械手操作失灵，现在唯一的办法就是人工闭阀。

人们知道，放射性物质的衰变中会产生电离辐射，它能破坏人体组织里分子和原子之间的化学键，可能对人体重要的生化结构与功能产生严重影响。我们的身体会尝试修复这些损伤，但是有时损伤过于严重或涉及太多组织与器官，以至于不可能修复。

所以，我关切问道：

“谁下？”

“听一号首长的。”

我心里“咯噔”了一下，大声呼喊道：

“你是共产党员吗？”

“我是！”

“家庭负担如何？”

“上有老下有小！”

对于这样家庭的男人，谁能忍心同意呢？我对他劝说道：

“我敬佩兄弟的勇气，但你不能下，因为你万一有个三长两短，谁都无力养活你这个家。”

他吃惊地望着我说：“那谁下？”

我斩钉截铁地说：“我下！”

“为什么？”

“因为我是一名中国共产党员！”

“这不能说明问题。”

“还因为我是一号首长。”

“可惜你现在不是。”

“哈哈，正因为我曾经是过！”

这时，不知黄建成从什么地方赶了过来，挡在我的面前，说道：

“要下也得我下！”

我责问道：“为什么？”

“因为我是华中工厂一把手。”

我憋不住一笑，一语双关地吼道：“正因为你现在还不够格，上帝需要你活着，才有希望改邪归正！”

我三下五除二，已穿好防护服，安慰大家道：

“我这一生，什么大风大浪都走过来了，没想到临退休，还要来一次生死之搏。好在我技术熟练，请你们在外面好好配合我吧！”

就在我转身准备去核辐射区时，心急如焚的程青青不知怎么带着我的女儿朵朵也赶到了事故现场。

女儿大老远冲着我喊叫：

“爸爸，爸爸！”

听到女儿的声音，我立马止步，转身跪到地上，亲吻了一下女儿。

女儿要我脱掉厚重的防辐射服，哭着说：

“爸爸，这衣服穿在身上太难看，我不喜欢看，青青阿姨不喜欢看，大家都不喜欢！”

我一把拥抱住女儿，告诉她说：

“爸爸现在急需工作，回来后永远不穿这个服装啦！”

女儿终于破涕为笑，又天真地伸出小拇指头，对我笑着说：

“那我们拉钩上吊，一百年不变！”

我知道到核辐射区处理事故是凶多吉少，我十分感谢程青青想得如此周到，做好让我见上女儿最后一面的准备，这一下增添了我的革命斗志和力量。

我也拥抱了程青青这样带劲的女人，她身上总有一股坚定，那就是从不规划自己一定要成为什么，却永远明白自己需要什么。敢于享受当下，却不惧怕未来。这也是我最为欣赏的，在女性柔情而美丽的外表下，拥有伍尔芙笔下那种高贵的灵魂——

雌雄同体，可进可退。

想到这里，我忙举起我的左右手，向程青青和女儿分别伸出小拇指，喊道：

“拉钩上吊，一百年不变！”

不知是不是我们无私无畏的真诚感动了黄建成，或者触动了他那根通往良心的神经，他似乎猛然醒悟。

只见黄建成发疯地跑过来，一下跪在我的面前，一把鼻涕一把泪，连连检讨自己说：

“你永远是华中工厂一号首长，都因我工作一时闪失，纵容了别有用心的人，酿成了今天这场灾祸。”

听话要听音，对今天这场闹剧，人们一下心知肚明了。但我现在没有时间听黄建成的忏悔——

因为现在分分秒秒都涉及一个工厂、一个民族、一个国家，甚至每一个老百姓的安危。

我站起身，向大家挥手致意，转身向着事故区大步流星地跑去，并喊道：

“立即启动第一危机处置方案！”

“五、四、三、二、一”，进入读秒时间，我抬头见到程青青从什么地方又冲了过来，隔着几层防护罩向我挥手。但我没有时间分心，只是朝她点头微笑，我真心感谢她在我人生低谷给了我前行的信心与力量……

一迈入泄漏区，我防护服脚下的报警小红灯突然亮起，几秒钟后膝盖前的红灯又亮起，红灯愈向上，表明人体遭遇的核辐射越严重。

所以，我按程序精准操作，抓紧处理泄漏点，也算是为自己争取活着的时间。这时我腰部红灯突然报警了，我知道我遭遇到的核辐射，已经超过了人体所能承受的最大极限。如果这时再不处理好泄漏点，意味着还将有人为此做出牺牲……

时间就是生命。

说时迟那时快，我咬紧牙关坚持到最后，才将加料口泄漏点天衣无缝地处理好。这时最后一个警灯闪烁起来，我知道我活不长了，但我趁自己头脑还清醒，从容地退出了事故现场。

一架无人机在空中盘旋着，一只防辐射的铅包将我的肉身包裹进去，飞向远方的一个荒岛进行封闭式救治。

也就在这同一时间，华中工厂的 2084 号飞船，平稳安全地降落在飞船停泊基地上……

尾　声

第二天，各大网站纷纷报道，西藏等多地突现奇异光束，疑是新型飞行器测试。北京上空也出现异常现象，网友惊呼：谁家手电筒扔天上了？

多地夜空突然出现的是什么？新型飞行器测试？火箭？

有专家说昨晚 8 点左右，西藏上方的夜空划过一道奇异的光束，高度 8000 米，无声，像巨大的飞行手电。航空专家认定不明飞行物很可能是人造飞行器，但导弹专家排除了远程洲际弹道导弹的可能性。

还有航空专家于昨晚 8 点左右在北科大校园中看到了这束巨大的光源。他描述说，高度估计超过 8000 米，没有声音，看起来像是巨大的飞行手电。同时，河北的朋友也看到了同类光源，惊叹为“天外来客”。刚看见时颜色鲜亮，过一会儿色彩暗淡。随后网友称，这道光束还出现在青海、甘肃等地上空。

种种猜测顿时炸成一锅：首先认为是反导武器测试，其次被认为是火箭，还有分析认为是陨石。

回头读读这些报道，有时候比看一部美国的科幻电影大片还带劲。

现在，人们把时间定格在两个月后的第 13 天，华中工厂一号首长终于因为遭遇大剂量的核辐射不治身亡。

鉴于在敏感行业的特殊岗位上的因公牺牲，华中特色小镇新任董事长黄建成与新任总经理傅晨阳严格按照军民融合保密协议，没有对外发布任何讣告。只是华中工厂成千上万的员工与机器人，强烈要求搞一个告别仪式，算是对一号首长的追思或纪念。

这天，程青青找来一号首长的遗物，谢绝了各家报刊媒体，举行了一场声势浩大的告别仪式。

这是些什么遗物呢？

有点出人意料，这是机器人助理朗朗通过大数据，选择的一号首长生前使用时间最长的一只搪瓷饭碗，还有他留给华中工厂 2084 人工智能的最后一篇文章。

关于这只碗，据说是跟随一号首长时间最长的一件器皿。搪瓷碗的外层，还印有一行红色字体：华中工厂成立纪念。

望着这只碗，程青青早已热泪盈眶。她记得一号首长曾给她讲过一只碗的故事：

有一个年轻人去买碗，来到店里他顺手拿起一只碗，然后依次与其他碗轻轻碰击，碗与碗相碰时立即发出沉闷、浑浊的声响，他失望地摇摇头。

他几乎挑遍了店里所有的碗，竟然没有一只满意的，就连老板捧出的自认为是店里的碗中精品也被他摇着头失望地放回去了。

老板很是纳闷，问他老是拿手中的这只碗去碰别的碗是什么意思。

他得意地告诉老板，这是一位长者告诉他的挑碗的诀窍，当一只碗与另一只碗轻轻碰撞时，发出清脆悦耳声响的一定是只好碗。

老板恍然大悟，拿起一只碗递给他，笑着说：“小伙子，你拿这只碗去试试，保管你能挑中自己心仪的碗。”

他半信半疑地依言行事，奇怪！他手里拿着的每一只碗都在轻轻地碰撞下发出清脆的声响，他不明白这是怎么回事，惊问其详。

老板笑着说，道理很简单，你刚才拿来试碗的那只碗本身就是一只次品，你用它试碗，那声音必然浑浊，你想得到一只好碗，首先要保证自己拿的那只也是只好碗……

就像一只碗与另一只碗的碰撞一样，一颗心与另一颗心的碰撞需要付出真诚才能发出清脆悦耳的响声。自己带着猜忌、怀疑，甚至戒备之心与人相处，就难免得到别人的猜忌与怀疑。

其实每个人都可能成为自己生命中的贵人，前提条件是你应该与人为善。你付出了真诚就会得到相应的信任，你献出爱心就会得到尊重。反之，你对别人虚伪、猜忌甚至嫉恨，别人给你的也只能是一堵厚厚的墙和一颗冷漠的心。

每个人的生命里都有一只碗，碗里盛着善良、信任、宽容、真诚，也盛着虚伪、狭隘、猜忌、自私……请剔除碗里的杂质，然后微笑着迎接另一只碗的碰撞，并发出你们清脆、爽朗的笑声吧！

程青青知道这是一号首长专门为她编的故事，相信做最好的自己，才能遇见最好的别人！程青青觉得这不就是说的一号首长与她之间的故事吗？程青青更加觉得，有一种爱，还没开口，泪已先流，泣不成声……

关于2084人工智能这篇文章，从电脑时间来看，应是一号首长出事前一个晚上写下的文章。程青青知道这是一号首长专门为她写的科普知识，考虑有些内容不宜公开，这时她一边悄悄将2084人工智能这篇文章收藏起来，一边泪如泉涌……

此刻，华中工厂新任总经理傅晨阳宣布告别仪式正式开始，请董事长黄建成致悼词。此话还未落下，天边的乌云向这边翻滚过来，可以容纳万人的华中工厂特色小镇市民广场的天空上，突然响起一声惊雷，接着大雨倾盆。

程青青觉得这是一号首长显魂了，忙双膝跪地，接着在场全部员工包括机器人，齐刷刷地全都下跪。

你们看看，你们最后把我一个人关在一个骨灰盒子中，我岂能甘心这样不明不白离去。好吧，既然不能在地球上做人，那么我就跟着 2084 号飞船到火星去，哪怕做一个外星鬼，也值!

好在时间像一个筛子，不停地过滤着我身边的人，只有相处时间长了，经历的事情多了，才知道哪些人可以留在生命里，哪些人只能渐行渐远。

当然，更多的人不能理解我，但我也无法向你们解释，只能悄悄地告诉一句:“这是人工智能时代，谁都来不得半点虚伪和骄傲，何况许多我还不懂，希望大家不要笑我，或许这就是我为我最后一个工厂卖命的理由!”

听我这么说话，是不是觉得我有点倚老卖老?

不要这么笑话我，人类目前只知晓地球上 5%的事情，得靠黑技术解决另外的 95%。

所以，我得告诉人们，不要为我的死难过，虽然我作为地球人的 5%已死，但是我在外星球或黑技术中的那个 95%才刚刚获得新生！人们不是常说“五百年后还是一条好汉”，今天你们在这里是不是找到了诠释?

到底老了，一说话就知道啰嗦。我不是鼓励大家都从事人工智能，其实这项工作十分艰辛，一旦上了这个飞船，就很难下得来。如果有快乐，顶多是苦中求乐吧!

亲爱的人们，不要像我终日囿于朝九晚五和柴米油盐的生活，包括我亲爱的程青青，你们还年轻，你们应该也一定会找到属于自己的诗和远方。

因为人工智能大数据，会再造传统实体经济生长基因。

……

但出乎意料的是，倾盆大雨中又响起一阵惊雷，突然一个霹雳，不偏不倚地将在场所有站着的人轰然击倒，包括会议主持人与致悼词的人。

有人说谁让他们不下跪，这叫恶人有恶报。

其实，真的大可不必。没有来参加告别仪式的一号首长的夫人林芝英，这时正随同几位航天航空专家，驾驶着 2084 号飞船腾空而起，驶向遥远的宇宙太空……

在这个盛夏傍晚，天空出现了多年未见过的火烧云奇观，瑰丽的晚霞也许是这个季节给我送来的一把钥匙，可以用它来猛拍夏季的门环。

天幕这时“吱呀”一声，拉开一道幕缝，满天云彩在夕阳照射下，熠熠生辉，五彩斑斓，抢在人工智能火热的夏天前面，涌入了华中工厂的怀抱。

“早霞不出门，晚霞行千里。”这是民间流行谚语，但至少告诉我们，明天华中 2084 号飞船飞行又将迎来一个好天气。

有人记起清华大学校长梅贻琦先生的那句话：“所谓大学者，非谓有大楼之谓也，有大师之谓也。”在这里，所谓大师，就是能够在自己所热爱的领域里忍受孤独，开疆拓土。

有趣的是，这之后国际小行星中心批准将一颗编号为 2084 的小行星命名为“华中工厂一号”。

什么是星星？不就是要你忍受得住宇宙中的苦寒，才能炼成持续发光发热、自转不息的永恒星体？

看来耐得住寂寞的，才能成就大事业。不论男女，都是如此。

今天莫非是地球给一号首长关上一道门，外星球又给一号首长打开了一扇窗？人从哪里来，将往哪里去，也许从今之后，将再也不属于人类永恒的追问……

后　记

如果实体经济有昨天、今天与明天，本书是写明天。这本书，我把它定位为中国人工智能的一个简史。

前不久，铁凝在《时间和我们》演讲中说道：“假如有一天智能社会和机器人完全取代了文学和我们，取代了‘十年树木’的文学之林，文学生态甚至大自然生态完全被智能‘合成’，那时的文学也会像1997年，当法国海军停止使用摩尔斯电码时发出那最后一条消息，那最后一条消息是：‘所有人注意：这是我们在永远沉寂之前最后的一声呐喊！’”

所以，我最初将书名叫作《智能2084》，为什么把时间一下向前推到2084？人们知道，中华民族伟大复兴的“两步走”战略设计，确立到2035年基本实现社会主义现代化，到本世纪中叶建成富强民主文明和谐美丽的社会主义现代化强国。

站在这一历史长河中，我们必须深度参与甚至引领新一轮科技革命和产业变革。从1984企业元年，到2084现代企业建立，在这百年时间跨度里，我们至少经历了西方的三次工业革命。从18世纪第一次工业革命的机械化，到19世纪第二次工业革命的电气化，再到20世纪第三次工业革命的信息化，每一次颠覆性的科学和技术创新，都带来了生产力水平的巨大跃升。

也就是说，未来企业会经历一场更大范围、更深层次的新工业革命。大数据、人工智能、量子信息、生物技术等前沿技术不断取得突破，新技术、新业态、新产业层出不穷。这与我们过去屡屡错过的工业革命不同，中国当前已基本具备了深度参与甚至引领新工业革命的基础。

这里我先得申明一下，这本书不是科幻小说。随着如今机器革命拓展加快，有了国际空间站，我们可以在太空工作；有了DNA测序仪，我们可以发现生命构成；有了计算机和万维网，改变了我们学习、阅读、沟通或革命的方式。

从工业革命角度看，到2084年颠覆性的机器又将是什么？本书涉及太阳能卫星，这就是说，未来化石燃料没有了，那么怎么给世界提供动力？水电和风能都是显而易见的选择，不过太阳能和核聚变技术可能是最有前途的。即出现远程无线供电的太阳能卫星，向全球市场提供大量的廉价太阳能。

本书围绕企业制造的飞船失踪与回归的故事，把我们带进一个未知的世界。这里我要说明的，太空电梯并不是梦。现在太空工作和生活仅限于几个特别幸运的人，而未来这些对我们来说将成为家常便饭。早在19世纪末人类就开始幻想制造通往太空的电梯，基本的想法是，用强磁铁或机器人将电梯吊舱系在一条非常强韧的绳索上，使之能攀升数千英里进入太空。这种电梯将使太空旅行更廉价、更容易和更频繁，它们还将被用于每天的通勤。

还有一个是人类会建立自给自足的太空殖民地，未来月球上甚至火星上将有自给自足的殖民地。尽管殖民地的规模可能还小——可能只有几百人——但是他们需要能开采资源的机器。包括小行星采矿，将提供另一条维持生存的新途径。为了从一颗小行星到达另一颗小行星，人们需乘坐完全在太空中制造的宇宙飞船。

所以，一个有出息的作家，就应脚踏大地，深入生活，做实践的参与者、记录者、引领者，在实践中书写作品，在作品中彰显价值。也许，为了让我们不再沦落沉寂，文学将带给我们诸多可能。全书以“智能荒”问题为导向，在2084号飞船私奔之后，华中工厂又遭遇法院封门、资源枯竭等问题的冲击，华中工厂一号首长不按既有轨迹出牌，很快从人工智能大气候中嗅到变革的力量，最后为了处理核泄漏问题因公殉职……全书提出的思考是，对于人类来说，强大人工智能的出现可能是最美妙的事，也可能是最糟糕的事，我们真的不知道结局会怎样。人工智能改变世界，谁又能改变人工智能？

本书是第一部全景式描写改革开放以来企业波澜壮阔发展史的长篇纪实小说。感谢浙江省作家协会将此书列入文化精品扶持工程，感谢《中国作家》长篇小说专刊对该作品的首发，感谢江苏凤凰文艺出版社的鼎力支持，感谢《钱江晚报》、杭州麦庭文化公司的前期推荐宣传，还要感谢何建明、莫言、麦家、谢有顺、吴晓波、汪修荣等著名作家和编辑老师的指导帮助。

冥冥之中，我一直觉得背后有贵人相助，促使自己尽力成为时代的先觉者、先行者、先倡者。发时代之先声，开社会之先风，启智慧之先河，有了这样的责任担当，带着使命前行，我就可以跳出方寸天地，告别狭仄浅薄，远离轻佻浮华，进而创作出格局开阔、气象宏伟、深刻隽永的作品。

宇宙是一个大得无法想象的存在，距我们最近的恒星仍然遥不可及。从长远的时间角度来看，在这拥有无数可能的未来中，不管地球怎么繁荣，那些没有太空飞行的未来将会黯然失色。本书或许只是揭开了帷幕，让我们有了一个探究新时代企业题材、企业世界的机会。从这个意义上说，读懂了人工智能，也就读懂了中国和世界。

张国云

2019 年 3 月 21 日

企业三部曲

企业纪

张国云　著

江苏凤凰文艺出版社
JIANGSU PHOENIX LITERATURE AND
ART PUBLISHING, LTD

图书在版编目（CIP）数据

企业纪 / 张国云著. —南京：江苏凤凰文艺出版社，2019.10（2023.7重印）

（企业三部曲）

ISBN 978-7-5594-3870-6

Ⅰ. ①企… Ⅱ. ①张… Ⅲ. ①长篇小说-中国-当代 Ⅳ. ①I247.5

中国版本图书馆 CIP 数据核字(2019)第 202698 号

企业纪

张国云　著

出 版 人　张在健
责任编辑　姜业雨　傅一岑
装帧设计　观止堂_未氓
责任印制　刘　巍
出版发行　江苏凤凰文艺出版社
　　　　　南京市中央路 165 号，邮编：210009
网　　址　http://www.jswenyi.com
印　　刷　三河市双升印务有限公司
开　　本　880 毫米×1230 毫米　1/32
印　　张　7.5
字　　数　190 千字
版　　次　2019 年 10 月第 1 版　2023 年 7 月第 2 次印刷
书　　号　ISBN 978-7-5594-3870-6
定　　价　149.80 元(全三册)

庄稼长在农田里，工厂活在墓碑下。

——民间口头禅

目　录

楔子/001

第一章　冬天一把火/005

第二章　较量/016

第三章　厂长统考/028

第四章　风波/041

第五章　祸不单行/054

第六章　代价/069

第七章　曲水流觞/082

第八章　转身/097

第九章　一颗匠心/110

第十章　抢人/121

第十一章　盖世英雄/136

第十二章　久居深闺/146

第十三章　雨和瓦/160

第十四章　“包二奶”/173

第十五章　“三花”烂漫/186

第十六章　操盘手/198

第十七章　红窑里/210

尾声/222

后记/232

楔　子

残雪，冻雷，惊笋，春暖乍寒，又一年。

大学毕业后，我被分配到萧西路184号的一家国营工厂，这在那个时代可是天大的好事喜事，胜似吃皇粮。

爷爷像对我小时候那样，用手摸摸我的头，说要给我猜个谜语，我如同回到小时候，死劲拍着手称好。

爷爷卖足关子后，不紧不慢地说道:“有人会鸣不平声，打一字!”

我这人不擅猜字谜，最后还是爷爷乐哈哈告诉我:

“是‘厂’字。”

我正好要进工厂，这时爷爷给这么一个谜底，可见动了一番心思，我忙向他竖起大拇指。

时至1984年，摸着石头过河的中国企业，就像怀胎的美女，正在经受改革大考的痛楚，只要忍过这场阵痛，就会孕育出新的生命。

这年是我进厂的第三个年头，不知是老天爷开恩，还是阴差阳错，一个偶然的机会，我竟走马上任为一家国营企业的厂长。

听到这个消息，我蒙了很长时间。

因为这个时候，我还在探求我是谁，人生的意义是什么。

我一直不相信这是事实，至少不相信来得这么快。但人有时就是这样，运气来了躲也躲不开。

对这事有人戏谑："兄弟，厉害啊！这是光宗耀祖的事。"

也有人对我泼冷水吹凉风："你以为你是谁，天上会掉下馅饼吗？"

哈哈，这事现在是皇上不急太监急。一开始我就将这事看得很淡，那时厂长都是任免制，人与人之间不就是一张任免书的区别，有什么值得咋呼的呢？

也许，人都有惰性，本是一个千载难逢的机会，或一段激情燃烧的岁月，可我却拒绝用青春赌明天。

青春在我心中，那可是弥足珍贵的东西，必须经得起"糖衣炮弹"……加上那时情爱青涩，即便像我这样的身份，也无法抵达山巅……

这样，我更多以平常心来做事，那就是干净做事，优雅做事，有尊严地做事。

本来企业追求效益最大化，这是全球通行的一条铁律。但当我们的企业真的奉行"金钱至上"，那么所有的真理又将沉默。

这年注定是一个多事之秋。而当我以自己的方式，想去刺痛社会的麻木，或者一次次大声疾呼时，我个体的微弱之音，却早已被这个伟大改革时代的最强音淹没。

记得那天，我正在读英国作家乔治·奥威尔写的长篇小说《一九八四》。

既可以说它是一部政治寓言小说，也可以说它是一部幻想小说。作品刻画了人类在极权主义社会的生存状态，仿佛一个永不褪色的警世标签，警醒世人提防这种预想中的黑暗成为现实。

这不，当 1984 年真正降临，世界并没有像奥威尔描写的那么恐怖，但有些方面又不能不说是——有过之而无不及。

如果我没记错的话，1984 年这年，我还欣赏到了由奥威尔的《一九八四》改编而成的电影。

再后来，时至二十一世纪，日本著名作家村上春树出版了畅销小说《1Q84》，据说是对《一九八四》一书的致敬。

村上春树在这里将一个“9”换成一个“Q”，别小看将一个阿拉伯数字换成了一个英文字母，我总觉得这是惊险的一跳，表明村上春树对英伦作家不仅仅是一种崇拜。

……

所以，今天让我们回过头，重新审视那属于中国的 1984 年。这年年初，邓小平同志早早走出家门，开启了他的南方视察。相对于 1992 年春天那惊天动地的南方视察来说，这一次显然是摸着石头过河。

这年末，中共高层使出洪荒之力，做出经济体制改革的决定。那时，上至庙堂，下至草根，大家奔走相告，说得最多的就是扩大企业自主权，增强企业活力。

这个时候有人找我，他嘲笑一直忙碌的我，不是在企业拼命工作，就是奔波在到企业工作的路上。

即便后来我一生坎坷，颠沛流离，我仍冲在改革的前沿阵地上。

用现在的网络语言，那时的我至少可以说是改革的“大 V”，“粉丝”上至中央高层，下至底层百姓。也许我随便发一个表情符号，都会有上百万的转发量。

可我又常常被嫉妒我的小人陷害，他们屡屡把我发配到远离企业的地方，但我所到之处——鲜花为我盛开，清风为我送来。

这时有人凑过来提醒我——人这辈子最怕遇到的人是谁?

我想了好久，猜不出来。

那人就神秘兮兮地告诉我：

“警察。”

什么警察？这与我是风马牛不相及的事，我想。

那人还是忠告我，如果碰上他们，你一定是遇到麻烦，或摊上大事了！

我哈哈一笑，我想我刚当上厂长，屁股干干净净，谁也抓不住我的尾巴，我怕谁！

那人仍皮笑肉不笑地说道：

“年轻人啊，真的太年轻。你这样今后要吃煞苦头的。”

的确，那时我真的太年轻，还不晓得在中国，企业家在五十年代初作为一个阶层已经被消灭，而到八十年代初才作为一个阶层慢慢地苏醒……

经那人这么一点拨，我还真的吓出一身汗，想到当时民间流传的一句口头禅——

庄稼长在农田里，
工厂活在墓碑下。

这曲调听起来，怎么这样凄凉啊——冷酷啊——悲惨啊！

这个时候，我渐渐觉察到，我们这些开始慢慢做企业的人前路漫漫，前方会有诗和远方吗？

现在让我回想起那些年，所干的事，无一不是如履薄冰，无一不是如临深渊，无一不是胆战心惊……

如果有什么可自责的，就是那时自己太年轻气盛。在那个暗流涌动的社会里，虽说当面大家客客气气，转过身你即中枪。

我终于发现，我也有一个属于自己的“企业1984”，难道这只是一个巧合？

在这里，也许我的“1984”，无法与奥威尔笔下的《一九八四》、村上春树笔下的《1Q84》比拟，但我敢保证我的故事比他们的有着更加惊心动魄的爱与撕心裂肺的恨……

第一章　冬天一把火

1984 年初的冬夜，这天月黑风高，在江南一个山区的社队工业区里，伸手不见五指。

偶见几盏忽明忽暗的路灯，似一串鬼火闪烁，再加上从山沟沟传来几声狼嚎，的确令人毛骨悚然。

想到之前朋友善意的提醒，现在的我特别纠结，开始浑身颤抖。

当然，今晚这等天气，我与一批警察潜伏下来，准备开展一场打击假冒伪劣商品的专项行动，无疑也是天助神佑。

刚才，我还紧张得直喘气，这时终于慢慢舒了口气，露出做厂长走马上任后久违的笑容。

确切地说，一个月前，省里组织部门的同志来厂里找我谈话，提出了一个令我措手不及的问题——

“假如你是厂长?”

在二十世纪八十年代初，敢问这话的人，一定不是等闲之辈。

在那个百业待兴的时期，个体经济被压抑，企业家作为一个阶层整体消失，以至于人们对企业管理是一个什么概念，也弄不明白……

那时，整个中国处于“企业荒”之中，大部分工厂过着煎熬的日子。

听了省里组织部门同志的发问，开始我以为听错了，再一看，对方却是认真的，也是真诚的。

这时，我反倒一下不安起来，心里更是七上八下。

俗话说，官大一级压死人。好在做企业，我的家族之前有过纪录。解放初，我爷爷就是做企业的，只不过后来主动把产权无偿交给国家，通过公私合营，私营企业在中国的最后一块阵地消失了。

“捧着铁饭碗，拿着死工资”，俨然是那个时代大多数中国人最喜好的生活状态。对于当厂长，我从未有过这样的非分之想。

对我这种“上过山下过乡，当过兵扛过枪”的人来讲，这时只能说才刚刚踏进社会——要阅历没阅历，与人情练达相距甚远，加之我才二十多岁，开天辟地头一遭碰到这种场面，真把我急得满头大汗，几次深呼吸都难调整好自己的状态。

可是，“不想当将军的士兵不是好士兵”。我知道，在这些人面前，我既不能天真幼稚，又不能显得年轻气盛，否则反会被人家讥讽：

“嘴上没毛，办事不牢。”

同样，我既不能过于贬低自己，又不能说自己缺乏理想。如果我说压根就没有想过这类问题，人家一定会取笑我：

“胸无大志，缺乏上进心。”

此刻，摆在我面前的是一家有上万人的省属大型国营企业（现在改口都叫“国有企业”）。这在当时，对那些长期饱受计划经济摧折的人来说，谁都深知这个担子重于泰山。

可我也不是傻子，我已猜测到组织部门要选什么样的人了，只是没去捅破这层纸而已。

紧接着，我这人的弱点也暴露了出来——只会“巷子里扛木头”，既不会吹牛拍马，又不懂得投其所好。

最后，我不知怎么的，稀里糊涂，说了一句不着边际的话，至今仍在为此后悔：

“不在其位，不谋其政！”

我如此生硬的回答，令组织部门的同志大跌眼镜。

领导们僵坐在那里许久，他们根本没有想到我会这样回答。明眼人一看就知道这家伙是一个不按规矩出牌的人。

就在他们感到无所适从之时，有人跟我打起了官腔：

“呵，回答还是干脆的！”

组织部门同志估摸着已经找不出什么话题了，或许他们压根就无须我的表态。现在仅仅是例行一下组织程序。既然公事公办，那就总有一曲终了的时候。

这时我悬着的心好不容易落下，赶紧将喉咙口的唾液咽下，对他们结结巴巴说了一句：

“感谢组织……感谢信任！”

他们没想到我也会说点场面上的话，竟然一个个听得哈哈大笑起来。

这样，我反倒给组织部门同志留下了一个坦荡直率、毫不虚伪的好印象。

这“不在其位，不谋其政”八个字，干净利落，一字值千金。我的如此一个不小心，反为自己赢得了加分的砝码……

随后召开了全厂干部职工大会，组织部门的同志拿出一个大信封，从里面抽出一张早已印刷好的红头文件，高声宣讲起来，根据什么文件，又报了文号，接着郑重其事强调是经党组研究决定，这时组织部门那位同志故意停顿了一下，把许多人的心全都拎了起来，最后再一锤定音，说任命我为省建材总厂厂长。

话音刚落，立刻爆发出长时间的掌声。我很不情愿这个时候出来露脸，但不露脸又不行。

这时我听到下面有人喊我的名字，我只能从台下的座椅上站起来，算是表态性地讲了“三个不”：

“第一不忘这个位置这份荣耀，第二不忘在职学习在岗责任，第三不忘工厂前辈企业初心。”

我涨红着脸，匆忙说完这几句话后，即向职工们鞠躬致意。职工们见我干脆利落，马上给了我平生以来最长的一次鼓掌声。

在那个充满着各种隐喻的年代，人们刚刚从“文革”劫难中走出不久，社会经济亟待振兴，包括企业的领导班子队伍，也是青黄不接。现在我成了中国改革开放初期干部革命化、年轻化、知识化和专业化“四化”方针的受益者，作为第一批人才充实到省级企业领导班子之中。

按年龄划分，我已成为当时全省最年轻的厅级干部之一。

望着排在身后的几位副厂长，他们几乎清一色是五十岁以上的“南下”老干部，与他们在一起，我仿佛是这个大家庭里的一个小男孩。

现在厂里的上万名工人盯着我，就像一个个嗷嗷待哺的小生命，他们的目光又像一支支强大的聚光灯柱，既让我惧怕，又给了我前行的勇气与力量。

值得庆幸的是，这个时候的企业职工思想比较单纯，许多老领导、老师傅、老工人都纷纷出面支持我的工作。现在想起来，估计他们冲着我是潜力股，或者说觉得我是那个时代杀出的一匹黑马。

说实话，自己有多大本事，自己最清楚。我没有什么过人之处，只是比一般人更能吃苦，有股初生牛犊不怕虎的劲儿。我最看重的是，你给我多大的舞台，我就给你唱多大的戏。别骂我太投机，我就是这种实在的人……

上任满月的那天，省领导的秘书给我打来电话，要我马上赶到省里参加一个紧急会议。结果单位那辆老掉牙的苏式伏尔加轿车，半路上抛了几次锚。待我匆匆赶到，会议早已进入尾声。后来得知我是省领导亲自点的将，有点临危受命的味道。具体是要我立刻参加省里警方的一个联合行动。

为了保密，会议临时决定让我们马上执行联合行动任务。

这件事的起因，是这些年我厂新型建材研发投入非常之大，烧了不少钱，新产品也纷纷出炉。当时宣传主渠道是广播报纸，政府也不惜工本帮助我们宣传。

待媒体宣传不到两个月，举国上下仿冒产品开始泛滥。

老厂长看不下去了，就纳闷地问道："为什么我们烧钱，人家得利?"

后来他通过私下渠道发现，省内一家知名的建材市场是侵权假冒的源头，这才斗胆在第一时间叩开省领导办公室的门，要求上级支持打击侵权假冒行为。

省领导坐在那里一直没有发话，最后把手一摊，说道：

"手心手背都是肉啊。"

说句心里话，谁的胳膊不向里弯呢？省领导当时最顾忌的是家丑外扬。

老厂长没有得到省领导的尚方宝剑，感到无颜向上万名职工交代。与其窝囊地活着，有愧于广大员工，还不如早点辞职不干。老厂长一怒之下，递交了辞职报告，以示对省领导的不满。这位省领导觉得老厂长没有给他面子，目无组织，目中无人，这是在省级企业中带了一个很不好的头。

站在省里的角度，显然不容如此行为。于是，匆匆对厂级班子进行改组，也算自己给自己一个台阶下。这不，我才有了后来当厂长的机会。

如今省里好不容易通过内线，发现邻省一个社队工业区明目张胆地侵权，大量地仿冒我省建材企业产品。这下仿佛在滔滔大海中抓到了一根救命稻草——不“杀”不足以平民愤啊！

省领导也算是找到了一个出气口——

一方面算是对我们这家省属大型企业有一个交代，另一方面在全国范围内也可以起到敲山震虎、杀鸡儆猴的效果……

如此一箭双雕的行动，也得到国家有关部门的支持。就这样，省领导亲自临阵指挥，要求省级有关部门立即组织联合打击行动，不惜一切代价，确保获取对方侵权证据，然后诉诸法律，追究对方责任。

话说回来，现在出人意料的是，此刻，眼前这个江南山区的社队工业区内一片静默，特别冷清，甚至可以说是惨淡。

这般景况，根本没有我们先前想象的那么兴旺与疯狂，更无法与沿海乡镇企业相提并论。

我万万没有想到，解放了几十年的新中国，还有如此落后的穷山恶水之地。

他们为什么要跑到这种地方——跑马圈地建厂呢？

难道真的是穷山恶水出刁民？

开始我还以为找错了地方，但随行的省武警支队长提醒我：

“没错！坐标方位我们已经锁定。”

这个找不到一丝现代化大生产气息的所谓社队工业区，像一个风烛残年的老者，颤巍巍地蜷缩在大山深处。

此时，一种患难弟兄的怜惜之情蓦然袭上心头，接着慢慢占据了上风。

我咬牙切齿地心一横，伸手挡住武警支队长：

“手下留情！”

支队长愣了一下，马上回应说：

“堂堂的大厂长，怎么，反悔了?”

我实话实说道：

“我不是反悔，我是怜惜这里的厂子。

“企业兴旺的基础是你的资源、背景以及现在拥有的一切，再加点运气。而我们多数人，不过是芸芸众生中为了生计而出卖劳动的人。我怜惜这个工业区，地处穷乡僻壤之中，能活着真的不容易。”

听到我说这些话时，武警支队长当然不开心：

“你以为我们是在谈对象？现在我们是在执行任务!”

我尽力辩解：“别误解!”

“怜惜无济于事。兄弟，估计你这辈子还没有找过对象吧?”

那位武警大人被我的话气得直喘粗气，将头上大盖帽一把摔到地上，我这时才发现，原来是位美女武警。

没有想到美女武警说话如此单刀直入，我像被人抽了一巴掌。

我懂得好男不与女斗，就不痛不痒地顶了一句：

“是的，我长这么大还没谈过对象，所以不知爱情是什么滋味。”

“讨——厌——”美女武警顿时语塞。

过了一会儿，她回击道：

“且慢！要知道，我们可是在为你卖命的。”

眼前这个社队工业区，一没有自己的核心技术，二没有自己的知识产权，一切靠侵权假冒，坑蒙拐骗，也许本就不该出生。

可是，林子大了，什么鸟都有，这也是它唯有躲进这个深山老林，挣扎寻找生存之路的原因。

现在美女武警提到卖命，我是气不打一处来，立刻回应说：

“作为国营企业，那我们企业是为谁卖命呢?”

自从登上厂长宝座，虽说我长相是嫩了点，但我还真的不会屈服——一个厂外之人，竟也在我面前随意指手画脚。

其实，我现在与美女武警的分歧和冲突，焦点在于如何看待企业原罪。

“原罪是什么？如果说企业野蛮生长就是原罪，我不认同。”

“依照基督教文化，每个人都有原罪，为什么单说企业有原罪呢？”

“何况，当时企业相互抄袭和追随不是孤案，发达国家之前也曾这么走过。”

“作为一个大国，刚从十年浩劫中挣脱出来，在这个百业待兴的时候，如果我们过于有‘洁癖’，眼中连一粒尘埃都难以容忍的话，是不是干脆就别活在这个地球上了？”

美女武警到底是当领导的，马上找到了我的软肋，对我换了一种说法：

“我知道很多优秀谋士，一旦成为领导之后，就会在重压之下变得优柔寡断、犹豫不决。”

在美女武警眼中，此刻已容不得半点沙子。

“既然这是一个不适宜大生产的地方，不知是当地政府发展心急，还是那一个个小作坊业主求财心切，但无论如何都不该做假冒伪劣的东西。更不要自以为天高皇帝远，鞭长莫及……”

回过头来实话实说，美女武警的想法并没有错。所以我又耐着性子和她说：

“我虽然是厂长位子屁股还没坐热，但毕竟当过几年兵，知道怎么应对突发事件，给别人当谋士和自己亲自决断，它们之间根本不是一回事。”

看来我们之间的矛盾，一时半刻不会调和。美女武警听出了我的弦外之音，说道：

“好吧，既然你当过兵，你更懂得军令如山。现在我们是执行任务，有意见事后再提。”

遇到我这种一根筋的人，美女武警早已哭笑不得，彻底无语。

最后她向我摊牌说：

“今晚行动，一切都得听我的。”

美女武警风风火火的几句话，柔里透刚，已容不得我临阵退缩或过多解释，仿佛拿着枪顶在我的脖子上。

她马上又通过对讲机发话：“各小组准备战斗!”

只见她揿亮手电筒，在空中挥舞了三下，这时数十名全副武装集结待命的战士像开弓的箭，一个个从潜伏的树丛中鱼跃而出。

虽说我同情弱者，但我对这个社队工业区的侵权行为还是充满愤恨。望着战士们冲锋陷阵的姿势，想起几年前我在部队服役时的“英姿”，好像又回到了军营……

“狗东西，谁叫你窃取企业知识产权的，今天你们死到临头了!”我冲天大吼了一声。

“你吼什么?!”

说时迟那时快，紧挨我的美女武警，以迅雷不及掩耳之势，一把把我摁倒在地，又一个鱼跃扑到我身上，只听她“嘘”的一声，贴到我耳根说：

“不要乱吼！这样会过早暴露我们的!”

我扭过头，已嗅到她脸上的胭脂芳香。她自感不好意思，连忙翻身下来，说道：

“对不起，对不起。”

我装聋作哑地说：“刚才我没有讲话呀!”

“呵呵，那我怎么感觉你在发飙?”她一脸无辜地说，旁边几个战士也抿着嘴傻笑起来。

我幽默了一句：“莫非‘人善被人欺，马善被人骑’?”

“啊——哈哈!”大家都捂着嘴偷笑着。

顿时，我与美女武警的矛盾似乎一下化解了。

就在我们压着嗓子还未笑出声时，只见工业区内东西南北中几个点，突然一齐蹿出火团，直冲云霄。

还未等我们反应过来，刹那间风助火势，整个工业区迅速葬于火海。

刚才还神气十足的美女武警，一下瘫倒在地上。

她望着千里迢迢来取证的战士们，现在反倒成了人家的消防战士。但在这个缺乏消防设施的工业区，我们也只能听天由命，眼睁睁地望着大火烧光这里的一切。

这时美女武警好像突然醒悟出什么，一拳砸在地上，从潜伏的位置上站了起来："一定是我们队伍里有人做了叛徒，走漏了风声，使得对方抢在我们前面动了手！"

她冲着我说这话的时候，让我觉得有点惶恐。好在我没有离开她半步，要不然我一定是她眼中的告密者。

可我也不是吃素的，因为我家里没病人，外头没仇人，圈里没小人，身边没坏人，关键是牢里没亲人，哈哈，我还怕你武警怎么的？

不幸中的万幸是，武警战士没有早一步出击，或者说他们应该感谢我拖延了行动，不然的话，他们将全部葬身火海，可能就一个也回不来了。

想到这里，我禁不住后怕，泪水已经夺眶而出。而美女武警反倒对我刚才的拖延行动，有点心存感激。

是啊，我们本来是来取证的，现在一把大火烧掉了对方的全部罪证。

望着冲天大火快速将一幢幢厂房夷为平地，本来就已经"厂荒"的地方，显得更加凄凉悲惨起来，我们只有一声叹息。

是不是我们的生活，常常会遇到诸如此类不可思议的事情？就像这场大火，让我们彻底懂得了"高手在民间"，或许他们个个身怀绝技，没有一个如我所想象的那么单纯，那么简单，甚至手段还比较恶毒。

后来，我见到江南这个山区的社队工业区负责人吴一荣，他指着我的鼻子骂道：

“我们抄袭，我们不要脸，但我们知道自己是赚钱的好企业。”

“你们又能把我们怎么着？”

……

第二章　较量

对啊，我咋敢对他们怎么样呢？

我原本不想再去揭开那段尘封已久的记忆，如果诉诸文字，也许每个字都会让人伤感，灰色的笔调甚至也会招致批判。

但是，这样的一群人，一群从大山里走出的追梦人，不应该被这日益繁华的都市掩盖，逐渐忘却，这样不公平……

有位上了年纪的人问我，本来上苍就是将这片肥沃的土地交给老百姓耕作的，谁让他们毁田做砖，弄了那么多的水泥森林，今后老百姓靠什么吃饭？

望着那些拔地而起的摩天大楼，有些建造得十分漂亮，但许多老百姓并不买账，根本不看好它们，感觉它们是从另一个星球过来的怪物，欲与地球上的百姓争夺口粮。

此时，我觉得搞传统建材的我们，是一个个罪人，活得很不堪。

的确，再美的工厂也种不出庄稼，再能干的机器也生产不出大米，老百姓祖祖辈辈都是在农田里耕耘的，即便是在革命高潮，也都是冲着“打土豪分田地”来的。

现在在他们眼里，这山沟沟里的工业区，被一把大火烧光是迟早的事。老天爷没有电闪雷劈，已经是便宜他们了……

这也就像我现在的遭遇，我人还在回厂路上，全厂上下已经炸开了锅。

对我参加这次打击侵权假冒的专项行动，有的说我是如何贪生胆怯，有的说我是如何临阵逃脱，还有的说我是如何向对方工厂泄露了机密……

大家都说得有鼻子有眼睛，让我感觉真的是跳进黄河也洗不清。

那天一走进厂区，我就觉得不对劲，几乎每个职工都对我拉长着脸，义愤填膺，怒火万丈。

我忙从办公室拿了一条毛巾，跑到自来水龙头前，用冷水冲了一下头，一边想洗掉出差一路的风尘，一边想冷静下来给自己找一条出路。

这时，厂办女秘书小谢急匆匆向我走来，通知我马上参加厂党委扩大会。我先是愣了一下，知道有事了，但仍镇定自若地回答：

“好！我马上参加。”

大家都说谢秘书是厂里一朵花，我连瞟她一眼都没有，可能她的自尊受到极大的伤害，低着头像躲瘟神一样避开了我。

待我推开会议室门时，见大家都像打过鸡血似的，我也没有吭声，在党委黄书记身边的一个空位置坐了下来。

坐在书记另一侧的是党委副书记王广舟，他见我坐了下来，开腔道：

“厂长，出差辛苦了！”

我刚想回应他，没想到他已经高高举起手，示意我别解释。

接着，他又大声嚷起来：“听说这次厂长是‘出师未捷身先死’，有人说丢尽了我们省属企业的面子，究竟是怎么回事呀？”

听话要听音，王广舟的开场白火药味很浓。

我之前听人说过，他在“文革”时当过造反派头头。这次班子调整，他曾私下找领导想当厂长，结果厂长梦破灭，他就把我看成他的眼中钉肉中刺……

我受不了王广舟阴一句阳一句，便霍地从座位上站起来。黄书记示意我坐下来，王广舟马上又冲我来了一句：

“我说错了吗？站起来想怎么着？”

“我觉得你说这样的话，与企业副书记的身份很不相称！”我怒火冲天地说。

黄书记可能也听不下去了，拍着桌子说：

“大家有话好好说！”

这位参加过解放战争的“南下”老干部，大家都知道他的军人血性，讲起话来说一不二，带有很大的震撼力。

听到老书记敲桌子，王广舟不再吭声，我早已将拳头攥得紧紧的。要不是黄书记发话，照我在部队当兵时的脾气，不会给王广舟好果子吃的。

我极力克制自己，回过头，冲着做会议记录的谢秘书说：

“把我办公桌上的一份内参拿过来。”

然后，我回过身对着大家说：

“非常抱歉，第一次为厂子办事就给搞砸了，我必须向大家检讨！”

我站起来，向大家三鞠躬后继续说道：

“但对这次所谓打击侵权假冒的专项行动，作为一个党员，我不隐瞒自己的观点，我始终有自己的想法，所以态度上不是很积极，斗争上不是很坚决。大家可能会问，是什么原因造成我的反常与出格呢？”

这时，谢秘书已将内参放在我面前，我顺手举在手上说道：

“就是这份内参给了我启示或胆略。确切地说，这份文件正是王副书记签转给我的。

“内参研究了美国和日本的产业发展，它们当年走的路和我们一样。美国独立后对英国产业也是抄袭和追随，抄了一百年。

“到 1886 年，美国成了最大经济体，美国人移民英国，假如是美国纺织工厂高级工程师，英国人会拒绝，怕他是经济间谍。

“后来，美国开始面对本土市场，1920 年变成了车轮上的国家，中产崛起，进入镀金时代。

“日本也是一样，二战后很长时间也价廉物美。如三宅一生服装，没有之前的抄袭模仿，就没有之后的世界品牌。三宅一生早年在纽约、巴黎学服装设计，到日本去贩卖。

“六十年代日本经济和民主意识崛起，三宅一生携带日本的元素去巴黎，强调自己独特的设计理念——‘一块布’。”

……

我说这些时，王广舟早已不耐烦了，插话道：

“典型的崇洋媚外！还是好好检讨一下自己的问题吧。”

我没想到王广舟如此出口伤人，但还是冲他一笑：

“如果我崇洋媚外，也是中你王副书记的毒！因为这内参是你签给我的。”

许多人听我这么一说，哄堂大笑，顿时会场秩序乱了起来。

这时我提高声音，又对大家说道：

“人家美国和日本的产业发展，它们当年走的路可以这样，我们的企业，特别是社队企业向乡镇企业升级才刚刚起步，为什么我们就不能抄袭模仿?”

有人附和说：“是啊!”

还有人说：“难怪古人说，只许州官放火，不许百姓点灯。”

“别站着说话不怕腰疼，请问谁为我们中国的国营企业买单?”王广舟又想挑事了。

后面也有人跟着喊：“这可是个大是大非的问题。”

“亲不亲，阶级分！”还有人拿“文革”腔调来说话。

我知道，这个时候用内参上的例子，是说服不了大家的。所以，必须摊开来说，希望得到更多人的理解与支持。我继续说道：

“不瞒大家说，现在我身上压着‘三座大山’，但我始终坚信，不要随意把人逼成敌人。”

我先请示了一下黄书记，可否说一说我心中的痛楚。他大手一挥，表示同意。于是我说道：

“这是我经历过的一件事，或许是用生命换来的教训。”

这时整个会场鸦雀无声，我赶紧向大家一股脑倒了出来——

那时我在西藏那曲参军，这是世界上海拔最高的地方。一次，随地矿勘探队到无人区寻找金矿，路上突遇暴风雪，无人区没有车道，能走就叫路，军车没有防滑链，车轮直打滑，我们只能下车推着车走。

在无人区，“一天有四季，十里不同天”，遭遇暴风雪是常有的事儿。这时有人发现前面一路旋风夹带着雪花和沙尘，从小在牧区长大的司机旺堆大喊：“不好！我们遇上狼群了！”

他手指向几百米开外，有一片尘土飞扬过来：

“那是一群狼，我们得赶紧离开这里！”

我突然来精神，拿起一支冲锋枪，把子弹推上枪膛，死死盯着那团愈来愈近的冲天尘土。

旺堆拉着我的手说：“赶紧上车！”

“哦，有五只过来了！”我终于看到了，很像藏獒。

我对旺堆说：“那不是藏獒吗？”

“噢，藏獒与狼外形通常难分。”

我十分吃惊：“也许，这是狼迷惑人的地方。”

“怎么办？”

旺堆见我胆战心惊，大声说：“别怕，听我的！”

我两眼向旺堆一瞪："可以开枪吗？"

旺堆答："在藏区老百姓最痛恨的是狼，对其他动物都是保护的。"

狼放慢速度，向我们慢慢靠过来。按旺堆的经验判断："估计是狼见到群鸟展翅，是追赶过来寻找猎物的。"

狼在距离我们百米左右停下脚步，旺堆沉住气说："千万别开枪，让我的车靠上去。"

狼十分警觉，相互靠拢，没有向我们显示恶意。

而我早已憋不住了，将子弹推入冲锋枪的枪膛，放下汽车副驾驶窗户玻璃，瞄准狼群，打了一个点射。

听到枪声的狼，真的很狡诈，五只狼分别朝五个不同方向逃窜。

"这怎么办？"

就在我不知所措时，旺堆反倒胸有成竹："在雪地上，我们追草坝上那只狼，可能还有希望。"

草坝是指无人区中较平坦的开阔地。本来旺堆今天心里已窝了一肚子的火，这一刻，他把所有的愤怒，都发泄到那只逃窜的狼身上了。

他大声怒吼："我要用车轮子碾死它！"

就在汽车快追上时，狼往边上一拐，当我们掉过车头，狼又拼着命向前逃跑。

我抓住汽车掉头的空隙，又向独自奔跑的狼打了一个点射。

只见狼应声倒下，旺堆加大油门赶上去，当车快碾到狼时，只见狼霍地从地上站起来，吓得旺堆一个急刹车。

原来狼是装死，想逃过这一劫，没想到旺堆比狼更熟悉这一套。生活中我们也常常被这种伪装迷惑。在西藏这半年，我已经遇见过许多这样的情景，有些很容易识破，有些又常被蒙蔽。

旺堆猛打方向盘，开心地说："我已经看见狼嘴在滴血，活不了啦！"

可能是狼受了伤，逃跑速度明显减慢，当它知道无法甩掉我们的追杀时，干脆停了下来，站在草坝中间，两眼充满杀气，紧瞪着我们，仿佛一座雕像。

也许，这是狼最后的抗争；也许，这是狼最后向人类的哀求？

在离狼五十米左右时，我让旺堆停下车，与狼对峙几分钟后，突然狼一个跳跃，越过草坝上几米宽的路坎想逃离。说时迟那时快，我对准狼一阵扫射，狼重重地栽倒在地。

这次我估计狼必死无疑，飞速冲过去，还差几步，狼又扑腾一下站起来，虎视眈眈地盯着我们……

这时，随车一只叫"皮皮"的藏獒，如利剑一般从车内跃出，扑向恶狼。藏獒的撕咬，野狼的反扑，一个回合又一个回合的较量，你死我活，难分难解。

狼见我们没有干预，有点坐山观虎斗的味道，显然没有把圈养的狗放在眼里，狼愈战愈勇。什么叫狗急跳墙，什么叫鬼哭狼嚎，什么叫撕心裂肺，狗与狼的搏斗令我震撼。

我忙从腰间拔出手枪，想近距离助皮皮一把。但狡猾的狼，识破了人的图谋，死死地与狗扭打在一起，不给我一点机会。

我见皮皮已是体无完肤，怕它吃亏，在一边大声叫唤："皮皮，快闪开——"

话音未落，狼先下手为强，向我猛扑过来，我措手不及，来不及扣动扳机，旺堆一个箭步，挡在恶狼与我之间。

出乎意料的是，狼没有对这个半路杀出的程咬金下口，估计它被旺堆的勇敢与神速所震慑。狼连连后退几步，眼睛朝着我们，竟意外地流下了两行热泪。

没有想到穷凶极恶的狼，也会有人性的痛楚。我的心开始颤抖，对动物的怜惜之情油然而生，我收回了手枪。

也许，狼也感受到了我的善意，它仰头朝着苍天一声嚎叫，终于支撑不住身体，倒在血泊中。那一声狼嚎，真的令人撕心裂肺。我走到它旁边，发现它的眼睛未闭，我想用手去抹，结果抹了一把泪水……

这是一只咖啡色的狼，有四五十斤重，我说要将狼带走，给它找一个地方。

旺堆害怕地说："不能带！带了我们就走不出这片高原。"

我们将车上的牛羊肉都留在它身边。

这时，只见四周的半山腰，一片狼嚎。我们的车一开动，上百只的狼，从四面八方向那只死去的狼包抄过来，仿佛一张巨网，包围圈愈来愈小，当快要接近那只狼时，狼群一片混乱，争先恐后地狂叫甚至撕咬。

此刻，尘土笼罩了无人区的天空，鬼哭狼嚎的撕咬惨不忍睹……

旺堆这时才发现皮皮还没有上车，我急了："赶紧去找皮皮！"

旺堆说："我们杀回去，等于自投狼网！"

"那怎么办呢？"

旺堆坚定地说："相信一只真正的藏獒，在最危急的时刻，它除了为主人挺身而出之外，一定还会杀出一条血路的。"

我们把车远远地停在一个草坝路口，静静等待皮皮的归来。

时间一分一分地过去，十分钟、二十分钟直至半个小时，远处的牧场上仍是沙尘弥漫。

就在我们对皮皮的归来慢慢失去信心和希望时，旺堆叫了一声："快看！皮皮追过来了！"

只见皮皮身后尘土飞扬！在我生命历程中，首次对一条狗有了自己独特的理解和敬意。我早早打开车门，像迎接一个英雄的凯旋。

皮皮还未跑到车前，就一下栽倒在地上，我赶紧上前抱起它，只见它浑身是血，上气不接下气，一条腿上，白森森的腿骨已从皮毛中露了出来。

我忙脱下外套，将皮皮抱裹在怀中。旺堆则加大油门，赶忙逃离无人区，朝那曲方向疾驰而去。但未想到旺堆慌忙中将车误开入沼泽中，我们赶紧下车绳牵人推，试图把车开出来。

"小心狼！"

大家赶忙上车。只见狼群不知从什么地方叼来许多红柳树枝条，填在打滑的车轮子底下，很快汽车脱离了沼泽。

就在我们欢呼的时候，旺堆再次高喊提醒大家："小心狼！"话音未落，那些狼早已一溜烟跑得远远的。我到现在还未弄明白，藏北无人区几乎是不长一棵树的地方，狼是从什么地方找到无人区内罕见的红柳的？

旺堆庆幸地告诉大家说："这是狼对我们刚才举动的报答！一是我们没有打死狼，二是走时我们将车上的牛羊肉都留在它身边。"

我真的没想到，刚才还是我们的对手或敌人，转眼就成了我们的朋友。我第一次为狼的善举而感动。要知道在无人区，谁在这里都是举目无亲，此时哪怕有人丢给你一根稻草，在这里也会撞出火花。

无人区本没有路，只要有车辙就叫路。老西藏人通常是追寻着别人留下的车辙向前。聪明的狼，已经猜出司机一定是第一次进无人区，这才造成汽车误入沼泽。

远远地，我们还见到许多狼走在汽车前面，为我们指引一条通道，直至走出这片沼泽，然后狼群头也未回地消失在无人区深处……

谁能想到，连凶猛的狼都懂得报恩，我们是否应该反思？自诩为“万物灵长”的人类，是不是应该和地球上的其他动物友好相处，让这个世界充满和谐与爱呢？

有时候冤冤相报何时了，对手甚至不是对手，我们都把他当作敌人加以报复，似乎把对方逼入死路，方才觉得有一种快感。

其实，生活中，每个生命、每个人都是有一颗感恩的心的，做事情不妨放对方一条生路，说不定你的救命恩人就是他。

……

故事讲到这里，我扫视了一下会场，发现许多人此前的愤怒，正被此刻故事中的温情所替代。

我这才动情地说：“之所以不厌其烦地向大家讲这个故事，就是想让大家用新的视角看待这次打击侵权假冒的专项行动。”

王广舟坐在那里直摇头，他早已失去耐心，一阵阴笑，说道：“说得比唱得还好听。”

这时，有人直接跳出来，冲着我上纲上线地说：

“毛主席早就教导我们，谁是我们的敌人，谁是我们的朋友，这是革命的首要问题。”

当然，更多的人觉得在当前中国企业普遍都处在企业荒的年代，这样的故事多少还是有启迪的。

黄书记好像也坐不住了，跟着插话说：

“古人说，将帅无能，累死三军。刚才厂长讲的故事，用意明显，旨在告诉我们如何做企业。

“也许，我们可能都很努力、很辛苦，团队跟着你不停地东奔西跑，如果基本上是在瞎忙活，那么我们永远是没有结果和成绩的。时间一长，团队成员就会对管理者失去信心。”

……

我不知黄书记说这些的意图，但我还是喜欢书记如同兄长或父辈对我们提出忠告。我没有想到，接下来黄书记的一条决定，让我有点措手不及：

“不错，在这个企业荒的年代，连什么叫企业管理几乎都不知道的工厂，怎么能通过竞争打造出中国一流的企业呢？

“根据国家最近颁布的《厂长条例》，厂长需参加全国统考，考试合格才有资格任职。我们作为省属企业应率先参与，此举更有利于我们这些老企业今后的发展。”

听着书记突如其来的决定，我僵在那里许久。

这时，王广舟立马表态赞同说：

“书记这个决定英明，我们这样的省属大型企业，确实要精明强干的企业领导人！”

说完这话，王广舟那副得意扬扬的样子，巴不得我把厂长位置早点腾出来给他。王广舟的表态，真的是站着说话不腰疼。我强压心头之火——

“我服从组织决定，让我先学一步，对企业对我个人都可能是一次机会！”

我尽量将话说得慢一点、朴实一点，尽量缩小与这个老企业中文化水平普遍不高的那些老领导的距离。

那时候全国刚刚推出厂长负责制，厂长任命与考试合格上岗相结合，两条腿走路。现在既然人家一定要将我往最难的路上推，作为一个年轻人，或者说喜爱读书的人，未尝不是一件好事。

当然，私底下得弄清楚，谁对我好，谁对我坏。可见在企业里，不是什么人都可以配对在一个团队，譬如像王广舟这种人。在与他们打交道时，我得有自己的原则——

不要与没有素质的人争辩，微微一笑远离他，不要让他咬到你。团队中有这样的人，有时又不全然是坏事，至少会让我少犯错误吧，哈哈。

谁叫我是厂长，而不是“假如我是厂长”呢！我这个人就喜欢凡事都往好处想——正如《教父》里面那句话：

“永远别恨你的敌人，那会影响你的判断力。”

想到这里，刹那间，我觉得自己长大了许多。过去的一些稚气，年轻气盛的“野蛮生长”，好像正逐渐离我远去。

此时，会议早已散了，我还未觉察到，就剩我一个人还静静地待在会议室中。

小谢轻轻走到我面前，叫了我一声，我这才从恍惚中醒来。

她马上递给我一根烟，划了好几根火柴才点上火。接着，她自己也点上一根香烟。这是我第一次见到城里姑娘抽烟，过去只在电影中见过。

这时，我懊悔的是为何自己没有主见，为何只知迎合别人，难道这样是为给对方一条生路……不，不，结果反把自己推到参加全国厂长统考，好像我是在为自己争夺一条生路似的……

如此滑稽，真的令人又好笑又好气，我真不知这样对企业是害呢，还是利呢？

第三章　厂长统考

有个段子这么说，在一个建筑工地上，楼上一块砖从天而降，一下砸到楼下十个人，其中七个是厂长经理，三个是董秘董事长。

如今走出去，随便碰到一个人，递来一张名片，不是厂长经理，就是董事长或董事局主席。这与企业荒的年代，厂长经理少得可怜，形成了巨大的反差。

在二十世纪八十年代初，不是随便谁都能做厂长的，必须参加全国厂（矿）长统考，拿到合格证书，你才有任职资格，这和现在一些行业的上岗证书是一样的。

有了这个红本本，你就有了厂长资格，这必然挡住了其他人的厂长梦。

在中国企业史上，这可是一件开天辟地的大事。可就是这么天大的事，翻翻那些文艺作品，竟然无法找到只言片语的记载，仿佛这事遇见了一场文字狱，早已从人间蒸发掉了。

时势造英雄。我庆幸，这段历史我亲身经历了。

那天，企业党委扩大会议结束的当夜，天空一片漆黑，大风吹打着厂房门窗，发出“吱吱”的可怕声音。我在单身职工宿舍的一个竹质书架上翻书，竟然没有找到一本企业管理方面的书，这多少反映着当时企业荒的真实与严重程度。

就在我唉声叹气的时候，有人敲门。打开门发现竟然是老厂长，我十分惊讶。

“噢，老厂长您好！”

老厂长幽默地说：

“你挡在门口，不请我进房间？”

我脸一红，忙拉着老厂长进门说：

“不好意思！”

我拉着老厂长的手，让他坐到床沿，给他倒了一杯茶。

老厂长喝了一口茶，笑道：

“成功人士往往居所十分干净整洁。”

我说：“老厂长莫取笑我。单身职工宿舍环境一般，但可以窗明几净。”

“居室小家可以窥见一个人，看来你是一个称职的一厂之长！”老厂长富有哲理的话，说得我一愣一愣的。

我知道老厂长文化水平不高，没想到他能从居住的房间，窥见房主的修养——房主人生其实就像这房主自己的房间……

正当我对老厂长刮目相看时，老厂长开门见山地说：

“这几天，厂子一些情况我都知道了，我想你有时间应该去读读书，暂时回避一下矛盾，冷处理一段时间，估计人们对新厂长的做法会有新的认识！”

我一下不知该说什么，但心里很感激老厂长对我的理解和支持。

这时，我告诉老厂长说：

“厂里已决定让我参加厂长统考。”

老厂长摸着胡子，告诉我说：

“这是我之前跟黄书记提的建议，也许这是没有办法的办法，一方面是骡子是马拉出来遛遛，有利于你挺起腰板做厂长；另一方面，不是很多人都想当厂长嘛，没有厂长统考合格这个红本本，那就请你靠边站，别做梦吧！”

我被老厂长如此周到的筹谋感动，连忙道谢说：“没想到老厂长为我们年轻人考虑得如此周全！”

老厂长一笑，幽默地说：“谁让我是过来人呢？”

我仿佛是在与自己的长辈说话，诚恳地说：

“老厂长，我没有接好您的班！”

老厂长握着我的手说：“孩子，我老头儿可以这样称呼你吧？老企业大社会，除掉没有火葬场，什么都有。这个重担子压在你这个嫩肩上，的确不容易啊！

“对这种老企业，我反对‘新官上任三把火’的做法。建议对老企业采用老人老办法。”

听着他推心置腹的话，我紧紧握着他粗大的手，连连道谢。

这时老厂长又提醒我道：“老厂子，关系复杂，你是班子最年轻的，要多尊重老同志，带头搞好团结。只有团结，才有力量。”

“呵，请老厂长放心！”

我像一名新兵，站在一位久经沙场的老军人面前。

这时，老厂长拉我坐下来，仍不放心地问：

“你知道曾国藩吗？”

我说：“不但知道，而且还很崇拜。”

“讲排名，我算是他的第五代曾孙。曾国藩有一句口头禅——平生长进全在受挫受辱时。”

“怎么说？”

我迫不及待地问老厂长。老厂长说不卖关子了，如数家珍地讲起他们曾家祖宗的那些故事——

曾国藩有个弟弟叫曾国荃，当时曾国荃刚消灭了太平天国，被慈禧封为湖北总督，但他在湖北境内得罪了慈禧的宠臣官文，一个月内几次被慈禧严斥，同时京城大小官员也都认为他居功自傲、目中无人。这时的曾国荃精神焦虑、日日失眠，甚至一度得了抑郁症，萌生了退朝还乡的念想。

看到弟弟如此消极，为了开导他，五十七岁的曾国藩在金陵官署给弟弟写了一封信，痛陈自己一生引以为耻的四次重大教训。

他在信中说，自己三十年来官海浮沉，一辈子失败不如意的事情很多很多，但主要有四件事，使他终生难忘：

第一件事是道光十二年（1832 年）到湘乡县考秀才，在应试中被主考官当众斥责，说他写的文章文理不通，秀才没考上。

第二年，他再次应县试，仅中背榜（末名）秀才。这对甚为自负，恨不能与韩愈、柳宗元同代以分上下的曾国藩来说，无疑是巨大的打击。

但曾国藩对这件事不怨天、不尤人，反而激起他发愤读书的信念。他说："自古以来确实有一些人的文章鄙陋却侥幸获取功名，但好文章绝不会被埋没。"这使他定下每天写一篇文章、作一首诗、看书不少于二十页的学习计划。

第二件事是在咸丰元年（1851 年），已是翰林的曾国藩向咸丰帝汇报工作，为了对工作情况进行详细说明，他还画了一幅图，但这图画得丑陋不堪，引起了满朝大臣的嘲讽。

第三件事是咸丰四年（1854 年），曾国藩在岳州靖港兵败。当时，他要跳水自杀殉国，幸亏被他的幕僚章寿麟救起，狼狈逃脱后搬到城南高峰寺小住，遭到江西全省官绅的鄙夷和耻笑。

第四件事是咸丰五年（1855 年），九江兵败，石达开总攻湘军水营，火烧湘军战船一百多艘，曾国藩坐船被俘，后来他硬着头皮逃到江西，又弹劾了江西的巡抚、按察使；第二年当他被围困南昌时，江西省的官绅人人都幸灾乐祸。他与江西官员的关系，更是到了几乎没有一个人能容得下他的地步。

曾国藩形容自己当时的困窘处境是：“一听到春风的怒号，心就要碎了；一看见敌人的战船开过来，就急得绕着房子转圈，没有好办法。”

后来他的老乡王闿运写《湘军志》时说：“曾国藩在江西实在悲苦，现在想来，仍让人忍不住流泪。”

曾国藩在信尾对弟弟说：“我平生的长进全在受挫受辱的时候，所以我现在虽然侥幸成了大名人，也不敢自诩为有本领，更不敢自以为是。你一定要咬牙立志，积蓄自己的斗志，增长自己的智慧，千万不要从此气馁。要想立不世之功，成不世之业，离开了‘坚忍’二字是不可能的。”

我知道老厂长其实是借曾国藩说他自己，也包括提醒我。可见，任何企业的成功都是从磨炼中得来的。

也就是说，挫折和失败并不是企业的“意外”，而是一个企业成长道路上的必然。从某种程度上说，又是生活最珍贵的馈赠。

……

经老厂长这么一点拨，我豁然开朗。时下处于企业荒时期，我作为一厂之长，就得为此做好准备，甚至随时随地为此做出牺牲。

第二天，我在厂里做好交接工作，拿着行李直接到省城一所工人业余大学报到。这次省属企业厂长统考培训班，要求脱产三个月，对我们来说无疑是一个千载难逢的学习机会。置身美丽的校园，耳边传来琅琅读书声，一下又觉得回到了读书时代，感到格外亲切。

尤其想到这次打击假冒伪劣行动引发的一场烦人风波，可以暂时躲入教学楼中，两耳不闻窗外事，对此时此刻烦恼一身的我来说，也许是一个解脱。

现在说管理大家都觉得很轻松，但在那时，一提管理这个词，大家都感到神秘。这次培训班专门为我们厂长开设了“工业企业管理”这门课程，显然这是一个刚刚设立的学科。在当时别说企业，即便院校里也是普遍缺乏企管人才。所以，在这次培训班中，除了厂（矿）长之外，还有一小部分地方院校老师一起参加培训。

我们学习的课程一样，但学习目的不一样。

在培训班上，年纪大的厂长们学习上的确存在畏难情绪，对于许多概念和理论知识，接受能力普遍较差。年纪轻的厂长们学习则比较轻松，即便遇到什么不懂的问题，埋头将整本书啃熟也就是小菜一碟。

省内几家干部培训学校为了培养师资，选送了几位年轻女老师，刚好都分在我们班里。可能工作性质不一样，无论课上课后她们思想都特别活跃。像我这样年轻的厂长，有点树大招风的味道，成了她们疯狂追逐的对象，我觉得这些女老师不是来培训的，而是到厂长班来“淘金”的。

在谈恋爱问题上，我们这代经过“文革”那个特殊年代的人，实在愚昧得可以，不懂得什么是青春，什么是浪漫，什么是激情。一说到男女之事就会脸红，从来不敢正眼去看女人，甚至感到那是一种罪恶。在男女问题上一切都是墨守成规，顺其自然。

有时人家问我是不是条件高，我说我简单得就只有两个标准：相貌能否让我一见钟情，相处能否让我春暖花开。所以任凭班里的姑娘怎么吐露芳菲，我自岿然不动。

何况，这次我是来参加厂长统考的，不是来寻花问柳的。

就像当年我在杭州军营当兵，部队不许军人在驻地谈恋爱，所以，白天你可以望着西湖美女如云，晚上可以躲在梦中春江花月，就是不得越雷池一步。但这次我还是遇见有人喜欢与美女搭讪，不知这是不是男人的本性。

我不知是自己嫉妒心作祟，还是其他什么原因，在做课堂作业时，我故意给大家杜撰了两个企业管理案例。

说之前，我打了一个招呼："纯粹一半是虚构一半是荒诞，请勿对号入座，如有雷同纯属巧合！"

"哈哈——"

一个是关于那时男女婚恋方面的故事：

一厂长与一美女发生婚外情，随着美女年龄变大，厂长最初计划采用"灭口"方案，财务科长得知后向厂长大献殷勤，提出以提高管理水平为名，由厂长出巨资，送美女参加企业管理培训班学习。

正好这期班上，高大帅的厂长经理如云，而美女的出现，又一下子迷倒了全班男生。

时间不到两个月，这个美女就不理睬原先厂长了，反转过来倒贴给原厂长一笔巨资，作为封口费……

这个男女婚恋方面的故事案例，给人们的启示是：

企业处置不良资产最有效的手段，就是包装转让，而非遗弃或自我消化。

班上的同学们听后哈哈大笑起来，连呼："言之有理！"

一个是关于那时企业"原罪"方面的故事：

在缺衣少食的年代，有一孩子快要饿死，饿急了去偷了别人的东西，备受饥饿煎熬的妈妈没有责备他。后来他们活了下来并慢慢富裕起来，过着衣食无忧的日子，但这个孩子又去偷了别人的东西，这次这位妈妈没有饶过他，先把这个孩子打得体无完肤，接着又将孩子送到了派出所。

民警就问了，当初他偷东西你为何不管，而今你却暴打孩子？

妈妈说："起初在道德与生命两者之间，我选择了活着是迫不得已，而今在生命无忧时，两者之间我选择了道德。

"所以我和孩子都要领罪受罚，对当初孩子的偷窃，受罚的不应该是孩子，而应该是我这个不作为的妈妈。对于现在孩子的偷窃，孩子应该领罪受罚。"

这个企业"原罪"方面的故事，给人们的启示是：

企业"原罪"可能是一个变革时期的必然现象，又是高悬在企业头上的达摩克利斯之剑。对"原罪"的清算、否认或道德性批判，也许都不能澄清这个沉重而无解的难题。

班上的同学们听后沉思许久，惊叹无语。

我说这两个案例，本来是想活跃一下培训班上僵化的学习氛围，没想到事与愿违，有人为此对号入座，非要我说出案例背后的详细故事。

还有人为此摸到我们厂，调查我在厂里的生活作风是否有问题。

终于有一天，学校顶不住压力，专门派了一个调查组到厂里了解我的表现。刚好遇见王广舟，他知道调查组来历后，跟着便落井下石："太低级趣味了，我为我们企业出了这样一个厂长而悲哀。"

王广舟的上纲上线，让调查组听得一愣一愣的。

调查组提醒他说："我们得实事求是！"

“什么实事求是?”

王广舟拍着桌子，火冒三丈地说：

“联系我厂参与跨省打击侵权假冒的专项行动的失败，我就怀疑他背后出卖组织，与打击对象同流合污，这不就是最大的实事求是吗?”

王广舟带着火药味的话，弄得调查组的人不敢再说话了，觉得就像遇到一条疯狗，见到谁都会下口咬一样。

这时，只见副书记大人紧闭双眼，根本不看调查组的人，全盘照自己的猜测自说自话：

“依我一孔之见，主要是我们的厂长年轻好色、狂妄自大、目中无人、无法无天。同时，我们对当下干部年轻化的做法，应该予以认真反思。”

调查组没有想到一个副书记对新厂长如此愤慨，推测他的心态一定不正常，为了尽快摆脱他，就顺水推舟问道：

“依你看，这事应如何处理?”

王广舟一阵奸笑，说道：

“为了对组织负责，也为了对我们这个省属大型企业负责，建议立即罢免他的厂长职务，提名像我这样的人当厂长!”

他自知说漏了嘴，马上纠正道：

“真的要我当这个厂长，我还得掂一掂，这个老国营企业负担太重了。”

调查组有人假装着急道：“学校可以提出罢免，但要推荐谁当厂长，恐怕我们的手——够不着!”

王广舟又笑道：“至于谁当厂长，这是组织上的事。建议按级别一级一级提升，切忌弯道超车，弄得我们这些老人永远没有机会。”

王广舟万变不离其宗，就是想要抢班夺权，这事我是后来才知道的。老实说，我年纪轻有什么不好，至少屁股后面没有尾巴让他抓在手上，所以我懒得去搭理他。

企业窝里斗，这事后来反倒成了学校又一个真实鲜活的企业管理方面的案例，哈哈……

转眼几个月的脱产培训结束，这天正式迎来厂长统考。一早有人敲我宿舍门，说企业有一批六十年代初精简下放到农村的职工已经闹到学校大门口，要求返城回厂安排工作。

我一骨碌从床上爬起来，跑到大门口。只见黑压压的一片，至少有百把号人。

二十世纪六十年代初，我国遭遇严重经济困难。工厂生产的产品卖不出去，百姓收入微薄买不起，陷入恶性循环。最严重的是粮食极度匮乏，哪里都没有粮食，农村百姓吃草根、树皮、菜叶、麸皮、豆腐渣，到后期连这些都吃光了，只好饿肚子。

农村如此，城市居民更是雪上加霜，他们想吃草、吃树叶都没有，国家供应的每天几两粮食，只能熬粥喝，整天饿得心慌气短，直不起腰，面黄肌瘦……

鉴于这种情况，国家决定实行“调整、巩固、充实、提高”的调整国民经济“八字方针”，要求大量精简城镇人口。

企业员工纷纷要求到农村去！与其在城市活受罪等死，不如到农村去闯出一条活路。虽然农村也没有粮食，但那里有土地，有荒山，有植物，甚至有牲畜吃的稻草、秸秆，总可以填饱肚子。

但故土难离，金窝银窝不如自己的狗窝。城市虽然更困难，但终归是自己生活的家啊！背井离乡，到举目无亲并没有任何生活基础的农村去，是多难的痛苦抉择啊！

于是，一场声势浩大的下乡运动开始了。企业逐级进行下乡动员，要求共产党员、共青团员、积极分子、领导干部、劳动模范、生产骨干带头。当时的人们是那样纯洁，那样听党的话，即使自己忍受千般苦，也无怨无悔，主动申请离职下乡，不仅为自己，更为党、为国家分忧解难，勇往直前。于是，单身职工孤身一人，带着简单的生活用品走上了去农村的道路。有家庭的职工则拖儿带女、背箱拖柜走上了漫漫长途……

企业当时告诉下乡的职工，一旦国家形势好转，将优先把他们请回来。但是时隔不久，“文化大革命”爆发，国民经济陷入了更大的困境。

与“文革”期间被下放的城镇居民不同，困难时期被下放的城镇居民命运更悲惨。因为前者在打倒“四人帮”后可以返回城镇，后者中一些人却与回城的机会失之交臂。

应该承认，他们也是中国社会保障体系中的特殊群体，随着年龄增加，这一群体的养老问题也亟待解决。

历史就是这样无情，弄清楚这些情况后，我当即向企业的这些职工表态：“这是新中国一段特殊的历史，我们省属国营企业有责任和义务帮助你们解决后顾之忧。”

我的话还没说完，这批上访职工和家属就起哄了，有的说：

“当初动员我们下放时，说得最多的一句话，就是渡过暂时的困难后，国民经济一经好转，会及时召我们回来，复工复职，重回城市工作生活。”

还有的说：“时过境迁，当初政府说的话没有人为我们兑现。现在谁上任了，也没有理我们的……”

大家七嘴八舌，事情很清楚，但如何处理，谁都做不了主，也没有人敢拍板。

这时考试预备铃声已经响起，为了尽快安抚好这批上访员工，我郑重其事地表示说：“希望你们相信我，今天一考完试，我首先帮你们争取落实政策。”

上访人员人多嘴杂，乱糟糟的一团，根本听不见我的话，有人怀疑说：“看你年纪轻轻的，嘴上没毛，办事不牢。口说无凭!”

最后，我用了激将法：“既然你们信不过我，那我就是多管闲事了！”

上访人员听我这么一说，哪肯轻易放过我。在这二十多年的上访之路上，他们好不容易可以与厂长直接对上话，而此时我已经成为他们的一根救命稻草，所以他们将我里三层外三层团团围住。这时我听到有人说：

“王广舟副书记跟我们说过，什么时候厂长帮我们解决好问题，什么时候我们回家。”

听话要听音，此时我心里多少有了底。这事一定是王广舟这个王八蛋挑起来的。而选择考前这个时间点来省城闹事，应该是有人精心策划的。我在哪里学习，什么时候考试，只有企业班子成员才知道的。

现在令我着急的是，对于统考，如果我一个人参加不了，大不了届时我主动辞去一厂之长。如果因我拖累了全省的厂长统考，这个责任可能谁都无法承担。我把这个利弊关系告诉上访职工和家属们，一下子得到许多人的同情。

有人说：“考试确实是大事，不能耽搁厂长前途。”

更多人附和说：“是啊！”

时间一分一分飞逝，按考场纪律，开考十五分钟后，禁止考生进入考场。豆大的汗珠从我脸上滚落下来，这时我提出了一个折中的方案——

“如果你们担心我事后不认账，我愿意当场在你们上访书上画押，保证今年春节前，为你们全部落实好政策。”

不等我的话音落下，有人冲着我高喊：

“这个办法好！”

接着还有员工高呼口号：

“厂长万岁！”

我双手合十高举至头顶，连声道谢：

“拜托大家安静些！”

到底是老职工，组织纪律性特别强，立马闪出一条通道护送我直抵考场，人们默默向我挥起双手致意，令我顿时热泪盈眶。

我头也不回地直冲考场，考试的最后铃声刚刚响起，我的前脚正好迈进教室的门槛……

第四章　风波

参加完厂长统考，我还没有来得及与学校及同学打声招呼，就在第一时间匆忙赶回企业。因为有了之前的承诺，我必须尽快回单位处理好老职工精简下放的问题。

同班的一女生，是省城一所著名大学管理学院的老师，也跟着追到企业，说给我送新出版的《傅雷家书》，还夹着一张当时罕见的断臂维纳斯的明信片，上面留有她的赠言。

那天，是回厂后的第一个星期天，我们聊起《傅雷家书》。

我说："听说过《傅雷家书》，但没有读过。"

美女老师说："这本书大学非常流行。"

每个人都有着自己伟大的父亲，无论这个父亲是知识渊博的学者，还是一个只知下地耕作的农民，他们一样伟大。

《傅雷家书》的字里行间都洋溢着浓浓的亲情，读着读着就让人对他们的父子之情感怀不已。他们虽远隔万里，但父亲对儿子的牵肠挂肚和无微不至的关心，让人不胜感慨。信中有对儿子学业的指导，更多的是对儿子人生的指引。

美女老师感叹道："现在很多人都学会了隐藏自己，还有多少人可以像傅雷那样把自己的情感细腻地表达出来？"

她说这话的时候，两眼紧盯着我，似有所指。此时，美女老师像是给一个学生上辅导课，说起傅雷就滔滔不绝。

傅雷先生在信上不仅谈艺术学习，还谈生活恋爱，谈做人，谈修养，甚至儿子写错字，父亲也会郑重其事地指出并耐心分析纠正。

我们又何曾如此跟家里的长辈认真提及这些问题？在学校的生活，父母不知道，也不想让父母知道，更别说恋爱了。

我惭愧地说："回想自己工农兵学商，每一段经历，都是不朽的财富，但却很少给父亲写信。"

美女老师乐得哈哈大笑，一本正经地说：

"现在你可以补一下课，譬如给你恋人写信啊。"

我跟着美女老师傻笑起来说："我的对象还在天上飞呢。父母建议我找一个在职职工，夫妻双职工，以便在厂里解决住房问题。"

那时住房问题已是一个社会问题，毫不夸张地说，找房子比找对象难。美女老师觉得不可思议：

"一个堂堂国营大型企业的厂长，怎么会像社会上的普通小老百姓，还要担心什么住房问题？"

我立刻敛起笑脸，严肃起来说道：

"越是厂长，越要为职工带好头呀！"

"好一个讲原则的厂长，真是铁面无私。"

这时她用手掩嘴，好像突然想起什么，马上又补充了一句：

"难怪我姐说你太率真，太讲原则！"

我被她说得莫名其妙，马上问：

"你姐是谁呀？"

她得意扬扬，又神秘兮兮回答：

"她是省武警支队长！"

"哦，我知道了！我们一起执行过任务，她是一个活脱脱的女强人。”我脱口而出。

美女老师笑道：“呵呵，强什么呀！和我一样，连个男朋友都找不到。”

美女老师不动声色的幽默，让我们傻笑了好长时间。

“不开玩笑了，咱们言归正传！”

我带着一种期盼，对美女老师说：

“听说你们大学管理专业很强，我想委托你，帮助我们做一个企业管理推进方案。”

“能为厂长大人服务，求之不得！”

美女老师将手向我伸过来，说道：

“拉钩上吊，一百年不变！”

话音未落，我们两个人的小拇指，早已经紧扣在一起……

这时，有人猛烈地敲着我宿舍的门，美女老师想去开，我一把拉住她。

她问我：“谁这么没有礼貌？”

我淡然一笑道：“在厂区，职工就是主人翁。”

我快步走过去打开门，几位职工一拥而入。

其中一位职工怒气冲天地喊道：

“厂长你金屋藏娇，只图自己逍遥自在，还管不管我们职工的死活？”

我估计他是酒喝多了，就示意美女老师：“你先走吧！”

回过头，我对职工说：

“对不起，有话坐下来慢慢说。”

这时，早已被职工纠缠着的劳资处长，面露难色地对我说：

“厂长，本没有事，只是刚刚有职工咨询精简下放职工政策，我说这事还八字没一撇呢！没想到这样一句话，不知怎的激怒了他们。”

我见劳资处长说话紧张吃力的样子，马上接过他的话说：

“你不来，本来我也要去找你。全厂六十年代初精简下放到农村的职工有多少?”

劳资处长含糊不清地回答：“这个数字很恐怖，估计至少有上千人啊!”

我非常认真地说：“请你们劳资处会同保卫处，这周给我一个精准的数字。”

劳资处长显露出十分为难的样子：“这批人关系太复杂了。”

当然，这事没有回转的余地，我又补充了一句：“那就分三类——可办的；难办，但通过努力可办的；难办，通过努力还是难办的。”

劳资处长看我与他较劲，大气也不敢喘一口，小心翼翼地说：

“王广舟副书记是分管我们的直接领导，请厂长与他也打声招呼。”

王广舟！一听到这名字，我就气不打一处来，但考虑有企业员工在场，我还是给劳资处长留足了面子，说：

“好，我会与他沟通。但你要记住如今是厂长负责制!”

然后，我回过头对在场的几位职工说：“对不起呀，当初你们为国家分忧，今天我们必须为你们解难。”

最后，我还向职工们再次道歉说：“请给我一点时间，我会给你们一个满意的答复!”

一周时间转眼就过去了，我到劳资处找到他们的处长，查点全厂六十年代初精简下放农村的职工情况，他竟给了我一个谁都想不到的答案：

“王副书记至今还没有布置给我们这项工作。”

我见王广舟也在，嘴里叼着一根香烟，跷着二郎腿还一晃一晃的。我气不打一处来，冲着劳资处长声嘶力竭地吼道：

“我是厂长，我可不可以向你下达指令?”

劳资处长看我不给他情面，他也不是省油的灯：

“谁分管我，我就对谁负责。”

的确，从分层直管的角度，劳资处长的做法本无可指摘。从某种程度上来说，对劳资处长严格按规矩办事应予以表扬。

这时王广舟已经坐不住了，面露得意地说：

“县官不如现管，这样忠诚的干部现在企业见得太少了！”

“什么叫忠诚？请问厂长可否临时交办任务？”

我怒不可遏，抓起劳资处长桌上的一只茶杯，“砰”的一声，狠狠地砸在地上。

王广舟这下坐不住了，站起来对我大声吼道：

“你们吵什么？注意一下我们国营企业的形象好吗？”

我对王广舟本来就看不惯，见他那副阴阳怪气的样子，一语双关不客气地答道：

“这样的企业形象，早就应该砸烂了！”

我顺势一把将门关上，回过头来质问王广舟：

“今天办公室没有其他人，请问我可不可以向劳资部门布置工作？”

“谁说不可以？至少我管的部门，厂长随时都可以下达指令。但事后应该向我打个招呼，我还是这个企业的党委副书记吧。”

“真的吗？”我单刀直入问道。

劳资处长看我两眼盯着他，这下他急了，马上对王广舟说：“厂长的要求我向你汇报过，但你问我听谁的。”

王广舟皮笑肉不笑地说：“今天厂长在你这里，你说你应该听谁的？”

劳资处长一副委屈的样子，说：“现在我真不知道听谁的了。”

听到这里，王广舟沉下脸，狠狠地训斥起劳资处长：

“不是我当着厂长面说你这人的坏话，你啊！死脑筋！”

劳资处长鄙夷地看着他说：“你以为我的智商，真的像你想象的那么低吗？”

这时王广舟一笑，愈加猖狂地说：

“我说你这么大的岁数白活了。就像我家一条哈巴狗，怎么就一根筋？”

听到这里，堵在劳资处长喉咙的话让他不吐不畅，他干脆捅破王广舟的话背后的那层纸，说道：

“书记大人，我当时对你的话的理解，就是别听厂长的，他算什么东西。”

王广舟脸色苍白，仿佛被人捅了一刀，冲着劳资处长发飙吼道：

“不要狗急乱咬人，挑拨我与厂长之间的关系！”

“我猜到你事后会这样说，所以我瞒着你，已经完成了厂长交办的任务！”劳资处长边说边从口袋拿出一份材料，交到我的手上，泪流满面地说：

“厂长对不起，这是我为您准备的材料！”

劳资处长说这话时，因为王广舟在场，使得他更加胆战心惊。可能之前我逼得急，而劳资处长又不敢去得罪分管领导王广舟。

我忙打开资料一看，是我厂六十年代初精简下放到农村的职工的详细情况，我回过身，紧紧握着劳资处长的手说：

“谢谢你，让你受委屈了！”

王广舟看到这里，冲着劳资处长火冒三丈地说：

“原来你在背后耍我，真不是个东西！”

王广舟说着扭头就走，最后不知向我还是向劳资处长撂下一句狠话：

“我会让你不得好死的！”

良言一句三冬暖，恶语伤人六月寒。我冲着王广舟的背影，向地上吐了一口痰，掉头就走。

一周之后，办公室谢秘书告诉我，劳资处长从办公大楼顶层跳楼自杀未遂，经省城医院全力抢救，命被救了下来，但变成了植物人。

后来，还有人造我的谣说：

“劳资处长是因为工作压力大，被厂长逼死的！”

在改革开放初期，一个企业中出现这样人命关天的大事，那是要轰动全国的。

对这件事，省领导做了批示，政法部门的人马上组成了联合调查组，进驻企业进行调查。出乎意料的是，这次调查组竟是由省武警支队长带队。

再次见到这位美女武警，她没有穿警服，感觉比上次年轻了许多。我主动迎上前去跟她打招呼，她却像不认识我似的。

手中有点权力的女人都有点儿傲慢自负。

望着面前这位身着便衣的武警支队长，我又想起最初有人问我的话：人这辈子最怕遇见的人是谁？

难道真的是他们？据说调查组在厂里，整个调查还是实事求是的，但在调查组听取党委会意见时，王广舟作为劳资处的分管领导，不断给工作组和厂党委施加压力，强烈要求这件事无论涉及谁，必须撤销职务，追究责任，涉嫌犯罪的应移交司法机关处理。

最后调查组意见也出现分歧，细心的省武警支队长晚上想约我单独进行谈话，我表示感谢，但又婉言回绝说：

“我的命与支队长相克。”

后来调查组决定集体找我谈话，我当然无法推托。武警支队长亲自压阵，上来就是一阵炮轰：

“不要以为是大厂的厂长，就摆这副臭架子。

“你知道我们是为什么来的，为谁来的吗？

“你这样下去，只会自绝于人民，自绝于党！”

我刚想开口解释，她桌子一拍：

“今天你不要给我解释，下面有人问你什么，你就回答什么。听到没有——”

她两眼向我一瞪，眼神里好像有一种暗示，我心有灵犀马上回答：

“听到了！”

然后，另外一个人拿着一份预先准备好的稿子，像审讯犯人一样，让我跟着他一字一句对下去。我分明成了笼中之鸟，一切任由他们摆布……

最后我向调查组提出一个请求：“既然劳资处长要自杀，估计他一定会给单位或家人留下遗书，建议尽快找到遗书，也许一切就真相大白。”

美女武警哈哈一笑：“你以为我们像你一样蠢？我们早已找过劳资处长的家属，说是什么遗书也没有！不过，鉴于这件事的重要性，我们可以再找她谈谈，看看是否有新的线索。”

后来调查组走后，这事就搁了下来，迟迟未见处理结果。厂里又有小道消息说：

“那个调查组负责人省武警支队长，与厂长是情人关系。她怎么会将自己的心上人送到牢里去呢？”

还有传闻说：“劳资处长的遗书找到了，自杀原因与厂长无关。”

如此等等。这些小道消息满天飞，传到我耳朵时，我也只是一笑了之。

因为我真的不知最后事情真相是什么，何况这些有关我的事件，我自己是无权也无法向职工解释的，一切只能凭良心说话！

但有一点我不能含糊，不能因劳资处长的事情，耽搁我向精简下放职工许下的承诺。对于他们的遗留问题，我必须在今年春节前为他们做好首批安置落实工作。这事对我来说，已经是开弓没有回头箭。所以，我又根据劳资处长之前提供的方案，立即召开了企业专题会议，进一步明确了企业内部流程分工细化方案。

一个月后，我又带队跑到省级主管部门那里汇报工作，结果吃了一个闭门羹。——六十年代初精简下放农村的职工情况，全省量大面广，情况错综复杂。

意思就是说，这事不是你一个厂能办的。回到厂里，经办人员彻底失去了信心。但我不甘心，当晚带了一些礼物，上门去拜访省级主管部门的那位经办人，想以此拉拢并求得他的理解与支持。

第二天晚上，我又去拜访了省级主管部门的处室领导。

第三天晚上，我又让司机开着车，去省级主管部门一把手家中拜访并说明情况。如此层层递进，目的就是要得到领导对基层企业工作的支持。

……

最后，省主管领导提出了一个交换筹码的方案——由省主管部门出面协调落实因为企业精简下放在本省的职工安置问题，跨省精简职工的政策落实，各省不一，超出省劳动人事部门的权力。回报他们的筹码是企业每年帮助省主管部门解决职工福利，折合人民币约一百万元。

一百万！这在当时可谓天文数字。在厂行政班子会议上，我提出企业砸锅卖铁，也不能亏待当初积极响应组织号召，主动减轻企业负担的精简职工。

老的问题解决了，新的问题又接踵而至。因为省属企业员工来自五湖四海，省外职工占比非常高，现在省内精简职工安置指日可待，那么省外精简职工政策如何落实呢？

苦思冥想后，我以企业的名义向省政府打报告，得到领导批示后，再到具体的主管厅局汇报。那时厅局长架子都特别大，谁都没时间专门听取一家企业的情况汇报。

厅局长不肯听汇报，我就跟着他们上下班，帮助他们打开水，搞办公室卫生，然后守在门口等待。一天不行两天，两天不行三天，三天不行四天，到第五天，人心都是肉长的，我的举动终于感化了他们，领导专门抽时间听取了汇报，并在企业报告上签上意见，以便精简职工安置这项工作落到实处。

我还向领导主动提出承担省级厅局的职工福利。领导对送上门的好事，当然求之不得，并提出将我厂精简职工落实工作列为全省试点，待取得经验之后再在全省推广。

对于企业办事，我掌握了一个规律，叫作会哭的孩子多吃奶。具体做事情的时候，应当争取喝“头口水”，或者叫作宁做鸡头，不做凤尾。

在对全厂上千名精简职工政策落实上，现在我们企业已经尝到了甜头。

这件事也给了我莫大的鼓励。我觉得要让职工为企业工作铆足劲儿，在生活问题上一定要为职工减负荷……

后来，有人背后又告我的状，说我“侵占国家资产，为个人捞好处”。我办事的原则是，只要不将一个铜钱放到自己口袋，我怕什么？

谈到干部“四化”，对我最管用的是年轻化。因为年轻，我屁股后面没有尾巴给人抓，所以不论做什么，我都会理直气壮。加之我是在完成国家对企业承包合同的基础上，拿出多生产的产品为职工谋福利，这也是天经地义的。

我笑对谣言，交足国家的，留足自己的，余下来的都是企业职工自己的，这有什么不好呢？

后来有人找我反映，劳资处长家属也是当年精简下放对象。我就感到十分好奇，他本人当时统计汇总时，为什么要把自己家属剔出去呢？

这时，有人走进办公室来找我，自报家门是劳资处长家属，我笑道："我刚刚还想着抽时间去看处长。他目前身体状况如何？"

"多谢厂长惦记，目前他基本稳定。今天我来主要是来汇报一下，我也是当时企业精简下放人员。"

"为什么他没有把你统计进来？"

"我也不知道，我就听有人传说，他在单位轧姘头，有一个相好女人，所以老早就与我闹离婚。后来为了离婚问题，我找过王广舟副书记帮助解决。没想到他竟说什么人往高处走，水往低处流，希望我多多理解！"

"那后来呢？"

"听说王副书记找他谈过话，得知他们提到一个女人。王副书记还吓唬他说，在这个问题上，要么你死，要么她死。"

"呵呵！"

"估计这是引发我男人跳楼的主要原因。"

"还有什么情况？"

劳资处长老婆听到我这么问她，这才想起什么，忙从手袋里翻出一本笔记本给我看。这是一本非常精致的软抄本，扉页上写着一行字：

"赠送×××处长留念！"

字迹清秀，明眼人一看，就知道是女人写的。

本子前面十多页纸已被撕掉，仅留下名为《一个已逝男人的遗物》的文章，可能是从什么地方摘录下来的：

有个人死了，当他意识到时，他看见上帝手拎行李箱向他走来，于是就有了死者与上帝的这段对话——

上帝：好了，孩子，我们走吧。

男人（指死者，下同）：这么快？我还有很多计划没……

上帝：很抱歉，但时间到了。

男人：你的行李箱里是什么？

上帝：你的遗物！

男人：我的遗物？你的意思是我的东西，衣服和钱……

上帝：那些东西从来不是你的，它们属于地球。

男人：是我的记忆吗？

上帝：不是，它们属于时间。

男人：是我的天赋吗？

上帝：不是，它们属于境遇。

男人：是我的朋友和家人？

上帝：不，孩子，它们属于你走过的旅途。

男人：是我的妻子和孩子们？

上帝：不，它们属于你的心。

男人：那一定是我的灵魂？

上帝：孩子，你完全错了，你的灵魂属于我。

男人眼含泪水，恐惧地从上帝手中接过并打开了行李箱，空的！他泪流满面，心碎地问上帝……

男人：我从来没有拥有过任何东西吗？

上帝：是的。你从来没有拥有过任何东西。

男人：那么，什么是我的呢？

上帝：你的每个瞬间。可惜你的活着与你的死去，没有什么区别。

……

一个人要结束自己的生命，真正令人感到怜悯和战栗的，其实并不是他的死，而是他为什么会死。

自杀不只是关乎如何去死，而且是关乎如何去生。只有如何去生的问题没有得到解答的时候，如何去死才会成为问题。

如果说企业是生活的场所，家庭更应是生命的归属地。当一个人没有了“落脚点”，生活就会变得空虚，没有根基的生活就不具有质感。或者说，在“罪”与“赎”中，人需要一个选择。

望着眼前这位瘦弱的女子，让我脊梁发凉的不是那具从窗户栏杆上挂下来的——像灯芯草一般的她的老公的躯体，而是在这一刻之前她老公的心理活动……

第五章　祸不单行

江南夏季多雨，沿海一带这个季节通常台风盛行。

每天晚饭后，我都习惯在厂区散散步，走一走。由于厂区占地三千多亩，走一遍约四个小时，所以我习惯分开走，单日用两个小时去视察研发制造各分厂，看一看建材机械、钢门铁窗、大型砌块、砖瓦半成品和成品，而双日用两个小时沿着砖瓦取土的泥塘走一圈。

望着灯火通明的厂区，运输车船在有条不紊地穿梭，工人们踏着三班转的节奏，我想在自己的八小时之外，仍能与职工们亲密接触，并希望通过这个渠道发现企业生产制造中的一些问题，以便尽快将其扼杀在萌芽之中。

这次，我跟着取土铁轨翻斗车，来到取土泥塘最深处，有职工向我反映说：

“现在取土泥塘越挖越深，遇见许多石头，疑似石灰石。”

当时，我也没在意，后来半成品出来没问题，直到成品出来发现了重大问题。经过烧制的砖瓦，夹在里面的石灰石变成了白色石灰，一遇水马上爆裂。

之前生产厂长带着技术人员，一直没有找到问题的原因，后来我突然想到那晚职工反映的情况，赶紧跑到现场一看，由于泥塘资源濒临枯竭，再向下挖全是石头，而这些石头都是石灰石，经高温焙烧后成了产品爆炸的元凶。

既然企业出现了如此重大的质量事故，我让经营部门马上锁定销售单位和个人，这才发现大部分产品进了省属重点工程工地。因为那时省内有一个不成文的规定，省级以上重大工程必须使用我厂的产品，看重的就是我们产品质量有保证，所以各大建筑设计单位在设计图纸时，无一例外都强制推荐使用我厂的建筑材料，不然的话工程质量就不敢保证。你说这事大吧。

即便是一般工程，如果拿不到我厂的产品，至少基础部分使用的建材必须是我厂生产的。

这样一来，我厂每年的生产计划，全部由省级主管部门下达，也由他们计划分配。而承包之外超生产计划的部分，则百分之百由企业自产自销，销售对象基本是关系户。

可见，企业产品大头流向了省级重大工程，小头流向了企业协作生产的关系户。也就是说，这产品一边事关国家重点发展的高楼大厦，一边事关企业“皇亲国戚”的花园别墅。

对企业来说，手心手背都是肉，我马上找到厂党委黄书记，希望他能支持我的工作。

“问题产品必须全部追回，企业以此为教训，严查追责。”

我的呼吁立即得到了书记的肯定和支持，他还强调让我抓紧落实，一边向社会公开召回问题产品，承诺百分之百由企业上门调换，一边在媒体的监督下，由企业将问题产品百分之百统一销毁。

当时，此举立马成了当地一个爆炸性的新闻。

本来是企业一个质量事故，经过媒体这么一炒作，反而进一步扩大了企业影响，可谓因祸得福。

黄书记赞叹说：“到底是经过厂长统考培训的人，那些企业管理知识立竿见影了！”

我苦笑说：“书记，你不撤我的职，对我已是格外宽容了！”

书记也没有多说，只是用他宽大的手紧紧握着我的手，我从他温暖的手上感到了一股无穷的力量。

但好心未必能办成好事，在召回问题产品时，我碰到了一家乡镇企业的厂长吕冠球，当时他已是全国乡镇企业的一面旗帜。他非常惋惜地对我说：

“你们国营大厂产品，我们乡镇企业没有资格享受。现在你们能在计划外给我们紧俏产品，就已经算我吕冠球面子大了。”

我对老朋友的夸赞，一边是感激，一边还是愧疚：

“谁使用我们的产品，谁就是我们的上帝。我们只有做好服务的责任，来不得半点马虎和折扣，何况建筑工程百年大计呢！”

吕冠球向我伸出大拇指，诚挚地说：

“你们省属企业质量再有问题，也比我们乡镇企业产品靠得住。”

他还给我讲了一个他们企业自己的故事——全厂数百人，只有一个高中生，大多数工人几乎目不识丁：

“‘全面质量管理’的英文字母 TQM，只认识其中一个 Q 字，说是老 K 牌上有，叫作‘皮蛋’。”

老吕说着一口地方土话，我听得很吃力，但还是被他逗得哈哈大笑。

我知道老吕已经将这次的问题产品用到厂房建设中，所以我更加着急地说：

“在质量问题上，没有企业等级或高低贵贱之分。老吕，涉及你们已使用到工程上的产品，拆除费误工费均由我们企业来负担。”

吕冠球厂长被我的真心诚意所感动，连声称赞道：

“谢谢你们国营企业老大哥！”

我当时就在想，你们这些在国营企业一统天下的夹缝中生存下来的乡镇企业，别说怎么做贡献，如今能平安地活下来，也许就是对中国经济的贡献了。

我头脑非常清醒："千万别把我们国营企业捧上天，我们只是沾了体制的光。如此被人供着的日子，是长不了，也是不正常的。"

吕冠球半信半疑地问我："这要等到猴年马月？"

我肯定地说："这个日子应该快了！"

一个国营企业厂长与一个乡镇企业厂长，如此推心置腹地谈话，令我们得到了一种久违的享受，为此两人都会心地笑了……

通过千方百计，企业组织人力物力共追回问题产品一百多万元。要知道在那个职工月工资仅仅是几十块钱的年代，这显然是一个非常惊人的数字。

我把这些报废产品堆在厂中间，召开了全厂职工大会，要大家对照生产中的废品举一反三。

然后再带着员工，将它作为垃圾处理。工人们看在眼里，痛在心里：

"厂长，这些产品再不行，大不了做铺地砖，也比泥巴地好呀！"

有人发牢骚："这上百万元钱，我们挣工资几百年也赚不了那么多呀！厂长是不是太大方了！"

我对广大职工铁面无私地说："企业生产出这样的次品，不仅是对省属建材企业信誉的损害，更是对国家、对人民的犯罪。一个厂的信誉与品牌是至高无上的。今后不管哪个人出了次品，都得罚款，都得砸他的饭碗。"

接着，我从百万产品报废入手，开始了铁腕治厂的全面企业整顿，提出"先质量后产量"的产品质量观，又制定了严格的管理制度，推行企业全面质量管理，把责任落实到每个分厂、每个部门，直至每道工序。

我按照自己心中的一张张蓝图，大胆有序地整顿这个老厂，某种程度上不亚于拯救一个老态龙钟的病人。首先在这个风云变幻的社会，想办法先延长他的寿命，然后再考虑他的生活质量，直至慢慢恢复他的生命力。

我多么希望我能成为工厂这台老掉牙机器的八级技工，尽快让它走向正轨，催生出新的造血干细胞。

我坚信，我既然是厂长，就应该有这个能量和能力，不然的话，你占着茅坑不拉屎，迟早会被职工被社会淘汰的……

就在我感到得心应手时，厂长统考的分数下来了，我的心怦怦乱跳，紧张万分地打开通知信函，连我自己都傻眼了：

“不及格!”

我不相信自己的眼睛，横看竖看后，我发现现实就是这么残酷。我就像一个高考的落榜生。

这时我努力让自己冷静些……接受失败，现在我深知现实是无法改变的，只能调整自己……这时不承认现实，就等于是不给自己重新开始的机会……

几位得知情况的精简安置职工，为此十分内疚，纷纷找上门来向我道歉：

“都是我们闹事闯的祸，影响了厂长统考的正常发挥。”

有的叹息说：“当初就不应这么做，造成厂长统考失利，完全是我们听了少数人的挑拨。”

当然也有人背后戳指头，幸灾乐祸地说：

“活该！厂长的位子早该让出来了。”

……

无论人们怎么议论，我都照单全收，重新审视自己。我不会寻找外因，说一千道一万，就是自己水平不够。

晚上，我翻来覆去睡不着，干脆拿起笔向党委黄书记写了一封信，在信的最后，我按照厂长条例，毅然决然地要求辞去厂长的职务。

黄书记一接到信，马上将我叫到他的办公室，毫不留情地批评道：

“千万不要意气用事!”

我说：“我是认真的人。”

“你以为你不当厂长，这个厂就找不到人当厂长?”

我摇头说：“这怎么可能呢?”

黄书记直截了当地指出：“如今竭尽所能之后的不强求，与两手一摊的不作为，完全不是一个层次的事情。”

这是我第一次听到书记嘴里说出这么深奥又十分富有哲理的话。

“现实是残酷的，我眼前的路已经没有借口。”

“千万别给自己的不努力找借口了。”

书记仍然十分严肃，这句十分威严的话一下子把我噎住了。

“不是我不努力，主要是自己不争气。”

听到这里，书记更生气了，说道：“是的，努力很难，但不努力将更难。”

我的泪水一直在眼眶里打圈，书记这才同情地说：

“我很理解一个统考失利的厂长此时此刻的心情，今天我希望你，有苦就诉，有泪就流，放松自我，千万别憋着。”

我一直将黄书记当作我的师长，我这时就像犯了错误的孩子，低声说道：“书记，我辜负了您及全厂职工的期望!”

黄书记向我连连摆手，说：“这个时候不需要检讨自己。如果想哭，就放声大哭一场；如果不想哭，请将写给我的辞职报告，马上撕个粉碎。”

听到黄书记如此体贴的话语，我顿时信心倍增。

这时黄书记马上又对我说道："我想送你两句话。一句话是'失败乃成功之母'。没有人可以始终一帆风顺走向成功，也不是只有厂长统考合格才能支撑起人生的未来。另一句话是'条条大路通罗马'。这句话最先是用来形容古罗马帝国的强盛与繁荣的，说明通往成功的路径有很多，并不是只有唯一的一条道路可以通向成功。"

我一声叹息，说道："谢谢书记的理解，这些话我都懂，遗憾的是我这样无法向职工交代！"

黄书记说这几天他也认真学习了厂长条例，当厂长仍有两条路径：一条是参加厂长统考合格，一条是企业主管部门任命。书记说到这里，还告诉我一件事，他已让人事部门出面，要求再核查一下分数。

我忙挡住书记："没考好就没考好，千万别让别人再看笑话。"

"假如改卷老师出差错呢？"

"说实话，从小学到大学我没有考试不及格过，没想到这次会马失前蹄。"

"那我们更要查分。这事你别管了！希望你从今天开始重新振作起来。"

一个领导为我把事情做得这么细致周到，我还有什么埋怨、苦恼，还打什么退堂鼓呢？书记握着我的手，我站起来说道："那就请书记相信我，在哪里倒下，就从哪里站起来！"说完这话的时候，我们两双手越握越紧……

有这样的书记做同事，可能是人生最难得的宝贵财富。一个月后，书记可能怕我还没有走出统考失利的泥潭，他通过个人关系，利用时任国家经委主任袁宝华南下出差机会，盛邀他来企业讲新形势下企业管理工作，并顺便讲一讲这次国家关于厂长统考工作的几个问题。

那天，江南少有的风和日丽，蓝天白云，碧水青山，我们厂里千人会堂座无虚席，更多的职工集中在各自分厂会堂收听。

会议一开始，袁宝华主任就先讲起这次厂长统考的几个情况：

第一批厂长统考，是在1984年8月3日至5日进行的。参加这批统考的有工业、商业、外贸、施工、邮电、铁路运输和交通运输七个行业的厂长（经理），共九千多人。考试成绩是，方针政策平均分为七十六分，及格率为百分之九十九；企业管理基本知识平均分为七十四分，及格率为百分之九十四。总的看来，成绩是比较好的。

对统考的认识问题。国务院领导同志去年提出考厂长以后，大家觉得这是必要的，这是促进干部学习、加强企业管理、提高经济效益的一个重要措施，也是干部制度改革的一项重要步骤。

从第一批统考实践看，考厂长确实是项重大决策，不仅能够促进干部的学习，而且推动了整个职工教育的开展；不仅是对干部制度的改革，而且也将对整个经济体制的改革产生重要的影响。

邓小平同志在中顾委的讲话也强调了这个问题，对我们有着很大的启发和教育。

考绩的问题。国务院在向全国人大六届二次会议所作的《政府工作报告》中指出，对企业厂长（经理）进行考试，是完全正确的。

有的同志说“不要一卷定终身”，这句话是对的。对企业厂长（经理）进行国家统考，一方面要对他们具有的方针政策和管理基本知识水平进行考试，另一方面还应该对他们的组织指挥能力和工作成绩进行考察，两者不能偏废。

当然，考绩主要由组织（干部）部门进行。这项工作刚刚开始，而且发展也不平衡，矛盾还未充分暴露出来，要经过一番摸索，有了经验，我们再总结推广。

这件事大家都很关心，怕一卷定终身。对一个干部应全面地考察、历史地考察，究竟怎样做，需要共同研究一个办法。

统考培训问题。对于统考培训，各地区、各部门下了很大功夫，克服了不少困难，积累了一些经验，取得了一定的成效。第一批统考前，全国办了统考培训班一百二十多个，培训应试厂长（经理）一万多名；第二批全国办了六百九十四个班，培训应试厂长（经理）二万七千多名，大家的反映是好的。

但是有一个问题值得注意，有些培训班在教学中采取“满堂灌”或填鸭式的教学方法，学员中有不少同志死记硬背以应付考试。这些做法不仅不符合干部教育的特点，更重要的是达不到统考的目的。

统考培训班应坚定不移地贯彻“解放思想，独立思考，研究问题，总结经验”的方针，这是我们第一期企业管理研究班提出来的，实践证明是适合干部教育特点的，统考培训班的教和学都应实行这个方针。辅导要采取启发式，要有针对性，有重点，帮助学员真正掌握和领会党的基本方针政策与企业管理基本知识，并在这个基础上，引导学员联系实际，总结改革和企业管理的经验，找出存在的问题，提出解决的办法，以提高他们分析问题和解决问题的能力，提高他们组织指挥的能力。

政策问题。《关于对企业经理、厂矿长进行国家统考的实施方案》中关于政策的几条规定，大家认为很好，解决了考与不考、考好考坏一个样的问题，进一步调动了厂长（经理）

学习和参加考试的积极性。

这里有个问题需要说明一下。对于《通知》（《国务院办公厅转发国家经委等单位关于第一批企业经理、厂长国家统考情况的报告的通知》）中关于“两科考试成绩均及格，实际工作又有成绩的，虽然没有大专学历，也可以继续留在领导班子内”的规定，应试的厂长（经理）非常赞成，但有些同志有不同意见。按照中央关于大中型骨干企业领导班子建设问题的指示，在大中型骨干企业厂长（经理）这一层里面，恐怕有百分之四十左右要调整。

如按《通知》规定那么办，调整可能就有阻力了：“我已经考试合格了，你还调整我呀!”所以，在考委会第三次全体会议上讨论了这个问题。

大家认为，三千多个大中型骨干企业领导班子的调整，仍按全国企业领导班子建设工作座谈会的精神执行，厂长考试成绩作为在调整班子时考虑留退的因素之一；双科考试及格又有组织指挥能力的，在同等条件下优先任用。

这个问题写进了会议纪要，就按会议纪要办。至于其他中小型企业，问题不大，可以按照《通知》规定办。

有些地区反映目前企业领导班子的确定，有委任制、组阁制、选举制、聘任制四种形式。第一批统考结束后，有些考试及格的厂长也被撤掉了。在厂长“组阁”时，把双科考试及格的厂长也组到阁外去了，他们希望国家在这些方面有个规定：考试及格了，就不会被撤掉，或者说一定会被组到阁里去。

我看不能这么规定，因为进领导班子还有其他的条件。我们考虑可规定这样一条，就是今后在委任、选举、聘任厂长（经理）及厂长组阁时，都必须把统考成绩及格作为条件之一来考虑。在厂长负责制的试点中，不光是厂长组阁，而且是层层组阁，科室也组阁，甚至车间也组阁，班组长也挑选工人。这一条我们要以改革的精神来对待。我们的意见是把厂长考试成绩作为重要的因素之一来考虑。

加强领导问题。加强对统考工作的领导，是保证统考工作顺利进行的重要条件。统考工作从摸底测验到现在已经整整一年了。这项工作能够正常进行，取得一定成绩，是与省、自治区、直辖市人民政府、国家经委和国务院有关部门负责同志的重视和加强领导分不开的。今后还希望进一步加强领导：

首先，要把1985年、1986年统考规划搞好。要落实到人头，要对应试厂长（经理）的工作进行统筹安排，保证他们按期参加培训和统考。

其次，要做好思想政治工作。在统考问题上，还有各式各样的认识。统考实施方案规定，大型企业厂长（经理）超过五十五岁就免考了，中小型企业厂长（经理）超过五十岁也不用考了。

有些同志就想，我四十八九岁了，或五十三四岁了，这一批不考，下一批就可免考了。现在有一批技术干部、工程师担任了厂长或副厂长，他们对党的方针政策、对企业管理基本知识不甚了解，工作感到很困难，本来应采取积极态度努力学习，其中有些同志却采取了消极态度，说什么当厂长还要考试，我不干这个厂长了，还是回去当工程师。诸如此类的思想问题不少。这都需要我们加强思想政治工作，及时给予解决。

再次，要建立统考工作的办事机构，充实统考工作的力量。好多地方抓统考工作的人，今天干这事，明天干那事，不能从头到尾把一件事完整地处理好。做统考工作，没有一些有统筹能力的干部将会困难重重。

总而言之，厂长统考是一件大事，这对提高企业厂长素质，进行企业改革，增强企业活力，是个关键。说来说去还是一个人才问题。统考工作，第一要坚持按计划进行，第二要坚持高标准严要求，第三要坚持抓住重点，推动干部学习。

……

这时，作为主持人的黄书记，马上插话说：

“告诉大家一个好消息，我这里刚刚收到一个更正通知，根据全国厂长统考委员会的通知，我厂厂长参加这次统考成绩为‘特优’。之前公布分数有误，以此为准。”

黄书记半路上的插话，既令人兴奋又令人惊叹。黄书记仍按捺不住自己内心的激动与感慨：“这就是说我们厂长是这次全国厂长统考中的佼佼者，是全国仅有的十五人之一。下面让我们以最热烈的掌声向厂长表示最热烈的祝贺！”

在职工如雷般的掌声中，我腾地从主席台的位子上站了起来，没有吭声，而是向职工低头深深地鞠了一躬——

我之所以要鞠躬行礼，一方面是出于对正在做报告的上级领导的尊重，另一方面不想让职工看到自己眼中的热泪。

现在我无法想象，因为考分问题，在这短短的一个月内，一会儿将我打入冷宫，一会儿又将我拉进天堂……

这事我无论如何都要感激党委黄书记，如果没有他的点拨，可能这事将完全走向反面，堕入到另一个可怕的深渊……

这晚，我睡得特别香，梦中遇见许多好事，最开心的是梦中遇到一个自己心仪的美女——

那是一个大雪纷飞的日子，我走在厂区桃花园中，光秃秃的枝头被雪花包裹着，只有在一截截的芽头处，隐隐约约可见到吐露的花苞，那种如少女肤色的红蕾，会把男人的激情挑逗起来。

盘根错节的桃花树枝，时不时会勾住我的肩膀，仿佛是美女的纤纤玉手，与我勾肩搭背，那种幸福就像桃花朵朵开。低头可见企业的千亩泥塘，除了四通八达的铁轨外，都是野蛮生长的青青绿草。

我不知道，桃花是否真的有情有义，为什么要选择在春雪飘零之际，给我淡淡的思念、淡淡的情愫。

如果桃花真的有情，莫非她就应该像寒冬腊月的红梅花，用她淡淡的清香，用她浓浓的娇艳，为我这个早春孤单和情愁之人壮行。

雪花一片一片飘落着，带着我的梦，走进我们企业最茂盛的桃园深处……

可待我惊醒时，厂里高音喇叭正在播放生产调度中心的紧急通知：

全厂职工同志们：

八号台风已从沿海登陆，一场百年不遇的台风暴雨大潮，将从正面袭击本地。请广大职工听到通知，马上集中到半成品分厂，做好露天场地的护坯工作，以将企业损失降到最低。

那时天气预报很混账，很难提前预报。这不，深更半夜生产部门还要发通知。紧急通知打断了我久违的桃花美梦，我揉了揉眼睛，一骨碌从床上跳起来。没有想到企业产品质量处理不到一个月，现在又遭遇八号台风正面突袭。

说实话，知识青年上山下乡时，我们经历了农业靠天吃饭、听天由命的苦焦日子。如今做企业，如果还要靠天吃饭，一定会让人笑掉大牙吧！

我们企业有四分之一的产品是砖瓦，它与乡镇企业生产不一样，完全是机械化全自动的。

在我们企业，最好的原料是黏土。铁轨架设到取泥点，然后按路面自然坡度，分级设立卷扬机，翻斗车通过铁轨自动将原料直接送到半成品车间，然后直接进隧道窑烘干，接着直接入炉窑焙烧为成品。

在整个生产流水线上，企业为了降低成本，又会将部分半成品，放在露天的场地自然晾干。遇到风雨，必须对半成品进行护坯，如果半成品被大风吹塌，被雨水冲淋，产品的成品率将无法保障。这无疑涉及靠天吃饭的问题。

我这里为什么要将企业状况做一交代，就是想从另一个角度来向人们敲响警钟。

夜黑如墨，大雨倾盆。灾情就是命令，时间就是生命。住在厂区的职工听到广播，大家不约而同地冲向半成品场地，用遮雨篷将一条条露天的砖瓦坯盖上，又在周边覆上草帘子。为了防止台风掀掉雨篷，还在上面加石块压顶，用绳子牵住。

不错，灾难可以将人打倒，也可以激发出人的昂扬斗志和力量。现在每个职工早已被雨浇灌成落汤鸡，但大家忠于职守，忘我工作，展示了优秀建材人的风采。

在暴雨来临的前几天，厂办美女谢秘书一直感冒发烧，在厂医院挂水，听到广播后她竟毅然拔掉针头，冲向暴风骤雨中。

她没有豪言壮语，也没有惊天动地的壮举，她只是把所做的事情看成一个职工分内的责任，并把这种力量传递到了每一个和她并肩作战的员工身上。

当然，风雨无情。谢秘书虚弱的身体已经无法招架住自然灾害的摧残，她的头一阵晕眩，竟然不知不觉倒在一个排水渠中。

当我听到有人落水的“扑通”声时，我三步并作两步冲过去，从水中捞起落水者，这时我才知道是谢秘书，见她已经奄奄一息，我赶紧对她进行人工呼吸。待她一口气缓过来后，又派人将她急送厂医院。

事后有人笑我是英雄救美人，可我想得很简单，无论是谁，我都有去救人的责任。

这夜，全体职工抗台抢险，度过了一个无眠之夜。

这一夜，百年不遇的特大暴雨袭击了我们企业，幸亏职工们众志成城，日夜奋战，抢险救灾，才将企业的砖瓦半成品损失降到最低程度。

企业遭遇暴风雨袭击，但建材工人战天斗地的壮举令我感动不已。第二天，我在日记上写下这样几句诗——

走在厂子的田埂上，
我要放声歌唱，
暴风雨来临的山冈，
天空是被洗礼过的蓝天白云……

此时此刻，我感悟颇多。田野之中，大山之间，草原之内，碧波之上，祖祖辈辈歌哭于斯、生老于斯，把心灵和种子一起埋进地里，经历了千百年播种与收获的轮回。这是人的力量，也是大地和天空的力量。

也许在这高天厚土之间，广袤大地之上，就应该是亿万中国工人记忆开始的地方，有着超越个人的情感，孕育着现代中国无法割舍的精神，因为企业本来就不应该只有厂荒，它终将抵达诗和远方。

第六章　代价

一场暴风雨，由于全厂职工风雨同舟，对企业确实没有造成什么灾难性影响，但对我个人来说，不知何故，却被无情卷入比灾难还要可怕的桃色新闻的旋涡中。

因为那天晚上我救了女秘书，人们背后的议论满天飞。

有的说我："利用风高月黑调戏妇女，造成对方跳水自杀未遂。"

还有的说我："在抢救中乘人之危，还偷鸡摸狗亲吻美女。"

更有的传我："打着厂长的旗号，干的是偷香窃玉的勾当。"

这真是，人嘴两张皮，咋说咋有理，我跳进黄河也洗不清。

不知为什么，在那个年代，碰到这等事儿，民间小道消息私下传得特别快。一传十，十传百，以几何级数倍增传播，而且说得是有鼻子有眼，弄得你死无葬身之地。

面对不知从什么地方传出的流言蜚语，党委副书记王广舟更有自己的研判：

"群众是真正的英雄，要相信群众相信党。"

而私底下，他又对着他的狐朋狗友说：

"千万不要以为这是小道消息，没有影子谁会嚼舌头？要知道我们砖瓦产品离不开窑炉，说咱们是造‘谣’工厂，本来就没有错嘛，哈哈！”

一阵奸笑声后，王广舟的话像一个幽灵，在厂区天空游荡……

不错，作为分管全厂治安保卫工作的副书记，当然不会对此事就此罢休，不管是谁，他都要一抓到底，弄个水落石出。

用王广舟的话说，既要对厂长有个交代，也要对职工有个说法。

也许是王广舟擅长投机，所以干起这种事来他是轻车熟路，常常是两头讨好，不会遭人反对。就这样，厂里责成他立刻组织一个调查组，尽快对此事彻查。

这天，保卫处要找厂办谢秘书做笔录，王广舟抢先提出来：

“为了打消她的顾虑，得先做一下她的思想工作。”

据说，做工作那天，厂办谢秘书开始是哭哭啼啼说：

“这谣言太可恶了，请组织要关心一下，不然我这个弱女子无法面对世人！”

对此，王广舟一笑：“今天我先从个人角度，作为同志，作为同事，也作为朋友，大家先交个心。”

谢秘书擦了一下眼泪，对王广舟的话表示赞同：

“好！”

这时，王广舟马上海阔天空地感叹说：

“厂长这人既有才又帅，用古人的话说就是颜如宋玉，貌比潘安，才比子建，风流倜傥，英俊潇洒，玉树临风。想必应该是谢秘书心中的白马王子吧？”

在领导面前，谢秘书也没有了那么多羞涩，就实话实说：“何止是白马王子，老实说，一直暗恋着。”

“呵，这样的？我看你们是郎才女貌，天生一对！”王广舟顺水推舟地讲了投其所好的话。

但谢秘书有自己的考量，还是一声叹息："可惜我高攀不上！"

王广舟马上给谢秘书打气，一本正经地说："这我可要批评你了。高攀不上，那你争取过吗？"

紧接着又说："你向厂长表白过吗？"

谢秘书先摇头，接着还是摇头。

"那好，现在给你一个机会，如果今天你请我出山，我愿做你们的媒人。"

谢秘书没有想到因祸得福，立刻破涕为笑，自然也十分感激。

其实，王广舟用的是激将法，没想到一下将谢秘书的心抓住了。他马上得寸进尺地说："看来这个喜糖，一定要吃。只不过——"

他欲言又止的样子，将谢秘书的胃口一下吊得很高。

这时，王广舟觉得应该是到了瓜熟蒂落的时候，这才俯到谢秘书耳边嘀咕起来。

女秘书听得脸色一会儿发青一会儿发红，直到他们分手时，王广舟仍不忘叮嘱道：

"这是一个千载难逢的机会，应该主动抓住机会，乘势而上。"

正因为有了王广舟的这次"炉边谈话"，后来，保卫部门找谢秘书做笔录时据说十分顺畅，她主动交代了：是厂长利用天黑，从背后一把抱住她，她是在挣扎中不小心落水的……

得知谢秘书的口供，有人开始骂厂长：

"连畜生都知道，兔子不吃窝边草，你懂吗？"

"近水楼台先得月，你懂的！"

……

老实说，谁也没有想到，这事经王广舟这么一搅和，最终落得这样的结局，完全出乎人们所料。

是啊，本来这是一个英雄救美的故事，现在完全走向了事情的反面。

难道女秘书是想利用这件事，让生米煮成熟饭？还是与王广舟另有约定和图谋？

看来这件事谁都心里无底，只有王广舟、谢秘书天知地知他俩知。

就在我百思不得其解之时，厂医院的一位年轻医生跑到保卫处，主动自首，并积极交代了自己的问题：

“那天晚上是我在医院值班，当谢秘书拔掉吊针，冲向大雨如注的夜幕中时，我出于一个医生的本能追上去。因为她毕竟高烧四十多度，凉雨一浇，可能会给她的生命带来威胁。”

对此，保卫处的人同情地说：“这可以理解呀！”

“不，问题出在后面。”年轻医生连忙解释。

那天，医生喝多了酒，也许是酒壮人胆这才鬼迷心窍。现在在保卫干部面前，他已经紧张得连说话也结巴起来：

“当时我追着她的身影往前跑，雨水早已浇湿了她的衣裳，那飘逸的秀发，玲珑有致的身材，那湿衣裹住的丰满的胸部，那微微上翘的肥臀……把女人最美的曲线，全都勾勒出来了。”

年轻医生尽可能把细节交代得十分清楚：“后来我一下冲动起来，从背后一把抱住她。就在我想亲吻她时，她从我怀里拼命挣脱出去，逃跑时不幸跌落到水沟中……”

那位年轻厂医自以为说得活灵活现，特别是说到美女时他竟然两眼都会放光，之后他嘴里一直自言自语：

“看到这么苗条、丰乳肥臀的美女，哪个男人不会想入非非？其实这是正常的心理，但大多数人……”

……

一个年轻医生来主动交代，真是半路杀出个程咬金，而我仿佛是在茫茫大海上，抓到了一根救命稻草，很快就从绯闻中解脱了出来。

而这时美女谢秘书反倒遭了大殃，倒了大霉，企业的每个职工都戳着她的后背骂道：

“被人睡了还不知道是谁!”

王广舟得知这一情况，想不到眼睛一眨老母鸡变成鸭，就拍着桌子骂保卫干部：“谁让你们接受那个臭医生交代的？真是一颗老鼠屎坏了一锅粥!”

保卫处的同志被莫名其妙臭骂了一顿后，抓头挠耳的王广舟突然想到一个办法：“你们可否认定他是疯子？一个神经病的话是不可信的。”

“那我们马上找一家医疗机构，给他做一个鉴定证明。”保卫处的人马上大献殷勤。

“好!”

“最后交给‘严打办’!”王广舟说这句话的时候，特别咬牙切齿。

只见王副书记还残忍地做了一个杀头动作。

话说到这里，人们也许要问，这位年轻的医生为什么敢走出这一步？人在做，天在看，他这个时候跳出来，到底出于什么目的？可能他轻视或小看了这件事。此时他想到的更多的是“坦白从宽，抗拒从严”。如果说因此要杀他的头，估计不是他疯了，而是你疯了。

事实上，在当时从严从紧的治安氛围中，这种男女之间说不清道不明的事，常会以强奸罪论处，这名厂医的行为是有很大风险的。

当我得知这件事后，按我个人的初步判断，现在很明显，年轻医生是为了保护我才跳出来的，但他没有想到可能会为此付出巨大代价。

再细细推敲，表面上看，我可以虎口脱险。而实际上，我仍是跳进黄河也洗不清，因为我对她进行了口对口的人工呼吸，那就是“犯罪”!

不错，人家往好的方向说，你这是救死扶伤；人家往坏的方向说，你这就是趁火打劫。但许多人都愿意看你笑话，没事也要折腾点事情来，让你吃不了兜着走。

量小非君子，无毒不丈夫！应该约请一下王广舟。

“你们不要把事情搞复杂化了，谢秘书的口供都是事实，我们已是恋人关系了。现在请你将厂医立即释放！”

在那个时代，有时不说假话往往难以办大事。王广舟听到这里发出了一阵奸笑：

“说明谢秘书有眼光，祝福你们！但这位厂医胆大包天，弄虚作假，冒名顶替，厂里不能容忍这样的人。”

我见王广舟那副铁面无私的样子，俨然是一位企业中的包公。

想到这里，我眼泪都快出来了，这不是人家挖坑，非得逼我往下跳？这是什么世道呀！

再想想当厂长以来遇见的几件事，几乎背后隐隐约约都有王广舟的影子。俗话说：好汉不吃眼前亏。面对眼前这个老奸巨猾的家伙，我自知自己目前还不是他的对手，如果非要鸡蛋碰石头的话，估计最终只会鸡飞蛋打，甚至落得头破血流的下场。

所以，我急忙寻找办法，企盼尽快渡过眼前出现的这一难关，然后再寻找下一步的出路……

第二天一大早，我马上跑到办公室，等到党委黄书记来到办公室时，我赶紧向他做了报告：

“这两天我想抓一下企业劳动纪律。”

黄书记实话实说：“你知道什么是劳动纪律？”

我笑道：“又要进行厂长统考呢?！谁不知道，纪律就是规则，是指要求人们遵守业已确定了的秩序、执行命令和履行自己职责的一种行为规范，是用来约束人们行为的规章、制度和守则的总称。”

“太斯文了！用我们军人的话说就是——没有规矩，不成方圆！”

黄书记到底是老军人，对纪律的理解有他自己的见地。

我非常认同黄书记简洁明了的话，又重复了一遍他的话：

“没有规矩，不成方圆！”

黄书记向我连连点头：“这事抓得越早，越有利于企业发展。”

得到书记的尚方宝剑之后，我马上组建了全厂劳动纪律整顿领导小组，在总厂大门口、各分厂门前，设置了劳动纪律检查点。

如此突如其来的劳动纪律整顿，多数员工还是配合检查的，迟到、早退，甚至旷工，被查到自认倒霉。

但也发现少数员工不满：“我们工人阶级，怎么就没有自己生存的自由？”

还发现个别员工不理解：“我们是来上班的，你以为是来坐牢的，干什么事都要报告？”

甚至还发现殴打劳动纪律检查人员的。

这样，通过几天的突击检查发现，生产流水线上的员工，可能因为一个萝卜一个坑，劳动纪律普遍较好。而机关后勤非流水线上的员工，或许自由散漫习惯了，劳动纪律普遍较差。

尤其是最后一天抽查时，还爆出了一个冷门——党委副书记王广舟竟然迟到了一小时二十分，他也是这次劳动纪律抽查活动中发现的违反劳动纪律级别最高的领导。我见到他时，他嘴里还充满一股酒气，估计是昨晚喝高了，与检查人员发生了口角：

“谁叫你们检查的？”

“我们的厂长！”

“你知道我是谁吗？”

“我们的职工！”

“我做错了什么啊？”

“违反了企业的劳动纪律！”

这时王广舟早已火冒三丈，冲上去给那个矮个子职工“啪啪”就是两个巴掌。

“你小子有眼不识泰山，这就是老子给你的最好回答！”

当我赶到现场时，双方已经争吵到了白热化阶段，那小个子职工不知从哪里找到一把菜刀，追过来要砍王广舟。说时迟那时快，我冲过去一个擒拿动作，夺下了他手上的菜刀。

但王广舟冲着我大怒起来：“都是你干的好事。弄了一批地痞流氓，还要拿刀追逐杀人！”

我忙向王广舟打招呼：“对不起书记，没有想到检查人员行为过于偏激。”

这下王广舟更是得理不饶人：“你怎么没有想到呢？有现成的保卫处、劳资处的部门人员，你为什么不用他们？是不是因为是我分管他们的？”

我见王广舟的话带着一股杀气，赶紧走过去解释：“我没有想得这么复杂。我的做法目的十分简单，就是让职工参与执法，更有利于他们自己教育自己！”

“屁话！”

已经暴跳如雷的王广舟用手指着我的鼻子破口大骂：“你知道，我为争取企业产品销售市场，昨晚差点被人家的酒灌死。今天你还派人找我的茬子！”

不知王广舟的话是真是假，但只要说是为企业卖命的，我宁可信其有，不可信其无。

这时王广舟的形象一下在我的面前高大起来，我连忙向他鞠躬赔不是：“对不起，对不起！”

王广舟一下得意起来，觉得我已经将他刚才丢失的面子，捡了一些回来，甚至还赚了一把，所以他就闭嘴不再啰嗦了。这时只见他头也不回地离开现场，后面还有职工起哄，甚至还有人莫名其妙地拍手鼓掌。

对此，我没有多吭声，因为我对事的态度更多的是善良、包容和真诚，这使得整个生命里都充满着阳光。这样，在工作中无论遇到什么矛盾或什么困难，都会在自己博大的胸怀中释然。

可能我更喜欢“以柔治厂”。通常凡事先想别人的感受，让别人也感到温暖。而这个时候我关心别人，别人也就会想着我，最终我得到的会比我付出的还要多。

当然我还知道，今天如果我不这样处理，我会落得什么样的下场已不重要，重要的是我的员工一定会被王广舟叫来警察带走，到那时将是凶多吉少了。根据我几次与王广舟的交锋，到那时他绝不会轻易罢休的。

所以我走到矮个子职工面前，一语双关：

“记住冲动是魔鬼，今后可别对领导没大没小的！”

……

现在回过头来说，作为一个企业，在劳动纪律方面究竟应该怎么做？考虑当时社会刚从“文革”走出来，一切都在恢复中。记得毛泽东他老人家早就教导过我们：“加强纪律性，革命无不胜。”我结合当时企业情况，马上制定了十三条规章，包括“不准迟到早退”“不准随地大小便”“不准在工作时间喝酒”“车间内不准吸烟”和“不准顺手牵羊拿企业物资”等。

这些现在听起来有点让人啼笑皆非，当时真的没人把它放在眼里。一边是部分企业职工“人人都觉得自己能干，却什么都不干”，一边是部分职工“八点报到上班，九点跑路走人，十点钟随便扔一颗手榴弹，都炸不到一个人”。

在企业劳动纪律专题会上，我声嘶力竭地声明：任何一个社会、一个国家、一个政党、一个军队都有维护自己利益的纪律，古今中外，概莫能外。一个工厂如果没有劳动纪律，工人们各行其是，这个工厂就会乱糟糟，生产就会陷于瘫痪。一个城市如果没有交通纪律，居民在街上随心所欲，你骑自行车乱闯红灯，我驾汽车横冲直撞，他步行随意穿越马路，那么这个城市的交通状况必然是一片混乱……

我还告诉职工，凡是纪律，都具有必须服从的约束力。任何无视或违反纪律的行为，都要根据性质和情节受到程度不同的批评教育甚至处分，也就是说，纪律是严肃的，它带有一定的强制性。同时，纪律又需要自觉遵守。

不瞒大家说，由于国营企业积弊已深，企业普遍缺乏激励机制，管理不善、人浮于事等现象根深蒂固，又纵容了企业劳动纪律松散。

现在是劳动纪律抽查过了，“十三条不准”出台了，专题会议也开过了，大家都以为这最多是说说而已。所以，几天过去，少数职工仍是老方一帖。

这次，遇见一个棘手的问题：员工朱稳根是我们一家分厂仓库的保管员，负责分厂生产的钢门窗成品统一管理发货。平时老朱有一个不好的习惯——喜欢喝酒，酒后贪睡。因为这个，仓库成品多次错发，好在其他保管员及时发现，方才躲过损失。

分厂为此曾多次口头警告老朱，老朱也多次向厂部做过书面检讨，并暗下决心不再当班喝酒。

但这天晚上，轮到老朱当班值守仓库。当天，恰逢老朱的小孙子出生，一时兴起，老朱不自觉又多喝了两杯，可是刚喝酒就出事了。

可能是越怕鬼就越有鬼。当晚老朱在酒精的催化下酣睡至深。第二天一早，老朱发现仓库大门洞开，大量建材被盗，老朱后悔不已。

事实很清楚，厂部认为老朱违反企业规定，上班喝酒，玩忽职守，给分厂造成了重大损失，按企业劳动规章制度应当开除。有人认为，规章制度是企业制定的，又不是国家规定的，怎么说开除就开除呢？

关于这事，我当然据理力争，企业规章制度是指用人单位根据法律、法规制定的，在本单位实行的纪律规则，对企业的全体成员均有约束力。对于违反规章制度的员工，企业有权进行处理；严重违反的，完全可以解除招工合约。

这事一发生，王广舟副书记马上上门来找我，说："老朱是我的舅姥爷，请手下留情！"

我心里一喜，暗想你王广舟也有今天。但作为一厂之长，我必须公正办事，绝不公报私仇。所以，我一开始就向王广舟打招呼："希望你支持我这个新厂长的工作。"同时我严肃指出："正因为老朱是你的亲戚，我们更应严肃处理，这样才有利于你王书记威信的提高。"

这时王广舟试探我："怎么处理？"

我斩钉截铁地说："立即将朱稳根开除出厂，以此杀一儆百。"

此举一出，一方面让全厂职工看到厂长是在动真格，一方面又让王广舟知道新厂长不是好欺负的，我的个人威信与日俱增。

哈哈，真可谓一箭多雕，杀鸡给猴看。

紧接着，我又在全厂上下引进了工资与工作量挂钩的绩效制度，做到彻底打破铁饭碗——干好干坏不一样。

试行了两个月，干得好的员工可以拿到基本工资的两倍；干得不好的员工，连基本工资的一半也拿不到。两个月时间，顿时造成二分之一的职工申请调岗位或调离企业。

这事又让王广舟找到了"漏洞"，这次他不客气了："我们的企业再这么玩下去，职工都走光了，我们的国营企业也会彻底垮台！"

我极力争辩说，这个社会谁都向往自由，但纪律又是以约束和服从为前提的，有些职工对此产生了误解，以为遵守纪律和个人自由是对立的，要遵守纪律就没有个人自由，要个人自由就不该有纪律的约束。

其实，从表面上看，二者好像是不相容的，实际上却是分不开的。遵守纪律，才能使人们获得真正的自由；不遵守纪律，人们就会失去真正的自由。

“你懂吗？”

“我怎么不懂呢！”

“你懂个屁！我们共产党夺得江山，就是为人民争取自由。可你现在反倒要剥夺他们的自由。”王广舟这话说得有些狠。

“请别忘记列宁说过，任何一个新的社会制度都要求人与人之间有新的关系、新的纪律。”我和王广舟针锋相对、寸步不让。

“我们虽然是老企业，但由于企业管理长期缺乏台账，工资与工作量挂钩的绩效制度可能测算有偏差，但绩效制度的大方向还是对的。”我极力解释说。

王副书记也不是吃素的，至少对绩效考核的一些基本原理还弄得比较清楚：“千万别用资本主义剥削手段，来算计无产阶级的工人同胞。”

王广舟如此上纲上线，让我有点下不了台，我忙说：“搞经济，千万别用政治去套。”

此时，王广舟当然得理不饶人，说道：“你胡说八道！我们搞的不就是政治经济学吗？”

听到这里，我知道了，王广舟是有备而来，我不想与他过多争论，以免言多必失，或者纯粹消耗时间。这时，他见我没声音了，更加猖狂：“我告诉你，职工的铁饭碗是社会主义制度优越性的充分体现，你用所谓的绩效工资来敲掉职工饭碗，分明是长资本主义的志气，灭社会主义的威风！”

听到王副书记如此“高调”的话语，我一下子僵在那里。出乎我意料的是，一场极为平常的企业制度改革，怎么就变成了两个阶级、两条路线，一个势不两立的敌我矛盾之间的争斗呢？

那时刚好举国上下反对精神污染，这事马上又被王副书记拿来与当时全国上下的“清除精神污染”运动挂上钩。

也许枪打出头鸟，我很快被王广舟责令停职检查，让我在全厂职工大会上公开做检讨。那几天，我几乎天天下到各分厂轮流接受批判。

那段时间黄书记刚好离厂两个月，参加了国营大中型企业党委书记全国轮训班，回厂那天他才知道我遭到批斗，他对我说了这样一句话：“天变不足畏，祖宗不足法，人言不足恤。”这是改革者必备的勇气和姿态，但在当前人情重于法理的社会，我们还能一往无前吗？激进式改革者，谁不是以悲剧收场！

当然，我相信鲁迅说的一句话：“自由固不是钱所能买到的，但能够为钱而卖掉。”

但我更相信，挣断线的风筝不仅不会得到自由，反而会一头栽向大地，引发更大的企业荒……这事又让我坐立不安起来。

第七章 曲水流觞

周日的早晨，厂区在朝霞中绽放出难得的笑脸。纵横交错的铁轨，似阳光闪耀着的轨迹；铁轨上无数运泥翻斗车，又似一个个整装待发的战士，时刻准备着冲锋陷阵。

只有隧道窑二十四小时不断的炉火，以及那几只大烟囱如不停挥动的画笔，充满一种血性与阳刚。这不但是这个厂子，更是这座城市引以为豪的标志性建筑。

其实，机器轰鸣，车辆穿梭，烟囱吐雾，正是那个时期中国工业化梦寐以求的场景。

遗憾的是，那时中国建材企业重工岗位多，男多女少，许多大龄男青年找不到对象，而我这个单身厂长一上台，人们又给这个厂子起了一个名字——“和尚厂”。

一个厂子“和尚”多了，企业发展肯定有缺陷，有可能会影响员工工作的积极性，就像之前出现的许多男女问题，甚至还有可能造成企业的不和谐，影响企业对内对外形象。

“和尚厂”这一不雅之称，已成为我调动职工积极性、提高企业效益的一块软肋，更似一座压在我身上的大山，不知什么时候能翻身。

为此，我多次找厂团委，要求他们牵头策划，与相邻的省棉纺织厂进行一次联欢活动，因为纺织厂是清一色的女工，相对我们“和尚厂”，叫它“尼姑厂”一点也不过分。

这不，今天我厂万人露天大操场上，张灯结彩，红旗招展，由共青团委牵头的省建材总厂与省棉纺织厂青年大联欢，刚刚正式拉开序幕。

台上主持人是谢秘书，几句话后，她就把我推到台前。盛情难却，我以主办方一厂之长的名义，先客套了几句，接着从秦砖汉瓦的光荣，说到吃苦耐劳的员工，再说到聪明帅气的小伙子，使自己成了企业男神，用现在时髦的话来讲，叫企业形象大使。

最后说到煽情之处，我竟向纺织女工们做出承诺：“只要是建材小伙与纺织女工联姻的，本厂长向大家承诺，砸锅卖铁也要优先解决你们的婚房。”

那时候职工住房分配可是天下最难解决的大事，某种程度上说，找住房比找对象还难。我的话音未落，台下响起了雷鸣般的掌声，应该说这是肺腑之声。

接着有人高呼：“厂长万岁！厂长万岁！厂长万万岁！”

后面众人也跟着呼喊，这时整个操场上口号声此起彼伏，每一个青年都精神昂扬，那场面真的十分震撼。

我的讲话结束后，建材厂出三千名男青年，与纺织厂的三千名女青年，在《我和我的祖国》的美妙旋律声中，跳起了盛况空前的交谊舞，一下把整个联欢活动推向高潮。应该说，这也是当时震撼全国的企业联谊活动。

人们可能会问，为什么要跳交谊舞呢？

确切地说，那个时代缺乏交流平台，企业工会和团组织不仅组织舞会还负责教跳舞。他们的另一个目的，说白了，就是为青年男女创造一个婚恋的平台。

所以，这时男女青工比较推崇交谊舞，但交谊舞又因“文革”

被禁得太久，人们刚开始跳时，常常会显得缩手缩脚。

此刻，我沉浸在《我和我的祖国》的旋律之中。舞曲采用了抒情和激情相结合的曲调，将优美动人的旋律和朴实真挚的歌词巧妙结合起来，表达了人们对祖国衷心的依恋和真诚的祝福。

曲调一响起，只见谢秘书抢先跑到我面前，邀我跳舞。

我紧张得满脸通红地说："对不起，我不会跳舞。"

应该说平时我还是非常喜欢听音乐的，但当时我对跳交谊舞不仅没好感，反而还有点抵触。

因为我在过去电影中见到的，比如《英雄虎胆》，会跳舞的都是坏人，好人是不会去跳舞的。但现在这样的场面，火已经被我煽起来了，自己又想回避活动，显然会被人小看。

谢秘书鼓励我说："只要会走路，就会跳舞。"

我连连说："不不不。"

谢美女想我们都是恋人了，哪会轻易放过我，就半推半拽把我推到广场中央。考虑今天是青年男女的特别日子，重在参与吧，我也就不好再推托了。

就这样，我大着胆子跟着谢秘书学起"两步舞"。没想到跳舞很简单，走了几步就找到了感觉。

这时谢秘书如释重负，朝我笑道：

"怎么样，跳舞就这么简单吧？"

我似答非答应付着："呵呵！"

我之所以不想和谢秘书跳舞，还有另一个原因，上次"雨夜救人"的闹剧阴影还笼罩着我，那就按照俗语"惹不起躲得起"做吧！

谢秘书边跳舞边与我套近乎，似乎在与我寻找一些双方感兴趣的话题：

"有学者说，当两个舞伴一起跳舞的时候，彼此成为关注的对象，这时，可以了解对方健壮不健壮、节奏感强不强、是不是关心你、有没有修养。这是男女之间可以细腻接触的机会。”

我愣着没有听见。她见我没有反应，就关心地问道：

“听到了吗？”

我装着受场地过于吵闹的影响，板着脸问：

“说什么？”

谢秘书嗓门放大说：“如今的年轻人不青睐交谊舞，这也意味着失去了一种男女青年之间自然、自由接触认识择偶的机会。”

我仍装作没有听见，谢秘书还是滔滔不绝地说，我知道她是为了取悦我。

她见我不爱搭理，马上换了一个话题说，要给我讲一个真实的故事。我想你讲就是的嘛，又没人不让你讲。她见我没有反对，兴致上来了。

只见她眉飞色舞地说起来：

“为了筹备这次活动，团组织请来老师上课，班班爆满，那些学舞者的痴迷劲儿，令人难忘。有一次老师来到建材机械分厂教跳舞，有四五百号人参加，还请了一大帮学生当助教，上了一个多月的课。”

谢秘书得意忘形，要我猜测后来怎么样，我当然猜不出，她笑道：

“后来分厂党委书记跟我们打招呼，说舞蹈老师的课，是不是可以停一停，因为分厂许多工程技术人员都不肯出差了，说一定要等舞学完了才去。”

本想不理睬谢秘书，现在还是被她的故事吸引了，终于情不自禁回了一句：

“只要跳舞能解决大龄青年的后顾之忧，暂时影响一下工作——值得！”

“是啊，这是厂长教导我们的？”

谢秘书终于听到我说话，开心地喊了起来。

我也“呵”的一声，没想到自己还是经不住美女的“勾魂”。

当时我一想，与人过不去，千万别放在脸上，何况在一个美女面前。

我悄悄抓紧谢秘书的手，无形中向她传递了我的变化。谢秘书见我心态有了调整，把身体又慢慢向我靠过来，如果不是在大庭广众之下，或者说如果不是我故意用手挡着，估计谢秘书一定会与我跳起贴面舞来。

过了许久，她又打破沉默，悄悄告诉我说：

“一个国家、一个民族，女人的价值取向，常常会决定着这个国家和民族的发展方向。女人崇拜什么，男人就追求什么。什么样的女人，造就什么样的男人；什么样的男人，造就什么样的世界!”

我一针见血地说：“你这是典型的女尊男卑嘛!”

她只顾自己抿着嘴笑，我知道，她是故意和我开玩笑。应该说那个时代的中国女子十分崇拜英雄、崇拜劳模、崇拜军人、崇拜工人阶级，觉得只有这样的中国男子才会打遍天下无敌手，工人阶级才会当家做主，成为领导阶级……

那个时代，烙上了深深的英雄主义和理想主义的印记。

一曲终了，有几位棉纺织厂的漂亮女工向我围拢过来，邀请我跳舞，这时谢秘书眼睛都红了，她紧紧地挡在我前面：

“对不起，厂长不会跳舞!”

这一刻，有谢秘书护着，姑娘们谁敢越雷池半步？

这时她又向我伸出手：“还是让我慢慢教你吧。”

谢秘书的举止，气得围上来的几位美女直跺脚。我见谢秘书带着喜悦的笑脸，知道她的虚荣心终于得到了一次满足。

这时，她大着胆子往我身上贴过来，娇滴滴说了一句：

“还是我们的厂长好，谢谢您啦——”

我估计谢秘书话中有话，只是朝她微微一笑：“刚才的一幕，让我想到书法圣地绍兴兰亭公园中的‘曲水流觞’，酒杯中盛满酒，放在流水中漂动，酒杯漂动到谁面前，谁就得即兴赋诗并饮酒。其实，这时每个人都在岸边等着他心仪的对象。”

谢秘书听了我的话，反应十分迅速：

“所以我要挡住，别让心仪的人跑到下一站！”

我们彼此都憋不住笑了起来。

眼看气氛融洽了许多，这时谢秘书好像想到什么问题，就问我：“刚才你说两厂青工结婚可以优先分房，那本厂双职工呢？”

我没有注意她的表情，就脱口而出：

“那更要优先！”

这句话她最爱听，好不开心，马上追问：

“那我们是不是抓住机会，早一点确定双方的关系？”

没有想到她会顺水推舟，将话题自然转到我们的恋爱问题上，可见谢秘书十分精明能干。

我知道谢秘书借机在打我的主意，就故意摆谱想气气她，说：

“即便本厂双职工，还得优先照顾两厂的大龄青年。”

我斜视她一眼，见她生气没吭声，就又追加了一句：

“我们的关系不是早已确定了？千万别辜负王广舟副书记对我们的厚望！”

谢秘书见我话里有话，知道我还在为“雨夜救人”的事耿耿于怀，马上歉意万分道：

“上次的事对不起啊！可能我过于想得到你，结果糊里糊涂受了人家的摆弄！”

听到这话，我咬着下唇，没有让在眼眶里打转的泪水滚下来，只是淡淡地一笑道：

“也许，这就叫不打不相识吧！”

谢秘书仍忧心忡忡：“我们的关系谁都不许变啊。”

她向我伸出一个小拇指头：“拉钩上吊，一百年不许变！”

在一阵高昂的旋律声中，我不露声色地淡淡一笑说：

“同意我们建立恋人关系。但当务之急，我们得想方设法从监狱中救出那位厂医。”

说到厂医，谢秘书特别内疚：“想不到我们的事，半路杀出这个程咬金。”

此刻，一方面我要稳住谢秘书的情绪，一方面我更加感激厂医冒死顶罪的举动，所以我还是按捺不住内心激动，说道：

“他是一个好医生。现在急需我们的大力帮助。如果我们稍有闪失，在当下的高压态势下，他很有可能蒙受不白之冤。”

这点我十分明白，即便现在我与谢秘书没有什么关系，我也要竭尽全力抓住机会，只有我们此时有了一个稳定的关系，也许才有我下一步争取组织包括争取王广舟，从而还厂医一个清白……

关于这一点，我吃不准谢秘书的态度，但有一点我很欣慰，今天双方正式明确了恋爱关系，或许对于解决厂医的问题，又向好的方向迈出了一步。

舞会散场的时候，王广舟不知出于什么心态赶了过来，还恬不知耻向我美言道：

“老大难，老大难，老大一管就不难！”

他开始对我说这话时，我还一下子没有转过弯来，后面马上明白了他的用意，我赶紧回答说：

“这都是团委的功劳！”

谢秘书也直言不讳：“全靠厂长在后面撑台！”

王广舟冲着谢秘书，又向我做了一个鬼脸：

“你们真是天生一对，在公共场合也形影不离，当心我们要吃醋呀！”

我吃不准王广舟安的是什么心，但为了不与对方发生直接冲突，我还是尽量克制住自己的情绪，笑道：

"我和小谢的关系，全靠王副书记的鼎力相助。"

难得听到厂长的表扬，王广舟这下激动万分起来："这全靠小谢慧眼识金。"

接着他又表功似的向我说道："为了支持今天的活动，我已经让厂工会安排承办，请所有参加联谊活动的青年聚餐，以进一步增进情感交流。怎么样?"

听到如此周密的安排，我甚至不相信这是真的，又细细打量了王广舟一番后，感觉这是他与我合作以来，唯独办得令我称心如意的一件事。我马上回敬了一句，并表示感谢说：

"看来姜还是老的辣!"

他听了我不痛不痒的话，僵直地站在那里许久，方才回了一句调子定得很高的话：

"大龄青年的问题，这是全党都得关心的大事。"

难怪不久后，我厂这次全国范围内首次公开举办的交谊舞会，引发了社会的巨大轰动。我竟然也成了许多单位共青团组织争相邀请的热门人物。

这些都是后话，现在没有想到王广舟会从如此高度来看问题，我一个人站在那里傻傻直笑，但没有与他多说什么：

"王副书记你辛苦了！我还有事，先走一步。"说完这话，我就匆匆离开联欢队伍。

这时谢秘书仿佛想起了什么，一边掏口袋，一边追上我说：

"不好意思，写了一首诗，请帮我把一下关。"

我接过来"噢"的一声，冲着她笑道："这真的让我遇到了'曲水流觞'吧!"

这就像那斟满黄酒的杯子顺流而下，漂停到谁的面前谁就作诗一首。想到这里，谢秘书不好意思地低下头，只顾发笑……

今天两厂男女青年联谊活动，让我热血沸腾。回到办公室，我乘兴拜读起谢秘书的大作，这也是我第一次见到女孩写诗，可以这样激情迸发。

走在盛开田野，
谁说你仅是忧愁那朵，
不是有炉窑流淌的洪流：
火种迸发出的激情，
泥土蜕变的精美。
即便沦落街头巷尾，
你也早已化蝶——
烈火升腾起的飞天，
分明是一朵不肯散去的云，
飘落在红墙故宫！
你就是那里的秦砖汉瓦，
香溢到苏杭天堂；
你就是这个季节的金秋桂子，
在恋人心中飘香。

这首诗有一个好听的名字叫《一朵不肯散去的云》，可能我的名字有一个“云”字，无疑一下抓住了我的心——

走在你的茶马古道，
那些文人墨客、梨园艺人，
叩响千年古街砖道，
把青砖打磨出琉璃，
不知想俘虏谁的芳心。
唯有我知道，你有许多浪漫故事：
早已镌刻在那些碎片，
有多少花样年华，

有多少爱的寄语。
从你羞涩脸上，我已触摸到：
你生命气息、温柔肌肤，
还有你跳动的心律。
从你那胡同深处，
又邂逅在灯火阑珊中——
我窥见，风中有朵雨做的云！

一首多么美丽的诗！明眼人一看就知道，是以建材企业为背景的一首优雅的情诗。

谢秘书为了让我看得更明白，专门为我定制了一个说明，算是作者写作动机吧。

她是这样写的：

“在现实中，有位女子喜欢像云一样飘逸的裙子，因为经济窘迫，她只能去夜市的地摊上挑时髦的款式，但1984年谁都不敢公开穿太暴露的服装。

“所以，这位女子只能在深夜，偷偷从工厂宿舍的上铺爬下来，穿过漆黑的走廊来到公共厕所，把各种各样的裙子穿在身上。黑暗中厕所的玻璃窗成了她的镜子，穿着裙子的她就在那里转啊转，转成一朵流淌的云……”

这哪里是诗作说明，分明讲的是一个爱穿裙子的姑娘的故事。读到这里，我早已被谢秘书的故事感动得热泪盈眶。

真想不到，原来谢秘书也是一个小女子，有知识女性的水平，也有大家闺秀的傲气，或者说“具有所有女人的优点，也有所有女人的缺点”，这是不是需要我重新打量或审视她？

来而不往非礼也！所以，我趁热打铁，抓紧给谢大秘书这首诗做了一个点评。

怎么说呢？我想到大学上写作课时导师说的一些话——

记得福楼拜说过：“写作是一种生活方式。”这话被无数当代诗人所认同，但如何使这种生活方式更好地接近文学、更好地传承文学的核心精神，则要求诗人有一种文学抱负。

在这里，“文学抱负”是秘鲁小说家略萨喜欢用的词，他在《给青年小说家的信》一书中认为：“献身文学的抱负和求取名利是完全不同的。”

在这个有太多主流价值能保证作家走向世俗成功的时代，所谓的“文学抱负”，就是 种自由、独立、创造的精神，它渴望在现有的秩序中出走，以寻找到新的写作激情。

略萨在谈及“文学抱负”时，将它同“反抗精神”一词紧密地联系在一起，他说：“重要的是对现实生活的拒绝和批评应该坚决、彻底和深入，永远保持这样的行动热情——如同堂吉诃德那样挺起长矛冲向风车，即用敏锐和短暂的虚构天地，通过幻想的方式来代替这个经过生活体验的具体和客观的世界。”

“但是，尽管这样的行动是幻想性质的，是通过主观、想象、非历史的方式进行的，可是最终会在现实世界里，即有血有肉的人们的生活里，产生长期的精神效果。”

“关于现实生活的这种怀疑态度，即文学存在的秘密理由——也是文学抱负存在的理由，决定了文学能够给我们提供关于特定时代的唯一的证据。”

当然，真正的写作者必定不会放弃反抗和怀疑，也不会丧失自己的文学抱负，他永远是一个“孤独的个人”，唯有如此，他才能一直坚持向文学的腹地进发。

尽管在这个实利至上的时代，写作正在丧失难度，孤独正在受到嘲笑，一切的雄心和抱负也正在被证明为不合时宜，但我相信，那些内心还存着理想和抱负的写作者，并不会失去对文学的敬畏。

那么，一个诗人，如何才能完成现实与梦想之间的对接？谢秘书的诗作，是不是将我们带到人类生存的宽阔领地？或许她所理解的诗歌，并不局限于语言的实验，还应具有更完整的维度：

在这里，诗歌应该解释人的境遇，处理生存的难题，敞开诗性的世界——诗歌的这些基本使命，如今正在被当代诗人所漠视。

当诗歌普遍湮没在技艺的表演和欲望的碎片中时，诗人不仅不再“靠近亚当纯真的眼睛和舌头”（爱尔兰诗人西默斯·希尼语），也不再是“宇宙中一条柔韧的纤维”（意大利诗人朱塞培·翁加雷蒂语），而成了冷漠的炫技者和经验的转述者。

但谢秘书提醒我们，诗歌除了表达经验和现实之外，它还要有企及梦想、照亮内心的精神向度。现实和经验往往带着黑暗的品质，诗人如果只沉迷于黑暗，他的勇气、责任、力量和信心就无从体现。

可见，真正的诗人，除了批判精神，还应发现人性的光辉、生存的诗意，进而实现对“新世界”的语言构建。所以真正的诗人不仅是创造者，也是生存者；真正的诗人创造诗性的世界，也活在这样的世界……

不知道怎么回事，一谈到文学我就特别激动，天马行空，龙飞凤舞，可能与我的兴趣爱好，以及大学学的中文有直接关系。而谢秘书把她的“初恋”之作交给我，说明她还是看得准的。

就在我得意忘形的时候，有人轻轻地叩门，听声音我断定是女士，我以为谢秘书从联谊会上回来了，所以就大着嗓门：

“谢秘书，你的诗写得真好，这可不是一般文艺青年所能及的！”

只见一个穿着旗袍的美女，像仙女一样闪进办公室：

“大厂长，大白天的，念叨哪位美女文艺青年呀？”

听到不是谢秘书的声音，我忙转头，见是大学美女老师，赶忙打招呼表示歉意，并惊叹道：

“呵呵，大教授，什么风把你吹来的！”

美女老师笑说：“只准你想别人，不准我想人家？嘻嘻——”

跟着又是一阵爽朗的笑声。

我自责地说：“别误会，刚才我在看我们厂办秘书写的诗。”

边说边将谢秘书的作品递到她跟前，美女老师仔细看后，连声称赞说：

“好诗！看字体就知道是位标致秀气的美女写的。”

美女老师试探地向我打听。我向她竖起大拇指：

“不愧是老师，非常有判断力。”

她再转过身，见到办公桌上我写的诗评，美女老师一下子惊叹不已：“看到这么老到的诗评，谁能想到这是一个企业厂长写的呢？”

我向她翻了一个白眼：“大教授，千万别臭我们穷工人！”

“呵，岂敢！这诗与诗评让我懂得了——高手在民间。”

我见美女老师说这句话时，没有半点虚情假意或者是阿谀奉承……

过了一会儿，美女老师言归正传，说明了来意：“今天来，是向厂长交作业的。”

她边说边向我递来一沓厚厚的文本。我这时还是丈二和尚摸不着头脑，问她：“是什么东西？”

她对我急了：“真是贵人多忘事。”

我瞬间想起来了，忙赔不是说：“不好意思，是我让你牵头为企业发展做的一个规划！如果你今天不来，过两天我也要追到学校找你。因为这段时间，我一直在考虑企业如何转型升级。”

我赶紧从美女老师手上接过文本，连连向她表示：“感谢老师啦！”

同时，心里又直犯嘀咕，还暗自发笑：“莫非又见‘曲水流觞’了？”

当这几个字从我嘴里蹦出，美女老师得知原委后，也跟着我笑得直不起腰。但她仍然醋意浓浓地朝我撒娇道：

“可惜这厚厚的一本，不是诗篇啊！”

我没有顾及美女老师的面子，而是实话实说：

“如果从一个厂长角度，我肯定喜欢这个厚厚的大本子；如果从我个人喜好角度，我毅然决然喜欢这薄薄的诗篇。”

美女老师听到这里，从椅子上霍地站起来，抓起挎包对我臭声臭气地说：

“那我先走了！”

我没有注意到美女老师已经对我翻了脸，还执迷不悟地请求：“这个企业规划，我们还没有讨论呢！”

“别浪费时间了！你还是去做你的桃花源诗的春梦吧。”美女老师执意要走。

这时我看到她说话不开心的样子，方知她在吃另一个女人的醋。

我忙站起身，向她赔礼道歉：“大小姐，你误会了！此刻我们企业处于转型升级关键时刻，迫切需要你的关心与支持！”

所以，我忙转身迎上去，挡在办公室门口。没有想到她只顾快速离开，脚下一滑扑倒，正好被我拦腰抱住。她躺在我怀里没有挣扎，反过来把我愈抱愈紧。顿时我觉得一股热血在身上燃烧，我与她就这样静静地抱在一起。

不知过了多长时间，等我回过神来，发觉王广舟和谢秘书不知什么时候已经站在了我们面前。

只听到王广舟故意装腔作势的几声咳嗽，我惊慌失措惊醒过来，忙推开美女老师，不好意思地朝王广舟和谢秘书说：

“千万别误会！”

王广舟哈哈直笑：“我是没有看到，只要谢秘书没有意见。”

谢秘书本来想问问清楚，经王广舟这么一说，她觉得自己没有面子了，嗷嗷大哭起来。

我刚想去拉谢秘书，书记大人又一把将我推开，并警告我说：

“千万不要脚踩两只船，世上没有这么好的事儿!”

王广舟边说边半抱半推地将谢秘书拉出办公室，这个举动令我醋意浓浓，我这才发觉他们那份亲密好像有点不同寻常……

紧接着，我与美女老师拿着企业规划方案，一页一页地翻阅着，各自心情都觉得特别沉重。

这种沉重，就像爬山过坎，稍有不慎我们就会堕落深渊……

第八章　转身

炎炎夏日，田野茂盛，繁花似锦，这是一个多么浪漫的季节。

这天，已经五十多岁、分管生产的副厂长拿着辞职报告，找到我，气呼呼地说：

“这个生产厂长，我干不了了！”

“你不干，我也早不想干了。”

我也是气不打一处来，生产厂长被我瓮声瓮气的话镇住了。他想自己是这个企业的老劳模，自己都不干了，还有谁能在这个企业干下去？

他连忙调整了思路：“不是我真的不想干，问题是现在砖瓦分厂的一线职工严重不足，农民工又招不到，明天企业就要停产了。对于这个责任，我怕我自己无法承担！”

听到这里，我苦恼地一笑，嗓门粗粗地回答：

“不就这屁大的一件事，值得你这位老劳模去担心害怕？”

生产厂长爱理不理的，令我觉得苦闷多多：

“亲爱的老前辈，请你放心，只要我们出于公心，企业有三长两短，一切责任都由我来担当！”

生产厂长见我主动担责，还是被我的话感动了，觉得自己刚才做过了头，忙解释说：“本来高温季节，正是砖瓦生产的黄金季节，如果这个时候停产，就像农民辛辛苦苦一年，到丰收的时候竟然不能收割，这不是让人家背后笑话，要遭天老爷电闪雷劈嘛!”

我知道生产厂长之前就是砖瓦分厂的厂长，省级劳模也是从这里生产一线苦干出来的，我先安抚他别急，忙查问道：“一线生产职工哪里去了?”

生产厂长告诉我一个秘密，说这几年，随着职工生活水平提高，厂里职工越来越不愿到日晒雨淋的砖瓦生产的苦累岗位工作。

许多人宁可工资收益少点，要么转到其他新型建材岗位，要么直接调到其他企业。所以，现在砖瓦生产的多数岗位，主要是通过招聘农民工来替代。

“既然企业用工荒问题早已有苗头，为什么拖到现在才提出来?”我两眼喷出火似的，对准生产厂长问道。

生产厂长一声叹息：“这几年年终结算农民工工资时，我们扣留尾款实属无奈。企业不差钱，为的是让农民工来年再回到企业上班，以应对每年春节后出现的民工荒。然而，这种做法今年不灵光了。

“节后，我曾亲自登门拜访，做农民工的思想工作，向他们的家人保证不拖欠工资，并给予与同厂职工同等的福利待遇……”

只见生产厂长一脸无奈地说：“现在位置颠倒了，不是别人求我们给工作，而是我们去求别人来工作。”

现在明白了，原来民工荒在重工岗位早已发生，刚开始许多人认为这只是暂时和局部性的现象，主要由于劳动力供求在地理上的分割，导致供求关系在短时间内难以匹配，才出现了企业即使提高工资福利水平也招不到人的民工荒。

此时此刻，我心里有了数，现在看来，民工荒可能已成为长期和整体性现象，劳动力无限供给的态势已经被打破，劳动力供给相对于劳动力需求的不足，让农民工的工资不再由平均收入所决定，这样，我马上向生产厂长提出了个人的意见：

“从长计议，今后农民工收益一定要同其劳动强度挂钩，同其创造的价值挂钩。让多劳者多得，别让多流汗者还吃亏。”

生产厂长听了我实事求是的分析，对我刮目相看起来：“好主意，只不过如此的分配方式，目前国营企业从未突破过。”

我大着胆子说：“正因为人家没做过，才需要有人先突破。我现在最担心的是怎么救急。”

生产厂长俯到我耳边说：“我出个馊主意，目前一段时间，让行政人员分期分批顶班。”

我知道这是不是办法的办法，无论是劳动技能水平还是效率，行政人员都无法适应。

但我无奈地做出了决定：“我们有六位厂长，每人每天带一班，先应对眼前的民工荒问题。按照新的计酬办法，马上抓紧民工招聘，相信重赏之下必有勇夫！”

“好，立即执行！”

生产厂长当着我的面将辞职报告撕得粉碎，然后向空中抛去，正好随着一阵风卷起飘向四面八方……

第一天，我率先带队，劳动任务是将场地已干燥的砖瓦坯子，用平板车运至大窑焙烧。民工通常一人一车，我让行政人员他们两人一车。

谢秘书与我分在一起。对“肩不能挑担、手不能提篮”的弱女子来说，干这种全靠拼体力的重活，无疑残酷无情。

要知道，一车装满泥坯，比装满烧制后的砖瓦还要重许多。劳动开始时，她抢着拉车，我知道她要为我分忧。其实几百斤重的车，她别说拉不动，就是车把也端不起，即使端得起车也无法平衡。所以，当谢秘书咬着牙撬动车把，车头一翘却把她弹向空中，再重重落下来摔在地上。

我忙一个箭步冲过去，但根本无法压住车把翻起的惯性，当我从地上把谢秘书拉起来时，只见她痛得说不出话，拼命抱住我，扯不断的泪水“唰唰”往下流。

我忙对谢秘书说：“你先回去休息吧！”

她苦笑了一声：“我先走，不就成了战场上的逃兵，你一个人怎么推车？”

我朝她连连点头，并幽默道：“从你的身上，我感受到了工人阶级的伟大与力量。”

她被我逗得破涕为笑，接着我们俩都傻傻地笑了起来。

我们站起来，赶紧重新装车。我在前面掌车，谢秘书在后面推着，她嘴里学着西北赶大车的车把式，朝着马儿不断吆喝着，我笑着说：

“你这是快马加鞭吧？”

谢秘书又哈哈笑起来。

我见她心情已经恢复，这才压低声音问她：“不生我昨天的气了？”

谢秘书一笑：“别脸老皮厚了。看你刚才救我的样子，想必你一定是个大好人！”

“少表扬，当心人家把尾巴翘到天上去。”我这时心里也美滋滋的，“看来劳动不但锻炼人，还能增进人的友谊。”

她非常机敏地回答：“所以，劳动创造了人！包括人犯了错误，都要以劳动的方式来改造人。”

我说：“这是劳动的伟大吧！”

说到这里，谢秘书套用毛泽东同志的话：“从今以后，我得做一个高尚的人，纯粹的人，脱离低级趣味的人。”

我大步低头弓腰用劲拖着车，回头看了一眼满脸汗水的谢秘书。没想到她又红又专，企业选择这样的人做秘书，说明组织部门还是看得准的。

我赞美道：“做一个有趣味的人——真好！”

她补充说：“其实就是做一个有趣的人。我们身边有很多人很善良，很能干，事业也很成功，只是一点没趣。”

她说这话时，故意把眼睛向我瞥过来，我知道她是冲着我讲的，当然我还是做出反击：“有趣，是一辈子的春药。这就是为什么有些女人，美是美，靓是靓，最终还是很乏味。”

谢秘书自然不是好惹的，一听我说这话，就知道是冲着她说的，就笑着对我说：“要骂痛痛快快地骂出来，千万别指桑骂槐！”

“你看，你看，无趣吧！”我又逗她说，“你不是喜欢诗吗？台湾有个叫余光中的诗人说，朋友分四种——高级而有趣，低级而有趣，高级而无趣，低级而无趣。”

她自言自语道：“看来有趣之人，是多么可人！”

我接过话：“人可以无知，绝不可以无趣。”我朝谢秘书做了一个鬼脸。

她十分赞同我的话。过了一会儿，她好像想到了什么：

“刚才你说到诗人，下面我为你作几句打油诗如何？”

“好啊。”

我又好奇道：“你为什么这么喜欢诗歌？”

她说：“答案很简单，因为工人不是流水线上一尊尊没有思想的兵马俑。”

谢秘书的话让我感到了分量。多年来，中国企业这个群体习惯了沉默和被代言的处境，直到其中有那么一些人，开始用诗歌这种高妙的文学形式来表达自己的经历、心声和愿景。这时，只见谢秘书把一块青砖抓在手上，海阔天空地朗诵起来：

我爱青砖的真诚，
没有泥坯的脆弱，

没有土地的单调，
没有红砖的耀人，
我喜欢她那灿烂青春，
远比大草原更辽阔。

没有想到谢秘书出口成章，又非常接地气，我大叫一声：

“好诗！”

她白了我一眼，我以为她会向我笑，结果她眉头一皱，又步入她的诗情画意的天堂——

我爱青砖的高雅，
带有泥土的芬芳，
带有肌肤的柔情，
带有火焰的性感，
带给我一朵朵青色的花，
胜过钱塘滚滚浪涛。

没有想到一方青砖，可以超越诗的境界，我的眼睛一下被谢秘书的诗点亮，不由自主喊出：

“这是多么接地气的好诗啊！”

过了一会儿，谢秘书从地上又抓起一块青砖，做了一个向我砸来的动作，吓得我慌忙躲闪。在她开心的笑声中，我和她一起走进诗的高潮：

我爱青砖的精神，
站起，是一尊不倒的丰碑，
趴下，又不失温文尔雅，
碎了，仍不失土与火的魂魄，

我愿被你割破手指，

让我痴狂的一节残砖……

我一直以为，工人的诗歌不大关心那些抽象玄奥的命题，文字也未必雅驯，但有一种泯然众人又不无特别的视角，加上深厚的人生阅历，造就了经验的厚度与情感的强度。

古人常讲，不读诗书形体陋。我试探地问道："你心目中的诗人，是什么样子？是李白、杜甫，还是惠特曼、泰戈尔？"

谢秘书直截了当地告诉我："我心目中的诗人，与你的想象迥异。你也许清楚，我国有亿万工人在八小时内拼命工作，但你不知道的是，他们也在悄悄地生产诗篇，夜深人静时会把诗写在随手捡起的纸张背面。"

她的话，让我对眼前这位美丽清秀、文雅聪慧的美女，顿时刮目相看，有种相见恨晚的感觉。我对她点头并深情地一笑，说："看来劳动不但带来快乐，还带给职工无尽的诗意！"

……

应该说，一天劳碌下来，可能体力消耗太大，加之平时也没有如此这般劳动机会，此时，劳动的诗意仅是一点点佐料，更多的是筋疲力尽和腰酸背痛。

收工的时候，我躺在杂草丛生的工地上，目不转睛地望着高高的蓝天白云。这是多么熟悉的场景啊！我想起来了，那是十年前响应毛泽东同志的号召"农村是一个广阔的天地，在那里是可以大有作为的"，下乡后，在那荒山野岭中，虽然整日过着"面朝黄土背朝天"的苦难日子，但给人生历练留下了难忘的回忆。想不到十年后到了国营大企业，仍然逃脱不了"泥腿子"的生活……

我不得不说，自从担任一厂之长，我心里就有许多委屈不知向谁倾诉；还有许多伤害，也不知向谁表露。

此时，我多想做一朵天上无忧无虑的云，像它那样天马行空，像它那样高傲飞翔……我就想这样背靠大地舒适地躺下去，直至永远，而浑身一阵阵劳作的酸痛，又把我拉回到现实。

第二天，厂长办公会议讨论企业产品转型问题。我让谢秘书去将几位党委书记请过来，希望他们能列席会议。之前我已约请了吕冠球和省城大学的课题组，期盼他们帮助职工坚定信心。

会议开始时，我联系昨天参加生产一线劳动的感受，结合省城大学教授们对建材企业发展研究的报告，大着胆子提出将我厂砖瓦生产功能转移到乡镇企业的思路，用现在时髦的说法，叫产业转移、产能合作，或者叫共享经济。

当然那时，我不能这样直接提出来，一是怕班子其他成员听不懂，二是怕能听得懂的，也不一定会接受这个方案。

那时，如果有人上纲上线的话，明摆着这就是挖国营企业的墙脚。所以，在这样的会上，我讲话得绕着弯子，讲究一些策略。

我先让生产厂长将目前生产情况，特别是砖瓦分厂板块出现的一些新问题，尤其是突出招不到工，企业无法满负荷开工生产等，一股脑地端出来。

这就是让大家感到砖瓦生产在国营企业已经难以发展，甚至是已经死到临头。

接着，我请技术厂长出面，重点介绍一下新型建材产品开发的情况，随着项目前期工作完成，下一步进入项目建设阶段，等等，一件件地把前景描绘清楚，让大家感到传统产品的更新换代已经刻不容缓。

会上，我又请来当时全国乡镇企业的一面旗帜——吕冠球先生，他也是我个人多年的好朋友，让他谈谈目前乡镇企业发展的思路。

他重点介绍了乡镇企业生产建材产品，资源充裕，劳动力就地取材，让大家感到国营企业与乡镇企业，可以走合作共赢之路。

……

面对企业如此重大的决策，甚至由此还会出现伤筋动骨的局面，我把这个一锤定音的决策权，交给我信赖并尊敬的企业党委黄书记。

黄书记看了看大家后，把眼光落到我的身上："时下企业转型升级对我们都是一个全新课题，根据刚才几位发言，我认为我们可以先试一下，对了就继续前行，错了还可以退回来。"

书记这么一拍板，给我吃了定心丸，一下我胆子也大了起来，提出先关停掉一条全自动砖瓦生产的隧道窑线，一部分职工转入新型建材生产线，一部分骨干到乡镇企业当技术骨干，按照"三个一"进行转型升级。同时，扩大我们建材机械分厂的生产规模，合作联营好一家企业，再建设投产好一条生产线。

我要求挂图作战，务必步步为营，只许成功，不许失败。

王广舟紧接着说："我想谈点个人看法。听了刚才各位的分析，我都表示赞同。但是——"

他故意停顿了一下，见会场鸦雀无声，又装腔作势咳嗽了一声才说："但是秦砖汉瓦曾经是中华民族的骄傲，我们企业是吃着她的乳汁长大的，现在突然要从祖宗的母体割舍出来，总觉得是娶了媳妇忘记了娘，从情感上一下子难以割舍，所以我不同意厂长的方案!"

生产厂长顶了一句："王副书记的话听起来很有人情味，但社会需要进步才会发展。按照王副书记的思路，人是从猿进化而来的，那么我们每个人是不是都不该脱掉尾巴？大家再看看，反正我们屁股后面都没有，我相信王副书记屁股后面也不会有尾巴吧!"

生产厂长的话引得大家哄堂大笑，其实对王副书记的话，我压根就没有放在心上。

会议上有不同声音或意见，本来就是正常的事情，也没有什么好大惊小怪。王广舟哪是让人随便说的，只见他阴沉沉一笑，冲着生产厂长说：

“别说得比唱得还好听，中国乡镇企业中，有能接纳我们国营企业都干不了的项目的吗?”

省城美女老师马上接过话茬：“王副书记，其他我不敢保证，但对乡镇企业生产砖瓦，我敢保证没有问题！因为事先我们对全省乡镇骨干企业做了问卷调查，几乎是百分之一百地回答没有问题。所以请国营企业大胆转身!”

美女老师说过这些话后，会场下面马上议论声一片，我提醒大家保持安静，并询问大家：

“还有其他不同意见的吗?”

我见没有新的意见，马上说：“这件事就这么定下来，先停一条砖瓦生产线，一部分职工转产新型建材，一部分技工编入技术服务部门，开展与乡镇企业的联营协作工作。”

然后，我回过头，对谢秘书说：“尽快整理一个会议纪要，向省级主管部门报送。”

刚才听到美女老师在会上提到“转身”这个名词，我一下还吃不准。会后，我再次向美女老师讨教“转身”的含义。

她十分认真又非常乐意地对我解释说：“顾名思义，‘转身’指的是某人或某些人从一种社会角色、形象转变成另一种社会角色、形象。具体说，‘转身’就是改变、变化的意思。”

我说：“我们企业可否‘华丽转身’呢?”

她见我还有自己更高的目标，先是一惊，过了一会儿才向我点了点头说道：

“华丽指的是这种变化是朝着积极的、好的、公众认可或期望的方向发展。”

停顿了一会儿，她接着又说：“‘华丽转身’一词源自时尚界，转身是T台展示风采的一个特色动作。原指在巅峰辉煌时离开、引退。目前更多地是指‘转向、改变、发展’。”

“它可以指人，也可以指一个地方、一个单位。它可以解释为由一种形象、角色、模式、类型，改变为另一种形象、角色、模式、类型，也可以仅指巨大的变革和发展。就目前所看到的例子，绝大多数都具褒扬的色彩。”

我见美女老师说起来滔滔不绝，一下子感到在老师面前，自己永远都是学生，就对她赞美道：

“老师就是老师。”

美女老师没有搭理我，仍然侃侃而谈：

“国内好多企业发展到一定阶段，在‘转身’时就出现了瓶颈，也许是‘不当家不知油盐酱醋贵’，我们这些所谓大学企业管理老师，没有当过他们的家，也不知道究竟为何，但我们调查得多了，参与得多了，对国营企业管理还是可以提出我们的一些建议和看法。”

我哈哈直笑：“别忘记我是第一时间找你们合作的。”

我说这话时，她似乎有触动，冒出一句：

“可惜你只知道第一时间找人，但你找到自己心仪的人了吗？”

我知道于公于私，美女老师都对我有些不满意。此刻她是一语双关，借机发泄，但显然我不会吃她这一套的。

我想借机先将她一军，就故意问：“怎样才能找到心仪的人呢？”

没想到她说起来又是一套一套的，于公于私都十分管用：

“要发扬兔子的腿，动好狐狸的脑，用好老鹰的眼。这样，也许对企业包括对个人实现突破都会有帮助。”

出乎我的意料，美女老师只是以爱情为诱饵，她更多的还是谈企业如何发展：“随着改革开放春风的到来，外国人纷纷到我们中国投资布局、发展，他们可以不计成本，在我国赔一年、两年，甚至更长时间，他们发扬乌龟精神——慢慢爬，最后到达目的地，但我们的企业赔不起，主要因为我们没有钱也没有原始资本。

“我们只有和他们比速度，本土企业要发扬‘兔子精神’——快跑！只有这样才可以找到草吃。

“在这里，快跑不是盲目地拍脑袋。如我们的建材产品是本省的老大，而到了其他地方却名气不大。这样的老字号现在看来也只能算是传统地方品牌。

“快跑也不是盲目地烧钱。国内好多企业，自认为他们企业的产品不愁销，拿到市场马上换回的就是钱，但实际上，一年的营业额，和那些到我们国家来淘金的外企相比，还是小巫见大巫。

“所以，我们的钱要科学、合理、有计划地烧，烧到正路上。我们有钱了，可不可以将我们建材产品的产业链延伸，比如搞房地产？

“我们要学狐狸的脑，来发展壮大。我们最聪明，四大发明来自我们祖宗，可以这样讲，从古到今，我们比老外聪明，因此，虽然我们资金没外国人多，但我们脑子比他们好用。

“学狐狸的脑，不是靠耍小聪明。比如我们产品质量有了问题，我们却不管它，目前市场是卖方市场，很容易‘萝卜快了不洗泥’，不管它的结果最后会让我们的企业毁于一旦。

“所以，学狐狸的脑不是‘学忽悠’，而是要讲究诚信办事。

“此外，我们还要学会用老鹰的眼。老鹰在万米高空，可以看见地上的兔子、老鼠，飞得高看得远。我们的本土企业好多都口口声声高喊要做百年企业，最后的结果，不是被兼并就是倒闭了。用好老鹰的眼，不但要有长远打算，还要做好当前工作；不但要着眼大局，还要做好局部建设；不但要看到现象，还要看到本质。”

……

这一刻，美女老师分明是以老师身份来向我这样的学生讲课的。望着眼前的这位美女老师，听着她洋洋洒洒一席话，我不免一下子刮目相看，肃然起敬。

是啊，1984年，与其说是企业荒，还不如说是人才荒。这时对我们来说，无论企业还是个人，都得加快转型步伐。

也许一次“转身”，就有可能闯出一片新天地。

第九章　一颗匠心

转眼一个月的时间过去了，这天谢秘书急匆匆来到我的办公室，向我递来一份省内大报，只见在头版头条位置，以《国营企业能够这样华丽转身吗?》为题，报道了我厂产品结构调整的一些情况。

见到这份报纸，我两眼几乎要喷出火来，吼道：“谁让发的?”

谢秘书见我火气很大，说话的声音也颤抖起来：“几天前，王广舟副书记从我这里调走会议纪要，估计是他给记者提供的素材。”

本来那次会议上，王广舟已明确不同意企业“转身”，现在他利用媒体，分明是给我施加压力，我猜这种混账事，他是做得出来的。

谢秘书不知是真心还是假意地提醒我说：“树大招风，枪打出头鸟。今后企业每走一步，还是小心为妙!”

我向她点点头，一声叹息：“天要下雨，娘要嫁人，由他去吧!”

想想这也没什么大不了的，让媒体讨论讨论，可能会让我们走得更稳健。但这么大的事，得向主管部门报告，以便得到上级领导的支持。我对谢秘书说："你将厂里的请示，附会议纪要，马上报送给省局领导。"

谢秘书立刻答："马上就办！"

这时桌上座机"嘟嘟"响起，谢秘书转身告辞，我一边抬手向她道别，一边抓起话筒："喂，你好！噢，把我吓了一跳，原来是美女老师……"

美女老师在电话里告诉我一个消息，故宫文物保护部门找到他们学校，打听有没有能够参加故宫修缮用的古砖瓦生产企业可以推荐的。美女老师说自己手头上正好在做一家省属建材企业发展课题，就马上推荐了我们。

听到这里，我激动万分地说："谢谢老师推荐！我们企业曾参与过古砖瓦恢复生产研究工作，具备一定的生产基础，我们会尽快与故宫取得联系。"

美女老师一阵"咯咯"笑："你发了财，一定别忘我们学校啊！"

我心领神会地回答："岂敢忘记老师恩情！"

电话那边传来一串银铃般的笑声。

……

隔日，我带着厂里的陈总工程师，直飞北京。

从车水马龙的北京景山前街穿过护城河，进入神武门，往西走，数步之间就拐进了故宫博物院里一条狭长的甬道——西筒子。

故宫的文保科技部的办公地点，就坐落于西筒子南端的"西三所"。这里是慈宁宫大佛堂北面的一片院落群，清朝时是先帝嫔妃的居住地，所谓"三百年没进过男人"说的就是这里。如今这里仍然是故宫的未开放区，不见喧闹的游客，只有红墙绿树掩映，一晃神儿还真以为穿越回了几百年前的"紫禁城"呢。

科技部负责人向我们介绍，把故宫建筑作为中国最大的文物、最珍贵的文物来看待的观念，也是经过了一个过程才建立起来的。

中国传统历来重文物、轻古建。文物档案在谁手里很重要，而房子可以不要。在新中国成立初期，故宫还只是被当作存放文物的空间，直到1961年才明文确定它为国家重点保护文物。

“这是为什么呢？”我还真的有些莫名其妙。

那位负责人不厌其烦地说：“不同文化、不同历史时期，人们关注建筑物的概念不一样。”

要知道那个时候，听到这样的观点，的确非常新鲜。

原来我们国家最早是把建筑当作使用物来看待的，而欧洲建筑到中世纪的时候也还是工匠的事情，或当作城市的标志物，如罗马的斗兽场，就是罗马帝国的标志。

文艺复兴之后，有一些大艺术家，如米开朗琪罗，参与了建筑设计，也开始出现有名的建筑师，除了对建筑的使用功能的设计，他们还追求个人风格，于是建筑变成了艺术作品。

据说十九世纪，欧洲的人文史学家有一种观点认为，建筑的顶峰就是古希腊的建筑，以后要在建筑上取得成就只有两条路——学自然或学古希腊。

早在古罗马时期，就有大量的古希腊建筑的仿制品，后来的史学家在考察古希腊建筑时还要鉴别真伪。对于中国的建筑来说，就不存在这样的问题，因为没有这个从使用物、标志物到艺术品、文物的过程，我们玩的是器物字画，有真伪之别，而建筑对于我们来说，一直是供使用的一个器物，从来也不是作品，一直是工匠的事情。

我们对建筑的态度一直像对待衣服一样，不合适了就改，坏了就扔，或者像对待吃饭的桌子，桌子腿松动了，要么拆了换一个，要么用钉子把它敲结实了。

明永乐年间，故宫的建设前后准备了十年，真正的建造只用了三年，因为重要的是要用，所以要快。不像欧洲的建筑，一建就持续几十年甚至上百年。

二十世纪初，人们开始关注建筑对历史进程的展示，以及对历史信息的记录，于是以看待文物的态度来看待建筑，已经不局限于色彩、比例、规模等表面的特征。

到了二十世纪二十年代，一批从欧洲留学回来的人把欧洲古建筑保护的观念介绍进来，开始有了保护的主张。

到三十年代，国民党政府提出过“文化遗产”这个概念，还有相关的立法，但是那时候的立法还没有具体的文化遗产名单，也没有具体的保护方法，基本上只是泛泛而论。

二战之后，欧洲有大量的建筑被毁坏，其中有一部分是古建筑。联合国教科文组织和罗马教廷当时提出了对被毁坏的古建筑进行保护的提议，一些从事文物保护的人士在经过广泛讨论后，在 1964 年通过了《威尼斯宪章》。宪章指出，古建筑是属于全人类的文化财富，是对历史的见证，对它们要保存原貌，使之能永远地留存下去。之后，这种观念渐渐变成了国际通行的文物保护原则。

1972 年，联合国教科文组织发布了《保护世界文化和自然遗产公约》，在《威尼斯宪章》的原则基础上增加了“真实性”一条，包括地点、工艺、材料、设计都是原有的，满足了这些真实条件，一个建筑作为对历史的见证才能成立，并且建立了世界范围的文化遗产名单。

中国于 1985 年加入《世界遗产公约》，这种现代的对古建筑保护的观念已经被广泛接受。但是，遇到像故宫这次全面整修的大工程还是躲不开历史的影子。

虽然我是搞建筑材料的，但过去只知道秦砖汉瓦，企业只知道生产，对建筑本身总是漠不关心。

经过今天这么洗脑后，才知道了伟大的建筑离不开伟大的建材。眼前的故宫博物院，以其保存完整的庞大古建筑群而著称于世。占地面积达七十多万平方米的故宫，其砖墙、地面以及长三千多米、高十米左右的城墙，用砖数量之大是可以想象的。

一听到这些情况，我心里立马乐滋滋的，但我心里还有一个疑惑，就询问道："书上说皇帝住的宫殿里，地都是用金砖铺的，是这样吗？"

那故宫科技部负责人听后，哈哈大笑：

"等会儿你走进故宫大殿，你会失望地发现，只有锃亮的青砖，没有金灿灿的金砖！"

我失望地问："难道皇宫金砖铺地只是一个传说？"

那位负责人让我们别急，慢慢说道：

"故宫真正值钱的东西往往并非黄金。如果你们能想通这一点，那就好好看看满地锃亮的青砖吧，它们比黄金还值钱。"

青砖可以比黄金贵，这是我第一次听到的新鲜事。随我一起来的陈总工程师听到这里，马上插话说：

"人们之所以误以为皇家以金铺地，无非是觉得黄金这东西又土又豪，只有土豪才会恨不得把自己都变成金子一样闪闪发光。"

这时，陈总工程师结合企业情况，向故宫有关负责同志介绍说：

"比如皇家的金砖，过去我们建材总厂就有一个砖窑，窑边的一个石碑上刻着'御窑'两个大字，是明朝皇帝御赐的。

"这种金砖一般制作工期都很长，首先要把土料挖出来晾，经过风吹、雨淋、日晒，将原有的'土性'去除。所谓土性就是泥土开裂、收缩的特性，这个晾的过程就需要两年。

"接着要将土埋在土池里一段时间，再挖出来晾，然后才能制作土坯，加以烘烤。这个烘烤时间也很长，通常要两三个月。

"古建维修工种包括'砖瓦灰沙石，油漆彩画糊'，做这行不仅需要经验，还得有吃苦精神……"

听到陈总工程师对金砖制作工艺流程如数家珍，故宫维修专家们十分惊叹，马上拍板道：“你们这家企业，我们认可了!”

为了让我们多一些感性认识，接待我们的负责人又带着我们考察他们正在做的一个项目。

这是 1983 年故宫开始修建的一个地下文物仓库。进西华门，第一历史档案馆的对面有一片空场，过去一直被用作武警的足球场，北侧墙上还贴着射击用的靶子，空场的下面就是地库，而墙内侧是入口。俯视地库为“田”字形结构，上下分三层，总面积两万多平方米，藏有文物六十余万件。

事实上，地库为一个架空结构，六面都不接触泥土，四周为“回”字形，下面被柱子撑起，这样设计主要是为了防潮，防止有水渗入。地库共有大小库房一百余间，大的十余平方米，小的七八平方米。

库房内有高两米左右的铁柜，文物一层一层地放于其中。所有文物在进库前都要经过熏蒸，以除虫消毒。每件文物都有一个相应的囊匣，根据形状的不同，内槽也不同。

地库有中央空调保证恒温十五度，恒湿百分之五十，并设有自动感应的气体灭火装置。地库内的防盗门每个价值十万美元；密码锁实行双钥匙制，入口处的警卫室掌握大门钥匙，具体库房则由钥匙房掌握。保管员每天要入库两至三次，做例行检查，平时库内不开灯，人走灯灭……

通过在故宫的“一听二看三讨论”后，最后我们顺利地与故宫签订了生产古砖瓦的意向书。这时故宫维修保护的同志还是不放心，一再提醒我说：“故宫维修不只是在建筑上，还连带出很多要保护的东西，包括老工匠的手艺。”

在与故宫负责人握手告别时，我感激万分：

“今天不但得到了企业订单，还了解了往日企业工匠精神的辉煌……”

回到单位，我马上让谢秘书找来企业几位上了年纪的老师傅，一起商量恢复古砖瓦生产的事。

想到这是企业的一件大事，我将上次美女老师送给我的上等好茶——明前“西湖龙井”，拿出来沏给师傅们品尝。

那时还没有冰箱，存放茶叶全靠父亲送给我的一只白铁皮桶，下面放几大块生石灰，垫几张报纸后，上面就可以存放一些需要防潮的物品。

这些老师傅都是江南老茶客，听说我请他们喝的是明前龙井，一个个都很激动。毕竟那个时候，能够喝到这等好茶的人还不多。

一个上了年纪的老师傅说，龙井有“雨前是上品，明前是珍品”的说法，明前龙井高于雨前龙井。明前龙井的干茶闻起来都有清清的豆香味，有些青又有些绿，泡在水里，一叶一芽，整齐漂亮，茶汤的感觉非常清淡，有种很柔的味道，越好的龙井茶味道越清淡。

我见老师傅们一个个津津有味地品着茶，就趁热打铁地与他们套近乎：

“茶是好东西，好茶需要慢慢品。中国何时开始饮茶，据说始于汉，而盛行于唐。世界公认饮茶是中国人首创的，其他国家或地区的饮茶习惯、种植茶叶的习惯都是直接或间接地从中国传过去的。”

老师傅们看我说得乐此不疲的样子，一下子对我刮目相看，说：“想不到年轻厂长，对茶道也如此精通。”

其实我想以茶来拉近与老师傅们之间的距离，所以我笑嘻嘻地回答：“在老师傅们面前，我是班门弄斧。但今天请你们来不是谈茶经，而是谈与我们产品有关的砖瓦经。”

我一说起“砖瓦经”，每个师傅的眼光，全都停在我的脸上，我赶紧把与北京故宫签约的事一说，大家顿时炸开了锅。

尤师傅马上接过话题：“干这事，我应该最有发言权！”原来尤师傅曾参加过古砖瓦研究所工作，也是古建青砖手工制作工艺的传承人之一。

他说：“我家祖祖辈辈靠烧制青砖生活，青砖的制作工艺复杂，难以机械化生产。随着工业化制砖设备的问世，青砖除古建筑修复使用外，基本退出建筑舞台。”

在新中国成立十周年时，尤师傅作为对传统手工艺充满热情的手艺人，随他的师傅古砖瓦研究所所长一起参与生产恢复。为了保持古建青砖的原有特点，他们坚持使用传统工艺流程，完全靠人工操作。

“要制好一块青砖，首先要选用已晾了二至三年的优质黏土，采用中性水和泥，靠人工将泥和熟、和透，然后制坯，压平表面并修整方正后，放置阴凉处阴干。阴干后的砖坯由工人逐块手工装窑，等待烧制。烧制过程要由经验丰富的师傅把握火候，通过控制燃料投放，使窑内慢慢升温，最高时可达一千二百摄氏度。”

尤师傅对每一道工序都了如指掌：“在窑内烧制半个月后，进入阴窑环节。随后，用小水喷洒窑顶，水经多个导管进入窑顶孔洞，在窑内形成蒸汽。在蒸汽作用下，经过十余天烧制，窑内土黄色砖坯颜色逐渐加深，直至变为青蓝。之后，工人掀起窑顶通风降温一天，方可出窑。”

就是这样，通过几年的研制，年轻的尤师傅曾带着企业生产的青砖去故宫博物院毛遂自荐。当时故宫博物院专家们对我们的青砖非常认可，还派技术人员到厂里考察，并达成了合作意向……

尤师傅指着另外四位同事说：“当时，我们都在一个所，那古砖瓦生产的十几道工序缺一不可，真的是慢工出细活。”

“噢！慢工出细活。”

我重复着尤师傅的话，又呷了一口龙井，就像品茶需要细品，在茶叶略带的苦涩中，享受那令人神魂颠倒的清冽甘甜。

用现在的眼光看，慢工出细活就是一种工匠精神。就是工匠们喜欢不断雕琢自己的产品，不断改善自己的工艺，享受着产品在双手中升华的过程。工匠们对细节有很高的要求，追求完美和极致，对精品有着执着的坚持和追求，把品质从百分之九十九，提高到百分之九十九点九九，其利虽微，却能长久造福于世。

工匠曾是中国老百姓日常生活须臾不可离的，记得小时候家里干什么活，都会将匠人请到家里来，做木器请木匠，做泥工请泥瓦匠，做衣服请裁缝，办酒席请厨师……各类手工匠人用他们精湛的技艺为传统生活图景定下底色。随着农耕时代的结束，社会进入了工业时代，一些与现代生活不相适应的老手艺、老工匠逐渐淡出日常生活，但工匠精神应该永不过时。

工匠也许是一种机械重复的工作者，但其实工匠有着更深远的意义，它代表着一个时代的气质，坚定、踏实、精益求精。工匠不一定都能成为企业家，但大凡成功企业家身上一定具有这种工匠精神。

遗憾的是后来“文革”开始，停工闹革命。古砖瓦研究所被列为“破四旧立四新”的对象，首当其冲，接着整个研究所被就地解散，尤师傅等人统统被打入牛棚，直至退休……

听着尤师傅有点竹篮打水一场空的回忆，我马上联系这次故宫任务，对大家说道：“今天我们重整旗鼓，可以说是为了实现尤师傅的梦，厂里派陈总工程师挂帅，请尤师傅及各位出山，我们一起为故宫仿制生产古砖瓦，再现中国秦砖汉瓦的辉煌。”

尤师傅把衣袖一撸，说：

“干！”

陈总工程师马上下达了动员令：“先辈们的手艺不能在我们这代人手上失传，我们要用工匠精神武装自己，下定决心，排除万难，早日研制出故宫所需要的古砖瓦，质量和外观都要达到最高标准。”

现在我终于明白了，原来工匠精神就是要求企业如同工匠一样，琢磨自己的产品，精益求精，经得起市场的考验。

在这里，工匠精神不是口号，它存在于每一个人身上、心中。长久以来，正是由于缺乏对精品的坚持、追求和积累，才使我们的个人成长之路崎岖坎坷，发展之途充满荆棘；也使持久创新变得异常艰难，更使基业长青成为凤毛麟角。

所以，在资源日渐匮乏的后成长时代，重提工匠精神，重塑工匠精神，看来应该是企业生存、发展的必经之路。

在现在这个“商人精神”渐进横行的年代，说这样的话，人们都能理解，因为企业的核心因素是人。工匠不断雕琢自己的产品，不断改善自己的工艺，他们在享受产品在手里升华的过程。

可是在企业荒的年代，人们想得更多的是赚快钱，能脚踏实地做事的人有多少？而工匠精神有利于企业走出当下“圈钱—做出某款产品—出新品—圈钱”的怪圈。

用一生去踏踏实实地做好一件事，使一件产品精致得像艺术品。打造“工匠精神”的企业从另一方面满足自己的精神需求，看着自己的产品在不断改进、不断完善，最终以一种符合自己严格要求的形式存在……

想到这些，我提出在我们企业重塑“工匠精神”的想法。这时尤师傅补充说，工匠精神应该还有四个境界：

一个是千里之行，始于足下。做什么事情都应该是踏踏实实的。

一个是好之不如乐之。你喜欢做这个事情不如你以做这个事情为乐。

一个是衣带渐宽终不悔，为伊消得人憔悴。在工作中达到忘我的状态。

一个是逍遥游，游于艺。我们今天谈工匠精神不仅仅是坚守，而是在择一事、守一生的基础上，达到逍遥游的境界，去创新，推进事物的发展。

听着老师傅天南海北的神聊，我顿悟，中国很多企业的产品质量为什么搞不好？原因虽然很多，但最终可以归结到一个方面上来，就是做事缺乏严谨的工匠精神。

中国的产品质量不如国外的重要原因之一就是人家做事比我们更严谨，更具有工匠精神。

后来我给工匠精神下了这样一个定义：“一个是热爱你所做的事，胜过爱这些事给你带来的钱；一个是精益求精，精雕细琢。精益管理就是精与益两个字。”

在工匠的概念里，把工艺从百分之六十提高到百分之九十九，和从百分之九十九提高到百分之九十九点九九是一个概念。

他们不跟别人较劲，跟自己较劲。

此刻，我脑洞大开，一下子找到了自己企业应该发展的方向。

这时我心里有了一张企业未来发展的雄伟蓝图：

我的企业的未来，应该是中国新型建材的制造基地，是中国秦砖汉瓦的研究中心，是中国传统建材转型升级的试验田……

第十章　抢人

望着眼前一片残垣断壁，杂草丛生，要不是眼见为实，谁能想到几个月前，这里还是江南一个风生水起的工业区呢。

谁都没有想到一夜之间，在我们南下开展的一场打击假冒伪劣的专项行动中，这里所有的繁华都毁于一旦，化为泡影。

今天当我再次跨进这个工业区时，望着眼前一片狼藉，一种罪恶感油然而生，我感觉自己就像一个沾满乡镇企业鲜血的刽子手。

自参加了那次专项行动后，这几个月我半夜时不时被噩梦惊醒，总觉得自己罪大恶极……

现在，我双膝跪地，向着眼前大地上的企业悲泣，我的眼泪止不住流了下来。

这次来之前，我就盘算好了，企业砖瓦产能转移的首选地，应该是这个乡镇工业区。当然这个计划，我还没有公开。

但在我选择的路线敲定后，谢秘书在第一时间就提出反对：

“要去江南那个山区的乡镇工业区？早知今日，何必当初！”

这也难怪，谢秘书提出反对并没有错，人们不是常说“好马不吃回头草”吗？

确实，毕竟中国的乡镇企业千千万万，一家省属国营企业的那点产能，随便什么地方都可以安放。

但省城大学的美女老师却认为知错能改，善莫大焉。既然你在一个错误的时间，跑到一个错误的地方，干了一件错误的事情，今天能有改正这个错误的机会，就一定要把握住。

而我想得比较单纯。也许这个时候，你拉人家一把，相信人家滴水之恩，定当涌泉相报，同时也更有利于我们企业产能转移落地……

这不，一踏上这片工业区，我情感的天平，立马倾向了乡镇企业这一当时的弱者。

就在这个工业区内，将时间向前推两年，1982 年，独自走南闯北的吴一荣，因孩子生病火急火燎地跑回家。这时当地正在轰轰烈烈地开展“打击投机倒把”行动，早已将吴一荣列入黑名单，现在他回家等于是自投罗网。

就在准备对他实施抓捕的前一天晚上，一名乡镇干部骑自行车路过吴一荣家门口，敲开了他家的门。

此时，吴一荣刚到医院安顿好孩子，回家洗干净自己身上的臭汗，一路奔波累坏了，倒头就睡。

半夜听到有人敲门，他光着上身，拎着短裤就开门，还未看清那人面孔，那人就小声留下一句话：

“不行喽，要下大雨了！”

说完话那人就骑车消失在夜幕中。吴一荣立刻心领神会，回头只与老婆抱了抱，安慰了一句：

“留得青山在，别怕没柴烧。”

老婆文化不高，但也是个明白人，马上帮吴一荣从夹鞋样的书中找到几斤粮票，打发他赶紧逃离。

吴一荣这一走，直奔东北，跑到小说《林海雪原》中的老窝——夹皮沟，直到这年底在开明的乡镇干部的担保下，才得以免灾。

作为当地乡镇企业发展的主要推动者和见证者，回到家他摇身一变成为这个社办企业区内的建筑包工头。确切地说，他当时还不是一个乡镇企业厂长。

但是那场大火，结束了这里蒸蒸日上的日子。年初刚刚取消社办企业的称呼，转身才挂上当时最时髦的乡镇企业工业区的牌子，好像挂好没几天就彻底偃旗息鼓了。

二十世纪八十年代初期，改革开放的大潮席卷中国大地，从中央到地方都在提倡大力发展乡镇企业。这里亦不例外，乡里和县里的领导要求他们除了发展好自家产业外，还要“吃着碗里的，看着锅里的，想着外面的”，为乡镇物色好的工业项目。

1983 年春，出差到苏南学习社办企业经验的吴一荣，在与朋友的闲聊中，把县乡领导要求他们为乡里物色工业项目的事告诉了朋友们，请朋友们帮忙找些好的项目。

其中一个朋友问他，有一批建筑材料的业务，愿不愿意做。吴一荣觉得建筑材料生意做不大，不愿意做。

于是，朋友开玩笑说：“莫非你还想做建筑材料制造?”

吴一荣随口说道：“要是能请到技术人员，当然想做了。但一时半会儿到哪儿能挖到人才?”

后来有人弄来一套某省属建材企业产品制造图纸，吴一荣望着这些图纸似懂非懂，但知道这就是他们要找的项目。所以，经过几番讨价还价，如获至宝，花大价钱将所有图纸买到手。

把一大捆图纸拿回家，县乡领导骂吴一荣疯了。

再请专家把脉，才知这些是宝贝。当时领导也急于求成，立即在这里划出一片土地，动员全县技术力量，很快在这里复制建设了从建材一厂到建材十厂等十家社办企业。

考虑到许多建材产品生产涉及上下游产品配套，所以这样一个个社办企业，集聚在了一起。为了减少负面影响，最初对外称之为社办企业区。

由于完全是照葫芦画瓢地简单复制，整个社办企业区几个月的时间内，就已经建成投产。当年建成，当年投产，当年收益，当年收回了企业投资成本，成为当地社办企业的一面旗帜。

后来有一天，吴一荣与我说话时，一直充满自豪感，但最后还是一声长叹：

“没想到好景不长。当那天得知有人包围了乡镇工业区时，我有一种死到临头的感觉。庆幸一场大火，将所有罪恶化为乌有……”

“那把火到底是天灾，还是人祸?”

“是地地道道的天灾!”

吴一荣非常认真地答道：“主要是在建厂时，为了节省投资，电力线路设计标准明显偏低。加之，厂子一直又是满负荷生产，加速了线路老化。当晚风特别大，造成线路搭线短路，大电流产生强烈的电弧，一点火花借着风势，迅速引发了灭顶火灾……”

我沉默许久，若有所思地说道：

“也许这就是天意吧。”

而吴一荣说到这里时，声音早已沙哑，哽咽道：

“又是老天，将我们从地狱口拽了回来!”

我安慰他说：“没那么可怕！希望兄弟从哪里倒下的，还能从哪里站起来!”

我极力安抚他，可他不相信这事能这么简单就过去，长叹了一口气说：

“没有机会了，没有机会了!”

这时他又告诉了我一个惊人的消息，说在乡镇工业区挂帅的县领导，在那次火灾后的第七天，跳楼自杀了，留下的遗言是：“我们的乡镇企业都死了，‘头七’到了，我还好意思活着?”

我就在想，我虽没有见到那种惨烈，但我从吴厂长悲哀的脸上，读懂了人即便是再渺小或脆弱，人性的光芒谁也无法阻挡……

在那个混沌的年代，别说乡镇企业，即便是国营企业，长期以来，在用地供求矛盾尖锐和资源紧缺的东南沿海地区，也很难拿到土地指标。土地指标通常优先用于保障重大基础设施、民生工程和“大、好、高”项目，一般企业基本上无法从政府那里获得土地，从而严重制约了企业发展。

那时办企业是摸着石头过河。好在，吴一荣舍不得让自己的那点自留地“抛荒”，在原本是一座废弃矿山的基础上，好不容易规划建设出乡镇企业工业区项目。这是很值得其他地方借鉴的。

这些情况我是后来才知道的，更加剧了我的内疚自责。所以我让人马上找回吴一荣，诚恳地说：

“老吴，今天我们不是来秋后算账，我是真心诚意想将我们国营企业部分过剩的产能，转移到你们这里，实现国营、乡镇企业双赢!”

吴一荣听到这里哈哈大笑起来：

“我相信中国人那句俗语，狗嘴里吐不出象牙!”

我一声惊叹。

吴一荣的话让我出乎意料，我可以理解，但没想到我无论如何解释，吴厂长根本不相信我：

“兄弟，你千万别在哥面前忽悠了，我们贫下中农已经在过去吃了地主一遍苦，绝不会再吃你们的二遍苦，再受二茬罪。”

顿时，我觉得天昏地暗，什么国营企业，什么厅局级企业，在一个什么都不是的乡镇企业面前，怎么被说得一钱不值？此刻，我宁可被他们骂得体无完肤，甚至被他们暴打一顿，也不愿这样被他们数落。

可能怒火攻心，我无意识地一拳向吴一荣身上砸过去：

“混蛋，你不就是一个包工头吗！”

吴一荣没有想到我出手如此之快。当然，吴厂长不是一个省油的灯，也一拳挥过来：

“你才是混蛋呢！你以为你们国营企业是什么，你还不如我这个包工头潇洒自在。”

我感觉他的话比刀还锋利，深深地扎进我的心。我知道，我不是他的对手，只是忠告了他一句：

“千万不要一朝遭蛇咬，十年怕井绳。”

吴一荣一阵苦笑，这才抬头问我：

“你打算将什么产品转移给我们乡镇企业？”

我说：“建筑材料中最低级的产品——砖瓦。”

他直截了当地说：“如果说，砖瓦是国营企业的低级产品，那么对我们乡镇企业就是高级产品。但我不光要你们的产品，我更要你们的人才。”

我没想到吴一荣胃口这么大，向他诉苦：

“与你们联营合作，我已经冒天下之大不韪。对于人才，我们现有体制可能谁都无法突破。”

吴一荣装傻说：“我们是泥腿子出身，不懂你们国营企业啥规矩。如今乡镇企业缺人才比缺产品更急煞人！”

“按你的意思？”

“给人！”

“怎么给法？”

“每一百万产值，给我搭配一个工程师！”

“要知道我们国营大型企业，压根也没有几个工程师。”

“要知道我们是一个白手起家的乡镇企业，没有工程师我们就没法接你的产能。”

“我可以派工程师到现场指导，但人不能归你。”

“你先派人，到时他愿意跟着谁，谁都别挡道！”

“呵……”

我知道，今天是秀才遇到兵，有理说不清！

我急切地说道：“这样吧！我们先谈产能合作，再开价谈人才。”

想不到谁都看不上眼的乡镇企业，敢与一个财大气粗的国营企业叫板，这让我想起之前政府打击假冒伪劣产品的行动，如果不是那么一把火，想必他们乡镇企业，早就骑到我们国营企业头上了。

不可否认，面前这个吴一荣不同寻常，今天他以为自己可以稳操胜券，但我心里还是有底的，我们可是堂堂省属国营企业呀！

我见他如此滑稽的鬼样，心想我也不是吃素的，岂能让人家随意挖走我的人才？对此，我心里已经有了自己的计划……

之后，意想不到的事还是发生了，我派到乡镇企业协作办厂的四名工程技术人员，不到两个月的时间，全部被吴一荣“招降”！

为了避免事态扩大，厂党委立刻派出王广舟副书记，全权处理这件事。一开始他就给这件事定了调子：

“这是典型的挖社会主义墙脚！”

表面上看，王广舟是对着吴一荣说的，但骨子里是冲着我来的，现在他要抓住一切机会，把我拉下马……

什么叫招降？

这个词语的意思是招使敌方投降。为发展乡镇企业，吴一荣以万元“安家费”和比原来高三倍工资的条件，说服了我从企业派遣过去指导的四名工程技术人员。

作为乡镇企业发展的主要推动者和见证者，吴一荣当时的身份确切说是这个工业区内的建筑包工头，还算不上是乡镇企业的厂长，但人们习惯把他往上叫，说者顺口，听者舒心。

我急着把国营企业产能扩散出去，而吴一荣急切地要为乡镇企业物色项目，就这样，一个愿买一个愿卖。

我们谈妥，先将国营企业的传统建材扩散过来，如果生产情况良好，再将部分新型建材生产转移过来。

就这样，吴一荣一边请我帮忙从企业中物色技术人员，一边着手对国内的建材市场进行认真细致的调研。

调研发现，新型建材生产方面，当时全国仅有四家企业，分别位于北京、上海、广州和浙江，清一色的国营企业。在市场方面，上海规定要凭票购买建材产品，浙江全省每年按照计划分到的建材只能造不到一万平方米的大楼，根本满足不了民众日趋庞大的需求。

很快，我从厂里挑出老家是南方山城而且愿意短时间回故乡工作的技术骨干。

得到这个信息后，吴一荣立即把自己的想法向乡里分管乡镇企业的经济委员会主任进行了汇报，得到乡里支持后，他们又马不停蹄一起找到县委书记，进行了详细汇报。县委书记当即表示支持。在当时，之所以大力发展乡镇企业，除了发展壮大集体经济外，还有一个重要的原因是解决群众就业问题。

县委书记拍着吴一荣肩膀说："这个项目很好！一是投资不大，二是朝阳产业，三是劳动密集型。"

在谈这个项目前，我曾到该县档案馆查阅当地县志，了解到乡（村）镇工业的情况：

1958年大办工业时，全县有社办企业二百零七家，职工一万五千多人。次年经调整，绝大部分"下马"，仅保留为农业生产服务的铁木竹、农产品加工及砖瓦、石灰等工厂六十六家，职工三千八百四十八人。

1968年后，为安排大批城镇知识青年下乡，推行"厂社挂钩”，社镇工业数量开始回升。1975年增至一百三十家，职工五千零一十九人，年产值一千二百九十四万元。此后，在国家低息低税政策扶持下，社镇工业进一步发展。

1978年，增加到一百五十五家，职工八千二百四十二人，年产值二千四百六十六万元。次年，农村中大批富余劳力转入社镇工业，各地兴办一批市场急需、适销对路的轻纺、建材和农副产品加工工业。

1980年，全县有社镇工业六百九十二家，职工一万二千九百二十人，年产值五千四百二十七万元。此后各地采取“劳务投资”“带资进厂”“入股分红”等多种形式、多种渠道办厂。

1983年，乡镇工业发展到一千零二十三家，固定资产八千六百三十七万元，年产值二亿四千多万，占全县工业总产值的百分之四十二，其中十家企业产值超千万元，八家企业利润超百万元。有丝绸、建材、电子、电器、纺织、化工、食品、机械、造纸、印刷、服装、鞋帽、木材加工、矿产及电力等行业六十余个。

……

可见，江南这个县的工业基础还是很不错的。吴一荣得到县里的支持后，立刻北上直接找到我们厂，在老乡朋友的安排下，偷偷地与几名本地籍的工程技术人员见了面。

经过几次接触，最后共有四名工程技术人员愿意到老家工作，乡镇企业方面承诺给予他们优厚的条件，除了解决住房和提供三倍工资外，还一次性付给每人一万元的生活补助金。

万事俱备，只欠东风，吴一荣拿着一个名单找到我：

“大厂长，是不是将我的这几位老乡，派到我们乡镇企业？”

我看了名单后，感到这几个人在企业表现一般，将他们派到乡镇企业去，真的无伤大雅，只是担忧地说道：

“怕就怕他们不愿意去。”

吴一荣见我没有反对，马上说：

“支持家乡建设，他们的思想工作，我们来做！”

这事我也没有多想，既然人家乡镇企业如此主动，我当然愿意成人之美……

而在吴一荣看来，这些技术人员之所以愿意来乡镇企业工作，除了原工厂工资低外，还因为他们没有文凭，受到了一些不公正的待遇，如无法评职称等。其中一人的家属还一直在老家农村，长期两地分居。

到国营企业挖人才，对乡镇企业来说，成本不菲。当时国营企业职工每月的工资只有七十五元，光是一万元的生活补助金，就相当于额外提前给他们支付了十年的工资。再加上住房和三倍工资，真的是蛮有吸引力的。

为了消除四名技术人员的顾虑，以及表示对他们的尊重，吴一荣以乡镇经济委员会的名义，与他们签订了聘用合同，还请当地的县公证处进行了公证。

四位技术人员感到这事万无一失，吴一荣也觉得这事做得十分漂亮，万分牢靠。他怕夜长梦多，马上以加快国营与乡镇联营为名，借了一辆面包车，把这四名技术人员从我们厂接到家乡。

当天正好是星期天，吴一荣他们一户一户上门去接人，并没发生什么事。第二天上班，我在办公室桌子上见到四人的辞职信后，发现人没来上班，宿舍也没人，立即向省属主管厅局做了汇报，并在他们的组织下，派人到吴一荣乡镇企业的省级主管部门，让有关部门给吴一荣所在县政府打电话，要求他们尽快把人送回我们厂。但县里出于地方保护，没有理睬我们。此后，迫于我厂的压力，当地有关方面还带着我们的人亲自到吴一荣的乡镇企业寻找，但提前得到消息的吴一荣，早已把这四人藏匿到了汽车都不能到达的村子里，最后只能无功而返。

最终，此事惊动了两省的高层。正值两省省长在北京开会，我省省长专门就此事找到对方省长，要求他们把人尽快送回。对方省长没有当场答应，仅是让省政府通知吴一荣所在的行署，让他们尽快把人送回。

正在主持召开全省市委书记会议的省委书记听到地委书记汇报后并没有简单地通知放人，而是就此事征求大家的意见。当地一市委书记认为不能送回去："他们那里要走了我们多少制茶师傅，我们也没要求他们送回来，我们要他几个建材师傅，为什么就得送回去?"

作为发达地区的老大哥，贫困地区的乡镇企业挖走我们的人，还要不回来，这让我们企业所在地的领导感觉很没面子。

没多久，中央新闻单位主办的一家报纸，在头版以《许以万金，挖走关键技术人员；人心思"走"，危及新型建材正常生产》为题，对吴一荣的乡镇企业，以万元"安家费"和三倍高工资私下与我厂的技术人员签订协议一事进行了公开报道。

三天后，我们省内的一家大报，同样在头版显著位置发表了《这样的人才交流是否合理？——省建材总厂王广舟副书记的来信》，指责"江南一乡镇企业挖走该厂四名技术骨干"。在这封信的旁边，还配以《省级部门会议提出，人才交流要防止自由流动》的报道。次日，我省另一家经济日报发表了该报记者文章《建议与呼声》，对重金挖人予以批评。

事已至此，江南那里的省委、省政府领导不得不高度重视。在省委书记、省长先后做出批示"认真调查此事"后，当地一大报又派出两名记者对这一事件的来龙去脉进行了深入调查，认为四名技术人员从沿海发达地区流向欠发达地区的乡镇企业是合理的、正确的，不应当指责刁难，而应当鼓励提倡，并将调查材料通过相关渠道送给中央和有关部委领导。

此后，受国务院领导指派，国务院政研室派出工作人员到当地调研，认为欠发达地区企业更有解决技术难题的需求，工程师可以在星期天（即休息日，当时一周工作六天）帮助他们解决困难。至此，这场惊动全国的争夺人才“官司”才基本结束。

然而即便如此，王广舟副书记对此也没有完全放弃。出走的四名技术人员中的一位是中共党员，不久他以厂党委的名义，对其做出了开除党籍的处理。

对此，吴一荣先是以乡镇企业党支部名义，给我厂党委书记写信，要求我厂恢复该技术人员的党籍，被我厂拒绝。之后，又写信给我厂所属的省级主管部门党组书记，但石沉大海。

吴一荣就此事向县委汇报，半个月后县委就此专门召开会议，决定按《中国共产党章程》的规定，由乡镇企业所在的乡党委按共产党员标准，重新吸收该工程技术人员入党，让他安心工作，发挥作用。

要是事先有剧本的话，这场改革大戏的主角似乎早已内定好，应该属于国营企业。而当改革大幕徐徐拉开，国营企业自身体制机制上的问题开始显现，那些长期被计划经济体制边缘化的角色和群体，直接登上舞台，抢了主角的戏，扮演起推动中国市场转型的先锋角色。这个群体，包括吴一荣这类包工头，以及其他被边缘化的人群，在这场自下而上的“边缘革命”中，迸发出了巨大的能量和惊人的创造力。

吴一荣成功导演的一场不同性质企业之间，盛况空前的“人才大战”，某种程度上不亚于一场战争，一场没有硝烟的战争。

历经风雨的四名工程技术人员一夜成名，现在对他们来说已经是“开弓没有回头箭”，好在他们没有辜负父老乡亲的希望，在短短的几个月时间，就在原来废弃的矿山上，打造出了“中国南方首家建筑材料基地”。

“泥腿子”洗脚上田，办起了乡镇企业，一开始就显现出超越国营企业的活力。当时个体户和创业者的增多，又较国营企业的改革更能给城市带来活力。

市场经济，千回百转，三十年河东，三十年河西，终于又回到了这片古老的土地上……

中国改革总设计师邓小平同志后来承认，在农村改革中，乡镇企业的崛起，是他“完全没有预料到的最大的收获”。在评价乡镇企业的表现时，邓小平使用了一个成语——“异军突起”。

吴一荣得到当地省政府给予乡镇企业的功勋奖章时，王广舟就在他们厂。他听到这个消息，顿时怒不可遏，指着吴一荣的鼻子大骂：

“什么功勋？你是靠‘挖社会主义墙脚’成功的王八蛋。”

“王副书记，我看你才是地地道道的王八蛋。”吴一荣朝王广舟一脸坏笑地说，气得王广舟直跺脚。

王广舟抬起手臂，对吴一荣做了一个暴力倾向的动作：

“当心老子抽死你！”

“呸！请你弄清楚，乡镇企业赚的钱，和国营企业一样都是交给国家的。”

吴一荣说完这话，对王副书记鄙视一笑，肩膀一甩，扬长而去。

本来王广舟是代表厂党委来处理这件事的，现在反在吴一荣的乡镇企业碰了一鼻子灰，他觉得这样太丢人了，而就这样不明不白回去，也无法向厂党委交代。

这时王广舟开始盘算一个坏主意。他决定把对吴一荣所有的气，都朝着我发泄过来，说我是“挖社会主义墙脚”的幕后总导演。

最后他还在我面前说了一句：“厂长，对不起你啊，这既是对你负责，也是对组织负责，我要提议尽快罢免掉你现任厂长的职务。”

罗列的具体罪状有——

好端端的国营大企业，你为什么要把产能向乡镇企业转移？

乡镇企业开始就要挖人才，你为什么不阻止？默认就是纵容！

人家跑到我们企业挑人，你为什么照单收下，竟然同意放人……

你这是十足的出卖国营企业，造成了国有资产的严重流失！

这仿佛几座大山向我头上压过来，我开始冷静下来思考：什么叫挖墙脚？要知道在那个时代，挖社会主义墙脚，那是多么可怕的罪名。

我在党委会议上承认：“这件事的处理上，我有过失。但说我是挖社会主义墙脚，这显然是乱扣帽子、乱打棍子！”

王广舟似一个胜利者，朝我呵呵冷笑。

我像被押上刑场的罪犯，做最后的申辩：

“如果说国营企业是正规军，那些乡镇企业充其量不过是游击队，它们没有原材料，没有技术和熟练工人，也没有银行贷款，甚至没有销售渠道，备受社会歧视。”

我把话题一转：“我知道在座多数祖籍或故乡都在农村，家不在农村的也一定有自己的亲戚朋友在那里，当你们的父母、你们的兄弟、你们的亲戚，望穿秋水期盼我们国营企业帮他们一把时，我们能否发扬一下我们工人老大哥的精神呢？”

没有人回答我，大家都沉默无语，看来多数还是认可我的话，被我的话打动……

最终，王广舟的建议被党委会否决。之后，他仍然不服气，独自跑到企业主管部门，向厅党委告我的状，结果被厅长训斥了一通：

“你们厂长及时开拓古砖瓦生产，今年一下拿进了一个亿的订单。现在将砖瓦生产产能逐步转移到乡镇，这个主意是我最早提出来的，预计到年底，企业就可以全部收回投资成本。”

……

这事我是后来从谢秘书那里听来的。有时我很纳闷，大家都知道我跟谢秘书是恋人关系，为什么王广舟仍将自己的所作所为不断地告诉谢秘书呢？

他这是讨好她，还是故意在她面前挑拨我们之间的关系？

其实，谢秘书与他的关系，我开始就觉得很蹊跷，但心中一直放不下一个人。什么时候能救出厂医，什么时候就是我与她摊牌之时……

第十一章　盖世英雄

当“挖社会主义墙脚”的风波渐渐平息，我的内心并没有觉得丝毫的轻松。

因为问题的根源找不到，现行的“病症”得不到根治，再好的企业，或者是再好的人，早晚都会重蹈覆辙……

谁都知道，一切的问题，都是体制造成的！

在省属企业厂长经理研究会议期间，厂长经理们私下交流时，个个怨声载道，大家都同病相怜。

“一个个国营企业，都被现行体制的条条框框捆住了手脚，企业只有压力，没有动力，更谈不上活力……”

大家一致推荐我执笔，给省委书记、省长写了一封联名信。

我觉得这不是用墨水，而是蘸着生命的鲜血在书写。

当时厂长经理们要求“松绑”的权力主要有——

在人事权上，企业管理干部除厂正职由上级任命，副职由厂长提名，上级考核任命外，其余干部统统由企业自行任免，上级部门不得干预。干部破除终身制和“铁交椅”，实行职务浮动，真正做到能上能下，能“干”能“工”。

在财权上，企业提取的奖励基金由企业自己支配使用，有关部门不得干涉。奖金随着税利增减而浮动，不封顶，不保底。企业内部可根据自身实际情况，实行诸如浮动工资、浮动升级、职务补贴、岗位补贴等多种形式的工资制度和奖惩办法。

在企业自营权上，在完成国家计划指标的情况下，企业自己组织原材料所增产的产品，允许企业自销和开展协作，价格允许“高进高出”“低来低去”。

……

我一气呵成，写到痛处时，心潮澎湃，但仍努力谨慎措辞，实事求是。

没有想到，这个异乎寻常的大胆行为，会因真诚的情感打动了省委书记和省长。

隔日，省报的头版头条，竟一字不漏地刊登了出来，当时我也吃不准这是祸还是福。当日，省委组织部就拿着报纸召集我们几个厂长经理代表研究商量，在企业人事任免、干部制度改革、厂长权力三个方面，要给我们企业“松绑放权”。

一周后，《人民日报》在第二版头条显著位置，报道了我们这批厂长经理呼吁“松绑放权”的消息，并配发了相关的“编者按”，对有关部门的重视呼吁，大加赞赏。

随后，全国各地报纸纷纷转载并评论，“松绑”新闻演变成了一个全国性的事件。它是中国企业家的第一次，就经营者的自主权，向资本方的政府部门提出公开的呼吁与诉求。也许是这种声音被压抑得太久太久，所以会翻天覆地引发全国性的共鸣。

随着政府给企业自主权力度的加大，外资进入中国的热情，也开始被点燃。通过利用外资，我们可以直接学习人家好的理念、好的技术、好的设计和好的制度，从而快速提升我们国内企业的发展水平……

1984 年，松下幸之助来到中国，作为二十世纪最成功的企业家之一，他的管理思想在中国备受推崇。但此行并非仅仅传播他的思想，更多地是为了推销他那些刚刚从日本工厂生产出的产能过剩的产品。

结合我国企业建筑材料生产，我将企业产品延伸到住宅设备作为首选。这样，我第一眼就相中了他带来的智能坐便器。这个产品是日本1979年正式研制成功的，我们这个时候引进中国，从技术上讲已经完全成熟。

我感兴趣的是，中国有十多亿的消费者，而且这个产品智能化程度高，如加热，电热圈起作用，以前人们用的都是布圈护垫；又如，冲水加热，通过喷嘴喷淋，分男性和女性两种；还有按摩清洗，可控制水流强弱，前后移动；另有除臭、烘干、抗菌等辅助功能。

当然，也有人指着我的鼻子骂道：

“这是修正主义的东西，拉屎还得这样享受?”

我与他们不一样的结论是：“我看到的是今后中国这一大市场。”

那天，我与松下幸之助在省城匆匆一别，望着他离去的背影，我对这位松下公司的创始人肃然起敬……

谁都知道，二十世纪初，电能的应用在世界不少国家已经开始普及。毫无疑问，电的出现与应用，也给日本带来了光明的前景，比如，大阪市开始开通电车。

这时，松下幸之助尽管只有十多岁，但他看到了电气的未来。松下幸之助之所以会有这个想法，是因为当时他正在一家自行车店上班，他单纯地认为，有了电车后，自行车的需求就会减少。于是，他决定改变自己的人生轨迹，投身电气业。

松下幸之助以一个青年对未来的大胆想象，把自己的事业定位在电气上，求姐夫帮忙去刚刚成立不久的电灯公司工作。然而，自行车店的老板对他非常好，使他无法面对老板说出离开的理由。于是，松下幸之助采取了一个孩子气的做法，即偷偷离开。可以想象，年轻的松下幸之助这时已经遇到了人生常见的矛盾。他对未来的理想和信念，支持着自己的追求；而对老板的信任和关怀，又使他难以启齿告别。正是这种憧憬未来的坚定信念和无法割舍的丰富情感，成为后来松下事业的主旋律。

离开自行车店的松下幸之助，由于各种原因并未如愿立即到电灯公司上班。他开始在姐夫工作的水泥厂打零工，干起了劳动强度非常大的水泥搬运工。三个月，他承受了以前从来没有过的重体力活的磨炼，使他对生活的艰辛有了刻骨铭心的感受。

三个月后，他终于被招进电灯公司，成为一个室内布线的电工助手。松下幸之助之前受过的磨炼，使他很快就在这个行当中脱颖而出。又过去三个月，他竟然由助手提升为工头。松下幸之助后来的回忆中对此不无得意，强调这种提升属于特例。因为日本是一个等级森严的国家，工头和助手之间的距离，不亚于主人和仆人。比如说，干完工作，助手马上要给工头打水洗手，甚至工头的木屐坏了，也要交给助手去修理。

日本这种独有的社会等级，给松下幸之助打下了深刻的思想烙印。从被人吆三喝四的水泥搬运工，到颐指气使的电工工头，松下幸之助从中既看到了日本企业经营的特色，又看到了其中蕴含的问题。

后来，他又被提升为电灯公司的检查员，每天巡视十多个工作项目。但他对这种受到别人羡慕的监控工作并没有多大热情，而是对自己的工作成就十分看重。自己安装的海水浴场彩灯，剧院中耀眼的照明设施，给松下幸之助带来了强烈的满足感。

这个时候，他同井植梅野结婚，开始考虑独立创业。这就是“松下电器”创始人最初的创业故事，也是被誉为“经营之神”的松下幸之助跨出的重要一步。

那一年，松下幸之助二十四岁。他在大阪建立了“松下电气器具制作所”。当时的环境很艰苦，但松下幸之助带领制作所员工一同努力、创新，连续推出了先进的配线器具、炮弹形电池灯、电熨斗、无故障收音机、电子管、真空管等一个又一个成功的产品，七年之后，松下幸之助成了日本收入最高的人。

二战之前，日本正遭受严重的经济危机，百业凋敝，松下幸之助却鼓励消费，用消费刺激经济的复苏，并买了一辆汽车，这在当时并不多见。那时在日本各行各业经营萧条冷清的情况下，松下幸之助的制作所却蒸蒸日上，销售额持续增长。从 1925 年到 1984 年的六十年中，有十年他的收入均为日本第一位，有六年居第二位……

我之所以不吝笔墨大谈松下幸之助的创业史，是因为他曾做过建材工作，作为同行自然加倍予以关注。而那时，作为一家没有多少技术含量的中国建材企业，想要和松下这样的巨头合作，遭到很多人的嘲笑，他们说我们根本没有能力引进像松下这样的世界级企业。

还有许多人，包括王广舟，都想看我的笑话，说我是“癞蛤蟆想吃天鹅肉”，不知天高地厚。

当时对于招商引资，我们根本没有经验。不要说是引进世界五百强企业，就连引进国内的一些知名企业也很难。然而，建材人有一种坚强的事业信念，有一种坚韧不拔的意志，有一种永不疲倦的开拓精神，这就是勇于解放思想，敢闯敢干。

其实，要让这个世界巨头来中国一家省属建材企业落户谈何容易。不过，我深深懂得，你让人家来投资，就得有让人家生存发展的环境，就得让人家能赚到钱。

循着这样的思路，我首先考虑建立精简、高效的办事机制。在别的地方几个月甚至几年才能办完的项目，在我们这里就得有“一站式”“一条龙”的服务体系。然后，我将砖瓦生产线压缩，为企业产品转型升级腾出发展的空间。

我要求招商团队除了加强投入，建设必要的硬件环境外，“走出去”招商，则是第一位的。也许，没有亲身经历过的人，不能切身体会我们企业那种为了招商敢闯敢拼的硬汉作风。

日本松下要在“长三角”寻找投资合作伙伴，上海、嘉兴、南通和杭州等地均被列入考察的重点。而我们的投资环境从软件到硬件，均比较薄弱，特别是外部交通环境较差。

那时，从日本东京到“长三角”，只有上海虹桥一个出入境机场。日本松下考察组到我们企业，通常是一大早乘上海航班，飞行一个多小时抵达我们所在的城市。大约早上八点，我们接机后，就开始了一整天的紧张的考察洽谈工作。而晚上，日本客商还得乘当天的航班飞回上海。

在最初的大半年时间里，日本客商先后十几次来企业考察，每次从机场接机到晚上送客上机，大约需要十五个小时，每一个环节，我都努力安排得井井有条，让日商十分满意，也增加了来此投资的浓厚兴趣。

为了更好地推进这个项目，省主管厅局领导亲自挂帅，组团赴日本洽谈。那时，去日本东京，我们都是住在日中友好会馆的一家宾馆。这个宾馆设施简陋，房间狭小，里面只有一张单人小床，床与墙之间的距离不足一米，我的大箱子只有拿到走廊才能打开。住在这个宾馆的最大好处，就是费用符合出国补助标准，早餐能吃到中国口味的稀饭和小菜。

与日商谈判，白天到松下公司，白天谈不完，晚上回到宾馆继续。这个宾馆只有一个地下小会议室，那里是晚间谈判的最好场所，但它到夜间十二点就得关门。无奈，有好多次，我们只好到宾馆的门厅接着谈。每天晚上会谈结束，还得利用后半夜费用优惠的通讯时段，向国内汇报当天的情况……

这次招商引资，还有一个故事，是酒文化引发的——

人们都知道，酒是商场的润滑剂。对外招商，酒是必不可少的礼仪。在觥筹交错之间，生意的成色自然也会加深。受中华文化影响的日本，自然也离不开酒文化的增色。

为了招商，我自认是“拼命三郎”，的确没少喝酒应酬，以致患上了痛风的毛病，有时候发作起来真的是痛不欲生。有一次，去日本招商时，同去的团队中有两个病号，一个是高血压病人，另一个就是我这个痛风患者。那位高血压病人提前向带队的省级厅局领导“申请”：

“我有个请求，如果今晚我在酒桌上‘光荣’了，能否给我申报‘烈士’?”

带队的领导回答说：

“可以!”

这时我也趁机“申请”说：“领导，我有严重的痛风，我也有个请求，如果今晚我在酒桌上‘光荣’了，能否也给我申报‘烈士’?”

带队的领导回答说：“不行！痛风不算病!”

滑稽的是，时隔不到半年，我与那位厅局领导出差时，他也出现了严重的痛风，痛不欲生，结果只能用轮椅和担架交替，好不容易才将他抬进飞机。

1984 年的一天，松下公司派代表来到我厂考察。当天，在考察完之后，这位公司代表准备乘坐晚间八点航班，飞回上海。我提前得知，那天刚好是这位代表的生日。就在他即将登机的那一刻，我亲自向他送来了祝福生日的蛋糕，这让这位代表十分感动，以至于多少年后，他仍然记得这件快乐的小事。

招商之路，路漫漫其修远兮，自然也离不开创业者的艰难求索啊！也许精诚所至，金石为开。通过双方诚挚友好的沟通和考察谈判，松下公司的项目最终正式落户我们工厂……

说到这里，这让我想起前几年（当然这是后话），许多国人到日本旅游，一位知名财经作家的三个朋友，背回五个马桶盖，他便写了一篇关于这个现象的文章。

一时激起舆论狂潮，各大报纸头版头条发出国人在日本抢购马桶盖的消息，也把我们这个合作企业推上了风口浪尖。记者们蜂拥而至，几十家媒体一拨一拨到来，最多时车间里架起四部摄像机，全国几家电视台齐头并进，好不热闹。

现在已是经营企划部部长的原厂医，忙得嗓子都讲哑了也顾不上喝水。媒体铺天盖地、狂轰滥炸，最终引起了上层关注，国家官员也下来调查，为什么是国内生产，国人还去国外抢购往回背？这个现象的背后说明什么……

最后调查结果是：中国有这个能力制造智能化坐便器。经过这场风潮和宣传冲击波，国人增强了自信是一件好事，只要用心保证质量，做出品牌，就有市场。

日本智能马桶盖的热销，也引起了业界的反思。虽然因为日元贬值，中国人赴日旅行之余抢购日货早已不是什么新闻，但相比过去常见的化妆品、小家电，千里迢迢赶往日本抢购马桶盖的行为，确实还是令不少人吃惊了一把。

中国人为何要到日本抢购马桶盖？日本制造的产品到底比国货强在哪里？这种现象又给有志于令“中国制造”升级为“中国智造”的我们带来何种启示？

通常最便宜的智能马桶盖售价也在两千元上下，即使如此，依然让中国民众趋之若鹜，可见其一定有与众不同之处。所谓的“高科技”成分，或许是其中重要的因素。目前最受中国游客喜爱的日本马桶盖，已经兼具了除臭、冲洗、烘干、抗菌等多种功能，更有甚者，还具备臀部私处按摩功效，并能够完美安装在所有型号的马桶之上。

企业或许不需要把产品做得太精细就能卖出去。但企业如果要上一个台阶，产品不光要做到高端化、智能化，还要做到精细化，这就需要用心去做。精细化需要技术密度高的装备，但其核心不光是技术，更是在于用心投入，它需要制造业从过去的粗放模式向集约模式转变。

在我看来，松下的经营哲学，也是一种生活美学。以智能马桶盖为例，谁能否认，这不是一次了不起的厕所革命呢？

在这里，松下的马桶盖之所以能够为最普通的消费者所认可，除了技术和理念的创新，更是松下经营哲学和企业文化的传承。

松下幸之助有一句名言：企业即人，成也在人，败也在人。

那位昔日的厂医，现在的企划部部长，他将人体需求与产品融为一体。记得早期的智能马桶盖喷水管是两根，很难达到严格的参数要求，于是，研发团队没日没夜地讨论、试验，最终以一根喷水管解决了参数不合格问题。

在松下，研发永远是最前沿的重要部门。现在仅中国基地，光设计马桶盖的研发人员，就超过四十人，而且全部是中国人。可以说，市场上销售的松下智能马桶盖，就是中国人设计、生产的。遗憾的是，松下是日本独资企业，所有商品设计的知识产权，自然也属于松下。

我永远不会忘记，松下幸之助这位受人尊敬的企业家，为松下公司制定了以下纲领："彻底尽到产业人的本分，为谋求社会生活的改善和向上，为世界文化的发展而做出贡献。"

而现在，松下人把这句话简释成：企业是社会的公器。

走进松下在我厂的生产流水线，人们在每一道工序的工位前认真观察了智能马桶盖的制造全过程，工人们基本上是站着手工接线装配、检验，工人们分别戴着红、蓝、白不同颜色的帽子，以区别不同职责，严谨地作业……

在时间中穿梭，我仿佛是一个侠客。有一点可以肯定，没有当初企业高起点有远见的魄力，就没有抢购马桶盖的故事。此时我有一种恍如隔世之感，现在回过头看看我们的中国制造，谁还会再去日本背马桶盖子呢？

这是不是当时中国企业荒与人家田野的距离？

想到这里，我忍不住大笑起来。笑声打破了厂区宁静，迅速划破了天空。

中国制造终于开始惊醒这个地球……

第十二章 久居深闺

有意思的是，那天，我们从北京故宫签约出来，乘车前往国家主管建材的部委时，司机开错了道。我见挂有中关村牌子的地方，干脆让司机停下车，歪打正着调研了一番。

我笑说："这叫偷师学艺！"

中关村这里，过去曾是一片荒凉的坟场，大多是太监的墓岗。因明清时期称太监为"中官"，所以这里被叫作"中官坟"。也有一说，认为从明朝开始，太监多在此建庙宇和养老的庄园，故称此地为"中官屯"。

附近很多地名，据说都与太监有关。中关村东一站地叫保福寺，是明万历年间太监们在此集资兴建的，取福寿之意。二十世纪三十年代塌了一半，但仍有香火。后来保福寺变成了一所小学，就只有几个老师和少量的学生。新中国成立后，中国科学院在此建宿舍，大量的科研人员子弟无处上学，就把保福寺拆了，重新建新校舍，与保福寺小学合并，建立了中关村小学，就是现在的中关村一小。

二十世纪八十年代初，"下海"这个词迅速在中国大地上热了起来。特别是 1984 年，北京中关村里充满着躁动，一批批科技人员“下海”。当时的中关村已经有四十家科技企业，并在北京城里拥有了“电子一条街”的名声。有些人从那里出名，有些公司从那里崛起做大，如“两通两海”——信通、四通、京海、科海，它们的创办人无一例外都是中科院的科研人员。

此时，我恍惚想到自己的企业，我们可否借鉴中关村的一些经验呢？

……

当然，从北京回到厂里，我思考最多的事情，其实还是古砖瓦那些事儿。这些古砖瓦在故宫可谓“久居深闺”，用时下的流行语来形容，就是颜值高得没有朋友。

为什么颜值高了就会曲高和寡，或者成了孤家寡人呢？

这两天，尤师傅他们古砖瓦研究工作的一次次失败，让我望“砖”叹息。

本来秦汉时代，国力富强，砖瓦不只是一种建筑材料，还是一种艺术品，这才在那个时期盛行，也才有了之后“秦砖汉瓦”的名闻天下。

现在万万没想到的是，当我们与故宫有关部门确定了恢复古砖瓦生产的协议之后，迟迟没有等到成功复制生产的好消息，这让我对企业首次履约的前景，不能不担忧起来。

尤师傅可能高估了自己。当他们怀揣着对古砖瓦的一颗匠心拿起瓦刀时，叮叮当当的声音随着碎石被风吹散，古砖瓦的梦一次次在风口破灭了。

那段时间我天天守在所里，直到有一天，在古砖瓦研究所，尤师傅眼含热泪对我说：

“厂长，对不起了，我不敢再这样白烧企业的钱了。”

其实研制到节骨眼上，我就害怕人家最后对我两手一摊。这时我强颜欢笑说：

“革命尚未成功，同志仍须努力！”

尤师傅不好意思地说：

“我这‘尤’姓，得改为忧伤的‘忧’字。”

我愣了一下，明白了尤师傅的意思，立刻笑说：

“尤师傅的‘尤’字，加一个人就是优秀的‘优’字。”

尤师傅身穿蓝色工作服，手里拿着几块刚出窑的砖雕，他早已笑不起来。在同事眼里，他是当之无愧的“技术大佬”，但今天他不得不自嘲着说：

“看来人老了，弦儿也调不准了！”

谁都知道，在匠人的砖模中，砖雕是建筑中的点睛之笔。这些砖雕，所雕的龙是中华民族的图腾，在宫殿建筑上亦是作为帝王的象征，在民间则作为神圣和喜庆的象征，它们被广泛地使用在寺庙、祠堂等建筑上。

遗憾的是，现在我在古砖瓦研究所中，没有见到什么惟妙惟肖的龙，见到的反倒是一片狼藉与丑陋。

我知道尤师傅比我还要着急难过，就关切地问他：

“事到如今，你有什么要求？”

尤师傅说：“研究到了节骨眼上，看来必须请我的师傅出山。”

尤师傅所称的师傅，是古砖瓦研究所原所长，家住厂家属区，已经八十多岁了。我连忙答应道：

“这是应该的呀！”

接着就打发小车司机赶紧去接人。转眼司机就回来了，我们忙簇拥上去，结果小车里只出来司机一人，一脸沮丧地说：

“我刚才被老所长轰出来，还被骂得狗血喷头！”

我急忙问：“为什么？”

司机委屈地说：“我也不知道，隐约听他嘀咕了一句，让你们的厂长来找我！”

听到这里，我知道老所长的意图了，回头对其他人说：

“既然老所长点将了，那我去请吧。”

尤师傅马上拦住我：“厂长你别去，我去请！”

我觉得很奇怪：“为什么我不能去？”

尤师傅支支吾吾，想说又不敢说的模样，更让我着急了，最后他才吞吞吐吐说出原委：

“在‘三反’‘五反’时期，老所长的父亲因倒卖故宫文物，被镇压掉了，当时签发布告的公安局局长是你父亲。”

听到这里，我哈哈一笑：

“历史自有人民评说，许多责任我们后来人无法承担。”

我边说边拉住尤师傅：“咱们一起去请老所长！”

很快来到家属区，有几幢苏式风格的住宅，尤师傅告诉我：

“这是五十年代苏联老大哥支援我们留下的作品。”

这些砖混建筑，形式上典雅大方高阔端正，主建筑结构搭配了多个矗立上端的半圆形顶盖。这种建筑形式的最主要目的，就是一切以神为依归，塑造庄重典雅高尚的气氛，令信徒心生崇敬之感，百姓心生敬畏之情。

……

我们边走边聊，这时车到一幢房子门前，旁边站着一位拄着拐杖的老先生，尤师傅俯到我耳边说：

“他就是老所长！”

我疾步上前，自报家门后，说：“老所长好！”

他向我“呵”了一声说：“我耳朵有点背，你说什么？”

我又大声说：“老所长好！”

老所长用手指着自己的徒弟问：“他就是新厂长？”

“您猜对啦！”

老所长马上和蔼可亲地说：“稀客，快请屋里坐！”

走进客厅，见正厅中央有一个牌位，上面有一张血气方刚、气宇轩昂的中年男子相片，我猜一定是老所长的父亲，就主动迎上去，向牌位鞠了一躬。

老所长突然泪水横流告诉我："改革开放后，父亲才平反昭雪。"

接着，他又从抽屉里翻出一张布告："这是当时对我父亲的判决书。"

我见下面是我父亲作为当时公安局局长的签名，我仔细揣摩了很长时间，才一声叹息道：

"好在历史是人民书写的。在这里，我代表我父亲向您道歉！"

我站起来，双脚并拢，向老所长深深地鞠了一躬。

老所长拉住我的手："过去的事就让它过去，我们还是要把握当下。"

没有想到老所长如此开明，我赶忙顺水推舟，说起故宫古砖瓦恢复性生产碰到的问题，诚恳地对他说：

"老所长，今天我们想请您出山。"

老所长明白了我们的来意，忙回答：

"都是一家人，千万别说两家话。"

出乎意料，老所长没有因为历史造成的冤假错案问题纠缠泄愤，很快淡然处之，立马让我肃然起敬。这时，老所长招呼我们赶紧坐下，又如数家珍讲起他与朋友合作的《秦砖瓦欣赏》讲义中的故事：

在秦始皇时期，我们制陶业的生产规模、烧制技术和质量，都有了很大发展。先秦时代的社会文化通过多种方式大量地表现在烧结的瓦当、空心砖、画像砖上，从而使这些烧结砖瓦超出了建筑材料的范畴，成为工艺品。

按工艺美术品的要求制砖，是秦始皇时期的一大创新。这是因为当时的砖瓦完全是为皇家的宫殿、别院、林苑建筑服务的。由中央左（右）司的专门机构按照严格的工艺质量要求监制，指定“大匠”营造。

据《资治通鉴·卷七》载：“始皇帝下三十五年”，“始皇以为咸阳人多，先王之宫廷小，乃营作朝宫渭南上林苑中，先作前殿阿房，东西五百步，南北五十丈，上可坐万人，下可以建五丈旗，周驰为阁道，自殿下直抵南山，表南山之巅为阙。为复道，自阿房渡渭，以象天极阁道、绝汉抵营室也。隐宫、徒刑者七十余万人，乃分作阿房宫或作骊山。发北山石椁，楚蜀、荆地材，皆至；关中计宫三百，关外四百余。于是立石东海上朐界中，以为秦东门。因徙三万家骊邑，五万家云阳，皆复不事十岁。”

可见，砖瓦的需求是空前的。古史说“阿房宫覆压三百余里”，恐作妄言。考古人员在阿房宫前殿夯土台基之南，距台基南面三米处，发现一处完整的铺瓦秦代屋面遗存。这处遗存是前殿附属建筑，屋顶铺瓦，由西向东筒瓦存六行，板瓦存六行。筒瓦和板瓦紧密地连接在一起。阿房宫初显冰山一角，但尚留谜团，有待揭开，一是未发现瓦当；二是阿房宫并非毁于大火，其毁灭原因仍是一个谜。

诚然，中国史书《三秦记》中只有“始皇砌石起宇，名骊山汤”的片语只言，砖瓦在“覆压三百里”之阿房宫中派上什么用场，长期以来一直也是个谜。

值得庆幸的是，近年来文化考古学者发掘西安华清池内唐华清宫遗址时发现，唐文化层下，有堆积很厚的黑纹方砖，还发现被破坏较为严重的砖铺地面。这充分证明：秦代砖已较多地用于建筑。在秦始皇陵的遗址中，发现了多种条形铺地砖和曲尺砖。

秦代的砖主要由官营手工业生产。在秦始皇陵曾出土带有“左司显瓦”“左司高瓦”戳印的条砖。左司为左司空的简称，秦代的左司空主要是负责烧造砖瓦。这也说明了在秦代，烧结砖瓦具有一定的皇权地位。这里出土的砖，品类多，大都根据使用的不同位置，采用不同的规格。但无论是哪种规格，其制作精细，棱角严整，光滑规矩，质地细密，火候高，而且较同体积砖重得多，确是“敲之有声，断之无孔”。

秦砖主要有铺地砖和空心砖两种。另有子母砖、五棱砖、曲尺形砖、楔形砖等。铺地砖面饰有太阳纹、米格纹、小方格纹、平行线纹等，空心砖多模印有几何纹饰，或用阴线刻画龙纹、凤纹。同时铭文砖、画像砖在先秦时代开始出现，铭文多为戳印的“玺印式”，画像内容也很简单。秦始皇陵东北五华里的鱼池堡、鱼池村、吴东、吴中四个自然村则是修筑始皇陵制陶取土的地方，在附近发现不少砖瓦残片，窑址当相去不远。

这些仅仅是当时制陶作坊和烧砖瓦窑址的一小部分。再从近几年许多遗址出土的砖瓦和陶器上的戳印陶文来看，当时制陶机构大致有中央官办、地方官办和民间私办三种。

从秦阿房宫、山陵等遗址中已发现烧结青砖不但用于铺砌室内地面，而且用作踏道，在秦始皇陵兵马俑坑中，还被用于贴砌墙的内表面。铺地的烧结砖除绳纹素面外，还饰有太阳纹、米格纹、方格纹、几何图案、S形纹等。

其实，春秋时期，瓦上题字基本都是编号，数量少，都是刻字，便于识别和统计产量。从战国时期开始，题字内容成了烧造砖瓦者官署和人名，数量多，都是正规印记，便于统计者考核稽查。

即如《礼记·月令》所说：“物勒工名，以考其诚，工有不当，以行其罪，以究其情。”这种制度，一方面有利于产品质量的提高，另一方面，加强了对工人的控制。因此，秦的砖瓦历经两千余年，至今棱角规整，密度大，火候高，敲之声音清脆。质量如此之高，除了当时生产不计时间与工本原因外，恐与物勒工名制度是分不开的。

秦代砖瓦的题字，大多是戳记，戳记阴纹最多，占百分之八九十，字体小篆。戳记多见于板瓦、筒瓦和大型条砖上，脊瓦和瓦当上少见。板瓦上的戳记一般在内侧的下端近边唇处，筒瓦上的戳记在阳面近瓦当的一端，砖上的戳记在其一端的顶部或其一侧。

砖瓦上的题字，一种是仅有官署名，如左司、右司、寺水、宫水、大匠等。一种是官署名冠于人名之前，官署名多用简称，人名一般只占一字，如左司高瓦、寺系、都昌、宫得等。还有一种是仅题人名，如齐、胡、贝、朱、汪、侈等。所用字数，两字者最多，四字、一字较少，三字罕见……

没有想到，秦砖汉瓦早已有口皆碑，经老所长嘴里说出来更加动人可爱。这时尤师傅已经坐不住了，对老所长说：

“我得回所里一趟。”

我纳闷地说：“老所长还没有告诉你古砖瓦恢复性生产的秘诀呢。”

他哈哈大笑说：“老所长在故事里已经告诉我了！”

“什么？”

尤师傅悄悄告诉我说：“先前我们是按流水线大生产的要求进行配方，现在得按老所长提醒的‘按工艺美术品的要求制作古砖瓦’。”

“按工艺美术品的要求制作古砖瓦？”

我拍着自己的脑门，重复着老所长的话，似乎明白了什么……

转眼尤师傅已经消失在通往研究所的路上，不知是不是一种事业心与责任感驱使，老所长执意要到所里去助阵，我只好搀扶着他上车，陪着他一起到生产现场。

这时厂区路灯开始点亮，纵横交错的厂道，车水马龙的厂车，灯火通明的厂房，机器轰鸣的车间，一片欣欣向荣的景象。

老所长用手指着背影早已消逝在夜幕中的尤师傅，又向我介绍起他来：

“你瞧瞧这个小尤，风风火火的脾气一辈子难改！”

我这时才晓得，无论拼学历，还是论资历，尤师傅都得“靠边站”。但从小就有犟劲，不轻易服输的他，从不气馁，暗下决心：

“既然选择了当建材工人，就要当最好的工人！”

这一点老所长特别器重，当时组建古砖瓦研究所时，老所长就是冲着他这一点点将的。也许在人家眼里，尤师傅是疯子，但在老所长眼里，小尤就是天才。

前几年，企业为了加快新型建材生产，从国外引进了一整套新设备，尤师傅为吃透这套新型建材生产的洋设备，四处收集资料，两年间摘抄的笔记本摞起来有两尺多高。

为掌握实际操作技能，他坚持天天泡在现场，走遍了装置的每个角落，爬遍了所有的高塔，把装置里的一点一滴都记在本子上，装进脑海中。

功夫不负有心人，经过两年多的恶补，到1983年生产装置正式试车投产，尤师傅已全面掌握了这套国际最先进的建材生产操作法，被授予“全国技术能手”称号。

有天凌晨，为准备装置开车已连续工作三十六小时的尤师傅刚刚在值班休息室躺下不久，就被一阵急促的敲门声惊醒。

“隧道窑顶车要开，还是要你来操作才放心！”打开门，车间领导满脸歉意地对尤师傅说。

他二话不说，用冷水冲了一把脸，重新坐到操作台前，又坚持了五个小时，直到成功生产出合格产品。为稳住生产，他在装置车间度过了整整八天七夜。

进口设备运行仅半年，就出现了一系列令人揪心的问题，而外国专家一时半会又到不了岗，尤师傅提出了“没有经验，就自己创造经验”的口号！

艺高人胆大，尤师傅和团队一鼓作气实施一系列技术改造，使这套新型建材装置开出了令国内外同行艳羡的高水平，为大型建材装置设备与技术国产化的推广应用积累了宝贵经验……

接着各种荣誉扑面而来，如全国优秀共产党员、党代表、全国“五一劳动奖章”……这些年，尤师傅获得了一连串的荣誉。

有人调侃：“你现在这么大名气，只要开个口，还怕弄不到一个官当?”对此，尤师傅一笑而过。有乡镇企业向他开出天价，请他去“帮忙”，尤师傅不为所动……

“是党组织和企业培养了我，是同事们成就了我，我早已把自己交给了企业。”面对他人的不解，尤师傅如此回答。

“把工作干到极致，让企业越来越好。”这也成为尤师傅回报党组织和企业的不懈追求。

几十年来，尤师傅先后提出并参与解决影响新型建材生产效率的重大课题几十项，为企业创造直接经济效益上亿元。

他自创的一系列排查问题与技术攻关方法，如今被编入建材技术手册，成为全国解决同类技术难题的重要蓝本。

……

就在我与所长谈得兴致勃勃之时，有人来敲研究所办公室的门，听到一个女声，说是找我的，我忙站起身来：

“请问，哪一位?”

接着是一阵咯咯的笑声，随风旋到我们面前。我见是美女老师，忙向老所长介绍：

“这是省城大学美女老师，我们是全国厂长经理培训班上的同学。”

老所长哈哈大笑：

“年轻人的事——我懂！没必要介绍这么详细。”

老所长的话，说得我怪不好意思的。这时只见美女老师毕恭毕敬站在老所长面前一个鞠躬：

“请老前辈多多关照!”

老所长顺口说：“你们谈吧！我过去看看小尤。”

美女老师马上说：“前辈在这里刚刚好，我有研究课题相求。”

老所长回过头认真打量起这位美女老师，只见她身着清新淡雅的衣裳，眼波流转，一颦一笑一回眸都不经意流露出小女子的温柔，给人感觉就是那种聪明伶俐的职场丽人。

美女老师直接将团队课题研究情况仔细向老所长做了汇报：

“中国是烧结砖生产和使用的发祥地之一，至今仍是世界上首屈一指的产砖大国，但还不是产砖强国。数千年来，烧结砖给人们立下了不朽的汗马功劳，不仅成为人们生活中不可或缺的伴侣，更给人类留下了数不清的丰富多彩的砖文化。”

老所长插话说：“但在封建社会里，烧结砖是一个不起眼的行业。1949 年前，除在沿海地区有几个人工采土、机械挤出、自然干燥、轮窑焙烧的‘大砖厂’以外，其余都还是停留在人挖土、牛踩泥、手工制坯、土窑焙烧的原始阶段。很多地方把砖厂工人称作‘窑花子’。”

对全国数字我印象很深，忙补充说：

“1949 年后，由于大规模建设的需要，烧结砖迅速发展，到 1984 年全国烧结砖的年产量已由五十年代初期的五百亿块，猛增到七万亿块以上，品种也由单一的黏土实心砖发展到烧结页岩砖、煤矸石砖、多孔砖、空心砖。”

老所长说：“内地的许多城市也都出现了机械化、半机械化的大中型烧结砖厂，并发明了‘内燃烧砖工艺’‘低温长烧技术’和人工干燥室的‘正压排潮技术’等，使每生产一万块普通实心砖的焙烧耗煤，由外燃烧砖时的三吨以上标准煤，下降到一点五吨标准煤以下。改革开放以来，随着对国外工艺技术、装备的引进、消化、吸收、改造和提高，烧结砖装备制造行业发展极快，在许多大中城市如雨后春笋般地涌现出许多从设计、工艺到装备全国产化的年产量数亿块、产品质量优良、技术含量较高、生产工艺半自动化的新型烧结砖厂，不仅烧结砖的产品、装备远销海外，而且烧结砖厂也建到了海外。”

我马上跟着说：“这个我见过一个资料。说的是奥地利，有一个维也纳集团公司在世界五大洲建有数百个烧结砖生产企业，一个年产量超亿块的砖厂才十几个人。他们甚至公然声称，其烧结砖保证使用寿命——至少两百年！”

我说这话时，仿佛是自己做成的一件事，特别自豪与荣耀。

美女老师接过话茬，回到她的思路，接着说她的课题：“就全国来说，发展极不平衡，目前的情况是，年产数亿块的大砖厂和年产一千万块的小砖厂并存，自动化生产工艺、半机械化生产工艺及手工生产并存，先进的隧道窑和老祖宗的土窑并存。”

她还讲了许多砖瓦烧结的数据和指标，老所长听得一会儿皱眉头一会儿又心花怒放。

“根据我们的调查，中国砖瓦销售半径十分有限，大多是就地取材、就地生产、就地使用，被称作‘地方建材’或‘短腿产品’，很难齐头并进。我国地域辽阔，气候差异很大，北方冬天可以冷到零下二三十度，甚至零下四十度，南方则根本不知道零度是怎么一回事。经济发展更不平衡，东部沿海一个县市一年要用数十亿块砖，而西部贫困山区一个县一年也消化不了几千万块砖。”

……

如果今天我们不是亲耳听见，谁会将眼前这位大学美女老师，与过去被称作“窑花子”的砖瓦工人的历史相提并论？我不知道今天她从省城来到这里，是为了向我们叙说她的成果，还是另有什么事。

老所长对着美女老师赞许道：“听君一席话，胜读十年书！”

“不敢当。班门弄斧！”

我冲着美女老师，也恭维说了一句：

“与我们老所长一样，美女老师成了美女专家啦！”

“呵呵，我最多可称为这个砖的‘砖家’。”美女老师刚说出这话，又忙说，“不，我还够不上‘砖家’呢。”

老所长听到“砖家”两字哈哈直笑，跟着幽默地说：

“我看可以！”

老所长的话一出口，惹得我们笑得上气不接下气。这时他又一本正经地说：

“有这样一种说法，五十年代女孩喜欢工人，六十年代女孩喜欢军人，七十年代喜欢读书人，八十年代喜欢大诗人。请问美女老师你的择偶标准？”

她几乎想也未想，马上脱口而出：

“既然我都已经是‘砖家’了，那我肯定喜欢砖瓦人了！”

老所长像年轻人一样一下从椅子上蹦起来：“爽快！我们古砖瓦研究所第一个为你敞开大门！”

就在我们天马行空闲谈时，突然，一阵警笛“呜——呜——呜”地响起，我知道这是工厂出事故了，忙朝报警的隧道窑方向冲去。

窑口值班人员马上向我报告：

“尤师傅出事了！”

我气喘吁吁地询问：

“怎么回事？”

值班人员哭着说：

“他说他急着要获得一个技术参数，进窑前还交给我一沓材料。”

谁都知道烧结砖瓦的高温窑炉，人掉进去即刻化为一团青烟，此刻我真的是悲恸欲绝，痛哭流涕。

随后赶来的老所长，拿起尤师傅留下的一些资料，粗略翻后大吃一惊说：

“小尤这不是已经完成了古砖瓦复制生产的全部技术参数了？”

“马上就可以按照这个生产。”

老所长说得很激动，但未等把话说完，脸上早已老泪纵横。

我见尤师傅的研究资料本扉页上写着八个字：

建材工匠，筑梦前行。

下面还有几行小字，可能是从哪里摘录的一首诗：

我爱这片土地，
我爱这个岗位，
是这片土地培育了我，
是这个岗位成就了我，
我愿在这里扎根一生。

看到这里，我明白了，作为建材企业最基层的一员，尤师傅在平凡岗位上，已经铸就了建材工人一个最朴实的建材梦。

也许，现在尤师傅可以随着古砖瓦，永远在他向往的故宫“久居深闺”了……

第十三章　雨和瓦

安顿好尤师傅的后事，只见老天突然划过一道闪电，接着是滚滚而来的雷鸣……

在我离开事故现场时，更是电闪雷鸣，大雨滂沱。这时我几乎没有什么顾忌，更无躲避，一头扎进暴风雨幕中。

可能是雨水把我浇醒。我知道，此刻为什么大雨滂沱。

那就让暴风骤雨来得更猛烈些吧，将这个企业荒的污泥浊水彻底涤荡干净。

我知道，此刻为什么电闪雷鸣。

这是尤师傅匆匆离去的足音，毕竟争论过了，拼搏过了，现在可以带着微笑，带着丰硕的研究成果，也带着故宫秦砖汉瓦的孤寂和期盼……

雨水早已把我浑身从上到下浇透。这时在一个墙角边，突然，有人从背后抱住我。

我见是美女老师，她不知什么时候也被雨淋湿。男子汉的一种怜惜，还有一种敬意，顿时涌上心头，我顺手也紧紧抱住了她……

又是一道闪电，又是一声惊雷。

我抱着美女老师，已经退缩到一幢中式房子的屋檐下，我们听到了雨和瓦的碰撞，我们听到了水与土的交融，我们还听到了灵与火的激情……

小时候，我就喜欢雨和瓦、水和砖的交响乐。

那时我特别喜欢爷爷家的四合院，特别喜欢下雨时，一个人站在檐下，静静听着雨敲打瓦片发出的动人旋律；雨水再顺着屋檐落下，滴在路面的青砖上，激起一片片烟尘，溅起一朵朵雨花。

这种屋檐下的雨和瓦的狂欢，可以在不同的季节，在不同的场合。这一曲曲天籁也各不相同，或轻灵，或清扬，或舒缓，或激昂。

谁能想象，这世上最美妙最富内涵的乐曲，竟是雨和砖瓦合奏的自然交响曲呢？

美女老师告诉我：“智利有个叫聂鲁达的诗人，说雨是一种敏感、恐怖的魔鬼。”

如果雨是魔鬼，难道砖瓦是成就雨水的天堂……

听到这里，我告诉美女老师：“听在高原工作的爷爷说起，高原人把雨看作一种纯净的圣水。”

如果雨是圣水，难道砖瓦又是成就雨水的庙宇……

第二天上班，老所长气喘吁吁地找到我：

“昨天小尤的研究资料失窃了！”

我开始没放在心上，随口答道：

“怎么可能呢？”

这时，王广舟也匆忙走到我面前：

“我们从昨晚找到现在，都没有找到资料。”

这下我急了：“当时在资料现场的就三四个人，除了值班员、老所长、我，还有一个人……”

我一一迅速做了一个排除法，难道是美女老师带走了资料？

“不，不可能是她——”

我刚想说话，王广舟接过话：

“别多想了，一早我已布置保卫处到省城找美女老师去了。”

“啊——”

研究资料丢失，我已经急得一下子说不出话来了……

很快警车开回来了，我站在办公室楼上，正好见到几位保安人员从车上押下美女老师。

看到这情景，我一下蒙了。

很快，保卫处长来到我的办公室说：

“报告！古砖瓦复制生产的全部技术资料已经追回，盗窃者是省城大学×老师。”

听到这里，我反倒淡定起来，因为古砖瓦技术资料是用尤师傅的生命换来的，没有丢失是不幸中的大幸。

“问题是，现在有确切的证据证明该老师是盗窃犯吗?”

保卫处长实话实说：“具体情况不清楚，反正我们在抓捕时，搜出了资料!”

我在想，既然人赃并获，那么她获取这些资料又是为了什么呢？我不敢多想……只听到保卫处有王广舟的训斥声：

“你只要承认了，我们立马送你回省城……”

当我隐隐约约听到这些话时，我知道事情可能没有那么简单，尤其是王广舟插手了这件事，表面上是冲着美女老师，骨子里我知道，他是冲我而来的。

可是眼前最棘手的是，如何保护好美女老师……

看着站在面前的保卫处长，我知道他办事比较能实事求是，现在我也顾不上他是谁的人，一切只能是死马当作活马医了。

我握住保卫处长的手说：“就算有天大的问题，都不允许伤害对方。”

“是！”

望着保卫处长离去的背影，我心里七上八下，现在还有谁能保护美女老师呢？我搜肠刮肚，想到了她的姐姐……

对，她那位在武警支队任职的姐姐。转念一想，不行呀，人家一直不信任我，此时我如果鲁莽行事，不就等于是自投罗网……但事不宜迟，不知是什么冲动，我还是憋不住拨通了她的电话：

“喂，姐你好！”

“谁是你姐呀，你是谁？”

对方十分严肃地追问，紧张得我说不出话来。这时对方又大呼：

“喂——喂——喂！”

听不到我的回话，她又骂了一句：

“毛病！”

然后“砰”的一下，扣上了电话。等回过神，我赶紧又将电话拨了过去：

“喂，美女武警！我是省建材总厂厂长。”

“炫耀什么，有话直说。”

对方的声音不冷不热，我一口气把她妹妹在厂里的事说了一遍。

可能我的话点燃了她的暴脾气，她在电话里警告我：

“你是对警方插手你们厂里的事情不满，是吗？拿我的妹妹当人质？”

我大声说：“千万别误解！”

这时，电话里传来她居高临下、咄咄逼人的声音：

“如果你敢动我妹妹半根毫毛，我拿你这个厂长是问！”

她责问的话刚说完，就又将电话扣掉了……

我想，美女武警要是对妹妹真的有感情，就应该在第一时间赶过来救她。我深知，此时此刻除了美女武警，可能谁都无法拯救她。

要命的是，待我再拨美女武警的电话时一直是占线。就在我六神无主、走投无路之时，不知什么时候美女武警从天而降，破门而入，大喝一声：

“不许动！”

我这时才反应过来，火急火燎地说：

“妹妹关在保卫处，你快去！”

到了保卫处，王广舟把住门说：

“请退出三十米之外，不然一切后果自负。”

我不知道王广舟葫芦里卖的是什么药。为了防止意外，我让美女武警赶紧带人退出去。

然后，我稳住王广舟，单独与他进行了交涉。得知他为了获得美女老师的罪证，正在等待她做笔录，什么时候笔录材料上签好字，什么时候才同意交人。

我明白了，王广舟是一只狡猾的狐狸，他没有拿到第一手材料，绝不会罢休的，问题是他这样做的图谋是什么？

我没有时间细想，只能顺其自然，一方面按规矩办事，我与美女武警作为关系人，必须回避，更不能干扰办案；另一方面至少说明美女老师还没有承认盗窃技术资料。而眼前唯一能做的是让她避免遭受皮肉之苦。

所以，我又给保卫处长打了一个电话，再次要求他必须保证美女老师的生命安全。

一切安顿好后，我忙找到美女武警，想一起商量下一步该怎么办。我客气地说：

“非常抱歉，没有保护好你的妹妹。”

没想到她上来就像平时对付犯人一样，冲我破口大骂：

"混蛋，我妹妹想找你这样的人做对象，算是瞎了眼，倒了八百辈子的霉。"

这话太伤人自尊了！

我大声反击："请你嘴里干净点，这里是省属国营企业。你不怕我告你'扰乱社会治安'？"

打蛇要打到七寸上，可能是我的话有威慑力，一下把美女武警的嚣张气焰打了下去，她这才改口：

"不好意思，小妹的事已经闹得满城风雨，下一步怎么办？"

她的话让我出乎意料，我压根就没敢想这事该何去何从。自从王广舟将一个好端端的厂医送入牢狱，我就一直盘算着怎么救他。想不到厂医未救，现在美女老师又被人控制。王广舟的连环套真狠啊……

在美女武警的不断追问下，我咬住牙突然想到一个两全其美的方案，我小声凑到她的耳边嘀咕了几句，她拍了一下桌子：

"厂医的事归我，小妹的事归你。"

美女武警说完这话，转身说有事先走了，我岂敢说不字，就朝她点点头：

"好！"

她把手向同僚一挥：

"撤！"

等这批武警撤离，我一个人傻坐在办公室座椅上许久，连王广舟进来我都没有发觉。这时王广舟忍不住开腔了：

"厂长，让你受惊了！"

我"呵呵"一声，才发现是不知什么时候已经坐在沙发上的王广舟冲着我说话，不禁大吃一惊：

"我没说什么吧！"

"哈哈——"

王广舟一边微笑，一边自责：

“厂长对不起，这事被我弄巧成拙了！”

我听到王广舟说美女老师没有认罪，心里有底了，就假惺惺地说道：

“这点小事，无论如何也要让她认罪！”

王广舟开始不相信自己的耳朵，后来确认这是厂长的真实意图，他想不到厂长竟“大义灭亲”，眉头一皱哈哈奸笑起来。

……

这事过去两天之后，老厂长来到厂里，他得知厂里近段时间出了许多怪事，希望我正确对待，有些事是客观的，有些事是人为的。

这天，老厂长跟我谈了许多人生问题，还给我讲了一个故事，是他的朋友陈亦权告诉他的，故事的名字叫《踹自己一脚的智慧》。

说的是清朝康熙时期，有一位大臣名叫明珠，他是权力最大的官员之一，为人为官不但清廉正义，而且疾恶如仇，因而有不少以权谋私、贪污腐败的官员都对他恨之入骨，无不欲除之而后快。

有一年，明珠正在暗中与几个贪官较劲，结果反而被那几个贪官联合起来反咬一口，陷害明珠贪污受贿，而且证据“确凿”。他们纷纷跑到康熙皇帝面前告状，要求将其弹劾下狱。

康熙对明珠一直颇为信任，虽然他从心里不相信明珠是这样的人，但看着那一项项明明白白的“证据”，康熙也只能依法办事，将明珠收入监牢。如果不收入监牢，以后就不能服众了。但收入监牢后，康熙也一时半会儿想不出该怎么样保住明珠。

明珠眼看自己就要面临身首异处、家破人亡的下场，这时，他想到了一个办法——通过他的政敌来救自己！

明珠因为平日里人缘极好，所以哪怕是身陷囹圄，看守的牢头们依旧对他恭恭敬敬，只希望能帮上他一点小忙。于是明珠就让其中一位较为可靠的牢头传话给自己的政敌，说自己身上还有一件大事，那就是谋反！

牢头听后吓了一跳，别人进狱，都忙着为自己辩解，哪有反过来踹自己一脚的？但他寻思着明珠既然要这样做，那就一定有他的道理，于是就悄悄找到了明珠的政敌那里，告诉他们明珠一直在准备谋反。

明珠的那些政敌一听到这事情，可乐坏了，他们就盼着能早日把明珠给整倒呢，现在碰上这么一个好时机，哪能错过！于是纷纷附和，上书攻击明珠。然而，康熙听到这件事后，会心一笑，心里明白了一切。他并没有大规模地调查，而是装模作样、草草地调查了几下，然后以查无实证的名义断了案。并且，通过这一次，康熙还把明珠那些“贪污受贿”的事情一把全揽到了自己身上，他对百官说：“那些所谓的贪污证据，其实是我派人暗中设下的，我的目的不是要陷害明珠，而是要看看朝廷里到底有没有一种相互监督的好作风！”

康熙接着就下令把明珠无罪释放了出来，明珠得救了，而到这时，那些贪官还没有搞明白这究竟是怎么回事！

原来，康熙虽然没有办法证明那些证据是别人陷害明珠的，但他依然深信明珠是被人陷害的，也正因此，他才迟迟没有处斩明珠。而正在这时，那些陷害明珠的贪官又告他“谋反”，要知道，谋反可不是一两个人的事情，必然会牵扯到明珠的政友们。明珠在朝廷里人缘好，威望高，一旦查起来，人多势众的“明派政友”为了保住自己，必然要下死力保住明珠，这样一来，皇帝就要与整个“明派政友”对抗。

皇帝当然不怕手下的这些官员，但是朝廷里一直是“两势相当、相互牵制”的局面，如果将“明派政友”连根拔起，那就必然造成另一股势力独大的局面，甚至会动摇皇帝的根基也未可知，这是康熙无法接受的结果。所以康熙刚好趁此机会保住明珠，以平衡朝廷力量。当然，康熙把“陷害”一事以“测试”的名义揽上身，他也绝对没有什么后顾之忧，因为没有一个人敢跳出来说康熙袒护明珠，谁说出来，谁就等于是在揭康熙的短！从那之后，明珠又回到了康熙的身边担任大臣，而且一干就是二十年，直到去世。

老厂长这个时候为什么给我讲这个故事，开始我还一下感悟不出来，也没有刻意去琢磨这个故事到底想说明什么。

过了三天，王广舟带着美女老师，拿着她认罪的签名笔录，交到她姐姐的手上。而美女武警带着厂医，拿着他无罪释放的证明，交到当初抓他的人手上。

得知这个结果，王广舟才知道上了我的圈套，跺着脚大骂道：“×你娘的！”

……

但一切为时已晚。与此同时，谢秘书多少有点幸灾乐祸，因为把美女老师抓走，少了这个情敌，她就可以稳坐厂长太太的宝座了，这一直是她的一个心病。

在这里，她首先要感谢的是王广舟副书记扫清了她情敌中的又一颗地雷。

而那个不按套路出牌的厂医，美女谢秘书压根儿就没有把他放在眼里，如今他出狱对谢秘书来说最多是——多了一个政客，对她来说感觉不出放虎归山的恐惧。

在未来路上，明里有厂长未婚妻的光环，暗里又有王副书记的关照，她还有什么可怕的？

美女谢秘书无疑十分得意，她期望的就是这样的结局：

“宁可多一个政客，也不要多一个情敌。”

既然这事是我与王广舟的博弈，涉及面不是很大，所以这事，在万人大厂中得到平息，却在美女谢秘书心中又荡起爱的涟漪。

厂医回到企业，我知道他未来的路必定会充满艰难险阻，所以建议他改行到古砖瓦研究所工作，他说需考虑两天。

隔日，当他得知是我给了他第二次政治生命时，早已痛哭流涕，万分感激。他深知自己要在这个企业混下去，未来的路一定不会轻松。

一想到这些，厂医仍感到不寒而栗，所以他觉得，还不如趁这个时候赶紧改变一下自己的生存环境：

“也许我不是为人治病的好医生，那就去做医治古砖瓦的医生，也许这是我的生路。”

事实上，医院接触面太广，厂医属于公众人物，这时转行到古砖瓦研究所，接触面大大收缩，更有利于他轻松地活下去，同时也满足了他继续当“医生”的愿望。

“在哪里倒下，就从哪里站起来！你治不了人病，古砖瓦的‘病’总要简单些吧？”我对厂医的决断表示同情与支持。

没有想到厂医是一个痛快人，满腔热血沸腾，立马拍板“转行”。

我私底下想，他会在王广舟面前犯那些低级的错误，一定是故意装傻，其实是想保护我。对于这样的忠诚，从我个人的角度，当然要滴水之恩，涌泉相报。

这天，我们交流了许多。我发觉厂医还真是一个人才，他对有些问题，比我看得还深还远……

后来的工作，也证实了将厂医放到研究所是正确的，他将古砖瓦作为生命体对待，根据尤师傅留下的第一手资料，与团队人员精诚合作，很快就成功拿出了古砖瓦小样，接着进行中试。那次在研究现场我们又一次相遇，他兴高采烈地对我说：

“可见中国不缺工匠精神，缺的是对工匠的尊重和敬重。”

我没想到他到研究所工作没几天，马上打开了局面，工作有了突破，思想有了飞跃，我笑说：

“怎么让我感觉，‘士别三日，当刮目相看’！”

“哈哈——”

这是我第一次见到厂医的笑脸，虽说笑得十分勉强。

的确他也有自己的苦恼，虽然到研究所工作没几天，但他很快发现这不是一件好差事。

“虽说我国是非物质文化遗产大国，但许多非遗的生存境况十分恶劣：有技术没传人、有意识没能力、有手艺没新意、有产品没市场……一些非遗传承人只能守着政府补贴，眼见流传了上百年的老手艺难以承续。”

听他说了这么多难处，我对厂医说：“这就是我当初要极力将你派过来的原因，现在可以讲明了，让你来不是来守摊子的，而是希望你能在商业上多做一些探索。”

顿时，他深感责任重大起来。

“是的，咱们国营企业，不能总捧着铁饭碗，得靠自己养活自己。”

也许这是医生“救死扶伤”医德的坚守，当厂医话一出口，我的眼睛被厂医说得一亮，他好像已经找到了企业的病灶，等待对症下药，这时我提醒道：

“古砖瓦研究按单兵作战，单点突破，一时红火，可能难以从根本上解决问题。”

我这么一提醒，立刻打开了厂医的话匣子，他立刻兴奋不已：

“我发现目前我国非遗的状态大致分三类：一类是因为种种原

因已不适应现代社会，可以作为历史记录进入博物馆；一类是如今仍具有较强生命力，传承得较好；还有一类则是现在活得不好，但可以通过开发重新进入现代生活。”

听着厂医的分析，我豁然开朗。不知是不是高明的医生都这样，将病毒起因一层层地寻找出来，然后再配药打针，厂医将非遗的情况也分析得清清楚楚。现在看，古砖瓦可以归入最后一类非遗，在我们企业具有很大的潜力和空间。

我马上接过话茬，觉得还有些为难地说：“非遗在国外是文创最重要的资源之一。目前制约我们企业非遗产业化的瓶颈，主要是生产规模化的困难。因为非遗产品多需要手工制作，单件产品往往耗时久、成本高，很难批量生产。”

听我这么说了之后，厂医似乎发现了什么新大陆，赶紧抢过话题：

“让企业加入非遗传承开发，推行规范的现代化管理方式，应该是有戏的。”

其实，厂医的话，我们通俗一点来讲，就是企业通过规模化大生产，让古砖瓦制作技艺真正走进百姓日常生活。这是目前研究所需要突破，也是企业正在寻求的事。

在手工作坊时代，一个师傅带着几个徒弟，产品质量很好把控；如今作为企业，生产量大了，怎样保证产品不走样呢？这么说来，厂医的话如医生搭脉，一下找到了企业的病灶，顿时我脑洞大开：

“原来古老技艺与现代生活并不是对立的，关键要看能否找到合适的商业模式。”

所以在这个时候，传承并非一成不变，可以尝试创新设计和工艺，开发出更符合当代审美的新产品。这应该成为我们企业的制胜武器！

这真是踏破铁鞋无觅处，得来全不费工夫。这个心结突然被打开，除了天时地利人和之外，我还想到了雨和瓦、水和砖的自然和谐，这才终于给我们企业设定了一个终极目标——

“作为一厂之长，只有想方设法让有工匠精神的人，在社会上活得体面，有尊严，才能让‘久居深闺’的非遗项目为企业造血。”

这可谓大历史，小工匠，择一事，终一生吧。

第十四章　“包二奶”

这几天，美女谢秘书工作如鱼得水，更是像天使一样快乐。

从心底里，她除了要谢王广舟副书记，还是要谢王广舟副书记。她知道没有他的高招，就没有她现在的情场得意。

因为他以最简单的方式，也是最致命的手法，帮她扫清了眼中最后一个情敌——那个追逐厂长不休的美女老师。

而我对这事喜忧参半，喜的是把厂医救了出来，忧的是美女老师被不明不白安上“莫须有”罪名。

为什么王广舟挖坑，而我明知是计，却不分青红皂白，抢着往下跳？

难道我不知道这是要以鲜血，甚至要以生命来做代价的吗？

这几天，人们见我总是魂不附体，眼神特别忧郁，偶见笑容也是特别惆怅……是的，有谁知我内心的痛楚呢？

时间如流水，再想想自己走马上任已大半年，真的不清楚自己做了些什么。

反之又觉得，事事不顺心，处处遭不测。

对此，我也不断自责：“是国营企业固有的体制问题，还是自己缺乏驾驭能力，或是工作方式方法有问题？”

以前，对于这些问题，我几乎没有时间多想，就知道成天忙忙碌碌，事必躬亲，俨然成了企业的一个救火队长。

待回首时，这才发觉自己好像什么都没有做好，甚至什么都没有做……

想着想着我不禁长长叹了一口气，我深知国营企业厂长不是终身制，如何在有限任期内多做些有意义的事？这时我不知怎的，想到自己在厂长岗位上最后的遗产问题，到时能留点什么东西呢？包括后人会怎么评价自己呢？

应该说，或许这不该是我这个年龄的人去考虑的事。如此一想，又令我不寒而栗。

带着如此沉重的负担工作，人迟早会崩溃的。这不，这天我的身体彻底崩溃了，高烧到了四十多度，烧得时不时地说胡话。脑子里全是那些不着边际的胡思乱想。

多亏谢秘书及时发现，在第一时间将我送到厂医院。

我也不知是什么时候醒来的，一见在医院，我就埋怨起谢秘书：

“为什么要送我进医院，我身上的病毒太多了，也许只有高烧才能拯救我！”

谢秘书听我这么一说，只知道流泪，过了许久才安慰我道：

“别傻了，你做的事可能都没错。或许，只是没有遇上正确的时间……”

我第一次听到有人这样忠告我，片刻让我对眼前这位美女秘书刮目相看。这时我私底下又自责起来。

“难道我真的遇上了一位好姑娘吗？”

我自言自语，可我又总是不敢直视她，假如她真的是这么好的一位姑娘，那我是不是得转变一下自己的态度？

在这个问题上，我一直质疑她。我从没有主动拉过她的手，更别谈有什么拥抱、亲吻等过激的举动，难道这就是八十年代的爱情？

可惜我现在烧得太厉害，我多想看看她，但我的眼睛就是睁不开……

而那位刚出狱的厂医，也是第一时间赶过来看我，抢着帮我看病抓药，我谢绝并批评他：

“这里不应该看到你的身影，古砖瓦研究所那里才是你的阵地。”

厂医伸出手放在我额头上，发觉那不是高烧烧出的胡话，他含着泪连连点头：

“是！”

我又与他约法三章：“谢秘书现在是我的女朋友，希望你们之间的过往永远翻篇……”

厂医在谢秘书转身拿药的时候，俯到我耳边嘀咕道：

“谢秘书不值得你信任。”

听到谢秘书的高跟鞋声音由远而近，我故意大声说：

“我最爱谢秘书，希望今后你要多尊重她。”

厂医到底是明白人，他知道我是有意说给谢秘书听的，见谢秘书已像风一样来到跟前，他立马改口附和道：

“谢秘书，厂长在夸你呢！”

谢秘书自那场雨夜风波后，很讨厌厂医这种不按游戏规则出牌的人，所以，她一语双关地冲着厂医说：

“对一个高烧病人说的话，千万不要过于当真。”

厂医听到这话，跟着哈哈笑起来，他十分知趣识相，这里不是他久留的地方，忙打招呼说：

“不打搅厂长休息了！”

厂医说完话，旋即快速离去。

我在病房休息到下午，这时来人叩开病房的门，我见是省主管厅局的人事处长，忙从病床上一下蹦起来：

“呵，处长，怎么惊动你们了？”

“我们是来落实你厂今后三年的承包工作的。”人事处长一笑。

我觉得很奇怪：“这么大的事，怎么没有人通知我？”

谢秘书赶紧凑过来说：“早上我接到通知，碰到王广舟副书记，他让我暂时别告诉厂长，说让你安心养病……”

我不待谢秘书说完，感到比高烧还难受，火冒三丈说：

“你们真是乱弹琴！”

我立刻调头问处长：“现在会议到了什么阶段了？”

人事处长不紧不慢地说：“会议才开始。得知你生病，厅长打发我先来慰问一下你。”

我不好意思地说：“多谢领导关心！”

我边说话，边拔掉打点滴的针头，朝着谢秘书狠狠地瞪了一眼，接着执意去参加会议。

这时人事处长劝我道：“不要硬撑，身体要紧。”

我苦笑了一声：“省局领导千里迢迢上门，我一厂之长还有什么理由躺在这里？”

路上，我小声问起人事处长：

“今年时间都已经过半了，这承包工作还要搞下去？”

人事处长提醒我说：“这次承包工作，是一订三年不变，涉及企业责、权、利，省局经过再三酝酿斟酌确定的。”

我们不声不响地走进会议室，承包专题会议正讨论得热火朝天，我找了一个空位，悄悄坐下。

只听到厂里几位老领导认为省局承包方案有“鞭打快牛”之嫌，正在争执。

王广舟反倒胸有成竹：“我坚决拥护省局方案，虽然承包基数偏高，但这像摘桃子，逼你跳起来才能摘到！”

他的话音未落，就有少数几个人喝彩。

这时，我不紧不慢站起来：

“我不同意！”

人们这时才发现我不知什么时候走进会场的，惊讶地看着我。

我说：“王副书记的话听听很有哲理，但对一个百年老厂，除了火葬场没有，其他什么都有的老厂不适用。”

我先强调了承包经营责任制是国营企业中经营责任制形式的一种。它是在社会主义公有制的基础上，按照所有权与经营权适当分离的原则，通过承包制，确定国家与企业之间的责、权、利关系，使企业实行自主经营、自负盈亏的经营管理制度。

但是，我们企业底子薄，负担大，成本高，技改任务重，我将一个个数据说给大家听后，这才强调了“两自”问题——自主经营和自负盈亏。

如果企业最终自主与自负都失去了，势必落得个杀鸡取卵的下场。

我建议在不违反国家承包经营责任制的前提下，按照“双保一挂”的基本形式，即企业保证完成承包合同确定的上缴税利，保证用自有资金完成国家确定的技术改造任务，工资总额与实现税利挂钩。

同时，要求省局对我们的上缴利润由递增包干改为基数包干，超收分成。分成按固定的比例，或按不同的档次确定不同的比例。

……

这时，党委黄书记接过我的话：

“我再补充几句！”

黄书记在充分肯定承包制的基础上，希望“包”字落地，一包就灵，而不是一包就死。

他又说了一些数据，作为对我的意见的补充……

省局领导听了我们有理有据的分析后，拍案道：

“这些年来，中央认为现在我国经济管理体制的一个严重缺点是权力过于集中，应该有组织地大胆下放，让地方和工农业企业在国家统一计划指导下有更多的经营自主权。这是当前我们企业改革的一条主线。”

省局领导的话一落地，就赢来一阵掌声，省局领导又意犹未尽地说：

“所以我很赞成刚才厂长和书记的数据分析，咱们承包最终目的是要让这个百年老厂辉煌起来，而不是给这个百年老厂养老送终！

“我们的承包经营责任制，必须有利于企业所有权与经营权分离，有利于推进技术进步，有利于国家财政收入稳定增长。所以，实行承包经营责任制的一个关键问题，是合理确定承包基数。”

由于厅长一锤定音，企业与省局的对峙很快缓和了下来。接着省局与企业重新商定了最终承包方案，最后我提笔在上面签下字，这时省局人事处长正式宣布：

“我省首家建材企业承包与扩权试点正式启动。”

不知是谁事先准备好的，顿时大小鞭炮齐鸣，整个场面既庄严又热闹。

此时全场只有王广舟一脸的灰溜溜，其实他应该自信一点，在会场讨论的时候，说对说错都无妨……

王广舟为什么要谢秘书阻止我参加这么重要的会议？是怜惜我生病，还是黄鼠狼给鸡拜年？我不想过多猜测，这里面一定有不可告人的名堂……

好在我是一个大度的人，通常不会把人往坏处多想……

这么看来，我是不是要好好谢谢王广舟副书记才对？想到这里，我傻傻地一笑。现在我得赶紧集中精力，趁省局领导都在场，既算是一个表态，也算是与企业班子人员约法三章：

“这次我们企业成为‘全省试点’之后，我们企业内部将立即启动‘三个百分之百’新的管理法，即每个员工都必须百分之百地执行规章制度；出现违规违制，都要百分之百地登记上报；不管是否造成损失，对违制者要百分之百地扣除当月全部奖金。”

也许这个管理法，在今天看起来有点滑稽可笑，但在当时还是多少给人耳目一新的感觉。那时企业纪律涣散、无章可循，这个“约法三章”的出台，也使企业的生产秩序迅速恢复，职工的积极性一下子迸发出来。

……

同时，这样的做法又给人一种误读，仿佛改革是一夜就能够成功的。

当时全国许多企业管理者有一种幻觉，以为国营工业企业的痼疾是内部管理的无序和自主权的不足，只要解决了这两个问题，在产权不变的情况下就可以完成改造。

省里总承包方案尘埃落定之后，为了进一步落实中央扩大企业自主权的政策，我在企业内部又实行了层层承包分解法，即“包死基数，确保上缴，超包全留，歉收自负”。

我自认为，这是在当时条件下，落实中央扩大企业自主权政策的一个重大创新。虽然仅仅十六个字，但字字千斤，掷地有声。在企业产权不变的情况下，有利于厘清企业与国家的关系，先进性毋庸置疑。

当然，问题也很明显。就是在企业完不成任务的情况下，能否做到“歉收自负”。

因为人都有一种惰性，赚了沾沾自喜，亏了垂头丧气，通常不太愿意为亏损买单。这也成了后来有人追究我的责任的一个借口，或罪状……

不久大家都尝到了承包甜头，我决定趁热打铁，彻底将企业传统建材产品转移出去，置换出空间，集中精力开发研制更多的新型建材。开始将对江南那家乡镇建材企业的做法，复制到更多的省份，计划联营合作办厂五十家。让分厂中的全部中层干部，每个人承包一家乡镇建材企业。

怎么做？那天，召开了全厂中层干部大会，我开门见山：

“借今天干部大会，首先我检讨前些日子，我没有将企业几位技术人员留住，这是我们企业的重大损失。

“我知道，台下还有不少的人被乡镇企业私下邀请为顾问。前几大，省局与我们企业签订了承包责任书，我悟出了一个道理：只有在制度上创新，才能留得住人！

“今天请大家来，就是希望大家为了乡镇企业建材的发展，今后不要再偷鸡摸狗。确切说，就是要让你们这些厉害的工程技术人员——都想当老大的人，有当老大的机会，同时我还要投给你们钱，让你们理直气壮去干！”

这时台下响起雷鸣般的掌声，也许这是中国长期企业荒的压抑之后，渴望挣脱带来的一种冲天激情。

紧接着我请江南山区里的乡镇建材工业区的吴一荣厂长上台，算是进行现身说法。我这么介绍一点不为过，几个月前他的企业遭遇一场大火，为了重整旗鼓，他不惜重金，从国营企业挖到人才，走上了如今再投资再收益再脱贫的致富之路。

吴一荣两眼眯得像一根线，嘴角长着八字胡子，走路一拐一拐的，看这外形谁都不会把他往好人方面想。站在台上的他，讲了一通他的发迹史，引来了不少的喝彩。

乡下人就是乡下人，吴一荣最后说：“国营企业与省局承包，你们吃的是头口奶，乡镇企业傍国营企业大腿上，算着是‘吃二奶’。告诉你们，如今能吃二奶的，拼的就是实力！”

吴一荣的话引来台下起哄，又引来一阵阵大笑声……

我赶紧冲上台，夺过话筒：

吴一荣厂长的话，句句都是大实话，但他的比喻不贴切！

吴一荣在江南这个乡镇建材企业的成功，我觉得一件很重要的事就是，你要学会制定目标，如果实践检验这个目标是对的，就要锁定，并为之全力以赴；如果你的目标是错的、不符合时宜的，就要更改。只有这样，你才有可能到达生存之境的巅峰。

反过来说，即使你能力超凡，才华横溢，如果你不把你的能力放在你所制定的目标上并一直坚持下去，那么，你的能力就不会被世人所发觉，更不会取得相应的成绩。

我在这里把拿破仑抬出来，拿破仑的名字大家都很熟悉，但是很少有人知道他年轻的时候，由于生活贫困灰心到了极点。

这一点，很像我们吴一荣厂长，贫穷几度使他差点儿放弃追求，成为一个“普通人”。

当时，拿破仑的父亲是一个极高傲但又穷困的科西嘉贵族。父亲送他进了一个在布列讷的贵族学校，在这里与他往来的都是在他面前极力炫耀自己富有而讥讽他穷苦的同学。

后来他实在受不住了，写信给父亲，说道：

“为了忍受他们的这些嘲笑，我实在疲于解释我的贫困了，他们唯一高于我的便是金钱，至于说到高尚的思想，他们是远在我之下的。难道我应当在这些富有而高傲的人面前谦卑下去吗？”

“我们没有钱，但是你必须在那里读书，而且一定要超越他们，因为这是你的目标。”父亲回答说。

从此，每一种嘲笑、每一种欺侮、每一种轻视的态度，都使他增强了决心，他发誓要做出个样子给他们看看，他确实是高于他们的。他是如何做的呢？

这当然不是一件容易的事，他一点儿也不空口自夸，只在心里暗暗使劲，决定把这些没有头脑却傲慢的人作为桥梁，去获得自己的技能、财富、名誉和地位。

在他十六岁当少尉的那年，他遭受了一个打击，那就是他父亲的去世。在那以后他不得不从很少的薪水中，省出一部分来帮助母亲。当他接受第一次军事征召时，必须步行到遥远的发隆斯去加入部队。

等他到了部队时，看见他的同伴正在用多余的时间追求女人和赌博。而他那不受人喜欢的体格使他没有资格追求女人；同时，他的贫困也使他不能参与赌博，于是他改变方针，用埋头读书的方法，去努力和他们竞争。读书和呼吸一样是自由的，因为他可以不花钱在图书馆里借书读，这使他得到了很大的收获。

通过几年的用功，他读书时所摘抄下来的记录，经后来印刷出来的就有四百多页。

他想象自己是一个总司令，将科西嘉岛的地图画出来，地图上清楚地指出哪些地方应当布置防范，这是用数学的方法精确地计算出来的。因此，他数学的才能获得了提高，这使他第一次有机会展示他的能力。

长官看到拿破仑的学问很好，便派他在操练场上执行一些特殊的工作，这是需要极复杂的计算能力的。他的工作做得极好，于是他又获得了新的机会，开始走上通往权势的道路。

这时，一切的情形都改变了。从前嘲笑他的人，现在都拥到他面前来，想分享一点儿他得的奖金；从前轻视他的人，现在都希望成为他的朋友；从前讥笑他的人，现在也都改为尊重他。他们都变成了他的忠心拥戴者。

除他的才能之外，是什么力量使拿破仑成功？是什么力量使拿破仑的生活有了如此的改变？就是因为他能够面对贫困，这促使他制定了伟大的目标，同时将嘲笑和轻视化作无穷的力量，对目标执着地追求。

能够锁定目标并全力以赴，我们的目标就绝不会沦为一个缺乏行动的空想。

也许有人会说，为什么同样有目标的人，有的人成功了，有的人却失败了？那是因为在为一件事做准备时，不但要制定明确的目标，更重要的是要始终专注于这个目标，不能因为其他事情的出现而分散自己的注意力。如果你今天想成为一名营销高手，明天想成为一名管理专家，后天又想当一名出色的设计师，最终的结果只能是得不偿失，你的准备工作很可能前功尽弃。这样，显然无法把接下来本应该做得很好的工作完成得令人满意。

一个人要想有建树、有成就，就要敢于给自己立高标杆。要敢于重用自己，敢于承担责任，勇于独当一面，有战胜一切艰难险阻的决心，敢于排除前进道路上的一切障碍，敢为人先，心中只有一种信念：别人能做的，我也能做到；别人做不到的，我还能做到。

千言万语汇成一句话：一个好猎手的眼中只有猎物。拿破仑的故事无疑给我的人生带来无尽的启迪。

……

不久之后，我在整理日记时，发现了我曾经给一家国家级媒体撰写的一篇文章里有这么一段话：

“对于这样的承包制改革，实际上每次都成了企业与政府的有关部门不断讨价还价的过程。这在当时卖方市场，商品极其缺乏的年代，在一个垄断性的建材企业，在需求日渐旺盛而企业内部机制改变的情况下，经济效益越来越好应该又是必然的。”

随着 1984 年承包制的加快推进，我们企业效益的确是月月有长进，政府有关部门对企业利润愈来愈眼红。一开始，企业利润的承包基数是百分之三，后来上升到百分之五，再后来又上升到百分之七。

因为上缴基数的不断递增，这个时候双方矛盾也就越来越大，直到 1984 年第三季度，矛盾终于激化。企业所在地财政部门下达通知，要求我们企业补缴五千万元的利润。

收到这个通知，我就有点不以为然，为什么就要我们企业补缴呀？我拒不执行，财政部门当然也不是省油的灯，强行扣掉我们企业账上的两千万元资金。常言说，胳膊扭不过大腿。对主管厅局的做法我也无力对抗，于是，我斗胆给国务院和中央领导写信，信内讲：

“如果让我们缴五千万元，企业正在施工的技术改造工程、住宅和福利设施工程只能立即停下来，职工按原包工和挂钩办法已拿到的工资奖金一部分也要退回来，而且四季度职工的工资也无法支付。”

没有想到两周之后，中央领导的批示下来了，明确建材总厂的承包办法一切不变。

这事极大鼓舞了企业员工承包工作的积极性，而这年刚好是我所在企业建厂百年大庆，我张罗着通过厂庆来提高我这厂长的地位与权威。其中一项内容就是在厂门口建一个雕塑，以此塑造企业对外形象。

这天，我叫来谢秘书，问她：“本省最大的神鹰雕塑尺寸是多少？”

她说前些日子让人了解了：“是六米。”

我又问她：“全国最大的神鹰雕塑尺寸呢？”

她说：“是十二米。”

这时我毅然决然地提出：“那你通知基建处，在厂大门前，用我们的建材产品，建一个二十四米的神鹰展翅雕塑。”

谢秘书用她诗人的浪漫表示支持和认可，建议将建材产品作为工人手上放飞的神鹰，底座是青砖筑起的万里长城，用瓦片拼接成一个鹰的造型，鹰在大自然中自由自在高傲地飞翔着。

……

很快这座厂雕建好，成为当时轰动中华的第一神鹰。

揭幕的那天晚上，有人看到王广舟副书记与谢秘书躲藏在雕塑后面亲吻。后来有人给这个雕塑取名为：

“包二奶。”

“亲吻”这事是真是假后来也没有人去考证。但“包二奶”这个不雅的称呼，很快是十传百，百传千……在大江南北扩散传播着。

一个国营大工厂的企业荒还没有渡过，又弄出了一个“包二奶”，你说难听不难听？

第十五章 “三花”烂漫

1984年，企业雕塑成了当时一些有实力企业追逐的时髦，而“包二奶”这样一个外来词，对于内地许多职工还是十分陌生的。

人们甚至不知道这是褒义还是贬义，反正人家都这么喊，大家也都跟风喊，以为这是一种时髦。

“包二奶”这一伤风败俗的说法，让主抓企业思想政治工作的党委黄书记觉得丢尽了国营大企业的脸面，肺都气炸了。

当有一天人家将一个堂堂国营企业，改叫“包二奶”企业时，你说你是不是觉得无地自容？

到了这一最危险的时刻，书记必须挺身而出，尽快制止这类负能量的东西泛滥。

事不宜迟，黄书记决定先约谈王广舟副书记。

没想到王兄非等闲之辈，用老百姓的话说，是老甲鱼。当黄书记找到他时，他一口咬定，只是与谢秘书有私人交往，保证没有过激行为，并向黄书记叫板说：

“书记，冤枉啊。”

“冤枉什么呢？”黄书记寸步不让。

王广舟是个很能演戏的人，这时他是一把鼻涕一把泪，说：

“那天，我走到雕塑旁，刚好碰到谢秘书。我们只是说了几句话而已……”

“还有吗？”

“向毛主席保证，什么也没有了！”

“呵呵——”

后来，黄书记约谈谢秘书，他改变了策略，直接以同情弱者的语气说：

“小谢呀，你还年轻，又是我们企业的培养对象，我们必须让你的成长少走弯路。”

漂亮聪慧的谢秘书明白黄书记话语的用意。加之书记苦口婆心的忠告，一下触到了谢秘书内心的痛点，她突然痛哭流涕，毫无保留地统统倒了出来：

“与王广舟副书记，我们一直保持着不正当关系，他答应要娶我。”

“之后，怎么变了？”

“后因他老婆死活不同意离婚，所以他不得不把我整体包装甩给厂长。”

“为什么？”

“想以对厂长的高攀，来安抚我！”

说到这里，谁都不好意思再听下去了。王广舟的做法很滑稽，有点像我之前在全国厂长统考班上说到的案例，而这对我无疑又是一个莫大的讽刺。

没几天，黄书记从省城开完会回到厂的第一件事，就是约谈我。开始我很抵触，“包二奶”事件跟我毫不相干。我直截了当地回避说：

“谈这事儿，我真的没有时间。”

“那我们谈工作呢？”

“这个可以有！”

“哈哈。”

在书记面前，我的话没轻没重，就像一个小孩子，好在他对我也从不计较。

所以，书记一见到我，就直言不讳：“天要下雨，娘要嫁人，听天由命吧！”

我知道书记是指我与谢秘书的关系，这事可能已经让他操碎了心，现在也令我心灰意冷。我向书记苦笑了一声：

“一开始我就觉得我与谢秘书的恋爱，有点过于戏剧化的味道。现在一切都让它过去吧！”

说了这些话，我还是不忘感谢黄书记的关心，接着又是一声叹息并建议说：

“下面我们只谈工作，不谈个人琐事。”

这时，书记倒实话实说起来：“唉，没有小家哪有大家，希望你能正确对待。不过，今天我真的另有大事。”

这时书记抿着嘴冲我笑，他说此时此刻，他想到毛泽东老人家一句诗：

“待到山花烂漫时，她在丛中笑！”

我不断地重复着老人家的诗，多么浪漫，多么美妙……

但我对书记又是一阵苦笑：“别笑话我们小字辈了！”

说到这里，书记倒言归正传起来：

“此‘三花’烂漫，非山花烂漫。”

这时他才一五一十地将这次省城会议情况告诉我，特别是省里领导非常关心我们这些老的国营企业的发展，拿出了三个项目，让我们选定一个参与：

“一个是省城要建第一高楼，一个是援建西藏大庆工程，还有一个是援建南美洲的圭亚那工程。”

老实说，在那个企业荒时代，国营企业是政府亲生子，常常会得到政府更多的支持和帮助，而乡镇企业和政府什么关系都没有，只能靠自己闯天下。

原因是当时思想认识上存在极大差异，人们习惯性地认为支持国营企业，就是走社会主义正道。而支持乡镇企业，通常理解是走资本主义邪道。

现在眼前这三个项目，选哪一个呢？也许都会首选参与建造省城第一高楼。这既有利于企业打品牌，又有利于营销企业产品，说不定还倒逼企业创新，顺势开发建材新产品，如此等等，想来意义重大。

对于这个问题，我这个人，总比其他人要多想一些。

我无意中发现，三个项目，一个省内，一个国内，一个国外。联系到 1984 年企业改革开放，正处于爬坡过坎阶段，我隐约觉得国营企业开放的脚步，正款款而来。

当然这个企业的开放是双向的。对内开放，就是要我们打破长期以来国内封闭和关起门来搞建设的局面。就是地区与地区之间，部门与部门之间，也很少基于市场的横向的交换和联系，全靠指令性计划维持生产和供给，由此产生长期的效率低下、生产落后、物资奇缺等种种计划经济的弊病。

而对外开放，企业过去吃够了封闭必然导致落后的苦头，要么就是对以苏联为代表的社会主义阵营一边倒，要么就是完全隔离在世界市场之外，这直接导致了从技术到生产到管理到理念等方方面面的落后。

此时我的大脑迸出一道闪电，封闭必然导致落后，莫非这是我们企业荒的根源……

想到这里，我朝黄书记一笑："我向书记提一条建议，我们企业可否统统争取拿下来？"

"这？"

我怕黄书记犹豫，就充满信心地说："要干，就要干出点名堂！”

黄书记听了我对企业对内对外的开放大思路，马上拍案叫好：

“你吃的是老百姓的饭，操的是中央领导的心。”

“哈哈——”

接着黄书记又补充了一句：“关于你的企业开放观，我是最有发言权。”

书记说他的老家在农村，农村的开放就是把农民从人民公社的体制中解放出来，有了生产和经营的自主空间，而农民的解放，使得农民有了进城打工、创办企业等创造财富的权利，从而在根本上，释放了数亿农民的活力和积极性，使得困扰中国那么多年的挨饿问题，在短短几年内迅速得以解决。

同样，我们企业要繁荣发展，必须融入世界经济发展趋势，积极参与全球经济治理和公共产品供给，提高我国企业在全球经济治理中的制度性话语权，而这必然要靠进一步扩大开放才能实现……

对于黄书记入木三分的分析，我当然全盘接受。而从黄书记身上，我发现我们企业的领导班子成员，多数都是半路出家，或许原先是业务骨干、技术能手，后来时势造化被推到企业班子中，他们从业务一把好手，到带领一个厂子，如此转换的确不容易。

见书记没有反对我的意见，我一下激动得站起来，紧紧地握着他那双既粗大又温暖的手。

长期以来，我有一种错误的理解，总以为搞建材的人与他生产的产品一样——傻、大、粗。

今天黄书记推心置腹的谈话，彻底颠覆了我的旧观念。所以，现在站在黄书记面前，我有点惶恐不安，现实亟待我重新认识企业，切实做好企业工作。

第二天，按照黄书记的要求，我直奔省城，向省领导请缨，为企业争取“三花”烂漫。

省领导得知我的来意，哈哈大笑起来：

“从省里角度，我们当然欢迎省属国营企业主动积极，或者说是捷足先登。”

我忙表示谢意：“谢谢省领导！”

“但是，像你们这样的国营大型企业，又是老企业，普遍负担很重。我不知道你们是如何进行企业结构调整的。”

我马上将我们企业 1984 年以来开展的几项工作，向领导一一做了详细汇报。省领导听后马上拍案称好：

“做得好，有些工作已开创了全省企业管理的先河！”

要知道在企业荒的年代，我们企业工作能得到省领导首肯，没有实实在在的成绩，是根本不可能的。

受到领导的当面表扬，我激动万分，马上站起来双脚立正，向领导敬了一个我当兵时的标准军礼！

这时领导明确告诉我，你们需要的这“三花”，真的不是企业赚钱的买卖，更多的是需要企业牺牲利益，来承担政府为社会服务的责任。为了打消领导的顾虑，我又趁热打铁把我与书记的想法，向领导交底，并表态：

“对于这个问题，我们已有考虑，谁让我们是国营企业？作为共和国企业的长子，只要国家需要，即便前面是地狱，我们不下谁下？”

省领导边听边连连称赞道：

“好！”

最后，领导终于松口答应，“三花”的任务最终也尘埃落定。

这无疑让我精神为之一振，顿时发现企业又走进了一个山花烂漫的春天，那就让我们大胆前行，不辜负任何一个远方……

回到厂里，我马上召开紧急会议，兵分三路，同步推进三个重大项目工程。很快三个工程方案出台，权衡利弊，最有挑战性的是省城第一高楼，用现在的经济学眼光看，其实就是造一个商贸综合体，这在 1984 年是十分超前的，对我们企业来讲就是如何提供合格的建材产品。

前不久，我走到大楼下，再一次仰望了这一高楼，虽然几十年过去了，它仍然是省城标志性建筑。

一座城，四幢楼，通过天桥和连廊，跨街连贯成一体，那就是省城第一个商贸旅游综合体——杭天大厦购物城。

这座集购物、酒店、商务、娱乐等多功能于一体的购物城，拥有齐全的商品品类、高档的国际国内品牌、优雅的购物环境、优质的高端特色服务，配套设施也非常完善，是一座真正意义上的全方位、多元化、多业态的大型购物城。

“先生，电梯来了，这边请。”

到购物中心底楼，首先遇到宾客助理微笑着为你指路、按电梯，马上给人到了五星级宾馆的感觉。

“我们的服务就是要做到让顾客高高兴兴地来，满满意意地回。”这幢大厦老总对我说。

“你们破天荒为我们造了一座这么高品位的大厦，我们在管理上绝不能拆你们的台。”

耳边突然传来这么温馨的话语，还是有点恍如隔世的感觉。杭天大厦引入五星级宾馆标准式的服务管理，员工的服装、表情、语言、手势甚至走路姿势，都有规范要求，做到“五要五不要”。

品牌服务员、宾客助理、贵宾客户经理……杭天大厦分门别类地设置了服务人员，开展个性化、人性化服务。光泊车员就有十来个，就连商场保安员也没有令人敬而远之的制服，而是一身西装，显得彬彬有礼、训练有素。

在寸土寸金的商场楼上，杭天大厦开设了省城商场的首个贵宾厅，内设休息区、“一对一”接待室，儿童商场开出杭州首家“宝宝 4S 店”，里面有孕妇休息室、哺乳室，洗手间设宝宝洗手盆、婴儿椅等。

谈到大楼与城市的关系，我一直认为，美丽的城市，需要高楼大厦来衬托。人们一到某个城市，往往要先看看高楼大厦，高楼大厦成为集中展现城市品质的一个窗口。

如今在全国城市一百多家单体商场销售额排行榜上，杭天大厦连续多年稳居单店销售、利润双料冠军。

杭天大厦已被国际同行称为中国最赚钱的百货公司之一，被澳大利亚蒙纳士大学列入 MBA 教学案例。

想不到一幢楼可以成就一大产业，这对制造建材的员工来说，是一种什么样的成就感？这真是一个奇迹！

世界大牌 LV 的老外高层也觉得惊讶，在杭天大厦一个三百平方米的“小门店”，一年可以做两个亿的销售额！

参与建设这幢大楼时，企业内部争议很大。现在回过头看，省城是一个充满生活品位的城市，讲究生活品质是这里最大的特点。杭天大厦作为省城的一个窗口，已经将大厦的建材制造者、建筑建设者、运行管理者的品牌文化，融入这一国际化大都市品牌中，从一个貌似无足轻重的身份标志，演变成现代社会中不可或缺的强大力量。

可以肯定地说，这是当初我们企业，想也不敢去想的事情……

同样，在 1984 年那个特殊年代的特殊环境里，青藏高原在今天许多人的印象里还是一个可望而不可即的地方。

偏远落后，交通闭塞，气候恶劣，物资匮乏。当然，不可否认的是，正是这种苍凉、阔远，让我们感受到了祖国山河的壮美、秀丽。

为了迎接西藏“二十年大庆”，中央决定，由北京、上海、天津、江苏、浙江、福建、山东、四川、广东等省市，按照西藏提出的要求分两批帮助西藏建设四十三项当前迫切需要的中小型工程项目，包括电站、旅馆、学校、医院、文化中心和中小型企业。

这些项目的投资除国家和中央部门已预定投资的外，其他都由中央给西藏的财政补贴解决……

那天，我作为援建企业代表，发现西藏拉萨街头，满目呆板、简陋、仓促而就的铁皮顶平房。如果登高望远，那铁皮屋顶在高原特有的艳阳下，放射出刺眼的炫光，很像一把把锋利的刀子。

中央政府决定“帮助西藏建设四十三项工程”，就是现代文明的迫切需要。

这些援藏工程，中央明确要求是“交钥匙工程”。所谓“交钥匙工程”，就是工程从勘测、设计、施工、安装到室内全套设备用具等，甚至还有使用人员在管理知识、技术操作上的培训，全部由承建单位包干。工程完工后，乙方只要向甲方交出一把钥匙，甲方便可以投入使用。

记得我走到布达拉宫，见到白宫、红墙、石阶、扶墙、檐口、金顶……我就已激动万分，与同事们很快就寻找到我们企业工程设计的灵感。

西藏体育馆，是我们在高原承建的第一座大型体育设施。内部设计要求是国内一流的现代化多功能设计：既可以进行除足球、水球、冰球外的各种体育比赛，又可以进行文艺演出，放映电影，举行大型群众集会……外部装修的形式必须体现西藏高原特有的民族风格。

西藏体育馆建设工程量非常大，建筑面积达八千平方米，座位三千一百个，比赛大厅跨度五十六米，大厅内高十二点五米，为国际国内最新高标准。此外，还有四千平方米草坪，三千棵树，一千七百个盆景的绿化美化工作量。

记得 1984 年 5 月 15 日，西藏体育馆正式拉开基础设施建设序幕。9 月 28 日，体育馆主体结构全面完工……

不久，西藏体育馆举行了竣工剪彩仪式。站在西藏体育馆前的广场，那典雅古朴的场馆庄严耸立，似乎与遥遥相望的布达拉宫娓娓叙说。而那组女排姑娘的雕塑，表明一个民族太需要一种拼搏奋进的精神。

场外有许多藏民绕着场馆，五体投地长时间叩头，还有一些藏民摇着经筒在转经。不知是不是巧合，我们脚下的这块土地，曾经是赛马场，每年的秋季，这里海螺号、锣鼓轰鸣，人们观看赛马、跑马射击和马术表演等。

如今，一个古老民族的灿烂文明与凤凰涅槃中的一个崭新民族同在，真的是“敢教日月换新天”。

出乎预料的是，西藏大庆的整个援建项目，实际有效施工期仅为二百八十三天。

中央一位负责同志在听取四十三项援藏工程情况汇报时，感叹地说：

“四十三项援藏工程的建设速度，不仅在西藏历史上是空前的，就是在中国建筑史上也是罕见的。请同志们查一查，看看在世界建筑史上有多少这样的先例……”

望着这一距离太阳最近的高原，那天拉萨的天特别蓝，拉萨的云特别白，拉萨的雪山特别苍茫，拉萨的海特别明亮，还有拉萨的经幡特别绚丽。难道这就是我们援藏企业的诗和远方？

企业走出省就有了如此收获，走出国门那又将是一个什么样的天地？

中国二十世纪八十年代的贫穷令人震惊，所以在打开国门后，人们面对国外的“花花世界”时受到的心理冲击是可以想象的。很多人都被外面世界的繁华震撼了，并彻底拜倒在地，丧失了追赶的勇气。

而我并不在乎外国人，因为中国历史也曾经辉煌过，中国人也曾傲立世界之巅，所以我不服气，敢于起来与外国人叫板，甚至胆大包天敢于起来追赶。我对我的员工说：

“能够被公派出国是非常令人羡慕的事情。是的，不仅可以领取固定的生活补助，回国时还能够购买免税商品。但我派你们出去，是要你们为企业、为中国企业争光的。”

也许，重赏之下必有勇夫。但南美洲的圭亚那，与中国相距万里，许多国人当时对这个小国家十分陌生。

这年，我们企业主要承担了圭亚那的成套建材设备制造，以及对当地企业的生产与管理工作，有力推动了两个国家的友好交往和共同发展。

由于路途遥远，当时我委托了分管技术的副厂长带队，全权负责圭亚那援建工作。援建若干年后，我曾出国到圭亚那进行过短期访问。

在圭亚那一位政府领导人的私人书房里，我意外见到众多与中国相关的书。除了一些中国城市画册之外，甚至还有英文版的《毛泽东选集》和《求是》杂志。

那位政府领导人告诉我：“我经常上网浏览与中国有关的新闻。”

对于圭亚那与中国的渊源，政府领导人如数家珍，娓娓道来：一百七十年前，就已经有中国人来到圭亚那寻梦。

当时，作为英国殖民地的圭亚那废除奴隶制后，种植园主迫切需要补充新的劳动力。英国政府于 1844 年颁布相关条例，从中国东南沿海招募劳工，从而开了中国人移民圭亚那的先例。

政府领导人认为，华人为推动圭亚那的政治、经济、社会和文化发展做出了巨大贡献。1966 年，圭亚那获得独立，首任总统阿瑟·钟就是一位来自中国广东的客家人后裔。在圭亚那六个主要民族中，华人尽管占人口比例不高，但仍是一个重要的组成部分。

那位政府领导人也有自己的梦想，那就是从中国的成功经历中获取经验，带领圭亚那实现发展。他还告诉我，从年轻时候开始，他就非常关注中国和中国的发展，读过大量中国领导人的著作和重要讲话。

他说："我希望能够学到中国领导人治国理政的办法。"

其实，圭亚那是南美洲比较小的一个国家，与巴西、委内瑞拉接壤，是南美洲唯一的一个说英语的国家。

一般的人可能不知道，加勒比共同体的总部就在圭亚那，它是拉丁美洲和加勒比海的一个桥梁。

当领导人得知，我就是中国那家著名建材企业的厂长，承担过援助圭亚那建材发展这一重大任务时，他紧紧地握着我的手感谢道：

"那是一次重要的事件，我们希望通过与中国的合作，能够带动更多中国人参加到圭亚那的经济建设中，帮助圭亚那实现发展的梦想。"

今天，离 1984 年越来越遥远了。而我国的水泥、玻璃、陶瓷这些传统建材的代表，其产量早已稳居世界第一。

当下国内产能过剩，也早已为人所知。但若利用好"一带一路"建设契机，可以化解一定程度的过剩与危机……

可见，当初我们企业"走出去"一小步，不正是为了如今中国"一带一路"文明的一大步？

对此不敢多想，但有一点我敢拍着胸脯说，时间如果可以倒流的话，我一定愿意再一次，用一个企业家的魄力和精神，去拥抱那个改革开放初春的阳光——

"待到山花烂漫时，她在丛中笑……"看来我们的企业也不是生来就是企业荒，一旦遇到土地、阳光、雨露，马上就会茁壮成长。

第十六章　操盘手

谁说中国的国营企业干不好？最近，手头上的几件事，做得干净漂亮，让企业顺风顺水，也极大地增强了我做好国营企业的信心。

这时有媒体要来采访，我虽然没有像别人那样对记者这一职业过于敏感或抵触，但在改革初期的中国，可能还是少说多做为佳。

记得在我走马上任时，爷爷还是把我当作孩子，他习惯用手摸摸我的头，提醒我一句话：

“在中国干事，切记出头的椽子——先烂！”

我不以为然地笑道：“我头上没有‘小辫子’，谁能抓得住？”

爷爷没有与我争执，见我的头发留得很长，马上提醒我：

“头发不要长得像强盗，一看就不像是一个好人。”

爷爷那个时代的人，干什么眼里都容不得半点沙子。这时只顾自言自语的爷爷，自己也忍不住笑起来……

其实，爷爷并没有说错。我也相信这句歇后语：出头的椽子——先烂！但在当下企业只有依靠改革才能发展的时候，即便前面是万丈深渊，作为一厂之长，我不下地狱，谁下地狱？

确切说，企业是一副棋，我们只是操盘手。

我一下记不清，是哪位外国哲学家说的：

“建筑是凝固的音乐。”

套用这位哲学家的话，我发现并觉得十分得意的是：

“建筑作为建材的下游产品，如果建筑是凝固的音乐，那么建材不就是这个音乐的操盘手吗?”

这句话，我品味了良久，又觉得建材还有过之而无不及。但对于操盘手这一比喻的发现，还是让我激动无比。

所以，当我的上万名员工，被我作为一个个音乐的操盘手培养时，他们对自己的职业，顿时感觉优越与伟大起来。

事实上，传统建材企业员工是昔日的“窑花子”，现在一个个都成了国宝级的秦砖汉瓦，在这样的企业工作，那可是一件无比自豪与荣耀的事。

这时管生产的厂长，再也不用发愁招不到人了，现在每个岗位都开始“香喷喷”……

那位死缠硬磨的记者，还是盯牢我不放：

“作为一个企业家，在一年不到的时间里，你是如何‘年轻有为’‘实绩显著’‘治厂颇丰’的?”

我摇头说：“我既不是什么企业家，也没有什么治厂之道。”

“呵，那不可能。”

“如果有的话，那就是我们的工人特别伟大。”

我实话实说，建材这个行业，谁都知道十分辛苦，但作为一厂之长，就是要在这些苦难中发现美，让工人们感到干这件事有价值，愿意跟着你，甚至愿意跟着你疯狂玩命。

于是，我特别喜欢把每个建材工人都当作音乐的操盘手，以至于每次看见别致漂亮的建筑，我都会忍不住拍摄下来。

在我的眼里，漂亮建筑与自然风光是一样的可贵，有着无可复制的美丽……

那些能够营造精致的江南园林的建筑师，那些在假山上盖小亭子的建筑师，当然也很了不起，但他们大概建造不出故宫和金字塔，更主持不了万里长城那样的浩大工程。

而好的建材产品，同样不容许瑕疵。工人制造高品质的建材产品，如同构筑一座宏伟而美妙的殿堂，哪怕有一块砖石不合格，都有可能埋下整体松动坍塌的隐患。

建材是建筑的重武器，其宽大的容量可以充分抒写生活画卷。一个建材工人要制造出好的产品，关键是要具有像土地那样的“宽广胸怀”。

胸怀宽广者，胸中有大沟壑、大山脉、大气象之谓也。要有粗粝莽荡之气，要有容纳百川之涵。此言不谬，但我以为还需要补充一点：要把建材产品制造好，光有“大”视野还不够，还需要“小”切口——就是要从小处入手，从细处把握，这需要工匠精神。

当然，要让工人愿意为社会创造更多财富，离不开各种激励机制。在1984年，奖励还受到许多条件限制，但我始终强调工人要为企业工作铆足劲，厂长必须为工人生活减负荷。

祸兮福之所倚，福兮祸之所伏。

这天分管企业财务的厂长，满头大汗找到我：

“不好了！我们企业的账户，被省财政部门封掉了！”

我赶紧问：“为什么？”

“听说，省财政有笔巨款通过我们企业账户走账，再转账到别人账户上。”

我被说得云里雾里，忙传话找谢秘书，她不在。那个时代还没有手机，找人最便捷的方法就是靠电话。我让企业总机直接将电话挂给财务处长，“嘟——嘟——嘟”，没有人接。总机找到同处另一个副处长，我让他跑步到厂长办公室。

转眼工夫，财务副处长上气不接下气地来到我办公室，我大声问：

“你知道企业账户被封的事情吗？”

财务副处长很惊讶地说：“一周前就封了，我们金处长没有向厂长报告？”

我一下汗毛竖起：“什么？！”

财务副处长将他知道的情况，一五一十向我汇报。省财政企业处分管我们省属单位的戚科长，老家是温州永嘉，他的同学在老家办了一家个体建材企业，急需一笔巨额周转资金。

我要求财务副处长说得更具体一点。

那是年初的一天，一大早，戚科长火急火燎地来到企业财务处，找到金处长要求帮忙：

“请帮我的老同学一个忙！”

金处长还与他开了一个玩笑：“一定是戚科长的女同学。”

戚科长也不隐瞒私情：“有过一段恋人关系。所以，我这才回避不了！”

“那需要我们怎么办？”金处长着急地问。

戚科长这才为难地说：“只要借你们企业账户走一下账。”

他说他好不容易通过省财政为老同学借到一百万元周转资金，但只有通过省属企业的账户，才能转入老同学的企业名下。周转时间为半年，届时再从我们企业账户归还到省财政。

听到这里，金处长愣了一下：

“这行吗？”

谁都知道，这个“移花接木”的做法，是严重违反财务纪律的。所以，戚科长又轻描淡写地说：

“好在仅是半年时间，这事我就不与你们厂长说了，你大处长挑一下担子。”

金处长为难地说：“厂长这段时间不在家，去参加厂长统考学习了。是不是请在家的哪位领导表个态，这样操作起来可能更加顺利?”

戚科长这时开口笑起来：“不瞒你说，我已找过王广舟副书记，他是老省级机关的人，我们沟通起来有共同语言，还是他让我来找你说一下的。”

一看戚科长就是会办事的人，只见他让金处长拨通王广舟副书记的电话：

“王副书记好！省财政厅企业处戚科长有点事，我向你报告一下。”

王广舟副书记在电话另一头马上指示说：

“不要说，我都知道了。我们省属企业一直离不开戚科长的支持，今天省领导是‘一方有困难’，我们务必‘八方予以支援’。”

王副书记把“省领导”几个字强调得特别重大。金处长还想多解释，早已被王副书记顶了回去：

“你们财务业务我不懂，但不要以为我们做政工的说话不顶用，你金处长今后要提拔重用，我这个管组织人事的书记，说两句还是有分量的。”

出于对上级部门领导的尊重，还出于王广舟副书记的压力，财务处金处长几天后就帮戚科长办好了一百万元资金周转手续。

这笔百万资金，在那个个体“万元户”还是凤毛麟角的年代，应该算是一个天文数字。

倒霉的是，戚科长那位我们谁也没有谋过面的恋人，六个月的还款时间到了，她竟然无法兑现。七八个月时间过去了，美女仍然没有下文。直到 9 月，省级财政那个窟窿无法弥补了，人们这才顺藤摸瓜，找这笔资金找到了省建材总厂。所以，立即将省建材总厂账户封掉，再将借款的戚科长昔日情人抓了起来。

听到这里，我彻底傻眼了，大声骂道：

“简直混蛋透顶!”

当务之急，我倒不是担心害怕戚科长被抓，拔出萝卜带出我们企业的人，而是担心企业账户这一封，猴年马月可以解冻？这样无休无止拖下去，最终要影响企业的生产经营。

要知道，资金是企业的血脉，血管没有血液，工厂生命危在旦夕，企业随时随地都会一命呜呼！

怎么办，怎么办？我让分管财务的厂长，火速到省级主管厅局求救。

……

祸不单行，时间推至 1984 年 10 月初，说有一股强台风，要从沿海登陆。

海边的人都知道，台风是我国沿海地区常见的自然现象，由于它的无法控制性和巨大的破坏性，常造成严重的经济损失和人员伤亡。

在交通方面，台风更易导致交通阻断，引发运输事故。因此，在台风季节，必须考虑应急措施，以预防恶性事故的发生。

必要时，制定应急对策。企业根据气象服务部门所提供的气象信息和指导，提前一至两天采取对应措施。

制定台风应急程序时，企业应急总指挥部需要根据预报的台风种类、强度、登陆点确定相应的应急行动措施。由于台风会影响工作、生活、交通等各个方面，因此，企业内每个部门都应在台风到来之前部署好应急行动，以保证人员的安全。

但出乎预料的是，这次是强台风、大潮水、大暴雨一起来，我们叫“风雨潮”三碰头，这样的话它所带来的灾害会更加严重，特别是沿海地区，很容易出现海水倒灌。

没几天，一场百年不遇的特大暴雨袭击了乡镇工业区，我们企业与吴一荣联营的那家建材厂危在旦夕，特别是龙卷风的洗劫，一时间砖瓦横飞、树木折断、房倒屋塌、断水停电，灾情不断。

职工们陷入慌张惶恐的境地。

“险情就是冲锋号，灾情就是动员令。”

厂长吴一荣得知灾情，心急如焚，他不顾那几天身体不适，冒着倾盆大雨，以最快的速度驱车赶往事发车间，第一时间出现在受灾职工群众面前。虽然他浑身湿透，形象无比狼狈，但很好地稳定了受灾职工的恐慌情绪，给他们打上了一针强心剂。

吴一荣信奉：“职工的安危，就是我们的安危。”

面对遭遇龙卷风损害严重的场面，面对突如其来的天灾造成的巨大破坏和全厂职工群众手足无措的混乱场面，吴一荣看在眼里，急在心里，但有一条原则，不能发生人员伤亡，即：

“一定要快速把干部职工组织起来，实施自查自救！绝不能出现人员伤亡！”

于是，他冒着如注的大雨，组成抢险自救突击队，进行临战动员：

“迅速查看最需要救援的人，快速检查厂内危房和用电线路，防止发生房塌伤人和触电亡人！”

随着吴一荣发出的一道道指令，企业干部职工纷纷投入到排险自救之中，及时排除险情、清理危房、转移人员，避免了人员和财产发生更大损失。

可见，百姓的利益大于一切。次日凌晨，随着持续倾注的暴雨，不少职工宿舍都进了水，而且水越进越深，形势危急。

吴一荣此时已感觉满身疲惫，浑身乏力，并且有些头晕目眩，他知道自己高血压犯了，应该喘口气休息一下。但一想到一厂之长的领导责任和眼前这严峻的形势，他内心深处油然生起一股责任感和使命感，激励他继续投入到抢险救灾工作中。

此时，厂内早已断电，漆黑一片，吴一荣就和厂干部深一脚浅一脚地逐户查看房屋进水情况，对屋内有积水但又不愿转移的人，耐心细致地做好说服工作；对少数职工因不满而说的牢骚话、抱怨话、责骂话，都笑脸相对；而对那些职工家属中需要转移而又行动不便的老人和残疾人，亲自动员救助，想方设法把他们转移到安全的地方。

经过不懈努力，吴一荣和厂干部先后动员并转移了上百名职工，转移完毕时，天已经放亮了。而吴一荣由于连续三天的抢险救灾工作，身心交瘁，他一屁股坐在一堆倒塌的砖瓦坯子上，说：

“我太累了，我真想倒地睡一觉。”

不待人们走到他的身边，他被秘书抓着的手突然松脱，头部朝着太阳升起的东方轰然倒下。

谁都没有想到，吴一荣由于突发性心肌梗死，永远倒在抢险救灾岗位上……而他始终坚守着“群众利益大于天”的信念，以一个“泥腿子”企业家的赤子之心，奋战在抢险救灾第一线，赢得了职工的广泛赞誉……

吴一荣突然因公殉职，作为协作企业的乡镇工业区遭遇龙卷风，表面上看属于不可抗拒的天灾人祸，但人们不难看出，这对我极力推进的企业转型升级改革，可能是当头一棒，甚至还是致命一击。

有人说，江南山里这一乡镇工业区的命运太悲催了，吴一荣厂长的命太苦了。而当我们国营企业与乡镇协作办厂的改革功亏一篑之时，是不是应了当时社会上流行的一个说法——

企业不转型升级是等死，而主动转型升级了是找死。

这天是吴一荣去世“五七”日，人亡后第三十五天叫“五七”，对死者家属来说是满孝之日，都要到坟上祭祀。上“五七坟”时，死者亲属要带着金银山、摇钱树、聚宝盆等纸扎和供品祭祀。

按照当地乡风民俗，习惯半夜三更上坟祭祀。

传说，“五七”这天，是死者所有祭祀活动的结尾，这一天阎王殿的五阎王要来最后考察死者是进地狱受罪，还是脱胎再转轮回。这五阎王非常严厉，铁面无私，唯一的软肋是他做人时没有女儿，所以对于有女儿的人就一般宽容一些，如果在他最后审核时听见死者女儿的恸哭，他就马马虎虎，放死者一马了。

所以，“五七”这天，吴一荣的一个闺女，清晨在坟头悲恸欲绝，哭声震天。

谢秘书得知当地有“哭坟”这一乡风时，在悲痛难抑中，提前为吴一荣厂长写了一首诗。

活着，
你不相信笑容，
死去，
你不相信眼泪，
生而不死一千年，
死而不朽一千年，
倒而不朽一千年，
你是秦砖汉瓦中的——
一棵胡杨。
你的胸怀大建材，
你的深情在泥土。
……

这首诗被人用毛笔抄写在一沓白纸上，压在吴一荣的坟头上……

这天一大早，天还未放亮，我已经起床，准备搭乘第一班飞机，赶过去参加吴一荣的“五七”。

就在这时，“咚咚咚”的急促敲门声打破了清晨的宁静，我问什么事。

那人上气不接下气地向我报告说："厂长，不好了！砖瓦取土泥塘大坝出现溃漏险情。"

我骂道："这么好的天气怎么会发生溃坝？活见鬼！"

我边说边与那人赶往出事地点。企业取砖瓦泥源的大塘，一面靠山，三面环水，占地面积近千亩。随着取土点逐年加深，目前似乎已开挖到岩石层，可见取泥土的深度，也说明资源面临枯竭。

企业长期以来重视生产安全，但不怕一万，就怕万一。大堤上增设了二十四小时巡逻的巡逻队，以防塌塘溃坝。如果这里事故属实，整个建材企业中的砖瓦分厂，将面临全部停产的局面，每天损失至少千万元。

时间就是生命，我以百米冲刺的速度赶到溃坝点，见生产厂长已在现场，他告诉我：

"巡逻队在大堤上巡逻时突然发现，一处约百米宽的大坝下面出现了十多处管涌，汹涌而出的洪水，顷刻间可以将近千亩的取泥专用铁路线及取土设备毁于一旦。"

转眼间，河口已在大坝上撕开十来米的缺口，已经能听到河水咆哮的怒吼声。时间不等人，我在第一时间发出紧急通知：

"马上紧急广播，通知全厂干部职工抢险护塘！"

洪水无情，生产厂长先带领部分员工，抢在河水淹没之前，将泥塘中的部分机械设备抢救上来。

我迅速组织了由数十名职工组成的抢险队，跳进齐胸的河水中，打桩、填沙袋、拉铁丝、铺蛇皮袋，打下一百来根木桩，铺下一千多袋装满泥土的袋子，大坝缺口还是没能堵住。

这时有人不知从哪里找来两条七吨的水泥船，抢先沉到大坝缺口处，只见缺口马上收窄。如果再有两条船沉下去，估计可以立竿见"堵"。但是一时半会儿到哪里去找水泥船呢？

这时有人见到塘边装草包的推土机、抓土机，大声建议：

“厂长，将那辆快要报废的推土机开过去堵缺口吧！”

我快速决策拍板说：“好吧！”

提建议的那位员工，飞也似的调来推土机，就在那辆推土机快接近缺口时，可能穿梭的人们都没有注意到，推土机的履带竟然从正在埋头装草包的谢秘书身上碾过去。

待人们发现大呼，推土机这才停了下来。王广舟不知从什么地方冲出来，一把抱起谢秘书，只见谢秘书已经七窍出血……

这时，我也从河水中爬上岸，冲向谢秘书，但一切为时已晚。

我气急败坏地爬上推土机驾驶室，发现是王广舟的舅姥爷，那个已被建材总厂开除的仓库保管员朱稳根，此时我气不打一处来，抓住他的领口就是一个巴掌。

我又将他拖出驾驶室，但他没有还手，反倒大声向我解释说：

“我是建材总厂的家属，抢险护塘是我应尽的义务！”

这时，朱稳根发现我要去驾驶推土机，忙又跳上驾驶舱，大呼：

“厂长，这台机器我熟悉。”

他知道堵大坝分秒必争，没有多余时间解释，干脆一拳向我劈来，打得我眼前直冒金星，接着趁机一把将我推出驾驶室，只见朱稳根最后高呼：

“同志们快闪开！建——材——厂——万——岁——”

只听“隆”的一声，大坝缺口中砸出巨大水柱，片刻洪水就截住了，人们顺手投出一批草包，大坝缺口终于被堵住了，而我这时才回过神来高喊：

“老朱——老朱——”

我的叫喊声引来惊天的回响，这时泥塘洪水也一下停止了咆哮，留下遍地狼藉的溃坝遗痕……

接着，还有人冲着高天大地呼喊：“小谢——小谢——”

但是叫天不应，叫地不灵，大地始终低沉无语……

不管他们过去怎么样，他们在紧要关头为企业为人民贡献了自己的生命，从今天起，他们就是这个时代真正的英雄。

此刻我眼含热泪，好像还能听到他们的心跳，感受到现实的脉动，这是平凡中的伟大、质朴中的崇高。

也许他们最后带走的只是一身尘土，或者是一脸朴实，但他们已经用不同寻常的言行，书写了属于当下、属于我们的英雄史诗。

我不知道，什么是这个时代实践的生动写照，什么是这个时代美好心灵的真实观照，什么是这个时代崇高精神的光彩映照。

也许，一个没有英雄的民族，是一个可悲的民族，而一个拥有英雄却不知道爱戴他们拥护他们的民族则更为可悲。

难道今天突然撕开的泥塘大坝，也是苍天为吴一荣的“五七”爆发的哭泣？但你怎么能如此悲壮与沉重——为什么用这种方式来惊天地泣鬼神呢？

不错，时代的进步，离不开英雄的光彩夺目，尤其是像眼前这样默默无闻的“平凡英雄”。即便他们仅是一个操盘手，他们也永远是这个时代的盖世英雄。

第十七章　红窑里

突如其来的溃坝事故，对一个企业或一个职工来说，真是飞来横祸。

先是死者家属“大闹天宫”，有点让我出乎意料。

我是一厂之长，死者都是我的员工，都是为企业献身的。再加上谢秘书作为我曾经的恋人，不管关系如何，她的家属我得亲自安抚；朱稳根虽然被开除出厂，但他是为我厂牺牲的，他的家属我也得亲自安抚。

接踵而至的是，受塌塘牵连的单位或个人也纷纷上门清算：

一边是水利、交通运输、养殖户等报损索赔，我不出面答复，他们就堵企业大门；一边是没有想到的损失，塌塘口百米之外是这个城市自来水取水口，断流让几十万老百姓没水喝了，而河对岸的一家军工企业的地基，由于顺势出现下沉，引发上百台精密机床停运，这个损失更是无法估量。

这时我还想到一个人——王广舟副书记，这个人不得不提防些。因为塌塘遭遇不测的两人，对他来说手心手背都是肉：一位可谓是他的红颜知己，一位是他的舅姥爷。他至今想不明白的是，这位曾被厂长开除出厂的人，怎么在紧要关头还愿意为这个厂长去卖命呢?

现在企业四面楚歌，而我仿佛成了过街老鼠，你说我这厂长当得多么窝囊。

这时，我不知怎么又憎恨起朱稳根，当时你的推土机为什么不从我身上碾过?或者，为什么非要将我逼出推土机驾驶室?如果没有这些，是不是至少我少了眼前这些谩骂与痛楚……

再回想自己做了快一年的厂长，除了自我觉得问心无愧，对得起“厂长”两字之外，留下更多的或许是一颗快要支离破碎的心。

这时我吃惊地发现，国营企业干到最后，怎么会是这样的呢——

人亡家未破，
妻离子不散，
苦大没有仇，
……

想到这里，我顿时害怕起来，甚至有点后悔莫及。

是啊，早知今日何必当初?

尤其面对死亡，我从小就有一种莫名的恐惧。五岁那年，外公去世，看到那漆黑的棺木、那浓烈的香火和那硕大白色的花圈，尽管身边人来人往，心里却害怕得要命。

夜幕降临，我干脆偷偷躲进邻居家中，吃晚饭时，听见爷爷在外面焦急地呼唤，我都不敢应答……

人的生命怎么这么脆弱，我眼前的吴一荣、朱稳根、谢秘书都是猝然离世……在那个十分看重身份的年代，我同样不明白的是，一个堂堂正厅级国营企业大厂长，怎么与赤脚走在田野的农民好像没有区别，一切都得“听天由命”?

我知道我的许多想法是错误的，尤其企业到了这个生死存亡的时候，唉声叹气甚至回避只能表明自己的无能懦弱。想到这里，我的脑海里蹦出一句话，“不在沉默中爆发，就在沉默中灭亡”。我不甘心就此消沉，让一个好端端的国营企业，成为一个时代的牺牲品。

于是，我又赶紧跑过去找到老厂长、黄书记等我信得过的一些老领导，商量着企业下一步的打算，我称之为寻找企业的安身立命之本。

确切说，我们应该面对自己，找到面对死亡、面对信仰和面对企业文化环境的方法，尽快适应我们这个时代，推进我们的企业发展。

经过这么一折腾，我们已经大伤元气，不能相信什么，也不能信任什么；但我们又不能不相信未来，也不能不相信历史。基本上处于非常矛盾的状态。

说得文雅些，对于所有的过往留下的记忆，其实美好的也不是很多；对于未来，我们仍然有憧憬，但是已经大打折扣。好在这个时候，企业转型升级方案很快得到了省级主管部门的批复。

宣布方案的前一天，我提出要带班子成员参观余姚河姆渡，顺路拜访一下当时乡镇企业的旗帜吕冠球厂长。

汽车走了大半天，走得很辛苦才抵达杭州湾不远处的河姆渡遗址，只见王广舟一脸的茫然：

“我们走了这么多山路，难道就是看河姆渡口，用三块巨石垒叠起来的石门楼？”

估计像他这种想法的人，不在少数。

我忙解释：“王副书记，你一路上说，要创造建材总厂自己的品牌，什么叫品牌？阿玛尼是品牌，香奈儿是品牌，那么河姆渡就是七千年的品牌。”

王广舟没有想到，我会用他的话来反驳他，他顿时哑口无语：

“荒唐啊，荒唐！”

我又耐心解释道：“也许，我们到处可以见到这些石头，无论穷富，建筑少不了石头，但留在这里的石头就是河姆渡品牌。”

话说到这里，王广舟不依不饶起来：

“走几个小时山路，就为了看看几块石头。怪不得我们企业要死人呢！”

他的话引来一片笑声，我也只能跟着一声苦笑。

后来，大家从遗址出来，有人发现，河姆渡七千年前的“干栏式”建筑，对我们搞建筑材料的人启发很大。

还有人说，那时“长脊、短檐、高床”的设计特点，构筑出高于地面的架空层，人字形坡屋面上耸起五至七组交错构件，象征着那时榫卯木作技术，再配以土红色波纹陶瓦、炒米黄毛面墙砖，显得古朴、野趣，与河姆渡文化融为一体……

听到这里，我的眼圈不知怎的一下湿润起来，在心里哀叹道：

“今天中国企业中的文盲早已消失了，但‘美盲’愈来愈多。”但我没有说出口。

作为老资格的黄书记，是经过战争考验的老干部，这时他慢声慢语说道：

“通常，缺乏审美力是搞建筑材料的绝症，知识也解救不了他！”

这么富有哲理的话，如果不是亲耳聆听，谁也不相信这是出自所谓的“大老粗”之口。他一开腔，一般来说没人敢顶嘴。我曾说过高手在民间。所以，一路上，我在努力回味着黄书记的训语……

参观完河姆渡，我们顺路拜见吕冠球厂长，他劈头就说：

“得知你们企业遭遇灾害，先向你们表示慰问！”

我心里咯噔了一下说：“谢谢吕厂长的关心！”

他接着说："古语云：邻居好，赛金宝。你们有什么困难，需要我帮忙的，就说一声。"

我一五一十谈了企业状况，以及下一步恢复生产计划。说到动情之处，我的声音几次哽住。

最后，吕冠球向我们建议道：

"我看可以利用企业腾退的传统建材区块，开发房地产。"

大家知道，房地产那时在中国还是一个概念，敢说这话的人，必须有着非凡的勇气。我代表企业对他的建议再表感谢，吕冠球以为我思想还没有转过弯，马上对我进行洗脑：

"不管今后我们发展什么高端产业，只要工业化没有结束，城市化没有饱和，人口没有停止增长，房地产业与建材工业一样，一定是这个国家经济的支柱产业，因为产业链条最长，就业人口最多，对经济的拉动最直接。"

我没有想到一个乡镇企业的厂长，会在一个国营大企业厂长面前，说出如此铿锵有力的话。我不知道是我平时学习不够，还是国营企业长期吃国家大锅饭，养成了"饭来张口，衣来伸手"的惰性。莫非是体制机制将我们国营企业的员工一个个宠坏了？

我平复了一下自己的情绪，向眼前这位前辈投去敬仰的目光："你解放了我的思想！"

这时吕冠球又像兄长一样，安抚着我们说：

"别傻了！当初我们乡镇企业起家，全靠你们国营企业支持。今天你们暂时遇到一点困难，我们乡镇企业怎么不应该两肋插刀！"

吕厂长一番推心置腹的话，令我们坐不住了，大家感动得全部站起来，对着他拼命地鼓掌。

吕冠球大手一挥，又说道：

"我看这块房地产取名就叫美之园！"

美之园，顾名思义，美丽的家园……

直到现在，我有时间都会回到老厂去看看。几十年过去了，每当走到建材厂区旁，见到一幢幢古色古香的建筑，我都会停一下脚步，感受一下当初吕冠球钦点的“美之园”三个字，我不知道还有没有人记得这事。

历史一定不会遗忘：曾经有一位民营企业的老总，在一家国营企业最困难的时候，主动为国家分忧，在这田野上留下浓墨重彩的一笔。从某种程度上说，此举表明国营与民营可以共同发展，共同前行，相得益彰……

好在发展是辩证的，所以我可以苦笑说：“坏事有时会变成好事，无论遇见什么险恶，哪怕被逼到悬崖边上，向前你可能会死里逃生，向后你只有死路一条！”

大概是我在企业平时为人积德多，如今在企业最困难，甚至最危险的时候，总会得到贵人或高人的眷顾。

这不，除了刚刚说的吕冠球，没有几天，我又遇见国内一家如日中天的文化企业老板，他看重的是建材企业所在地的文化历史。厂里上年纪的老职工说，百年之前，这里是一个著名的湖区，后来围湖造田，原来一望无边的湖泊，慢慢变成一条小河溪。

后来人们一翻历史，这不得了，这湖区有八千年历史，先民与湖区山水共处，谱写了湖区壮阔的历史篇章。

在湖区，他们有的筑湖保湖惠百姓，有的步入仕途成名臣，有的研究湖区写专著，有的选此作为归宿地，有的办学教书育英才。他们与湖区结下不解之缘，他们的名字与湖区紧密相连，他们是湖区的历史名人。

当我读了他们留下的文章词句，听了他们与湖区之间可歌可泣的故事，仿佛看到那些年发生在湖畔的美丽动人的画面……

于是，这家文化企业帮助我们企业策划，以建材厂倒塌的泥塘为中心，打造一个“给我一天，还你万年”的文化主题公园。

具体做法是用先进的声、光、电科技手段和舞台机械，以出其不意的呈现方式演绎良渚古人的艰辛、宋代皇宫的辉煌、岳家壮士的惨烈、梁祝和白蛇许仙的千古绝唱，把丝绸、茶叶和烟雨江南表现得淋漓尽致，极具视觉体验和心灵震撼。

当然，这只是一张蓝图，要真正付诸实施还有一个过程。特别是改革开放初期，人们的思想阻隔很多，许多在今天都是顺理成章的东西，在那个时代可能就是破天荒的大事。

就在人们憋足劲儿，为着企业重整旗鼓，准备东山再起时，企业又发生了一个大事件：警察来到厂里将财务处金处长直接逮捕了。

我马上找保卫处长，他也不知道，问：

"是不是与戚科长案子有关？"

我很生气地责问："不要是不是。企业员工被人家抓捕，连保卫处长都不知道为什么，岂有此理！"

"是，保卫处有责任，我们马上查。"

望着保卫处长匆忙离去的背影，我这才长长叹了一口气，并责问自己：这世道怎么了，企业难道真的是到了"人走财散"的地步？我不敢往深处多想……

这时，财务处的副处长匆匆忙忙跑过来向我汇报：

"财务账户冻结至今，企业流动资金一分钱都没有了，职工已两个月未发工资……"

一连串因资金短缺带来的问题，似一群饿狼向企业直扑而来，不管我们反抗或不反抗，都将难逃厄运。

怎么办？怎么办？十万火急！

我先问这位副处长："你看怎么办？"

他想了想，说："眼前只有三条路，一条向人家企业借一点，如向吕冠球求救；一条自己预筹一点，如预收部分现金货款；还有一条请职工支持一把，如职工工资先打白条，同时从职工手上再筹集一些资金。”

我快刀斩乱麻，说了一句狠话：

“不管你采取什么办法，哪怕砸锅卖铁，财务必须确保企业运行不断供！”

“呵——”

副处长的这一声，似乎又提醒了我什么，我马上一个电话，冲着分管财务的副厂长吩咐道：

“鉴于厂财务非常时期，一是请你马上开一个资金紧急会议，提出一个切实可行的企业资金筹措方案。二是财务处这段时间的工作，委托副处长临时主持。”

谁都知道资金是企业的命脉或血液，资金管理对企业的生存与发展具有极其重要的意义，抓住抓好资金也就等于管理控制住了企业的生命线。在这个关键的节骨眼上，我们的企业能否起死回生，也许这是我们抓在手中的最后一根稻草。

要命的是，保卫处长跑到公安局要人，竟然又以妨碍公务被扣押。

看来我必须亲自出马。直接赶到公安局长办公室后，我自报家门，局长当然不敢怠慢。我对他要求道：

“请将我们保卫处长，还给我！”

很快保卫处长被带到我面前，我听他嘴里嘀咕着：

“没想到警察还有这么不讲理的。”

我心里多少有点数了，又向公安局长要人：

“请将我们财务处长，还给我！”

这下局长急了：“你懂规矩吗？他是通过正式手续逮捕的人。”

“为什么？”

“与省财政厅那个科长是窝案。为了通过从你们厂账户走账，他收受对方好处费三千元。”

三千元在每个月工人工资才三十来块的时候，的确是一个天文数字。但我还是得理不饶人：

“警察懂规矩吗？你们抓人为什么不通知一下我们组织部门？”

那位公安局长也不是吃素的：“警察抓坏人，是天经地义的，这就是规矩。”

当然我也不是好惹的：“关键是财务处长是我们的人，你们从我眼皮底下抓走了人，至少得跟我们组织部门沟通一下，这是起码的规矩。”

保卫处长坐在椅子上晃起二郎腿。而公安局长被我如此当面教训了一通，他哪能放下面子，他被我一下激怒起来：

“这里是警察机关，请你们出去，别给我讲这些废话，好吗？”

这几天为企业的事情，我早已窝着一肚子的火，现在被局长大人点起来，仿佛是导火线遇到炸药，我岂会轻而易举放过他。公安局长见到过形形色色的人，敢在警察面前拍桌子骂娘的，他恐怕是平生第一次见到。局长吃不准我究竟有什么来头，马上软下来问：

“请问厂长大人，你还有什么要求？”

我立刻得寸进尺地说：“马上传话放财务处长。”

局长颤抖并为难地说：“这恐怕不合规。”

我知道怎样都是白说，干脆提出借用一下电话：“让我打一个电话！”

局长不知我葫芦里卖的什么药，当他见我一个电话打到省武警支队长那里时，他傻眼了。因为圈子里面的人都知道她的厉害。

我大声说：“喂，美女武警，我是省建材总厂……”

“我听出来了，大厂长有何贵干？”

“我是无路可走，找队长告状的。”

“呵，说吧——”

我怒气冲冲，把企业人被抓、账户被封的事说了一遍。美女武警听明白后，忙询问：

“请问大厂长，要我解决什么问题？”

我连珠炮似的提了几个建议：

“一是马上停止查封企业账户行动，不要因个人犯罪，让企业负连带责任；二是不得随意到企业抓捕人，要公开向企业道歉，必要时将财务处长还给我们；三是公安部门随意扣押代表企业来处理问题的保卫处长，这是明知故犯，必须当面认错……”

美女武警知道我是鸡蛋里挑骨头，可谁让警察办事如此毛里毛糙，让人家抓住把柄。所以她听到这里还是打起圆场：

“这事我们办得是有点欠妥，请允许我向贵企业表示歉意。但关于这几点建议，我认为第一点还在理。”我知道美女武警处理事情会打折扣，所以故意多说了问题，待她七折八扣后，我想多少可以解决些问题。

这不，我也在电话一头笑了：“看来狗嘴里吐出象牙了！”应该说今天美女武警给足了我的面子，这是出乎意料的。

也许面对一个濒临破产的企业，每个人的人性光芒都会绽放出来。

这时听筒里还传出她那玫瑰带刺的声音：

“你在说我什么坏话？喂喂，帅哥，帅哥——”

我甚至来不及向她说一声感谢就已经扣上电话，调头就往企业方向飞跑，而且边跑边喊：

“企业有救，企业有救了！”

因为企业被断资金流害苦了。路人见我如此疯狂的样子，以为遇见一个疯子，纷纷闪出一条路来……

第二天，在召开的全厂职工广播大会上，我要求大家清楚地看到，当前企业内外部不利因素交织，有天灾也有人祸，但相信这是我们发展中暂时的困难与问题。

一方面我们全厂干部职工的精神，需要及时调整。面对当下的企业发展环境和困境，一些人畏难情绪抬头，消极心理蔓延，进而求平安的心态增多，不作为现象随处可见，导致具体工作中的人为掣肘依然不少：

本来厂里可以定的事，非要经过省局里定；

本来可以口头说的事儿，一定要开会形成纪要；

本来一天可干完的活儿，现在一周都难结束……

另一方面我们发展中的困难需要及时解决，只能通过企业改革、企业转型发展来解决。相信广大干部职工只要认准方向，扎实工作，不断增强发展活力和内生动力，企业一定会重振雄风。

在企业改革关头，常常是勇者胜，气可鼓不可泄。越是形势困难，越要鼓足精气神；越是在滚石上山关键期，越要憋住一口气。

因为振兴建材不只是我们一家企业的发展问题，也是国家的一个重大战略。从长远来看，我们具备经济良好发展的基本条件，再大的困难也是暂时的。只要大家勠力改革，给干事者撑腰，给创新者扶持，我们一定能在众志成城中，找到重振之路。

……

如此广播动员大会，仿佛是战场上吹响的集结号，一下子振奋起干部职工的精气神。加之企业资金通道打通，就像人身上流淌着血液，一个个项目马上鲜活过来，一个个过剩员工马上得到转岗安置，整个企业又开始恢复往日平稳运转的良好局面。

这时有人提出，赶紧将那些废弃的烟囱砖窑炸掉。我思考良久，对生产计划部门负责人下了一道指令：

“请手下留情！”

最后我限定他们在一周内，拿出一个切合实际的方案，把传统建材废弃场，打造成创意民宿——红窑里，以延续建材工人对砖窑的不舍情怀。

一周之后，此方案正式出笼，我又要求公开征求厂内外意见，没想到好评如潮。

为了留住父辈的记忆，我在改建上格外用心，专门请来一家设计公司做改建规划，民宿整体建筑全部采用厂里保留下来的红砖和瓦片，不加粉刷，搭配钢结构和玻璃幕墙，每个窑洞都是一个独立房间，共三十六间房，可供七十名游客住宿。

全厂有四个旧式轮窑、一个现代隧道窑，统统改为民宿。同时还配备了餐厅、酒窖等，正好打造成一个配套齐全、风格独特的度假酒店，古朴中透着时代感。

将废弃砖窑改造为生态时尚的精品民宿酒店，这也是将对环境有污染的传统加工业转为现代服务业的典型案例。这个方案在那时是十分超前的。

两个月的改造建设后，“红窑里”正式开业，人气火爆，为了留住游客，“红窑里”还设立了农业园、花果长廊，吸引游客饭后散步、拍照留念。

下一步，还将开放烧制红砖的老机器参观区等，游客可以亲手体验烧砖技艺，这样可以吸引大批游客并带动周边的旅游人气……

这个项目从效益角度看，当月投资当月回收，是企业投资最省、见效最快的买卖。过几年，待周边“主题文化公园”等设施上马后，老厂区与新区将连成一片，到那一天，我断定将是企业迎来的又一个春天。

望着眼前，“红窑里”处在青山绿水之间，整体设计完全保留了之前砖窑的结构，只是把过去一个个烧砖的窑洞，变成了一间间精致的客房。

“红窑里”成了城里人休闲观光的理想场所。

尾 声

或许没有一种企业竞争力是永恒的；

或许没有一种企业资产是稳固的；

或许没有一种商业模式是长存的。

在这里，我不是为自己脸上贴金，1984年那个时候，我们做企业，思想非常单纯，用老祖宗的话说："为天地立心，为生民立命，为往圣继绝学，为万世开太平。"但吃不透的是政策多变，使得一些人中枪落马，大浪淘沙这也正常。

在那一波企业改革浪潮中，我总觉得机遇可遇而不可求，所以就知道拼着命干，整天就是"白加黑"，上下班是披星戴月，两头见不到太阳。

如此埋头苦干，不抬头看路，就知冲锋陷阵，疲于奔命，可能人家还不领情。这不，王广舟终于熬不住了，向我提出了抗议：

"你是单身汉可能没问题，我们都是拖儿带女有家室的人。"

经他这么一点拨，我恍然大悟，忙说：

"我只想到大家，忘记了小家。真的对不起，都是我的错！"

这是我第一次在王广舟面前低头认错，反倒引来他大笑：

"哎呀，今天太阳怎么从西边出来了？"

我只看了他一眼，没有搭理他。谁让那时的国营企业负担那么重，除了没有火葬场，其他什么都不缺。可谓上面千条线，下面厂长一根针。你说这个厂长不忙死，就算便宜了。

王广舟估计猜到我想说什么，他又大言不惭地说：

“厂长你真的不要事必躬亲，何不放点权？”

我本不愿意与他再周旋什么，现在经他这么一挑逗，我冲着现状诉苦道：

“什么厂长负责制，只有责任没有权力。”

在那个企业荒的年代，一切都无法按套路和规矩出牌。于是，我只能长长地叹了一口气。

听到我的叹息声，王广舟一下乐起来，对我又眯着眼说：

“估计后面有你的好戏！”

我一下子没有听懂他的话，也懒得问他说的是什么。对他这种人，我的处世哲学是，惹不起躲得起，所以，我调头就离他远远的……

当然人是可以躲的，但时间你是躲不过的。你看这时间过得真快，就像厂门前那条大河的河水日夜奔流，转眼 1984 年这一年即将过去。

这天下班，我早早打发大伙儿回家，自己躲到宿舍灯下，草拟对全厂职工的新年献辞。

本来谢秘书在，这活儿我只要给她一个提纲，下面就没我的事了，但现在唯有自己亲自操刀：

——新的一年，企业蓝图已经绘就，说一千，道一万，不如是“两横一竖”——一个干。我们要按照“一年打基础，两年见成效，三年大变样”的企业发展目标，大干大变样，小干小变样，不干不变样……

——新的一年，道虽远，不行不至；事虽小，不为不成。这就需要我们既要“苦干”，又要“实干”，更要“巧干”……

——新的一年，我们要牢记鲁迅先生的话：“我们从古以来，就有埋头苦干的人，有拼命硬干的人，有为民请命的人，有舍身求法的人……这就是中国的脊梁。”相信今天是痛苦的，明天更痛苦，但后天会幸福。

……

写到兴头上，正是下笔如有神。

就在这时，一阵急促的敲门声，打断了我的思绪。

我忙抬头问：“谁?”

这时只听到外面的人，压着嗓子说话：

“快开门!”

我忙打开宿舍的门，见保卫处长满脸鲜血。我惊讶地问道：

“怎么回事?”

保卫处长上气不接下气，慌乱地向我说：

“厂长，快逃离这里吧！吴一荣厂子那边的警察准备来抓捕你。现在被我让厂警挡在厂门外。”

我吃惊地“啊”了一声。

想到前几天，王广舟“后面有你的好戏”的话，此刻真的一语成谶。

我急切追问：

“这究竟为什么?”

厂保卫处长冷静下来说：“我猜是不是前些日子，吴一荣为了感恩送你一万元，他们不知道你已主动上交保卫处……本来我们第二天退还，又遇吴厂长突发心脏病猝死……所以，为防资金丢失，我们转交财务保险箱，择机处置!”

……

呵，我用手拍打了一下自己的脑门：

“怎么稀里糊涂，去收吴一荣的钱呢?”

问题是那天，吴一荣死活说是资料，让我带回家再看。这不，让人家抓住把柄了，你说我是不是罪该万死?

我向保卫处长急切打听：

“这事是不是死无对证了?”

保卫处长拍着胸脯：“怕什么，有我们作证!”

我总觉得这事有点蹊跷，马上又问保卫处长：

“吴一荣对我行贿的事，还有谁知道?”

保卫处长想了想：“应该还有一个人，与财务处长关系密切的王广舟，他一定知道。”

我又吃惊地“啊”了一声。

顿时，我明白了什么……这事，多半是王广舟炒作，以达到他不可告人的目的。真是狗改不了吃屎。

据我判断，王广舟与出事的财政厅科长一案，他不可能那么干净的，现在他抢先将我推到风口浪尖，自己就可以浑水摸鱼，或许能金蝉脱壳?

我越想越不对劲，马上对保卫处长说：

“你必须尽快离开厂子，防止人家追杀。”

我边说边顺便将省武警支队长的电话告诉了保卫处长：

“万不得已时，可以联系她!”

保卫处长也觉得事情不妙，着急地问我：

“那你怎么办?”

我胸有成竹地说：

“我知道怎么应对他们!”

这时，我一把拉住保卫处长，似在下达战前的最后命令：

“事不宜迟，走为上计!”

听到我下了死命令，当即，保卫处长仓促地离开了我的房间。

他前脚一走，我就听到楼下的追逐声，我立马揿灭了台灯……

早上上班时，企业班子召开临时紧急会议，当王广舟带着警察出现在我面前时，我知道自己已经无法回避，就主动迎上去：

“请问为什么?”

警察没有给我正面回答：

“我们只是执行任务!”

望着警察，想到当厂长初始，友人的发问：人这辈子最怕遇到的人是谁?

难道真的是警察?!

这时王广舟虚情假意出面安慰我，他没有说我犯有什么经济问题，而是说：

“在企业改革中，可能你给国营企业的资产造成了流失。在复制秦砖汉瓦生产中，可能你犯有假冒文物罪……”

听到这里，我嘴角露出轻蔑一笑，责问道：

“有这样的罪吗？我们企业改革，我们秦砖汉瓦研制，都是按规矩办事的。”

这时，党委黄书记也不得不站出来，对着企业班子，同时好像也是对着警察说的：

“记得厂长上任伊始，给我们讲过西藏狼的故事。现在我奉劝大家，自认辛苦、艰难甚至委屈时，别忘记为你开路的头狼。当他为你冒险、开拓、进取的那刻，跟随者应该丢掉所有的怨气和负面情绪，因为他带出的一条道，不一定是最直的路!”

可惜这些都是后话，书记说与不说，我知道结局都是一样的。

这时，警察来企业抓厂长的风声可能已经走漏。成百上千的职工，将我里三层外三层包围住，阻止警察带人。

还有成百上千的曾经被精简下放——现已全部得到安置的职工，一个个跪在警车面前，挡住了车道。

我怕场面失控，闹出大事件，眼含热泪地对职工们说：

“父老兄弟们，你们如果真的希望厂长平安无事，请你们马上给警察让出一条通道!”

我知道一两句朴素的话，是不顶用的，必须从政治的高度、大局的高度出发。我对广大职工说：

“如果我有问题的话，相信也是改革发展的问题。”

这时我想到厂长统考培训班老师挂在嘴上的一句话，一位大师把企业发展归结为“从错误中学习”。在他看来，一部企业改革发展史，就是一个不断试错的过程。安徽小岗村村民摁下的“红手印”，开启的是一场产权结构的改革尝试。我们企业率先转型升级，既是以市场换取先进技术的尝试，同时又保住和拓展了中国企业的生存空间。

这些都是以最小的代价进行试错，又以最高的效率将试错的成果全面铺开。

最后，我还是大声地向在场的企业干部职工呼吁：

“试错，其实也是‘试对’。改革，就是从没有路的地方，蹚出一条路来。”

我不喜欢在职工面前讲大话，但今天算是一个例外。

当我说完这些话，我见每位职工早已热泪盈眶，主动为警察，也为我，让出了一条路……

这是一条什么样的路啊？谁都知道，向前这条路九死一生，甚至是一条不归之路。当然绝大多数人宁可死，也不愿意去走这条路的。

我记不清那是到收审站的第几天，在一个冬日的下午，太阳刚刚斜着照在身上，有了一种久违的暖意。

这时从铁门口，闪进一个美女武警。

我不相信我的眼睛，赶忙惊呼：

“支队长，你好！”

她没有与我寒暄，直接递给我一张假释通知书，又似命令地说：

“快，赶紧离开这里，走得愈远愈好。”

美女警察的话真是出乎意料，没有想到我的出狱来得这么快。要知道，她能在第一时间救出我，本身就已承担了巨大的风险……

我急切地对她说："千万别因为我，连累你。"

"这件事，无论于公于私，我都有义不容辞的责任！"她的话，说得很坚决。

我明白了，那个时候办这种事，是有很大风险的。所以，许多事也不必多问，心存感激足矣：

"呵，那麻烦您了！"

"哎，什么时候这么客套了！"

美女武警边说边向我递来一沓材料："这是我妹妹让我转交给你的。"

我忙打开，见是美女老师牵头为我厂设计的，一个叫"秦砖汉瓦主题公园"的专题方案：

中国的秦砖汉瓦是世界最古老的建筑材料之一，历经千年，至今仍为世人钟爱。那精美的文字，奇特的动物形象，华丽的图案，充满活力的生活场景，再现了往日的辉煌与美好，极具艺术欣赏和文化研究价值。本方案提及的秦砖汉瓦主题公园，应从秦砖汉瓦与主题公园两个方面把握。

这里的秦砖汉瓦，就是厂区生产或创新、收藏或复制的产品。秦砖在这里特指秦代的砖，纹饰主要有米格纹、太阳纹、平行线纹、小方格纹等图案，以及游猎和宴客等画面，也有用于台阶或壁面的龙纹、凤纹和几何形纹的空心砖。汉瓦在这里特指汉代的瓦，以动物装饰最为优秀，除了青龙、白虎、朱雀、玄武四神，兔、鹿、牛、马也是品种繁多，而文字式更是布局疏密相间，用笔粗犷。

这里的主题公园，就是根据秦砖汉瓦这一特定的主题，采用现代科学技术和多层次活动设置方式，集诸多娱乐活动、休闲要素和服务接待设施于一体的现代旅游目的地。它根据秦砖汉瓦的主题创意，主要以文化复制、文化移植、文化陈列以及高新技术等手段，以虚拟环境塑造与园林环境为载体迎合消费者的好奇，以主题情节贯穿整个游乐项目的休闲娱乐活动空间。

谁都知道，人回不了过去，时间也回不了过去，但秦砖汉瓦留下的历史文化有着不可超越的力量。我们应该高举“生态优先、绿色发展”的大旗，把秦砖汉瓦主题公园建成“采矿遗迹体验区、生产遗迹观光区、博物遗迹考察区、休闲娱乐区”，打造出中国第一块工业旅游品牌。在这里，吃、玩、住、购一站式解决。

建立影视基地，将建材职工住宅区，在整体保留旧厂建筑及苏式建筑的基础上，进行局部调整，做到因地制宜，修旧如旧。基地分为万恶的旧社会、艰苦卓绝的五十年代、激情燃烧的六十年代、热情澎湃的七十年代、与时俱进的八十年代……

将旧厂办公大楼改造成工业遗产博物馆，这一解放初期大楼，共三层，面积二千多平方米。博物馆内一楼、二楼分别是展示厅、陈列厅和演示厅。展示厅从建材采矿、生产、建造等不同角度展示工业文明的历史进程和人文精神，大量的图片、文字史料是建材漫漫历程的印证，集中体现这里厚重的文化底蕴和丰富的文化内涵。陈列厅主要展示与建材有关的历史资料、重要文件，各历史时期的生产工具及模型和相关技术实物、遗迹标本、人类文化遗迹等实物标本。

建立采矿遗迹体验区，采矿区通过千年的开采，矿山采矿、选冶生产技术达到世界领先水平，那里有上百千米的自溜式矿车采掘轨道。据传，从秦汉始，这里就是最早掘取凝土的地方，由于开采历史久远，这里的山体早已被挖掘成巨大泥坑……

一片汉瓦就是一页鲜活的历史，一块秦砖就是一部耐人寻味的传奇故事。依托秦砖汉瓦文化和山地资源禀赋，充分挖掘废弃厂房资源，打造中国唯一一家以秦砖汉瓦为主题的公园，也是中国砖瓦的记录者和集大成者。

最后，在秦砖汉瓦主题公园内，我们还可建一个大型游乐场，最好能有一个大大的摩天轮。让老厂区转型变身为新景色，“死资源”变成“活资本”，“废弃矿”变成“摇钱树”……

我没想到一位弱不禁风的美女老师会如此专业，那系统精湛的描绘，那独到典雅的故事，令人刮目相看。

我忙回头，对美女武警说道：

“中国古代讲格物，秦砖汉瓦是有灵魂的，如果有这样的主题公园承载，我们可以随时随地与先人的精神对话。”

美女武警向我点头微笑，我从来未见过她像今天这样美丽妩媚，我的脸一阵通红发烫，慌乱地问道：

“妹妹现在可好？”

美女武警愣了一下，这才回答：

“上次事情后，她已经远走高飞出国了。”

“啊？”

我像被人当头一棒，莫非美女老师是被我逼出国的？在这个问题上我有不可推卸的责任。在那瞬间，一种愧疚感油然而生，我顿时泪如泉涌。

美女武警掏出她的手绢，待我擦去脸上流下的泪水，她让我别多想：

“这个社会我们谁都不要埋怨，相信生活是不朽的！”

呵呵，这个社会我们真的不要埋怨吗？

记得有人为一些遭遇大败局的企业厂长惋惜，为他们身上共同流淌的“失败基因”而奋笔疾书。然而，中国企业大败局不是他们亲手构建的企业帝国突然崩塌，而是他们常年过着丧家式的生活。

人们行走世界，却依然用自己的眼光看世界，用自己的思维和文化去认识和理解世界，用自己的情感去爱去恨。

人们生活在现代，却依然崇拜祖先，崇拜土地，崇拜代代相传的文化与传统，人们依然根植在这个传统的土地上。

人们渴望变化，却又往往固守不变。总是在变化中希望不变，在不变中希望变化。

人们深厚的文化传统，既是前进的张力，也是守成的定力，总是让人进退有据，前后有序。所有这些，其实就是中国人的缩影。

在这些现实的缩影中，我们依稀能看到——我们的命就是这个时代。就像那些为了成为人们足下铺路的砖，愿意被匠人手上的瓦刀——一刀一刀砍还给大地。

也许，我们正在艰难与痛苦中，做出自己坚定的抉择：昨天是痛苦的，今天更痛苦，明天一定快乐吗？

正如美女武警所言，生活是不朽的，当我们把对生活不知疲倦的激情，像被挤出机注到企业荒的追问中，未来的企业活力，或许才会如窑炉的火焰一般燃烧……

这时，美女武警话锋一转，说这些话题太沉重了，她应该算是个调节气氛的高手，一定要我猜个谜语，我说哪有这种心情。

最后她也不管我心情如何，要我猜个简单的字谜。只见她不紧不慢地说道：

“有人会鸣不平声，打一字！”

我眼含热泪，又不愿再提那个像吃人魔鬼的“厂”字。我深深明白了，成就一个工厂，不但需要初恋般的热情，而且还需要宗教般的意志。

后　记

如果实体经济有昨天、今天与明天，本书是写昨天。写作本书时，我是把它当作中国企业改革的一个简史考量的。

那是两年前，在杭州第一世界酒店，我遇见宋城集团黄巧灵老总，他创造了中国文化演艺行业中独具特色的“宋城演艺模式”。听他滔滔不绝地讲述民企发展的故事，我笑说：“你这酒店的土地，知道是谁的吗？”我一五一十地告诉他：“这里曾是我工作过的工厂土地！”他一下傻了眼，停顿许久才醒悟过来，乐呵呵地对我说：“我们的故事就从这里开头，过去你是这里的主人，今天我是这里的主人。”黄巧灵老总的话，对我刺激很大，我一直想拿笔写点东西。

时至去年的成都，我参加韩正副总理召开的“创业创新”启动大会，会上遇见娃哈哈集团宗庆后老总，我们已是多年未见，彼此感慨万千。二十世纪八十年代初，我曾在浙江一家省属大型企业任职。那时厂长条例规定，国营企业厂长必须参加全国厂（矿）长统考，合格后才有资格担任厂长。我那时虽然在国企，但常常会将企业计划外的产品，以官价供给一批民企。这也使我较早地与民企结下一种特殊的感情，此事亦点燃了我的写作冲动。

如果说中国的改革开放自 1978 年开始，那么企业元年则是 1984 年。这一年二十多岁的我参加了全国厂（矿）长统考；这一年中国改革的重心由农村转向城市；这一年邓小平南方视察开启了经商的热潮；这一年社队企业正式改名为乡镇企业；这一年我出任一家近万人的省属国营企业的厂长；这一年企业开始探索承包制；这一年中央还权于企业，出台了经济体制改革的决定……可见，这一年是中国企业元年。

实话实说，从企业元年起步的这代企业家，身上有一条泾渭分明的轨迹：他们具有不安分的特性和冒险精神，不愿按照既有的轨迹生活，具有敏锐的商人嗅觉，能从政治大气候中嗅到变革的力量。这与熊彼特关于企业家的定义一脉相承，他们身上具有创新、冒险、负责任的气质，一面大胆进行企业技术创新，一面又不断冲破体制樊篱。他们不管是出身贫寒创业创富，还是怀揣实业救国富民理想，他们当之无愧成为一代人的榜样。这些企业家的奋斗故事，理应成为文学创作的主打题材，成为作家不尽的灵感源泉。

一切有出息的作家，就应脚踏大地，深入生活，做时代的参与者、记录者、引领者，在实践中书写作品，在作品中彰显价值。所以，我在重返企业 1984 年这场改革大潮，重温那些带着历史生命的情感碎片，不只是亲历，而且还在过去的平凡纯真中，找到自己的初心；不只是巡礼，而且还将过去未曾发现的，深入挖掘出来；不只是实践，而且还将过去不能述说的，努力还原出来；不只是体验，而且还在过去的酸甜苦辣中，重述内心的故事。

遗憾的是，改革开放以来，中国缺乏展示企业火红年代的文学作品。这么说来，这本书应该是第一部全景式描写改革开放以来企业波澜壮阔发展史的长篇纪实小说。感谢浙江省作家协会将此书列入文化精品扶持工程，感谢《中国作家》长篇小说专刊对该作品的首发，感谢江苏凤凰文艺出版社的鼎力支持，感谢《钱江晚报》、杭州麦庭文化公司的前期推荐宣传，还要感谢何建明、莫言、麦家、谢有顺、吴晓波、汪修荣等著名作家和编辑老师的指导帮助。

冥冥之中，我总觉得背后有贵人相助，倒逼自己努力成为时代的先觉者、先行者、先倡者。发时代之先声，开社会之先风，启智慧之先河，有了这样的责任担当，带着使命前行，我就可以跳出方寸天地，告别狭仄浅薄，远离轻佻浮华，进而创作出格局开阔、气象宏伟、深刻隽永的作品。

本书酷似财经小说，实采用当代经典纪实小说的写作手法。也许，读懂了这些企业，也就读懂了中国和世界。

张国云

2019 年 3 月 21 日